iyi ki **kitap**lar var...

TİMAŞ YAYINLARI
İstanbul 2024
timas.com.tr

NAR AĞACI
Nazan Bekiroğlu

Türk Roman-Öykü

TİMAŞ YAYINLARI | 2917
Edebiyat Kitaplığı- Roman| 141

EDİTÖR
Seval Akbıyık

KAPAK TASARIMI
Ravza Kızıltuğ

1. BASKI
Ekim 2012, İstanbul

39. BASKI
Nisan 2024, İstanbul

ISBN
ISBN: 978-605-08-0707-3

TİMAŞ YAYINLARI
Bahçelievler Mah. Zübeyde Hanım Cad. No: 8
Üsküdar / İstanbul
Telefon: (0212) 511 24 24

timas.com.tr
timas@timas.com.tr
timasyayingrubu

www.naragaci.com
www.twitter.com/nar_agaci
http://www.facebook.com/nazanbekiroglu

Kültür Bakanlığı Yayıncılık
Sertifika No: 45587

BASKI VE CİLT
WPC Matbaacılık
Osmangazi Mah. Mehmet Deniz Kopuz Cad. No: 17-1
Esenyurt / İstanbul
Tel: (0212) 886 83 30
Matbaa Sertifika No: 50884

NAR AĞACI

Nazan Bekiroğlu

TİMAŞ

NAZAN BEKİROĞLU

3 Mayıs 1957, Trabzon.

Dört yıllık üniversite hayatı hariç hep bu kentte yaşadı. Bulut. Deniz. Yağmur.

Türk Dili ve Edebiyatı eğitimini Erzurum'da aldı. Kar. Rüzgâr. Ova. Halide Edip'le doktor,

Nigâr Hanım'la doçent.

Şimdilerde Trabzon Üniversitesi'nde Profesör. Suyun kıyısında.

İki kız çocuğuna anne.

Görünürdeki hayatı bundan ibaret.

Eserleri:

Nun Masalları (1997)

Şair Nigâr Hanım (1998)

Halide Edip Adıvar (1999)

Mor Mürekkep (1999)

Yûsuf ile Züleyha (2000)

Mavi Lâle (2001)

İsimle Ateş Arasında (2002)

Cümle Kapısı (2003)

Cam Irmağı Taş Gemi (2006)

Lâ: Sonsuzluk Hecesi (2008)

Yol Hali (2010)

Nar Ağacı (2012)

Mimoza Sürgünü (2013)

Kelime Defteri (2014)

Karınca İzleri-Hikmet Aksoy Kitabı (2015)

Mücellâ (2015)

Yerli Yersiz Cümleler (2017)

Kehribar Geçidi (2021)

NAR AĞACI

Şu andan itibaren her şey kurgudur, tarihî gerçekler müstesna.

YOL ARKADAŞIM

Elimdeki zarfın arka yüzündeki adrese baktım. Otuz yıl önce postaya verildiği yerin harflerini okudum teker teker:

Te-hı-te; Taht.

Sin-lâm-ye-mim-elif-nûn; Süleyman.

Bir tire koydum araya, Farsça tamlamayı kurdum: Taht-ı Süleyman

Taht-ı Süleyman'dan gelmişti bu mektup. Demek ki şimdi bana ne çok yolculuk var ve yolun sonunda daima Taht-ı Süleyman var. Peki ama ben ne kadar çok yoldan geçerek varacağım Taht-ı Süleyman'a? Üstelik otuz yıl geçmiş aradan, aradığım hâlâ yerinde duruyor mudur? "Geleceğim" demedim. Bekliyor mudur?

Çalışma masamın başında, üzerinde donuk bir Şubat ışığı oynaşan sararmış zarfı otuz yıl üzerine bir kez daha açtım, otuz yıl önce arkasına ancak bir kez düşebildiğim ve çabuk yorulduğum şeyi bu kez bulmaya kararlıyım. Yasemen "Buluruz" demedi mi? Ne ben otuz yıl önceki benim ne de İran o eski İran. Değişmeyen tek makam: Taht-ı Süleyman.

Enine doğru ikiye katlanmış çizgisiz kâğıdın başına mavi tükenmez kalemle kondurulmuş hitap yerli yerinde: "Azizim". Yazılmış olanlar da satır satır, dizi dizi duruyor. Bir de yazı, o hiç değişmiyor. Fakat bu mektup asıl merakımın ne olduğunu anlamıyor, bana ondan haber vermiyor. Hal hatır. Sonrası iyilik sağlık. Eski insanların bütün mektupları gibi, bolca selâm, bolca isim.

Oysa ben şimdi olduğu gibi otuz yıl önce de dedemi, daha doğrusu on iki yaşımda iken kaybettiğim ve ancak bir parça tanıyabildiğim dedemi değil onun asıl hikâyesini, yani gençliğini merak etmişim. Fakat zamanı varmış her şeyin, otuz yıl beklemişim. Şimdi elim ancak varınca, gitmeye karar vermişim.

Zaman geldi. Fakat huzursuzum ben. Hayal meyal hatırladığım dedemin hikâyesi mi benim huzurumu kaçıran? Zamanında daha fazla anlattırmak, daha fazla dinlemek, daha fazla bilmek ve öğrenmek mümkünken, hikâyenin kahramanı henüz sağken ve bana bu kadar yakınken nasıl bu kadar gafil olabilmişim? On iki yaş! Çocukluğun taşıyamadığı merak yegâne müdafaam benim. Gafletin bir kefareti olsa katbekat ödeyebilirim. Ama yok. "Yitik zamanın peşinde"yim.

Ne olmuştu da Tebrizli tacir yerini yurdunu terk etmiş, evinden ocağından, anasından atasından kopmuştu? Ailenin haylaz çocuğu muydu, istenmeyen kişi mi olmuştu? Affedilmeyecek bir hata mı işlemişti ki ikinci vatanında kurduğu yuvaya, tüttürdüğü ocağa rağmen unutamadığı anavatanına mektuplar yazıp dursa da gelmezdi bu mektupların cevabı. Kovulduğu cennetin kapıları bir türlü açılmaz, kimseler ona cevap yazmazdı; tek mektup müstesna. Trabzon'a yerleştiği daha ilk yıllarda aldığı bu mektupta ona "Geri dön" denmişti. "Köprülerin altından çok sular aktı, geri dön." Dönmemişti o. Bu çağrıya icabet etmemiş, Zehra'sının, Sehend Dağı'nın gölgesinde, o bambaşka coğrafyada, bambaşka alışkanlıkların, bambaşka insanların arasında yaşayamayacağını düşünmüştü en fazla. Ne geri dönebilmişti ne de hiçbir şey olmamış gibi yapabilmişti. Bir haber, bir rabıta, bir gönül bağıydı bütün istediği. Bir mektup, aralarında gidip gelsindi. "Ben buradayım, siz de oradasınız değil mi? Ben sizi biliyorum, sizin de beni bildiğinizi bileyim. Söz ile söyleyin, ikrar edin. Beni cennetinize tekrar kabul edin."

Ama hayır! Kesin bir sükûtla bölünmüştü o tek mektubun kurduğu köprü. Bu nasıl bir kovulmaydı ki ölümüne değin Taht-ı Süleyman'a yılda birkaç mektup yazdığı halde bir daha cevap alamamıştı. Artık gözlerinin feri söndüğünde, daha da hazini hafızası kelimelerine ihanet edip Farsça sözcükler dilinden yapraklar gibi ağır ağır düştüğünde, yerine yenileri koyulamayan eksik kelimeler meramına artık yetmeyince oysa meram giderek daha da çoğalınca Menije görünmeye başlamıştı evimizde. Trabzon'daki İran konsolosunun bulduğu, üniversitede okuyan Fars bir öğrenciydi Menije. Urumiyeliydi ve şayet çocukluğumdan kalan hatıra beni yanıltmıyorsa kocaman, aydınlık, pırıl pırıl bir gülüşü vardı ve galiba en güzel yeri ceylanlar gibi bakan koyu karanlık gözleriydi.

Mektuplar döşenirdi Menije'nin inci harflerinden. "Yaz kurban" derdi dedem. "Ben sizleri, vatanımı, atamı, anamı, biraderimi, ablalarımı, Tebriz'i, Taht-ı Süleyman'ı, Sehend Dağı'nı çok özlemişim. Burada rahatım huzurum, ikbalim servetim yerli yerinde. Artık yaşlandım. Sularım duruldu. Kanım sakin akıyor. Ama vatanım aklımdan çıkmıyor."

"Oku aziz can" demişti bir keresinde.

"Tamam, Settarhan Amca" demişti Menije. Mektubun önce Farsçasını, yetmemişti sonra Türkçesini okumuştu. Derkenarlarla, satır aralarıyla, yazılanlardan çok yazılmayanlarıyla uzayıp giden mektup benzerleri gibi dedem tarafından öpülüp zarfa konmuştu. Dimdik, hâlâ çakı gibi bir adamdı benim dedem. Ama bütün bunlar çocuk gözlerimin önünde olup biterken, Allah'ım, ben ne kadar gafildim.

Taht-ı Süleyman taifesi Nuh diyor peygamber demiyor olmalıydı ki bir cevap olsun gelmiyordu. Büyük ceza. Yıllar yılları kovaladı. Böyle sürdü gitti, beklenen mektup gelmedi. Ama sonra bir gün, en olmaması gereken gün, beklenen cevap geldi, dedemin ölümünden iki gün sonra. Hakikaten "roman gibi". Teyzem gözyaşları içinde çantasından bir zarf çıkardı. Menije çağrıldı. Bolca selâm, hal hatırdan ibaret bir mektuptu bu da, o kadar. Ve ki gidenler gidince geride kalanların paylaşacak bir şeyi kalmamış olmalı ki yazışmanın devamı gelmemişti. Gel zaman git zaman, fakültedeyken Fars bir arkadaşa bir mektup yazdırmıştım ben de, tam otuz yıl önce. Bir de cevap almıştım, işte şu elimde tuttuğum zarfın içinde. Ama yıl 1979'du. İran tümüyle kendi içine kapanırken Taht-ı Süleyman-Trabzon hattındaki yazışma bir kez daha kesilmiş, ben de şu adresi nice cevapsız mektuplar serüvenine ekleyerek belleğime yerleştirmiş, zamanına değin rafa kaldırmıştım.

Taht-ı Süleyman'dan her nasılsa gökten düşen elma gibi Trabzon'a düşüvermiş dedemin hikâyesi sade çizgileriyle belliydi aslında. O, Tebriz, Batum, Tiflis, Bakü hattında halı ticareti yapan bir tacir. Batum'da bulunduğu sırada Bolşevik İhtilâli patlak verip sınırlar kapatılınca bir daha Tebriz'e dönememiş, Trabzonlu bir motorcunun yardımıyla onun şehrine kaçmış, İstanbul'a geçmek niyetiyle Trabzon'a şöyle bir uğradığını sanmış ama büyükannemle evlenince burada kalmış. Büyükannemin de hikâyesi belli, o da 1916'da Rus işgaline uğrayan Trabzon'un İstanbul'a kadar gidip dönen muhacirlerinden biri.

İki ırmak onlar. İkisinin de birleşip büyük bir ırmağa dönüşmeden önce ayrı ayrı akıp geldikleri kumullu yataklar, mecralar, kimyalar var. Benim var olmam için birbirine doğru akmış bu iki ırmağın birleştiği yerde milyonlarca ihtimal arasında mümkünlerden bir mümkünüm sadece ben. Öyleyse mümkünümün yola çıkış anını, ırmaklarımın kaynağını bulmam gerek. Dedemin bile başaramadığı şeyi başarmak yani; geri dönmek. Başlangıç noktasına ittiba etmek. Gitmek.

Merak, zamanı gelmiş bir katmer gibi açılıyor içimde. Haydi, öyleyse zaman geldi. Bir tacir ve bir muhacirin mümkün kıldığı varlığıma şimdi seyyahlık yaraşır. Yol zamanı.

Ama benim de yolum yolculuğum var; demem o ki bu karara varmam, bu cesareti toplamam kolay olmadı. Her şey Bakü'den aldığım bir sempozyum davetini, biraz da tacirin bir zamanlar yolunun geçtiği şehri görmek arzusuyla kabul ederek üç ay önce Bakü'ye gitmemle başladı. Önce onu anlatmalıyım. Çünkü Doğu'nun kapıları bana ancak o zaman açıldı ve yol arkadaşımı da orada buldum.

Üç ay önce, Kasım başı. Bir sempozyum vesilesi ile Bakü'ye gidiyorum. Bakü'ye Trabzon'dan uçak var fakat pervaneli bir uçak bu, İstanbul'dan jet ile bir buçuk saatte alınacak mesafeyi o buradan üç saatte alacak. Olsun. Buradan İstanbul'a geçip İstanbul üzerinden Bakü'ye gitsem hem aynı zamanı harcayacağım hem de böylesi bir rota bana abes gelecek. Üstelik bu pervaneli uçak öyle on binlerce "feet" yükseklikte filân değil, gayet insanî irtifalarda yol alacak. Bu harikulâde. Çünkü böylece yeryüzüne tanınır bir yükseklikten bakabileceğim, şehirleri, dağları, ırmakları seçebileceğim.

Gerçekten de öyle oluyor. Azerbaycan Hava Yolları'na ait bir uçakta abartılı makyajlarıyla Rus hosteslerin ikram ettiği kahveyi yudumlarken başımı cama dayamış dışarıyı seyrediyorum. Hiçbir şey bir noktaya dönüşmüyor, her şey yerli yerinde, sadece ben biraz uzaktan bakıyorum. Güneşli, berrak bir gün. Karadeniz kıyılarını ayan beyan izlemek mümkün. Çoruh nehrini ve Batum'u tanıyorum. Sınırı aşmışız. Kuş uçuşu gitmek oradan geçmemizi gerektirse de Ermenistan gökleri bize kapalı olduğu için Gürcistan üzerinden uçuyoruz.

Şunlar, bu ihtişam ve bu güzellikle başka türlüsü mümkün değil, Kafkas Dağları. Bir kelepçe gibi uzanıyor ve yumuşak bulutların, altın ışıkların, koyu mavi gölgelerin arasında yüzen karlı zirveleriyle, bitmeyen masallarını anlatıyorlar. Hazar ve Karadeniz arasında uzanan Kafkasya'ya Arap coğrafyacılar "Halklar Dağı" derlerdi. Her vadisinde neredeyse bir halkın yaşadığı dünyanın bu en kalabalık, en renkli ve en problemli bölgesini bu mesafeden bir minyatür çerçevesine sığdırılmış görmek, üzerimde derin bir duygu, sarsıcı bir etki uyandırıyor. Çünkü bu yükseklikten bakınca orada yaşanmışların hükmü kalmıyor.

O yangınlar bu dağlarda bu taşlarda mı tutuştu? Korku bu dağları mı bekledi? Bu dağların gördüğünü mü kimseler görmedi? O ağır yük bu dağların mı omuzlarına bindi? Bu dağlar da mı tanık tutulduklarına tahammül etti? Bu dağlar da mı mahşerde konuşacak sıradağlardandır, o vakte kadar insanlar yalan yanlış konuşacak mıdır?

Kafkas Dağları çok azametli, bitmiyor. Her sıra dağın arkasından bir yenisi çıkıyor. Bir zirveyi başka bir zirve takip ediyor. Ama işte sonunda onu da aşıyoruz. Onun böylesine kavranması, bütünüyle algılanması içimi eziyor. Fakat şüphe yok. Eteklerine insem dağ yine dağ olacak, küçülen ben olacağım. Sonunda yolculuk bitiyor. Bakü'ye iniyoruz. Doğu'ya ilk kez bu kadar yakınım.

İlk gün sempozyum telâşesi ile geçti. Burada tanıştığım bir genç kız var. Adı Yasemen. Müzik tarihi doktorası yapıyor. Sempozyum boyunca misafirperverliğini esirgemediği gibi dün de bana şehri gezdirdi. Nasıl bir yol arkadaşı olacağını henüz ne o biliyor ne de ben. Ama Yasemen bu şehrin, dahası Doğu'nun ruhu ve ona baktıkça anlıyorum ki Doğu ancak doğudadır. Orada her ayna seni gösterir. Giyimler, şiveler, davranışlar, sosyal konumlar, çiçekler, ağaçlar değişse de bütünüyle doğuda başlangıçtan beri kesintisiz gelen, değişmeyen bir şey var. Doğu bütün ırmakların ortak ana kaynağıdır. Gülün yurdu doğudadır.

Dün Bakü'yü Yasemen'in hazırladığı güzergâh üzerinde çoğunlukla yürüyerek dolaştık. Yorgun günün sonunda Tarkovi'ye geldiğimizde iri ve sağlam gövdeleriyle yükselen asırlık ağaçlar koyu ve derin gölgeler arasında parıldıyor ve hafif bir rüzgâr esince birkaç yaprak ağır ağır düşüyordu. Cadde ışıl ışıldı ve eski Rus konaklarından, neft milyonerlerinin saraylarından süzülen ışık yollara dökülüyordu. Kasım akşamı erken iniyor. Her şey eski zaman olurken birden hafif bir melodi işittik. Az ötede, akordeonunu göğsüne yaslayarak parkın alçak duvarı üzerine oturmuş bir sokak çalgıcısı. Yaşlı fakat dinç bir adam. Hali tavrı zarif; temiz, ince ifadeli, feleğin gadrine uğramış gurbet bakışlı. Sırtında çok eski, el örgüsü, dik yakalı bir kazak var. Eski bir pantolon, yıpranmış ayakkabılar. Elleri ince uzun. Başında geri yatırılmış yırtık bir yün bere. Gözleri buz mavisi. Yerde akordeonun kutusu açık. Gelen geçen içine birkaç kuruş atıyor.

Yasemen "Bu Rus'tur" diye işaret etti. "Her zaman buradadır ve çok güzel çalar."

Yetmiş yaşlarında olsa, demek yaşadığı yerde bunca yabancı duran bu adam, Sovyetlerin dağılmasından sonra gitmeyenlerden biri. Yanık, çok yakıcı, çok içli bir ezgiye başlıyor. Bir hançer kalbimin içini oyup dururken gurbet duygusu yakama yapışıyor. Büyülenmiş gibi ilerliyorum. Ben sözünü tutmayan köyün çocuklarından biri değilim, o da fareli köyün kavalcısı değil ama böyle bir müziğin etkisinden kurtulmak imkânsız. Benim "ha demeden hayran olan" bir gönlüm var, o ise aynı şeyi anlayan iki kişiden birinin tebessümüyle bakıyor yüzüme. Bir selâm gülümseyişi bu. Az öteye, duvarın üzerine usulca ilişiyorum. Yasemen gülümsüyor. Yapraklar ağır ağır düşmeye, sarı ışıklar konakların pencerelerinden süzülmeye devam ediyor. Ezginin ayrılıklardan bahsettiğini tahmin etmek zor değil. Bu kadar hazin bir parça ancak hasretten söz edebilir ve bu kadar içli okumak için hasreti bilmiş olmak gerekir. Gözlerim yaşarıyor. Parça bittiğinde sessizce, utanarak kutuya birkaç kuruş bırakıyorum. Bu müziğin karşılığı bu olmamalı. Değil ki o da susmuyor. Ödediğim bedelin çok daha fazlasını ikram ediyor bana. Sokak çalgıcısı ile bağışçısı değil, müzisyenle dinleyicisiyiz sadece.

"Gidelim" diyorum Yasemen'e. "Hiç kimsenin yurdu yok burada."

Yasemen kibarca ekliyor, daha doğrusu düzeltiyor:

"Yurtlarından ayrı kalmamak için milletlerinden ayrılmışlar."

Başımı kaldırıp Yasemen'e dikkatle bakıyorum. Umduğumdan çok fazlası.

Bakü'de üçüncü sabahım. Aşağı iniyorum. Yasemen beni bekliyor. Sırtında gri bir manto var, saçları kumral ve omuzlarına dökülüyor. Onu her görüşümde daha fazla sevindiğimi hissediyorum.

"Önce Ateşgâh'a gideceğiz hocam" diyor. "Yani Ateşbehram'a. Sonra da İçerişeher'e." Benimle İstanbul Türkçesi ile konuşsa da özel isimleri kendi ağzında telâffuz ediyor genellikle. Yüzünde, şaheserini sona bırakmış ve yaratacağı etkinin şimdiden farkında olanlara özgü tatlı bir ifade, yanakları pembeleşmiş.

"Tamam" diyorum. "Kılavuz sensin."

Ateşgâh, Zerdüştîlerin ibadet mekânları. Şimdiye kadar bir ateşgâh görmedim, bundan sonra göreceğimi de zannetmiyorum. Ama ilginç bir ziyaret olacağı kesin. Bir taksi tutuyoruz, Surahanı semtine doğru yola koyuluyoruz.

Kıpkızıl akan lâvları uzaktan göstererek beni bir yanardağın kıyısından geçiriyor Yasemen. Bu ülke, evet, bir ateş ülkesi, yerden bile ateş fışkırıyor fakat hiçbir şey aniden karşıma çıkan sekiz kapılı, kerpiç dokulu bu ateşgâh kadar cayır cayır yakamaz insanı ve kendisi de öyle yanamaz. Burası avlunun etrafında sıralanmış hücreleriyle bir kervansaraya benziyor ve ortadaki sunakta göstermelik de olsa "ebedî ateş" hâlâ heybetle yanıyor. Sersemliyorum.

"Ateşdan" diye fısıldıyor Yasemen.

Tümüyle sağlam kalmış bu Zerdüştî ateşgâhının ortasında yanan ateş kendine çekiyor beni. Yaklaşıyorum, yarı çömeliyorum. Nâr-ı cehennem. Nâr-ı İbrahim. Alev dillerinde ateşin bir ağaca dönüşerek gökyüzüne doğru dal budak saldığını görüyorum. Ateş, dokunanı kendisine benzetiyor, ona yaklaşanın eskisi gibi kalması mümkün değil. Alevler saçlarımı tutuşturacak neredeyse, kızıl dillerin hararetinden yanaklarım yanıyor. Üzerimden yakıcı bir esinti, belli belirsiz bir hatıra geçiyor. Sarsılıyorum. Henüz sebebini çözemiyorum ama dilimden size bu hikâyeleri anlatırken herhalde en çok kullanacağım cümle dökülüyor:

"Tacirin yolu acaba buradan geçti mi?"

Ateşgâhtan sonra İçerişehir'e gidiyoruz. "İçerişeher, Bakü'nün en eski iç halkası" diyor Yasemen. "Neredeyse hiç bozulmamış. Şirvanşahlar Sarayı'na götüreceğim şimdi sizi hocam. Ondan sonra da Kervansaray'da çay içeceğiz. Orası benim en çok sevdiğim yerdir."

XV. asırdan kalma bu han sarayına adım attığımız andan itibaren büyüleyici bir sessizliğe gömülüyoruz. Trafiğin uğultusu, devasa şantiyelerin tozu toprağı, hayatın gürültüsü kesiliyor birdenbire. Taşın zamanı başlıyor. Taş, zamanın tek tanığı. Yasemen eyvanların, kemerlerin, kubbelerin arasında bir görünüp bir kaybolurken benim zamanıma müdahale etmiyor. Aynı zamanı ama ayrı ayrı yaşıyoruz. Bir terasın korkuluklarına oturuyoruz sonra. Birden yağmur başlıyor. Ben, şalımı açıyorum, ikimizi aynı örtünün altına alıyorum. Aynı şalın altında aynı yağmuru seyrettiğimiz andan itibaren hikâyemi onunla paylaşabileceğimi, tacirin coğrafyasını onunla birlikte keşfedebileceğimi, o güzergâhın üzerinden onunla geçebileceğimi hissediyorum. Bu kadar zaman yetiyor ona güvenmem için. Çünkü sevdim ve ben kalbiyle yaşayanlar zümresindenim.

"Yasemen" diyorum yağmur devam ederken, "Tebriz'e gidelim." Aslında gidebileceğimize ben de inanmadan. Ama lâf olsun diye de değil, çok güçlü bir istek bu. Sadece gerçekleşebileceğine inanılmayan çünkü yolu yordamı, haritası güzergâhı yabancı olan.

"Gidelim hocam" diyor, "Ama ne zaman? Yazdan önce izin alamam. Ancak Temmuz'da."

Bir tek cümle. Bütün ırmakların yönü işte o zaman değişiyor. Çünkü bu cümle, gayrimümkün zannettiklerimin, tahayyülümün sınırları dışında kalan bütün hayallerimin mümkünler faslında durduğunu ilk kez gösteriyor bana. Mümkün! Öyle olmasa "Ne zaman?" diye sormazdı. Kalbim çatlayacak.

"Yasemen" diyorum, "Ondan sonra da Batum'a, Tiflis'e gidelim."

Gülümsüyor "Bakı"nın ruhu. "Gidelim hocam" diyor. "Ama o da ancak bir sonraki yaza."

Mümkünler faslı, bir daha.

Çok ciddi. Şaka yapmıyor, gülmüyor, söylediği cümlenin üzerinden geçip gitmiyor, bir dakika sonra unutmuyor onu; kendisini kaptırdığı bir fantezinin içinde değil. Ciddi ciddi zamanlama yapıyor.

Şirvanşahlar Sarayı'nda, Kasım yağmurunun altında, henüz tanıştığım bir genç kızla aynı şala sarınmış, ömrümün yolculuğunun programını yapıyoruz. Ne kadar kolaymış bunca yıl cesaret edip de niyet bile edemediğim o büyük yolun kapısının önümde açılması. Ciddi ciddi konuşuyoruz, şartları tartıp döküyoruz. Yola koyuluyoruz hâsılı.

"Temmuz" diyor. "Önce Tebriz'e gidelim. Orada tanıdıklarım var. Sonra da Tiflis ve Batum'a gideriz. İki yaz, üst üste."

İçerişehir'in daracık, dolambaçlı, kemerli, tünelli yollarında dolaşıyoruz bir süre daha. Sonunda Kervansaray'a geliyoruz. Yağmur çoktan durmuş, hava neredeyse açmış. Avludan geçiyor, eyvanlara açılan hücrelerden birine giriyoruz. Ahşap bir masa, hasır iki sandalye. Güler yüzlü bir kadın karşılıyor bizi. Porselen bir demlikte hoş kokulu bir çay getiriyor; kekik kokusu bu, yabanî. Yanında "murabba", bir tür reçel. İncecik limon dilimleri porselen tabakta billur ışığıyla parlıyor ve bu şehirde çaya limon kabuğunun kokusu çok yakışıyor. Şirvanşahlar Sarayı'nda konuştuklarımızdan sonra bu çay faslı, bu tat, bu koku. Başım hoş. Rüzgâr okşuyor.

"Tebriz'i ve Tiflis'i görmeyi çok mu istiyorsunuz hocam?" diye soruyor Yasemen. Demek hâlâ mümkünler faslındayız. Demek hâlâ üzerinde durulacak bir istek bu benimki. Öyleyse açma, anlatma zamanı.

"Yasemen" diyorum, "İçimde bir roman dönüp duruyor. Roman olsun diye değil ama dedemin izini bulmak, şehrini, toprağını görmek istiyorum. Düşünsene orada bizim ailemizin bir kolu, kolu bile değil asıl ırmağı duruyor."

Yüzü pembeleşiyor, ışıyor Yasemen'in. Çok genç ama beni akranımmış gibi anladığını hissediyorum. Yani anlatabilirim. Yavaş yavaş özetliyorum hikâyeyi. Son yıllarda her zamankinden daha çok merak ettiğimi, gitmek istediğimi, oysa Taht-ı Süleyman damgalı bir mektubun üzerindeki adresten başka hiçbir bilgiye sahip olmadığımı, onun da otuz yıl öncede kaldığını. Ve bana bir yol arkadaşı lâzım olduğunu. Bunu, bu son cümleyi söylemiyorum ama. Her şey kendiliğinden oluyor.

"Buluruz hocam" diyor. "Hele bir gidelim."

"Buluruz" deyişi de o kadar mümkünler faslından ki "Buluruz" diyeceğim ben de neredeyse. İncecik limon dilimini fincanımın içine bırakıyorum yavaşça. Kaşığın porselene dokunurken çıkardığı sesi dinliyorum ve bu yolculukta eğer bir kişi ile birlikte olacaksam bunun Yasemen olması gerektiğini anlıyorum. Bana bir yol arkadaşı lâzım olduğu için değil. Gidebileceğimize, dahası bulabileceğimize inandığı, bunu bir fantezi olarak görmediği ve en çok da o dünyadan olduğu, o dünyanın cilvelerine tanık olduğu için. Bana da, bulabileceğimize de benden fazla inandığı ve kendini bu yolculuğa gönüllü kattığı için. Anladığı ve kolaylaştırdığı için.

Çok kolaymış ama bu kadar kolaylaşmasının vakti zamanı varmış. Ertesi sabah Trabzon yolcusuyum. Dönüş vakti. Çok erken kalkıyoruz. Sabah soğuğunda şalımı çıkarıp onun omuzlarına atıyorum. Gözleri hafif nemli.

"Ben araştırmaları yapar, bağlantıları kurar, size bilgi veririm hocam" diyor, "Temmuz'da."

"Temmuz'da" diyorum.

Şoför "Acele edelim hocam" diyor. "Trafik var." Bakü'nün trafiğinde, koca bir şantiyeye dönmüş şehrin tozu toprağı arasında havalimanına doğru yol alıyoruz.

I. KİTAP

NAR AĞACI

Elimde otuz yıl önce gelmiş Taht-ı Süleyman mektubu, zihnimde Yasemen'in yol arkadaşlığı, dışarıda mecalsiz güneş, Şubat soğuğu. Temmuz'a daha çok vakit var. Okumam gereken final kâğıtları masamın üzerinde, "Taht-ı Süleyman" diye mırıldanıyorum ne yapacağına karar vermişlere mahsus bir baş işaretiyle. Kendimi, kararımı onaylıyorum, parmaklarımı masanın üzerinde tıkırdatırken, "Taht-ı Süleyman."

Yerimden doğruluyorum. Üzerinde Kız Kulesi'nin resmi bulunan teneke bir kutuyu çıkarıyorum dolaptan. Dedem öldükten sonra onun evinde bulunan, yer yer paslanmış, eğrilip bükülmüş bir kutu bu. Dedemin hazine sandığı. Kapağını açıyorum, içindekileri masamın üzerine yayıyorum.

Taht-ı Süleyman'a yazılıp da gönderilmemiş mektuplar, gönderilip de cevabı alınmamış olanların kopyaları, Taht-ı Süleyman'dan gelmiş tek cevap, firuze taşlı bir yüzük, birkaç Rus rublesi, bir evlenme cüzdanı ve beş tane eski zaman fotoğrafı.

Bunların sadece iki parçası tacirin gelirken beraberinde getirdiği yük. Birkaç ruble ve mavisi solmuş firuze taşlı bir yüzük, o kadar. Bu kadar az şey mi almış yanına geçmişinden geçerken? Bu kadar mı azalmış? Bu kadar mı saklanmış? Yükü ne kadar da hafifmiş. Fakat ne kadar ağır bir azlık bu. Bir yangın varmış da o sadece bunları mı kurtarmış? Geride neler bırakmış? Yoksa yazgısı bir anda boşluğa düşen bir kahraman gibi ne önünü ne de arkasını mı görebilmiş? Teçhizatsız mı kalmış? Hiçbir şey bilmiyorum. Az ama bu azlıkta ayrılıyor birbirinden benim hatıramda kalmış ihtiyar bir adamla onun bir zamanlar olduğu civan delikanlı, roman kahramanı.

Evlilik cüzdanının kapağını kaldırıyorum. Sol sayfada siyah çarşaflı, yüzü açık, gencecik, su gibi duru, fildişi bir madalyon oyması kadar güzel bir kadın. Sağ sayfada uzak yerli, yağız bir adam. Bu kadın benim büyükannem, Zehra; bu da benim dedem, Settarhan. Yerimden kalkıyorum. Çalışma odamın penceresinden karşıdaki küçük bahçeye bakıyorum. Güneşli Şubat ayazında çıplak dalların arasından birbirini kovalayan iki kuş havalanıyor, tarhlarda açmış birkaç nergis rüzgâra teslim. Evin içinde odaları dolaşıyor, bu kez ön pencereden denize bakıyorum. Kendime bir çay demliyorum, Bakü'nün çayı bu. Bir fincan alıyorum, gerisin geri masamın başına dönüyorum. Sınav kâğıtları beni bekliyor.

Dumanı tüten fincanı masamın üzerine bırakırken az önce yaydığım fotoğrafları teker teker elime alıyorum.

Bir: Büyükannemin baba evi, "Eski Ev."

İki: Gülcemal vapuru. "İsmail dayım bu vapurla Balkan Harbi'ne gitmiş" derdi annem.

Üç: İstanbul'da Hamidiye Etfal Hastanesi'nde bir Hilâl-i Ahmer hemşiresinin fotoğrafı, daha doğrusu bir kartpostal.

Dört: Trabzon'daki Taşhan.

Bir de Trabzon'da Meydan'ın çok kalabalık bir günde çekilmiş fotoğrafı. "Bunun ne zaman olduğunu bilmiyorum" derdi annem. "İnsanların ellerinde bayraklar var, belki bir bayramdır."

Fotoğrafları evirip çeviriyorum. İçimden bir şey taşacak benim. Şu, zamanı belli olmayan fotoğrafı elime alıyorum. Meydan'da bir kalabalık var, hıncahınç. Fakat alışıldık kalabalıklar gibi değil. İnsanların ellerinde de evet, bayraklar. Ama yüzler gergin, kederli, telâşlı. Bayrama benzemiyor. Üstelik çarşaflı kadınlar erkeklerle bir arada. Olağanüstü bir şey oluyor. Ama ne? Kalabalığın ortasında bir tellâl var. İri yarı bir adam, başında abanî bir sarık, sırtında bir cepken. Tokmağını kaldırmış, davulun gergin yüzüne tam indirmek üzere. Ve Trabzon'un Müslüman ahalisi kadar gayrimüslim ahalisinin, Ermenilerinin ve Rumlarının da onu aynı dikkatle dinlediğine bakılırsa çok önemli bir şey söylüyor olmalı.

Bu fotoğrafa ne kadar baktığımı bilmiyorum fakat hayli uzun süre bakmış olmalıyım. Çünkü şekillerin sislendiğini, bulandığını, buğulandığını fark ettim önce. Sanki resim bana yaklaştı. İlk anda yorgunluğuma verdim, gözlerimi kırpıştırdım. Evet, biçimler yeniden netleşti. Ama başka türlü bir netleşmeydi bu. Birden yaprakların hafifçe oynamaya başladığını, üzerlerinde ışığın parladığını ve renklerin belirginleştiğini fark ettim. Derken bir canı olan her şey kıpırdamaya başladı. Çok geçmedi, mahşerî bir gürültü doldurdu kulaklarımı. Hayatın o sıcak uğultusu, rutubetli sıcağın içinden çarptı yüzüme. Bağırıp çağıran insanlar da yerlerinden doğrulan develer ve onların ağızlarındaki köpük kadar canlıydı. Tellâlın tokmağı davulun üzerine indi. Fotoğraf kartonunun üzerinde ölü bir an gibi donmuş olan hayat, bir film karesinin "devam" tuşuna basılmış gibi, kaldığı yerden devam etmeye başladı.

"Seferberliktir!" nidasını arka arkaya üç kez tekrarlayan tellâlın sesini duyunca bütün o hayat sahnesinin içine girdiğimi anladım. Tellâl koçaman davulunu olanca gücüyle döverken davudî bir sesle haykırıyordu. Ter yanağından akmıştı ve gömleği sırtına çoktan yapışmıştı.

"Ey ahali! Dinleyin! Duyduk duymadık demeyin! Seferberlik ilânıdır. Kara ve deniz ordularının seferberliği ve tüm müstahkem mevkilerin silâhlandırılması için Padişah efendimizden yüce irade çıkmıştır."

Tellâl "Seferberliktir!" diye bir kez daha bağırdığında anladım durumun vahametini. Seferberlik! "Memleketin maddî manevî bütün kuvvetini, yani askerî, ekonomik, psikolojik ve siyasî bütün güçlerini barış durumundan topyekûn savaş durumuna seferber etmesi. Yola, yolculuğa, savaş durumuna geçmesi."

Tellâlın peşine takıldım.

O, bir kez daha "Ey ahali!" diye bağırdı. "Seferberliktir!"

"Tiir" hecesi Boztepe'ye çarpıp Meydan-ı Şarkî'ye geri döndü, Ferah Lokantası'nın, Şems Oteli'nin camları zangırdadı.

Demek ki seferberlik ilânına denk gelmiştim. Ama hangi seferberliktir bu, hangi zamandayım, işte onu ilk anda çıkartamadım. İnsanların giyim kuşamlarından, Meydan'daki binalardan, havagazı sokak lâmbalarından, toprak zeminden filân 1900'lü yılların başında olduğumu az çok anlayabildim. Öyleyse hangi seferberlik? Millî Mücadele için erken olduğuna kanaat getirdim. I. Cihan Harbi mi? Yoksa Balkan Harbi mi? İkisinden biri. Hafifçe kırılmış olsa da nemli bir sıcak, basık bir hava vardı. Ağaçlar hâlâ yapraklıydı, sert bir rüzgâr, sayılı bir fırtına geçmemişti üzerlerinden. Tanımaz mıydım kendi şehrimin havasını ben? Güz mevsimindeydik. Eylül sonu? Ekim başı? Öyleyse? Aman Allah'ım! Aman Allah'ım!

Tellâl o malûm girizgâhı bir kez daha tekrarladı.

"Ey ahali!" Duyulduğundan emin olmak için biraz bekledi. "Duyduk duymadık demeyin!"

Ortalığa böylesi bir ölüm sükûneti çökmüşken, bir kulağı olan herkes kulak kesilmişken ve o böyle bir sesle haykırırken duymamak mümkün mü? Gerisi geldi:

"Balkan milletleri topyekûn harp hazırlığı içindedir."

Evet, yanılmamışım, Balkan Harbi Seferberliği. Okuduklarımdan hatırladığım tarihi, tellâlın haberiyle birleştirince 1 Ekim 1912'de olduğumuzu anladım.

Düşmemek için bir ağaca yaslandım.

Tellâl pek çok maddeyi arka arkaya sıralayarak devam etti; Osmanlı hükümetinin Rumeli'de kısa bir müddet evvel terhis ettiği orduyu şimdi yeniden ve topyekûn silâhaltına toplamak azimetinde olduğunu, Trabzon ve havalisinden 87. Alay adıyla bir alay oluşturulacağını, sadece yükümlülerin değil savaşa gönüllü olarak katılmak isteyenlerin de belediye idaresine başvurması gerektiğini bağıra bağıra ilân etti. Halkın sakin olmasını, fırınlara ve mağazalara yığılmamasını, aksi yönde bir emir çıkmadıkça ticarethanelerin açık tutulmasını, her türlü yardım için ilgili makamlara başvurulmasını da ekledi. Terini bohça büyüklüğünde bir mendille silerken aynı şeyleri iki sokak ötede tekrarlamak üzere arkasında devamlı artan bir kalabalığı sürükleyerek gitti. Duyurudan anlaşılan şuydu ki tez günde tez saatte 87. Alay'ın cepheye sevki için hazırlıklar tamamlanmalıydı. Büyük kattan gelen bu büyük emir milletin cümlesini yerinden oynattı. Kan kaybıyla zaten başı nicedir dönmekte olan Trabzon halkının da bütün millet gibi kalbi ha durdu ha duracaktı.

Orada öylece kalakaldım. En büyük hayalim gerçek olmuş, zamanda geri gitmiştim. De! Bula bula bu zamanı mı bulmuştum?

"Seferberlik." Neydi? Adı var tamam, etkisi de belli. Ama kendisi, maddesi, niceliği nasıl bir şeydi? Meclis-i Mebusan'da alınan bir karardı evvelemirde. Sonra Sultan Mehmet Reşad tarafından onaylanarak dönemin resmî gazetesi *Takvim-i Vekayi*'de yayımlanan bir kanun. Sonra Harbiye ve Dâhiliye nezaretlerine gönderilen bir irade ve merkezden bütün illere gönderilen bir telgrafname. Sonra? Sonra belediyeye, muhtarlıklara dağıtılan bir buyruk. Sonra tellâllarca okunan bir emirname, aynı zamanda bir yerlere yapıştırılan bir evrak. Ev ev, yüz yüze yapılan yoklama. Yani kaderi doğrudan değişmekte olan devletle yine kaderi doğrudan değişmekte olan milletin yüzleşme anı: Bundan sonra varlığın da yokluğun da benim için. Sadece benimsin.

Bu ana tanığım işte.

Tellâl iki sokak ötede bir kez daha "Seferberliktir!" diye bağırdığında düşüncelerimden sıyrıldım. Yaslandığım ağaca doğru yürüyen siyah çarşaflı yaşlı bir kadına baktım. Kırışıklar içindeki esmer yüzü açıktı ve gözleri yaşlıydı. İki adım attım sırtımı ağaçtan ayırarak. Durumumun garipliğine aldırmadan "Af edersiniz teyzeciğim" dedim. Bakışları beni delerek geçti, hiçbir şey duymamış gibi ileriye bakarak yürümeye devam etti. Bir daha sersemledim, kanım damarlarımda dondu sanki. O zaman sadece yaşlı kadının değil, yanımdan geçip giden onca insanın da bu kadar farklı görüntüme rağmen bir kez olsun dönüp yüzüme bakmadıklarını fark ettim. Oysa giydiğim kot pantolon da, yüzümdeki makyaj da en önemlisi açık saçlarım da onlara çok yabancıydı. Dönüp bakmaları lâzımdı doğal olarak ama bakmıyorlardı işte. Öyleyse evet, beni görmüyorlardı. Sağıma soluma bakındım, az ötedeki bir zücaciye dükkânına yaklaştım. Camekânının tam önünde durdum, baktım. Camların temiz yüzeyi de gökler kadar boştu. Elimi bastırdım kalbime, yerinden çıkmasın diye. Başım dönerken dükkânın kapısına tutundum. Görüyor ama görünmüyordum. Öyle mi? Konuşuyor ama işitilmiyordum. Dokunuyor ama fark edilmiyordum. Vardım ama yoktum. Gölgeydim sadece.

Bana tam anlamıyla ne olduğunu ancak o an anlayabildim. Ben de, Alice'i, Harikalar Diyarı'na geçiren ayna gibi bir fotoğraf kartonunun arkasına geçmiş, eski zamanın içine girmiş olmalıydım. O kadar istediğim, yakıcı bir hasret duyarak, imkânsızlığını bile bile içimde büyüttüğüm şey gerçek olmuştu ve en önemlisi de şuurum, bugünkü şuurumdu, yaşadığım zamana, şimdiki zamana aitti.

Ya Rabbi, bu benim zaman zaman öğrencilerimle oynadığım bir oyun değil miydi? Ve bir oyun kadar da hacimsiz değildi, hayatımın en büyük dileği, hatta cennet tasavvurumun aslî parçasıydı. *Beş Şehir*'in "İstanbul" bahsinde son bölümü sınıfta okurken oynardık bu oyunu, Tanpınar'ın "mazi ile hangi seviyede ilişki kurmamız gerektiğini" irdelerken uyardığı şeyi anlamaya çalışırken.

"Bugünün rüzgârında yıkanan mazi gülü" diyordu üstat. Geçmişi bizim için manalı kılan şey, ona bugünden bakıyor olmamızla alâkalıydı. Onun bugün ve yarın için bize vereceği hızdı aslolan.

Söz buraya gelince her yıl aynı neşeyle sorardım öğrencilerime.

"Şimdi bir zaman makinesine bineceğiz. Nereye gitmek istersiniz?"

Zaman sınırlı bir şeydi ve her yıl üç aşağı beş yukarı benzer cevaplar gelirdi: "Kanuni devrine. Fatih zamanına. Fransız İhtilâli'ne. Bolşevik Devrimi'ne. Osman Bey'in yanı başına. Göktürkler zamanına. Orta Asya'ya. Asr-ı Saadet'e."

"Peki" derdim. "Pekâlâ, gidiyoruz. Ama yanımıza almamız gereken bir şey var, o nedir?"

Çocuklaşırlardı ardına kadar açık pencerelerden Mayıs kokuları sınıfımıza dolarken.

"Defter, kalem, fotoğraf makinesi, cep telefonu, internet, şarj aleti." Gülüşürdük.

"Yoo" derdim. "Bunlar değil."

Ciddileşirlerdi bu kez. Dururduk biraz. Ses yok. Cevabı ben verirdim.

"Şu anki şuurumuzu alacağız yanımıza. Aksi takdirde bu yolculuğun hiçbir anlamı olmaz ki. Düşünsenize XVI. asra gitmişiz ama XXI.

asırdan geldiğimizi bilmiyoruz. O zaman ne anlamı var bunun? XVI. asırda yaşayan herhangi bir Osmanlı'dan ne farkımız kalır?"

Her şey gelip, bilmekte çözülürdü, onda düğümlendiği gibi.

"Bir daha düşünsenize" derdim. "Ya biz şu anda XXV. asırda bir zaman makinesine doluşarak XXI. asra seyahat etmiş zaman seyyahları isek. Ama o zamanki şuurumuzu yanımıza almadığımız için olup biteni anlamıyorsak. Görüyorsunuz işte, eğer bilmiyorsak bir anlamı yok ne olup bittiğinin. Biliyorsak her şey var."

Tellâlın davuluna inen tokmak damarlarımdaki kanı dondurmasa tadını çıkarabilirdim mucizeye benzer bu tecrübenin. Ama benim bildiklerimi şu kalabalığın bilmediğini, birkaç hafta, birkaç ay, birkaç yıl içinde olup bitecekleri düşününce ürperdim. Neler olacağını keşke ben de mi bilmeseydim? Keşke o kadar okumasaydım ya da şuurumu çalışma masamın başında bıraksaydım. Keşke aralarında kaderdaşlarından biri gibi ne olacağını bilmeden yaşayıp gitseydim. Bilgim de bilincim de yanımda oysa. Ben biliyorum ama onlar yarın ne olacağını bilmiyorlar. Önümüzdeki on bir yıl içinde yaşanacaklar ise akıllarının ucundan bile geçmez.

Belinde kuşağı, sırtında yeleği, ayağında poturları ile bir eşeği sürükleyerek yanımdan geçen genç köylüye baktım. İki haftayı bulmadan cephe yollarına düşecek olan şu saf delikanlı vatanı kurtarmaya gideceğini zannediyor. Ama ben? Ben öyle olmayacağını biliyorum. Koca devlet göz göre göre gidiyor. Benim gözlerimle bakınca göz göre göre geliyor gelecek olan. Ateş yoksa da duman çoktan boğula boğula, kıvrıla kıvrıla yükselmeye başlamış. Gemi batıyor.

Şu mahşer kalabalığına dönsem, meydanı hıncahınç dolduran bu insanları, kırmızı fesli efendileri, kıranta beyleri, hâkî üniforma içinde kılıç parlatan zabitleri, mülâzımları, mektep çocuklarını tutsam, yakalarından silksem, bildiğim onca şeye rağmen yine de bildiğimden en fazla emin olduğum şeyi onlara söylesem. "Gitmeyin" desem. Kareli çarşafları içinde yüzleri kapalı kadınları yakalasam kollarından sonra, "Göndermeyin" desem. Ama sesim yoktu, duymazlardı beni. Hoş, duysalar da ne fark ederdi. Bana mı inanacaklardı? Hangi birine mani olabilirim ki? Hem üçünü beşini engellesem bile ne değişirdi?

Kassandra lâneti bu. Olup bitecekleri bilip, görüp de önüne geçememek. Önüne geçememek çünkü buna kimseyi inandıramamak. Troya'nın son kralı Priamos'un kızıydı Prenses Kassandra. Verdiği sözü tutmamanın bedelini ağır ödemişti. Kendisine âşık olan tanrı Apollon'dan, aşkına mukabil, geleceği görme yetisi istemiş fakat Apollon ona bu yetiyi bahşettiğinde derin bir ikileme düşmüştü Kassandra çünkü bedenini tertemiz saklamak ve rahibe olmak istiyordu. Daha yüksek bir gerekçeyi sahiplenerek dönmüştü sözünden. Ancak öfkeli tanrı ona öyle bir karşılık vermişti ki Kassandra bundan böyle olacakları bilecek, görecek ama buna kimsecikleri inandıramayacaktı. Büyük ceza. Tahta atın karnında şehre kendi elleriyle aldıkları savaşçıların, Troyalıların sonu olacağını ayan beyan görmüştü Kassandra ama buna kimsecikleri inandıramamıştı.

Meydan'daki mahşerin ortasında Kassandra'ydım ben şimdi. Şu farkla ki kâhin Prenses'in görüp göreceği tek yangın vardı. Benimse dört bir yanda şimdiden tütmeye başlayan dumana bakılırsa göreceğim alevler yüzlerce Troya şehrini yakmaya yetip artacaktı.

Zaman zaman yaşadığım bir duygu, çok geçmeden bu seferberlik kalabalığının ortasında da yakaladı beni. Kendi zamanımda meselâ Uzun Sokak kalabalığında, İstiklâl Caddesi'nde, ya da Halep Çarşısı'nda veya benzer bir yerde yaşadığım o duygu. Bir an için başımı kaldırır, etraftaki telâşlı, koşuşturmalı, hep bir şeylere yetişmeye çalışan kalabalığa bakardım. Haklarında bir şey bilmezdim ama kesin olan tek bir şey var olurdu: "Bunların hepsi bir gün ölecek." Kendi zamanımda kurduğum cümle gelecek zamanlı olurdu. "Hepsi ölecek." Ama şimdi: -di'li geçmiş zaman hali.

"Bunların hepsi öldü çoktan. Hepsi ölümü tattı bile."

Ağzımı açtım. "Hepiniz öldünüz, biliyor musunuz?" diyecektim, "İstisnasız hepinizin ölü olduğu bir zamandan geliyorum ben."

Vazgeçtim. Söylesem de kimseler duymazdı, duysalar bile bakalım inanırlar mıydı?

Şehrimin sokaklarında peşine takıldığım tellâlın "Seferberliktir!" nidası beynimin içinde zonklarken kendi teorilerimden birinin daha yerle bir olduğunu fark ettim. "Olmuş bitmiş, devrini ve hükmünü kaybetmiş olaylar" der dururdum onların üzerinden geçerken. Oysa olmuş bitmiş, devrini ve hükmünü kaybetmiş olaylar için de ağlanabileceğini anladım. Çünkü hiçbir şey olup bitmiyordu ve demek her şey bitmeyen bir zamanda daha doğrusu zamansızlıkta biteviye yaşanıp duruyordu. Yaşanıp durmasaydı, şu an üzerinde sınav kâğıtları bekleyen bir masanın başında bir fotoğrafa baktığımı, buraya zaman aşırı geldiğimi bile bile böyle acı çeker miydim hiç?

Yine de birbirine zıt iki duygunun arasında kaldım; tanık olacağım dehşetin bilgisi ile nihayet zamanın yekpareliğinde geçmişin yaşanması. Bilen yanımla, yaşananlara tanık olup ben de yanacaktım. Ama rüya olmayacak kadar gerçek olan bu "rüya gibi"likte tarifi mümkün olmayan çok tatlı bir kamaşma içinde de kalmıştım. Aman Allah'ım, aklım başımda benim. Meydan'da toplanmış şu kalabalık arasında büyük büyük dayılarım, amcalarım, dedelerim var. Annem daha doğmamış ama yoluna çıkabilirsem anneannemle henüz gencecik bir kızken karşılaşabilirim. 1912. Demek anneannem henüz on beş yaşında. Henüz evli değil. Dedemle karşılaşmamışlar. Dedem henüz Tebriz'den gelmemiş bile. Demek ki İsmail henüz Balkan Harbi'ne gitmemiş. Hiçbirini bilmiyor anneannem bunların. Ama ben biliyorum.

Ne garip! Ben onların bildiklerini kabaca biliyordum ama onlar benim bildiklerimden tümüyle habersizdiler. Ne kadar çok şeyi bilmediklerini düşündüm. Evet, Nigâr Hanım henüz sağdı, Halide Edip *Seviye Talip*'le romancı şöhretini şu sıralarda kazanmıştı ama *Sinekli Bakkal*'a daha yıllar vardı. Yahya Kemal Paris'ten dönmemişti, Mustafa Kemal, Trablusgarp Savaşı'nda parlayan gencecik bir isimdi sadece. I. Cihan Harbi. Osmanlı'nın dağılması. Bolşevik Devrimi. Millî Mücadele. Türkiye Cumhuriyeti. II. Cihan Harbi. Sovyet Rusya. Atom bombası. Çernobil. Televizyon. İnternet. Cep telefonu. Şarj aleti... İnanılır gibi gelmedi bu durum bana. Eksiktiler. Sanki Âkif "Vurulup tertemiz alnından" dizelerini daha yazmadan yaşamak mümkün değilmiş gibi.

Sonra dönüp kendime baktım. Acaba ben ne kadar eksiktim? Henüz neler keşfedilmeden, icat edilmeden, neler yaşanmadan, neler olup bitmeden yaşayıp gidiyordum ben de? Çıkamadım içinden. Sonunda bıraktım bütün bunları düşünmeyi. Eski zamanın el değmemiş bir rüya anına rastladığım doğruydu, kendimi bu rüyanın tadına, o tatlı kamaşmaya bıraktım.

Tellâlı kendi nidalarıyla baş başa bıraktıktan sonra, sokak arasından çıkarak Meydan'a döndüm yeniden. Biraz daha sakinleşmiş olarak etrafıma bakınmaya başladım. Bizim, Meydan olarak bildiğimiz bu yere onlar Meydan-ı Şarkî yani Doğu Meydanı diyorlar, dahası Hıristiyan nüfus burada yoğunlaştığından adı halk dilinde Gâvur Meydanı buranın. Benim zamanımda Meydan'ı dolduran büyük taş yapıların çoğu yerinde yok, o zaman var olanların da çoğu bugün yok. İsmini bildiğim, resmini gördüğüm binalar ise işte karşımda. Vapur şirketlerinin acenteleri; önce telgrafhane, sonra Selâmet Oteli olan bina; İskenderpaşa Medresesi, Millet Parkı, Şafak Oteli, Ferah Lokantası. Ya Rabbim hepsi burada. Şurası Arafilboyu'nda Limonlu Sokak, şu da Tekke Mahallesi.

Ne yapacağımı nereye gideceğimi düşünmeden Cihan Oteli'nin önünden geçerek denize inen İskele yoluna saptım önce. Atlarla, arabalarla dolu bu gürültülü sokağın başında her biri koyun büyüklüğünde sokak köpekleri boylu boyunca uzanmış, kimsenin onlara dokunmayacağından emin, derin derin uyuyorlardı. İhtiyarlardan birkaçının onları rahatsız etmemek için yollarını değiştirdiğini, kenarlarından geçtiğini ya da üstlerinden atladığını gördüm. Bahçe duvarlarından nar, portakal, turunç ve limon dalları sarkıyordu. Trabzon hurmaları olgunlaşmaya başlamıştı ve yeşili yorulmuş otların arasındaki taşlardan fışkırmış yabanî incir ağaçları hâlâ yaz kokusu salıyordu. Şehrin basamak basamak denize doğru indiği, bütün sokakların önünde sonunda denize açıldığı, araya yolun girmediği zamanlardaydım. Liman henüz eski halindeydi ve yolun sonunda kumsallar uzanıp duruyordu.

Biraz daha ilerleyince kapılarda bekleyen süslü faytonları, landoları, onların yanında bekleyen arabacıları ve hemen önde resmî giysili kapıcılarıyla yol boyunca sıralanmış meşhur konsolosluk binalarını tanıdım. Rusya, İran, Belçika, Fransa, İtalya, Avusturya-Macaristan, Kuzey Almanya bayraklarını ya da yazılarını çıkarabildim. Başında tüylü şapkasıyla İtalyan konsolosu kendi binasına girerken de; papağı, vişne rengi uzun etekli kaşmir ceketiyle İran konsolosu kendi binasından çıkarken de; Rus konsolosluğunun önünde bir madam arabaya binerken de tarihî bir film seyrediyorum sandım. Geri döndüm sonra. Meydan-ı Şarkî'yi seferberlik şaşkınlığı içinde bırakarak güllerin deli gibi açtığı, bitmeyen yazlara dâhil bir Ekim gününde 97 yıl önceki şehrimin sokaklarında dolaşmaya başladım.

Ne garip, kendi şehrimde olsam da çok yeri tanımıyordum. Bu şehrin sokaklarında bir yabancı gibi dolaşmak benim kaderimmiş. Kendi zamanımda tanınmadan adım atmayı seviyordum. Yalnızdım ve insanları seviyordum ama yine de yalnızlığımı daha çok seviyordum. Şimdi de kendi zamanımdaki kadar yalnız ve yabancı, adım adım sokakları geçiyordum. Trabzon'un eski yüzünü görmekle eski Trabzon'un bilmediğim yüzlerini görmek arasında çok fark vardı. Maraş Caddesi henüz Ruslar tarafından açılmamış ama onun yerinde uzanan ince, küçük bir yol var. O yol boyunca ilerlemeye, ara sokaklara girip çıkmaya, arka sokaklara sapmaya başlayınca karşılaştım o bilmediğim yüzle. Metropolitan Kilisesi, Rum Koleji, Rum Hastanesi, Ermeni Mektebi, Ermeni Kilisesi... Şu denizi, Boztepe'yi, Yoroz burnunu, Faroz'u, Moloz'u, Sotka'yı tanımasam kendi şehrimi çıkarabilir miydim acaba? Ama yo, Gazipaşa Yokuşu, Cumhuriyet Caddesi yerinde olmasa da işaret taşlarım yerli yerindeydi. Daracık sokaklar üzerinde hepsi de bahçe içindeki evleriyle Trabzon'un aşina yüzü ve onların arasında İmaret Mezarlığı, Gülbahar Türbesi, Yeni Cuma Camii kendi yerlerinde duruyordu ve hele şükür Uzun Sokak o zaman da bugünkü gibi boylu boyunca uzanıyordu.

Bu hengâme, bu velvele ortasında görünmediğime ve dokunulmadığıma duyduğum emniyetle kendimi gidişata bıraktım. Hayy'sın Allah'ım. Selin ortasında damla ne kadar emniyetteyse ben de o kadar emindim nihayetinde. Meydan'dan Uzun Sokak'a saptım. Kitapçı Hamdi'nin, Trabzon'un bu meşhur kitapçısının, adını o kadar işittiğim dükkânının önünden geçerken bu yaşadığımın ne olduğunu artık düşünmeyecek, nasıl taşıyacağımı hesaplamayacak denli tatlı duygulara bırakmıştım kendimi. Camekânın üzerinde *Âyine-i Efkâr* yazısını parlatan Kitabî Hamdi'nin bu, Uzun Sokak'taki kaçıncı dükkânıdır acaba? Vitrinde önce *İbrahim Cudi Lügati*'ni tanıdım. El aman! Bu lügatin kelimeleri arasında az dolaşmamış, az kaybolmamıştım.

Usulca süzüldüm kapıdan içeri. Raflarda sıralanmış Ekrem'leri, Ahmet Midhat'ları, Halit Ziya'ları, Mehmet Celâl'leri, Safvet Nezihî'leri görüyordum. Şu yığın ayrılmış, kıraathanelere gönderilecek; şu yığın, Kitabî Hamdi'nin kendi yazdığı *Kıraat-i Etfal, Kıraat-ı İbtidaiyye* kitapları. Şu, derin bir sohbete daldığı zat da Sultanî'nin meşhur edebiyat öğretmeni İbrahim Alâeddin Bey olmalı, Gövsa.

Şimdi Hamdi Efendi'nin yanına gitsem. Otursam karşısına, kendimi göstersem. "Biliyor musun?" desem, "Haberin var mı? Dört yıl sonra bu şehir Ruslar tarafından işgal edilecek. Bütün şehir halkıyla birlikte sen de yerini yurdunu, dükkânını, ekmek kapını, kültür ocağını bırakıp muhacirliğe çıkacaksın."

"Deli misin sen?" derdi herhalde. Aldırmasam, devam etsem:

"Döneceksiniz geriye. Ama döndüğünde bütün dükkânını Rumlar tarafından yağmalanmış bulacaksın."

"Deli misin sen?" derdi herhalde bir daha.

Diyemedim tabii. Onun yerine camekân önünde sıralanmış kiralık kitapları okşamakla yetindim. Popüler edebiyat. Geceliği çok ucuz; *Zavallı Necdet, Mehcure.*

Yola devam ettim. Çarşı Camii'ni, Muvakkithane'yi geçip de Bedesten'e giden yol üzerinde olduğumu anlayınca aktarlar çarşısına uğramadan edemedim. Binbir çeşit baharat kokusunun birbirine karıştığı çarşıya daha ilk adımı atınca başım döndü. Kubbelenmiş çivitleri mavisinden, safranı sarısından, tarçını çubuğundan, karabiberi habbesinden, anasonu kokusundan, reçineyi buğusundan, kelle şekerleri mor kalın kâğıdından, mercanköşkü renginden tanıdıysam da geriye tanımadığım binbir çeşit baharat kaldı.

Tabakhane ve Zağanos köprülerinden geçerken en çok da bu derelerin suyunun ne kadar çok ve temiz olduğuna hayret ettim. Neredeyse gümrah birer ırmak gibi akıyorlardı. Şimdilerde cılız birer suydular oysa. Ortahisar'a vardığım sırada caminin minaresinden derin, yanık bir ezan sesi yükseldi. Üzerine seferberlik tedirginliği sinmiş ses, perdesiz peçesiz, hançereden çıktığı gibi içli, hiçbir metalik engele takılmadan, başkalaşmadan, sunîleşmeden, insanın kalbine çarpan bir saflıkta yayılıyordu. Namaz hazırlığındaki cemaat ise bir yandan hararetli hararetli seferberliği, yaklaşan savaşı tartışıyordu. Onlar namaza durdular. Ben? Seferî miyim değil miyim, bir türlü kestiremedim. Dahası, kılsam mı kılmasam mı, karar veremedim. Onları orada bırakarak birbirine yakın evlerin sıralandığı daracık sokaklardan birine daldığımda içimi gölgeli bir serinlik kapladı. Yalan değilmiş eskiden her şeyin daha güzel olduğu; bir nostalji sayıklaması değilmiş. İşte gözlerimle görüyordum. Sokaklar eğri büğrü olsa da kâgir evlerin hepsi bahçe içinde tek ya da iki katlı, kiremit damlı. Bütün şehir gibi burada da yüksek duvarların arkasından sokağa sarkmış portakal ve turunç ağaçları, nar dalları var, aralık kalmış kapılardan içeri çekincesiz göz attığımda taşlığın iki yanına sıralanmış gülhatmiler, sarmaşık gülleri, büyük ve keskin kokulu karanfiller, duvar diplerinde mor, kırmızı, pembe, beyaz sardunyalar. Hepsinin güzelliğine işte ben tanığım.

Gölgelerin enine kestiği sokağın ıssızlığında biraz daha yürüdüm. Cıvıl cıvıl sesler gelmeye başlayınca kulak kabarttım ve yolun sonunda mescidi seçebildim. Alçak pencerenin şebekeleri arasından eğilip bakınca servi ağaçları, gülhatmiler, yabanî gül sarmaşıklarından ibaret bir minyatür sahnesiyle karşılaştım. Su kokan avlunun ortasında bir şadırvan ve etrafında revaklara açılan sekiz ders odası vardı; odaların kapıları, içeri giren herkes ilmin ve muallimin önünde saygısını göstersin, kendi acizliğini bilsin diye, ortalama insan boyundan alçak yapılmıştı.

Sağa sola dağılmış çocukların haykırışları bitip tükenecek gibi görünmüyordu. Gülümsedim, seferberlik umurlarında değildi. Derken beyaz sarıklı, beyaz sakallı, çok zayıf ve dimdik bir hoca efendi siyah cübbesi içinde görününce çocukların ders odasına doğru koşuştuğunu gördüm. Fakat içlerinden ikisi oyuna dalmış, ne hoca efendinin geldiğini ne de arkadaşlarının ders odasına girdiğini fark edebilmişlerdi. "Eyvah" dedim. "Gitsem, omuzlarına dokunsam, çoktan sınıfa girmiş hoca efendiyi göstersem işaret parmağımla." Mümkün değil. Çaresiz bekleyip ben de görecektim.

Çok geçmedi, hoca efendinin gönderdiği sınıf mümessili geldi, çocukların başına dikildi. Bizim haylazlar o kadar kendilerinden geçmişlerdi ki ne mümessili fark edebildiler ne de ders odasının kapısında ve pencerelerinde birikmiş küçücük başların hep bir ağızdan bir makama başladıklarını:

Ooo Ali ile Veli
Hoca efendi geldi
Değnek minder altında
Uzun mu uzun eli

"Ali ile Veli" ancak mümessil çocuk küçük bir pençeye benzeyen eliyle sırtlarına dokunduğunda kendilerine gelebildiler. Utançtan kıpkırmızı, terden sırılsıklam ve korkudan titreyerek koştular içeri. Ceza belliydi, bütün ders boyunca tek ayaküstünde duracakları kapı arkasına geçtiler.

Dersliğin açık kapısından içeri uzattım başımı. Dört tarafı dolaplar ve peykelerle çevrili, sıra sıra rahleler ve minderlerle döşeli bir derslikti bu. Kestane tahtasından zemin hoca efendinin haremi ve kızı tarafından fırçalanmış, henüz kışlık kilimler serilmemişti. Rahleleri önündeki öğrenciler de beyaz bir koyun postu üzerindeki hoca efendi gibi diz kırarak oturmuşlardı. Hoca efendi, bir gözü tek ayaküstünde duranlarda bıyık altından gülerken, yeni başlayanlara temel bilgileri sayılarla ve tekerleme suretinde belletiyordu. O, değneğini tahtaya vurarak soruyor, sınıf hep bir ağızdan avazı çıktığı kadar bağırarak cevap veriyordu:

"Bir nedir?"

"Al-laaaah."

"İki nedir?"

"Teyemmümün farzla-rıı."

Hoca efendi, "Teyemmümde iki darb bir mesih tek maddedir" diye uyarırken değneğini üç kez kara tahtaya vurdu:

"Üç nedir?"

"Guslün farzla-rıı."

"Dört nedir?" Değnek dört kere vurdu.

"Abdestin farzla-rıı."

"Beş nedir?"

"İslâm'ın şartla-rıı."

"Rıı" heceleri uzayıp gidiyordu.

"Altı nedir?"

"İmanın şartla-rııı."

"Yedi nedir?"

"Cehennemin kapıla-rııı."

"Sekiz nedir?"

"Cennetin kapıla-rııı."

Hoca efendi, cenneti cehennemden bir fazla kılan kapının tevbe kapısı olduğunu anlatmaya başlamıştı ki ben yan sınıfa geçtim. Orada da bir başka hoca efendi ileri seviyedeki öğrencilere Kur'ân hıfzı talim ediyor, elinde odun saplı bir kurşunkalemle, yanlış okunan bir kelimenin geçtiği satırı göstererek harflerin mahreçlerini, tecvidin kurallarını hatırlatıyor, ertesi günkü "haslama" esnasında bunları gözden geçireceğini söylüyordu. Aklım geride kalsa da mescidden, dersliklerden, çocuklardan, hoca efendilerden ayrıldım. Şehrimde şaşkın şaşkın dolaşırken bu defa kendimi Rum Mektebi'nin önünde buldum.

Çocuk her yerde aynı, her mektepte uçarı. Teneffüs vakti, kumsala inmiş, oynuyorlardı. Denizle arasına şimdi uzun mesafeler girmiş bu okul o vakit kumsala nazırdı. Hava öyle sıcak, Ekim denizi öyle sakindi ki suyun kenarında tek kıpırtı yoktu ve sabah kıyıya çekilmiş sandalların izinde tek kum tanesi bile yerinden oynamamıştı. Kumun üzerine oturdum ben de, ayaklarımı uzattım. Denizin çoktandır unuttuğum kokusunu çektim içime. Hangisidir, Kemerkaya sahilindeki Virankaya'yı çıkarmaya çalıştım. Teneffüste bile ders kitabı okuyan iflâh olmaz çalışkanları, gölgelerini uzata uzata koşan, suya taş atıp kaçan çocukları seyrettim bir süre. Hadise çok geçmeden başladı. İki çocuğun boyun bağlarını çözdüğünü, yeleklerini, gömleklerini çıkardığını gördüm önce. Birkaç adım sonra pantolonlarını, kunduralarını, çoraplarını da çıkardılar ve koşarak kendilerini yazı aratmayan bu sıcakta suya attılar. Sırtüstü yüzerek denizle gök arasında iyice açıldıklarında kıyıdaki bütün seslerin kesildiğini de fark edemediler tabii. Oysa siyah cübbeli, kara sakallı papazların koşuşturduğu avluda kravatı, ceketi ve şapkasıyla tabiat dersinin öğretmeni görünmüştü çoktan. Bir elini dudaklarına götürerek talebelerine "sus" işareti yapan öğretmen, diğer eliyle ders odasını gösterdi. Kendisi de dut ağacına yaslanarak sudaki kaçakları bir süre göz hapsine aldı, sonra dersliğe geçti. Kafatasından başlayarak iskeletin kemiklerini anlatmaya başladı.

Denizdekilere gelince; cıva kadar durgun ve parlak suyun koynunda yüzdüler, yarıştılar, birbirlerinin omuzuna çıktılar, ters takla attılar, dalıp dipten kum, çakıl çıkardılar, "Suyun altında kim daha çok kalacak?" oynadılar. Suda yapacak bir şey kalmayınca bu kez kendilerini kıyıya, güneşin altına attılar, kumun üzerinde küçük ve mutlu merkepler gibi debelendiler. Neden sonra etraftaki bıçak kesmez sessizliği fark ettiklerinde akılları başlarına geldi ama olan olmuştu çoktan. İskeletin kemiklerini bu defalık kısa kesen öğretmen, sırtını yeniden dut ağacına vermiş, onlara bakıyordu ve gözlerindeki ifadeye bakılırsa kıyamete değin o ağacın dibinde beklemeye kararlıydı.

Gülümseyerek ayrıldım. Herhalde tek ayak cezası onlar için de yeterli olacaktı. Benimse bu zamansızlıkta bile zamanım azdı.

Benim de mezunlarından biri olduğum Trabzon Lisesi'nin karşısındaki türbeyi, geniş çayırların üzerine serpilmiş türbeleri geçerek Kavak Meydanı'na geldim. Adı kimi Kavak kimi Kabak olarak telâffuz edilen bu meydan spor müsabakalarının ve bayram eğlencelerinin yapıldığı yerdi aslında. Ellerinde çevgânlarıyla cirit atanların koşuştuğu çayırlarda bayram günleri çeşitli eğlencelerin, panayırların kurulduğunu biliyordum. Neşeli satıcıların gözümün önünden geçtiğine, türlü müziğe, dönme dolaplara bakılırsa bir bayramdan henüz çıkılmış olmalıydı. Bir kenara çekildim, etrafı seyretmeye başladım. Rusya'dan gelmiş cambaz, ipin üzerinde önce yürüdü sonra tam orta yerde sandalyesini kurdu, sigarasını tüttürdü. Şerbetçiler, şıracılar, simitçiler, helvacılar, lokumcular, macuncular tenteli işporta arabalarını ite ite dolaşıyorlardı; kahveciler, çaycılar dizi dizi tezgâhlarını açmışlardı. Çoğunun İranlı olduğu kıyafetlerinden belli olan çaycıları görünce heyecanlandım. Tezgâhlarında Rus işi, damgalı, pirinç semaverler haznelerindeki kor kömürden har almış, fokur fokur kaynamaktaydı. Kokusundan kekik ve karanfili ayırt edebilsem de çeşitli baharatlar katarak harmanlanan bu çayı yudumlayamadım. Porselen demlik gibi kırmızı çay tabaklarına resmedilmiş palabıyıklı, ihtişamlı İran Şahı'nı da tanıyamadım.

Bunca yere uğrayarak, sağda solda oyalanarak gün boyunca şehrimi bir baştan bir başa dolaşmıştım. Ne hazin, bu şehirde benim bir evim yok. Fakat "evim" diyebileceğim bir ev var, şimdi oraya gideceğim. Büyükannemin baba evine. Mahallesini biliyorum. Ne zaman bu yedi kapılı şehrin Fatih kapısından geçerek sur içine girsek, birkaç sokak ötede annem yerini gösterirdi, "Annemin baba evi buradaydı" diye. Sonunda akşam inerken büyükannemin mahallesine geldim. Deniz yerli yerinde, hayli yıkık olsa bile Fatih'in kapısı da. Öyleyse buralarda bir yerde olmalı. Ama bunca evden hangisi? Bahçesinden nar dalları sarkan bir evin neftî renkli kapısına sırtımı yaslayıp etrafıma ne kadar bakındıysam da, acı incir kokan sokaklara ne kadar girip çıktıysam da olmadı. Bu kadar yakınına gelsem de hem yerlisi hem yabancısı olduğum bu şehrin Pazarkapı Mahallesi'nde "Eski Ev"i bulamadım.

Bulduysam da tanıyamadım. Yanından geçip gitmiş olmalıyım.

Kendime geldiğimde çalışma masamın başındaydım. Fincanımdaki çay önümde duruyordu ve dumanı hâlâ tütüyordu. Arkama yaslandım. Ellerim iki yana düştü. Doğru muydu? Ben, bütün bunları yaşamış mıydım? Bir tebessüm takıldı dudağıma. Kan bastı bedenimi. Dahası yoktu bunun. Bir ömür boyu aradığı metni ele geçiren ama onun alfabesini çözemeyen birinin o alfabeyi ansızın çözdüğü anda hissettiği ne ise ona benzer bir duygu. Nihayet, kurguyla gerçek, tarihle bugün, resimle hayat, düşle hakikat arasında bir köprü uzatmıştım. Bir şeye, ulaşılması imkânsız bir şeye düpedüz dâhil olmuş, kimsenin yaşayamadığı bir şeyi biricik olarak yaşamıştım. İlk kez, hayatımın sebebi yani varlığımın ta kendisi olan bir kadınla bir erkeğin hayatını romanda ararken ben de hayatın içine düşmüş ve ilk kez hayatı kendim için yaşamıştım. Ben ki ömrüm boyunca seyredip de içine girememekten, yaklaşıp da yaşayamamaktan şikâyet edip durmuştum. Bundan sonra ölsem de gam yemezdim. Seferberlik günü, Taht-ı Süleyman'ın örtüsünün saçak ucunda bir inci tanesiydim, zaman da bendim mekân da. Geçmiş'te değil şimdi artık tam içindeydim. Daha doğrusu "geçmiş değil, şimdi de değil"deydim. Ne yarın vardı, ne dün ne bugün. Mutlak bir anın içindeydim. Ama bütün bunları anlatacağım biri? Kim inanırdı? Her şeyi teneke kutunun içine doldurdum. Paslı kapağı sıkı sıkı kapadım, masanın en uzak köşesine ittim. Sınav kâğıtlarını okumaya başladım.

Ertesi gün pazar, evde ve aynı masanın başındayım. Defterim önümde açık, kalem bir kenarda boynu bükük. Günler bir avuç, ikindi çoktan geçmiş. Şubat güneşinin donuk sarı ışığı tül perdenin gül desenlerini defterimin üzerine düşürüyor. Yerimde duramadım. O şey içimden taşıyor yine. Teneke kutuya uzandım tekrar, paslı kapağı kaldırdım. İkinci fotoğrafı elime aldım. Pazarkapı kumsalında, geniş bir bahçe içinde, iki katlı bir ev bu. Anneannemin, bir türlü bulamadığım baba evi. Karıncaların su içmeye inse incinmeyeceği günlerden birinde çekilmiş olmalı bu fotoğraf. Çünkü deniz, denizden çok durgun bir göle benziyor. Masamın gözünden büyüteci çıkardım, incelemeye başladım. Bahçede ayrı bir yere kurulmuş yerin mutfak olduğunu tahmin edebildim. Şu tek göz oda çamaşırlık, şu hamamcık, şu da müştemilât olmalıydı. Evin üst kat çıkmasındaki pencerelerden biri açıktı ve perdenin yarı dışarıda olduğuna bakılırsa tatlı esintili bir gündü. Bir eski zaman hikâyesinin içine girebilmek için hayatın böyle bir sahnesinden daha uygunu olamazdı. Olacaksa böyle bir günde olmalıydı.

Önce deniz, kumsalla dudak dudağa geldiği yerde kıpırdamaya başladı sonra ağaçlarda dallar hafif hafif oynaştı. Fotoğrafın sepya renkleri değişti, yapraklar ağır ağır yeşerdi, deniz maviye, ev kirli sarıya, kiremitler kırmızıya döndü. Mutfağın camsız pencerelerinden, içerideki biri genç kız diğeri orta yaşlı iki kadını seçebildim. Ayak seslerinin işitilmesi ile yer ocağının üzerindeki reçel kazanının fokurdaması aynı ana rastladı, hayat durduğu yerden, film dondurulduğu kareden devam etmeye başladı. Bahçeden sarkan nar dallarını, neftî boyanmış kapıyı dünya gözüyle görünce seferberlik günü tanıyamadığım evi tanıdım, şaşkın şaşkın etrafa bakmaya başladım. Büyük evin yüksek duvarlarını, o duvarlardan birine bitişik yükselen bir başka evin varlığını, üstelik o zamanlarda olmaması gereken bir şeyi, küçük pencerelerden birinin Eski Ev'in bahçesine açıldığını gördüm. Demek iyi komşulardı bunlar, arada bir "maraza" çıkmamış, soluğu kadı'nın kapısında almamışlardı ve *Trabzon Şer'iye Sicilleri*'nden birine bir dava bırakmamışlardı. Oysa az değildi "Bahçeme pencere açtın" diye kadı'nın, mahkemenin yolunu tutup davalı olanların sayısı bu devirlerde.

Hangi zamanda olduğumu anlamaya çalıştım. Balkan Harbi seferberliğinin ilân edildiği gün gelmiştim ilk kez eski Trabzon'a. Oysa şu anda ortalıkta seferberlik havası filân yoktu. Tam tersine, yanımdan geçip giden kadınlar, erkekler gayet mutlu görünüyorlardı. Ben birinci fotoğrafa vaktinden evvel bakmışım galiba. Şimdi aynı yılda ama bahar başlangıcında olduğumu tahmin edebiliyorum. Sanırım bu kez altı yedi ay kadar öncesine geldim.

"Zehra!"

Büyükhanım başını kaldırdı, yılların telâşesi ile yorgun sesini mutfağın dişsiz, karanlık bir ağız gibi açılan camsız pencerelerinden üst kattaki çıkmanın penceresine yolladı.

"Zehra!" diye seslendi yeniden.

Yukarıdan "Efendim!" diye cevap geldi.

"Kilerden ayva getir biraz, komposto yapacağım kızım."

Duvarın kenarındaki nar ağacına dayanmıştım. Bir bedenim olsaydı sırtımdan aşağı ter inerdi herhalde. "Zehra", bu benim büyükannemin adı. Demek oradaydı, şu sundurmanın üzerindeki çıkmanın açık pencerelerinin ardında. Nar ağacından ayrıldım, taşlığı boydan boya yürüdüm, iç kapıdan girdim, iki odanın açıldığı genişçe sofayı geçip, hafifçe dönen merdivenden usulca yukarı seğirttim.

Denize bakan çıkmanın içinde, geceleri açılan gündüzleri dürülen döşeğinin üzerinde oturuyordu. Sağ ayağını altına almış, diğerini uzatmıştı. Dirseğini pencerenin pervazına dayayarak elini şakağına yaslamıştı. Başında, ensesinde düğümlediği vişne rengi bir örtü vardı ve iki damla inci kulaklarında parıldıyordu. Üzerine bir resim çiziktirilmiş kâğıtla kalemi bir tarafa bırakmış, denize bakıyordu. İlk karşılaşmamızdı, onu dünya gözüyle ilk görmem. Demek resim yapıyordu. Üzerine çarşaflar, elbiseler asılmış gerili ipin az ötesinde merdivenin korkuluklarına yaslandım. Derin bir nefes aldım. Bir sesim olduğuna inansam, "Bak bana, benim, ben!" diyecek, tanışlık verecektim.

"Sen de kimsin?" diyecekti herhalde.

"Ben senin torununum" diyecektim. "Hiç görmediğin, sen öldükten çok sonra doğmuş olan torunun. Hem bakma torunun olduğuma. Yaşım, senin şu an olduğun yaştan bir hayli büyük. Hatta öldüğün yani öleceğin yaştan bile."

Olmadı. Sessizce izledim.

Mutfaktaki ses tekrarladı, "Kilerden ayva getir biraz kızım, duymuyor musun?"

Zehra başını kaldırdı, yüzünü ekşitti. "Olmaz."

Sıkıntıyla söylendi Büyükhanım: "Niye kızım?"

"Bilmiyormuş gibi davranma. Ayva tutamam ben, bilmiyor musun? Bakamam bile."

"Öyle ya!"

Büyükhanım unutmuştu ama Zehra ayva tutamaz, bakamaz, adından bile hoşlanmazdı. Meyvesi bir yana, ayvanın yaprağına, ağacına bile dokunamazdı. Ah bu kız ne kadar da şımarıktı.

Büyükhanım, taş teknenin başındaki Keyfiye'ye -bu adı da nereden bulmuşlardı- reçeli taşırmamasını, zamanı gelince pilâvın pirincini salmasını -ayıklanmıştı-, ıspanakları yıkamasını, fındıkları kırmasını -şuraya çıkarmıştı işte-, zamanı kalırsa eve geçip sofanın ortasındaki masa lâmbasının karpuzunu silmesini -sakın ha kırmasındı- tembihleyerek zembilini koluna taktı, önce kilere uğradı ayvaları aldı, sonra arka bahçeye doğru yollandı.

Ben de peşine takıldım. Taşlığa çıktığında Büyükhanım, tulumbanın önündeki oluğun yosunlarına baktı. Temizlemek lâzımdı bunu ama o söylemezse kimsenin umurunda değildi böyle işler. Başını esefle salladı. Aradaki tahta kapıyı itti, meyve bahçesine geçti. Ellerini belindeki önlükle kurularken kuyunun yanındaki taşa oturdu, mavi hırkasının birkaç düğmesini açtı, kendisini derin bir sessizliğin ortasında bir parça dinlenmeye bıraktı. Mart ayının o şaşırtıcı ve ani sıcaklarından biriydi ve eğer böyle giderse tomurcuklar herhalde bir gecede fışkıracaktı. Hafif bir esinti birkaç dalı oynatırken Büyükhanım üzerinde bir çift göz hissetti. Başını kaldırdı, yanılmamıştı, Siranuş Hanım'la göz göze geldi. Komşusu, Hayganuş'u sıkı sıkı kucaklamış, küçük pencereden dışarı baktırıyor, bir yandan da Büyükhanım'a lâf yetiştiriyordu.

"Huysuzlandı yine komşucuğum, hastalandı biraz, hava alsın diye pencereye çıkardım."

"Ah bu pencere!" diye geçirdi içinden Büyükhanım. Hacıbey'e kalsa çoktan mahkemenin kapısına dayanacak, bahçesine, mahremiyetine açılmış bu bir çift gözü kapattıracaktı külliyen. Evine göz dikmiş bu yabancı pencereden oldum olası hoşlanmamıştı Hacıbey.

Büyükhanım'sa daha bu mevzuun açıldığı ilk gün, "Bu evi öyle satın aldılar" demişti. "O pencereyi de onlar açmadılar." Ve eklemişti:

"Hem Siranuş Hanım benim en iyi komşum. Varlığındansa yokluğunun zararı dokunur bana."

Siranuş Hanım'ın kocasını ise o pencerede bir kez olsun görmemişti. Nasıl görsün, sabahtan akşama kadar meşguldü kumaş tüccarı Aramyüs Efendi. Hem görse bile ne fark ederdi? Pencere işte! Burası da arka bahçeydi.

Büyükhanım'ın genç kızlığında anlatılanlara bakılırsa daha da eski zamanlarda Trabzon'un Rum ve Ermeni mahalleleri, Müslüman mahalleleriyle bu kadar iç içe değildi. Ama zamanla şehir içinde sınırlar atlanmış, diğer mahallelere dal budak salınmış, Müslüman mahallelerinde de evler açılmıştı. "Gâvur" sıfatı bazen çekinceli bazen mesafeli çoğu zaman ağır cüssesiyle isimlerinin başında dursa da asırlar içinde onlarla komşu olunmuş, komşuların birbirinin külüne muhtaç olduğu kısa zamanda anlaşılmıştı. Yeri gelince korumalı kollamalı, mahkemede vekil şahit, han odasında hami, kahvesinden kırk yıl hatırlı, yeri gelince Trabzon denizinin mizacından nasipli, kanlı bıçaklı olunmuştu. Kim "Aralarından su sızmazdı" dese yalan olurdu yani. Ama sudan sebeplerle olurdu bu. Geçimsizlikleri Müslüman ahalinin birbiriyle geçimsizliğinden başka türlü değildi hâsılı, toprak onları da kendisine benzetmişti. Türk'le Ermeni'yi mahkemeye düşüren sebep Türk'le Türk'ü mahkemeye düşüren sebepten farklı değildi ve gerisi önemsizdi. Sonra? Sonrası sen sağ ben selâmetlik, iyilik güzellikti. Nicedir tatsız haberler tatsız olaylar eksik değildi gerçi, ağızlarının tadı bozulmaya başlamıştı handiyse. Ama Büyükhanım, Siranuş Hanım'dan razıydı, Allah da ondan razı olsundu.

Büyükhanım bir yandan Siranuş'a lâf yetiştirir bir yandan da bunları düşünürken bense içine çekildiğim bu harikulâde oluşta daha da harikulâde olan şeyi fark ettim. Bir köşeye sinerek seyrettiğim bu insanların, edebiyat terminolojisiyle konuşursak, "hâkim bakış açılı" bir anlatıcı kulağımın içine fısıldar gibi, düşüncelerini de okumaya başlamıştım.

Akşam sofrası kurulduğunda Hacıbey, Trabzon Sultanîsi'nin malûlen emekli hendese muallimi, 93 Harbi gazisi; kasığından kesik sağ bacağının yerinde yıllardır taşıdığı takma bacağı Büyükhanım'ın yardımıyla dizinden kırıp da alçak bir iskemleye otururken -mindere oturamazdı-,

"İsmail gecikti" diye mırıldandı.

İsmail. Trabzon Sultanîsi'nin son sınıf öğrencisi.

"Gelir birazdan."

Geldi.

Kapının çıngırağı çekildi önce. Zehra yerinden fırladı.

"Ben açarım."

Zehra'nın peşine takıldım, o, bahçe kapısına koşarken ben sofa kapısına yaslandım. İsmail'i göreyim.

Gördüm. Bahçe kapısından içeri girdi, taşlığı boydan boya yürüdü. Yanımdan geçerken yüzüne baktım. Orta boylu, incecik, kumral saçlı, gözleri sükûnetli bir kehribar yeşili; tıpkı Zehra gibi saz benizli. Demek buydu annemin hiç görmediği İsmail dayısı. Devlet-i Âliye'nin Rumeli adağı, kurbanlık koçu, Zehra'nın İsmail'i.

Henüz lise son sınıf öğrencisi olmasına rağmen benim zamanımdaki üniversite öğrencilerinden çok daha olgun görünüyordu. O zaman aklıma yine annem geldi. "Bizim zamanımızda lise öğrencileri kocaman adamlardı, ortaokul kızları da evli barklı kadınlar kadar gelişmişti" der dururdu. Haklıymış. Annemin zamanında öyleyse, Zehra'nın zamanında, işte ben şahidim, haydi haydi böyleydi. Hem İsmail çok yakında Darülfünun'un Felsefe şubesine yazılacaktı, İstanbul'u görecek, orada okuyacaktı. Bir de şiir kitabı yazacaktı.

Sofanın ortasındaki yeşil çini sobanın ateşi geçmeye yüz tutmuş, bakır mangalda kıvama gelmiş közün külü açılmıştı çoktan. Masanın üzerinde şişesi parlatılmış gaz lâmbası ağır ağır yanıyor, hemen yanında birkaç şamdan, odalarına çekilecekler için hazırlanmış bekliyordu. Üst sofaya çıkan merdivenin alt basamağına oturdum, iki elimle korkuluklara sarıldım, başımı araya yaslayarak sofradaki bu beş kişiyi sessizce izlemeye başladım. Fakat Zehra, çorbasına düşen iki limon çekirdeğini yüzünü buruşturarak topladığında az kalsın kahkaha atacaktım.

"Ah Zehra! Demek bu huy bana senden geçmiş. Limon çekirdeği gördüğümde kirpi okları gibi kalkan sinirlerimi kimden aldığımı şimdi öğrendim."

Hacıbey sofrada fazla kalmadı, yine Büyükhanım'ın yardımıyla yerinden kalktı, fiske şamdanıyla önüne düşen Keyfiye'nin peşinden odasına doğruldu. Kur'ân'ı her zaman döşeğinin başucundaydı ama bu kez Keyfiye'ye duvar hücresinin içindeki *Mesnevî*'yi işaret etti. Arkasında takma bacağının takırtısını bırakarak sofaya açılan iki odadan birine çekildi.

Diğerleri hâlâ sofra başındaydılar. Hacıbey gidince daha bir şen şakrak davrandıkları gözümden kaçmadı. Zehra'nın ayva kompostosuna uzandığını gören Büyükhanım, "Zehra, maşallah kızım" dedi. "Ayvaya dokunamıyorsun. Ama kompostosuna sıra gelince bana mısın demiyorsun."

"Ama" diye yüzünü buruşturdu Zehra. "Bu hali o haline hiç benzemiyor ki. Sanki o değil."

Büyükhanım kendi genç kızlığını düşündü. Ayvaya, şeftaliye dokunmayı o da sevmezdi ama hiç böylesine büyütmemişti. Bu kız belli ki zoru görmemişti. Yarın bir gün el evine gidince kuzu kuzu ayva da soyardı, şeftali de toplardı. Tatlı tatlı gülümsedi Büyükhanım. Hele şimdi rahatlarını yaşasınlardı ve yeter ki onlara bir şey olmasındı, Büyükhanım bütün ayvaları toplamaya razıydı.

Varlığını başkalarının varlığına bağlayalı beri Büyükhanım'ın ruhunda kendine ait kederin de neşenin de öyle ahım şahım bir yeri kalmamıştı. Varsa yoksa Zehra, İsmail ve Hacıbey'di. Öyle büyüktü ki kaybettiği şey, doğum yatağındaki kızını ölüme verirken ruhunun kendisine ait olan yeri de sökülüp çıkarılmıştı içinden sanki. Yüce Rabbim annelerini alırken babalarını da geride bırakmamış, altı ay arayla ikisi de fidan gibi devrilip gitmişlerdi. Burnunun direği sızladı Büyükhanım'ın, doğumda ölen anne, bir kızı olduğunu bilmemişti bile. Büyükhanım bir yandan kızının ve damadının acısında kavrulmuş, diğer yandan öksüz ve yetim iki çocuğu yetiştirmenin telâşıyla tam kopacağı yerden hayata bağlanmıştı. İki çocuk, Büyükhanım ve Hacıbey'e yaşlılık taraflarından gençlik getirmişlerdi. Yüce Yaradan izin vermiş, öksüz ve yetimler de ortaya çıkmış, bugünlere gelmişlerdi işte. Ama gözünden kaçmazdı Büyükhanım'ın, bir tarafları hep eksik kalmıştı onların. İsmail derin ve uysal bir ırmak gibi kendi içine akmış, orada göllenmiş, tortulanmıştı. Hep düşünceli, hep derin ve mahzundu. Kafiyeler çıkarırdı kelimelerden ama şiirini henüz yazmamıştı. Ondan üç yaş küçük olan Zehra ise epeyce nazlanmış, bir hayli şımartılmıştı. El üstünde tutulmaya alışmış, ama nereye akacağını bilememiş, mecraını kestiremeyen coşkun sular gibi taşmıştı.

Büyükhanım başörtüsünün ucuyla gözlerini kurularken, duvardaki "Bu da geçer ya hû!" levhasına gözü takıldı. Eğri asılmıştı. İçinden "Kalkınca düzeltirim" diye geçirdiyse de dayanamadı, yerinden kalktı, levhayı düzeltti. Geri çekildi bir daha baktı, bir daha düzeltti. Tam o sırada Zehra, İsmail'e göz kırparak "Büyükhanım" dedi.

"Sağ tarafı birazcık sarkık hâlâ."

Bir adı vardı elbet onun da. Ama o herkesin Büyükhanım'ıydı. Adı, sıfatının arkasında unutulmuş, mahalleli ve komşular gibi kocasının ve torunlarının da Büyükhanım'ı olup çıkıvermiş, makamından ibaret kalmıştı. Kimse onun ismini merak etmez, bir ismi olduğu akla bile gelmezdi.

Büyükhanım endişeli gözlerle baktı levhaya. "Acaba?" Bir daha. Hayır, tamamdı. Tam da olması gerektiği gibi, ne bir milim sağa ne bir milim sola, dengedeydi.

Çocukların gülüşmelerine aldırmayarak sofra başına döndü. Bir milimlik hataya bile tahammülü olmayan bu kadın dünyadaki bütün ırmaklar kendi yataklarında akmadığı sürece huzur bulamayanlardandı. Her şeyin mükemmeline karşı sevk-i tabii içinde akan ruhu ancak kusursuzluklar içinde dinlenebilirdi. Yaradan kusursuz kurmuştu endazesini, yaradılış mükemmeldi. Ama kul kısmı dünyayı eğriltmekle kalmadığı gibi bu eğrilikten dolayı rahatsızlık da duymuyordu. İşte Büyükhanım en fazla da bunu anlayamıyordu. "Ahir zamandayız besbelli" diye geçirirdi içinden böyle zamanlarda. "Dünya bozuldu."

Bilirdi elbet Büyükhanım, dünyayı düzeltmenin mümkünü yoktu. Lâkin fedakârlık sınırlarını zorlasa da, hiç olmazsa endazeyi kendi evinde kurabilmişti ve bu ahenk Büyükhanım'ın yaşamayı becerebildiği kıvama gelip dayanmıştı. Diğer yandan her eğrinin, her eksik gediğin, her kusurun, her hatanın sorumluluğunu üzerine almakta da onun üstüne yoktu. Parçalanmış, dağılmış her hayatın hesabı bir parça ondan sorulurdu ve bir hayatın dağılması için yapılan şey kadar, bir hayatın toplanması için yapılmayan şey de onun boynuna vebaldi sanki. Bilerek ve isteyerek kimseye bir kötülüğünün dokunmadığı muhakkaktı ama o bilmeyerek ve istemeyerek de olsa kimseye bir fenalığı dokunmuş mu, bunun hesabındaydı. Ezcümle, hayatın bariz kantarlarından çoktan geçmiş, kalbin hassas terazisine düşmüşlerdendi.

Düşünceleri uzayıp gidecekti, Zehra'nın İsmail'e söylediği cümle kulağına çalınmasaydı.

"İsmail, yarın futbol oyunu seyretmeye gidelim."

"Kız kısmının futbol temaşasında ne işi varmış?" diye itiraz edecek oldu Büyükhanım. Bu futbol lâfını son zamanlarda pek sık duyar olmuştu, mahalledeki kadınlar bile pek bir merak sarmışlardı. İyi de kız kısmına göre bir temaşa mıydı ki bu?

"Yoo" dedi İsmail Büyükhanım'a. "Şimdi kadınlar da Kabak Meydanı sırtlarından futbol maçı seyrediyorlar." Sonra Zehra'ya döndü:

"Yarın hazır ol. Ama öyle fazla süslenip püslenme. Büyükhanım'ın eski çarşaflarından birini giy hatta."

Zehra'nın iki dudağının arasından çıkacak her arzu İsmail için bir zorunluluktu.

Ertesi sabah Zehra taşlığa indiğinde İsmail gülmekten kendini alamadı. Kızın sırtında Büyükhanım'ın en eski çarşafı vardı gerçekten, ayaklarına da pazar pabuçlarını geçirmişti. Evden çıktılar, beşikçilerin, sandıkçıların, tornacıların arasından geçerek Kabak Meydanı'na doğru yola revan oldular. Tabii ben de arkalarındaydım. Zehra'ya baktım, İsmail'in yanında yürürken adımlarının işvesiz nazsız olmasına dikkat ediyordu ama endamını saklamasına imkân yoktu. Kabak Meydanı'nı gören bir sırtın üzerine çıktık. Tespih taneleri gibi yan yana dizilmiş kadınların meydanda oynanan maçı seyrettiğini görünce anladım bu şehirde daha o zamanda bile futbolun kan gibi damarlardan aktığını. Zehra ise önce bir ağaca yaslandı, sonra başını İsmail'in omuzuna dayadı. Olup biteni izlemeye başladı.

Bense, onlar kâh aynı ağaca kâh birbirlerine yaslanarak oyunu seyrederlerken yaklaştım usulca, tam arkalarında durdum. Başımı neredeyse Zehra'nın sağ omuzunun üzerine bıraktım. Kendisini seyre o kadar kaptırmıştı ki zaman ötesi görünmeyen bir varlık değil de kanıyla canıyla bir âdemoğlu olsaydım bile beni fark etmezdi eminim. Garip ki herkesin futboldan anladığı bir şehrin o şehri hiç terk etmemiş ama galiba futboldan anlamayan tek sakini olarak ömrümdeki ilk futbol maçını anneannemin gençlik omuzuna yaslanarak seyrettim. Ve tıpkı bugünkü gibi o gün de futbola dair tek bilgim kaleye giren topun gol anlamına geldiğini bilmekten öteye geçmedi. Eh, bunu anlamak da hiç yoktan iyiydi. Üstelik toprak bir sahanın üzerinde bir topun ardından sağa sola koşturan futbolculardan daha çok kadınların heyecanıyla ilgiliydim ben. Çarşaflı, genç, yaşlı bir sürü kadın, çoluk çocuk, kurallarını çoktan kavradıkları oyunun gidişatına uygun olarak deniz gibi dalgalanıyor, yeri gelince coşuyor, bağırıyor, yeri gelince dizlerini dövüp vahlanıyordu. Futbol bu, seyredeni oynayanından daha yorgun, daha heyecanlı, ortalıkta bir gürültü patırtıdır gidiyordu kısacası.

Fakat tam o esnada denizin iki dalgası arasındaki sessizlik gibi bir sessizlik beni içine aldı. Sanki bir göz üzerimize dikilmiş bizi seyrediyordu. Ani bir irkilmeyle biraz geri döndüm. Yanılmamışım. Ayaklı, körüklü, hantal mı hantal bir fotoğraf makinesi gördüm önce. Trabzon'un meşhur fotoğrafçısı, Kakuli Kardeşler'den büyük olanıyla bir fotoğraf makinesinin objektifi arkasından göz göze geldim. Kadrajında yer tutsam da bu fotoğrafta yerim olmadığını bilirken bile gülümsedim objektife. Ne fotoğrafçı gördü beni ne başka biri, oysa vardım işte. Seyirci kadınlar top peşinde nefeslerini tutmuşken, kocaman makinenin gözü açılıp kapandı. Bir perde, anın gözünde indi kalktı. Zamanın aynasının boylu boyunca kırıldığını ve o andan geriye ölümsüz bir suret kaldığını anladım.

Salı, bu evde kelimenin en uygunuyla "hafif" geçerdi. Çünkü kuralları belliydi Büyükhanım'ın. Haftanın günleri, bir şeylerin yapılmasına ya da yapılmamasına mahsus bir takvim içine yerleşmişti ona göre. Başka türlü bu evin gemisi yürümezdi ve bu tıkır tıkır işleyişte oluşacak en ufak bir aksama, açılacak en ufak gedik Büyükhanım'ın en büyük korkusuydu. Salı günleri çamaşır yıkamaz, yıkanmasına da izin vermezdi meselâ. Hatta önemli işlere de salı günü başlamazdı.

Salı sabahı uyandıktan sonra önce ön bahçeye indi. Tarhları, toprak saksıları, gaz tenekelerini bir bir yokladı, gözü gibi baktığı çiçekleri okşadı, suladı, kuru yaprakları ayıkladı; sonra arka bahçeye, meyve ağaçlarının yanına geçti. Neden sonra içinden "Rabbimin hikmeti işte, şu portakal ağacı çiçek, meyve, yaprak, aynı anda hepsini üzerinde taşıyor" diye geçirerek sundurmada sabah kahvesini höpürdeten Hacıbey'in yanına döndü. "Mart iyi geçiyor," diye mırıldandı Keyfiye'nin getirdiği kahveyi alırken. "Eee, Mart ne de olsa" diye ekledi, kış ayazları da ondaydı yaz sıcakları da.

Kavakların yaprak dökme biçimi, ayvaların azlığı çokluğu, kestanelerin dökülme zamanı ve daha bir sürü şeyden Büyükhanım mevsimlerin nasıl geçeceğini tahmin edecek bilgiye az çok ulaşmıştı yıllardır. Denizin renginden havanın birkaç saat içinde patlayacağını kestirebilir, fırtınanın takvimini bilirdi. Ama yıllık iklim haritasını çıkarmak için daha kesinlikli bir yolu vardı onun; Mart'ın ilk on iki günü takvimi ve Büyükhanım'a bakılırsa ta ezelden bu yana halkın tuttuğu bu takvim, kâğıtlarda yazılı takvime göre çok daha güvenilirdi.

Mart 1, Rumî yılın başıydı ve her yıl o gün Büyükhanım takvimini çıkarmaya başlardı. On iki gün boyunca günün muhtelif saatlerinde denize bakan pencereye yanaşır, burnunu cama dayar, denizin haritasından göklerin resmini çıkarmaya alışkın yaşlı denizciler gibi ufku gözlerdi. Dağa bakan pencereye döner, bulutların halden hale, resimden resme girmesini uzun uzun izlerdi. Mart'ın 1'inden itibaren 12 gün sayarak havanın nasıl olduğunu, günün nasıl başlayıp hangi renge boyandığını sonra nasıl bittiğini titizlikle gözler, kaydederdi. Bu 12 günün her biri sırasıyla yılın 12 ayına denk gelirdi. Mart 1, Mart ayına denkti örneğin; Mart 2, Nisan'a; Mart 3, Mayıs'a; yılın son ayına kadar böyle giderdi. Kendi annesinden öğrendiği, onun da herhalde izi sürülemeyecek kadar eski bir anneler silsilesinden öğrendiği bu takvim Büyükhanım için o kadar önemliydi ki emsali hiçbir kadın okuma yazma bilmezken o, zekâsına güvenmiş, uzun kış gecelerinde kocasından takvimini kayda geçirmesine yetecek kadar okuma yazma bile öğrenmişti.

Fincanını Keyfiye'ye uzatırken, "Aman kızım dikkat et, kırma" dedi. "Neme lâzım", sakarı kaza gelmeden uyarmak gerekirdi. İçeri geçti. On iki gün dolmuş, takvimi tamamlanmış, yorum yapma zamanı gelmişti.

Yer minderine oturdu, gözlüğünü taktı, kâğıdı önüne yaydı. Satırların üzerinde gezinerek, gelecekten haberler okuyan bir kâhin gibi Mart takvimini yorumlamaya başladı.

Martın 1'i kararsız, 2'si güneşli, pırıl pırıl geçmişti. Demek ki Mart ayı kararsız geçecek ama Nisan'da bahar kendisini gösterecekti. 3 Mart'ta soğuk iyice azalmış fakat öğleden sonra bulutlar belirmiş, hava hafifçe serinlemişti. Öyleyse Mayıs ayı, ortalarına kadar bahar ama sonrasında sonbahar gibi olacaktı. 4 Mart'ın karşısına yazılanlara göre Haziran bütünüyle sıcak, güneşli, pırıl pırıl olacaktı. 5 Mart'a bakılırsa yağışlı Temmuzlardan biri bekliyordu onları. Üstelik 6 Mart'ta öğleye kadar iyi sayılabilecek hava öğleden sonra bulanmış, akşamüzeri aniden çok keskin bir soğuk çıkmıştı. Ağustos'un demek ki yarısı yaz yarısı güz olacaktı. Bütün bu alacalı bulacalı havalarda düz olan denizin yüzü 7 Mart'ta hafifçe kırışmış, tüllenmişti. Buna göre Eylül ve Ekim, alışıldık Eylül Ekimler gibi geçecekti. Fakat şu 9 Mart'ta ne olmuştu ki deniz önce Rize'ye doğru bir ırmak gibi akmaya başlamış, kabarmış, dalgalanmış, sonunda fırtına patlamıştı. Hem de ne fırtına! Çok soğuk, çok yağmurlu, çok kapalı olan gün boyunca Karadeniz, her biri yekdiğerini tetikleyerek sıra sıra gelen dağ gibi dalgalarıyla kumsalı basmış, iskeleyi aşmış ve uğultulu ağızdan yayılan çığlıkları hiç durmamıştı. Demek ki Kasım başında alışılmadık bir fırtına bekliyordu onları. Allah o vakitte dağda bayırda kalacaklara kuvvet versin; evsiz barksızlara, aç açık kalmışlara, yerinden yurdundan olmuşlara en çok da öyle zamanlarda yardım etsin, yola, ah hele denize çıkacaklara külliyen acısındı. Aklı olan böyle bir havada başını kapıdan bile uzatmazdı. Allah'a çok şükür ki başlarını sokacak bir damları, tüten bir ocakları vardı. Büyükhanım diğer aylara şöyle bir göz attı. Takvimi kaldırdı. Mutfağa indi. Pirinç ayıklamaya başladı.

Çok geçmeden "Nine!" diye seslendi Zehra dışarıdan. "Nine!" diye yineledi İsmail.

"Efendim!" diye cevap verdi Büyükhanım başını kaldırırken.

Fakat bu sesler var ya, bu sesleri tanıyordu o. İkisinin de sesinde işlenmiş kabahatin, artık geri alınamayacak bir adımın haberini sezdi. Hele "Nine" diye seslendiklerine bakılırsa epeyce de büyük bir münasebetsizlik yapmışlardı.

"Nine!" diye bağırdılar bir daha, aynı anda bir ağızdan.

Büyükhanım pirinç tepsisini bir kenara koydu, gözlüğünü de yanına bıraktı; ayıkladığı taş parmaklarının arasından kurtulup gerisin geri pirinçlerin arasına karışmıştı. Pencereye yanaştı.

"Ne oldu yine? Ne var?"

İkisi birden sundurmanın merdivenlerinde dikilmiş, bahçeyi gösteriyor ve "Gelsene biraz" diyorlardı.

Mutfaktan taşlığa çıktığında Büyükhanım sundurmanın iki yanındaki hatmilerin, gözü gibi baktığı bahar dalının, kasımpatıların, duvar dibine ektiği karanfillerin, gülfidanlarının, filbahrilerin, daha nelerin; üzerinden bir dev anası geçmiş gibi yerlerde yattığını gördü. Gözlerine inanamadı. Alçak bahçe duvarının üzerine çöktü.

"Ne oldu?" diye soracaktı ki önce arkasından bir şeyin sırtına abandığını, kalın çivilerle dolu iki pençenin omuzlarına battığını, sonra iğrenç kokulu bir nefesin omuzunun üzerinden yüzüne çarptığını, en son da ıslak, sıcak, zımpara taşı gibi pürtüklü bir şeyin yanağını boydan boya yaladığını hissetti.

Çığlığına içeriden Hacıbey, yan taraftan komşu Siranuş Hanım koştu.

Gözlerini açtı Büyükhanım. Altın rengi küçük bir köpek. Galiba göğsünde de beyaz bir akıtması vardı; başında durmuş, neşeli neşeli kuyruk sallıyor, bir oturup bir kalkıyor, Büyükhanım'ın etrafında dört dönerek kesik kesik havlıyordu.

Siranuş Hanım kahkahalar arasında, "Korkma komşum, korkma, kopektir, bir şey yapmaz" diyordu.

"Kopek!" Öyle mi? Büyükhanım "kopeği" tanımıyordu sanki, iki çift lâf söyleyecekti Siranuş Hanım'ı bu kadar sevmeseydi, bir de, yerinden kalkabilseydi.

Büyükhanım'ı, iki koluna girip kaldırdılar. Tulumbadan su, limon kolonyası, Halep sabunu; neden sonra kendine gelebildi. Ona kalsa kuyuya sarkar kırklanırdı, Zehra "Kahveler hazır" diye seslenmeseydi. Siranuş Hanım "Haydi komşum" diyerek Büyükhanım'ın koluna girdi, sundurmaya çıktılar.

Mesele anlaşıldı. Dün akşam İsmail eve gelirken bu köpek peşine takılmış, eve kadar onunla gelmiş, iki kafadar da onu gece arka bahçede saklamışlardı. Hem öyle anlatıyorlardı ki; sabahki sonuç evet vahimdi gerçi ama bu sadece bir kazaydı ve onu göndermek artık imkânsızdı. Ne yapar, nerede, nasıl yaşardı? Daha küçücüktü. Yitip gitmez miydi? Ona yazık olmaz mıydı? Büyükhanım onun da bahçenin bir köşesinde yaşamasına razı olamaz mıydı?

Asla olmazdı.

"Bak ama ne kadar güzel" dedi İsmail.

"Ya! Bir o güzel, bir de Balat'taki Mişon" dedi Büyükhanım öfkeyle.

Zehra aklında kalan ve bütün canlıları kapsayan iyilik öğütlerini sıralayıp durdu. Kim bilir hangi *Mesnevî* dersinden aklında kalmışsa, yavrularının yanından ayrılamadığı için aç kalan ana kopeğin inıltılerini fersah fersah öteden işiterek ona elceğiziyle şekerleme götüren

Mevlâna'yı hele hiç ihmal etmedi. İsmail ise hepten allâme kesilmişti. Büyükhanım'ın önünde diz çökmüş ellerini okşarken, getirdiği misaller Kanuni Süleyman'a kadar uzanıyor, İslâm tarihinden menkıbeleri de unutmuyordu. Ebu Derda'yı ölüm döşeğinde devesinden helâllik dilerken gözünün önüne getirince Büyükhanım'ın da gözleri doluyordu evet, ama yine de dargınlığı geçmiyor, Nuh diyor peygamber demiyordu.

"Ben namazlı niyazlı kadınım. Bu kelbi evimde istemem. Melâike girmez sonra evime."

Kelb ne kelime, eğri kuyruklu Mestan bile onun eşiğinden kolay kolay geçemezdi.

Yine de gülümsedi İsmail. Zehra göz kırptı. Tamamdı.

"Tamam. Eve girmesin. Arka bahçe ona yeter."

"Ya sabır" çekti Büyükhanım. Hiç olmazsa eve girmesini engellemiş, sözünü geçirmişti! Hacıbey'in bıyık altından güldüğünü görmese bu kadarına da razı gelmezdi.

İş bu raddeye gelince, "İsmini biliyor musun onun?" dedi Zehra.

"Hayır, bilmek de istemiyorum."

"Hadi, ismini sen koy." Başını ninesinin omuzuna yaslamıştı Zehra, kedi gibi. Ona sarılmamak için kendini zor tuttu Büyükhanım, ama şımartmamalıydı.

"Yok" dedi, "Ben isim vermem o köpeğe." İsim vermek, sahiplenmek demekti. İsim verdiği andan itibaren köpeğin bir varlığı olacaktı, kabullenilmiş, sahiplenilmiş bir varlık. Hayır olmasındı.

Zehra, "Masal onun adı nine," dedi. "Hani masaldaki büyülenmiş şehzade var ya, onun gibi bakıyor. Hani cadının köpeğe çevirdiği şehzade."

"Hay anlatmaz olaydım o masalı" diye geçirdi içinden Büyükhanım. Anlattığı her masalın başkahramanı gelip karşısına böyle dikilecekseydi!

Ertesi sabah kahve vakti Büyükhanım, gözü ara sıra hallaç pamuğuna dönmüş ön bahçeye, yolunmuş kasımpatılara, belinden kırık bahar dalına kaysa da kendisini Siranuş'un tatlı diline teslim etmekte naz etmedi. Daha bahçe kapısından girerken bir eliyle Hayganuş'u çekeleyen Siranuş diğer eliyle bir kutu Hacıbekir lokumunu, bir şişe Erenköyü kolonyasını uzatarak "Al komşum" demişti, "İstanbul'dan geldi, bunlar senin." Söz dönüp dolaşıp yine "kopeğe" geldi. Bu işte bir iş var gibiydi. Bu Zehra kız, belli ki Siranuş'u da içten kale fethetmiş, üzerine öyle salmıştı. Yoksa Masal'ı korumak Siranuş'a mı kalmıştı?

Neyse! Güneş, Büyükhanım'a kahvenin rehavetini kat kat artırarak iyi geldi. Havadan sudan konuştukları en dertsiz, en tasasız sabahlardan birinde keyifler kekâydı ve atı alan Masal Üsküdar'ı çoktan geçmişti.

Kadınlar gülüşürken Hayganuş bir köşeye çekildi, zamansız bir oyuna geçti. Bu oyunda bez bebeği Anuş, kendisi anneydi. Sular seller kadar berrak, bir o kadar cennetti.

Büyükhanım'ın neşesi yerine gelse de Zehra ve İsmail'e içten içe sürdürdüğü dargınlık günlerce geçmedi. *Mesnevî* dersinde İranlı Hafize Hanım, canın bütün evrene dağıtıldığını, bu yüzden en ufak canlının bile yaşama hakkının kutsal olduğunu, bu dünyanın sadece insanlara ait olmadığını uzun uzun anlatmasaydı bu dargınlık sürüp gidecekti. Böyle bir ders vermek aklına nereden gelmişti Hafize Hanım'ın? O da mı olup biteni duymuştu? Büyükhanım üstelemedi, bahar dalının geri kalanını, çiçeklerden kurtarabildiklerini bir daha dikti. İki bahçe arasındaki tahta kapıya kocaman bir kilit taktı, kilerine kilit vurmayan Büyükhanım anahtarı beline astı. O ikisini çağırdı, arka arkaya şartlarını sıraladı:

Arka bahçeden ön bahçeye adım atmayacaktı. Eve girmeyecekti. Gözüne görünmeyecekti. Ses çıkarmayacaktı. Yoksa kendisini anında kapının önünde bulurdu...

Ama birkaç gün sonra kendisini çeyizinden kalma el örgüsü perdenin arkasından onu seyreder bulunca, "Allah Allah!" dedi Büyükhanım, hakikaten pek de güzel bir şeydi. Üstelik Büyükhanım'ın olduğu tarafa ısrarla bakışına, gelip gelip pencerenin altında oturuşuna, başını merakla eğişine, kulaklarını kırpışına bakılırsa pek de akıllıydı. Hem galiba en çok da Büyükhanım'ı sevmişti. Ama yine de hayır, onu sevmesini Büyükhanım'dan kimse beklemesindi!

Ona dokunmayı inatla, ısrarla reddetti. Dokunmak ne kelime, eteğine sürünse, eteğini kesecekti. Geceleri el ayak çekildikten, herkes uyuduktan sonra evin içindeki patırtıları ise duymazdan geldi.

Birkaç gün sonra Masal'ı düşünmeyi bıraktı. Aklı İran konsolosluğundaki Nevruz davetine kaydı. İranlı Hafize Hanım'ın devamlılarından olan Cemile Hanımefendi, Büyükhanım'dan konsolosluktaki Nevruz ziyafetine Zehra'yı da alarak katılmasını rica etmişti. İran konsolosu Lütfullah Bey'in annesiydi Cemile Hanımefendi, ayrılırken eklemişti hatta, Siranuş Hanım'ı da lütfen beraberinde getirsindi.

Büyükhanım "Olur mu?" diye geçirmişti içinden, zaten kendisi misafir, bir de misafirin misafiri? O zaman İranlı Hafize Hanım onun içinden geçeni okumuş gibi, "Çekinmeyin. Nevruz sofrası Halil İbrahim sofrasıdır" demişti usulca. "Eksildikçe artar."

Yıllar önce Urumiye'den Trabzon'a gelmiş ve Mesnevîhanlarıyla meşhur bir ailenin kızıydı Hafize Hanım. O zaman sadece yedi yaşındaydı. Zaman içinde anavatanına dair hatıraların çoğu buhar olup uçmuştu belleğinden fakat sermayesi arasında iki şey vardı ki onları hiç unutmamıştı. Bir, İran'ın tamamı gibi Urumiye'nin de hemen her evinde kurulmuş halı tezgâhlarıyla dolu dokuma atölyeleri; iki, Mevlâna'nın dili. Trabzon'da halıya dair hatırasını dinç tutacak hiçbir şey yoktu, hayatının dili ise bütünüyle Türkçe olmuştu. Fakat ailesinin Mesnevîhanlık geleneğini o, Trabzon'da kadınlar arasında sürdürmüş, Mevlâna'yı Farsçadan okuyarak şerh ederken hem anadilini unutmamış hem de ruhunu pek tutabilmişti. Adı mahallenin kadınları arasında "İranlı Hafize Hanım"a çıkmış olsa da aslında Azerbaycanlıydı. Birkaç kez bunun böyle olmadığını anlatmaya kalkışmış, fakat orada da Türklerin var olduğunu kadınlara bir türlü kavratamamış, sonunda bütün bütün vazgeçmişti. Nasıl görüyorlarsa öyle bilsinlerdi.

Nevruz, dirilmeydi Hafize Hanım'a göre, yıkık devletlerin ayağa kalkması, yitik ikballerin parlaması. İşte o dirilmenin hatırına Büyükhanım ceviz çekmecesine uzandı, anahtarı kilitte çevirdi. Yılda ancak bir iki kez kullandığı, ara sıra yıkadığı tek kat inci gerdanlığı boynuna taktı. Kuru gül rengi markizet elbisesinin yakasını düzeltti, ince sıra dantelini tırnağıyla ütüledi. Kuşağını bağladı, siyah hırkasını sırtına geçirdi. Saçlarını ensesinde topladı. Mor sümbül rengi başörtüsünü saçlarının üzerine sardı, aynaya baktı. Isfahan işi pirinç sürme kabının kapağını çevirdi. Alt üst. Gülümsedi. Ceviz çekmeceye bir daha baktı, elmas yüzüğünü de parmağına geçirdi. Gelin olduğu gece yüzgörümlüğü olarak takılan zümrüt küpelerse zaten her zaman kulağındaydı. Henüz uyanmamış Hacıbey'e, onun, yatak başına diklenmiş takma bacağına şefkatle baktı. Dünyanın bütün yollarını yürümüş gibi her zaman yorgun olan Hacıbey çok uyurdu. Büyükhanım ayaklarının ucuna basarak odadan çıktı, mutfağa indi.

Böreğin bir yüzünü akşamdan kızartmıştı Büyükhanım, diğer yüzünü çevirdi. Yaprak sarmalar kalem inceliğinde, fındıklı baklava zar kalınlığında, şerbeti kararınca. Çocuklar ve Keyfiye için bardaklar hazır, çay içilecek. Hacıbey ve Yıldırım içinse çorba kâseleri.

"Haydi" dedi Keyfiye'ye Büyükhanım. "Sen bunları sofaya taşı kızım, sofrayı aç, ben sobayı harlayayım." Tabiat çoktan uyanmış, bahçeler ısınmış olsa da evler kış soğuğunu henüz üzerinden atamamıştı. Mutfaktan sofaya geçerken havadaki bahar kokusunu içine çekti. Mimozalar patlamış, meyve ağaçları tomurcuklanmış, su yürümüştü bütün damarlara. Kışın orduları çoktan mağlûp, topraktan koku, sudan buhar yükseliyordu. "Ya Hayy!" dedi, ölmüşlere can üfleniyordu. Ama işte Mart ne de olsa, aldanmaya gelmez, güneşin önünden bir bulutçuk geçse üşünüyordu.

Sofradan kalkarken Yıldırım'a döndü Büyükhanım. Şimdi konsolosun annesi ve haremi hanımefendiler Nevruz konuklarını binbir gece sofralarında ağırlayacaklardı, konukların boş gitmemesi de nezakettendi. Çıkınlar tamam mıydı? Tamamdı ama içine sinmedi bu "Tamam" Büyükhanım'ın, çünkü Yıldırım'ın her işi "Eh işte"ydi.

Hacıbey'in 93 Harbi'nden emir eriydi Yıldırım. Yukarı yerliydi. Savaşta bir kez kaçmaya kalkışmış, kurşuna dizilmekten Hacıbey'in himmetiyle kurtulmuştu son anda. Savaş bittikten sonra gelip ona kapılanmış, ekmeğinden nasiplenmiş, evin emektarı olmuştu bir bakıma. Safça bir adamdı. Geçkince evlendikten sonra karısı Seher'le müştemilâtta yaşamaya devam etmiş, geç yaşında da baba olmuştu. Keyfiye, eline doğmuştu Büyükhanım'ın. Seher ise birkaç yıldır vaktini daha çok köyde, babasının evinde tütünle geçirir olmuştu ancak çamaşır günü Büyükhanım'a yardıma gelirdi. Ama Keyfiye babası gibi köyü sevmez, hele de yıl on iki aysa emeği on üç ay olan tütünün zahmetinden de onun kaçakçısına, kabadayısına, kâhyasına, barhanesine bulaşan dedesinden de hiç hazzetmezdi. Fındık toplanır, tütün kırılırdı; aralarındaki fark daha fiillerinden belliydi. Ama dede bunu görmezden gelir, kendi cebine girecek parayı bilirdi.

Zehra'ya döndü Büyükhanım:

"Haydi kızım, sen de hazırlan, çarşaflan, gecikmeyelim."

Arka bahçeye geçti, Siranuş Hanım'ın penceresine doğru seslendi: "Haydi komşu. Gidiyoruz." Komşu çoktan giyinmiş, örtünmüş, penceredeydi; aşağı inmesi bir dakika sürmedi. İranlı Hafize Hanım'ı aldılar, kadınlar önde, bohçaları yüklenmiş Yıldırım arkada, Şark Meydanı'na doğru yola koyuldular.

Rıhtım Yolu'nda İran konsolosluğunun resmî binasını geçip de harem kısmının merdivenlerini tırmandıklarında Cemile Hanımefendi'yi karşılarında buldular. Simsiyah kaşları alnının ortasında neredeyse birleşmiş, bol sürmeli iri gözlü, geniş gülümsemeli, esmer bir kadındı Cemile Hanımefendi ve yanında bir fidan gibi salınan gelini Puran Hanım ne kadar suskunsa Cemile Hanımefendi o kadar konuşkandı. "Ay Hanım" diye başladı. Neredeyse kısık bir sesi vardı ve sonradan öğrenilmiş kötü bir Türkçeyle konuşuyordu. Zehra onun yorulmadan nasıl konuşabildiğini merak etti; sanki üç cümle daha söylese boğulacaktı. Ama Cemile Hanımefendi, susmaya niyeti olmadığı gibi boğulacak gibi de görünmüyordu.

Limana nazır pencerelerden birinin önündeki koltuğa oturan Zehra bir süre gemileri, mavnaları, rıhtım kalabalığını seyretti, sıkıldı, bu kez salonu incelemeye başladı. Yerde parça parça, sayılamayacak kadar çok halı, yaldızlı oymaları denizin dalgaları gibi şahlanmış mobilyalar. Duvarlarda levhalar, resimler, aynalar, sağda solda irili ufaklı çiniler, vazolar, şamdanlar, lâmbalar, kandiller, semaverler, porselenler, minderler, vesaireler... Zehra antikacı Sarkis'in dükkânına benzeyen bu kalabalığı yadırgadı. Salon çok kalabalıktı. Limana bakmaya başladı tekrar. Başını çevirdi sonra, hepsi kırkını çoktan devirmiş konsolos madamlarını inceledi bir süre.

Ya Rabbi! Bugün nasıl bitecekti?

Gün bitti. Gece Zehra döşeğine yüzükoyun uzandığında sağ elinin tersini yerdeki adı sanı belli olmayan gariban halının tüyleri üzerinde önce düz sonra ters yönde gezdirdi. O gün İranlı Hafize Hanım, konsolosun evindeki eşsiz Tebriz halısının bordürlerini işaret ederek, "Şu pervazlar olmasa, bu desenlerin de anlamı olmaz" demişti.

"Çünkü sonsuzluktan gelerek bir pervazdan halıya giren desenler bir süre göründükten sonra diğer pervazdan çıkıp yine sonsuza gider. Halı, sonsuzluğun bir çerçeve içinde seyredildiği bir an'dır sadece."

Hafize Hanım'ın bahsettiği şeyi, sonsuzluktan gelip yine sonsuzluğa giderken bir süreliğine bu kusurlu dünyaya uğrayan desenleri görmeye çalıştıysa da bir süre sonra uykuya daldı Zehra. Hayy'dan gelen Hû'ya gidiyordu rüyasında ama sonsuzdan sonsuza bir yol, işte onu bulamadı.

Büyükhanım'sa alt sofada yarın Siranuş Hanım'a gideceklerini söylüyordu. Siranuş'un yeğeninin karısı da oraya gelecekti. Kızı Marta'yla.

Hacıbey bu işten pek hoşlanmamıştı.

"Siranuş Hanım'ın yeğeni? Şu meşhur Agop mu?"

"İsmini bilmem. Herhalde odur."

"Onun hakkında pek de iyi şeyler söylenmiyor. Çetelerle münasebeti varmış adı batasıcanın. Daha iki gün evvel baskına uğramış. Evinde bir sürü silâh bulunmuş. Niyeyse artık."

"Ben bilmem..." dedi Büyükhanım. "Bana ne Agop'tan? Eğer öyleyse Allah'ından bulsun. Ben Siranuş Hanım'a gideceğim."

Haziran ortasında sıcaklar bastırdığında "Kiraz mevsimi hiç böyle sıcak geçmezdi" diye şikâyet ediyordu Büyükhanım. O bunaltıcı günlerden birinde Zehra'ya gecelik poplin almak için Trabzon'un meşhur çarşısına çıktılar. İç içe açılan dik sokaklarda meslek erbabı kendi nizamlarında sıralanmıştı. Her birinin kendi sokağı, mıntıkası belliydi, sadece kahvehaneler her yerdeydi. İran'ın kıymetli halıları, Isfahan'ın nadide kumaşları, Diyarbakır'ın, Bursa'nın eşsiz taşları, antika silâhlar, değerli paralar, tilkiler, maymunlar, kuşlar hep bu çarşılarda satılıyordu. Dükkânlarının ya da açılmış tezgâhlarının önünde Türk, İranlı, Azerbaycanlı, Arap, Afgan, Rus, Rum, Ermeni bezirgânlar kimi tatlı sözler ve abartılı hareketlerle müşteri çekmeye çalışıyor, kimi sessiz ve vakur sadece bekliyordu. *Binbir Gece Masalları*'nın çarşıları ancak böyle renkli böyle hareketli olabilirdi ve İranlı Hafize Hanım'a bakılırsa kepenkleri "Yevmin cedid rızkın cedid" dualarıyla açılan böyle bir çarşıyla sadece Tebriz'in çarşıları boy ölçüşebilirdi.

Satın alacakları hepi topu birkaç arşın poplin kumaştı. Büyükhanım'a kalsa öğleye kadar gidip dönerlerdi çoktan ama evdeki hesap çarşıya uymadı, ikindi olduğunda evin yolunu tutamamışlardı bile.

Sonunda elleri boş, döner aynalı camekânların, aynacıların, camcıların önünden geçerek dönüş yoluna girdiklerinde alınları sorguçlu, ince uzun bacaklı develerini çekeleyerek mal teslimatına çıkmış Acemleri, Azerbaycanlıları gördüler.

"Şark Meydanı'na kervan konmuş herhalde" dedi Büyükhanım.

Demez olaydı.

Hacıbey odasına çekilir çekilmez "İsmail!" diye seslendi Zehra. Sarışın bir kedi kadar sokulgan, bir o kadar sevimliydi.

Ama "Eyvah!" diye geçirdi içinden Büyükhanım başını, gaz lâmbasının ışığında onardığı potlu çarşaftan kaldırıp gözlüklerinin üzerinden bakarken. Bu sese sinmiş şımarık masumiyeti, ardından gelecek münasebetsiz isteği ne zaman olsa sezerdi.

"Efendim?" dedi İsmail.

"Kervan gelmiş, yarın develeri görmeye gidelim."

Demek münasebetsiz istek gerçekten yola çıkmıştı. Büyükhanım İsmail'e baktı. İsmail, Zehra'ya hiç "Hayır" demezdi ve Zehra nelere heves etmez, nelere kalkışmaz, hangi birinden yarı yolda vazgeçmezdi ki?

Sabah olduğunda Zehra ve İsmail yola düştüler. Duvarların üzerinden sarkmış sarmaşıklar, dallar, eski zaman ağaçları arasında, gölgeli daracık sokaklardan geçe geçe sonunda Meydan'a geldiler. Sağlı sollu sıralanmış kalabalığa bakılırsa deve ve kervan meraklıları az değildi Trabzon'da. Halk bir bayram yerine yığılır gibi Meydan'a yığılmış, bütün şehre bir hareket bir bereket gelmişti.

Tebriz'den başlamış, Doğubayazıt üzerinden Erzurum'a varmış, Cevizlik'ten geçerek Trabzon'a ulaşmıştı bu yorgun ama görkemli kervan. Yolu, eski zaman kervanlarına göre kısa sayılabilirdi belki ama yine de bütün bütün yabancı kokuları, renkleri, tatları, çeşitleri toplamış gelmişti. Üzerlerinde, aşıp geldikleri elma bahçeleriyle dolu vadilerin, fıstık bahçelerinin, birinden kurtulup öbürünün eteğine düşülen dağların, hanların, kervansarayların, kazaların, belâların, sınavların, cefaların hatırası; sisleri, yağmurları, karları, tipileri, boranları, yol kesen eşkıyaları ile yolculuğun bütün korkusu; nihayet menzile varmanın ferahlığı vardı. Esmer ve sert yüzlü kervanbaşı devesinin yanına attığı halının üzerine yarı uzanmış, gururla nargilesini tüttürüyordu, bu kervan ondan sorulmuştu. Başlarında papakları, dize kadar inen belden oturtmalı uzun etekli ceketleri, uzun çizmeleri ile birbirine benzeyen Acem, Ermeni, Gürcü ve Azerbaycanlı tacirler ise sağa sola koşturup duruyor, denk çözüyor, mal teslim ediyordu. Yerli Rumlar ve Ermeniler de oturan develerin arasına dalmış, akıl almaz bir gürültünün ortasında bağrışıp duruyorlardı. Trabzon Meydanı sanki yabancı bir ülke, bambaşka bir şehirdi. Tebdil-i mekânda ferahlık olduğu muhakkaktı fakat bazen mekân da tebdilden ferahlanırdı.

Bu rengârenk insan kalabalığından daha çok develeri seyretti Zehra. Hepsi bakıcılarından çok daha süslü onlarca devenin öfkeyle homurdanmaları -deve huysuz ve aksi hayvandı-, içlerinden birinin sık sık ortalığı birbirine, tozu dumana katarak kaçması, hamurlarını yedikten sonra saatlerce geviş getirmeleri, o esnada şikşikiye balonunun ağızlarında şişip büyümesi saatlerce seyredilebilirdi. Ama Zehra çabuk sıkılan biriydi ve İsmail bu bakışı iyi tanırdı.

"Sıkıldın mı?"

"Yok! Ama hadi gidip limonata içelim."

"Peki."

Dondurmacı Nikos'un terasında, camı incecik işlemesi zarif bir bardak içindeki limonatayı yudumlarken Zehra, liman açıklarındaki fırtınanın; gürültüleri, şimşekleri, yıldırımları ile ufku bir baştan bir başa geçişini seyretti bir süre; Trabzon'un, yazın da eksik olmayan sayısız fırtınalarından biriydi. Ve durup dururken "Hadi" dedi İsmail'e.

"Bul bakalım kafiyelerini: Âh."

İsmail bir çırpıda saydı: "Râh, ervâh, gâh, tecelligâh, agâh, nigâh, ikrâh, iflâh..."

Biraz düşündü, ekledi:

"Günâh da âh'la kafiyelidir. O da siyâh'la, simsiyâh'la, vâh'la, eyvâh'la. Lâkin hepsi de Allah'la. Âh'tır kafiyelerin en güzeli."

"Peki" dedi Zehra bu kez: "Ân."

İsmail ân'ı âh kadar düşünmedi bile. Gözleri ufuktaki fırtınada, bir kâğıttan okur gibi sıralamaya başladı:

"Cân, cânân, cihân, nâlân, nihân, şâyân, hân, hanümân, şadumân, hazân, nâtüvân, kervan, ezan, ramazan, zaman, mekân, anbean..."

Zehra sözünü kesti onun.

"İsmail, dayan yüreğim dayan!"

Böyle giderse İsmail, acemi şairler için hazırlanmış kafiye mecmualarından birini herhalde tekmilinden tamam edecekti.

"İsmail, hep kafiyelerini duyuyoruz senin, şiirin nerede? Neden hâlâ şiirini yazmıyorsun?"

"Önce kafiyelerimi kurayım ki şiirim sağlam olsun."

Söylediğine kendisi de güldü ama. Eli bir türlü kalkmıyordu şiire, korkuyordu işte. Kafiye eşiğinde dolaşıp bir türlü şiirin çadırına giremiyordu. Ama Darülfünun'a gittiğinde şiir kitabına da başlayacaktı. Çünkü İstanbul'da her şey bambaşka olacaktı.

Limonatayı Millet Bahçesi'nde dondurma izledi. En son Ferah Lokantası'nın önünden geçerlerken, göz ucuyla yetinemeyip başını içeri uzatan Zehra "İsmail" dedi.

"Beni bir gün de buraya getir."

"Peki. Getiririm. Üniversiteye kaydolacağım zaman. İstanbul'a gitmeden önce."

O sırada Zehra yeni bir kafiye vermişti:

"Murâd."

"Nâmurâd" dedi İsmail, "Bermurâd" aklına gelmemişti.

Deveyle, kervanla, kervancıyla; dünyanın yedi iklim dört bucağı üzerine devrilmiş bir bardak buzlu limonatayla, fırtınalar ve kafiyelerle dolu bir günün havaîliğinde eve dönmek için yola girdiklerinde ise hayatın iskelet eli bambaşka bir ayna tuttu yüzlerine. Meydan çıkışında kurulmuş bir idam sehpası eteklerine süründü. İsmail durmak istemedi, Zehra'yı çekeledi. Zehra'ya ise uzaktan fakat geniş bir açıdan gördüğü şey yetti. Bütün gece, göğsünde işlediği suçun yaftasıyla ipin ucunda dönen, elleri arkasından bağlı, boynu kırılmış da omuzuna düşmüş beyaz entari içindeki o beden; sapsarı, kanı çekilmiş o çehre; yarı aralık kalmış gözlerdeki donuk parıltı, bir şey söyleyecekmiş de zaman bulamamış, söyleyeceği içinde kalmış o ağız gözünün önünden gitmedi. Uyudu uyandı, döndü durdu döşeğinde. Bir insanın ne yapmış olması gerekirdi ki böyle bir cezaya çarptırılsın? En ağır suçları gözden geçirdi, yakın yere getiremedi. Hayatta var olduğunu bilmediği suçlar aklına bile gelmedi.

Ağustos bütün sıcağıyla bastırmış; güneşsiz, boğucu, rutubetli bir hava bütün Trabzon'u bunaltmıştı. O sabah bezdirici bir kıyamet korosuyla uyandığında başını yastığın altına soktu Zehra, iki eliyle de kulaklarını bastırdı. Ağustosböceklerinin şu yeknesak ötüşlerini duymasındı. Dışarıda cayır cayır yakan bir güneş olduğunu, önünde bitmek tükenmek bilmeyen, can sıkıntısıyla dolu, bıkkınlık verici, birbirinin aynı günlerden birinin daha uzandığını düşündü. Sonbaharın ilk yağmur damlasına, ilk rüzgâra, sıcakların kırılacağı ilk güne daha çok vardı. "Ağustos'a bastın, buza bastın" derdi Büyükhanım, ona kalsa "Ağustos'un yarısı yaz, yarısı kıştı." Ama hani nerede? Sağdan sola döndü Zehra, solda sağa. Güneşin duvar üzerinde işaret ettiği yere bakılırsa uyanılmayacak kadar erkendi henüz ama yeniden uykuya dalınmayacak kadar da geç. Yarı uyku yarı uyanıklık arasında ne kadar zaman geçtiğini bilmedi. Yatağın içinde oturdu. Ağustos günü onu bir kürk gibi bunaltan kumral saçlarını ensesinde kocaman bir düğüm yaptı. Dışarıdan gelen seslere kulak verdi, Büyükhanım'la İsmail konuşuyorlardı. Yerinden kalktı, yarı beline kadar pencereden sarktı. Geri döndü. Nicedir el sürmediği yastık örtüsünü elişi bohçasından çıkardı. Son çiçeğinde yarım kalmış süsen demetine isteksizce şöyle bir baktı. Kavuniçi süsenin son gölgesini işlemek için iğnesine açık tonda bir iplik geçirdi... Bitti. Motifi tırnağının ucuyla ütüledi. Yastığın üzerine serdi, uzaktan baktı. Yerinden kalktı, daha uzaktan baktı. Güzel olmuştu. Ama bu renkler ona yetmedi. Sıkıntıyla öteye itti süsen demetini. Bileğinden tatlı bir kamaşma, parmak uçlarından ruhunu dökmek isteği geçti.

Aslında bu istek hayli zamandır "Ben buradayım" deyip duruyordu. Siranuş Hanım'a gittikleri gün, annesi kadar suratsız olan Marta, Zehra'yla iki kelâm etmeye yanaşmayınca Siranuş içinde türlü türlü fotoğraflar, rengârenk kartpostallar bulunan kocaman bir kutu getirmişti önlerine, oyalansınlar diye. Neler yoktu ki bu kartonların üzerinde? Mor menekşe demetleri, mavi ortancalar, pembe kurdeleyle bağlanmış gül buketleri, yalnız geyiklerin mutlu evlere uzaktan baktığı kar manzaraları, yaldızlı Noel kartları, kırlar boyunca uzanan düğün çiçeği tarlaları, dalgalı denizlerde güvenle yol alan güçlü gemiler, güzel beyaz yelkenliler, boynunda kırmızı kurdelelerle küçük kediler, sepet içinde minik sevimli köpekler. Zehra içlerinden mor menekşe demetini eline almış, yürek biçimindeki koyu yeşil yaprakların üzerine düşen güneş ışığına, arkada kalan yarı gölgeli kısma, ressamın menekşelerin moru üzerinde gidip gelmiş fırçasının izlerine uzun uzun bakmıştı. İçine tatlı bir duygu, güçlü bir istek dolmuş, bileklerinde, parmak uçlarında ışıklı bir kamaşma hissetmişti ve o arzu işte o günden bu yana eksilmemişti.

Sundurmaya indi. İsmail ve Büyükhanım'a döndü.

"Ben" dedi, "Resim yapacağım."

Yağlıboyanın kokusu her şeyden daha güzeldi.

Şerbet gönüllüydü Zehra tamam ama her devrilen bardaktan sonra sığındığı yer de bu gölgelikti. İsmail'in Sultanî'deki resim dersleri için alınan yağlıboyalarını Zehra bitirmez miydi? Ve ki el yordamıyla, usul bilmeden yaptığı resimler bile o kadar güzeldi ki bu kez o istemeden İsmail, "Zehra" dedi.

"Sana bir resim öğretmeni tutalım."

"Tutalım."

Büyükhanım bile ilk kez "Lâhavle" çekmedi ama İsmail, "Önce büyükbabamla konuşalım. Eğer o izin verirse Celil Hikmet Bey'le konuşuruz" dediğinde irkildi.

Büyükhanım Sultanî'de resim öğretmeni olan Celil Hikmet Bey'in ahlâklı, temiz biri olduğundan emindi ama Zehra'ya yedi kat yabancı, genç bir adamdı neticede. Nasıl olacaktı? İçi bu işe hiç razı gelmedi. Hayra alâmet etti ve dikişinin başına döndü. Akşama kadar düşündü durdu. Son ümidi Hacıbey'in bu işe izin vermemesiydi. O da boş çıktı.

Hacıbey, "Ramazan yaklaşıyor. Bir akşam Halil Safa ile Halide'yi iftara çağırın. Meseleyi Safa'ya açarız. O, Celil Hikmet Bey'le konuşur" diyordu.

Halil Safa geldiğinde önce Büyükhanım'ın sonra Hacıbey'in ellerini hürmetle öptü. Esmer, şahin burunlu, şahin bakışlı, karayağız, genç bir adamdı.

"Halide nerede?" diye sordu Büyükhanım şaşkınlıkla. "Onu niye getirmedin a oğlum?"

Kızların uğrunda ayılıp bayıldığı, Trabzon Sultanîsi'nin yakışıklı ve meşhur muallimi Halil Safa da, dört ağabeyinin bile isminin sonuna "Hanım" eklemeden hitap etmediği kıymetli "Halide Hanım" da Büyükhanım'ın yeğenleriydi. İkisinin arasında elle tutulur gözle görülür bir şey geçmemişti gerçi ama gözleri ve gönülleri birbirine akmış, aileler de bu işe hayır dememişlerdi. Neticede alan razı veren razı; Halide dünden razı gelmişti bu işe, Halil Safa ezelden.

Halil Safa'nın yüzünden tatlı bir pembelik geçti. "Gelemedi hala" dedi. "Yataktan çıkamıyor epey zamandır. Annem yanında."

Büyükhanım güldü, Halide'nin hamile olduğunu biliyordu.

"Olsun oğlum, olsun. O iyi olsun yeter ki. Biz yarın onu ziyarete gideriz."

"İftara kadar Halil Safa Bey oğlumla biraz sohbet edelim" dedi Hacıbey.

Onlar günün bu en tatlı vaktinde hararetli bir sohbete başlarken, İsmail adap gereği konuşmaktan çok dinliyordu. Gidişatın kötülüğünden, Balkanlar'ın kaynadığından bahsettiler önce. Durumun vahameti hususunda aralarında bir fikir ayrılığı yoktu fakat sebepler ve çözümlere gelince işler karışıyor, yollar ayrılıyordu.

Hacıbey "Sultan Hamid devrinde böyle değildi" diye başladığında Halil Safa, sözünü esirgemeden, "Enişte" dedi.

"Sizin Sultan Hamid'iniz de pek hayırlı işler görmedi. Zulüm ile döşediği yolun taşları yerden göğe ulaşmıştı. Devr-i Hamid'i nasıl böyle hasretle yâd edersiniz? Siz de yaşadınız siz de gördünüz."

Hacıbey, gözlerinde görmüş geçirmiş bir bakışla, "Halil Safa Bey oğlum" dedi, "Gençlik bilse ihtiyarlık yapabilse, diye bir söz vardır."

"Neyi bilsek? Kimin kimi jurnalleyeceği belli değildi. Baba evlâdından, komşu komşusundan korkar olmuştu. Sansür adına ne facialı komedilerin oynandığını biliyor musunuz?"

Hacıbey sustu.

"Bilmezsiniz tabii. Biz de bilmiyorduk. Beğenmediğiniz İttihat ve Terakki sayesinde öğreniyoruz bütün bunları."

İsmail hafifçe güldü, Halil Safa Bey'inki asabî bir gülüştü.

Hacıbey ise uzak bir hayale daldı. İstanbul'da, Mühendishane yıllarında mektebin bütün öğrencileriyle birlikte katıldığı selâmlık törenlerinden birinde bir an için görebilmişti o heybetli adamı. Yıldız'ın yanı başındaki Hamidiye Camii'ne gitmek için çıktığı cuma selâmlıkları Sultan'ın halk tarafından görülebildiği tek zamandı zaten. Bir araba içinde geçmişti Hacıbey'in önünden Sultan Hamid. Görünürde her şeye sahip olan bu kişi, simsiyah bir redingot içinde tamamıyla sadeydi; ne bir mücevher ne bir sorguç ne bir kaftan ne de başka bir şey. Başında, rütbesiz askerinden sadrazamına kadar bütün Osmanlı erkeklerini birleştiren o mahut serpuş, koyu kırmızı bir fes vardı. Şu haliyle sırmalı seyisleri Sultan Hamid'den çok daha alâyişliydi ve arabacısı, Sultan Hamid'den çok daha süslü çok daha gösterişli giyinmişti. Bir masal arabasına benzemeyen araba da Sultan'ın giyimi kadar sadeydi ama körüğü yarıya kadar kapanmış bu landoyu çeken üç at bir eşine ancak masallarda rastlanabilecek emsalsiz güzellikteydi.

O lando içinde cihanın dertli padişahı ecnebî elçilerin, Yemen'den gelmiş Arap şeyhlerinin, medrese ve Darülfünun öğrencilerinin, saray erkânının, generaller ve amirallerin ortasından, sadece kendi muhafızlarına dayanarak geçip gitmişti. Kırmızı fesinin altındaki mağrur yüzü kederli fakat güçlü görünüyordu ve ne korkak ne de zalim gibiydi. Bandonun kulakları sağır eden mızıkasına ve mahşerî kalabalığın neredeyse landonun tekerleklerine yapışmasına rağmen Zat-ı Şahane'den etrafa yayılan tek duygu sükûnetti. Bu sükûnetin arkasında çok kuvvetli bir tevekkül olması gerektiğini de Hacıbey o vakit sezebilmişti.

Halkla arasına girmiş barikatlar boyunca, padişahın arabası önlerinden geçerken binlerce kişinin haykırışları ve askerî birliklerin alkışları da arabaya paralel olarak dalga dalga ilerlemiş, bandonun sesi bile bu alkışları bastıramamıştı. Sultan, camide yarım saat kalmış, dışarıda bekleyen muhafızları o camide olduğu sürece bir an bile camiye sırtlarını dönmemişlerdi.

Hacıbey gençliğinin en kıymetli gününü hatırladığında kalbi burkuldu. "Ah Sultan'ım" diye geçirdi içinden "Gör, ne haldeyiz." Şimdi ne yaptığı belli olmayan genç, tecrübesiz, bir alay İttihatçı kendi hülyalarının ateşli maceraları peşinden koşarken Ayasofya'ya imam olmuş, koca Osmanlı'yı da kendilerine cemaat kılmışlardı.

Halil Safa ise heyecanlı, en az fikirlerinin arkasına takıldığı zabitler kadar ateşli bir lisanla Sultan Hamid'in istibdadına, sansürlerine, jurnallerine verip veriştiriyordu. Hacıbey biraz düşündü. Belli ki bu gençlerle yollar çoktan ayrılmıştı. Bari padişahtan geriye kirli bir hayal, müstebit bir sima kalmasındı.

"Siz" dedi, "Halil Safa Bey oğlum, saltanatı devrinde koskoca Padişah'ın, padişahtan daha fazla padişahçı olanlarca kuşatılmış olduğunu görmüyor musunuz?"

"İyi ama" dedi Halil Safa, "İyi padişahlara düşen de padişahtan fazla padişahçı olanların önünü kesmek değil midir? Aksi takdirde tarihe alınlarında bir müstebit damgasıyla geçerler."

Hacıbey sıkıntıyla gülümsedi. Bu genç adamın her şeye verecek bir cevabı vardı ve bu cevapları kale almamak giderek güçleşiyordu. Yine de eklemeden edemedi:

"Halil Safa Bey oğlum, Sultan Hamid devleti korumak için milleti sıkmaktan başka bir yol bulamamıştı. Ne yapaydı? Bıraksaydı da elinin altındaki unsurlar dört bir yana mı dağılsaydı ipi kopmuş tespihler gibi? Bırakmak istemedi. Bedeline de razı geldi. Lâkin sizinkiler? O kadar 'hürriyet' tarrakasıyla tepemize inen şu mahut Meşrutiyet. Meşrutiyet'e bir diyeceğim yok da sen bugünkü siyasanın daha iyi olduğuna inanıyor musun? Her şey kendisini yekdiğerine bağlayan bağlardan kurtulmuş, almış başını gidiyor. Böyle giderse İttihatçılardan da tarihe 'koca devleti dağıtan adamlar' olarak bir nam kalacak, korkarım bu çatır çatır kopan dallar Osmanlı ağacında kök dc bırakmayacak. Ve böyle giderse, Allah saklasın, bir hükümetin hükümleri bütün bir milletin alnına yapışıp kalacak. Yüz yıl sonra gelenler bile o lekeyi alınlarından temizleyip çıkaramayacak."

Söz gelip "Osmanlılık-Türklük" bahsine dayandığında lâfa hiç karışmasa bile İsmail, Halil Safa'nın söylediklerini akla pek uygun buldu. Halil Safa, ne kadar tecrübeli olsalar da yaşlılara karşı gençlerin taşıdığı taze ve keskin bilgiyle konuşuyordu.

"Devir değişti" dedi. "Osmanlılık bu devrin ihtiyaçlarına cevap veremez. Ok yaydan çıktı bir kere enişte. Artık geri dönüşü yok bunun."

Halil Safa'ya göre Devlet-i Âliye'nin unsurlarının yol ayrımında o kadar ileri gidilmişti ki artık geri dönmek için vakit çok geçti. "Ermeni Ermeniliğini, Rum Rumluğunu fark ederken Türk de Türklüğünü fark etti. Bundan sonra tek çare bu yol üzerinde yürümek. Türk, artık ne gazellerdeki güzelin sıfatı ne de idraksizliğin zamiri. Bu yangından artık Osmanlılar olarak çıkamayız. Çıkarsak ancak Türkler olarak çıkacağız."

Hacıbey alçak hasır sandalyesinde doğruldu. Sağlam bacağı sancımıştı.

"Bu devlet" dedi, devlet derken içinden derin bir saygı geçti, "Türk'ü, Kürt'ü, Ermeni'si, Rum'u, Arnavut'u, Arap'ı, Yahudi'si daha bilmem kimiyle, yetmiş iki milletiyle asırlarca gül gibi geçinip gitti. Milleti bilirdi Osmanlı ama milliyetçiliği bilmezdi. Farklı milletler bir arada fakat birbirine dönüşmeden yaşardı onda. Benzeyecekleri değilse de bütünleşecekleri tek şey Osmanlı kimliğiydi. Kendileri olarak, dillerini, dinlerini ve kültürlerini muhafaza ederek Osmanlı olmuşlardı. Ama Osmanlılık söz konusu olduğunda bu farklılıkların da bir anlamı kalmazdı. Bu devlet, Rum ile Ermeni arasında bir fark gözetmez, onları Türk'ten ayırmayı da aklına getirmezdi. O zamanlar, Osmanlı olmak, Rum olmaktan önce gelirdi ve Rum olmak Arnavut olmaktan, o da Türk olmaktan farklı değildi. Devlete hizmet ettikleri müddetçe kim olduklarının önemi yoktu, İslâm bile devlet kademelerinde yükselmek için gerekli şart değildi. Osmanlı toprakları üzerinde yaşayan liyakatli kullar olmak, menzile varmak için birlikte yola çıkanların gerekli tek azığıydı. Ermeni de, Yahudi de, Rum da, şansı, kabiliyeti ama en fazla aklı yaver giderse paşa olabilir, elçi olarak Osmanlı devletini temsil edebilir, nazır olabilirdi. Ama ne zaman ki Rum'un Rumluğu, Ermeni'nin Ermeniliği, Yunan'ın Yunanlığı Osmanlı olmanın önüne geçti, o zaman bütün dengeler bozuldu."

Gözleri Rum'un, Türk'ün, Ermeni'nin aynı toprak üzerinde aynı ideallerle yaşadığı o saadet günlerinin hülyasıyla dolu, "Geçti o devirler" diye mırıldandı Hacıbey. Belli ki hayat artık eski hacıbeylerin anlayamayacağı kadar değişmişti. Devir, şimdi başka bir devirdi. İskeleti tutan bağların kopmasıyla bütün kemikler dağılmış, bünyeyi birbirine bağlayan kimya uçmuş, binayı ayakta tutan çimento erimişti. Her şey diğerinden ayrılıp başkalaşmış, alfabenin harfleri dağılınca ortada anlamlı bir cümle kalmamıştı. Alacalı resmin ahengindeki koca dünyada artık her renk diğerinden ayrılmak istiyordu. Bunun için zemin korkunç sarsıntılarla yerinden oynuyor, her şey birbirinden kopuyordu.

"Geçti o devirler" diye tekrarladı Halil Safa. İlk kez aynı fikirde birleşmişlerdi.

"Siz" dedi Hacıbey. "İnsanları Türk, Kürt, Ermeni, Sırp, Yunan, Rum... Nasıl birbirinden ayırıyorsunuz? Takvaca üstün olanın en hayırlı olduğunu, Yaradan nezdinde Arap'ın Arnavut'a, Türk'ün Acem'e bir üstünlüğü olmadığını bilmiyor musunuz?"

Zannınca artık bu soruya da verecek bir cevabı olamazdı Halil Safa'nın. Ama yanılmıştı.

"Semavî bir dinin mensuplarıyız biz elhamdülillah" diye başladı genç adam, "Âlemleri yaratan Allah'a hamdolsun. O bir kavmin değil âlemlerin Rabbidir elbet. Hiçbir kavmin diğerine bir üstünlüğü olmadığını da biliriz. Ama insanlık ağacının değerli bir dalı olmakla da onurlanırız. Ve işe önce kendi bahçemizi süpürmekten başlarız."

Hacıbey sustu. İçinden bir tebessüm, hatta bir ümit geçti. Haklı mıydı acaba? Bu yol eğer böyle giderse. Fena değildi bile. Üstelemedi. Ama şu İttihatçıların aymazlıkları var ya. İşte onlara güvenmiyordu ve Osmanlılardan Türkler olarak bir ağaç yeşertecek kumandan henüz görünürlerde yoktu.

O günkü *Meşveret* gazetesinin Balkanlar'daki kaynaşmayı haber veren manşetini gösterdi Hacıbey. Böyle giderse savaş olacaktı.

"Olsun" dedi Halil Safa heyecanla, "Olsun."

Derin bir sessizlik oldu. İçi sıkıldı Hacıbey'in; bu toy çocuklar savaşın, hele de hazırlıksız yakalanılmış bir savaşın ne demek olduğunu bilmiyorlardı galiba. Her konuda bugünün gençlerine açık bir kapı, onların fikirlerine bir haklılık payı bırakabilir, eskilerin eskide kaldığını hesaba katabilirdi ama savaş var ya, işte bunu hiç kimse Hacıbey'den daha iyi bilemezdi ve bu konuda sonuna kadar diretebilirdi. Şunun şurasında Rumeli'de yeni terhis edilmiş bir ordu nasıl toparlanacaktı? Hele de alaylısı mekteplisi, nizamîsi redifi, zadegânı kurmayı ile birbirine düşmüş; İttihatçısı İtilâfçısı ile boğazına kadar siyasete bulaşmış, siyaseti vatandan daha büyük bir ülküye dönüştürmüş, savaş mitinglerini bile ayrı ayrı tertip eden subayların sevk ettiği bir ordu ile bu savaş nasıl kazanılırdı? Ölmeyi bayılmak zannediyordu şimdiki ateşli gençler ve resimdeki yangına bakarak yanmayı, yanmak zannediyorlardı. Şairin hülyaları hakikate dayanacaktı ha! Ah bu çocuk şarkıları.

Bu plansızlığın, bu hazırlıksızlığın, bu toyluğun ve macera tutkusunun neye mal olacağını adı gibi biliyordu Hacıbey. Çok, çok kötü günler bekliyordu bu ülkeyi. Ağzından yel alsındı ama aha şu Yoroz'un arkasında bekleyen fırtınalar bile yanında hiç kalacaktı.

Hacıbey'in sağlam bacağı bir daha sancıdı. Sıcak bir rüzgâr esti. Güneş ufkun arkasına henüz inmişti ki müezzinin sesi duyuldu. Bu, her türlü emrin üzerindeydi. İçeri geçtiler. Sultan Hamid'i de çil yavrusu gibi dört bir yana dağılan unsurları da onların arasında kendi kimliğini kuşanmaya çalışan aslî unsuru da şimdilik bir kenara bıraktılar. Zaman çok şeye gebeydi ve bu doğumdan herkesin beklediği farklı bir şeydi.

Zehra'nın resim dersi almasına ilişkin meseleye ancak Hacıbey teravihten dönünce, gecenin sonuna doğru sıra geldi. Halil Safa Bey bu işe pek sevindi. Büyükhanım son bir gayret, itiraz edecek olduysa da üç erkek, "O devirler eskidendi" diye sözü ağzından gerisin geri itiverdiler. Ayrılırken Halil Safa, İsmail'e döndü.

"Yarın Sultanî'ye gel, Celil Hikmet'le konuşalım."

Ertesi sabah Zehra ve Büyükhanım, Halide'ye doğru yola koyulurken İsmail de Sultanî yolunu tuttu. Bahçedeki büyük çınar ağaçlarının arasından geçerek cümle kapısının önüne geldiğinde talebelerin bu kapıdan girmemesi için emir almış huysuz kapıcıyı ikna etmesi kolay olmadıysa da sonunda muallimler odasının kapısını çalmayı başardı. Büyükçe bir masanın ucunda Halil Safa ile Celil Hikmet sohbete dalmışlardı. Bir süre İsmail yokmuş gibi devam ettiler, savaş ihtimali ve siyaset kadar Ramazan ayından ve havalardan da söz ettiler. Halil Safa'nın aksine, Manisalı olan Celil Hikmet bu sıcaklardan hiç şikâyetçi değildi. Bir yıl önce tayini buraya çıktığında, dul bir kadın olan annesi "Dünyada bırakmam oğlumu" diyerek zaten direği kırılmış evini ocağını kapatmış, kızını da yanına alarak Trabzon'a yerleşmişti. Ani parlayışlarını ilk anda yadırgasalar da zamanla bu insanlara alışmış, onları anlamış ve sevmişlerdi fakat bu kapalı havaya hiç alışamamış, Manisa'nın güneşini hasretle anmışlardı sürekli.

"Güneşi ancak görebildik" dedi Celil Hikmet.

Halil Safa bir kahkaha attı.

"Dur bakalım, azizim" dedi. "Sen daha bir şey görmedin. Gözünü sevdiğimin şehri. Bazen yağmur bir hafta, iki hafta, bir ay, hatta kırk gün hiç kesilmeden yağar; çisesini, sağanağını, bardaktan boşanırcasını ardı ardına ekler, halden hale girer, hiç olmazsa sise bürünür iner. Sonunda sokak araları rutubet kokmaya, evlerin duvarları yosun tutmaya, yeşermeye başlar. Başımızı çıkarsak kapıdan, neredeyse burnumuzun ucu da yosun tutar."

Halil Safa böyle anlattıkça Celil Hikmet'e öyle geldi ki denizi kara, havası yağmur oldukça bu şehir bu şehirdi. Ama yine de Manisa'nın güneşini özlemekten vazgeçmesini ondan kimse beklemesindi.

Nihayet Halil Safa, "Celil Hikmet Bey" dedi, "Sizden bir ricamız olacak. İsmail'i tanırsınız. Benim halamın oğludur."

"Tanımaz olur muyum?" dedi Celil Hikmet İsmail'e bakarak. "O benim felsefe tahsil etmeyi düşünen şair öğrencim." Gülümsedi, "Henüz şiirini yazmasa da kafiyeleri pek kuvvetli."

Halil Safa devam etti:

"İsmail'in bir kız kardeşi var. İyi de resim yapar. Eli pek yatkın. Renkleri ve çizgileri kuvvetlice. Ama teknik bilmiyor. Sığınacak bir liman bulamadığından da kendini hevesten hevese atıyor."

Celil Hikmet dikkatle dinliyordu. Halil Safa sadede geldi:

"Demem o ki bir parça resim eğitimi alsa iyi olacak. Çok ciddi olmasına gerek yok bu eğitimin, ressam olacak değil. Ama bir şeyi gerçek anlamıyla bilmezse kendisini heveslerinden kurtaramayacak. Anlatabildim mi bilmiyorum?"

Celil Hikmet kendisinden ne istendiğini anlamıştı.

"Elbette" dedi. "Sizin isteğiniz benim için emirdir. Hem İsmail'in de hatırı var. Ne zaman başlayalım?"

İsmail dayanamadı, söze girdi:

"Hemen."

Ve nedense ekledi: "Vakit az."

"Peki, öyleyse yarın gel, beni buradan al. İlk dersimiz yarın."

Ağustos ortasında, beklenmedik bir güz başlangıcı gibi, nihayet serin, esintili bir gündü. Havada bir sonbahar fısıltısı dolaşmış, ağaçların güçsüz yaprakları bir gecede kavrulmuş gibi sararmış, dökülmeye başlamıştı bile.

Kapının çıngırağı çekildi, Celil Hikmet, İsmail'in yanında içeri girdi. Büyükhanım'ın ve Hacıbey'in elini öpmek için eğildiği daha ilk anda Zehra onun İsmail'e benzediğini fark etti. Onun gibi kumral saçlı, saz benizli ve yeşil gözlü, ince ve orta boyluydu.

Atölye olarak İsmail'in odası seçilmişti. Alt kat sofasına açılan bu oda hem resim malzemelerinin durduğu yerdi hem de Büyükhanım'ın gözünün önündeydi. İlk gün bütün bir öğleden sonra resim öğretmeni, Zehra'ya, tuval kasnağı çatmayı -bunu zaten sandıkçı yapardı ama Zehra Hanım ona nasıl yapılacağını tarif etsin diyeydi bu bilgi-, patiskayı kasnağa germeyi -bunu da sandıkçı yapardı-, tuval astarlamayı -işte bunu Zehra Hanım yapacaktı, iyi bir ressam tuvalini kimseye emanet etmez, kendisi astarlardı-, fırça temizlemeyi filân öğretti. Zehra sıkılmıştı, bir an önce resim dersine geçmek istiyordu ama resim öğretmenine bakılırsa bu ilk ders olmadan arkası gelmezdi.

İkinci gün öğretmen, öğrencisini şöyle bir yoklamayı düşündü. Ona renk katmayı, fırça vurmayı, ışık artırıp gölge çoğaltmayı gösterdi. Öğrencisinin hevs ü heva dolu olduğunu, iki gün sonra bu işten bıkabileceğini peşinen söylemişti İsmail. Ama Zehra'nın her gösterileni bakışlarını bir an bile kaydırmadan izlemesine bakınca onun pek de bıkıcı olmadığını düşündü Celil Hikmet. Bu kadar keskin bir bakış, geçici olmayan bir ilginin habercisi olabilirdi ancak. Zehra'ya dikkatle baktı. Acaba duru bir su damlasına benzeyen bu kız bu limanda demir atacak, karar tutturacak mıydı?

Aynı anda Zehra da başını kaldırmış, onun bakışlarıyla karşılaşmıştı. İçinde ışık yüzen yeşil gözler. Bir anda garip bir huzur, bir sarmaşık gibi sarışan taşkın, arsız bir mutluluk duydu. Sanki kırk yıldır tanışıyorlardı, sanki onun yanında insanın canı hiç sıkılmazdı ve sanki onun yanında insana bir şey olmazdı. Ve evet, İsmail'e ne kadar benziyordu. O anda kararını verdi Zehra. Eğer bir erkek İsmail'e benziyorsa o iyi bir erkek demekti. İsmail gibi bir erkek de insanın ya ağabeyi ya sevdalısı olabilirdi. Hemencecik önüne döndü. Utanmıştı. Yanakları herhalde şu pembe kadar kızarmış olmalıydı.

O gün evden ayrılırken resim öğretmeni Büyükhanım'a kapı ağzında bilgi verdi. Gerçi dün gibi bugün de sebepli sebepsiz odaya girip çıkmıştı Büyükhanım. Celil Hikmet'in annesi Suat Hanımefendi'nin halini sormak -ne de olsa bu şehirde yabancılardı-, şu narları Suat Hanımefendi'ye götürmesini rica etmek -narın tam zamanıydı-, perdeleri iyice açmak -ışığın içeri girmesi lâzım değil miydi- için. Odaya giremediği zamanlarda da varlığını duyurmuştu olur olmaz gürültülerle. İkide bir ya bir vazo devrilmiş ya kapılar açılıp kapanmıştı, "Ben buradayım, sakın kendinizi yalnız sanmayın!" kabilinden.

"Küçükhanım yani Zehra Hanım umduğumdan daha kabiliyetli. Bence bu kabiliyetin işlenmesi gerek."

Aslında galiba şöyle diyordu: "Buraya Halil Safa Bey ve İsmail'in hatırı için geldiğimi sanıyordum. Ama bundan sonra çağırırsanız gönüllü olarak geleceğim. Çağırmazsanız, bu resim derslerinden vazgeçerseniz üzüleceğim. O zaman da sebepli sebepsiz, yerli yersiz bahaneler icat edeceğim ve yine bu eve geleceğim. Allah aşkına, beni çağırmazlık etmeyin ve ne olur benden vazgeçmeyin!"

Üçüncü günün sonunda Celil Hikmet gittikten sonra Büyükhanım, İsmail'in odasına girdi, sedirin kenarına ilişti. Ellerindeki boya lekelerini temizlemeye çalışan Zehra'ya "Hani?" dedi. "Ne yaptın? Resmin nerede?"

Henüz bir şey yapmamıştı Zehra. Ama resim öğretmeni onun kabiliyetini bir bakışta anlamıştı ve ruhuna bir maya atmıştı. Büyükhanım bundan bir şey anlamadı tabii. Mutfağa yollandı, tavuk yolunacaktı.

Bir sonraki gün Celil Hikmet kaba bir kâğıda sarılmış bir kutuyu Zehra'ya uzattı.

"Bu sizin için."

Tahta kutuyu önüne çekti Zehra, kapağı kaldırdı. Bir yağlıboya takımı. Fırçalara, palete, yağlıboya tüplerine baktı. Sarı, mavi, yeşil, kırmızı, turuncu, kahverengi, beyaz. Yüreği kaynadı. Ama şu kadar renk bu kaynamayı karşılamaya yetmezdi sanki.

"Hepsi bu kadar mı? Yani renklerin hepsi bu mu?"

Evet, hepsi bu kadardı. Hatta yeşil ve turuncu olmasa bile yeterdi. Çünkü bu kadar renkten sonsuz sayıda renk türetmek mümkündü.

Ertesi sabah Zehra boyalarını, fırçalarını, tuvalini aldı, bahçeye indi. Eski bir gecelik geçirmişti sırtına, henüz önlüğü yoktu. Önce Masal'ı kırık bir sandalyenin üzerine oturttuysa da asi model her defasında kaçtı, Zehra'yı uzaktan göz hapsine aldı. Bunun üzerine Zehra pembe sardunyayı koca saksısıyla kucakladı, bahçenin en güneşli köşesine yerleştirdi. Paletinin üzerine her renk boyadan özenle sıktı. Karışımları hazırladı, renkleri birbirine bağladı. Kırmızıyı yeşile yaklaştırırken sarıyı beyazdan uzak tuttu. Yağlıboya kokusunu içine çekti; bu koku olmadan yaşanılmaz zannetti. Toprak saksıdan, saksının da en güneşli en ışıklı yanından boyamaya başladı. Fırçayı yer yer kaydırıyor, yer yer lekeler halinde tuvale dokunduruyordu, Celil Hikmet Bey'in öğrettiği gibi. Saksı tamamlanıp da sardunyanın yeşil yaprakları yayılıp, ilk pembe çiçekleri açtığında Büyükhanım bile çıkardığı marazadan mahcup, oturduğu yerden "Vallahi çok güzel oldu" diye düşünmeye başlamıştı.

Sardunyaları o kadar beğenilmişti ki ertesi gün Zehra, hocası gelmeden bir deniz manzarası çizmeye heves etti; dalgalı bir deniz olacaktı bu, Karadeniz gibi. Önce göklerden başladı ama bu mavi hiç de içine sinmedi, çok maviydi. Oysa ona hem deniz hem gök için soğuk bir kış mavisi, kar çağıran denizlerin buz mavisi lâzımdı. Lâkin böyle bir rengi elde etmek zannettiği kadar kolay değildi. Beyaza birazcık siyah kattı, fırçanın ucuyla biraz da mavi bulaştırdı, olmadı. Elde ettiği renk, Büyükhanım'ın elbiselerinin grisinden öteye geçmedi. Siyahı çoğalttı, bu kez geceye döndü. Azalttı, anlamsız bir kül rengi kaldı ortada. Hayır, bu değildi. Elleri, yüzü gözü boya içinde kalmıştı, üstelik bu kadar boya da ziyan olmuştu. Celil Hikmet Bey'in hediyeleri arasında aradığı soğuk mavi yoktu.

Öğleden sonra resim öğretmeni geldiğinde, "Gri" dedi Zehra soluk soluğa.

"Hani o kar yağmadan, fırtına kopmadan evvel gökleri ve denizi dolduran sessizliğin buz mavisi var ya! Sizin getirdiğiniz boyalar o rengi elde etmeme yetmiyor."

Gülümsedi Celil Hikmet, manasını böylesine selâmetle sırtında taşıyan cümle içini titretmişti. Güzelliği bir kez fark edince sebepleri olur olmaz sıralayan aşkın en güzel demindeydi.

"Bu ruh da bu beden de benim olsun!" Bu kadarını söyleyemedi elbet ama "Bu rengin farkındasınız demek. Fazla insan göremez bu rengi" demeye cesaret edebildi. "Siz farklısınız" demek istemişti.

Her gün onlarca rengi fark etmeden yaşayıp giden yüzlerce insanla karşılaştığını düşündü Celil Hikmet, eğer bir kadın bu griyi tanıyorsa ve onu böyle tarif edebiliyorsa onunla evlenilebilirdi. "Artık evlensen oğlum" diye başının etini yiyen annesini, kız kardeşini düşündü Zehra'nın dudağının üzerinde tomurcuklanan ter damlalarına bakarken. Daha uzun daha cesur baktı, palete döndü neden sonra. Trabzon Sultanîsi'nin resim muallimi, bir deniz, bir gök, bir dalga, çokça fırtına, çokça kar haberini aramaya, içinden ateş geçerken renklerin en serinini karmaya başladı. Fırçayı kıvamlı karışımda sağdan sola, soldan sağa savurdu. Çokça beyaz. Biraz mavi. Az yeşil. Çok az kırmızı. Zehra'nın aradığı buz rengi bir yerden uç verdi. Buz grisi. Gri mavi. Dışarıda martı çığlıkları, 1912 yazının son günleri.

"Tam olarak bu mu istediğiniz?"

Zehra gözlerini kocaman açmış -ne renkti bu kızın gözleri? Kuru yaprak rengi, atlas yorgan kadifesi-, "Siyah yok mu bu karışımda?" diye soruyordu.

Yoktu.

"Hayret!" diye içinden geçirdi Zehra. Celil Hikmet Bey nasıl olup da tam istediği rengi bulup bir yerden çıkarmıştı? "Bir erkek" diye düşündü tekrar, "İsmail'e benziyorsa, resim yapabiliyorsa ve hele böyle bir griyi bir yerlerden bulup çıkarıyorsa, onunla sevdalıktan da öte evlenilebilirdi."

Celil Hikmet giderken Zehra her defasında Büyükhanım'la birlikte onu dış kapıya kadar geçirmeyi âdet edinmişti. Bu defa da öyle yaptı. Kapıdan çıkarken Celil Hikmet kadınlara son bir selâm vermek için geri döndü. Zehra sanki görünen tek yeri olarak kalmış gözlerine sığdırdığı kocaman bir muhabbetle gülümsemişti ve bakışlarını öteye çevirirken selâmını almış gibiydi.

Büyükhanım'ın odasına koştu aceleyle Zehra. Ceviz konsolun önüne geçti. Zamanın aynasına o an hangi suretiyle düştüğünü görmeye çalıştı. Neşeli ve meraklı. Derin ve güzel. Dalgalı ve sığınaklı. Değişik ve yepyeni. Bambaşka bir nizama bambaşka bir dünyanın kurallarına geçmiş gibiydi. Başörtüsünü çözdü. Kulağındaki mercan küpe, bunun rengi hep bu kadar parlak mıydı? Aşk bahane. Herkes kendini seviyor, bu cilvede kendi güzelliğinden emin olmak istiyordu ve tıpkı şu ayna gibi bu güzelliği yansıtacak, parlatacak bir ayna arıyordu.

Bugün tekrar Halide'ye gidilecekti. Büyükhanım ve Zehra çarşaflandılar, başlarını taşlıkta çattılar aceleden, yola koyuldular. Kapıdan daha çıkmadan Büyükhanım her zamanki tembihlerini ardı ardında sıralamıştı:

"Yürürken sağa sola bakma. Yollarda gülme. Milleti peşimize takma. Kız kısmı ağır gerek. Kendine söz getirme. Yanımdan ayrılma, dükkânların önünde oturan adamlara yakın geçme."

Onlar önde, bütün bunları size anlatan gölge ben iki adım arkada yollara düştük. Yanlarından da gidebilirdim gerçi ama ne zamandır aralarında olmama rağmen henüz görünmezliğe alışabilmiş değildim galiba.

Ortahisar'dan kestirmeye saptıklarında Zehra kapının önünde sıralanan tembihlerin hepsini unutmuş olmalı ki Büyükhanım'ı geride bıraktı, eteklerini uçura uçura hızlı adımlarla İmaret Mezarlığı'na doğru yürümeye başladı. Birkaç basamak çıkarak mezarlığa adım attığı anda lâtif bir esintiyle karşılaştı. Kuru toprağın üzerinde yabanî otların hafifçe oynaştığını, servilerin ağır ağır salındığını, baş eğdiğini fark etti. Ağustos öğlesinde bile mezarlığın içi serindi, ferahladı. Kendisine bir cennet soluğu armağan eden İmaret Mezarlığı'nın rüzgârını yaratan Allah'a hamd ederek etrafına bakındı. Kavuklu, fesli, yaşmaklı, bahar dallı, gülçiçekli şahidelerin kimi sağlam ve dimdik ayaktaydı. Kiminin beli bükülmüş, şakulü kaymış, kimiyse boylu boyunca toprağa uzanmıştı. Kimi kırılmıştı yarı belinden kimi un ufak olmuş, toprağa karışmıştı çoktan. Gölgesinde yatanın sağlığındaki hayatını simgelemek üzere kalem, fırça, tüfek, top kabartmaları işlenmişti üzerlerine. İçinde kendisini bütün bir kâinatla bir kılan o eşsiz duygu, diriler gibi ölüleri de bakışlarıyla okşadı Zehra, bir mezarın alçak duvarına oturdu, sırtını taşa yasladı.

Ben de kendimi serin rüzgâra bırakırken az ötedeki mezar taşına sırtımı yasladım. Servi ağaçlarına dolanmış yabanî gülfidanlarını, zeytin ağaçlarını seyrettim, henüz yıkanmış taşların su kokusunu içime çektim. Sağdan soldan ip atlayan başı bağlı kızların, gelip gidip onların oyununu bozan kirli yüzlü oğlanların sesleri geliyordu ve az ötede mezar taşlarından birini kendisine siper etmiş bir genç irisi, kızların gözüne ayna tutuyordu. Büyükhanım oğlanı azarlarken Zehra sağı solu gözetledi, kimsecikler yoktu. Çarşafının ucuyla alnını, bağrını, terini sildi, yenlerini havalandırdı. Yumdu gözlerini. Servilerin arasından geçen rüzgârın sesine kulak verdi. Yanında oturduğu mezarın sahibine, onun kim olduğunu hiç düşünmeden bir Fatiha gönderdi. Sonra Büyükhanım'ı yine arkasında bırakarak Hatuniye türbesine yöneldi.

Hacıbey İstanbul'dan bahsederken derdi ki:

"Her şehrin hatta her semtin bir sahibi vardır. İstanbul'da Üsküdar'ın sahibi Aziz Mahmud Hüdayî Hazretleri'dir meselâ. Bütün İstanbul şehrinin sahibi ise şeksiz şüphesiz Hazreti Eyyub-el Ensari."

Zehra'ya öyle gelirdi ki her şehrin evet, bir sahibi vardı ve hepsi de er kişilerdi. Fakat Trabzon'un bir sahibesi, bir hanımefendisi vardı ve o da işte şurada, vakur, soylu yalnızlığında, gül çiçek, filiz çemen, bir bahar saltanatında yatan Gülbahar Sultan'dı.

Trabzon Fatihi'nin, şehri bir Ekim günü fethettiğine aldanmamalıydı. Fatih bahar padişahıydı gerçekte; Mart'ta doğup Mayıs'ta ölmüştü; İstanbul'u bir Nisan günü kuşatmış, bir Mayıs günü almıştı. Ve bahar padişahının Trabzon'a da benzersiz bir gül armağanı vardı. Gelini Gülbahar, Beyazıd-ı Veli Hatunu.

Peki, ne işi vardı Gülbahar Sultan'ın Trabzon'da? Hacıbey bunu da tatlı tatlı anlatırdı:

Gülbahar Hatun vakt ü zamanında Trabzon valisi, şehzadesi Selim'ini ziyarete gelirken gemisi Karadeniz'in meşhur Kestanekarası fırtınasına yakalanmış, kaptan, sultan bahası yolcusuyla daha fazla yol alamayacağını anlayınca Fol limanına sığınmıştı. Bir sultan hanımı ağırlayıncaya kadar, halkı balıkçılıkla geçinen küçük, bilinmeyen bir beldeymiş Fol. Ama Gülbahar Sultan bu kurtuluştan sonra elini buradan çekmemiş, bir gönül karşılığı, bir adak borcu olarak arazinin büyük kısmını vakfa çevirmişti. "Vakfıkebir" adı buradan kalmaydı: "Büyük Vakıf." Limanının bir sultan canını kurtaran emniyeti ise Fol'a zaten bidayetten beri bir sıfat katmıştı: "Büyükliman."

Zehra iki eliyle sarıldı pencerelerin şebekelerine. Şehrin sahibesi için bir Fatiha okudu, İhlâs'ı 3'le sınırlamadı 11'e tamamladı. Tozlu şebekelere dudaklarını dokundurdu hafifçe, nefesini Gülbahar Sultan'ın yattığı tarafa üfledi. İçinin harını saklamadı, ne de olsa kadın kadının halinden anlardı.

"Şu resim öğretmeni var ya!"

Dertleşme faslı uzadı. İçeri girmek lâzımdı. Tekfursarayı yıkıntılarına sırtını dönerek Gülbahar Türbesi'nin aralık kapısından içeri sağ ayakla girdi. Bir kandilin soluk ziyasında gümüş işlemeleri parıldayan fesrengi puşidenin ayakucuna diz çökerek püsküllerinden öptü. İçine gül, karanfil kokuları doldu. Açtı içini Gülbahar Sultan'a ama cümlesinin sonunu yine de tam olarak getiremedi:

"Şu resim öğretmeni var ya!"

O sırada Büyükhanım da içeri girmiş, puşidenin ayakucuna diz çökmüştü.

Biz üç kadın, Gülbahar Hatun'un gümüş kırma işli puşidesinin sağ ayakucunda kaç zaman kaldık bilmiyordum. Fakat çok geçmeden öğle ezanının okunduğunu duydum. Dışarı çıktığımızda Zehra türbenin, bu şehrin yeşiline, mavisine, denizine pek de uymayan açık renk taş duvarlarına, kubbesine, kasnağına baktı. Kim yapmıştı bu türbeyi, ilk kez merak etti. Kapının üzerindeki kitabeyi okumaya çalışarak bir ismi seçebildi:

"Tebrizli Acem Ali."

Tebrizli Mimar Esir Ali, Yavuz Selim Sultan'ın Doğu seferinden dönerken yanında getirdiği ganimetlerden biriydi. Azerbaycan Türklerindendi ama onun da adı ırkından çok coğrafyasına bağlanmıştı: "Acem Ali."

Zehra ruhunda derin bir minnet hissetti. Bu yekpare yüzük taşını buraya o kondurmuştu ama vatanından uzakta kim bilir ne derin hasretler çekmişti. Bir Fatiha da "Tebrizli Acem Ali" için okudu. Büyükhanım'la birlikte yola revan oldu.

Bense yokuşu tırmanarak Tekfurçayır sırtlarındaki eve vardığımızda çocukluğumda annemle kim bilir kaç kez gittiğimiz evi tanıdım. Bir kartal yuvası gibi Zağanos köprüsüne, Ortahisar'a, Tekfursarayı'nın kalıntılarına, surlara bakan bu evde çocukluğumun kaç günü geçmişti? Bahçedeki kameriye yerli yerindeydi. Çiçekleri çoktan solmuş hanımeli dalları, yediveren güller, sarmaşıklar ve çocukluğumda nefret ettiğim horozibikleri de öyle. Birinin üzerinden elimi geçirdim, içimde aynı ürpertiyi hissettim.

Gelen seslerle daldığım düşüncelerden uyandım, daha doğrusu fısıltılar, gülüşmelerle. İki kız kameriyeye inmişlerdi, ben de oraya doğru süzüldüm. Zehra "Halide" diye seslenmeseydi yanındakinin, çocukluğumun unutulmaz siması "Büyük Halide Teyze" olduğunu anlayamazdım. Benim çocukluğum onun yaşlılığına ucu ucuna yetişebilmişti. Bu genç kadının yüzüne baktığımda, zamanın insana ne yaptığını, neleri götürdüğünü ama neye dokunmadığını da anladım; saçların, dişlerin, rengin, kokunun, tenin, cüssenin hatta boyun değiştiğini ama sadece bakışların aynı kaldığını. "Halide Teyze", ter ü taze bir kadındı ama benim hatırladığım aynı gözlerle bakıyordu.

İki kız, dünyanın herhangi bir yerinde herhangi iki kızın dalabileceği lezzette bir sohbete dalmışlardı. Konuların biri bitmeden öbürü başladı, biri başladı diğeri yarım kaldı, öbürü tam ortasından devam etti. Aslında konuştukları Halil Safa'dan, Halide'nin hamileliğinden ibaret gibi görünüyordu ama Halide'nin gözünden kaçmadı; Zehra'nın yanakları al aldı, yüzünde kocaman bir gülümseme vardı ve gözleri nerede görsem tanırım o ışıkla parlıyordu. Bir şey sorası oldu. Vazgeçti. Tanırdı Zehra'yı, birazdan nasılsa kendisi açılacaktı.

Tahmin ettiği gibi de oldu. Çok geçmeden Zehra "Şu resim öğretmeni var ya..." diye anlatmaya başladı.

Büyükhanım gittiği yerden ikindi vakit kalkmayı âdet edinmişti. Bir kadın güneş batarken evine çoktan girmiş, lâmbaları yakmış olmalıydı ve ona göre Ağustos'un uzun günlerinde bile eve varmak için ikindiden önce yola çıkmalıydı.

Bu telâşla "Haydi kızım" diye seslendi Zehra'ya. "Gidiyoruz."

"Ben bu gece burada kalacağım."

"Kal" dedi Büyükhanım.

Kalabilirdi elbet, burası yabancı evi değildi, gözü arkada kalmazdı. Ama ne olur şu kız, bir kerecik de "Kalacağım" değil "Kalabilir miyim?" deseydi.

Zehra arkasından seslendi.

"Yarın öğleyin gelirim."

Tabii! Yarın öğleden sonra resim dersi vardı.

Günler kısalmaya, ikindiler daha erken, sabahlar daha geç okunmaya başladığında bile sürdü gitti resim dersleri. Ağustos'un yakıcı sıcakları çoktan geçmiş, Eylül serinlik selâmetle inmiş, üççeyreği bile bitmişti. Martıların kiremitler üzerinde yekcihet büzüşüp Rize'ye doğru bakacakları, denizin, en emniyetli anında içten gelen bir ürpertiyle coşup taşacağı günler yakındı.

Celil Hikmet Bey'in geleceği zamanlarda Zehra'nın yüzü sanki daha pembe, elbisesi daha beyaz oluyordu. Henüz söylenmemiş sevdanın cennet kokusu Büyükhanım'ın gözünden kaçmadı. Yanlarına girmek içinse sebepleri artık ilk günkünden çok daha fazlaydı.

"Bak şu şerbeti yeni yaptım. Şu baklavayı oğlum senin için açtım."

Doğrusu Büyükhanım bu işe gönül huzuruyla evet diyebilirdi. Ahlâkı kavî, ruhu sağlam, mesleği elinde, altın bileziği kolunda üstelik dağ gibi delikanlı; soyu sopu da belli. Hatta bir gece meseleyi en hassas ucundan Hacıbey'e bile çıtlatmıştı. Yanılmamıştı. Hacıbey'e göre de "Neden olmasın"dı? Daha iyisini mi bulacaklardı?

Sadece bir şey Büyükhanım'ı düşündürüp duruyordu. Trabzon'daki şöhretine bakılırsa bu genç adam enikonu sanatkârdı. Diğer insanlardan farklıydı ne de olsa sanatçı milleti. Acaba fazla hassasiyet göstererek Zehra'yı da kendini de üzer miydi? Her şeyi içine atıp atıp, gün gelir yanardağlar gibi patlar mıydı? Olanı biteni herkesinkinden farklı bir terazide tartıp döker miydi? Hülyalarının ardından anlamsız maceralara yelken açar mıydı? Arsız mıydı gönlü, Zehra'dan bıkar habbeyi kubbe eder miydi? Böyle, gecelerce düşündü Büyükhanım. Denize baktı dağa baktı, kurdu kaldırdı. Doluya koydu, boşa koydu; ölçtü tarttı. Tekin değildi bu taife Büyükhanım'a göre. Ama Celil Hikmet Bey'in oturup kalkmasına, edebine iffetine baktığında, "Eh artık" dedi, bu kadar mükemmelliğe mukabil sanatkârlığı da sineye çekilebilirdi. Su gibi akıyordu Trabzon Sultanîsi'nin resim öğretmeni. Bu havaî kızı da ancak onun gibi biri çekip çevirebilir, eğip bükebilirdi.

Celil Hikmet Bey, zamanında Paris'ten getirttiği bir *Meşhur Ressamlar* kitabını o gün beraberinde getirmişti. Zehra sayfaları rastgele çevirdi, resimlerden birinin üzerinde durdu.

"Bu" dedi resim öğretmeni "Hans Holbein'in İsa'sı." Enine doğru ince, uzun bir tabloydu bu. Ölümün morarttığı, neredeyse kokuşmaya başlamış, kupkuru bir beden yaralar içinde, upuzun yatıyordu. Yarı açık kalmış gözlerinde camsı bir bakış asılı kalmış, burnu da çenesi de uzamıştı ve sağ böğründe bir mızrak yarası açılmıştı.

Celil Hikmet resim tarihi üzerinden İsa algısına dair bir şeyler anlatmaya başlamıştı ki Zehra, Siranuş Hanım'ın kartpostalları arasındaki mutlu, nuranî bir annenin kucağındaki güzel ve sevimli bebeği hatırladı. Nasıl bu hale gelmişti?

Zehra dinlerken de konuşurken de her zamanki Zehra'ydı ama onun saçtığı güzellikten bugün sanki etraf aydınlanmıştı. Böyle bir şeyi daha evvel görmüş değildi Celil Hikmet. Bir süre hiçbir şey yapmadan durdu ve sadece onun sayfadan sayfaya atlamasını izledi. Bu güzelliği başkalarının da fark edebileceğine dair hissettiği duygu büyük bir korkuya bıraktı yerini. Annesini bir an önce göndermeliydi. İçinde aniden boy veren korkuyu bastırmaya çalışırken, bol gölgeli bir o kadar ışıklı bir Rönesans resminin bulutlarını anlatmaya başladı.

Ertesi sabah Zehra uyandığında doğruldu yerinden. Çıkmanın içinde döşeğinin hemen yanındaki pencerenin perdesini araladı, burnunu cama dayadı. Karadeniz mavi bir boncuk renginde sakin sakin uzanıyordu karşısında. Sebze meyve yüklü kayıklar arasında martılar inip kalkıyordu. Açıkta birkaç gemi demir atmıştı ve ufkun üzerinde Celil Hikmet Bey'in bulutları tek sıra halinde, bir süvari birliği gibi uzanıyor, ışık henüz alçaktan vurduğu için pembe bir aydınlığı taşırıyordu. Birer mücevher gibi ya da Zehra'nın isimlendiremediği başka bir şey. İçinden çok tatlı bir duygu geçti Zehra'nın, tanıdık ama unutulmuş bir şeyle karşılaşmanın ürpertisi. Aşağıdan İsmail'in ayak seslerini duydu. Merdivenin başına yaklaştı, alçacık bir sesle "İsmail" diye seslendi. "Gel, bulutlara baksana."

Onlar aynı döşeğin üzerinde aynı perdenin aralığından aynı cama burunlarını dayayarak bulutlara bakmaya başladılar. Bense döşeğin kenarında ayaktaydım ve onlarla birlikte aynı ışıklı bulutlara bakıyordum. Ağzımı açtım, neredeyse "Cennet bulutları" diyecektim ki İsmail, "Cennet bulutları bunlar" diye fısıldadı. Zehra önce yerdeki halının zavallı çiçeklerine baktı, sonra tekrar bulutlara.

"İsmail" dedi, "Tebriz halısının üzerinde İranlı Hafize Hanım'ın bir sonsuzluktan gelip bir sonsuzluğa giden motiflerini göremedim ama senin sayende cennet bulutlarını görebildim nihayet."

Demek bir yanım Zehra'ydı benim ama bir yanım İsmail. Döşeğin üzerine çöküverdim.

Zehra'nın cennet bulutlarını gördüğü günün öğle vakti henüz geçmişti ki kapının el biçimindeki pirinç tokmağı vuruldu. "Tak tak." Önce iki kere. Biraz durdu. Sonra üç kere. Büyükhanım gelenin ev halkından biri olmadığını anladı, ancak bir yabancı, bu kapıda çıngırağı çekmek yerine tokmağı vururdu. Zehra'ya açmasını işaret etti.

Ben de onunla birlikte kapıya koştum. Gelen Suat Hanım'dı, resim öğretmeninin annesi; yanında da Mevlûde vardı, kızı.

Zarif kıvrımları, gümüş boynu gözümü alan bir gülabdandan gülsuyu ikram edildi önce. Cennet bulutlarıyla başlayan böyle bir günde zaten her yer her cihet güldü. Boş bulundum, avucumu açtım ben de. Zehra beni görmeyip geçti. Gümüş zarflı fincanlarda kahveler ikram edildi ardından, Zehra'nın çeyiz sandığından o gün için çıkarılan telkârî tepside ıhlamur rengi billur bardaklarda şerbetler. Halis Efendi'nin annesinden esirgenen her şey Suat Hanımefendi'nin önüne serildi. Zehra, yaptığı resimleri göstermek için Mevlûde'yle İsmail'in odasına girip de kapıyı usulca kapattığında söz Suat Hanım'ın açtığı bahse geldi. Aslında Büyükhanım, Suat Hanım'ın gelişinden anlamıştı elbet bu işte bir iş olduğunu ama gönüllü olduğu için yokuşa sürmemişti. Gerçi biraz acele olmuştu, bu kadar da erken beklememişti ama hayırlı işlerde acele iyiydi. Şimdi Suat Hanım dili döndüğünce Allah'ın emri peygamberin kavli ile Zehra Hanım'ı Celil Hikmet için istemeye geleceklerini söylüyordu. Bu, sadece bir görüşme ziyaretiydi. Acaba kız evi isteme ziyareti için "Buyurun gelin" diyecek miydi? Perşembe gününün akşamı mübarek gece, münasip miydi? Gelsinler miydi?

Büyükhanım'ı öyle bir sıcaklık öyle bir ter bastı ki ben bile olduğum yerden fark ettim hararetini. Yine de cevabını verdi: Neden olmasındı? Perşembe gününün akşamı, münasipti, buyursunlardı.

Perşembe gününün akşamı hiç olmadı, gelişi çarşambadan değilse de salıdan belliydi aslında. Böyle bir akşamın olmayacağını ben de biliyordum fakat sebebini kestiremiyordum sadece.

Salı günü Hacıbey öğle vakti camiden eve döndüğünde o ürkütücü cümleyi söyleyiverdi:

"Seferberlik ilân edildi."

Celil Hikmet Bey henüz askerliğini yapmadığı için, yükümlü olarak harbe gidecekti. Ama bir de gönüllüler vardı. Trabzon'dan bir gönüllü taburu hazırlanıyordu ve Sultanî'nin son sınıf öğrencileri gibi henüz mezun olmuşlar da akın akın o birliğe katılıyordu.

Büyükhanım nefesini tuttu.

Sultanî'nin yeni mezunları

İsmail'in sınıfı.

Kendime geldiğimde çalışma masamın başındaydım. Hacıbey'in cami dönüşü "Seferberlik ilân edildi" dediğine bakılırsa geçmiş zamanda altı buçuk ay kalmıştım. Oysa yumuşak, sarımsı Şubat güneşinde yıkanan tül perdenin gül gölgeleri defterimin üzerinde oynaşıyordu hâlâ.

Arkama yaslandım. Başım binbir türlü görüntüyle dolu, çok tatlı bir sarhoşluk içinde, yaşadıklarımı sırasıyla gözümün önünden geçirmeye başladım. Kakuli Biraderler'den büyüğünün futbol seyreden kadınlara fotoğraf çektiği günü düşününce bu fotoğrafı bir yerlerde gördüğümü hatırladım. Fazla düşünmem gerekmedi. Kim bilir kaç kez önündeki masada oturarak çay ya da kahve içtiğim, dostlarımı ağırladığım pastanenin duvarındaki resimdi bu. Eski Trabzon'a ait onca fotoğraf arasında özellikle gidip bunun karşısındaki masaya otururdum. Daha fazla duramadım. Çabucak hazırlandım, şehre doğru yollandım, Uzun Sokak'taki pastaneye koştum.

İçerisi tenhaydı. Her zaman oturduğum masaya oturdum. Duvardaki fotoğrafa baktım. Evet, işte o. Aynı kadraj, aynı manzara, aynı bakış noktası. Trabzon'a gelmiş, hantal makinesini sırtlanmış, şehrin mesire yerlerini, tarihî eserlerini, görülmeye değer yanlarını kaydetmeye başlamış bir fotoğrafçı demek bu sevimli manzarayla karşılaşmıştı aniden. Yüksekçe bir sırtta durarak, Kabak Meydanı'nda, bugünkü Avni Aker Stadyumu'nun yerinde uzanan geniş düzlükte futbol oynayan delikanlıları seyreden kadınlar.

Yerimden kalktım. Fotoğrafa yaklaştım, yakından baktım, uzaktan baktım, açı değiştirdim, çaprazlama baktım. Her zamanki garson yaklaştı yanıma.

"Bir şey mi arzu etmiştiniz hocam?" diye sordu.

"Yok" dedim. "Sadece şu fotoğrafa bakıyordum."

Fotoğrafa enine boyuna baktığım o süre içinde her defasında görüşüme bir şey katıldı. O zamanın, o fotoğraf karesinin içindeyken bile göremediğim, fark edemediğim bir şey, uzaktan ve dışarıdan bakmanın sağladığı derli toplu bir bakış. İşte şu, tam çekim anında başını bir şey unutmuş gibi geri çevirmiş de taş kesilmiş gibi duran adam. Şu, bakımsızlığına rağmen bir iyimserlik manzarasının imajını tamamlayarak fotoğrafın içinden geçip giden at. Şu, kadınlar kalabalığı. Ve işte şu Zehra, şu da İsmail.

İkisinin de sırtı diğerleri gibi objektife dönük. Zehra'nın o gün giydiği Büyükhanım'ın eski çarşafının karelerini inceledim. Buradan siyah görünüyordu ama ben görmüştüm, mordu bu kareler. Zehra, İsmail'in omuzuna yaslanmış, çarşafını sıyırmadan, peçesini açmadan kendisini futbol denen bu oyunu seyretmeye bırakmış. Siyah kalın çorabı çarşafının eteklerinin ucunda, bileğinde hafifçe kaymış, bollanmış ve Hay Allah'ım, Zehra, ökçeleri iki parmağı geçmeyen boyası aşınmış pazar iskarpinlerinin tekini çıkarmış, sol ayağını sağ ayağının üzerinde dinlenmeye bırakmış.

Fakat ben görünmüyordum o fotoğrafın aynasında. Makinenin kocaman gözüyle göz göze geldiğim o andaki benden de geriye ölümsüz bir suret kalmış olmasını ne kadar isterdim oysa. Demek Kakuli Kardeşler'in büyüğü, Trabzon'un bu meşhur fotoğrafçısı objektifinin arkasından beni görememişti. Fotoğrafçılar övünüp dururlardı hani, "Fotoğraf, görünmeyeni bile gösterir" diye. Demek her zaman doğru değildi fotoğrafın, ruhun bile resmini çektiği.

Zehra'ya baktım. Sonsuz bir anın içinde donmuş, ebedî olarak sol ayağını sağ ayağının üzerinde dinlendiriyor, ilerdeki oyunu seyrediyordu. Onun işte tam da şu sağ omuzunun arkasındaydım. Benim yerim orasıydı. Şefkatle gülümsedim. Suretim görünmese bile tam şu köşedeyim ben. Fotoğraftan içeri seslendim.

"Haberin yok, yanındayım."

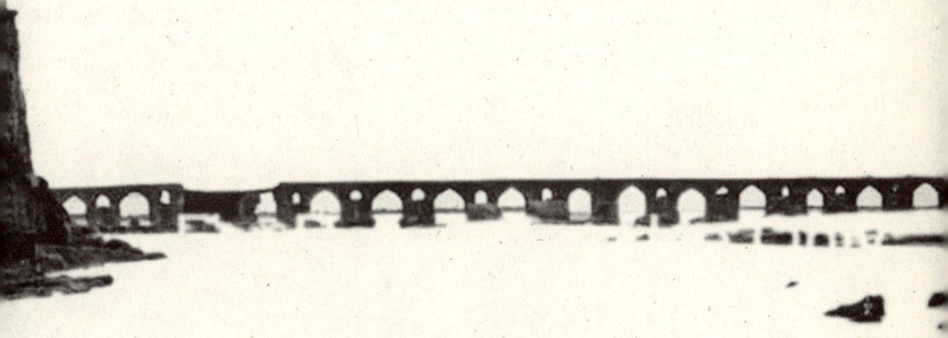

II. KİTAP

TEBRİZ'DE KAPALIÇARŞI

Aylar geçti ve ben Şubat'tan bu yana İran yolculuğuna kaç kez çıktım? Kaç kez hayalini kurdum? Vesveselendim, evhamlandım. "Ya bir hayalin peşinde koşuyorsam?" Elimdeki bütün malzeme allayıp pulladığım, artırıp çoğalttığım birkaç hatıra, iki mektup, otuz yıl öncesinden kalma bir adres. Oysa ne kadar çok şey değişmiştir bu otuz yılda. Ya adres diye bildiğim yerde bir alışveriş merkezi bulursam ya da katlı bir otopark veya müteahhide verilmiş bir apartman? Ne yapacağım o zaman? Diyelim ki adresi buldum, çalacak bir kapı var mıdır orada? Hem gitsem, bulsam bile bana hazırlar mıdır? Halı yıkama günlerine mi denk gelirim? Beni içeri buyur ederler mi yoksa başlarından savmaya mı kalkışırlar? Hem içeri buyur etseler bile, bizim çoktan yitirdiğimiz aile bağı, sülâle bilinci onlarda hâlâ ayakta mıdır? Yani birini bulsam bile onun diğerlerinden haberi var mıdır? Dahası, büyük dedelerinden birinin hikâyesine vakıflar mıdır? Anlatılmış mıdır bu hikâye aile içinde kuşaktan kuşağa? Ağızdan ağıza geçmiş bugüne taşınmış mıdır? Yoksa onlar da yaz tatili, bayram uzaklaşma fırsatı, dershane, sınav, ev, araba kentleşme faslında mıdır?

Evhamlıyım. Fakat haksız sayılmam ki. Çok az şeyin kendisini otuz yıl öncesinden kurtarabildiği bir ülkede yaşıyorum ben. Onları da elimle koymuş gibi bulacak değilim ya.

Ama onlar orada olmalılar. Hiç orada olmasalar ben tanımadığım bir ülkeye gitmeye böyle rahat kalkışabilir, kendimi şimdiden güvende ve sahiplenilmiş hisseder miyim? Allah'ım ne olur, orada olsunlar.

Bir aksilik çıkacak da gidemeyeceğim diye ödüm kopuyor. Allah'ım ne olur, ne zaman istersen o zaman ama bu defa değil. Midem ağrımasın, ayağım burkulmasın, kalbim durmasın.

Öyle hevesliyim ki elimden gelse çantamı şimdiden hazırlayacağım. Ama zaten bir şey yok çantaya koyacak. İki siyah tunik, iki başörtüsü, iki defter, çokça kalem, küçük bilgisayar. Nihayet hayatımın en hafif yolculuğuna çıkacağım. Her sabah hale şekle sokulması gereken ağır ve uzun saçlar, makyaj, kıyafet, takılar, bavul taşıma derdi... İşte bunların hepsinden kurtulacağım. Hayalimdeki sırt çantalı yolculuk. Nihayet. Bütün süsümü püsümü sol elimin orta parmağındaki oval siyah taşlı yüzükte derlesem yetip de artacak bile.

Hiçbir şeyi şansa bırakmayan, kılı kırk yaran yanımla mektubun da adresin de fotoğrafını çekip bilgisayara kopyalasam da, mektupları kaybedeceğim diye aklım gidiyor. Gerçi hepsini satır satır aklıma yazmışım çoktan ama ona da güvenim az. Kendimi onları bulacağıma öyle inandırmışım ki bir albüm bile hazırladım. Dedemin, anneannemin, teyzemin, annemin, dayılarımın, oturdukları evin, yürüdükleri yolların, baktıkları denizin fotoğraflarını topladım, taradım, hem bilgisayara attım hem de baskılarını aldım. Onlara bırakacağım. En son da teneke kutu hazine sandığımı çantamın en korunaklı köşesine yerleştirdim.

Daha yirmi gün var. Fakat heyecan uykularıma bile sirayet etti. Bu yirmi günü nasıl geçireceğim? Bütün kadınlarda ortak olan o duyguda selâmetimi buldum, çarşı pazarın yolunu tuttum. Hayalimde bir aile yarattım. Hepsine ayrı ayrı hediyeler aldım.

Önce büyükler. Birinci kuşaktan dedeler hayatta değildir. Ama ikinci kuşaktan bir ya da iki yaşlı ile karşılaşabilirim. İçlerinde seksen doksan yaşlarında olsa da sağlığı ve hafızası yerinde biri olmalı ve beni bekliyor olmalı. Ona bir şey almalıyım. Beni tanısın, burayı hatırlasın. Ama ne? Yarım gün geçirdim çarşılarda. Sonunda sarı kehribardan gümüş kamçılı bir tespihte karar kıldım. Öyle titizim ki tespihi yeniden dizdirdim kuyumcunun itirazlarına aldırmadan. “Ama hanımefendi bunun ne kusuru var?” İmameyi, nişaneleri değiştirttim. Yenilerini seçerken dükkânın altını üstüne getirdim. Kuyumcu herhalde benden nefret etti. Ama değdi.

Üçüncü dördüncü kuşak, benim akranlarım, onlar kolay. Hele kadınlar en kolay. Nasılsa dünyanın her yerinde dilimiz ortak. Son olarak çocuklar. Kızlara kalem başlıkları, süslü çantalar daha bir sürü şeyler. Bebekler de vardır belki kundakta, beşikte, kucakta. Şu minik patikler, çiçekli elbiseler de onlar için.

Oğlan çocukları ne severler? Oyuncak arabalar? Futbol? Mahallî hediyelik satan bir dükkânın çocuk kısmında bordo mavi giyim kuşamın önünde duruyorum. Cici bir tezgâhtar kız yanıma yaklaşıyor.

"Kaç yaşında?" diye soruyor gülümseyerek.

"Bilmem!" diye cevap veriyorum.

"Yoksa bebek mi henüz?" diye soruyor daha da içten gülümseyerek.

"Henüz tanışmıyoruz" diye mukabele ediyorum ben de gülümseyerek.

O bir mana veremiyor, ben anlatmaya kalkışmıyorum. Yine de irili ufaklı bir sürü şeyi sardırıyorum. Bu kadar çok ufak tefeği hiç bu kadar bilinmez muhataplara almamıştım. Çantam, kim için olduğunu bilmediğim hediyelerle dolu. Olsun! Ben çantamı hazır ettim, nasibi olan yoluma çıksın.

Yarın yola çıkıyorum. Bugün ziyaret edeceğim bir yer var.

Uzun zamandır yaptığım gibi şehre dolmuşla iniyorum. Termometreye takılıyor gözüm, "33 derece." Bu şehir bu sıcağa alışık değil. Dolmuşun camını ileri doğru kaydırıyorum. Şoför radyonun düğmesine dokunuyor o sırada. Bir şarkı. Nilüfer. Nereden çıktı şimdi bu?

Sevgi bizim için yok artık
Yok artık bir daha sevmek
Hani giderken bana demiştin ya sen
Yolcu yolunda gerek

İçim çok acıyor. Atapark'ta iniyorum. Gülbahar Hatun'a doğru yürüyorum. Kapı kapalı. Şebekelere sarılıyorum. Alnımı dayıyorum. Camlar toz içinde. İçeride kandil yerine floresanlar. Gümüş kırma işlemeli, lesrengi puşideden eser yok. O mahut yeşil sanduka örtüsü. Biraz oyalanıyorum. Kapıyı açtırmak için kimseyi aramıyorum, girmesem daha iyi olacak. "Yolcu yolunda gerek." Yan tarafa, İmaret Mezarlığı'na geçiyorum.

Şuraya oturmuştu, şu taşa sırtını dayamıştı. Aynı mezarın kenarına oturuyor, sırtımı o taşa dayıyorum. Yüzümü Halide Teyze'nin bir kartal yuvası gibi kayalıkların üzerine kurulmuş fakat çoktan "yola gitmiş" evi tarafına çeviriyorum. Serin bir rüzgâr başlıyor Temmuz sonunda. Gözlerimi kapatıyorum.

"Zehra" diyorum, "Nereye gittiğimi bir bilsen."

Trabzon'dan Erzurum-Ağrı yoluyla Doğubayazıt'a gidiyorum. Bu gece Doğubayazıt'ta kalacağım, yarın sabah Tebriz'e kadar taksi ile geçeceğim. Bütün bağlantılar kurulmuş. Rehber, şoför, kiralık araç, otel hepsi belli. Yasemen de bu gece Bakü'den yola çıkıyor. Sabah Tebriz'de, otelde buluşacağız.

Bir ırmak vadisini izleyerek başlıyorum yolculuğuma. Otobüsün ön koltuğundayım. Bir haritaya ya da fotoğrafa bakarak onun gerçeğini hayal etmekle geçmiş benim ömrüm. Yolum açık olsun, Bismillah, işte şimdi gidiyorum. Erzurum'da aktarma var. Yaz sıcağında bile iyi tanıdığım o lâtif esinti yüzüme vururken otogarın bekleme salonunda kocaman bir semaver dikkatimi çekiyor. Bu şehir beni hâlâ şaşırtıyor ve bunca yıldır Erzurum'u sevdiğini söyleyen ben bu sevginin sebebini ilk kez açıklayabiliyorum. Bakü'den bile önce Doğu'nun kapılarını açmış bana bu şehir.

Konforlu bir otobüsle başlayan yolculuğum Erzurum'dan sonra bir midibüse "düşüyor." Derken Ağrı'da ciddi bir aktarmaya maruz kalıyoruz. En külüstür cinsinden bir kasaba minibüsündeyim artık. Bu bedenin bunca karayoluna dayanamayacağını sanırdım, oysa en fazla noktalı harflerin üzerinden atlıyorum.

Doğubayazıt'taki en iyi otelin süit dairesi klimasız, olsun, hiçbir şey neşemi bozamaz. Balkona çıkıyorum. Zifirî karanlıkta hiçbir şey göremiyorum ama Ağrı Dağı şuralarda bir yerde olmalı. Çünkü rüzgârın fısıltısı o yönden geliyor, yıldızların ışığı orada azalıyor. Sabah perdeyi açtığım anda, evet, işte orada. Aylar evvel eteklerine düştüğümde perdesini peçesini kaldırmadığı için gönül koymamış, öylece kabullenmiştim. Bu kez berrak bir gök altında, perdesiz peçesiz karşımda yükseliyor. Üzerimde borç kalmış bütün selâmları makamına iletiyorum.

Sabah bir otel odasında başörtümü prova ediyorum ilk defa. Bu sıcakta saçlarımı taşımak bile yeteri kadar yükken onların üzerine bir de örtü. Nasıl olacak? Pek bir karar tutturamıyorum ama olacak işte. İlk kez yüzüme en sade haliyle eğiliyorum. Neredeyse kendimi tanımayacağım. Üzerimde bir on sekiz yaş hafifliği. Kendimi dışarı atıyorum.

Aşağı indiğimde beni Tebriz'e götürecek taksinin şoförünün beklemekte olduğunu görüyorum. Üç üç buçuk saatlik bir mesafe var arada. Tebriz komşu kapısı. Yola çıkıyoruz. Ağrı Dağı eşlik ediyor. Gürbulak ile aramızdaki mesafe çok az. Kapıya yaklaştıkça sınır da kendisini hissettiriyor; kamyonlar artıyor, tırlar arka arkaya sıralanıyor. Biraz sonra sınırdan geçeceğiz. Rüyada mıyım acaba?

Şoför bir Kürt. Adı Habil. Neşeli, mutlu, saygılı bir delikanlı. Arabanın aynasından sarkan pullar, boncuklar, tüller, tespihler, püsküller yolun ritmince göz hizamda sallanıp duruyor. Asfalt aşırı sıcaktan parlıyor. Derken ileride, yolun üzerinde bir şeyin açılıp kapandığını fark ediyorum, yaklaşınca, ezilmiş bir kuşun asfalta yapışmış bedenini tanıyorum. Mavi kanat, ölü bedene bir noktadan bağlı kalmış, rüzgârda bir defter sayfası gibi açılıp kapanıyor. Bu görüntüyü unutabileceğimi sanmıyorum.

Türkiye kapısından geçiyoruz. Aradaki bölgede ben bir kafeteryada oturuyorum, Habil işlemleri tamamlamaya uğraşıyor. Sırtım Ağrı Dağı'na, yüzüm İran'a çevirili. Ne garip! Burada Türk bayrağı, orada İran bayrağı. Bu toprakları şu dikenli teller mi ayırıyor? Oysa şu ağacın kökü bu tarafta, dalları öbür tarafa sarkmış, agacın umurunda değil. Kuru sıcakta şifa gibi gelen çayı yudumlarken pasaport işlemlerini tamamlamış olan şoför yanıma geliyor.

"Hocam" diyor, "Şu çift var ya." Genç bir çifti işaret ediyor. "Nişanlılarmış."

"Eee?"

"Ermenistan'dan geliyorlarmış ve Muş Bulanık'taki dedelerinin izini bulmak üzere Türkiye'ye geçiyorlarmış."

Yan tarafa bakıyorum. Dünyanın bütün dillerinde ortak olan tebessümün kelimeleriyle başımı eğiyorum hafifçe, selâm veriyorum.

Şimdi Habil'e desem ki "Davet et, masamıza gelsinler, bir çay ikram edelim." Gelseler. Çayın, halin, yolculuğun diliyle kırık dökük bir sohbete başlasak. Kırık dökük, çünkü söyleyebildiklerimizden daha fazlası içimizde kalsa. "Çok acı" diyebilsek sadece.

Şoför "Hocam kalkalım" diyor, "İran kapısından geçeceğiz."

Hikâyesinden haberdar, haberinden hissedar olduğum Ermeni çifti, dedelerinin izini süren o genç insanları benimle zıt istikametteki güzergâhları üzerinde Ağrı Dağı'nın gölgesine bırakıyorum. "Senin geldiğin yöne ben, benim geldiğim yöne sen" diyorum içimden, "Hiçbirimizin kökleri kendi toprağında değil yani."

Birazdan İran kapısından geçeceğiz. Balyaların üzerine uzanmış bazı İranlılarla gümrük görevlileri arasında tartışma çıkması gecikmiyor. En tatlı sürpriz ise çocukluğumdan kulağımda kalmış olan dedemin hitaplarını, sık kullandığı kelimeleri duymak oluyor. "Kurban, aziz can" ve "men özüm."

O esnada ben bir söğüt ağacının kuytusunda başımı bağlıyorum. Siyahlar içinde ve tepeden tırnağa örtülüyüm artık. Habil "Hocam" diyor, "Çantanızda çikolata, kolonya, alkollü içki filân var mı?"

"Bir kutu çikolata var sadece."

"Bakalım" diyor. "Çantanızı açarlarsa, onu alırlar."

Alsınlar. Servetimi dağıtmaya çıkmadım mı?

Çantamı kimse açmıyor bile. Herkes gözüme kibar görünüyor, neden geldiğimle ilgililer sadece. Habil "Turizm" diyor. "Yahşı yol", iyi yolculuklar dileği, sık sık tekrarlanıyor.

Sağda solda Tebriz'e sefer yapan taksileri, para bozanları arkada bırakıp arabaya biniyoruz, "Tamam" diyor Habil, "Artık İran'dayız." Radyoya dokunuyor ve Kerbelâ ağıtlarından biri, aynı anda yüreğe inen yumrukların gümbürtüsü eşliğinde yükseliyor. Ben bu sesi tanıyorum. İran bir yas ülkesi ve bu yası tamamlamaya henüz kimse gelmedi.

Yol kenarında Farsça yazılar olmasa Doğu Anadolu'da bir yerde olduğumu zannedeceğim. Vee. Arabanın termometresi şimdiden 36 dereceyi gösteriyor. Dönüp geriye, Türkiye toprağına bakıyorum. Orası benim ülkem. Burası değil. Burası İran, şurası Türkiye. Dönüp bir daha geriye bakıyorum. Orada Atatürk'ün resmi, burada Humeynî'nin. Ağrı Dağı ise yerinde duruyor. Bir sınır kapısından geçmek her zaman mucizevî bir tecrübe. Toprak aynı, ama akçeleriniz, diliniz bir anda geçmez oluyor.

Tebriz'e girince beni karşılayanın Şems olacağını zannediyordum. Bende isim ve resim olarak hazır bulunan pek çok şeyin yurduna geldim. Bir masal şehrinin şöhretinden; Tebriz'in, ticaret yeteneğine daha doğuştan sahip o eski tacirlerinden, kervanlarından, saraylarından izler arıyorum. Oysa Tebriz dedikleri bu modern şehir midir? Yedi kez depremde yıkılmış yedi kez yeniden kurulmuş bir şehri görmeye giderken hayal ettiğimle göreceğim arasında bir mesafe bulunacağını biliyordum elbet. Böyle bir yıkımdan geriye Tebriz'in asliyetinden ne kalabilir ki? Geriye kalanlar da kaybolanları hayal etmeye yetmiyor. Tebriz kendisinden çok hatırasında yaşıyor, kendi isminde gizli. Ama nikabları var. Mutlaka açacak.

Otelde rehberimiz Şahapzade'yi ve şoförümüz Selman Bey'i beni bekler buluyorum, ikisi de Azerbaycanlı. Her ne kadar "Programı yarın Yasemen geldikten sonra yaparız" desem de dökülüp saçılmam zaman almıyor. Mektubu, adresi çıkarıyorum. Şahapzade dikkatle inceliyor. Korkuyla soruyorum.

"Taht-ı Süleyman nerede? Oraya gideceğiz."

Sanki "Taht-ı Süleyman mı? Öyle bir yer yok" diyecek.

Var. "Tikap'ta."

"Tikap nerede?" Sorularım ardı ardına diziliyor. "Tikap da Tebriz gibi mi? Yani binalar böyle yenilenmiş mi? Şehrin eski yüzü böyle zırhlar altında mı? En önemlisi böyle kalabalık mı?"

Kalbim duracak. "Hayır" diyor Şahapzade. "Taht-ı Süleyman zaten bir sit alanı. Kasabası da çok küçük ve çok eski."

İlk umut ışığı. "İyi o zaman" diyorum. "Her kapıyı teker teker çalarım gerekirse. Ah keşke adres daha ayrıntılı olsaydı. Bir sokak adı bile yok."

"Yoo" diyor Şahapzade, zarfı elinde evirip çevirerek, "Bu yeteri kadar ayrıntılı bir adres zaten. İran'da adresler böyledir."

Daha fazla umutlanıyorum. Yarın, nasıl olacak bilmiyorum ama onları elimle koymuş gibi bulacağım zannediyorum. Sonra vehim başlıyor, kıyamete değin arasam bulamayacağım sanıyorum.

Şahapzade, "Şöyle yapalım" diyor. "Yarın Yasemen Hanım gelecek, o biraz dinlendikten sonra size Tebriz'i gezdirelim. Ertesi gün Taht-ı Süleyman'a geçelim."

Bir gün gecikme yani! Ama rehbere güvenmek gerek. "Peki."

Uyarıyor: "Taht-ı Süleyman'a geçeceğimiz gün erken kalkmak gerekecek."

"Zarar yok." Gece üçte bile uyanabilirim dahası hiç uyumayabilirim.

Ertesi sabah kahvaltıya indiğim sırada Yasemen geliyor. Yasemen. Yol arkadaşım. Yorgun değil, neşeli ve canlı. Mutlu ve umutlu. Bense "Bakü'de başlayan hikâyenin buralara kadar uzamasındaki hissesinden haberdar mıdır?" diye düşünüyorum, mümkün değil. Ama Şirvanşahlar Sarayı'nın yağmurunda hâlâ aynı şalın altındayız.

Kahvaltı masasına geçiyoruz. Bir yanı kırık Yasemen'in. "Gelirken" diyor "Karabağ'a uzaktan baktım. Bizi ayıran Aras nehrini geçtim. Burada da misafirim." Ne garip. Yasemen kendi ülkesine gelmiş aslında ama misafir.

Birazdan Şahapzade ve Selman Bey geliyor; Selman Bey'in karısı Zöhre Hanım'la tanışıyoruz. Hep birlikte Tebriz'i gezmek üzere yola çıkıyoruz. Ama nereye gitsek aklım Taht-ı Süleyman'da, bir yarın olsa.

Yorucu Tebriz gününün sonunda Kapalıçarşı'ya gidiyoruz. Sırt çantasıyla çıktığım yolculuktan bavullarla dönmemem gerek elbet. Ama Tebriz'in yirmi kadar kervansaraydan ibaret Kapalıçarşı'sı Binbir Gece! Karanfil, tarçın, zencefil, kekik, biberiye, karabiber, bergamut, acı pelin, gül, iris, mahlep, kişniş kokularıyla sersemlemiş bir halde renk renk, salkım salkım ışık ve cıvıl cıvıl hayat ortasında onlarca sokak geçiyoruz. Sepetlere tepeleme yığılmış türlü suret kuruyemişler, rengârenk kumaşlar, çeşit çeşit, boy boy çömlekler, giyim kuşam, zücaciye, akla ne gelirse hepsi kendi sokağında satılıyor.

Şahapzade bize en fazla da Tebriz'in gururu, dünyaca meşhur halıları göstermek istiyor. Burası neredeyse bir mahalle. O kadar çok sokağa girip çıkıyor, o kadar çok halı görüyoruz ki artık gördüklerimi birbirinden ayıramaz hale geliyorum, günün sıcağı ve yorgunluğuyla tükenmek üzereyim. Otele dönsek artık. O sırada Şahapzade "Sizi bir yere götüreceğim" diyor. Usulca arkasından gidiyoruz. Bir köşeyi dönünce geniş bir kubbenin altında, sütunların ortasında bir iç meydanla karşılaşıyoruz. Ağır, loş bir hava var, neredeyse karanlık. Fakat tepedeki aydınlıktan dumanlı bir ışık hevengi çubuklar halinde dökülüyor; bir balkım, aydınlığın tam altındaki halı denklerini ve onların üstünde hafif yan oturan bir tüccarı ışığında yıkayarak aydınlatıyor. Geri kalan her şey silik, karanlıktan sadece onlar sıyrılıyor. Garip bir duygu geçiyor üzerimden. "Nikablar açılır" demiştim. Tebriz, ölümcül depremlerle tümüyle yok olmuş da yerinde sadece şu gördüğüm şey kalmış olsaydı bile "Tebriz'i gördüm" demeye yeterdi. Büyülenmiş gibi bakıyorum. Geldiğim günden beri koca şehirde bulamadığım şeyi bir ışık hevenginin altında buluyorum.

Öyle uzun, öyle dikkatli, öyle zamansız bakıyorum ki gördüğüm şeye, bütün bir Tebriz'in ışıkta yıkanan tarihçesine; sesler önce birleşerek ortak bir uğultuya dönüşüyor sonra o da zayıflıyor, uzaklaşıyor, nihayetinde tümden kesiliyor. Koku tükeniyor, hararet çekiliyor. Renkler soluyor. Hareket duruyor. An donuyor. Her şey siyah beyaz bir fotoğrafa dönüşüyor. Ama hemen ardından hareket, ışık, renk, koku, uğultu yeniden başlıyor.

Yasemen'in koluna tutunuyorum.

Sesim duyulmaz ama yine de kendimi tutuyorum çığlık atmamak için.

Biraz evvel kubbeden dökülen ışık demetinin altında baktığım yerde. Sonunda ona rastlıyorum.

Tacir-i Tebrizî bu. Tanıyorum.

Kat kat yığılmış halı denklerinin üzerinde yarı uzanmış vaziyette oturuyordu. Beni göreceğinden korkarak -sanki görebilirmiş gibi-, ona doğru bir adım attım, sonra iki adım daha, iyice yaklaştım, yanı başına oturdum. Dizlerimi dizlerine dayamaya cesaret edemedim ama yüzümü yüzüne kaldırdım, ışık hevenginin altında yüzünün çizgilerinde çizgilerimi aradım.

Dedem mi? Hay Allah! Gülümsedim hayretle.

Yanı başımdaki benden çok genç bu adam açık alnı, heybetli burnu, hafif sakalı, yakasız gömleği, dizlerine kadar inen tuniği, geniş kemeri ve parlak çizmeleriyle pek yakışıklı ve bir roman kahramanı olabilecek denli gerçek dışıydı. Üzerimize dökülen ışık, bal rengi gözlerinin içinde hareler yaparken anladım, bundan böyle o önde ben ardı sıra sürüklenecektik bir müddet.

"Kaybolma ne olur" diye mırıldandım.

Bir pazarlık anına denk gelmiştim. Yaşlı bir Çerkez müşteri halı seçmek istiyordu ve tacir, çırağına denkleri çözmesini buyurmuştu bile. "Aç hele." Sesini ilk kez duydum. Yanık, hafif genizden gelen, çölü andıran bir sesi vardı. Su gibi yumuşaktı bu ses fakat aynı zamanda dağlar kadar güçlüydü.

Tacir işi ağırdan aldı ama hazinesini tanıtmaktan da geri kalmadı. "Çevir" anlamında bir işaret yaptı çırağına. Ellerini gördüm o sırada, inceydi.

"Bu Erdebil halısı, bu Urumiye, bu Zencan, bu Salmas… Maku, Karadağ, Hoy, Meraga."

Çırak tam dokuz halıyı defter sayfası gibi çevirdi. Her bir halı çevrildikçe tacir izahat veriyor, "Bak" diyordu "Bu Dört Fasıl. Bu Ejderha ve Simurg. Bu Leylâ ve Mecnun."

Bunlar düpedüz resimlerdi, renkleri de desenleri de canlı gibiydi. Güneş tayfındaki renklerin en soyluları geçti gözümün önünden. Koyu kırmızı, fesrengi, bordo, gülkurusu, lâcivert... Hatta nadir olan koyu yeşil bile. Motiflerden, desenlerden başı dönmüştü Çerkez'in, kökboyası bu halıların her biri şaheserdi ama tacir en kıymetli olanı, her zaman yaptığı gibi en sona bırakmıştı: Tebriz halısı.

Kıymetli ile güzelin her zaman bir arada olmayacağını kestirebilecek kadar tecrübeli bir müşteriydi yaşlı Çerkez. Ama işte bu, hem güzel hem kıymetliydi. Bir halıya ne lâzımsa onda hepsi yerli yerindeydi ve mükemmeldi. Bu yağız Azerbaycanlının fiyat arttıracağından korkmasa hayranlığını gizlemeyecekti ama nidasını içine atmayı yeğledi. Ne de olsa işin sonu ticaretti. Alışverişin hele pazarlığın gizli kuralları gereği renk vermedi, beğenisini aşikâr etmedi. Ama bakışlarını halının üzerinde uzun uzun gezdirmesine mani yok, onu uzun uzun seyretti. Halının zemini çini lâciverdiydi. İç içe açılan hatayî kıvrımları üzerinde gonca, gül, yaprak motifleri bir bahçe gibi ayaklar altına yayılmıştı ve bu motiflerin hepsi çini lâciverdine en çok yakışan renklerle; çölün, kumun, taşın, toprağın, güneşin sarısıyla dokunmuştu.

Çerkez işi ağırdan aldı, yokuşa sürüyor gibi görünmek için halıyı bir ucundan tuttu, olduğu yerde bir kuşkanadı gibi silkeledi; bir dalgalanma halının başından ucuna doğru yüzdü. Avucunun içinde tuttu, yumuşacıktı. Tersini çevirdi. Düğümleri saymak ister gibi elini gezdirdi.

Tacir bembeyaz dişlerini göstererek gülümsedi.

"Sayamazsın Çerkez" dedi, "Ancak dokuyan bilir bir parmaklık mesafeye kaç düğüm sığdırdığını."

Bir halının güzelliği yüzünden okunurdu ama değeri arkasında saklıydı tacire göre. Çözgülerin yönü, atkıların yöntemi, dokumanın kalitesi, emekten, dikkatten çalınıp çalınmadığı, dokumacının malzemeyi yerli yerinde kullanıp kullanmadığı, binayı sağlam kurup kurmadığı, düğümlerin sayısı hep arkasından anlaşılırdı. Her halının önce arkasına bakardı bu yüzden. Sağlamsa, güzelliğini ondan sonra gözden geçirirdi. Müşterilerini de ikiye ayırırdı. Halının önce yüzüne bakanlar, önce arkasına bakanlar. Halının önce yüzüne bakanlarla vakit geçirmez, onları çıraklardan birine havale ederdi. Ama eğer bir müşteri halının önce sırtına bakmışsa işte o zaman has bir müşteri ile karşı karşıya olduğunu anlar, onunla kendisi ilgilenirdi.

Çerkez, halıyı son bir kez evirip çevirince tacir, "Bizim sanatımızda kusur bulamazsın. Halı bizim sanatımız, servetimiz ve asaletimizdir" dedi ve susup bekledi.

Yaşlı Çerkez bu genç adama güvenmişti. Sanat ortadaydı. Servetin kimde olduğu belli değildi. Asalete gelince. Bu genç adam belli ki sadece zengin olanlardan değil aynı zamanda bir beyzadeydi. Bir halının soylu güzelliğinin her şeyi eşitlediği yerde ne kadarsalar o duygularla baktılar birbirlerinin yüzüne. Pazarlıkları uzun sürmedi. "Alan razı veren razı." Tarafların birbirine "Elin ağrımasın" dediği bir alışverişten sonra yorgunluk atmak için çarşının çayhanelerinden birinde oturdular, nakliye ve ödemeye dair ayrıntıları konuştular. Bu arada Çerkez, alışveriş yaptığı tüccarın adını merak etmişti.

"Adını söyler misin Türk?"

Tacir, gençlik dolu bir tebessümün ardından cevapladı:

"Settarhan."

"Settarhan" diye tekrarladım ben de. Bu, onun adıydı biliyordum elbet. Ama kendi ağzından ilk kez duyuyordum.

Çaylar geldi o sırada. Yaşlı Çerkez, üzerinde palabıyıklı, haşmetli bir şahın resmi bulunan mercan rengi porselen şekerlikten ağzına bir parça şeker attı, çayını tabağa döküp soğuttuktan sonra höpürdeterek kafasına dikti, çay tabağında da aynı şahın resmi vardı.

Kendi çayına bakan Settarhan'sa çaycıya "Doldur şunu ağzına kadar" diye seslendi.

Çaycı ocaktan başını kaldırdı:

"Beyzadem, dudak payı olmasın mı?"

"Olmasın. Lebaleb olsun."

Gülümsedim. Limon çekirdeğinden hoşlanmayan Zehra'dan, cennet bulutlarını tanıyan İsmail'den sonra çayı bardakta lebaleb arzulayan, dudak payına tahammülü olmayan Settarhan. Böyle mi tamamlanmışım ben? Böyle mi dokunmuş kumaşım? Böyle mi ırmakları bir araya toplamışım?

Settarhan ışık hevenginin altına döndüğünde çırağa "Ben tıraş olmaya gidiyorum" diye seslendi. "Yakut'a söyle, akşam Gürcü'nün çayhanesine gelsin. İki gün sonra Taht-ı Süleyman'a geçeceğim. Babam telgraf gönderdi, çağırmış, anlaşılan bana yine yol göründü." Yakut, ortağıydı.

Çırak, içinden "Aman ağam, sen git" diye geçirdi. "Mirza Han buraya gelmesin de." Mirza Han'dan oldum olası ürkerdi.

Settarhan çıkarken "Haa!" dedi, "Seyise de söyle, Serbülend'i hazır etsin, ikindiye doğru Kuyumcu Kirkor'un kapısına getirsin. Tebriz'de araba bulmak iyice zorlaştı."

O, sırtına bir çift kartal kanadı takılmış gibi geniş adımlarla uzaklaşırken çırak, "Settarhan Ağa'nın isteklerini de liste yapıp kâğıda yazmak lâzım" diye söyleniyordu.

O önde ben arkada, Kapalıçarşı'nın sokaklarını, tezgâhlarını, sergilerini hızla geçtik. Birçok arkadaşıyla karşılaştı, esnafla selâmlaştı. İşlek sokaklardan birinde önce küçük bir aşçı dükkânına girdi. Lavaş yapraklarını yazın âdet olduğu üzre içinde buz kalıplarıyla gelen aş kâsesine doğrayarak kaşıklamaya başladı. Çabuk ve çok yiyordu. Ardından, ortasında taş kadar katı yumurtası ve bir tanesi bile on kişiyi doyuracak bereketiyle Tebriz sofralarının şaheseri "kufta" geldi. Ben üzerine sinekler konup kalkan masanın ucuna ilişmiş, gözlerimin içinde sıcacık bir tebessümle onu seyrederken Settarhan anasını düşündü. Kimse onun gibi kufta yapamazdı; et suyunu, berraklaşması için Allah bilir iki üç saat kaynatırdı. İki gün sonra anacığını görecek olmanın mutluluğu kalbini şöyle bir okşadı ama orada göreceği başka biri daha vardı ki onun hayali kalbini okşamakla kalmadı, yerinden hoplattı.

Aşçı dükkânından ayrılan Settarhan hemen ötede Berber Murtaza'nın kapısını itti. Kapalı! Hayret, yüzünde sakal biteli beri Settarhan, eğer Tebriz'deyse, ondan başkasını berber bilmemişti ve bu kapıyı hiç kapalı bulmamıştı. Murtaza iki eli kanda olsa ekmek tezgâhının kapısını açık tutan esnaftandı. Bir daha itti. Yok! O sırada aşçı dükkânının ustası, "Berber Murtaza'nın haremi ölmüş duymadın mı?" diye seslendi. "Dükkân bugün kapalı."

Settarhan ellerini önce dizlerine sonra başına vurarak "Oy!" çektiğinde münasebetsiz adam, "Artık sen de başka berbere gidersin" diyordu.

Kapalıçarşı'nın onlarca kapısının birinden dışarı çıkar çıkmaz bir "Haberdar!" narası işittik. Atlarının dördü de yan yana dizilmiş görkemli bir araba, tozu dumana katarak geliyordu ve önüne çıkanı ezip geçeceğe benzeyen sürücü bu narayla "Çekilin!" demek istiyordu herhalde. Simsiyah çarşaflı bir kadın "Hüdâhafız!" diye söylenerek sarıldı elindeki çocuğa. Ben de gayriihtiyarî kenara kaçtım, sonra güldüm kendi halime.

Kapalıçarşı'nın loş serinliğinden gün ışığına çıktığımızda vakit henüz sabah olmasına rağmen dehşet verici bir sıcakla karşılaşmıştım. Bir yandan sırtında bir çift kartal kanadıyla önüm sıra koşturan Settarhan'ı kaybetmemeye uğraşıyor, bir yandan etrafı inceliyor, bir yandan da zamanı çıkarmaya çalışıyordum. Korkunç sıcağa bakılırsa aylardan Temmuz ya da Ağustos'tu. Ama hangi yıldaydık, bunu henüz bilmiyordum. Etraftaki neredeyse yetmiş iki milletten asker kalabalığına bakınca içim bulandı. Bunların bir kısmı İran askerleriydi; İstanbul'da eğitim görmüş fiyakalı jandarma subaylarını, İsveçlilerce eğitilen ordunun kışlalarına dönen ya da talime giden erlerini seçebildim. Fakat İngiliz ve Rus üniformalı askerlerin sıklığına bakılırsa? İçim iyice bulandı. Dur bakalım, hayrolsun. Birkaç sokak daha geçip de Rus üniformaları içinde İran Kazak Tugayı'nı tanıyınca endişemin yersiz olmadığını anladım. Çerkezlerin yüksek başlığını, Rusların sırmalı ceketlerini giyen Kazak Alayı'nın göz alıcı olduğu muhakkaktı ama Rusya'nın İran topraklarına düşmüş bu ürpertici ve ürkütücü gölgesi, erleri ve erbaşları İranlı olsa da Rus subayları tarafından yönetilen varlığını I. Cihan Harbi yıllarında hissettirmişti. Nihayet bir sahafın önünden geçerken camekânda açık duran bir takvim gördüm. Cama burnumu dayadım. Fakültedeki Farsça derslerimizde bize İran takvimini de öğreten hocama içimden teşekkürler göndererek okuduğum tarihi miladîye çevirdim:

Tam olarak 1 Temmuz 1916'daydım.

İçim ürperdi. Çarşı pazar boyunca rastladığım Rus ve İngiliz askerlerine, o hummalı atmosfere bir mana verebildim. Bunun anlamı şuydu: I. Cihan Harbi 1914'te başlamış, İran bu savaşta tarafsızlığını ilân etmişse de Rusya aynı yıl İran'a resmen cephe açmış, İran bunun yanı sıra İngiliz askerlerinin de istilâsına uğramış, yarı yarıya işgal edilmişti. Ruslar bir taraftan çekiştiriyorlardı İran'ı, İngilizler bir taraftan. Çünkü ikisi de ayrı ayrı, harlı emellerine giden yolların tam üstündeki Azerbaycan'ı kontrol altında tutmaya çalışıyordu. Hem rakip hem müttefiktiler bu yüzden. Ve bu durum, Ruslar 1917'de Bolşevik İhtilâli'nin patlak vermesi üzerine geri çekilseler de İngiliz sathında 1918'e kadar sürecekti, yani iki yıl daha. Demek ki I. Cihan Harbi'nin tam ortasındaydım.

Biz hükümet binasının önünden geçerken mavi ceketleri, kiremit kırmızısı pantolonlarıyla askerî bandonun "Şehinşahımız" marşını çalmaya başladığını duymam ise acı acı güldürdü beni. Şehinşah, "Krallar Kralı" demekti ve yüzyıllardan bu yana İran şahlarının unvanı olarak kullanılan bir kelimeydi. Zerdüştî oldukları dönemlerde de İslâm olduklarında da "Kralların Kralı"ydı onlar. Fakat tahta çocuk yaşta çıkmış ve çocukluğunu üzerinden hâlâ atamamış Ahmet Mirza Han Kaçar, "battı balık" bir ülkede krallar kralı olmak şöyle dursun kendi krallığını idare etmekten bile acizdi. Saltanat en umulmadık anda yerle bir olabilen bir şeydi ve Şah Ahmed Mirza elmaslı tahtında otursa da saltanatının yerinde de nicedir yeller esmekteydi.

Hükümet binasını geçtikten sonra bu kez Tebriz'in sayısız açık pazarlarından birinin içine düştük. Akla gelebilecek her türlü insan ve her şey vardı burada. Hayretle etrafıma bakmaya başladım. Seyyar mangallarının önünde diz çökmüş ateşi közleyen, şişlerini yağlayan kebapçılar; ortalığı kokuya ve dumana boğan cızbız köfteciler; sepetler içinde her biri kuzu büyüklüğündeki balıkları satan oltacılar; kazan büyüklüğündeki mesvar semaverlerini kurmuş çaycılar; yaş lavaşlarını çamaşır gibi ipe dizen fırıncılar; konfeti kesen şekerciler; ağzı kıvrılmış çuvallarda envaîçeşit bakliyat satan pazarcılar; yükünü indirmiş, balyalarını yıkmış, dükkân sahibini bekleyen yorgun tacirler; malların üzerine rastgele uzanmış tembel tembel uyuklayan çıraklar; göğsü bağrı yara bere içinde sînezenler; heybetli sarıkları, toprak rengi cübbeleriyle hemen göze çarpan mollalar; dış görünüşleri diğer insanlardan farklı olsa da asıl, gözlerindeki o muammalı bakıştan tanınan meczuplar; kör, topal, sağır ya da sağlıklı dilenciler; çini üzerine şahın portresini boyayan nakkaşlar; sırtındaki fıçıda, kolundaki ibrikte su satan sakalar; güreşe tutuşmuş zorhane pehlivanları; mersiyehanlar, adak aşı dağıtanlar, afyon çeken cüceler; kuklacılar ve daha neler neler. Hepsi buradaydı.

Ben etrafı incelemekten neredeyse adım atmayı unutmuşken ve tadını merak ettiğim şemmamelere neredeyse uzanacakken, canlı bir aslanı göstererek para toplayan üç beş çapulcu arz-ı endam etti, geç kalan dükkâncı tembel çırağını azarladı: "Başına küller elensin, e mi?" Nal ve zincir döven demircinin yeknesak örs ve çekiç sesleri uğultuya karıştı. Tebriz'de hayat açık pazarlarda akardı ve etrafımda gümbür gümbür atan nabza bakılırsa savaş da işgal de alım satımı durduramamıştı. Lâkin savaşa katılmadığını ilân eden bir ülkede bile savaşın açtığı yara, patlamış bir irin gibi etrafa çoktan saçılmıştı. Alacalı çarşaflarının eteklerini dizlerine kadar sıyırmış üç beş kadının çamur birikintilerinde pazar artıkları aradığını gördüm meselâ. Hemencecik ayırt edilen beyaz başlıklı Bahtiyarîler ve siyah başlıklı Kaçarlar gibi hangi kabileye mensup olduğu belli olmayan, kabilesi filân da olmayan üstü başı dökük, açlıktan nefesi kokan gençler, sırtı bükük ihtiyarlar İngiliz kasasına altın akıtan petrol borularını döşemek için yollara düşmüşlerdi çoktan. Daha fazla oyalanamadım, alacağı hepi topu yağlı bir çörek olsa da bağıra çağıra pazarlık eden Bahtiyarî bir işçiyi oracıkta bırakıp koşmaya başladım, bir kaz sürüsünü güç belâ geçerek şükür Settarhan'ı az ötede yakaladım.

Şehre serinlik ve güzellik versin diye açılmış fakat şu haliyle ancak kir ve hastalık dağıtan üstü açık su kanallarının kıyısından geçe geçe, mahalleleri birbirinden ayıran kapılardan gire çıka, kayalıkların üzerine kurulmuş evlerin arasındaki kirli ve daracık sokaklarda yürüye yürüye, yıkık duvarları, mazgallarla delinmiş surları takip ede ede sonunda depolar ve yazıhanelerle dolu bir sokağa saptık. Settarhan Berber İsfendiyar'ın dükkânının kapısını itti. Buraya daha önce hiç gelmemişti.

İçeri girdiğimizde bu kez kendimizi başka türlü bir gürültünün ortasında bulduk. Berber İsfendiyar, çırağını azarlıyordu.

"Hem ağzın kokuyor hem de elin titriyor. Sen nasıl berberlik yapacak, ustura kaydıracaksın?"

İsfendiyar, belinde ibrişim peştamal, çıplak ayaklarına geçirdiği nalınlar, dirseklerine kadar sıvalı kollarıyla iş kıyafetindeydi. Kendilerine ait raflarda duran çeşit çeşit ürkütücü aletler, küçük kavanozlarda ufak tefek yaraları tedavi için kullanılan merhemler, daha gösterişli ilâçlar onun da bütün meslektaşları gibi aynı zamanda dişçi, sünnetçi, hacamatçı olarak tanındığını; uyuz, egzama, sıraca tedavisinde de hâlâ çalınan ilk kapı olduğunu gösteriyordu. Kirli, lekeli duvarlarda akla gelebilecek her türlü resim vardı ama berberlerin piri, Hazret-i Muhammed sallallahu aleyhi vessellemi tıraş ettiğine inanılan Selman-ı Pâk'e ait levha hepsinden gösterişli, tam orta yere, Hazret-i Hüseyn'in resminin yanı başına kocaman, paslı bir çivinin ucunda asılmıştı.

Tek tük kalmış beyaz saçlarına bakılırsa, raflara dizdiği kellik ilâçlarını kendi başına sürmemiş olan Berber İsfendiyar, dükkânına ilk kez gelen Settarhan'ı görünce temenna etti, kınadan kıpkırmızı olmuş tombul ellerini açarak koltuk gösterdi. Kebapçı Elekber'in kınalı sakallarını elleri titreyen çırağına emanet ederken aklı geride kaldı gerçi ama yeni müşterileri bekletmeye gelmezdi.

Zamanında beyaz olması gereken bir örtüyü sağını solunu silkeleyerek müşterisinin boynunun altından geçiren İsfendiyar, fırçasını daldırmadan önce çatlak, yer yer kırık cam bir kâsenin içindeki sıcak suyu sabunla köpürttükten sonra usturayı sert kayışın üzerinde bir sağa bir sola biledi. Aslında ihtiyacı yoktu Zencan malı usturanın bu bilenmeye ama maksat, müşteri kendisine verilen değeri bilsin, içi rahat etsindi. Daha doğrusu şu civan delikanlı, kendisine fazladan bir değer verilmesine ihtiyacı yok gibi görünüyordu ya, değerinin fark edildiğini bilsin yeterdi. Usturasını sol elinin başparmak tırnağında denedi İsfendiyar. Tamam! Keskinliği yerindeydi. Hünerini göstermesi için hiçbir eksik yoktu. "Be-nam-ı Hüdâ" dedi hafif duyulur bir sesle, bir ucu kesik bakır leğeni çenesine dayayıp ilk köpüğü Settarhan'ın esmer yüzüne seriverdi, bütün Müslüman müşterilerine yaptığı gibi sağ yandan sakalı yumuşatmaya başladı.

Gözü işindeydi İsfendiyar'ın ama ara sıra aynaya, bu dalgalı, gür siyah saçlara, simsiyah hafif sakala ve bıyıklara, bu kavisli buruna, bu geniş omuzlara bakmadan da edemedi. Bu şahbaz delikanlı civan yaratılmışlar cümlesinden, Hazret-i Hüseyn suretindendi. Dahası, ömrü insanların yüzü ile aynası arasında bir bakış keskinliği geliştirerek geçmiş olan insan sarrafı berber, gömleğinden, sedef düğmelerinden, belindeki kemerin derisinden, gümüş saplı zarif hançerinden, ayağındaki çizmelerin parlaklığından onun bir beyzade olduğunu anladı. Bir doğu masalı anlatılsa başkahramanı az çok buna benzerdi. Ayna önünde kendi kendisini memnuniyetle seyretmesindense onun bir aşkın henüz başlangıcında olduğunu çıkardı. İnsan âşık olmasa kendi görüntüsünden bu kadar memnun kalabilir miydi? Bu kadar güzelleşmiş olduğu halde aşka düşmemiş biri bu aynanın önünden geçmemişti. Hatta bu aşk, dünyanın çetrefiline, kusurlu yanına henüz bulaşmamıştı ve bu beyzade bir aşkın henüz başlangıcında olmasa bütün İran gibi Tebriz de savaşın ortasına bu kadar düşmüşken, hayatından bu kadar memnun olamaz, bu kadar iyimser bakamazdı. Müşterisinin memnuniyetine memnuniyet katmak zaten onun işi; muhatabının çapını, mukabele kıvamını ölçmek için lâfa mukaddime etmeye hazırlandı İsfendiyar, Hafız'dan bir beyit mırıldandı:

Aşk önce kolay göründü. Ondan sonra çok müşkiller meydana geldi.

Cevap alamadı. İşine devam etti. Sakalın biçimini bozmadan usturasını fazlalıkların üzerinde gezdirdi. Şimdiye kadar hiçbir müşteri bu dükkândan yüzünde bir kesik ile çıkmış değildi. Ehliyetine duyduğu güvenle eli şahdamarın üzerinde bile titremedi. Yılların Berber İsfendiyar'ı, usturasını nice babayiğitlerin, şahbaz delikanlıların, askerlerin, komutanların, şu kahrolası İngiliz ve Rus subayların şahdamarı üzerine dayadığında, onların belli etmeseler bile huysuzlandıklarını, içlerinden bir tedirginlik geçtiğini, hiç değilse "Bir an evvel bitse" dediklerini bilir, sezerdi. Hiç olmazsa nefes almaz, put kesilirlerdi. Oysa hayret! Bu beyzade yüzünde dünyanın bütün şenlikleriyle, gözlerini aynadan görünen karşı duvara dikmiş, asılı duran levhayı hafif bir sesle okuyor ve anında ezberliyordu:

Hamd ü minnet Hüdâ'ya bize verdi devleti
Hazret-i Selmân-ı Pâk'tir pîrîmizin şöhreti

Berber İsfendiyar usturayı şahdamarın üzerinden kaldırdı.

"Aman beyzadem" dedi. "Destur! Belli ezberin iyi ama gözüpekliğin bu kadarı da insana zarar verir."

Ezberindeki yüzlerce beyte rağmen Settarhan hafızasının kuvvetiyle övünmeyi aklından hiç geçirmemişti. Ama bir kez dinlediği ya da okuduğu mısraları anında ezber ettiği, işittiği cümleyi kolayına unutmadığı da bir gerçekti. Bir uçtan bir uca ortasından koca bir çatlak geçen aynanın içindeki görüntüye yapmacık bir kaş çatmayla bakan İsfendiyar'sa kaldığı yerden devam etmeden önce meslek hayatında ilk kez, şahdamarının üzerinden ustura geçerken şiir ezberleyen bu müşterisini susturmak için kendisi konuşmaya başladı. Kıt'ayı tamamladı.

Daha iri harflerle yazılmış şah beyte geçtiğinde usturanın işi bitmişti:

Her sabah besmele ile açılır dükkânımız
Hazret-i Selmân-ı Pâk'tir bizim üstâdımız.

Sonrası, Berber İsfendiyar'ın "Berberlerin Piri" addedilen Selman-ı Pâk yani Selman-ı Farisî'yi anlatmasıyla geçti. Selman'ın aslında Isfahanlı bir Mecusî olarak doğduğunu, sonradan Hıristiyan olduğunu beyzadenin saçlarını okşarcasına tararken sıraladı. Bununla da bir türlü ruhu huzur bulmayan Selman'ın akarsular denizi nasıl bulursa aynen onlar gibi denizi aradığını anlatırken makası eline almıştı. Onun da yolunun köle pazarlarına düştüğünü, on kadar sahip değiştirdikten sonra İslâm'ın peygamberi ile müşerref olduğunu, onun hürken köle, köleyken hür olduğunu, hakikati arayanın mutlaka bulduğunu, her mesleğin piri olduğunu ama ancak berberler pirinin Ehl-i Beyt'ten, Erkân-ı Erbaa'dan olduğunu parlak benzetmeler, renkli mecazlar ve akıl almaz mübalâğalar eşliğinde anlattı. Fakat belli ki Berber İsfendiyar'ı en çok heyecanlandıran sahne, Farslı Selman'ın, hakikatin ta kendisi olan iki cihan serveri Muhammed Mustafa sallallahu aleyhi vesselle-min mübarek sakalına dokunduğu andı. Peygamber "Din yıldızlarda olsaydı, Selman onu yine bulurdu" demişti; böyle bir pir de her meslek erbabına nasip olmazdı doğrusu.

İsfendiyar, müşterisine son iltifatını yüksekçe bir yerde duran ve sadece hatırlı müşterilerin başı yıkanırken kullandığı nakışlı gümüş ibriği çıkararak gösterdi. Durulama suyuna gülsuyu katarken Hendek gazvesindeki hendek kazma fikrinin babasının da Selman-ı Farisî olduğunu ekledi. Beyzadenin sakalını gülyağıyla ovduğunda konuşması da bitmişti.

Settarhan boynunun altındaki önlükten kurtulunca elini kesesine attı. Sarı kocaman bir altını berberin eline tutuşturdu.

"Aman beyzadem, bunun üzerini nereden bulup da sana versin bu fakir?"

"Para üstü istemiyorum ki senden."

Yüzü hayretten hayrete girmişti Berber İsfendiyar'ın. Beyzade ise eliyle başını işaret ederek, "Berber İsfendiyar" dedi, "Bu baş bir altın etmez mi?"

Vallahi ederdi.

Settarhan arkasında rüzgârını bırakarak dışarı çıktığında, göbeğinin üzerinde kavuşturduğu elleri arasındaki kocaman sarı altını yoklayan Berber İsfendiyar:

"Bu" diyordu, "Hem âşık hem beyzade. Ama bu kadar civanlık? Bunun arkasında bambaşka bir mizaç var."

Bunun su içişi bile belli ki akranlarınınkinden başka türlü bir su içmeydi. Bir de, beyzadenin gözlerindeki şu nerede olsa tanınır renge ve ışığa bakılırsa, Aslı'nın yüzüne bir kez daha bakabilmek, başını onun kucağına bırakmak için kızın anasına bütün dişlerini söktüren Keremhan neslindendi.

Velhasılıkelâm civan delikanlıydı doğrusu. İsfendiyar dualarını ardı ardına sıraladı. Allah nazarlardan korusun, Ehl-i Beyt ahlâkıyla ahlâklandırsın, kadınlar seyyidesi Fatımatü'z-Zehra'nın torunlarından biriyle karşılaştırsın, nurlandırsındı. Allah şu delikanlıyı kazadan belâdan, oddan afattan saklasındı. Hızını alamadı onun düşmanlarına da bir iki kargış salmadan duramadı: Kervanları menzile varmasın, zülfikara rastlasınlardı.

O sırada elleri titreyen çırağın tıraşından kazasız belâsız kurtulmuş olan Kebapçı Elekber'in sesini duydu; adam, Settarhan'ı işaret ediyordu:

"Tanıdın mı?"

Kebapçı Elekber, Berber İsfendiyar'ın avucuna pek zavallı bir madenî para bırakırken ayaküstü Settarhan'ı anlattı. O kendisini tanımazdı ama Elekber onu da babasını da iyi tanırdı.

İnsan sarrafı Berber İsfendiyar yanılmamıştı. Settarhan, İran'ın hemen her şehrinde bir dükkânı bulunan meşhur halı tüccarı Mirza Han'ın küçük oğluydu. Üç kızın üzerine Allah kendisine bir oğul nasip ettiğinde Mirza Han, karşısında yükselen dağ gibi güçlü olsun diye adını Sehend koymuştu oğlunun. Oysa Sehend, daha çocukluğundan itibaren cılız bir su gibi akmış, delikanlılığında onun Sehend Dağı'na benzemek şöyle dursun küçük bir tepe bile olamayacağı, rüzgârsız, derin bir koytak gibi kalacağı anlaşılmıştı. Bezginin biriydi. Ne okumuş ne de ticarette kendisini gösterebilmişti, ne tuttuğunu koparabilmiş ne de attığı adım dağları titretmişti. Ama Hüdâ, Sehend'den esirgediğini Settarhan'a fazlasıyla vermiş, Mirza Han'a sönmüş dağın bütün volkanlarını bakışlarında toplayan alev ateş gibi bir oğul bahşetmişti. Settarhan Taht-ı Süleyman'da doğmuş büyümüş, Mirza Han'la birlikte sık sık Tebriz'e gelmiş, ticarethanenin nasıl yürüdüğünü çocukluktan itibaren zihnine nakşetmişti. Halının hasıyla basitini bir bakışta ayırabilirdi ve bu yeti onda sadece babadan geçme bir bilgi değil içten gelmeydi. Kenarlıktaki deve kervanını anında seçebilir, halıdaki sahnenin *Şehname*'den mi *Hamse*'den mi olduğunu hemencecik söyleyebilirdi. Mirza Han'ın gözünden kaçmamıştı; kaytaran işçiler nasıl yakalanır, en iyi dokumayı yapan tezgâhlar diğerlerinden nasıl ayırt edilir, müşteriye halı nasıl gösterilir, diğer şehirlerdeki şubelerle nasıl bağlantı kurulur, kervan nasıl düzülür, nasıl yola koyulur bunların hepsini biliyordu Settarhan. Kabiliyet işiydi ticaret, öğrenmekle gerçekleşecek bir şey değildi, o da Settarhan'da hazırdı. Hâsılı malını mülkünü, ticarethanesini kime emanet edeceğini, kimlere bırakacağını kara kara düşünenlere mahsus bir iç sıkıntısına kapılmadan, daha sağlığında yaslanacağı dağı bulduğunu anlamıştı Mirza Han. Gerçi oğlunu Tebriz'de üniversiteye de yazdırmıştı yazdırmasına ama bir yıl okula gidip gelen Settarhan vaktinin çoğunu okul yerine Kapalıçarşı'daki dükkânda geçirmeyi yeğlemiş, sonunda da kestirip atmıştı.

"Ben üniversitede okumayacağım."

Mirza Han'ın gözü de pek öyle üniversitede filân kalmamış hatta böyle olmasından memnuniyet bile duymuştu. Üniversiteyi herkes bitirebilirdi ama Mirza Han'ın mağazalarını herkes çekip çeviremezdi, bunu ancak Settarhan yapabilirdi. O, işinin başında dursundu, üniversitelerin hepsini başkaları okusundu.

İsfendiyar'ın yanılmadığı bir husus daha vardı. Beyzadenin evet, epeydir kalbinde tatlı bir çarpıntı vardı. Aşeka otu bünyesini sarıp sarmalamıştı. Ama bir işaret görmemişti henüz, görse, o da başını Aslıhan'ın kucağına bırakacaktı.

Berber İsfendiyar'ın dükkânından çıkıp yeniden yola revan olduğumuzda vakit öğleyi devirmişti. Bir süre daha Tebriz'in sokaklarında yürüdükten sonra Settarhan yol hizasından birkaç basamak aşağı inerek küçük bir dükkânın kapısını itti. Pahası ağır yükü hafif bütün kuyumcu dükkânları gibiydi burası da ilk bakışta. Kirkor Usta, Settarhan'ı görünce ayağa kalktı. Buyur etti, yer gösterdi. Hal hatır sordu.

"Buyur beyzade" dedi. "Pazubend, düğme, zincir, tesbih, çaprast, köstek, kemer tokası, muska, hamaylı mahfazası? Ne istersin?"

"Bir yüzük istiyorum" dedi Settarhan, "Altın olsun."

Kirkor Usta doğma büyüme Tebrizliydi. "Altın takan yeni moda Müslümanlardan bu da herhal" diye geçirdi içinden.

"Mavi taşlı olsun" diye ekledi Settarhan.

"Öyleyse firuze."

"Bilmem. Ama en iyisi olsun."

Kirkor Usta'ya kalsa bu yaman delikanlıya elmas bir yüzük yapardı. "Elmas" dedi. "Sertliği saflığının da sebebidir. İçine ışıktan başkası girmez ve yansıttığı, aldığından fazlasıdır."

Settarhan onun sözünü kesti, üsteledi. "Mavi taşlı. En iyisinden olsun."

"En iyisi olacak" dedi Kirkor Usta. "O kadar iyi olacak ki rengi nabzının vuruşu, kanının akışıyla değişecek. Sana ruhunun haritasını kalbinden önce söyleyecek. Koyulaşıp parladıkça mutlusundur ama rengi çekilip soldukça mutsuzsun demektir. Kanının atışı çoğalırsa onun da rengi çoğalır. Kanın çekilirse onun da rengi çekilir. Nişabur firuzesi!"

Bir çekmeceyi açtı. Yumuşacık deri bir bohçayı tezgâhın üzerine yaydı. İrili ufaklı, işlenmiş işlenmemiş, açık koyu, hareli haresiz, mat parlak, henüz damarından yeni koparılmış ya da oval, kare, üçgen, dikdörtgen biçiminde kesilmiş, tıraşlanmış onlarca Nişabur firuzesini Settarhan'ın önüne seriverdi.

"Seç bakalım" dedi. "Hangisini istiyorsun?"

Yine de Settarhan'ın uzandığı bir iki taşı "Olmaz" diye elinin tersiyle kenara itti. Onlar da iyi taşlardı gerçi, iyi olmayan bir taş zaten Kirkor Usta'nın dükkânının kapısından içeri giremezdi. Ama daha iyileri vardı ve bu beyzadeye ancak onlar yaraşırdı.

Sonunda Settarhan'ın seçimini beklemeden, işlenmemiş, fındık büyüklüğünde biçimsiz bir taşı diğerlerinden ayırdı Kirkor Usta. Bohçasını özenle sardı, açtığı çekmeceye kaldırdı. Ayırdığı firuzeyi eline aldı.

"Bak!"

Taşın pürtüklü gövdesinde daha koyu, daha berrak, daha parlak bir damar vardı ya işte o şahlara lâyıktı. Nişaburî bir firuzeyi benzerlerinden ayırmak, ehli için bile dikkat isteyen bir şeydi ama Kirkor Usta'nın mihenk taşı gözündeydi. Nicedir güzelliğin de sahtesinin boy gösterdiğinin farkında, "Gözümü alamıyorsam saf firuzedir" diyerek katmıştı bunu da diğerlerinin arasına.

"Ne zaman biter?" diye sordu Settarhan. "Fazla zamanım yok usta. Öbür gün yolcuyum. Çabuk olsun."

Kirkor Usta gülümsedi. Yılların kuyumcusu. O da müşterilerini avucunun içi gibi tanırdı. Berber İsfendiyar yüzlerine bakarak bilirdi müşterilerini, Kirkor Usta taleplerine göre değerlendirirdi. Buraya gelenlerin neredeyse hepsi ya bir yüzük ya bir küpe ya bir gerdanlık yapmasını isterlerdi kendisinden. Ve kadın erkek fark etmez, kendisi için bir şey ısmarlayanların hepsi ya güzelliklerine güzellik katmak ya da güzelliklerini göstermek arzusunda olurlardı, bu yüzden de hepsinin zamanı azdı. Ne zaman yanılmıştı ki şimdi de yanılsındı?

"Tamam." Elinden geleni yapacaktı. Gece gündüz çalışırsa eğer yarın değil ama sonraki gün teslim edebilirdi.

"Ama" dedi Kirkor Usta, "Önce parmağının ölçüsünü almam, biçimini görmem gerek. Her model her parmağa uymaz." Settarhan'ın ince, uzun, kemikli parmakları vardı. Öyleyse ona geniş değil yüksek bir yüzük yapması lâzımdı.

Settarhan memnuniyetle başını salladı. "Yola çıkmadan evvel uğrar alırım."

Dükkândan ayrılmadan evvel tezgâhın üzerindeki taşı bir daha eline aldı. Evirdi çevirdi, tarttı. Elinin üzerinde gezdirdi, yüzük parmağına oturttu, yanağına değdirdi. Avucunun içinde sakladı bir süre. Sonra bıraktı. Bir miktar para koydu tezgâhın üzerine. Ayrıldı. Hafif bir kişneme işitti o sırada. Seyis, Serbülend'i göndermiş olmalıydı.

O kapıya yönelirken Kirkor Usta tezgâhın üzerinde duran taşı eline aldı, sıcacıktı. Bir yüzük için bunca acele eden genç adamın halini saf cevher damarının kopkoyu bir maviye dönmesinden anladı. Bu kanda aşk atmasaydı bu cevher bu kadar kanamazdı.

Kirkor Usta, konuğunun peşinden kapıya çıkıp da orada kendi güzelliğinden habersiz simsiyah bir atı duvar halkasına bağlanmış bulunca "Atlar rüzgârdan yaratılmıştır" anlamında Farsça bir mısra okudu, "Ah Kafkasyalılar" diye geçirdi içinden sonra. Hiçbirinin diğerinin dilini anlamadığı ama aynı coğrafyanın birbirine yaklaştırdığı onca halk pek çok özelliği gibi abartılı at sevgisinde de birleşir, namlarını atlarıyla yürütürlerdi.

"Beyzade, adı nedir bunun?" diye sordu. Bu atın bir adı olmalıydı, adıyla şahsiyet kazanmış olmalıydı ve bu müstesna bir ad olmalıydı.

"Serbülend" diye cevap verdi Settarhan atının alnını okşarken.

"Serbülend." Başını salladı Kirkor Usta. "Evet." Tek ya da iki hece değil, kestirme yoldan değil. Çünkü bu atın hükmî şahsiyeti vardı ve bu şahsiyet hecelerinin sayısı kadar adında katlanmıştı. Dayanamadı, elini Serbülend'in boynuna bıraktı. Hayvan irkildi, sahibinden başkasının eli! Sıcak, hafif terli, seğiren bir boyun. Kirkor Usta gülümsedi. Bu kadar iri bir gövde nasıl bu kadar zarif olabilirdi? Bu kadar ağır bir cüsse nasıl yerçekiminden kurtulup da kanatlanabilir, uçabilirdi; yürürken bile ayaklarının zemin ile bağlantısı kesilip süzülebilirdi? Bu bakışlar, bu yele savuruş, bu olduğu yere asi bir toynak vuruşunda bütün varlığıyla kanatlanış. Cilve. Bir meraklar silsilesinde Kirkor Usta hayretten hayranlığa geçti. Onun güzelliği, varlığının her unsurunun zıddıyla birlikte kendisini yalanlamasındaydı. İri fakat zarif, ağır fakat uçuyor, geniş ama iğne deliğinden geçiyor. Buna hayran olmaktan başka yol yoktu. Kuyruğuna, sağrısına, sırtına, güçlü bacaklarına, zarif bileklerine, toynaklarına, yelesine, perçemlerine, ah hele kirpiklerine, içli içli gözlerinin ta içine bakan o gözlere baktı. Her biri birer derin kuyu. Neresinden okşasa güzelliği oradan çoğalıyordu ve sadece sahibine halinin diliyle varlığını katıyordu. Kirkor Usta'nın içinde de her erkeğin içine uyanabilecek o arzu uyandı. Sahip olmak. "Benim olsa" ya da "Benim de olsa." Neticede o da Kafkasyalıydı. Serbülend'in üzerinde uzaklaşan Settarhan'a baktı. İçeri geçti.

Sanat göstermek için önce iyi bir malzeme sonra da onu işleyebilecek usta gerekliydi Kirkor Usta'nın kanısınca. Ama mükemmel eserin ortaya çıkması için onun sunulacağı makam da önemliydi. Eserler biraz da müşterilerin eseriydi. Öyleyse, işte cevher firuzesi. İşte Kirkor Usta. İşte talip. İşte makam. Hepsi tamamdı. Önlüğünü kuşandı. Kandilini yaktı. Tütününü sardı. Semaveri ateşledi. Taşı eline aldı. Evirdi çevirdi. Bir o yandan inceledi, bir bu yandan. Kandilin altına geçti. Işığa tuttu. En iyi açıyı hesapladı. Işığın taşın üzerinde boğulmasına, kırılmasına, yıkanmasına, taşın ışığı reddinin ve kabulünün nispetlerine baktı. Sonra loş bir köşeye geçti. Az ışıkta kendisinin ne kadar ışık saçabildiğini, gündüz içine aldığını gece ne kadar salıverdiğini, sakladığının ne kadarını gösterdiğini inceledi. Yanılmamıştı. Müstesna bir parçaydı bu. Semaverden bir çay doldurdu. Bir daha tütün sardı. En derin nefesi arkasına yaslanırken içine çekti. Akşama kadar ufak tefek işlerle uğraştı, böyle bir işe ancak tan vakti başlanırdı. Gün doğarken uyanmak üzere kandili üfleyip kenardaki şilteyi açtı. Ocağı, örsü, kalıpları, kalemleri, kılavuzları, haddeleri, aynaları, hamlaçları, cenderesi, tokmakları, mengenesi arasında gözlerini yumdu. Gençlik yıllarından bu yana sanatının merhalelerini düşünerek derin, mutlu bir uykuya daldı.

Gün doğarken uyandı. Semaverin altını yaktı. Tezgâhın başına geçti. Ve Ermeni Kirkor Usta firuze işleyen bütün ustalarla aynı başlangıcı yaptı:

"Ya Settar! Ya Gaffar!"

Tümüyle saf olan göbekteki damarı etrafındaki katışıklarından ayırmaya başladı.

Kuyumcudan çıktığımızda ikindi devrilmişti. Serbülend'in dünya şemailinin ardında koşturuyordum bu defa. Ya Rabbim! Ne kadar da hareketliydi Settarhan. Tebriz sokaklarında kırk yere uğradı, sonunda akşam inerken izbe bir sokağın köşesindeki Gürcü'nün çayhanesine girdi. O esnada Nakkâl, *Şehname*'den Rüstem-i Nâmdâr'la İsfendiyar'ın meşhur savaşını anlatan bölümü ezberden okuyor, sesinin tonuna göre yeri geldikçe Rüstem, yeri geldikçe İsfendiyar oluyordu.

Yakut henüz gelmemişti. Settarhan havuzun yanında, Nakkâl'e yakın bir peykeye doğruldu. Puslu bir aynanın önünden geçerken başını çevirdi, kendisine şöyle bir baktı, "Berber İsfendiyar'a sık sık uğramak gerek" diye geçirdi içinden. Aynı duvardaki hücrelerde bir *Hafız Divanı* ile bir *Şehname*, her ikisi de sayfaları fazla açılmaktan kıvrılmış, duruyordu. Çizmelerini çıkardı, bağdaş kurdu, sırtını halı mindere yasladı.

Gürcü'ye seslendi.

"Her zamanki gibi."

Teceddüd ve *Azadistan* gazetelerini biraz karıştırdı, ikisi de Umumî Harp'ten, Azerbaycan'ın bağımsız millî kimliğinden bahseden makalelerle doluydu, onları bir kenara bıraktı, başını kaldırdı.

Çayhanenin üç duvarına neredeyse boş yer kalmamacasına Kerbelâ sahneleri, Rüstem ve İsfendiyar'ın hiç bitmeyen mücadeleleri, Hazret-i Ali ve devesinin resimleri asılmıştı. Çaycının hemen arkasındaki duvar veresiyeci müdavimlerin hesabını gösteren çetelelerle doluydu. Yılda bir kere bu hesap ya kapanır ya kapanmazdı ama Gürcü aldırmazdı. Kazandığıyla yetinir, eksiğini gediğini sohbetin diyetine sayardı. Ol sebep burada her şey sohbete göre tanzim edilmişti, İran'ın bütün çayhaneleri gibi.

Ortada suyu şırıl şırıl akan mermer bir havuz vardı ve duvar diplerinde çepeçevre sekiler sıralanmıştı. Üzeri kilim ve halılarla kaplıydı bu sedirlerin, duvarlara da halı minderler dayanmıştı. Bir köşeye kurulmuş ocağın yanındaki bakır cezvelere, fincanlara, zarflara bakılırsa bu hanede kahvenin hatırı da eksik değildi. Gerçi Gürcü'ye kalsa, dört bardak çay fiyatına bir fincan kahve içilse bile, kahveyi geçirmezdi eşiğinden, lâkin bazı hatırlı müşteriler kahvede sebat etmişti bir kere. Bu yüzden kahveye dair alet edevat da yerli yerindeydi ama yine de asıl külliyat çay üzerineydi. Cam bardaklar, kâse şeklindeki piyaleler, çayını kısa yoldan soğutmayı yeğleyenler için porselen çay tabakları ve tabii bu arada Çinceden Farsçaya, Farsçadan Türkçeye, Türkçeden Rusçaya gidip gelen, çaya dair hengâmeli bir terminoloji arasında "Rus malı" olan iki parçalı istekânlar ve de büyük, pirinç, pırıl pırıl semaverler. Sadece çay ve kahve değil, limonata, ıhlamur, şekerleme, reçel, lokum, kuru bitkiler de Gürcü'nün elinin altındaydı ama bu evin asıl varlık nedeni çay ille de çay, gerisi bahaneydi.

Burada çay da kahve de nargile de edeple içilir, sohbet usulünce erkânınca kurulur, birinin sözünü kesmek kadar sözü uzatmak da büyük terbiyesizlik addedilirdi. Hele gözlerinde fer, vücutlarında kan, dizlerinde derman kalmamış, hülyaları bulutlu, zihinleri bulanık afyonkeşler bu çayhaneden içeri bile giremezdi. Esrarkeşe kapalıydı bu çayhanenin kapıları ama çilekeşe ardına kadar açıktı ve hayatın erkeklere ait kısmında her şey çayhanede gerçekleşebilirdi. Orada şiirler okunur ya da bir köşede sessizce şiir yazılabilir, iş görüşülür, anlaşılır, vazgeçilir, kavga edilir, vaaz verilir, siyasî fikirler özgürce dile getirilir, Şah'a bile dil uzatılabilirdi. Hatta çay evi cenaze evi olarak kullanılabilir, Muharrem ayında tümüyle Kerbelâ için yas evine dönüştürülebilirdi. O zaman duvarlar simsiyah kumaşlarla kaplanır, her şey değişir, mersiyeler bütün söz varlığının yerini alırdı. On gün boyunca ruzehanîler okunur, taziyeler temsil edilir, İmam Hüseyn ve yetmiş iki yoldaşının son günleri en ince hazin ayrıntılarına kadar canlandırılır, bazen Yezid'i canlandıran oyuncu galeyana gelen halkın elinde linç edilmekten son anda kurtarılırdı. Nihayetinde ebedî yasın çayhaneden boşalan gözü yaşlıları kalabalığa karışır, topuzlu zincirler, bıçaklı kırbaçlar sinelere, sırtlara inip kalkar, siyah bir deniz gibi dalgalanan erkek kalabalığı kana boyanırdı. Ve ki çayhane tacirlerin iş konuşmak, pazarlık yapmak, bir anlaşmaya varmak için toplandıkları en uygun yerdi, tabii bu yer eğer bir meyhane olarak seçilmemişse. İran'ın bütün çayhaneleri gibi Gürcü'nün çayhanesi de iki hayat arasında, zaman öldürenlerle zamanı olmayanların yan yana çay yudumladığı bir geçiş noktası, sınır mıntıkasıydı.

Çok geçmedi, çay ve Keşan nargilesi bir arada geldi, "her zamanki gibi." Önce porselen, çivit rengi demlikten bardağa dem koydu Settarhan. Sonra semaverin musluğundan sıcak su ilâve etti. Kesme şekerden ufacık bir parçayı ağzına attı, avurdunun köşesine sıkıştırdı. İlk yudumu çayından aldı. Tadını dişine, damağına hapsetmişken nargilenin zümrüt yeşili şişesi, kehribar ağızlığı, bir yılanın ürkütücü çekiciliğindeki marpucu, tömbekisi arasında Settarhan havadan, sudan, ateşten, topraktan geçti. Varlığın dört temel unsurunu sunduğu için yüceltilen bu harika şeyle keyfini keyif etti. Zümrüt yeşili cam gövdeden süzülen ışığın, halının üzerine dökülüşünü seyretti bir süre. Gözlerini kapadı. Mutlulukla gülümsedi. İki gün sonra Taht-ı Süleyman'a gidecekti.

Settarhan henüz ikinci bardak çayını doldurmuştu ki ortağı Yakut geldi. Fakat tam o sırada çayhaneye başka biri daha girdi. Öyle bir girişti ki bu, Şehnameci bile Rüstem'in gürzüne dair en hararetli mısralarda sesini kesti. Meczup Haydar gelmişti.

Meczup Haydar, yaz kış sırtından çıkarmadığı toprak rengi çuha harmanisinin rüzgârı bile sekide oturanları ürküten dev gibi bir adamdı. Başı açıktı, oysa İran'da sadece deliler baş açık dolaşırdı. Bastığı yeri sarsarak, avazesi Hansar nargilelerinin suyunu titreterek içeri gidi, Şehnameciyi gölgesinde bırakarak ortaya çıktı. Kendi etrafında döndü bir kez, ellerini iki yana açtı. Ağzından bir kez söz çıkmayagörsün, hazirunu esir alan belâgat sahiplerinden biriydi ama kelâmına bu ateş dilini bahşeden kader aklına biraz fazla dokunmuştu. Kıt değildi aklı, hâşâ! Hatta fazlaydı bile. Ama işte o fazlalık her türlü aşırılık gibi bir denge kaybına, mizan kaymasına yol açmıştı besbelli. Dilinin şirazesi yoktu kısacası. "Buyurun kukla oyununa" diye başladı.

Ateşten cümleleri arka arkaya dizerek konuşurken Tebriz'in bütün rüzgârlarını soluk borusunda estiriyordu ve şunun şurasında on yıl evvel Tebriz'i sokaklara döken Meşrutiyet rüzgârı şimdi onun ağzından üflüyordu. Kıvırcık saçları omuzlarına sarkmıştı ve halihazıra hitap etse de bakışları zamansızdı.

Oturanlar, sırtlarındaki halı yastıkları düzelterek iyice yerleştiler, temaşa başlamıştı. Meczup, bir mukaddime yaptı:

"Kukla devletin, kukla Şah'ın oyunu bu. Her oyun gibi kartondan suretleri, görünmez ipleri, perde gerisinde oyunu yöneten görünmezleri var. Oyuna dâhil olduğunun farkında bile olmayan oyuncuları, kendisini yönetici sanan kuklaları var. Buyurun, son on yılın kukla oyununa."

Kalabalığın arasından bir uğultu geçti. Meczup daha şimdiden kan ter içindeydi. Yer yer dağınık, ipleri kopuk ama yakıcı bir oyundu bu. Onun gösterdiklerini herkes biliyordu da söylemek için demek meczup olmak gerekiyordu.

Yönetimin basiretsizliğini, İngiliz ve Ruslara verilen bunca imtiyazı, halkı açlıktan ölürken ve toprağı istilâ altındayken debdebeyle Avrupa seyahatine çıkan şahları meczubun bir türlü aklı almıyordu ve bu yüzden en fazla incindiği yerden başlıyor, en fazla yara aldığı yerden vuruyordu.

"Şehinşah, Padişah, Allah'ın yeryüzündeki gölgesi, Zılllullah, Yüksek Hakem, Müminlerin Komutanı, İran'ın Güneşi ve Aslanı, Adalet Dağıtıcısı, Cihanın Ekseni... Siz bakmayın şahlarımızın kendilerini hâlâ kaymak taşından kayalar üzerine aslan avlayan Behram-ı Gurlar biçiminde nakşettirdiklerine."

Derin bir sessizlik geçti çayhanenin üzerinden. Bu mukaddimenin sonu hiç de hayra alâmet değildi. Çok geçmedi devamı geldi.

"Şahımız tarafsızlığını ilân etmiş bu savaşta. Kim dinler seni? Buna karakargalar bile güler."

Kollarını kanat gibi açtı, birkaç kez çırptı. "Gözünüzü açın da görün, Azerbaycan bu savaşın tam ortasındadır. İngiltere ültimatom verir, Rusya asker çıkarır. Güney İngilizlerin, kuzey Ruslarındır. Bunların hepsi..." Sırtını kamburlaştırdı. "Bir çocuğun sırtına kalır." On bir yaşında tahta çıkan Ahmed Şah Kaçar'ı kastediyordu.

"Açların sesi Demavend Dağı'nın tepesinden işitiliyor. Tebriz'de Rus şapkası İngiliz ceketine, o da Osmanlı fesine çarpıyor."

Çayını yudumlamakta olanlardan biri sağ elini geniş bir yay çizerek meczubun burnuna doğru uzattı. "Dur" dedi, "Deliysen deliliğini bil. Osmanlı'yı Rus'la, İngiliz'le karıştırma. Osmanlı olmasa Rusya, Azerbaycan'ın altından girip üstünden çıkmıştı çoktan. Osmanlılar bu savaşın başında Azerbaycan'dalardı sonunda da burada olurlar inşallah."

Meczup güldü. "Peki şahım, öyle olsun ama Rusya o dediğin yerlere girip çıkmadı mı yine de? Uyumayın efendiler, İran çoktan paylaşılmıştır."

Önünde muhayyel bir pasta varmış gibi bir masanın başına geçti. Gürcü'nün gül, karanfil, ortanca dolu vazosunu dikkatli bir şekilde kenara itti.

"Buyurun İngiltere ve Rusya'nın, pasta merasimine. 'Biri sana biri bana, biri de elı hadi İran'a.' Aaa, bir de Fransa vardı! Durur mu? 'Hani bana? Hani bana?' 'Sen kenarda dur şöyle. Bizim işimize karışma.'"

Biraz nefeslendi. Pay merasimine devam etti. "Ama gözleri İran'a ayırdıkları o üçüncü dilimde kalır. Al baştan. Bu kez tam ortadan, ikiye. 'Bu sana bu da bana.' İran pay almasa da olur!"

Oturanlardan biri nargilesinden nefes çekerken, "Meczup, kimse bu işe ses etmez mi?" dedi.

"Etmez. Şu kandilin alevi gibi yanayım, şu sigara gibi kül olayım ki etmez. Çünkü herkes kendisine gelecek paydan emindir. İran ikiye, Osmanlı bilmem kaça ayrılır. Kimse Mısırlıya, Faslıya, Osmanlıya, Hintliye bir şey sormaz, sahibi varmış, aldırmaz. Cinayet antlaşmaları gizlidir. "

Gürcü, bir çay getirdi. "Haydar" dedi. "Soluklan biraz."

Meczup çayından iki yudum içti, çok geçmedi kaldığı yerden devam etti:

"Ondan sonra buyurun İran'ın verdiği imtiyaznameler serencamına."

"Al İngiliz, bu sana. Rus, senin de hatırın kalmasın, bu da sana. Neler yok ki bu imtiyazlar arasında? Ormanları kesme, kullanma; ilmî kazılar yapma; taşı toprağı taşıma; telgraf hattı çekme; tren hattı döşeme; maden çıkarma; petrol arama, işleme, ihraç etme; tütün ekme, biçme, ihraç etme; gümrüklerin kontrolü; yol yapma, banka açma..."

Kalabalığın arasından bir homurtu geçti, Haydar oyununu kara komediye çevirdi.

"Aaa! Haksızlık etmeyelim ama. Şahımız nasılsa millî çıkarları korumuş da altın ve mücevher arama hakkını İngilizlerden esirgeyivermiş."

Muhayyel bir kişiye hitap etti:

"Buyurun Bay Talbot. Bütün tütünlerimizin ekimi ve ticareti sizin olabilir. Haa, İranlı memur kullanmayabilir, bütün çalışanlarınızı da İngiltere'den getirebilirsiniz. Siz masarif etmeyin, telgraf hattınızın bakır tellerini de İran karşılar."

Sonra bir başka muhayyel kişiye döndü:

"Milli İran Bankası'nı kurmaya memur pek asil Reuter cenapları. Buyurun, hoş geldiniz."

Birden ciddileşti. "Ne işi var Reuter cenaplarının İran'da?"

Elini sus işareti yaparak dudaklarına götürdü, bakışlarını dinleyenlerin üzerinde gezdirdi. "Susss! Aman sesinizi çıkarmayın! Cemaleddin Esedabadî sesini yükseltince kendini İstanbul'da buldu."

Çayı soğumuştu çoktan. Bir yudum aldı. Başlar sallandı. İçler çekildi. Doğru söze ne denirdi?

"Bir de şahlarımızın Avrupa gezileri var tabii. Avrupa, Hüma kuşunun mücevherli kanatlarını görsün diye Binbir Gece saltanatını yine İngiltere bankalarından borç edelim. Hazine tamtakır velâ mangır. Kimin umurunda? Rusya ara sıra İran'ın cebine harçlık koyar, ipleri elinde tutar."

"İran'ın topraklarını kaybeden kim?"

Kendi sorusunu kendi cevapladı: "Kaçar."

"Fakirliği arttıran halkı iki pula muhtaç bırakan?"

"Kaçar."

"Rus'u, İngiliz'i, Fransız'ı başımıza belâ eden?"

"Kaçar."

"Devletin malını ağalara satan? Vergileri otuz iki kez arttıran? Ha bire yenilen her yenilgide bir imtiyaz daha veren?"

"Kaçar."

İki üç asker adımı attı. Rap rap rap!

"İran'ın askerleri, polisleri kimlerin yönetimindedir? Jandarman İsveçli. Ya Kazak Alayı'na ne demeli? Masraflarını İran ödesin ama doğrudan Rusya idare etsin. Bak, Ruslar yol yapıyor. Kalmayacakları yerde yol yapmaz bu gâvurlar. Sen yollarını Ruslara yaptırırsan savaş zamanı yol aramakla vakit geçirmez onlar. anında menzil-i maksuda varırlar. Bu Ruslar var ya, hem ordularını Reşt ve Enzeli'ye sevk ederler hem de savaş masraflarını İran'dan talep ederler. Adamlar başımıza Beçikalı Nus'u getirsinler. Gümrük Genel Müdürü, yetmez, Posta Telgraf Nazırı, yetmez Genel Muhasebe Müdürü, Pasaport Dairesi Müdürü, Devlet Şurası Üyesi yapsınlar. Aman ağalar ister misiniz Belçikalı Nus şah olsun?"

Çayhanedekiler kahkahalarla gülmeye başladı.

"Şimdi Şah Hazretleri şu Umumî Harp'te tarafsızlığını ilân etmiş öyle mi?" Elini borazan yapıp ağzına dayadı. Münasebetsiz bir ses çıkarıp katıla katıla gülmeye başladı.

"A zorbazor, bir tarafın kaldı mı ki tarafsızlığın olsun?"

Sakin sakin çayını yudumlayanlardan biri "Meczup!" diye seslendi. "Hastalığı döktün saçtın. Bunu bilmeyen yok zaten, her yanımızdan irin dökülüyor. Çare ne, çare? Sen onu söyle. İlâçtan haber ver."

Meczup kendine çekidüzen verdi, "Hamd, âlemlerin Rabbi olan Allah'a mahsustur" diye başladı. "Hastalığın nedeni Tebriz'in ruhundan uzaklaşmaktır. Öyleyse acilen, vakit geçirmeden, hemen" aynı anlama gelen zarfları arka arkaya sıralıyordu, "Tebriz'e geri dönmek lâzımdır. Allah'ın ipine sarılmak, Muhammed Mustafa sallallahu aleyhi vesselle-min sünnetine tutunmak, hele Hazret-i Ali'nin pâk yaşamında apaçık görünen kılavuza göre hiza almak, Ehl-i Beyt'in ahlâkıyla ahlâklanmak lâzımdır. Hepsi de elhamdülillah Tebriz'de hazır ve nazırdır."

Uzun bir Tebriz nutkuna başladı.

"İran'da Tebriz'in karışmadığı bir yenilik hamlesi bulamazsın. Meş-rutiyet Tahran'da doğsa da beşiği Tebriz'de sallanır, meclis Tahran'da kurulur ama Tebriz'de korunur. Çünkü Tahran'a çıkan yollar bütü-nüyle Tebriz'den geçer, İran'ın bütün rüzgârları önce Tebriz'de eser. Tebriz'de rüzgâr esse Tahran'da fırtına kopar. Tebriz üşümezse İran titremez. Tebriz'de kapı çarpsa Tahran'da deprem olur. Tebriz titrerse Tahran sarsılır. Tebriz sarsılırsa Tahran yıkılıp gider. Tahran'ın talihi Tebriz'in alnında yazılıdır."

Bakışlarını tekrar kalabalığın üzerinde gezdirdi. Çok önemli bir sır açıklayacakmış gibi sesini alçalttı; eliyle ağzını yarı örttü, kulaklara eğildi.

"Çünkü Tebriz kapıdır. Her şey, yollar gibi önce Tebriz'e uğrar. Erivan'dan, Tiflis'ten, Bakü'den, Batum'dan, Moskova'dan, Petersburg'dan, İstanbul'dan gelen hiçbir şey Tebriz'e uğramadan İran'a giremez. Tebriz Darüssaltana'dır. Şehzade tarafından yönetilir. Yani saltanatın kapısı Tebriz'den açılır."

Sustu. Gözlerini çevirdi, işaret parmağıyla çayhanenin kapısını gösterdi: "Buradan da kapanır."

"Bütün o Meşrutiyet kahramanları, Settarhan'lar, Bağırhan'lar, Hıyabanî'ler hep bu şehirde başkaldırmadı mı?" Kendi sesini dinledi. Muhayyel bir erkânın huzurunda huşu içinde harmanisinin iki yakasını bir araya getirdi. Yerlere kadar eğildi.

"Ammaaa!" diye nida etti, yüzü derin bir kederle kasılmış, gözleri yaşarmıştı.

"Görün bakın sizlerin canı bahasına koruduğu Meşrutiyet Tebrizi'nde neler oluyor şimdi?"

Settarhan'a döndü, işaret parmağını onun burnuna doğru uzattı.

"Settarhan dediysem beyzade, senden değil adaşın olan o mübarek adamdan bahsediyorum." Küçümser bir gülümseme dudaklarının ucunda sallanıyordu. "Aranızdaki sadece bir isim benzerliği."

"Lâhavle" çekti Settarhan. Nargilesinden bir nefes aldı, gözleri uzaklara daldı. Settarhan, onunla aynı ismi taşıdığı Meşrutiyet kahramanını bundan on yıl evvel dünya gözüyle ilk ve son kez gördüğünde on altı yaşındaydı. Rengi atmış siyah bir palto vardı sırtında, başında hafif arkaya yatık bir Tebriz kalpağı, ayaklarında eskice çizmeler. İlk bakışta hiçbir albenisi olmayan orta boylu, sakin, 37-38 yaşlarındaki bu narin adam meselâ Kapalıçarşı'da gümüş işlemeci zannedilebilirdi şayet ortasında derin bir kırışık bulunan kaşlar altındaki gözleriyle bakmasaydı ve ağzını açıp konuşmasaydı. Ağzından dalgalı bir deniz dökülüyordu ve onunla bir kez olsun göz göze gelenin bu gözleri unutmasına artık imkân yoktu. "Tebrizliler" diye başlamıştı söze, "Başımın üzerinde boş bir ip, ayağımın altında tahta bir tabure var." Adaşını dinlerken Settarhan kendisini bu sözlerin, bu sesin çağrısına bırakmıştı fakat isim aynı kaderi doğurmuyordu demek ki. O, alev alıp kendisine birazcık yaklaşan her Tebrizliyi her İranlıyı da bu ateşte tutuştururken Settarhan onun sadece bir isim gölgesi olarak kalmış, ne düşündüklerinin ne de yaptıklarının menziline yaklaşabilmişti. Ne de onun ağzından dökülenlere benzer cümleler sarf edebilmişti.

Ve şimdi Meczup ona "Aranızdaki sadece bir isim benzerliği" diyordu.

Çayevindekilerden biri ağzının içinde "Coştu Hıyabanî" diye mırıldanırken Meczup "Ah İran" dedi. "Nerenden tutsam elimde kalıyorsun. Ama sen ayağa kalkmayı da bilirsin. Yağmalanmış köylüler kadar tuzu kurular da bu kıyama katılırsa."

Elini masadaki boş çay bardaklarından birine uzattı, bir fiske ile bardağı kendi tabağının içine devirdi.

"Korksunlar" dedi. "Bu ülke devirmeye alışıktır. Güven yerle bir olunca nefret, köylüyü de mollayı da esnafı da bir kılar. Koca saltanat bir tütün dumanında savrulur. Çünkü aklın yolu bir, kalbin zulme isyanı aynıdır. Uzak değil. Ateşin sesi geliyorsa canınıza yapışması yakındır."

Söylediklerinin hepsi doğruydu. Kimsenin itirazı yoktu. Meczup, bu sessiz onayı reddetti.

"Ama sizin üzerinize ölü toprağı mı serpildi?"

Şahın polisleri de Rus ve İngiliz askerleri de gelip çayhaneyi içindekilerle birlikte götürseler kimsenin ruhu duymayacaktı. Meczup, İran'ın tepetaklak gidişatının seyrini tamam edecekti ki Gürcü bir daha yavaşça yaklaştı, elinde bu kez bir fincan kahve vardı. Bu sekilerin üzerinde, bu havuzun başında Şah'a dil uzatılmasına alışıktı fakat bugünlük bu kadar yeterdi.

"Meczup" dedi. "Tamamdır. Gel otur, soluklan, bir kahvemizi iç. Hatimeyi daha sonra temsil edersin."

O sırada mollalardan biri söze karıştı:

"Meşhedi" dedi. "Tamam, haklısın. Rus'u, İngiliz'i, Fransız'ı başımıza belâ eden Türkmençay Antlaşması'nda Azerbaycan'ın yarısı gitti. Ama bu imtiyazlar verilmese öbür yarısı da gidecekti."

Meczup, önüne sürülen kahveden gürültüyle bir yudum alırken, "Ben sebep bilmem Molla" dedi.

"Tarihe sebepler değil sonuçlar kalır. Ben güçlü devlet isterem."

Daha fazla durmadı. Geldiği gibi fırtınalı, çıktı gitti. Ardında yarım kalmış bir fincan kahve ile rüzgârlı bir kalabalık bıraktı.

Meczup'un temsilinden sonra Settarhan Yakut'a talimatlarını sıraladı, yatsı okunurken de çayhaneden çıktı, Serbülend'in sırtında ilerlemeye başladı. Yaz ortasında Tebriz'in gökleri karardıkça kararmış, alçaldıkça alçalmış; bulutlar salkım saçak, ha yağdı ha yağacaktı. Bir yerde Rus devriyelerinin sorgusuna uğradı Settarhan, bir yerde İngiliz askerlerinin. Haklıydı Meczup, İran işgal altındaydı.

Hana geldi, Serbülend'i seyise verdi, bir şamdan aldı, odasına çıktı. Vücudunu döşeğe, başını yastığa bıraktı. Meczup'un temsili, devriyeler, uğursuz Kazak Tugayı gözünün önünde birbirini kovalarken ben, bir han odasında ucuz bir mumun bitmesinden korkarak onun ayakucuna kıvrıldım. Tam o sırada pek çok şeyi kulağıma fısıldayan "hâkim bakış açılı anlatıcı"nın sesini mi duydum yoksa Settarhan gerçekten "Azam" diye mi mırıldandı bilmiyorum ama onun hayaline hatırasına sızdım. Bir önceki yazdı ve Taht-ı Süleyman'daki büyük evdeydik. Azam'ı öyle tanıdım.

Settarhan yeni uyanmıştı. Avluya bakan camekânlı köşkün renkli camlarından süzülen ışığa bakılırsa güneş iyice yükselmişti oysa. Avluya indi. Anında Azam'a yakalandı. Kız, erkenden kalkmış, onu bekliyordu.

"Settarhan" diye neredeyse haykırdı, "Nerede kaldın? Bu ne uykusu?"

"Hayrola Azam? Yine ne oldu?"

"Unuttun mu? Çözgü çözecektin bana."

Öyle ya, Azam'ın şaheseri için çözgü germeye söz vermişti Settarhan daha dün gece. Lâkin iki direk arasında defalarca gidip gelerek çözülebilecek çözgü, fersah fersah yol yürümek demekti ve bu yol Tebriz-Taht-ı Süleyman arasına denkti. Ve vallahi çekilir gibi değildi.

Mübalağalı bir hareketle ellerini dizlerine vurdu Settarhan.

"Azam Sultan" dedi, "Bak güneş zevale yükseldi bile. Çözgüye bereketli sabah vakti başlanır. Demem o ki bugün değil yarına söz, güneşle kalkarım." Öyle yaparım böyle yaparım...

Azam, Nuh diyor ama peygamber demiyordu ve avlunun ortasında, zarif mermer havuzun başında sabit duran sağ ayağı dünyayı ekseninden oynatacak kadar güçlü görünüyordu. Settarhan çarnaçar kızların arka avluda kurulmuş atölyelerine kadar Azam'ı izlediyse de adımları geri geri gitmekteydi.

İlk atölyeye girdiler. Sıra sıra tezgâhlar, yün kokusu, semaver hışırtısı, kirkit sesi karşıladı Settarhan'ı, bunun dışında derin bir sessizlik vardı. Kızların konuşmasına, gevezelik etmesine izin verilmezdi burada; gevezelik dikkat dağıtırdı, oysa bir Azerbaycan halısı kusursuz olmak mecburiyetindeydi. Burası Azerbaycan'dı; halının tarihi ile iç içe yazılmıştı bu toprakların tarihi ve halı, hiçbir şey yapmamış olsalar bile Türklerin dünya sanatına büyük bir armağanıydı. İran toprakları üzerinde ondan ayrı varlığını korumuş olan Azerbaycan, farklılığını dili kadar halısının düğümünde de hazır bulmuştu. Tek düğümle dokunurdu İran halıları, oysa Türk halısı çift düğümdü ve dünyanın neresinde olursa olsun çift düğümlü bir halı Türkçe kadar Türk malıydı. Bir düğüm bütün bir Türk dünyasını birbirine bağlamış, bir halı düğümü bu dünyaya kimlik olmuştu.

Ağır kapının açılmasıyla, halı dokuyan kızların arasından belli belirsiz bir kaynaşma geçti. Yusuf'u görünce parmaklarını kesen Mısırlı kadınlar değillerdi ama Settarhan da fark edilmeyecek gibi değildi ki. Hiçbirinin hayali Settarhan'a uzanamazdı ama işte! Gelmişti! Görmüşlerdi! Kirkitler daha hızlı indi. Hizalar sanki biraz bozuldu. Makas tutan eller titredi. Havların kalınlığı dalgalandı. İlme atan kızlar neredeyse topal düğüm atacaklardı.

Settarhan ve Azam sağlı sollu sıralanmış tezgâhların arasından geçtiler. Arka kapıdan çıkıp geniş koridorda çözgü aletinin dev cüssesiyle yüz yüze geldiler. İki levend birer haramî gibi Settarhan'ın yoluna dikilmişti.

"Haydi" dedi Azam. "Kaç zamandır oyalıyorsun beni. Başla!"

"Azam Sultan" dedi Settarhan son bir ümitle, "Şimdi bu çözgüyü çözmeye başlarsam akşama kadar iki direk arasında gidip gelmem gerekecek. Sen bana su da vermezsin çay da vermezsin. Durup dinlenemem bile."

"Vermem. Dinlenemezsin de, evet. Hiç çözgü çözenin işine ara vermesi, elinin kıvamını bölmesi uygun olur mu?"

"Buradan Tebriz'e yürüyerek gidip gelsem ancak bu kadar yol alırım ama. Bana acımaz mısın?"

"Acımam. Başla!"

Her sözü yankı dağına vurup da geri dönünce Settarhan bu işten ancak onu yaparak kurtulabileceğini anladı. "Başlamak bitirmektir" anlamında Farsça bir atasözü mırıldandı. Kaftanını çıkardı, beyaz gömleğinin kollarını dirseklerine kadar sıvadı.

Güneş batana kadar, sonra yatsı okunana kadar hiç ara vermeden şu iki cengâver arasında kaç kez gidip gelecekti? Allah Kerim'di.

"Ya Muhammed, Ya Ali, Ya Hüseyn. Be-nam-ı Hüdâ."

Çözgü kelebinin ucunu ilk levendde düğümledi, elinin, bozulmaması gereken ayarını tutturdu. Ne çok sıkı, ne çok gevşek. Hepsi aynı kararda olacaktı. Birinci levendden ikincisine doğru ipi avucunun içinde kaydırarak ilk adımını attı. Azam boş bir tezgâhın kenarına oturmuş bir yandan çayını yudumluyor, bir yandan bala şerbete batırılmış bademleri büyük bir mutlulukla ağzına atıp çiğniyor, bir yandan da Settarhan'ı göz hapsine almış, adımlarını sayıyordu. Kocaman açılmış gözlerinde yarı masum yarı vahşî bir parıltıyla Settarhan'a bakıyor gibi görünse de Settarhan'ı gördüğü yoktu aslında onun aklı çözgünün kıvamındaydı.

Settarhan, kendi adımlarını saydı. İki levend arası 1-2-3-4-5-6-7-8 adım! Büyük bir halı olacaktı demek ki bu. İkinci levendin etrafından dolandı, aynı adımlarla, başladığı yere döndü, zincir bağladı; ilk tur tamamdı. Başını kaldırdı, Azam'a baktı. Hâlâ aynı yarı masum yarı vahşî parıltıyla kendisine bakıyordu. Settarhan ikinci tura geçerken, "Niye sen yapmıyorsun ki bu işi?" diye sordu.

"Bu senin şaheserin olmayacak mı?"

"Çözgü çözmek erkek gücü ister" diye cevap verdi Azam. "Hem halı ilk düğümü atınca başlar. Ondan evveli beni ilgilendirmez."

Settarhan ikinci turu bitirmişti.

"Yanılıyorsun" dedi. "Çözgü halının iskeleti değil mi? Onun bütün yükünü çeken; üstelik arkada kalmayı, gadre uğramayı, hiç görünmemeyi de içine sindiren çözgüyü nasıl halından ayrı düşünürsün? İyi bir çözgü geremezsen halı daha bidayette yanlış başlamaz mı?"

İlk kez çokbilmiş Azam'dan cevap gelmedi.

Settarhan üçüncü turu bitirdi, Azam aynı yerdeydi. Dördüncü, beşinci, altıncı ve artık sayısını karıştırdığı kadar çok turu bitirdikçe her defasında başını kaldırdığında Azam'la göz göze geldi. Kız her defasında aynı ışıkla bakıyordu Settarhan'a; yarı çocuk yarı kadın, yarı mazlum yarı zalim, yarı masum yarı cilveli.

Sahi, bu kız ne zaman bu kadar büyümüştü? Onu daha dün eline vermemişler miydi? "Bak sana ne güzel bir kardeş, bundan sonra seninle büyüyecek, sen onu koruyup kollayacaksın" dememişler miydi?

Bir tur daha geçti. "Azam böyle bakmayı nereden öğrenmişti?"

Bir tur daha. Bu bakışları, bu sesi ona kim vermişti? Bu turlar daha ne kadar sürecekti? Bitmeseydi. Her defasında Azam ona böyle baksaydı. Settarhan düşüncelerinden utandı, adımlarını hızlandırdı. Azam'ın sert uyarısıyla karşılaştı.

"Settarhan" diye bağırıyordu. "Hiç ara vermeden, elinin ayarını bozmadan, hızlanmadan ve yavaşlamadan."

"Tamam. Hiç ara vermeden, elimin ayarını bozmadan, hızlanmadan ve yavaşlamadan."

Sonunda bitti. Güneş çoktan inmişti. Gömleği sırtına, saçı boynuna yapışmış, kan ter içinde kalmış Settarhan nihayet hürriyetine kavuşmuştu. Fakat bu esaretten hoşlanmıştı, oradan gitmek hiç içinden gelmedi. Azam orada kendisine öyle bakacaktıysa on halının çözgüsünü daha germeye, Tebriz ile Taht-ı Süleyman arasını yüz kez yürümeye razıydı. Tezgâhlardan birinin üzerine oturdu, getirilen çaydan derin bir yudum içerken bu kez o Azam'ı göz hapsine aldı. Fakat tam o sırada Firdevs Usta geldi; çözgü, atölyeye taşındı, tezgâha çivilendi ve Azam yüzünü buruşturarak sitemle baktı Settarhan'a, simsiyah kaşlarının birini kaldırdı. Settarhan'ın elinin kararı şaşmış olmalı ki iplerden birkaçı daha gevşek atılmış, şimdi tezgâhta bel vermiş duruyor, bir kemanın gevşemiş teli gibi sarkıyordu.

"Beğendin mi yaptığını Settarhan?"

Settarhan öyle utandı ki az evvel içinden geçenlerin hepsini Azam'ın okuduğunu zannetti. İçinden ne geçtiğini kendisi de pek ayırt edecek halde değildi ama çözgü iplerinde hangi turda yaptığını çok iyi bildiği hatayı bir nimet gibi kabullendi, öptü başına koydu. Bu sesi bu azarı bir kez daha duymuştu, bu gözler kendisine bir kez daha böyle ısrarla bakmıştı ya!

Azam'sa söylenip duruyordu. Gevşek çözgülerden ancak potlu ve çarpık halılar çıkardı. Bel tarafı çeken halılara hep bu kusurlu çözgüler sebepti. Allah'tan Firdevs Usta alt okta çözgülerden her birini teker teker yeniden gererek diğer tellerle aynı hizaya getirdi, kusur giderildi. Dik, gergin ve eşit aralıklarla hazırlanan iskelet işte tezgâhtaydı. Geriye halının ilk düğümünü "Ya Allah, Ya Muhammed Mustafa, Ya Ali, Ya Hüseyn" diyerek atmak kalmıştı. Azam'ın içinden hemen o an tezgâhın önünde diz çökmek ve son ilmeye kadar sürecek bu diz çöküşün başlangıcı için hemen o an ilk ilmeyi atmak geçti. Bileğinde, parmak uçlarında, avuç içlerinde dayanılmaz bir arzunun ürpertisini hissetti. Ama şimdi akşam iyice inmiş, hava loşlaşmıştı. İyi bir halıya ise ancak gün ışığında başlanırdı. Firdevs Usta öyle söylerdi ve atölyede onun sözü emirdi, Azam için bile.

Atölyeden ayrılmadan evvel Azam, parmak uçlarını son kez gergin iplerin üzerinden geçirirken Settarhan'ın içi de o teller gibi titredi; gergin iskelete, boş tellere baktı. Demek Azam aylarca bu iskeletin önünde oturacak, içini ona dökecek, bu tellerin üzerinde iğne ile kuyu kazacak, düğüm üstüne düğüm atacak, ne hissediyorsa onu halıya aktaracak, öfkesini de mutluluğunu da sevincini de o iskeletin üzerinde düğümleyecek, kızdığında o tezgâhın üzerinde dudağını dişleyip kanatacak, o tezgâhın başında darılacak, avunacak, başkaldıracak, nesi varsa o halıya anlatacaktı. Settarhan'ın içinden o iskelete dönüşmek, kendisini, dokusun diye Azam'ın önüne çözgü ipi olup sermek geçti. Firdevs Usta "Haydi, atölye kilitlenecek" demese kendisine gelemeyecekti.

Ertesi gün Azam ilk düğümü atacağı zaman Settarhan da atölyeye seğirtti, güneş henüz doğmuştu oysa. Bütün kızlar çoktan tezgâhlarının başına geçmişti ve Azam, işte orada, kendi tezgâhının başına çoktan kurulmuştu. İlk kez görüyormuş gibi baktı ona Settarhan. Azam başını önüne eğmişti ve sadece Azerbaycan toprağının değil Taht-ı Süleyman'dan Persepolis'e, İsfendiyar'dan Hafız'a, toprağının bütün tarihçesini iki kaşının arasındaki hafif çizgiye toplamış gibiydi. Koyu, siyahtan bile daha koyu, sürmelenmiş gözlerini önüne indirdiğinde perdelenen bakışları İran toprağının tarihinden ve coğrafyasından ibaretti. Settarhan'a bir dokunsa, perde perde açılacaktı zaman, bir Azam'dan bin Azam dökülecekti.

Durgun bir göl gibi göründü Settarhan'ın gözüne Azam. Durgun fakat tekinsiz bir göl gibi derin, esmer ve bütün dalgaları içinde saklı. Bu, nasıl bir güzellikti? Settarhan bile onu bugüne değin hiç böyle bir güzellikte görmemişken bundan böyle Azam'ı hiç kimse Settarhan'ın gördüğü gibi göremezdi. Ve görmesindi.

Her halı önce birkaç sıra kilim örgüsüyle başlardı. Azam ilk sıranın zincirini atarken, "Kızlar!" diye ünledi Firdevs Usta.

Farklı tezgâhlarda halısı farklı merhalelerde kızlara seslenirken birçok öğüdü bir arada sıralıyordu.

"Ara atkısını çok bol bırakmayın, sırtta kırıklar olur. Çok da germeyin, halının beli bükülür sonra. Halıyı yükselmeden sarın. Kendinizi şimdiden desenin seyrine bırakmayın, vakit harcamayın, aylaklık yapmayın. Hevesinizi halının tezgâhtan çıkarılacağı güne saklayın."

Firdevs Usta'ya kalsa, yaşları on ile on sekiz arasında değişen aklı bir karış havada aylaklardı şu kızların hepsi. Hepsinin eli işte, aklı oynaştaydı ve yine ona kalsa Mirza Han'ı ikna eder, hepsini kapı dışarı ederdi. Ona kaldığı yoktu Allah'tan, Firdevs Usta tezgâhlara eğilmekten, hataları göstermekten, tehlikeleri işaret etmekten daha fazlasına kalkışamazdı ve sert, acı sözlerden, en fazla kızların parmak uçlarına bir iki sopa değdirmekten daha ileri geçemezdi.

"Kızlar!" diye tekrar ünledi.

Kızlara sesleniyordu ama sözü daha çok Azam'aydı ve "Kızım sana söylüyorum gelinim sen anla"ydı. Güvenirdi Azam'a. Eli mahir yüreği pekti, ateş gibiydi ama bütün kızlarda olmayan bir dikbaşlılık da Azam'ın âdetindendi.

Ünlemesini yineledi:

"Kızlar, sıra atlamayın. Halının boyunu kısaltıp motifleri bozmayın. Halının değeri sırtından okunur, görünürü kurtarıp görünmezi ihmal etmeyin sakın. Kirkiti sıkı vurun. Elinizi aynı ayarda tutun. Düğümleri, asılarak indirin. İlmelerinizi kararınca kesin. Ne çok uzun keserek yün israf edin ne de çok kısa keserek bir kirkit darbesiyle halının arkasına geçirin. İlmeleri keserken nefesinizi bile tutun. Düzgün kesilmeyen bir halı ne kadar düzgün dokunmuş bile olsa dalgalanır."

Allah'ım, bu kadar öğüdü, bu kadar sitemi, bu kadar öfkeyi nereden buluyordu bu kadın? Azam'a neredeyse fenalık gelecekti. Bunların hepsini biliyordu, kilim sıralarını bitirmişti, bir an evvel halıya başlamak, ilk düğümü atmak istiyordu. O tatlı dalgalanma parmaklarının ucundan başlayarak kalbine doğru tekrar yayıldı. Ah, gerçek halı ancak bu duyguyla dokunurdu. Sakin bir denizin içine düşer gibi kendini halısının hülyasına bıraktı.

Fakat fırtına çok geçmeden koptu. Şakulü kontrol edilmiş tezgâhlara hepsi de kök boyalarla boyanmış yumaklar hazır edilmiş, asılmıştı. Lâcivertti Azam'ın yünlerinin çoğu, lâcivert bir zemine serpilmiş bir bahar bahçe dokuyacaktı. Çiçeklerin rengi de belliydi. Fakat Azam'a kiremit kırmızısı lâzımdı ve bir o eksikti. Daha doğrusu kiremit kırmızısı da vardı ama kök boyalarla değil yeni moda sunî boyalarla boyanmış bir kırmızıydı bu.

"Zor iş" dedi Firdevs Usta yanına seğirten Azam'a. "Kiremit kırmızısını kök boyalardan bulmak hemen hemen imkânsız. Kırmızıyı da bununla doku."

Artık hakiki boyalar da onlarla üretilen yünler de İran'da iyice azalmış, onun yerini Alman malı ucuz boyalar almıştı. Bu boyalar elbette daha iyi değildi, sadece daha kolay daha zahmetsiz daha ucuzdular, o kadar. Lâkin İran'da bile artık kimse kök boyalarla uğraşmıyor; cevizden siyah, kınadan kırmızı, çivitten mavi elde etmek için zahmet çekmiyordu. Hazır geliyordu Alman boyaları. Küpe daldırıp çıkardın mı, tamam işte olup bitiyordu. Oysa Azam "Alman işi boyalara elimi sürmem" diyordu ve Settarhan da Firdevs Usta gibi onun bir kez "Elimi sürmem" dediyse sonuna kadar öyle kalacağını adı gibi biliyordu.

"Bugünden geçti" dedi Firdevs Usta, "İki halı çıkacak tezgâhtan, havları kesilecek. Yarın çıkar bir daha ararız. Umudum yok ama!"

Fakat "Ararız" dediyse de kilim örgüsü bitmiş bir halının ilk sıraya geçmeden bekletilmesinden hiç memnun olmadı Firdevs Usta. Bir halının ilk birkaç sırası örülmeden bekletilmesi işin ağır gideceğine alâmet edilirdi genellikle. Firdevs Usta'ya göre iyi bir halının ilk şartı tek elden çıkmasıydı. O kadar tek elden çıkmalıydı ki bir halıda ilk ilmeyi atan elin sahibi bile son ilmeyi atacağı güne kadar aynı kişi olarak kalmalıydı. Ama mümkün müydü böylesi? Değildi. İşte bu yüzden kusursuz bir halı bu kusurlu dünyada hiçbir zaman örülemeyecekti. Bu yüzden bir halı ne kadar çabuk biterse o kadar tek elden çıkmış demekti. Hal böyleyken, daha ilk sırada durmuş bir halı! Dudak bükerek baktı tezgâha. Ama Azam rüzgâr gibi geçerdi sıraların üzerinden, eksiğini telâfi ederdi. Sular gibi başını her taşa vurmaz, ateş gibi önüne geleni yakarak gideceği yere dosdoğru giderdi. Onunki heves değil azimdi. Firdevs Usta'nın içi serinledi.

Ertesi sabah çorba içmeye oturduklarında Azam, Mirza Han'a "Ben bugün Firdevs Usta'yla boyacılar çarşısına gideceğim. Kiremit kırmızısı kök boya bulamamış, bir daha bakacağız" dediğinde Mirza Han'ın yüzü asıldı. Kiremit kırmızısı meselesinden haberi vardı ve Azam'ı tanırdı; bir şeye karar verdi mi sonuna kadar diretirdi.

"Kızım" dedi Mirza Han, "Kiremit kırmızısını da Alman boyası yünlerle doku."

"Ben o uyduruk boyaları kullanmam" diye diretti Azam.

"'Hüsrev'in Baharı'nı dokuyacak halin mi var?" dedi Mirza Han. Onun böyle titizlenmesine içerlemişti.

Azam asi bir bakışla cevap verdi.

"Dokurum elbet. Neden dokumayayım?"

Mirza Han öfkesini göstermedi, içine attı. Hissettiği şeyin gerçekte öfke olup olmadığı bile belli değildi aslında. Nargilesinin hazırlanması için emir verdi, havuz başına indi, taht'a kuruldu. İlk nefesi çekerken, düşünceliydi. Şu öksüz kız ona ablasının emanetiydi ve dikbaşlılığını bir aile yadigârı gibi annesi kadar dayısından da almıştı. Azam'da kendisine ait yanları görmekten memnun olurdu çoğu zaman Mirza Han ama bazen de bu dikbaşlılıktan ürkerdi. Sehend'de hatta kimi zaman Settarhan'da bile olmayan sebat Azam'da vardı ama bu ürkütücü bir dirençti ve Mirza Han'ı memnun etmekten çok canını sıkardı. Neticede kız çocuğu. Dikilecek her başın onda zamanında ezilmesi gerekti yoksa böyle kızlar ileride ailenin başına belâ olurdu. Nargilesinden bir nefes daha çekti. Havuzun suyuna baktı, dumanını üfledi. Nicedir aklında olan şeyi Hengâme'ye açma zamanı gelmişti demek ki, Azam ile Settarhan'ı evlendirme meselesi. İyi olacaktı bu, birbirlerine yakışacaklardı. Ama şu bir yıl hele geçsin, Azam bir yaş daha büyüsün hele bir on sekizine gelsin, gerisi Allah'ın izniyle kendiliğinden gelirdi.

Havuzun başından ayrıldı, yazın bu en harlı zamanında öğle oldu mu uyku çekme zamanı gelmiş demekti.

Mirza Han uykuya çekilince Settarhan onun boş bıraktığı havuz başına indi. Çok geçmeden Azam geldi. Settarhan tahtın kerevetine ilişirken Azam havuzun kenarına oturdu, eğildi hafifçe, elini suya daldırdı. Bu esmer ele, parmakların arasından süzülen damlalara büyülenmiş gibi baktı Settarhan. Bir el? Neydi bir eli diğerlerinden ayıran? Onun düğümlerini düşündü başparmağını gizlice seyrederken. Settarhan'a öyle geldi ki bu parmağın el ayasına bağlandığı yere siyah kınayla siyah bir ben konduran bu eller attığı her ilmenin başına da bir gül yerleştirirdi. Her ne hal ise bundan böyle Settarhan yüzünü nere dönse, Azam'ın elleri. Kendi bakışından kaçmak için ortaya öylesine bir söz attı Settarhan.

"Neden babamı kızdırdın Azam? Mirza Han'ın gazabından korkmaz mısın? Hem bu yeni boyalar da iyi değil mi?"

Sorduğu sorunun cevabını biliyordu elbet. Ama işte ortaya bir söz atması lâzımdı Settarhan'ın. Yoksa bu sessizlik onu boğacaktı ve kurtulmak için Azam'ın ıslak ellerine sarılacaktı.

"Değil" dedi Azam. "Yünlerim halis. Boyam da bitkilerden, ağaçlardan, köklerden elde edilir, hakikidir benim. Renklerim saf, dayanıklı, parlak olmalı. Ben ölsem bile onlar kalmalı. Ben o boyalara sürmem elimi." Yüzü öfkeden kızarmıştı fakat mevzu madem başlamıştı, o halde devam etti.

"Settarhan bilirsin, kimse bir parmaklık mesafeye benim kadar ilme sıkıştıramaz, kimse renkleri bir araya benim gibi getirip ahenk kuramaz. Desenlerimi bile ben çıkarırım, hazır kâğıda itibar etmem. Yeteri kadar noktam, çizgim, yıldızım, ağacım, yaprağım, çiçeğim dalım var benim. Hepsini bir araya getirebilecek güçteyim. Ördüğüm halının havı dökülse bile atkı ipleri üzerinden deseni tanınır."

Settarhan onun halı üzerinden verdiği bu gözdağına, bu ezici kibre ürkerek baktı. Ürktüğü şuydu ki bu özgüvende de bu kendini beğenmişlikte de hatta bu kibirde bile hakkı vardı Azam'ın. Halısında övdüğü kendisiydi ve bir kadın eğer kendisini övüyorsa karşısındakini övmüyor demekti. Övmüyorsa da değer vermiyor demekti.

Ürkmesine ürktü de koca Settarhan, yine de incinmedi. Kendini ne kadar sevse o kadar güzel, ne kadar beğense o kadar değerliydi Azam, o kadar değerdi. Kibirse kibir, gurursa gurur, mağrursa mağrur. Onun adı Azam'dı, o bu haliyle güzeldi.

"Ey" diye başladı Settarhan, yüzüne ilgisiz bir ifade takınmaya çalışarak, "Ey küçük Sultan." Ama "küçük"te iyice zorlandı. Karşısındaki güzellik böylesine büyürken, küçüklüğü filân kalmamıştı henüz adını koyamasa da saklamaya çalıştığı şeyin. "Hüsrev'in Baharı"na tutundu can havliyle.

"Şu 'Hüsrev'in Baharı' da ne ki?"

"Bilmiyor musun?" der gibi baktı yüzüne Azam.

Biliyordu elbette halıların taciri, bilmez miydi? Ama bir de o anlatsındı, yanında birkaç kelâm daha fazla kalsındı. Anlattı Azam:

"Hüsrev'in Baharı" gelmiş geçmiş halıların en güzeli en kıymetlisiydi. Bu halının altın ve gümüş iplikleri, değerli taşları gerçek bir pınar ışığıyla parlardı ve sunulduğu padişahın adıyla anılırdı: "Hüsrev'in Baharı."

Settarhan tekrar sordu. "Peki, ne olmuş o halıya?"

Ne mi olmuştu? Bu Settarhan'da da bugün bir gariplik vardı. Arapların, bu muazzam büyüklükteki halıyı parçalara ayırdığını, her birinin ayrı ayrı satıldığını, her parçanın sahibine bir hazine kazandırdığını bilmiyor muydu sanki?

Sonunda "Ben uyumaya gidiyorum" dedi Azam sıkıntıyla. O gittikten sonra Settarhan havuzun başında biraz daha kaldı. Elini Azam'dan geri kalan suya daldırdı, ensesini, alnını ıslattı. Sonra kendisi de kalktı, odasına doğruldu. Böyle günlerde eğer uyunmazsa akşam olmazdı.

İkindiye doğru uyandı Settarhan. Çözgü gününden bu yana ne zaman kirpik kirpik üstüne vursa aynı rüyayı görüyordu. Bir kadın oluyordu rüyasında. Yüzünü görmüyordu onun fakat bir beden olarak yaklaşıyordu yanına kadın. Başını Settarhan'ın omuzuna bırakıyor, usulca kucaklıyordu onu. Eğilip onun yüzüne bakıyordu Settarhan ama bir türlü göremiyordu bu yüzü. O kadar. Daha ötesi yoktu bu rüyanın. Fakat Settarhan'ın hissettiği eşsiz bir mutluluk duygusu oluyordu. Sanki bütün boşlukları dolmuş, bütün eksik parçaları dağıldıkları yerlerden toplanmış da yerine konmuş, geçmişe ve geleceğe dair bütün mahrumiyetleri bir mucize olmuş da telâfi edilmiş gibi. Böyle bir duyguyu şimdiye kadar hiç hissetmemişti Settarhan ve şimdi o kadının Azam olduğunu, daha doğrusu Azam'dan başkası olamayacağını anlamıştı.

Settarhan avluya indiğinde Azam çoktan uyanmış, Firdevs Usta ile kiremit kırmızısı kök boya aramaya gitmişti bile. Döndüklerinde, hamalın sırtındaki ağırlığa bakılırsa aradığını bulmuştu da. O, simsiyah çarşafının eteklerini uçura uçura avluyu, havuzu geçip de eve doğru yürürken Settarhan arkasından baktı; öyle zannetti ki Şiraz'ın servinazlarından biri vücuda bürünmüş yürüyor ve kendisi de bu hıraman servinin arkasından şu havuzun suyu olmuş akıyor. Azam'ın çarşafının rüzgâr dolmadan bile şöyle hafifçe dalgalanışı, Azam'ın o çarşafı tek eliyle idare edişi yok mu, sanki o vakte kadar hiçbir kadın çarşafa bürünmemiş, ona hükmetmemişti. Kendi bakışından kendi akışından bu kez korkmadı, utanmadı da Settarhan. O vakit yepyeni bir duygu kalbinin içinde aniden kıpırdadı ya da göklerin kapıları açıldı da o duygu Settarhan'ın kalbinin tam ortasına veya kalbiyle zarının arasına yerleştirildi. Ya da hep oradaydı da bugün bu saat bu dakika işte tam şu saniye, anıyla zamanıyla vaki, kapısı açıldı serbest bırakıldı. Çünkü Settarhan kalbinin zamanından böyle bir şey hatırlamıyordu ama bu duygu olmadan da kalbi çarpmış olamazdı. Öyleyse nasıl yaşamıştı?

Şaşırdı. Kendisine ne olduğunu henüz bilmeyen ama yine de kendisine bir şey olduğunu sezenlere özgü o eşsiz eşiğin üzerinde, bir hayranlık gülümsemesiyle başını "Hayret!" anlamında iki yana salladı. Hayret ki ne hayret!

Şimdi Azam geri dönse. Bir adım atsa. Settarhan'a baksa.

Bakmadı. Ama Settarhan yaşamından ilk kez bu kadar hoşnut, bu kadar tatlı bir şaşkınlıkla bu dünyadan olmayan bir mestanelik içinde bütün kâinatla bütün olduğunu, seyyarelerle, sitarelerle, şemsle, kamerle birlikte dönmeye başladığını zannetti. Bir şeyi hep biliyormuş da bildiğini bilmiyormuş gibi. Unutmuş da hatırlamış, yitirmiş de bulmuş gibi. Ona bir şey olmuştu, kendini olup bitene olduğu gibi bıraktı. Başka türlüsü de zaten mümkün değildi. Belli ki bundan böyle Settarhan'dan geriye bir şey kalmayacaktı. Azam ne kadarsa Settarhan o kadardı.

Razıydı. Bu duyguyu bir kez olsun yaşamak için bütün ömrünce bomboş yaşamaya razıydı. İlk kez ölmekten korktu.

"Allah'ım" dedi, "Ne zaman istersen al canımı ama bugün değil. Bu duygu kalbimdeyken bana yazık olur."

Ahenk taşı kalbinin ortasında, cehennemin bütün kızgın taşları gelse, bana mısın demezdi.

İçeri geçti. Duvardaki nişten *Hafız Divanı*'nı çekerken ilk gazelin ikinci beytini ezberden mırıldandı:

Şükür mü şikâyet mi bu dil neyi anlatır
Gönül bu hikâyeyi uzattıkça uzatır

Üç İhlâs bir Fatiha okudu, Hafız'ın ruhuna armağan etti, "Elhamdülillahirabbilalemin" derken yüreği titredi.

"Bir işaret Ya Hafız" dedi, "Dağlar taşlar işaret dolu olsa da okumam yazmam yok benim. Bana senin kelimelerinle bir işaret. Medet medet medet!"

Yerle gökler arasında uzanan bir kelâm-ı aşkla tekellüm eden bu adamdan bahtına ne düşerse mutlaka bir işaret taşırdı, mutlaka. *Divan*'ı avuçlarının arasına aldı. Tefeüle alışkın sayfalara uğramamaya çalışarak, açtı. Sağ sayfa. Gözüne çarpan ilk beyti okumaya başladı.

Alım güzellikten hoştur derler
Yârimde bundan da var ondan da

Yok! Güzeldi beyit güzel olmasına da bunda Settarhan'ın aradığı işaret yoktu. Öyleyse bir daha.

Hafızın aşkını bilmeyen yok
Kuşlarla konuşan Süleyman da

Bütün vücudundan tepeden tırnağa bir hayret ürpertisi geçti, bir şaşkınlık hayranlığı. Aşkın kelimesi ile karşılaşmıştı ve aşkın kelimesi varsa kendisi de vardı ve işte itiraf, Settarhan âşıktı.

Divan'ı duvardaki göze kaldırdı.

Durdu. Dayanamadı. Yeniden uzandı. Bir daha açtı.

Seni kirpiklerimle öldürürüm diyen yâr
Aman sakın durmasın öldürürse öldürsün.

Kendisini öldürecek o kirpiklerin ucuna asılmaya, atölyeye, halı tezgâhının başına koşarak gitti. Giderken, onu bir daha görüp sesini bir kez daha işitecekken, şu aradaki üç beş metrelik yolda ölmekten korktu. Aşka düştüğü besbelli, yoksa ölmekten niye korksundu? Ölmedi ama Azam atölyede yoktu. Firdevs Usta'ya sordu. Ters ters söylendi kadın, Azam yün boyuyordu. Settarhan boyahaneye gitti bu kez. Orada da yoktu. Ama Azam'ın elleriyle boyanmış kiremit kırmızısı yünlerin çile çile kurumaya bırakıldığını gördü. Şu yünlerin yerinde olsaydı, Azam'ın elinde renkten renge bir de o boyansaydı. Havuzun başına döndü. İşte, orada, tahtın kerevetine kurulmuş oturuyordu. Bu kez Settarhan havuzun kenarına ilişti. Bir şey söylemeden suya bakmaya başladı.

Azam, "Settarhan biliyor musun, bir rüya gördüm bu gece" diye başladı. "Senden bana bir paket geliyor. Sımsıkı bağlı bir paket."

"..."

Settarhan onun anlattıklarını değil sadece sesini dinliyordu, daha önce hiç bu kadar güzel bir ses işitmemişti ve ne anlattığı önemli değildi. O, sadece bu kadar güzel olsun yeterdi. Yeter ki Settarhan'ın rüyalarına onun uykuları, yatağına onun rüyaları dolsundu. Yeter ki Azam her sabah ya da her öğle uykusundan sonra, bitmek tükenmek bilmeyen ve Zaloğlu Rüstem'in maceraları kadar şaşırtıcı rüyalarından birini daha gözlerini kocaman aça aça anlatsındı. Rüyanın başını değil sadece sonunu duyabildi bu yüzden.

"...Sonra neden bilmem sen eline bir taş alıyorsun, olduğun yerden benim elime doğru fırlatıyorsun. Taş tam şuraya, elimin üzerindeki şu ben'in olduğu yere isabet ediyor. Zavallı bülbül ezilip düşüyor. Settarhan, neden böyle yapıyorsun?"

Settarhan tıpkı eskisi gibi, yani sadece önceki gün o iki levendin arasında yürümeden, içinde bir şelâle akmadan önce olduğu gibi davranmak istedi; kayıtsız, şakacı. Kendini zorladı. Olmadı. Azam'ın elleri böyle boğum boğum kiremit kırmızısına boyanmışken üstelik siyah ben'i de yerli yerindeyken, yapamadı. Acemi bir çocuk gibi eli ayağına dolaştı ancak. Şakaklarından aşağı şelâlelerin döküldüğünü sandı ona her baktığında. O böyle yanı başında, boşlukta kendine ait hacmiyle dururken, kıpırdarken, adım atar, bakar ve görürken, böylesine var'ken. Settarhan dünden bugüne Settarhan olmuşken. Yer yerinden oynamışken. Nasıl hiçbir şey olmamış gibi davranabilirdi?

"Kendi rüyalarından beni sorumlu tutma" diyebildi sadece. Rüyada da olsa ne yaptığını bilmiyordu oysa.

Atölye boşalmış, kızlar ve ustalar evlerine dağılmışlardı çoktan, Azam'sa hâlâ tezgâhının başındaydı. Örtüsünü omuzuna atmış, örgülerini boynuna sarkıtmış, renkler, iplikler, desenler arasında bir Karabağ şikestesi mırıldanıyordu. Settarhan Azam'ı, ondan habersiz bir süre seyretti. Kendinden utanabilirdi, kalbi yerinden çıkacak gibi çarpmasaydı. Adımlarının sesini duyurmak istedi sonunda fakat Azam oralı bile değildi. Arkasından dolaştı, önüne geçti, Azam bana mısın demedi.

"Azam" diye seslendi Settarhan, yüzünde alev gülüşlerin en cüretlisiyle.

Azam bu seslenmede farklı, bambaşka bir ürperti olduğunu fark etmedi. Esmer ekmeği göğsüne yasladı, bir dilim kesmek için bıçağı eline aldı.

Settarhan ona baktı. Söylememek söylemekten daha zor, ölecekse böyle ölmeliydi. Ama yine de ürktü, söyleyemedi.

Kesik, karanlık bir hıçkırık halinde ağzından Azam'ın adı döküldü sadece.

"Oy" dedi Azam, yerinden şöyle bir yekinirken.

Azam öyle bir "Oy" çekiyor ki uğultulu bir "o" sesi bir "y" ile tamamlanıyor; "y"nin sustuğu yerde de onun ezelî arkadaşı, kimliğinin öteki sureti "i" başlıyor. Ve bu "Oy" Azam'ın ağzında kırk Hafız beytinden daha fazla söylüyor. Belki sadece Azam "Oy" çektiğinden böyledir bu, Settarhan bilmiyor.

Fakat Azam, Settarhan'ın yüzüne öyle boş gözlerle baktı ki çektiği "Oy"a rağmen onun hiçbir şey anlamadığını da Settarhan anladı. Yoksa bu kadar uluorta, bu kadar fütursuz konuşabilir miydi?

"Biliyor musun Settarhan?" diyordu Azam. "Şu atkı iplerine benziyorsun sen. Halının bütün yükünü çeken ama hiç görünmemesi gereken, bir yerden uç vermesi halının bütün değerini düşüren atkı iplerine."

"Çilekeş yani. Öyle mi?"

Azam yerinden kalktı, yüzünü çevirdi Settarhan'dan, eve doğru yürüdü.

Settarhan da içeri geçti. Bir daha açtı Hafız'ın *Divan*'ını.

Dedi: Sus Hafız bu da geçer.

Gülümsedi. Zaman çok şeye gebe, Azam yüz bin "Oy" çekse de içinde bu aşk oldukça Settarhan ölmezdi.

Tebriz'deki han odasında, bitmesinden korktuğum ucuz mumun alevi ağır ağır yalpalanırken Settarhan'ın hatırasından ayrıldım. Onun rüyalarına sızmış, Azam'ı tanımıştım. Fakat hayret! Ne annemden ne teyzemden böyle bir isim işitmiştim ben; aile içinde Azam diye bir isim geçmezdi. Düşünmeyi bıraktım. Sabahın olmasını kıvrıldığım yerde beklemeye koyuldum. Heyecanlıydım. İki gün sonra Taht-ı Süleyman'a yolculuk vardı ve elbet ben de Settarhan'ın yanında olacaktım.

Yolculuk sabahı Settarhan gün doğmadan uyandı; hiçbir yere uğramadan, geniş bir sohbetin kapısını kimseye açmadan, Kapalıçarşı'ya gitti. Kumaşçıları geçerek halıcılar çarşısına doğru yürümeye başladı. Maharetin kaliteyle birleştiği, hem sağlam hem de güzel yani çok değerli kumaşların satıldığı tezgâhların arasında renk, desen ve koku, halılarla henüz yüz yüze gelmeyen birine bile insan elinin dokumayla neler yapabileceğini bir mukaddime gibi teşhir eder, ihtar ederdi. Gerçi İran'da makine dokumacılığı başlamış, el tezgâhlarında kumaş üretimi neredeyse durma noktasına gelmiş, pek çok dokuma türü maziye karışmıştı. Ama kumaşçılar çarşısı hâlâ ışıklı, renkli, kokuluydu ve ara sıra el dokuması tezgâhlardan çıkma birkaç parça kumaş kendisini hemen gösteriyordu.

Settarhan dükkâna vardığında Yakut, yeni gelen ipek halıları gözden geçiriyordu. "Harika halılar toplamışsın Settarhan" dedi hayranlıkla ve ekledi. "Her zamanki gibi."

Settarhan saraylara yakışır halıları seçmede ustaydı ve bu hususta kazandığı guven ona ciddi bir itibar ve şöhret sağlamıştı. Üstelik haksız bir şöhret değildi onunki çünkü daima işinin başındaydı. Tebriz'de, Tikap'ta, Urumiye'de, Erdebil'de, Kazvin'de, Gilan'da; sonra Aras'ın öbür tarafında Karabağ, Gence, Bakü, Kuba, Şamahı'da bağlantıları, ortakları olsa bile yılda iki kez bütün bu coğrafyayı kendi dolaşır, gözüyle görmediği, eliyle dokunmadığı halıya para yatırmazdı. Bu da yılın neredeyse yarısını yollarda geçirmesi demekti. Neticede o da bütün tacirler gibi bir yanıyla seyyahtı. Gerçi henüz İstanbul'u görmemişti Settarhan ama Tiflis, Batum, Bakü'ye defalarca gidip gelmişti. Çocukluğundan itibaren babasıyla katıldığı kervan yolculuklarında bambaşka insanları, yolları ve tehlikeleri tanımış, konuşup anlaşacak, alışverişini tamamlayacak, hararetli pazarlıkçıları durduracak, yiyip içecek, gezip görecek ve tekrar yola girecek kadar Rusça, Ermenice, Gürcüce öğrenmişti. Meramını Rumca da anlatabilirdi. Kürtçe ve Farsçayı öğrenilmiş saymazdı bile, toprağının dilleriydi bunlar. Türkçe zaten anadiliydi.

Settarhan yeni gelen ipek halıları görmek için balyaların üzerine oturdu. Çırak, mümkün renklerin tamamıyla dokunmuş bu halıları birer perde gibi açmaya başladı. Her defasında Settarhan'ın ve Yakut'un yüzüne bakıyor, ya geçiyor ya bekliyordu.

Nerede dokunursa dokunsun Tebriz halısı olarak tanınan bu ipek halılar en nadide olanlardı. Çünkü halıyı ipek kıvamında inceltmek, yumuşatmak insan takatinin üzerinde bir işti ve zorlanan takatin neticesi daima değerliydi. Doğası icabı hantal olan halı, ipeğin eline geçince öyle bir inceliğe bürünmüştü ki bu tezat, eşsizliğinin de başlıca nedeni olmuştu. Diğer yandan düğümler öyle incelmiş, sayıları öyle artmıştı ki dokumacılar halı desenleriyle hız kesememiş, sonunda minyatür desenlerine el atmıştı. Tarihî hikâyeler, efsaneler, Hafız'dan, Sadi'den, *Nizamî Hamsesi*'nden, en fazla da *Şehname*'den sahnelerin hepsi bir kez de halılara işlenmişti. Nakkaşlarla boy ölçüşmeye kalkışmış olan dokumacılar, onların çerçeve içine sığdırdığı her ayrıntıyı kenarlıkların içine sığdırabilirdi ve dağ lâlesinin yapraklarındaki damarlar bile düğümlerle gösterilebilirdi; o kadar inceydi düğümler ve parmaklar o kadar sabırlı ve mahirdi. Ancak dikkatli bir göz onların halı olduğunu ayırt edebilir, dikkatsiz biri minyatür ya da resim olduklarını zannedebilirdi.

Settarhan daha ilk halıdan itibaren o kadar keyiflendi ki yarı uzandı balyaların üzerine, her zamanki gibi. Bunların hepsini tezgâhlarında yarılanmış oldukları zamanda seçmişti ve yanılmamıştı işte, sonuç ortadaydı. Birbirine zıt renkleri bile ahenkle bileştiren, aynı rengin sönüğü ile parlağını bir arada değerlendiren bu ipek halılarda İran'ın İslâmî tarihi gibi İslâmiyet öncesi de gözlerinin önünde resmigeçit etti. Hiçbiri diğerini örtmeyen kuşlar, ağaçlar, dallar yapraklar, türlü türlü hayvanlar, eğri gövdeli ağaçlar, harabeler, hepsi gölgesiz, derinliksiz, atmosfersiz; içlerindeki ışığı taşırıyor ve Mani'nin dediği gibi ilâhî ışıkla birleşiyorlardı.

İşte şunda Hüsrev, Şirin'i yıkanırken gözetliyor, hayretinden parmağını dişliyordu. Pembemsi bir ata binmişti Hüsrev ve sudaki Şirin'in siyah atı Şebdiz -oysa metin tam aksini söylüyordu, Şirin'in atı pembemsi Hüsrev'inki siyah olmalıydı- kayaların arkasında bir yabancının varlığını hissetmiş, asabiyetle başını o tarafa çevirmişti. Çok sert bir hareketti bu ama halıya geçerken canlılığından bir şey eksilmemişti.

"İçki Meclisi"nin kendinden geçmiş henüz masum gençleri de çoktan kirlenmiş yaşlıları da hatta göklere ait kısımda birbirine bade sunan melekler de bu halılara minyatürlerden geçirilip dokunmuştu. "Nuşirevan ve Baykuşlar", "Behramgur Arslan Avında", "Rüstem'in Rahş'ı Afrasiyab'ın Sürüsünden Geri Alması", gelmiş geçmiş minyatürlerin en güzellerinden biri olarak haklı bir şöhrete sahip semavî mavi mekânlı "Keyumerz'in Meclisi"; bütün bu renkler ve desenler aynı güzelliğiyle işte şu halılarda tekrarlanmıştı. Hem de fırçayla değil düğümle. Bu, sanat değilse büyücülüktü.

Halıların gözden geçirilmesi bittiğinde Yakut , "Settarhan" dedi neşeyle, "Bunları Safevî halısı say. Böyle bir güzellik ancak onlarda bulunur." Yakut'a göre Azerbaycan'ın her şeyi gibi halıcılığının da şaheserleri Safevî devrindeydi. Azerbaycan'ın güneyini ve kuzeyini birleştiren, devletin dilini Türkçe, mezhebini Şiîleştiren Şah İsmail Tebriz'i de payitaht yapmıştı. Bütün bunları bir arada başaran bir Şah'tan daha iyisi gelemezdi İran üzerine. Tarih filân bilmezdi Yakut ama Şah İsmail'e lâf söyletmezdi, zaten kimsenin aklından da Şah İsmail'e lâf etmek geçmezdi.

Settarhan onun omuzuna vurdu keyifle, "Sen burada kal" dedi. "Benim biraz işim var."

Kapalıçarşı'nın en değerli kısmına doğru yola koyuldu, lâbirentlerden geçti, yolların sonu nihayet geldi. Buraya kadar Kapalıçarşı, Avrupa etkisinin yerli olanla iç içe geçtiği bir yer sayılabilirdi ama şu kısma bir kez ayak basınca bambaşka bir zamana ve derin bir hüzne geçilirdi. Çünkü şu dükkânlarda bir zamanlar başka birisine ait olmayan hiçbir şey alınıp satılmazdı. Bu kısımda her şey kullanılmış, yaşanmıştı ve çarşının en pahalı mallarının burada alınıp satıldığına bakılırsa yaşamak pahalı bir şeydi. Antikacılar çarşısıydı burası.

Antikacı Sohrab'ın dükkânını eliyle koymuş gibi buldu Settarhan. Zengin Acem; hayatlar, yaşanmışlıklar üzerinden para kazanan meslektaşlarının çoğu gibi doymuş, gözünü gelen geçene yummuş, dükkânının içine serdiği hasırın üzerinde ha uyudu ha uyuyacaktı. Damgalı semaverler, giyilmiş de eskitilememiş üniformalar, tüylü şapkalar, madalyalar, muşamba fenerler, karpuzlu lâmbalar, yarı değerli taşlardan olsa da eski olduğu için kıymeti değerli taşlarla yarışan gerdanlıklar, küpeler, yüzükler, gül rengi, şarap rengi, şafak rengi, kırmızının rengârengi kadehler arasında kendisi de en az sattığı eşyalar kadar eski görünüyordu Sohrab'ın. Üstelik kılıçlarından ayrı düşmüş balçaklar, hançerler, palalar, kuğu tüyünden yapılma yelekleri ve temrenleriyle hâdengî oklar, bezemeli yaylar, fitilli, çakmalı tüfekler, zırh gömlekler, miğferler, kolçaklar, dizçekler, sadaklar, sargınlar kısacası onca savaş edavatı arasında ölü bir cephaneliğin trajik göstermeliğini de yaşıyordu. Ama evet, göstermelikti bütün bu camekânlıklar. Herkes bilirdi ki Antikacı Sohrab'ın asıl hazineleri arka odadaki çekmecelerde, dolaplarda saklıydı. Böhür derisinden yapılmış kılıç kesmez ok delmez zırhlar, giyen ne ateşte yanar ne suda boğulur tılsımlı gömlekler, kanatlı ve perçemli mızraklar, kaplan yüzlü gürzler, gergedan derisinden kalkanlar hep oradaydı. Yine herkes bilirdi ki çarşıya düşen el yazması bir *Hafız Divanı, Nizamî Hamsesi,* minyatürlü bir *Şehname*, eşsiz bir *Gülistan* hiçbir yere uğramadan doğruca Sohrab'ın avuçları arasına düşerdi ve kocaman elleriyle yokladığı, iri burnuyla kokladığı bir şey de eğer o istemezse bir daha geri dönemezdi. Bütün bunların sergileneceği yer de uluorta camekânlar değil kapalı yerlerdi.

Settarhan'ı bir alay-ı valâ ile karşıladı, ağırladı, azizledi Antikacı Sohrab. Önce havadan sudan sohbet edildi. Sohrab'a kalsa çaylar, kahveler, nargileler gelecek, onları kebaplar kovalayacak, sohbet koyulaşacaktı ki Settarhan önünü kesti; zamanı azdı, yola çıkacaktı. Hiçbir İranlı, "Zamanım az", işte bunu anlayamazdı ama Settarhan da belli ki bütün Türkler gibi tezcanlıydı. Yine de Sohrab havaların ne kadar sıcak gittiğinden İran'ın haline kadar pek çok şeye değindi, araya birkaç Hafız beyti, bir o kadar Sadi müfredi sıkıştırdı. Zamaneden şikâyete, İngiliz ve Rusların zorbazorluklarına dair tahlillere girişecekti ki Settarhan, "Sohrab Ağa, bana çok değerli bir hediye lâzım" deyiverdi.

"Değerli hediye?" Sohrap gürültülü bir sesle güldü, o güldükçe göbeği katmer katmer hopladı. Bu dükkânda olduğuna göre değer su götürmezdi. Ama kim ve ne için? Bu ikisi bilinirse ancak bu dükkândan münasip bir armağan çıkabilirdi.

Settarhan biraz düşündü. "Kim için? Bu hediye kim için? Ve ne için?"

"Azam için" diyecekti, vazgeçti. "Büyük halamın kızı için" dedi, "Taht-ı Süleyman'da, bizdedir."

Sohrap biraz düşündü, kafasını kaşıdı, sakalını sıvazladı. Sonra yerinden kalktı, arka taraftaki mukaddes bölmeye geçti. Döndüğünde elinde bir bohça vardı. Şimdi göstereceği şeyin Settarhan üzerindeki etkisini arttırmak için hiçbir açıklama yapmadı. Tezgâhtaki ufak tefeği kenara itti. Hepi topu küçümen bir masa örtüsü büyüklüğünde bir kumaş parçasını bohçadan çıkararak özenle açtı. Arkasına yaslandı, nargilesinden bir nefes çekti, kısık gözleriyle Settarhan'ı izlemeye başladı.

Kadife bir kumaştı bu, dokumada altın ve gümüş teller de kullanılmış, renklerin aydınlığı artırılmıştı böylece. Üzerine dokumacıların asırlar boyu severek kullandığı o meşhur sahnelerden biri, Mecnun'un, vahşî hayvanlarla sahradaki dostluğu işlenmişti. Zemin gerçek sahra rengindeydi ve boşluklar çiçeklerle dolmuştu. Settarhan'ın av halılarında görmeye alışık olduğu kandan, birbirlerinin sırtına pençelerini ya da dişlerini geçirmiş kaplanlardan, arslanlardan eser yoktu burada. Üstelik tatlı bir rüzgârda sallanan servi ağaçlarının altında karacalar dolaşıyor, birbiriyle kanlı bıçaklı olması gereken pek çok hayvan gül gibi geçinip gidiyordu. Aşkının etrafa yaydığı alkım ile bu dünyada genel geçer bütün kuralları tersine çeviren, parsla ceylanı dost kılan Mecnun ise bu tür minyatürlerin hemen hepsinde olduğu gibi kucağında bir geyikle oturuyordu.

Antikacı Sohrab, "İyi bak civan" dedi. "Gelmiş geçmiş kumaşların en güzellerinden biridir bu. Safevî saray tezgâhından çıkmadır. Şimdilerde böyle kumaşlar dokunmuyor artık. Kimse düğüm atmıyor, her şey kolay, her şey acele; her şey makinede hazır baskı."

Settarhan buraya kadar iyi anlamıştı. Anlamadığı, bu kumaşın ne olduğuydu.

"Pek güzel, ama bu nedir?"

"Bu" dedi Sohrap yine katmer katmer gülerek, "Şimdi artık hiçbir şeydir, çünkü bir parçası olduğu kumaş kesilmiş, bölünmüş, her biri ayrı ayrı satılmıştır. Ama şuna bir bak Meşhedi, o kadar güzel ki bir şey olması gerekmiyor bile."

Mecnunlu kumaş parçası Settarhan'a epey pahalıya mal oldu ama olsun, Azam'a da ancak böylesi yaraşırdı. Yüzünü tatlı bir sıcaklık bastı.

Yakut ve çırak onu uğurlamak için çarşının kapısına çıktıklarında Serbülend hazırlanmıştı, yedek at da yanındaydı. Kendisini bekleyen Serbülend'e baktı Settarhan. Her defasında bu güzellikten başı dönüyordu, her defasında onu sanki ilk kez görüyordu. Onlarca at binmişti Settarhan kendini bildiğinden beri, Tebriz ve Taht-ı Süleyman yolunu defalarca at sırtında geçmişti. İçlerinde, varlığıyla gururlandığı pahalı atlar gibi en olmadık zamanlarda kendisini sırtından atanlar da çıkmıştı. Gönül bağı kurdukları da, varlığıyla yokluğu arasında fark olmayanlar da olmuştu. Kiminin gözlerinden öpmüş, kiminin alnına alnını dayamış, kiminin akıtmasını okşamıştı. Ama hiçbirinin boynunda ağlamamıştı. Tebriz'in uzun kış gecelerinde onca ballandıra ballandıra anlatılan at hikâyelerini hatırladı. Serbülend'e, Rüstem'in, aslanla boğuşan atı Rahş'a güvendiği kadar güvenirdi. Ona öyle gelirdi ki Serbülend, at denen varlığın göklerdeki örneğiydi ve Settarhan'a bir hediye olarak gönderilmişti. Allah sanki Settarhan'a bir "Düldül" armağan etmişti, Zülfikar'ı da kınındaydı ama gel gör ki Settarhan savaşçı değildi. Onun yolu Azam'a doğruydu. Azam'dı hem menzili hem maksudu.

Son bir şey kalmıştı. Kuyumcu Kirkor'a uğradı. Firuze taşlı yüzüğü parmağına geçirdi. Serbülend'in boynunu okşadı.

"Haydi kızım!"

Yüzüğün firuze taşı Sehend Dağı'nın tepesindeki bulutsuz gökler gibi koyu, canlı bir renk almıştı.

Yol yorgunu Settarhan'ı annesi Hengâme, ablalarından ikisi, sayısını bilmediği kadar yeğen, ağabeyi Sehend ve Azam kapıda karşıladı. Heybetli gövdesiyle Çiçek Hala da yanlarındaydı. Mirza Han içeride bekliyordu, gelen canından aziz bildiği oğlu bile olsa o karşılamaya çıkmaz, kendisine gelinmesini beklerdi. Anasının kollarında bir an boğulacağını sandı Settarhan. Birkaç dakika kadar gözü yaşlı kadının hasret şikâyetlerini, dualarını, dövünmelerini dinledi. Kurtulduktan sonra bu kez Çiçek Hala'nın kollarında buldu kendisini. Büyüktü Çiçek Hala, Mirza Han'dan bile büyük; yaşını kimse bilmezdi. O kadar ki hiç evlenmemiş olan bu ihtişamlı kadın evin erkek meclislerinde kendisine yer edinmişti ve rüya tabirine dair küçümsenmeyecek bir şöhretin sahibiydi. Settarhan Çiçek Hala'dan sonra Sehend ağabeyinin ellerine sarıldı. Kupkuru denecek kadar zayıf, sarıya çalan esmer teni üzerinde gözleri çoktan kuytulara kaçmış, sağlıkla hastalık arasında daha çok hastalığa yakın görünen bir adamdı Sehend ve her an düşecek gibiydi. Ne tam hasta ne de tam sağlıklı olması Mirza Han'ı çileden çıkarırdı. Tam hasta olsaydı ondan ümit tümüyle kesilebilirdi, tam sağlıklı olsa beklentileri karşılaması istenebilirdi. Ama o, ikisinin arasında tekinsiz bir ürperti gibi asılı kalmış, hiçbirine tam ait olamadığı iki dünya arasında parçalanmış, dağılmıştı. Fakat bütün eksiklerinin gediklerinin diyeti gibi, dünya âleminde böyle bir erkeğin kahrını çekebilecek tek kadın kader tarafından karşısına çıkarılmıştı. İki oğulları olmuştu; büyüğü Ali Ekber, küçüğü Cafer Hüseyin ve maşallah ikisi de arslanlar gibiydi.

Sehend, dili döndüğünce Settarhan'a sorular sordu. Genizden gelen yaralı bir sesle konuşuyor, kelimeler ve harfler ağzında tökezleyip duruyordu. Dudaklarının kenarına hüzünlü fakat dünyanın bütününü kuşatacak kadar derin bir tebessüm takılmış, aynı şefkatli hüzün gözlerinde de yuvalanmıştı. Bu haliyle ne olup bittiğini görse de ne yapıp ne edemeyeceğini bilenlere özgü teslimiyetli bir acizlik içindeydi. Dünyanın esrarına erememiş olsa da bütünüyle iyilik bütünüyle güzellikti aslında. Gözlerindeki kırık mana Settarhan'ı her zamanki gibi yaraladı, içinden derin bir keder geçti. Bunca izdiham arasında Azam'a göz ucuyla bakabildiğinde ise bütün kederlerinin hafiflediğini hissetti. Sol eliyle bir fesleğen dalı koparıp Mirza Han'ın elini öpmeye içeri girdi.

Mirza Han, Settarhan'ı Tebriz'den çağıralı beri Hengâme mutfaktan çıkmamıştı. 65-70 yaşlarında, saçları kınalı, yerinden kıpırdaması bile hadise olan, iri yarı, devlet kapısı gibi bir kadındı Settarhan'ın anası. Ayaklarının, bacaklarının ağrılarından şikâyet edip dururdu sürekli. Dilinden dökülen onca nazlama ve ninniyle çocuklarını büyütmüş, çille masalları, tekerleme ve hikâyelerle onların hayal hanelerini kurmuş, atalar sözü ve lâtifeli sözlerle dünyalarını inşa etmişti. Nazlamaya niyazlamaya gerek kalmadığından bu yana ise yemek pişirmek onun için sevgi göstermenin en kestirme yoluydu. Settarhan'ın geleceğini bildiren telgraf şu evde okunalı beri Hengâme, mutfaktaki hizmetkârlara dünyayı dar etmiş, ne hüneri varsa döküp saçmış, işte o sofra şimdi halılar üzerinde Nuşirevan sofrası gibi açılmıştı. Mirza Han'ın birkaç tanıdığı, bir molla, iki ahund, İstanbul'da üniversitede okuyan uzak bir akraba da yemeğe davetliydi ve bütün gözler, ağzından haberler dökülecek olan Settarhan'a çevrilmişti.

Mirza Han, "Eee Settarhan" dedi, "Anlat bakalım ne var ne yok? Tebriz'de durumlar nasıl?"

Sofradakiler en çok da Tebriz'de Rus ve İngiliz askerlerinin ne yaptığını, yerli halka nasıl davrandıklarını merak ediyorlardı. Yollar nasıldı? Çok sık kontrol var mıydı? Sonra dünyanın ahvali niceydi? Yedi düveli içine alan savaş bitmeyecek miydi?

Settarhan Tebriz'in durumunu, Rus ve İngiliz askerlerini, savaşla ilgili tahminleri, dedikoduları, Şah'ın basiretsizliklerini, en son da Gürcü'nün çayhanesinde Meczub Haydar'ın kurduğu temsili anlattı. "Şehnameciyi bile gölgede bıraktı" diyordu.

Aralarında İran'ın ve Azerbaycan'ın durumuna dair hararetli bir sohbet uzadı gitti. Ahundlardan biri, İran'ın, yetmiş iki milletiyle birlikte

İran milletini yarattığından emindi, İran sadece Farsların değildi ona göre, İran milleti de Fars milleti demek değildi. İran, yüzyıllar içinde Kürt'ü, Türk'ü, Ermeni'si, Gürcü'sü, Arap'ı; Müslüman'ı, Hıristiyan'ı, Musevî'si, Şiî'si, Sünnî'si, Mecusî'si ile bir bütündü. O kadar bütündü ki hanedanlar gelip geçmişti Şahlık makamından. Kimi Fars, kimi Türk, kimi Kürt, kimi Arap idi bunların. Ama İran'ın kültürü hepsini kendisine benzetmiş, hepsini fethetmişti. Azerbaycan'a gelince, "Azerbaycan, cüz-i lâ-yenfakk-i İran", diye mırıldandı ahund, "Azerbaycan İran'ın ayrılmaz bir parçasıdır."

İstanbul'da okuyan üniversiteli genç, onun bu söylediklerine bıyık altından güldü. Ahund herhalde 100 yıl öncesinde yaşıyor, 2500 yıl öncesini de bugün sanıyordu. Oysa işte, kendisi gençliğinin altın devrini İstanbul'da geçiriyor, Osmanlı'nın da dünyanın da nasıl değiştiğini İstanbul gazetelerinden, meydanlardaki kalabalıklardan yerli yerinde görüyordu. Doğruydu ateşin bütün karışık unsurları birbirinden ayırdığı, her birini kendi asliyetine döndürdüğü. Varlığın biraz da zulüm görünce kendi gerçeğini idrak ettiğini İstanbul'da öğrenmiş, Bakü'de anlamıştı üniversiteli genç. Azerbaycan'ın kuzey parçası Rusya'nın olalı beri daha fazla Türk daha fazla Azerbaycanlıydı. Ama burada sular pek tembel pek durgun akıyordu. Üniversiteli genç sıkıntıyla doğruldu yerinden. Edep, siyasî mevzularda bile büyüklere itiraz etmesine maniydi bu meclislerde. Müsaade istedi, bahçelerden birinin yollarında uzaklaştı. Bir servi ağacının altına oturdu, uzak yıldızlara da kendi geleceğine baktığı kadar ümitle baktı. O sırada Settarhan geldi, yanı başına çöktü. "Bana biraz İstanbul'u anlatsana" dese de dinlemekten çok kendisi anlatıyordu.

Aklının bir köşesinde daima İstanbul duran Settarhan, babasına kalsa bilindik dünyanın yarısını görmüştü öbür yarısını görmese de olurdu. "Nısf-ı cihan Isfahan" derdi Mirza Han; "Isfahan, cihanın yarısıdır" anlamında. Settarhan'a göre ise "nısf-ı cihan" olan İstanbul'du. Gerçi ailenin ticaret haritasına kayıtlı değildi İstanbul, o kadar açılmamış o kadar uzaklara demir atmamışlardı. Ama Settarhan, gidip dönen tacirlerin anlattıklarına bir de kendi okuduklarını, gazetelerin yazdıklarını, hayal ettiklerini ekler; İstanbul'un kubbeleri, camileri, minareleri, sarayları, köşkleri, tramvayı, telefonu, telgrafı, elektriği, vapurları ile Avrupa'nın kapısında bir kraliçe gibi durduğunu bilirdi.

Ve olur ya Settarhan'ın bir gün Tebriz ya da Taht-ı Süleyman dışında yaşaması gerekse bu şehir mutlaka İstanbul olurdu. İnsan Tebriz'de yaşamayacaksa eğer İstanbul'dan başka nerede yaşayabilirdi ki? İki merkezi vardı Settarhan'a göre dünyanın; biri İstanbul diğeri Tebriz. İtiraf edemezdi kendisine ama sanki kurduğu terazide İstanbul'u koyduğu kefe daha ağır gelirdi.

Üniversiteli genç, kendisinden İstanbul'u anlatmasını isteyip daha çok kendisi İstanbul'u anlatan Settarhan'a baktı. Şu Settarhan Ağa? İyi hoş bir adamdı ama yolu hiç mi Tebriz'in Sahrâb Mahallesi'nden geçmemişti? Orada kaynayan ateşin alazı hiç mi yüzüne vurmamıştı? İşte Ruslar Tebriz'e kadar gelmişti, İngilizler cirit atıyordu İran'da. Ahund, İran milletinden bahsediyordu iyimserlikle. Settarhan ise İstanbul rüyası görüyordu.

Sonunda düşüncelerini bir tarafa bıraktı üniversiteli genç, Settarhan'a İstanbul'u tam da onun istediği gibi anlatmaya başladı. Evet, böyle bir şehir dünya yüzünde bir daha yaratılmış olamazdı ve galiba o da şimdiden İstanbul'u özlemeye başlamıştı.

Sabah çorbasından sonra atölyelerin olduğu tarafa seğirtti Settarhan, Azam'ın hediyesini bir fırsat bulup da henüz verememişti. Her zaman geçerdi atölyelere, kimse bir şey demez, kimsenin dikkatini çekmezdi bu geçiş. Fakat şimdi kalbinde bu duygu var ya, bu kez herkes onu birbirine gösteriyor zannetti. Azam oradaydı ama Settarhan, eli ayağına dolaştı, tereddüt düştü içine, kapıdan geri döndü. Öğleyin herkes uykudayken bir de havuzun başındaki tahtta rastladı ona, tabii bu rastlamaksa. Çünkü sabahtan beri Azam'ın yolunu gözlüyordu. Usulca yaklaştı, havuzun kenarına oturdu, ayaklarını uzattı, heyecanını dizginlemeye çalışarak sordu:

"Nasıl gidiyor Hüsrev'in Baharı?"

Azam güldü. "Bilmiyor musun, bitti bile. Hangi halı benim elimde bir yıl kalmış? Şimdi başka bir halıya başladım." Tezgâhının başına dönmek için yerinden kalktığında, "Dur" dedi Settarhan.

"Ben sana bir şey getirdim."

Heybesine koştu, kadife dokuma üzerinde sahradaki Mecnun'u Azam'a uzattı.

"Nedir bu?"

"Aç bakalım."

Azam kadife dokumayı açtı, şöyle bir inceledi, kıymetini az çok kestirebildi. "Settarhan" dedi, "Buna dünyanın parasını vermiş olmalısın. Bana sorsaydın başka bir şey almanı isterdim."

"Onu da başka sefere sorarım."

Akşam sofra toplanırken bir kez daha gördü Settarhan Azam'ı. Bir şey söyleyebilir, yüzüne biraz daha bakabilir, endamını seyredebilir, peşine düşebilir, havuz başında yolunu kesebilirdi belki; şayet babası, "Hele gel bakalım Settarhan, yaklaş yanıma" dememiş olsaydı.

Ellerini kavuşturdu Settarhan, Mirza Han'ın karşısındaki mindere oturdu.

"Hazırlığını yap. Yezd'e gidiyorsun. Öbür gün sabah vakti yola çıkacaksın."

Yezd mi? İran'ın öbür ucu. Çölün ortasındaki Yezd'e gitmek, hem de bu mevsimde bu sıcakta, nereden icab etmişti şimdi?

Mirza Han kokulu bir elmayı gürültüyle ısırırken tok, buyurgan, itiraz kabul etmez bir sesle anlatmaya başladı. Azam'ın halısıyla birlikte Yezd'deki şubeden aylar önce alınan siparişler çoktan tamamlanmıştı. Söz verilen zaman bugün yarın dolacaktı ve şu sıralar Tebriz'den Yezd tarafına gidecek kervan öbür sabah yola çıkacaktı. Sözüne sadık kalmamaktansa ölmeyi yeğlerdi Mirza Han.

Settarhan bunu, evet, elbette biliyordu. Ama Yezd tarafının sevkiyatına bakan Reyhan'a ne olmuştu? Yezd'e o gitmeyecek miydi?

Mirza Han uzun uzun anlattı. Evet, Reyhan gidecekti ama adamın hamile karısı dokuz ayı bekleyememiş, iki gün önce dayanılması zor sancılar arasında hastaneye kaldırılmıştı. Reyhan'ın kimi kimsesi yoktu. Olsa bile yedi yıl üzerine hamile kalan karısını kimlere bırakırdı?..

Settarhan sıkıntıyla dinledi. Bıraksa, babası herhalde Reyhan'ın bütün geçmişini ve halihazırını anlatacak, geleceği hakkındaki tahminlerini de sıralayacaktı. Saygısızlık yapamazdı, ağırbaşlılıkla dinlemeye devam etti Settarhan ama uygun bir yerde söze girdi çünkü hikâyenin sonu gelecek gibi değildi.

"Gidecek başka kimse yok mu?"

"Yok" dedi Mirza Han, kestirip atmıştı. Varsa da yoktu yani. "Yollar uğru dolu. Kimseye güvenemem. Hazırlığını tamamla. Yükleri hazırlattım. Kontrolünü yap. Öbür sabah kervana katıl."

Kervanla yola çıkmak Settarhan'a müşkil gelse de babasını tanıyordu. Üstelik Mirza Han pek de haksız sayılmazdı. Nice kervanlar en evvel, kendi yükünün başında, devesinin yularında bulunmayanların malını uğruya eşkıyaya kaptırırdı.

Mirza Han "Hem" dedi hazır ol. "Yezd'den döndükten sonra da Batum, Tiflis ve Bakü'ye gideceksin. Yıllık hesaplar çıkarılacak. Yeni siparişler alınacak."

Elmanın çöpünü sofraya bırakırken hafif bir gülümsemenin ışığı geçti yüzünden Mirza Han'ın; şu evlilik meselesini Hengâme'ye daha geçen yaz açmış, kırk yıllık karısı bu isabetli karara pek sevinmiş, sevincinden o hafta ayaklarının bacaklarının ağrısını bile unutmuştu ve geçen yazdan bu yana bu ümitle yaşamıştı. Settarhan döndükten sonra mesele ona açılacak, hale yola koyulacaktı.

Yolculuktan bir gece evvel Mirza Han, Settarhan'a son talimatlarını verdi. Yezd'deki dükkânın adresi, ortağın ismi; halıların ebadı, rengi, adedi. Bunların hepsini Yezd'deki şubeye bırakabilirdi, onlar sevk ederlerdi ama bir itibarlı müşteri vardı ki onun siparişi mutlaka kapıdan, eline teslim edilecekti. Şu, Azam'ın dokuduğu lâcivert halının sahibi.

İzin istedi Settarhan, sabah erken yola çıkacaktı. Rutubetli bir sıcak bastırırken döşeğinin avluya serilmesi için haber gönderdi. Azam'ı bir kez daha görebilseydi ama harem tarafının kapısına, pencerelerine ne kadar baktıysa da gölgesini bile göremedi.

Ömrünü ticaret ve seyahatle geçirmiş Mirza Han için bir deve kervanının kalkışı dünyanın hâlâ en önemli hadisesiydi ve İran'dan da Rusya gibi baştanbaşa tren yolları geçse bile halı taşımak için en uygun vasıta yine de kervanlardı. Zaten İran'dan da Rusların çektiği küçük hatlar dışında tren yolu geçmediğine göre Tebriz ve Yezd arasında kesintisiz bir yolculuk için en güvenilir yollar hâlâ bir kervanın güzergâhında çiziliydi.

Güneşin doğmasına az bir zaman vardı. Hava şimdilik serindi ama birazdan bastıracak sıcağın rutubetli ağırlığı ufkun arkasında tetikte bekliyordu besbelli. Mirza Han kendilerine ait olan dört deveyi bir bir kontrol etti. Devecileri azarladı, tembihledi. Settarhan'a güveniyordu güvenmesine de sanki develerin sırt örtülerini, koşumlarını, hurçların bağını, denkleri, düğümleri, hele o lâcivert halının bağını son kez kontrol etmese kervan yollarda kalacaktı. Bütün gençliği deve ya da at ve katır sırtında geçmişti Mirza Han'ın. Hani neredeyse, nereden nereye kaç adım çeker, iki menzil arası ne kadar zaman alır, hangi kayanın arkasında hangi uğru bekler, hangi kuyunun suyu kurudur, başında vakit harcamaya gelmez; adı gibi bilirdi. Bu serveti bu şöhreti kolay elde etmemişti Mirza Han. İşini hiçbir zaman şansa bırakmamış onun için de şansı her daim yaver gitmişti. Atını önce sağlam bir ağaca bağlayan ondan sonra Allah'a sığınanlardandı. Takdir Allah'ındı amenna ama o tedbirini hiçbir zaman terk etmemişti.

Devecilerin bağırışlarını, geveze öfkelerini, sağa sola buyruklar, küfürler yağdırmalarını, huysuzluk eden bir deveyi kaldırmak için önce dil dökmelerini, sonra bağırıp çağırmalarını en son da yalvarmalarını; develerin de öfkeyle homurdana homurdana sahiplerine cevap vermelerini keyifle seyretti. Develer ve insanlar birbirlerine muhtaçtılar Mirza Han'a göre, kalbi ve beyni olan hurma ağaçları gibi. Ve ki şu kervana keşke kendi de katılıp gidebilseydi. Oysa mümkün değil. Bir kervan yolculuğunu kaldıramayacak kadar yaşlanmıştı artık ama bir yanardağ da kalbinin içinde kalmıştı.

Yol vakti geldi, kervan inişli kalkışlı bir dalga sırtı gibi ayaklandı. Sürücüler develerin sırtına kuruldu. Yüklerine nezaret edecek mal sahipleri atlarının üzerinde, şimdilik develerin, katırların yanında olsalar da bir müddet sonra kervanın önüne geçecek, bir arada yol alacaklardı.

Settarhan'a baktı Mirza Han; Serbülend'in üzerinde, yedeğindeki iki atla birlikte alnını rüzgâra vermiş, başlığını hafifçe geri yatırmış, gençliğinin zirvesindeydi. İçi gururla doldu Mirza Han'ın. Bu dirençli adam, bu ateş parçası, bu yaman delikanlı onun kanından, canından, soyundan, suyundandı. "Oğulların sırrı babalarında saklı"; yani onun kendi eseri, bir zamanlar olduğu kendisiydi. Bastırdı kalbinde doğan gururu, Allah onu evlâtlarıyla imtihan edilenlerden etmesindi. Hem evlâdıyla gururlanmak da pek makbul bir şey değildi. Yine de kervan yola dizilmeden Serbülend'e yaklaştı, koşumlarından tuttu. Başını oğluna doğru kaldırdı, hayır duasını esirgemedi. Onun, dizginleri tutan sol elini, o esmer, ince, kemikli eli okşamak istedi ama kendisine yakıştıramadı. Elini Serbülend'in boynuna bıraktı, Sehend'in rüzgârda yalpalayan bedenine yaslandı.

O sırada kervancı en öne geçmiş, uzun, dokunaklı bir duayı gür ve güzel sesiyle okuyan bir ahund hatimede kâinatın alemi Muhammed Mustafa'ya, onun âl-i âbâsına, Allah'ın arslanı sahib-i Zülfikar Aliyyü'l-Murtazâ'ya, Hasenü'l-Müctebâ'ya, Huseynü'ş-şehid-i Kerbelâ'ya, Fatımatü'z-Zehra'ya, masumelere ve bütün Kerbelâ şehitlerine salâvatlar sıralamış, övgüler yağdırmıştı. Ahund mersiyelerden bir parçayı duasına eklediyse de kervanı ağlatmak zamanı değildi, bu fasılda ısrar etmedi.

Kervanbaşı yüzü hafif çiçekbozuğu, derin ve karanlık bakışları olan, kırkının hayli üzerinde ama sırtı dimdik, zayıf bir adamdı. Teslim aldığı kervanı sağ salim yerine ulaştırmada şöhret sahibiydi. Alâyişi, gösterişi sevmez, az konuşur çok eylerdi. Âdettendi, o da kısa bir konuşma yaptı. Deve sürücülerini yürüyüş hızına uymaları hususunda uyardı. Uğrayacakları menzillerde değişiklik yapmayı, çölün izin verdiği ölçüde yol değiştirmeyi severdi, menzillerini yine sakladı. O da Allah'ın; Hazret-i Muhammed Mustafa'nın; şîr-i Yezdan Hazret-i Ali'nin; Hazret-i Hasan, Hazret-i Hüseyn, masumeler ve bütün Kerbelâ şehitlerinin adlarını anarak kısa bir dua etti. "Be-nam-ı Hüdâ" derken atının dizginlerini gevşetti. Bütün atlar, katırlar, eşekler, develer önden arkaya doğru sirayet eden uğultulu bir dalgalanmayla genişleyerek harekete geçti. Kervan yola dizilmişti.

Mirza Han, Serbülend'in boynundan elini çekerken, bir şey hatırlamış gibi, "Settar" dedi. "Lâcivert halıyı teslim edeceğin müşteri Mecusî'dir. Yezd'in pek itibarlı bir kişisidir ama Mecusî'dir."

Settarhan içinden hayat taşan bembeyaz dişlerini göstererek gülümsedi. "Ama" Mecusî!

"Mecusî!" Mirza Han bunu söylemek gereğini niye hissetmişti? Az değildi ki İran'ın Zerdüştîleri. Ya da madem söyleyecekti niye son ana saklamıştı? Üzerinde durmadı Settarhan, Serbülend'in dizginlerine asıldı. Deve hızını aşarak diğer atlılarla aynı hizaya gelmesiyle onları geçmesi bir oldu. Serbülend'i şaha kaldırdı; bu, baba oğul arasındaki veda selâmıydı. Sonra geri döndü, gruba katıldı.

Güneşin doğmasına hâlâ zaman vardı ve serinde ne kadar yol alırlarsa o kadar kâr, kervanbaşının zihnindeyse harita hazırdı bütünüyle. Mirza Han, Sehend'in yanında dikilmiş, kervanbaşının kalabalık arasında bir görünüp bir yok olan siluetine bakıyordu. Yüzlerce develik bir kervanda bütün malın, yüzlerce canın emaneti onun üzerindeydi. Yükü, sorumluluğu çok ağırdı bu yüzden ama altından kalkacak gibi görünüyordu. Kervanı sağ salim yerine ulaştıracağı evvel Allah ahir Allah muhakkaktı, Allah burunlarını kanatmasındı.

III. KİTAP

SESSİZLİK KULESİ

Kendime geldiğimde Tebriz'in Kapalıçarşısında, zamanı ışığa çeviren kubbenin altında hâlâ Yasemen'in koluna tutunmuş duruyordum.

"Hocam" diyor Yasemen, yüzüme bakarak. O kadar.

Işık hevenginin altındaki halı dengine bakıyorum. Bütün bunları ben mi yaşamıştım? Bütün bunlara ben mi tanık tutulmuştum?

O sırada "Gidelim mi hocam?" diyor Şahapzade. "Yarın yolcuyuz, erken kalkmak gerek."

"Gidelim" diyorum.

Yarın Taht-ı Süleyman'a gideceğiz. Öyle mi? Ben çoktan gittim. Ama bir daha gidelim.

Zannettiğimden daha uzakmış. Tebriz ile Taht-ı Süleyman arasında sayısız dağ çıkıyoruz, bulutlara yaklaştıktan sonra sayısız dağ iniyoruz. İran'ın dağları bu mevsimde mor ve mavi. Aslında sayısız zannettiğim bunca dağ, bir tek dağın farklı tepeleri. Sehend Dağı'nın göklere çekilmiş yedi zirvesinden hangisine çıkıp hangisinden indiğimizi artık bilmiyorum. Ama tam "Bitti, düze çıktık" derken yenisi dikiliyor karşımıza. Okyanusta fındıkkabuğu misali, dağlar arasında yürüyen kırık bir arabada dünyanın oluşumuna katılıyoruz. İnce, yer yer topraklaşan eski bir yoldan geçiyoruz. Ne bir otomobil geçiyor yanımızdan ne de bir insan. Bu tenhalığı garipsiyorum. Neden sonra şoförümüz sakin sakin "Ben yolu şaşırdım" diyor, otoyola giremediğini fark ederek. Eski yoldan gidiyormuşuz, yani tacirin geçtiği yoldan. Öyleyse iyi ki yolu şaşırmışız.

Bunlar onun aştığı dağlar. Aynı buğday tarlaları, aynı rüzgâr, aynı gün batımı. Aynı koku, aynı ses, aynı sarı. Bir buğday başağı olup dalgalanıyorum. Her şeyden uzak, bir ona yakınım. Ve ki bütün o yaşadıklarımdan sonra, sadece dedemin değil, roman kahramanımın da geçtiği yollardan geçiyorum, kurguya, gerçekle kesiştiği koridorda tanık oluyorum. O yüzden kalbimin kamaşması anlatılmaz; kolay kolay kimseye nasip olmaz ki bu.

Yol boyunca ortalık gerçekten kavruluyor, şimdiden, herkes ve her şey uykuda. Oysa İran'ın henüz kuzeyinde sayılırız. Dayanıklılığının sınanacağı muhakkak olan zaif bedenime fısıldıyorum usulca: "Sakın beni yarı yolda koma!"

Mola veriyoruz. Biraz nefes, biraz su. Bir ırmak yatağının kıyısında durmuşuz güya ama ırmaktan eser yok. Dibi kum ve ırmak taşları ile dolu kupkuru bir yatak uzanıyor karşımızda. Kenarda sazlardan, hasırlardan kurulmuş damlar var. Gölgeliklerden birine çekiliyoruz.

Şoförümüz bagajdan termosta sıcak su, cam su bardakları ve poşet çay getiriyor. Ve Allah'ım, porselen şekerlik üzerinde o Şah'ın resmi var.

"Kim bu?" diye soruyorum, "Şah Abbas mı?"

"Yok" diyor, "Nasreddin Şah."

Çayımızı içtikten sonra yola revan oluyoruz.

Yine dağlar, dağlar, dağlar. Yol uzadıkça dağlar arasında kaybolacağız sanıyorum. Kıvrıla kıvrıla yükseliyoruz. Buradan bakınca, az önce geçtiğimiz uçurum kenarı da az sonra tırmanacağımız tepe gibi tehlikeli görünüyor. Şuradan mı geçmişiz? Şuraya mı gideceğiz? Uzaktan bakınca ikisi de inanılmaz. Ama içine girince her şey kolay oluyor.

Rastladığımız her durağı menzil sanıyorum. Hayallerimi al baştan yeniden kuruyor, o yere göre düzenliyorum. Ama bu değil. Bu da değil. "Taht-ı Süleyman 55" diye bir yol levhasıyla karşılaşıyoruz sonunda. Teneke, eğri büğrü, kırık dökük bir levha. Ama somut. Dünya gözü.

Sonunda varıyoruz. Taht-ı Süleyman küçük bir kasaba. Boyası dökülmüş kepenkler, küçük camekânlar arkasında semaverden naylon leğene, ispirtodan gaz lâmbasına, rengârenk çamaşır iplerinden fıstığa, karpuzdan bahçe hortumuna kadar ilgili ilgisiz pek çok şey bir arada satılıyor. Hepsinin üzerine eğiliyorum ilgiyle. Ama güneş arkamda. Hangi vitrinin resmini çekmeye kalkışsam camın üzerinde kendi gölgemi görüyorum.

O sırada Şahapzade "Önce Taht-ı Süleyman'a uğrayalım" diyor, Taht-ı Süleyman harabelerini kastederek. "Taht-ı Süleyman kasabası adını şuradaki ören yerinden alıyor. Hem de biraz kendimize gelmiş oluruz."

Uğrayalım. Bu kadar bekledim, yarım saat daha mı beklemeyeceğim?

Taht-ı Süleyman. Sasanî ve İlhanî dönemine ait katmanlarıyla karşıma çıkan beklenmedik göz aydınlığı. Henüz surların dışındayım fakat külliyenin planını gösteren panolara bakınca hayretler içinde kalıyorum. Taht-ı Süleyman dedikleri bir büyük ateşgâhmış. Üstelik ateşin yanında bir göl resmiyle karşılaşıyorum. Daha dergâhına girmeden asıl hikâyeden, kıyametin koptuğu yerden başlıyorum. Cümle kapısına el vurup eşiğine bir adım bırakıyorum.

Yüksek surların arkasında alabildiğine geniş, neredeyse şehir büyüklüğünde bir alan bu. Sasanî ateşgâhında tapınağın kalıntılarını, ebedî ateşin yandığı yer olan âteş-i cavidanî mahallini gezerken ateş tapınaklarının neden beni kendilerine böylesine tutkulu bir ilgiyle çektiklerini de seziyorum Bakü'deki ateşgâhın bana eklediği duyguyu hatırlayarak. Çocukluğu bir ateş tapınağının kalıntılarına bakarak geçen, toprak arasından mavi çini toplayan birinin izini sürüyorum ben. Tacirin çocukluğu, gençliği buralarda geçmiş olmalı. O da burada durup bu cümle kapısına, vadiyi yıkayan altın renkli ışığa bakmış mıdır? Bir taşın üzerinde oturup sigara sarmış mıdır? Bilmiyorum. Ama bir eşiği geçmek üzere olduğumu hissediyorum.

Yakıcı, kavurucu bir güneşin altında gölün kıyısındaki bir taşın üzerine oturuyorum. Gri bulutlu şemsiyem başımda. Bir insanlar resmigeçidini seyrederken düşüncelerimi suya veriyorum. Bulanık, yeşil, derin, ürkütücü bir göl suyunun üzerine düşmeyen gölgemden ürküyorum. Ben bir resmimi, suretimi bu yoldan bir nûn geldi de geçtiğine tanık olsun diye gölün yemyeşil suyuna bırakmaya kalkışırken hoparlörden yükselen yeknesak bir ses suya yaklaşanları uyarıyor. Bir anlam veremiyorum önce, bu suyun aldığını geri vermez bir su olduğunu henüz bilmiyorum. Göründüğü kadar munis değil galiba, dibi görünmüyor. Çok derin ve her derinlik gibi tehlikeli. Ama kimsenin umurunda değil ki uyarıya benden başka kulak asan olmuyor. Belki ben de kulak asmayacak, bu derinliğin cazibesine bırakacağım kendimi bir adım sonrasını hesaplamaksızın. Başım dönüyor, biri dese ki boğuluyorum. Derken hiç görmediğim, teneke hazine sandığımda mevcudiyeti olmayan bir fotoğraf bu kez sislenen suyun üzerinde beliriyor. Zaman yarılıp -di'li geçmiş zaman olurken hoparlörden yükselen ses de kalabalık da çekiliyor.

Settarhan bu. Ben ki onu Yezd'e gitmek üzere katıldığı kervanda bırakmıştım. En son, kervancıya bakarken Mirza Han'ın içinden geçen cümleleri tekrarlıyorum:

"Kervanı sağ salim yerine ulaştıracağı evvel Allah, ahir Allah muhakkaktı. Allah burunlarını kanatmasındı."

Hafiz isminin de sahibi olan Allah burunlarını kanatmadı. Menzilden menzile, kuyudan kuyuya, kervansaraydan kervansaraya en ufak bir zayiat vermeyen kervan, masmavi gök altında kurulmuş toprak sarısı, çöl şehri Yezd'e ulaştı. Ağustos'un en harlı günleri, Yezd'de hava cehennem kadar sıcaktı. Tebriz'den ayrılışlarının üzerinden tastamam bir ay beş gün geçmişti ve sadece beş yerde Rus, altı yerde de İngiliz askerleri seyahat izinlerini, taşıma belgelerini kontrol etmişti.

Geceyi bir kervansarayda geçiren Settarhan ertesi sabah Yezd'deki şubeye gitti, yükünü teslim etti. Yezd şehri gibi buradaki dükkânı da ortaklarını da ilk kez görüyordu. Düzgün bir adama benzeyen ortak, sahibine teslim edilecek halı için adresi gösterirken "Eskişehir'de bu adres" dedi, eliyle yönü işaret etti. Ama velinimetinin oğlunu, belli ki şimdiki patronunu bir yemek yedirmeden dünyada bırakmadı; yemeği çay, onu nargile takip etti. Sonunda çıraklardan birini Settarhan'ın yanına kattı, lâcivert halıyı yedek atlardan birine yükletti. Kim bilir kaçıncı kez tekrarladığı "Ben götüreyim" teklifini Settarhan son kez reddetti. Babasının "Mutlaka sen teslim et" uyarısı elan kulaklarında, şu Zerdüştî zenginin evini bulmak üzere yola revan oldu.

Eskişehir'in daracık sokaklarına daldıklarında güneş iyice yükselmişti. Kubbesi çini kaplı mescidlerin, içinde ruhun bedenle birlikte eğitildiği zorhanenin önünden geçtiler. Yollar gittikçe daraldı, çatılar, duvarlar, evler birbirine yanaştı. Kemerler ardı ardına dizilerek koyu gölgeli serin tünellere dönüştü, her şey birbirine benzedi ve çırak yolu şaşırdı. Kimi sokaklar çıkmazdı, iki kez bu sokaklara girip gerisin geri döndüler. Sonunda nispeten geniş bir sokağın başında durduklarında çocuk elini uzattı, "Buldum! İşte burası."

"İşte burası!" Ama evin önünde toplanmış kalabalığa bakılırsa ortada bir olağanüstülük vardı. Küçük kalabalıkta yüzler kederli, benizler sarıydı ve sesler fısıltıyı aşmıyordu bir türlü.

"Sen git" dedi Settarhan çırağa atları duvardaki halkaya bağlarken. Gözünü lâcivert halıdan ayırmamaya dikkat ediyordu ama sonra vazgeçti. Yezd'in, çölle baş etmeyi öğrenirken birbirine, hele emeğe saygı göstermeyi, sevmeyi, hiç olmazsa hoşgörmeyi de öğrenen kibar ve sabırlı insanlarının şöhreti asırlardır bütün İran'a yayılmıştı. Bu soylu insanları çöl törpülemiş, eğitmişti. Emin beldeydi Yezd, kapılar açık uyunsa kulpunu bir çeken olmazdı.

Settarhan önce birilerine bir şeyler sormayı düşündüyse de vazgeçti, cümle kapısına yöneldi. Evin, üzerinde kadınlar ve erkekler için iki ayrı tokmağı bulunan alçak bir kapısı vardı. Settarhan erkekler için olan kaba sesli büyük tokmağı iki kere vurdu, çok geçmeden, hizmetkâr olduğu anlaşılan bir adam tarafından içeri alındı.

İran'ın bütün varsıl evleri gibi bu evin de dışı kerpiç duvar içi cennet bahçesiydi. Öyle ki Settarhan çöl ortasında bir vahaya düştüğünü zannetti. İran geleneğine uygun olarak tanzim edilmiş dört bahçenin tam ortasındaki havuzun firuze renkli suyu güneşin altında billur gibi parlıyordu. Havuzdan çıkan dört ark boyunca servinazlar sıralanmıştı ve havuzun başında bir nar ağacı mavi bir yasemen fidanıyla baş başa, sarmaşmış, dolanmıştı. Revaklı, sütunlu, eyvanlı bir saray yavrusuydu neredeyse bu ev ve Mirza Han haklıydı demek müşterisinin itibarını uyarıp durmakta, Settarhan çok zengin bir eve geldiğini hiçbir şey görmese bile şu havuzdan ve arklardan kolayca anladı. Su bütün İran'da altın kadar değerliydi ama hiçbir şeyin yetişmediği Yezd çölünde her şeydi.

Havuz başına geldiklerinde, "Bahman Mansurî ile görüşmek için gelmiştim" dedi Settarhan hizmetkâra.

"Taht-ı Süleyman'dan geliyorum. Halı siparişi vardı, onu teslim edecektim."

Hizmetkâr sessizce çekildi. Havuz başında yalnız kalan Settarhan alçak, arkalıksız bir iskemleye oturdu. Ellerini sol dizinde bağlayarak boşluğa doğru yaslandı. Neredeyse kırk günlük yolun yorgunluğunu taşıyan sırtı hâlâ ağrılıydı. Çok geçmeden doğruldu, elini havuzun pırıl pırıl suyuna daldırdı, başlığını geri itti, alnını, saçlarını, ensesini ıslattı. Gözlerini yumdu, bıraksalar uyuyacaktı.

"Hoş geldiniz" diyen genç bir sesle açtı gözlerini, çöl rüzgârı gibi uğultulu, sıcak bir sesti bu.

Yerinden kalktı, arkasını döndü. Beyazlar giymiş dal gibi bir bedenle karşılaştı. Bahman Mansurî? Bu mu? Hayır, olamazdı. Çok gençti bir kere ve Zerdüştî'ye de hiç benzemiyordu. İyi de, kendisine kızdı Settarhan, İran'ın toprağı, bütün unsurları gibi Zerdüştîleri de yekdiğerine benzetmemiş miydi? Sadece beyazlar giymeyi severlerdi ve aynı sorulara verilecek benzer cevapları vardı farklı cümleler kursalar da. Kimi zulme uğrayarak, baskı altında tutularak da olsa dünyanın pek çok yerine yayılmışlardı ve İran'da en rahat ettikleri, en anlayışlı insanların yaşadığı yerde, Yezd'de toplanmışlardı.

"Ben Piruz Mansurî" dedi genç adam. Settarhan onun yüzüne baktı. Hemen hemen aynı yaşta, aynı boydalardı ve onun eli de Settarhan'ın eli gibi ince, kemikli ve esmerdi. Ama saçları bu çöl şehrinde alışılmadık kadar çölün renginde, gözleri göklerin mavisindendi. İki el birbirini bulurken Piruz'un gözlerinden sıcacık, tatlı, derin, güven uyandıran bir bakış geçti.

"Ben Settarhan."

Piruz, konuğunun oturmasını bekledi, kendisi de karşısına geçti. Ne istediğini, niye geldiğini sormak ayıptı, o anlatıncaya kadar beklemek âdettendi.

"Taht-ı Süleyman'dan geliyorum ben" diye başladı Settarhan. "Bahman Mansurî'ye teslim edilecek bir halı var dışarıda, kıymetli bir halı."

Sipariş kâğıdını, imzalanmış sözleşmeyi, faturayı uzattı. Teslimatı yapıp hemen geri dönmek istiyordu, aklı Taht-ı Süleyman'daki halı tezgâhının başında kalmıştı. Piruz kâğıda baktı sessizce, sonra bakışlarını ayaklarının hizasına indirdi, yüzünden buruk bir ifade geçti.

"Babam" dedi, "Halıyı o sipariş etmişti, evet. Buradaki şubenize söylemişti. Ama kendisi çok hasta. Korkarım nefesleri sayılı."

Buz gibi bir sessizlik çöktü Settarhan'ın üzerine.

"Halıyı içeri aldıralım. Siz de yorgunsunuzdur, dinlenin biraz."

Settarhan ne diyeceğini bilemedi. Âdetleri nasıldı bu insanların? Kalıp teselli etmeli miydi yoksa rahatsızlık vermemek için hemen çekip gitmeli mi?

"Ben" dedi, "Âdetlerinizi bilmiyorum. Ama çok acı olmalı. Ne söyleyebilirim?" Az kalsın "Allah rahmet eylesin" diyecekti ki dilinin ucuna gelen cümleyi geri çevirdi. "Hüdâ tez günde sağlık, afiyet versin."

Piruz'a baktı; bu nazik adamı hemen o anda bırakıp gitmenin kabalık olacağını anladı. Ölüm döşeği, ticarî ilişkinin içine insanî bir yan sokmuştu. Biraz daha kalmanın herhalde iyi olacağına karar vermişti ki o sırada kapı tarafında bir kalabalık, bir hareketlilik hissedildi.

"Mûbedler geldi" dedi Piruz. Mûbedler, Zerdüştî rahipleriydi. "İzinizle." Sonra bir an Settarhan'a baktı. "Siz de benimle gelin lütfen, burada yalnız kalmayın."

"İyi ama nasıl olur? Yani ben Müslüman'ım" anlamında baktı Piruz'a Settarhan.

Piruz da bakışlarının diliyle cevap verdi:

"Korkma, benim misafirimsin."

Settarhan yerinden doğruldu ve o andan itibaren kendisini hiç bilmediği bir âdetler silsilesinin içinde buldu. Gözlerinin hiç görmediği şeyleri göreceğinden haberi bile yoktu.

Piruz! Hayatına ne diye girmişti sanki? Settarhan'ın sonraları bunu düşünecek çok vakti olacaktı. Keşke o an halıyı bırakıp çekip gitseydi. Ama kader diye bir şey vardı ve şu lâcivert halıyı ören el gibi belli ki düğüm üstüne düğüm atıyordu.

İçeri geçtiklerinde Settarhan, Bahman Mansurî'yi gördü. Bir deri bir kemik kalmış, daha şimdiden canlıdan çok ölüye benzeyen upuzun bir beden uzanmıştı sedirin üzerinde. Soluk alıp vermesi iyice hafiflemiş, rengi sararmış, çenesi ve burnu uzamıştı ve yarı aralık gözlerinde ürpertici bir parıltı takılı kalmıştı. Rahipler Bahman Mansurî'nin etrafını sardılar. Can vermekte olan adama yol göstermenin zamanı gelmişti, çünkü şu andan itibaren yarısı diri olsa da o, ölülerdendi.

Settarhan bu defa gerçekten gitmeye davrandı, Piruz'un kulağına eğilerek "Müsaadenizle, artık ben gideyim" diye fısıldadı.

"Gitmeyin."

Settarhan buna ne diyebilirdi?

Bahman Mansurî'ye yakın bir yere, yatağın etrafını sarmış olanların arasına oturdular. Şu, çökmüş yaşlı kadın herhalde onun karısı olmalıydı, şunlar da kızları, oğulları, kardeşleri, yeğenleri, torunları. O sırada Settarhan'ın sözlerini anlayamadığı uzun bir dua okunmaya başladı. Bu ses de anlayamadığı bu sözler de Settarhan'a ancak ölmüş de geri dönmüşlerin bilebileceği bir ezgiyle okunuyormuş gibi geldi.

"Günahlarından pişman olduğunu söylemesi için" diye fısıldadı Piruz kulağına eğilerek.

Dualar bitmişti fakat ölmekte olan, insana can çekişirken bile hayaller gösteren birkaç damla kutsal hûm suyunu yutamadığı gibi ne tövbe duasına katılabilmiş, ne de bunu yalnız başına söyleyebilmişti. Rahip bunu hiç hayra yormadı. Kendisine verilen ücretten de hiç memnun olmamıştı ki kapıya yöneldiyse de çıkmasına fırsat kalmadan geri döndü. Bahman Mansurî ölmüştü.

Settarhan o an Piruz'un yüzüne baktı. Bu sararmış çehrede ruhun çok derin, çok bilinmez bir yerinden kopan yaşların sakince süzüldüğünü fark ettiğinde ise elini gayriihtiyarî Piruz'un sağ omuzuna bıraktı. Bu beden güçlü bir zelzeleyle sarsılmıştı fakat herkes gibi onda da derin bir keder fakat bir o kadar sükûnet hâkimdi. En ufak bir taşkınlık, abartılı bir çığlık yoktu ortada, hıçkırıklar tutulmuştu. Sadece kederli iç çekişleri duyuluyor, bastırılmış bütün duyguların, çığlıkların yerini tutan gözyaşları yanaklardan süzülüp duruyordu. Birinin diğerine bir şey söylemek ihtiyacını hissettiği anda bile dudakların açıldığını kimseler görmedi. Bu insanlar hal diliyle, bakışlarla konuşmayı öğrenmişlerdi.

Ölü alındı, yıkandı. Önceden hazırlanmış bembeyaz keten giysiler üzerine geçirildi. Yere yayılmış bembeyaz bir çarşafın üzerine uzatıldı ve kutsal Zerdüştî bağı olan "kostî" beline bağlandı. Bir vazonun içindeki ateşte yakılan sandal ve öd ağaçlarının derin ve ağır kokusu kıvrıla kıvrıla bütün evi dolaşırken rahiplerden biri uzun bir *Avesta* metnini kitabın yüzünden okumaya başladı. Settarhan ateş kadehindeki aleve bakarken Piruz'un kulağına eğildi, ölüyü işaret etti:

"Ne kadar daha kalacak burada?"

"Birazdan götürecekler. Asla geceye bırakılmaz."

Bu insanlara göre ruh bedenden ayrılınca geri kalan ceset artık kirli bir şeydi ve bir an evvel götürülmesi gerekti.

"Nereye götürülecek?"

"Dahma'ya."

O zaman Settarhan Zerdüştîlerin, ölülerini açık havada yırtıcı kuşlara bıraktıklarına dair Müslümanlar arasında dönüp duran tevatürü hatırladı. Kervanla Yezd'e girerken yolun biraz gerisinde karşılıklı iki küçük tepe üzerinde yükselen silindir biçimindeki kuleleri ve onlara tırmanan kıvrımlı yolları görmüştü. Batılı seyyahlar "Sessizlik Kulesi" derlerdi Dahma'ya ve bu isim halk arasında da kullanılırdı. Demek birazdan, yaşayanları bile neredeyse eritecek bu sıcağın altında o yollar tırmanılacaktı, hem de ölü bir bedeni taşıyarak. Henüz öğle olmamasına rağmen cehennemî bir sıcak şimdiden bastırmıştı.

Aralıksız duaların eşliğinde hazırlıklar sürerken Piruz elinde genişçe, bembeyaz bir mendille Settarhan'a doğru yaklaştı. Mendilin bir ucunu sağ eliyle kendi sol bileğine bağlarken Settarhan'a "Uzatın bileğinizi" dedi, "Yok, onu değil, sağ bileğinizi."

"Nedir bu?"

"Payvand."

Kuleye tırmanmak için bu zorlu yola düşenlerin her biri bir payvand ile diğerine bağlanacaktı. Bir kişinin cenaze alayına tek başına katılması asla mümkün olmaz, bu kalabalıkta hiç kimse tek başına yürüyemezdi. Çifter çifter yürünecekti.

"Neden?" diye sordu Settarhan.

"Tam olarak bilinmez" dedi Piruz, "Ama simgesel değeri yüksek bir gelenektir. Duygudaşlık, ortaklık doğurmak, insana yalnız başına eksik olduğunu hatırlatmak içindir belki. Bu zorlu yolda tek başına olan sadece cesettir. Yaşayanlar çifter çifterdir. Bakın meselâ, sizin sağ elinizin yerine benim sol elim, benim sol elimin yerine sizin sağ eliniz. Ve ki evimizin en uzak misafiri olarak sizin benimle payvand bağlamanız uygundur. Bu bizde misafire verilen değeri gösterir."

"Ama benim Müslüman olduğumu biliyorlar mı?" diye sormak aklına gelmeden Settarhan da elini uzattı. Kavurucu sıcakta, ipek mendilin serin, ürpertili bir dokunuşla sağ bileğini sıkıca kavrayarak kendisininki kadar esmer bir başka bileğe bağladığını hissetti. Bu bağla, elinin üzerinden Piruz'un elinin ayasının sıcaklığı geçti sanki, Settarhan kendi damarlarında akan bir başka kanın sıcaklığını hissetmişti. Dikkatle baktı Piruz'un yüzüne. Bu yüz Persepolis'in ya da Nakş-ı Rüstem'in duvar kabartmalarındaki ebedî bekçiler gibi göz alıcı ve görkemliydi.

Güneş henüz tepeyi bulmadan bütünüyle beyaz giysiler içinde iki ölü taşıyıcı cesedi dirilerin arasından bir an evvel almak için acele edercesine girdiler kapıdan içeri. Yüklenmeye alışık oldukları şeyin ağırlığından olsa gerek iri yarı, güçlü kuvvetli adamlardı ve onlar da bir payvand ile birbirlerine bağlanmışlardı. Kalabalığın arasından uğultulu bir dalgalanma geçti. Ölü varlığından irkilen ama yaşama dair hatıraları unutulmaz olan bedenin aralarından ebedîyen ayrılma zamanı gelmişti demek. Rahip sesini biraz yükseltti, ayrılığın bu en güç anında kalabalığın bir taşkınlık yapmasını önlemek de onun göreviydi.

Ölü taşıyıcılar dört alçak bacağı ve dört tutamağı olan demir bir yatağı cansız bedenin yanına bırakırken, "Gehân" dedi Piruz, "Demir ölü yatağı."

Settarhan bu eski yatağa, yatağın ızgaralarına baktı dalgın dalgın, kim bilir üzerinde kaç ceset taşınmış ve fazla kullanılmaktan böyle eskimiş, eğrilmiş, paslanmıştı.

Öne düşmüş iki rahibin yürüttüğü kafile korkunç ısının ve alevli güneşin altında ikişerli sıralar halinde Sessizlik Kulesi'nin dar ve dik patikasını tırmanmaya başladı. Piruz'la birlikte en az otuz adım geriden demir yatağı takip eden Settarhan, bir dönemeçten aşağı doğru bakınca cenaze alayının uzanan kuyruğunun ateş püsküren kayaların arasından kıvrıla kıvrıla yol aldığını gördü. Tekrar önüne baktı, tutamaklardan kavramış olan taşıyıcılar, bana mısın demeden ağır ağır tırmanıyor, demir karyoladaki ölü beden emin ellerde yol alıyordu. Başı, boyun hizasından hilâl biçiminde demir bir yastığa dayanmıştı ve sarp yollarda kaymaması için kuşaklarla bağlanmıştı. Başını iyice kaldırdı Settarhan, tepenin üzerinde, kerpiçten inşa edilmiş silindir biçimli Sessizlik Kulesi'nin ikinci bir tepe gibi yükseldiğini gördü. Masmavi gökyüzü boştu ama kulenin kenarları çepeçevre akbabalarla, leş kargalarıyla ve Settarhan'ın adını bile bilmediği daha bir sürü kuşla doluydu. Çığlıkları kulağına kadar gelirken Settarhan'ın içinden bir bulantı geçti, ne kadar çok ve ne kadar karalardı.

Uzun bir tırmanıştan sonra kulenin yüksek duvarları önüne vardıklarında demir yatak yere bırakıldı, her zaman rahipte duran paslı bir anahtar sabırsızlıkla bekleşen akbabaların kanat sesleri ve kesik çığlıkları arasında kilidin içinde ağır ağır döndü, kulenin her zaman kapalı duran ağır demir kapısı açıldı. Bu kapı ölüm sonrasıyla yaşam tarafını birbirinden ayırıyordu. Ölümden sonrasına ait olan kısma hiç kimsenin girmesine müsaade edilmezdi ama herkes içeriyi görmek, orada neler olup bittiğini bilmek isterdi. Bütün başlar o tarafa doğru uzansa da kapı hemencecik kapandı. Ceset, demir yatağında demir kapıdan içeri, duvarların arkasına alınmıştı.

"İçeri kimse girmeyecek mi?" diye sordu Settarhan.

"Hiç kimse giremez o kapıdan. Yaşayanlar arasında böyle birisi yoktur. Orada neler olup bittiğini dünya gözüyle kimse göremez."

"Görürse ne olur?"

Cevap yoktu. Çünkü hiç kimse buna kalkışmazdı.

Taşıyıcılar ve rahip kapının dışına çıktıklarında rahip, beklemekte olan kalabalığa döndü, son bir dua okudu:

Ey kutsal ruh! Saygı sana.
Şimdi burada bıraktığımız ölünün ruhunun kutsal ruhun bir parçası olduğunu farkındayız.

Tören bitmişti.

Arkalarında akbabaların çığlıkları, aralarında hâlâ payvand bağı, Sessizlik Kulesi'nin patikasından inerken Settarhan'ın da Piruz'un da aklı demir kapının arkasında kalmıştı.

Eve döndüklerinde güneş hâlâ tepedeydi. Demir yatağın pas lekeleri, yüksek kerpiç duvarlar, gıcırtılarla aralanan ve hemen ardından kapanan kapı, akbabaların geniş siyah kanatları hâlâ Settarhan'ın gözünün önündeydi.

Piruz'a döndü ve bu eve geldiğinden bu yana üçüncü defa "Artık ben gideyim" dedi., "Çok yorgunum."

Piruz onun yüzüne baktı, "Gitme Settarhan" dedi. "Ben de çok yorgunum."

Sarı saçları ıslaktı ve kirpiklerinin üzerinde su kokusu vardı.

Akşama doğru iki rahip teşrif etti. Bedeni çoktan yok olan ölünün ruhunun yok olmaması şimdi bir parça onların elinde ama daha fazla ölünün kendi geçmişindeydi. Herkes ateş vazosunu aralarına almış dualar okuyan rahiplerin ağzından çıkanlara kulak kesilmişti.

"Ne diyorlar?"

"Ölünün ruhuna hitap ediyor, ona yol gösteriyorlar."

Settarhan merak etmişti. "Onu yani ölüyü duyuyorlar mı?"

"Hayır, onu duymuyorlar. Ama ölü onları duyuyor." Piruz biraz durdu, ekledi. "Yani umarım duyuyordur. Biz ölünün ruhunun üç gün üç gece bu dünyada kaldığına inanırız. Bu üç gün içinde geçmişteki düşünceleri, kelimeleri ve işleri kendisine birer resim olarak gösterilir. Eğer iyi düşüncelerin, iyi kelimelerin, iyi işlerin sahibiyse kendisine güzel resimler gösterilir. Yok, eğer öyle değilse o zaman kötü resimler görür ki bu onu pek fena bir geleceğin beklediğinin işaretidir. Tabii eğer buna gelecek denebilirse."

"Düşünceler, kelimeler ve işler" diye tekrarladı Settarhan.

"Evet, iyi düşünceler, iyi kelimeler, iyi işler bizim için yeterlidir."

Settarhan fısıltıyla "Bizde de insan kelimelerinden ve işlerinden sorumludur. Ama eyleme geçirmediği müddetçe zihninden geçenlerden sorumlu değildir" dedi. Sonra sordu:

"Peki, bu üç günün sonunda ölünün ruhuna ne olacak?"

"Yargılanacak" dedi Piruz, "Hayatı boyunca yaptıkları tartılacak. Eğer iyilikleri fazla çıkarsa her iki yanında meleklerin beklediği Çinvad köprüsünden kolayca geçerek cennete gidecek. Ama eğer kötülükleri fazla çıkarsa o köprü kıl kadar daralacak ve ruhu bu kez cehenneme düşecek."

Settarhan ikinci kez "Bizdeki gibi" dedi.

Piruz gülümsedi. "Neden şaşırıyorsun Settarhan? Kimine İsa olarak görünür kimine Musa olarak, kimine Muhammed kimine Zerdüşt olarak."

Settarhan ciddileşmişti. "Kimine değil" dedi, "Tümüne Muhammed Mustafa olarak görünür." "Sallallahu aleyhi vessellem"i derin bir saygıyla ekledi, "Sonsöz mührüdür o."

Piruz gülümsedi, "Tamam, tümüne." Ve devam etti:

"Tanrı bütün âlemlerin Tanrısıdır ve bütün gerçek dinler aynı bir Allah'ındır. Gerektiği kadar geriye gidebilirsen bütün ırmakların aynı kaynaktan çıktığını, ortak bir mazide her şeyin aynı ortak başlangıca bağlandığını görebilirsin. Ama bunu yani bütün ırmakların aynı kaynaktan çıktığını görebilmek için bir hayli yükselmek gerekir."

"Sen bunu görebiliyor musun peki?"

"Her zaman değil ama zaman zaman."

O zaman Settarhan, "Madem bunu görebiliyorsun" dedi yumuşacık bir sesle, "Bütün ırmakların sonunda aynı denize döküldüğünü de görmelisin. Güneş doğunca ateşin hükmü kalır mı? Onun ışığı bütün ateşlerin hükmünü iptal etmez mi?"

Piruz bir daha gülümsedi.

Geniş ve kalabalık sofralarda kutsal ekmek ve yemekler yenmiş, rahipler gitmiş, misafirler dağılmış, yorgun ev halkı yataklarına çekilmiş, ölü için yakılan hariç bütün lâmbaların fitili indirilmişti. Hizmetkârların dışında uyanık olarak sadece Settarhan ve Piruz kalmıştı. Havuzun başına çıktılar. Koyu çöl gecesinde birer ipin ucunda dünyaya sarkıtılmış milyonlarca yıldızın altında Settarhan kesif bir koku salan yasemen fidanının altındaki minderin üzerine bağdaş kurdu. Piruz'sa sırtını güneşin hararetini emmiş havuz duvarına yaslamış, ayaklarını uzatmıştı. Başını mermer kenarlığa dayayarak bir müddet göklere baktı, çok geçmeden gözleri kapandı. Settarhan, onun yüzüne merakla bakarken derin soluklarını dinledi. Baktığı ve dokunduğu her şeyin özel bir anlamı vardı Piruz için, evrenin kitabını semboller üzerinden okuyor, bir nar dalını okşarken servi ağacını da kucaklıyordu. Gülümsedi şefkatle Settarhan. Bugün her insanın hayatta ancak bir kez yaşayabileceği bir acının zelzelesi koparken şu adamın yanında olmuş, elini şu geniş omuza bırakmış, sonra da bir payvandla birbirlerine bağlanmışlardı. Başını yasemen fidanının gövdesine dayadı, Settarhan da gözlerini kapadı.

Fazla zaman geçmedi. Bir ölüm gecesinde çöl göklerinin yıldızları altındaki bu kısacık dalıp gitmeyle ikisi de kendilerine gelmiş, tazelenmişlerdi. Hizmetkârlardan biri o sırada önlerine Yezd'in ünlü tatlıları ve yemişleriyle dolu bir tepsi ve semaver getirdiğinde aralarında ölene, ölüme, öldükten sonrasına ve hayata dair bir sohbet başladı. Daha çok Settarhan soruyor, Piruz anlatıyordu.

Piruz konuştukça Settarhan onun anlattıklarına hiç de yabancı olmadığını fark etti, hele de bütün hikâyeyi özetleyen cümleyle karşılaşınca: "Yeryüzünde her şey iyi ile kötü arasındaki mücadeleden ibarettir. İnsana düşen bu ikisi arasında kendi safını seçmektir."

Settarhan aklına nicedir takılan soruyu esirgemedi. "Peki" dedi "Nasıl oluyor da ateşe tapıyorsunuz? Yani gerçeklerin bu kadar farkındayken?"

Piruz'un yüzünden bir incinmişlik ifadesi geçmedi ama "Bunu sormanı bekliyordum" dedi bembeyaz gömleğinin göğsünde esmer elini gezdirirken. "Soracağını bekliyor ama yine de sormamanı -sormayacağını değil- umut ediyordum." Durdu. Yutkundu.

"Biz ateşe tapmayız Settarhan" dedi. Sen bakma bize yapıştırılan bu yaftaya. Öyle zannedilir. Öyle gösterilir özellikle. Hem sen Kur'ân'ı iyi okumuş olsaydın Hacc Suresi'nin 17. ayetinde adımızın müşriklerden ayrı tutulduğunu fark ederdin. Kitabımız vardır, ehl-i kitabız biz."

"..."

"Zaman içinde bozuk fırkalar, farklı uygulamalar ortaya çıkmış olsa da Zerdüşt'ün temel öğretisinde Tek Tanrı'ya inanılır. Ben o temel öğretiye inanırım, *Avesta*'da da Zerdüşt'ün bizatihi kendi sözleri olan *Gatalar*'dan gayrine aldırmam. Ahuramazda tek Tanrıdır ve ateş, bize onun kudretini ve temiz isimlerini hatırlatır sadece. Ateş saflığın, katışıksız temizliğin, kirlenme ihtimali olmamanın simgesidir. Ona sadece saygı duyarız." Biraz düşündü. "Hıristiyanların haçı gibi. Meselâ."

Settarhan, "Bizim haçımız yoktur" diye mırıldandı, derin bir sessizlikten sonra içinde asıl duranı saklamadı.

"Neden böyle yapıyorsunuz? Neden siz de ölülerinizi toprağa gömmüyorsunuz?"

"Doğayı kirletmemek için" dedi Piruz. "Biz havanın, suyun, toprağın ve ateşin saflığına inanırız. Bu dört unsur temiz olduğuna göre doğa temizdir. Oysa çürüyen bir insanın bedeni tabiatı kirletir. Onun için ölülerimizi toprağa gömmeyiz biz, ateşte yakmayız, suya atmayız, açıkta kendi haline bırakmayız."

Settarhan ölü bedenin gündüz evden ne kadar çabuk çıkarıldığını, eşyalarının göz açıp kapayıncaya kadar yok edildiğini hatırladı.

"Bizde" dedi, "Ölmüş bile olsa sevdiklerimizin bedeni azizdir. İnsanın topraktan yaratıldığına, bu yüzden de toprağa karışması gerektiğine inandığımız için de onu toprağa gönül huzuruyla veririz."

"Biliyorum" dedi Piruz, "Ama fark eden bir şey yok aslında. Her iki durumda da geriye bir iskelet kalıyor."

Settarhan'ın gözünün önüne bugün kulenin silindiri etrafına tünemiş kocaman kara kuşlar, onların kesik çığlıkları geldi. İrkildi. Baygın yasemen kokusunu içine çekerken bir Zerdüştî evinde kendisini Müslümanlığından ilk kez bu kadar memnun hissetti. Toprağa karışacak olmaktan memnun, ümmet-i Muhammedî olmaktan memnun, şu içine dolan mavi yasemenin kokusundan memnun, Taht-ı Süleyman'da bıraktığı hatıradan memnun, akbabalara yem olmayacak olmaktan çok memnun.

Tam o sırada Piruz bir sır verir gibi eğildi kulağına.

"Settarhan" dedi, "Hem biliyor musun, ben, öldükten sonraya gücüm yetseydi, bir dahmanın çukuruna atılmayı, akbabalara yem olmayı reddederdim. Bana kalsa cesedimin toprağa karışmasını tercih ederdim ya, bana kalmayacak elbette."

Aralarındaki payvanda bir düğüm daha atılmıştı.

O gece orada Piruz kalbinin örtülerini bir bir kaldırırken Settarhan aralarındaki şeyin iki kişi arasında ancak ilk anda, ilk karşılaşmada kurulan, aksi takdirde hiç kurulamayan o sıcak bağ, o tebessümlü hatırlama, o ezelî tanışıklık duygusu, o kavî köprü olduğunu anladı. Ve şu yıldızlar şahit, hiç kimseye karşı böyle güçlü bir yakınlık dahası sınırsız bir güven duymamıştı. Güvenin sebebini hiç düşünmedi ki, kendini gözü kapalı Piruz'a emanet edebilir, Piruz nereye derse oraya gidebilirdi.

Onun yüzüne baktı muhabbetle. Settarhan ne kadar esmerse Piruz da o kadar esmer, Settarhan'ın gözleri ne kadar elâysa Piruz'unkiler o kadar maviydi.

Çöl ile gök gibi buldular birbirlerini.

Aralarında bir yağmur eksikti.

Yıldızlar ufka yanaşırken "Biliyor musun Piruz?" dedi Settarhan, "Taht-ı Süleyman'da da bir ateşgâh var. Çok eski ama çok ihtişamlı."

"Bilmez miyim?" dedi Piruz. "Sasanîlerden kalmadır."

"Nereden biliyorsun?"

"Settarhan, ben Tebriz'de okudum, üniversiteyi orada bitirdim. Taht-ı Süleyman'daki ateşgâhtan bahsedilirdi bizim arkadaşlar arasında. Hatta bir ara gitmeye de kalkıştık ama olmadı."

Semadan yakıldığına inanıldığı için asla söndürülemez olduğuna da inanılan Zerdüştî ateşinin asırlarca parladığı en önemli merkezlerden biriydi Taht-ı Süleyman. Settarhan, yanı başında doğup büyüdüğü, çocukluğunu yıkıntılarının ya da ayakta kalmış duvarlarının arasında geçirdiği bu ateşgâha dair Piruz'la söyleşirken Taht-ı Süleyman'da ev sahibi mi misafir mi olduğunu düşündü ilk kez.

"Hakkında bu kadar çok şey biliyorsun ama hiç görmedin, öyle mi?"

"Öyle, hiç görmedim. Ama görmeyi çok isterim."

"Gelsene" dedi Settarhan, "Bize gel, misafirimiz ol, sana Taht-ı Süleyman'ı gezdiririm."

"Gelirim" dedi Piruz.

"Ne zaman?"

"Sonbaharda diplomamı almak için Tebriz'e geleceğim. Sana telgraf çekerim."

O sırada evin kapısında bir gölge belirdi, Piruz'un annesi. İkisi de yerlerinden doğruldular saygıyla. Kadının elinde iki hırka vardı. Çölün gece soğuğu birazdan bastıracaktı ve bu soğuk Ağustos ayında bile hiçbir şeye benzemezdi.

Sabahleyin, kenara diklenmiş halıyı gösterdi Piruz.

"Anne, şu halıyı serelim mi?"

"Serelim. Hem de senin odana serelim."

Taht-ı Süleyman'ın lâcivert gecesi, pembe gülleri, Azam'ın mavi mineleri, beyaz inci çiçekleri, kandilleri, madalyonları, münhanileri Piruz'un odasının ortasına serpildi. Kederli kadın büyük acısının ortasında bile nezaketliydi.

"Ne kadar güzel" dedi Settarhan'a, "Yezd'e kadar yayılan şöhretiniz yersiz değilmiş."

Gözyaşlarını tutarak şimdiden sökün etmiş konuklarının yanına gitti.

Piruz'sa çıplak ayaklarıyla iki adım attı halının üzerinde, diz çöktü, ellerini dizlerinin üzerine bıraktı. Settarhan da aynını yaptı. Aynı halının üzerinde karşılıklı oturuyorlardı şimdi. Yüzleri birbirine dönük, elleri dizlerinin üzerinde, güneş ışığıyla yıkanan odada, tertemiz, taptaze.

Piruz gül dallarını, inci çiçeklerini okşadı, ayaklarının altına serilen bahçeye bakarak "Settarhan" dedi, "Sen bana bu kederli günümde Taht-ı Süleyman'ın baharını halı vasfında getirdin. Ben daha önce böyle güzel renkler görmedim."

Tek çiçek yetişmeyen kendi çölünü, o bitip tükenmek bilmeyen sisli koyu sarıyı düşündü. "Sizin çiçekleriniz, bahçeleriniz, ağaçlarınız çok güzel olmalı. Yoksa bu renkler böyle güzel olmaz, onları dokuyan da böyle güzel bir bahçe hayal edemezdi."

Elinin sırtını halının yönünce gezdirmeye devam etti. "Hem bu kadar ince ve bu kadar çok düğüm; onları dokuyan kör olmaz mı?"

Settarhan, Azam'ın gözlerini, o hayat bağışlayan tekinsiz iki kuyuyu düşündü. Pembe güllere dokundu. Kötürüm bir imayı aşıp da kelimeye dökülmemiş aşkın baharı ve bahçesi onun içindeydi haddizatında. Şu Piruz, asıl hayal sularının kendi içinde aktığını bir bilseydi. Böyle bir keder evinde bile nedensiz gülümsemek istedi Settarhan. Aşk olunca en çok da ölüm hükmünü kaybediyor ve insan kendisini ölümsüz zannediyordu. Bu ölümsüzlük vehminin verdiği geniş cesaretle, gözleri bir noktaya dikilmiş:

"Kör değiller ama insanı kör edebilirler" dedi.

Sonra söylediğinden pişman oldu. Tebessümünün geri kalanını içinde bıraktı. Aşk bir yandan anlatmak ihtiyacındaydı ama diğer yandan kıskançtı. Üstelik sirayet etmesi kaçınılmazdı.

Ertesi sabah Tebriz'e kalkan bir kervana katıldı Settarhan. Tebriz'de iki gece kaldıktan sonra kendisini kör edebilecek o gözlere doğru Serbülend'in sırtında, yaşama koşar gibi koşacaktı.

"Sen de gel" diye tekrarladı ayrılık anında Settarhan, "Gecikme."

"Geleceğim."

Kendime geldiğimde Taht-ı Süleyman'da, gölün kıyısındaki taşta oturuyordum hâlâ. Bulutlu şemsiyemi sıkı sıkı tutuyor, yeşil sulara bakıyordum. Su hafifçe dalgalanıyordu ve hoparlörden yükselen o yeknesak ses kaldığı heceden, suya yaklaşılmamasını uyarıyordu.

Şahapzade'nin sesiyle başımı kaldırıyorum.

"Hocam gidelim" diyor.

Gidiyoruz.

Yolun sonu.

Bulabilecek miyiz?

Bulduk. Her şey oldu ve bitti. Elimle koymuş gibi buldum onları. Menzilimi kapılarının önüne kurmuşum. Arabayı tam evlerinin önünde durdurmuş, onları onlara sormuşuz kısacası. Kendime gelmem bir günümü aldı. Yanıma bir gecenin bol rüyalı uykusunu katmam gerekti bunu anlatmam için. Ertesi gece, Tebriz'de oteldeyim şimdi.

Taht-ı Süleyman ateşgâhından ayrılırken Trabzon'dan beri taşıdığım cümle büyüyordu beynimde: "Ya evin yerinde bir alışveriş merkezi veya otopark yapılmışsa ya onları bulamazsam!"

Şahapzade "Endişelenmeyin hocam" dedi, "İran'ın bu taraflarında zaman yavaş geçer."

Ateşgâhtan henüz uzaklaşmıştık ki üç ağacın nöbet tutar gibi beklediği bir dönemeçten sonra yolun üst tarafında bahçe içinde mütevazı bir kasaba evi göründü. Selman Bey eliyle işaret ederek "Burası" dedi, "Adres burayı gösteriyor." Bana döndü, "Ben çalayım mı kapıyı?"

"Yok" dedim. "Ben çalarım." Otomobilden indim. Hepsi; Yasemen, Şahapzade, Selman Bey ve karısı, onlar da inmiş, bana bakıyorlardı.

Bahçe kapısı açıktı, içeri girdim. Soğukkanlılığım beni terk etti edecek, başörtüm kaydı kayacak, ter sırtımdan akarken "Allah'ım" dedim, yanaklarım alev alev. Kapının tokmağına dokundum. Az sonra otuz yaşlarında, boylu boslu, endamlı, güler yüzlü bir kadın göründü.

Elimdeki mektubun adres kısmını gösterdim. "Ben bu adresi, bu insanları arıyorum" dedim Türkçe. Selman Bey o sırada yanımıza yaklaşmıştı, bütün hikâyeyi bir de o Farsça özetledi. Genç kadın zarfı aldı, evirdi çevirdi, eksik parçayı yerine koyar gibi evin içine doğru seslendi:

"Efendi gel, misafirlerimiz var."

Hemen ardından kollarını boynuma doladı, sımsıkı kucakladı. Bu anı ömrüm oldukça unutmayacağım. Rüya gibi. Ama gerçekleşmişti.

İçeri girdik. Minderlerin üzerine oturduk. İlk şaşkınlıktan sonra bir parça sakinleşebildiğimizde "Senin ismin ne?" dedim. "Sen kimsin?" Ara sıra Şahapzade'nin, Selman Bey'in ya da karısının Türkçeden Türkçeye aktarma yapması gerekiyordu.

"Nizam'ım ben" dedi. Sonra gülücükler içinde ellerimi avuçlarına alarak şenlikli şenlikli anlatmaya başladı.

"Ben bu ailenin geliniyim ama amcaoğlumla evlendim. Yani aynı aileyiz." Kocasına baktı, "Mevlûd." Devam etti: "Her şeylerini bilirim."

Mevlûd'un yaşı kırk yoktu. Bunlar üçüncü kuşak yani. Bir yığın soru başımı döndürmeye başlamışken önce babalarını, dedelerini sordum. Dedelerden hayatta kimse kalmamıştı, eskiler göçüp gitmişti külliyen. Buna hazırlıklıydım doğal olarak. Peki, ikinci kuşaktan kimse hayatta mıydı, annemin, teyzemin kuşağı?

Öğrenmek istediklerim hepi topu iki satır başıydı aslında, "yani"lere muhtaç iki güçlü merak.

Bir; hep bu evde mi oturmuşlardı? Yok, öyle değil. Yani Settarhan'ın gençliği bu evde mi geçmişti? Yani son olarak çıktığı kapı bu kapı mıydı?

İki; neden Settarhan Taht-ı Süleyman'ı da, Tebriz'i de, İran'ı da, Azerbaycan'ı da yani anavatanını terk ederek Türkiye'ye yerleşmişti?

Nizam çay bardaklarını tepsiye dizerken ilk soruma "Evet" dedi, "Baba evi burası." Mutfağa yanına gitmiştim, Zöhre Hanım da yanımızdaydı.

"Evet, baba evi burası." Ama nasıl olur? Hayır, benim Settarhan'la geldiğim ev bu değildi ki. "Bu ev o ev değil" diyecektim kendimi tutmasam. Tam o sırada Nizam "Ama" diye başladı. "Ama eski ev depremde tümüyle yıkılmış. O büyük bir evmiş. Sonra kardeşler, torunlar araziyi ayırmış, üzerinde kendi evlerini yapmışlar." Anladım.

"Çok da güzelmiş o ev, öyle anlatırdı eskiler. Keşke görseydim" dedi Nizam.

"Keşke görseydin" diye tekrarladım ben de, "Çok güzeldi." Nizam fark etmedi bile.

Yakında olan birkaç akrabaya haber salındı, geldiler. Fakat bunlar da genç insanlardı. Anavatanını terk ederek Türkiye'ye yerleşen bir Settarhan'ın ismi kuşaktan kuşağa geçmişti evet, fakat benim bildiklerimden daha fazlasını onlar da bilmiyorlardı. Ne vatanını neden terk ettiğini ne de benim merak ettiğim yüzlerce, binlerce ayrıntıyı. Birkaç isim. Birkaç hatıra kırıntısı. O kadar. Benim aradığım onlarda yoktu. O kadar çok soru sordum ve o kadar çok bilmediler ki sonunda meyus oldum ve sormaktan vazgeçtim.

"Senin sorduklarını belki Behzat Amca bilir" dedi Mevlûd.

"Behzat Amca kim?"

"Sehend Dede'nin oğlu."

Sehend. Kalbim yerinden çıkacaktı. O kırık gülüş, o vurgun yemiş endam, o şefkatli ama çaresiz bakış. Onun oğlu mu? Evet, onun oğlu.

Kaç yaşlarında Behzat Amca?

"Bilmem" dedi Mevlûd kayıtsızca, "Seksenin üzerindedir."

Hayır. Görmüş olamaz. Settarhan 1917'den sonra vatanına dönmemişti bir daha. Oysa Behzat Amca şimdi seksenlerindeyse 1930 gibi doğmuş olmalı. Ama ikinci kuşaktı ve neticede kaynağa daha yakındı. Onu görmemişse bile gören gözleri görmüştü. Hatıralar değilse de anlatılar zihninde daha taze durabilirdi.

"Nerede oturuyor?" dedim, "Burada mı? Gitsek ya yanına!"

Nizam güldü. "Yok, Yezd'de oturur."

"Yezd mi?" dedim. "Neden Yezd'e yerleşti?"

"Onun oğulları 1979 ihtilâlinden sonra Yezd'de iş tuttu" dedi Nizam, "Babalarını da götürdüler. Ama Behzat Amca torunlarından biri ve onun karısıyla ayrı oturur. "Biraz huysuz, biraz geçimsizdir. Kendi oğulları ve gelinleriyle olamadı."

"Ama bu torununun karısıyla yıldızı barıştı" diye ekledi Mevlûd, "Adı da Masume'dir."

Meyveler, yemişler birbirini kovalarken Nizam'a ve Mevlûd'a, "Peki" dedim. "Neresinde Yezd'in? Biz Yezd'e gitsek onu bulabilir miyiz?"

İkisi de düşüncelilerdi. "Evinde telefon yoktur. Çok yaşlıdır ama zaman zaman torunuyla Meşhed'e gider gelir."

"Torununda cep telefonu yok mu?"

"Yoktur, kullanmazlar."

"Adresleri de yok mu?" dedim inatla.

"Var."

Adresi aldım.

Dönüş vakti yaklaşıyordu. Hediyelerimi dağıttım. Sadece sarı kehribar tespihi ayırdım, sırt çantamın iç gözüne attım, onu verecek kimseyi bulamamıştım.

"Bir şey yok mu?" dedim Nizam'a son bir ümitle. "Ondan kalan bir şey?"

Bir şey yoktu. İran'da zaman yavaş geçse bile onlar da Tebriz'in Gök Mescid'i gibi depremlerde her şeylerini yitirenlerdendi. Fakat umulmadık bir şey oldu, Taç Kapı ayakta kalmıştı. "Ama dur, iki fotoğraf vardı" diyen Nizam bir albüm getirdi, kendisi de yanıma oturdu.

Çin malı albümün sayfalarını aceleyle çevirmeye başladım. Nizam'ın genç kızlık, Mevlûd'un askerlik, ikisinin evlilik fotoğrafları, daha fazla da çocuklarının -biri Gülendam diğeri Mirza Han-, fotoğrafları vardı. Albümün son sayfasıyla kapak arasında ise sevinçle irkildim. Bütün eski fotoğraflarla aynı renk ve dokuda iki kartondan birinin üzerinde Settarhan'ı tanıdım fakat yanında bir kadın vardı, işte onu çıkaramadım. Diğerinde ise aynı kadın tek olarak görünüyordu.

"Bu kim?" dedim parmağımın ucuyla kadını göstererek.

"Settarhan o işte" dedi Nizam.

"Onu tanıdım" dedim. "Yanındakini soruyorum ben."

"Settarhan'ın Rus sevgilisi" dedi Mevlûd gülerek, "Sofya." Diğer fotoğraftaki tek kadını işaret etti. "Bu da o."

Nizam ekledi, "Settarhan Türkiye'ye gittikten sonra bu fotoğraflar Batum'dan gönderilmiş. Bir Rus zabit mi ne varmış, işte o, Settarhan'dan kalan heybeyi göndermiş bizimkilere."

Sofya? Bu ismi evet, annemle teyzemden duymuştum. Fakat bir fotoğrafta dünya suretini görünceye değin gerçek olabileceğini zannetmemiştim. Hem Azam'ın aşkı Settarhan'ın içinde böyle büyürken, "Settarhan'ın Rus sevgilisi" nasıl olabilirdi bu? Hay Allah'ım! Bir de bir tuhaflık hissettim. Tekli fotoğrafında Sofya zamanının kıyafeti içinde, lâkin ikinci fotoğrafta bir saray balosundan çıkmışa benziyor; bir mana veremedim. Durmadım üzerinde, Nizam'dan izin istedim, albümdeki resimlerin fotoğrafını çektim. Ben de Trabzon'da hazırladığım kendi albümümü çıkardım.

"Bakın" dedim. "Ben de size fotoğraflar getirdim" dizimde oturan küçük Gülendam'ın saçlarını okşarken.

Annemi, teyzemi, dayımı, eski evi, Gülcemal vapurunu, dedemin ve anneannemin evlilik cüzdanlarındaki resimlerini daha bilmem hangi resimleri gösterdim. Nizam hüzünlendi. Eski evin fotoğrafını evirdi çevirdi, "Bu kimin evi" dedi?

"Bu" dedim, "Settarhan'ın evlendiği Zehra'nın baba evi, benim anneannemin."

Nizam bu kez Gülcemal vapurunun resmini aldı eline. "Bu ne?"
Birlikte fotoğrafın üzerine eğildik. "Bu Gülcemal."

Taşların ateş aldığı cehennemî Taht-ı Süleyman sıcağında Gülcemal vapurunun Karadeniz'in serin suları üzerindeki köpüklerine bakıyorum. Bu mu İsmail'i götüren gemi? "Ya Rabbim" diyorum "Zehra nerededir şimdi, ne yapıyordur?" onun bitimsiz bir zaman içinde bir yerlerde yaşadığını artık iyi bilerek. "Ya Rabbim, bambaşka aşklara, yataklara akan bu iki ırmak nasıl bir araya geldi, nasıl birleşti?" Bunu ben Kâhin Prenses Kassandıra bile bilmiyorum.

Dizimde oturan Gülendam başını kaldırmış, cennet masumiyetinde yüzüme bakarken önce vapurun kül rengi dumanı savrulmaya sonra denizin suyu kıpırdamaya, hışırtısı duyulmaya başlıyor. Neredeyse alev alacak bir nefes işitiyorum kulağımın ta içinde. Benim baktığım yere yaralı bir çift gözün de benim kadar dikkatle baktığını hissediyorum. Çıkmanın içinde, dürülmüş döşeğinin üzerine kıvrılmış Zehra'nın omuz başındayım. Onun baktığı yere Gülcemal vapuruna bakıyorum.

IV. KİTAP

GÜLCEMAL

"İsmail bu vapurla gidecek öyle mi?" diye mırıldandı Zehra, "Hem de iki gün sonra. Celil Hikmet de."

Celil Hikmet, aklında özel bir isimdi gerçi fakat İsmail'in gidecek olmasıyla Zehra'nın gözüne batan fiilin acısı öyle derindi ki Celil Hikmet o acıya sadece bir sonsöz gibi eklenmişti. Pencereden dışarı baktı. Her taraf deniz derya. Ama iğne atsan denize düşmeyecek bir sandal, kayık, taka, mavna, pereme kalabalığında; yelkenler, dumanlar, yağlar, kokular, sesler arasında; daha açıkta demir atmış büyük gemiler, sefineler, melekseler, şaykaların hepsinin de açığında koca siyah gövdesi, iki bacası, dört direğiyle dört başı mamur Gülcemal bütün ışıklarını yakmış, bütün güzelliklerini saçmış, düdüklerini öttürüp duruyordu. Trabzon'un ne kadar genci civanı varsa bu düdük sesi hepsini toplayıp götürecekti, öyle mi?

Balkan seferberliği ilân edileli beri Trabzon'un bu kıyamete bambaşka bir kametle katıldığı, istenenden daha fazlasını vermeye kararlı olduğu görülmüştü. Üstelik bu kamet doğrudan Büyükhanım'ın evine kadar uzanmış, sofrasında başkaldırmıştı. Bir hafta önce İsmail dalgın dalgın demişti ki:

"Trabzon'da 87. Alay'ın hazırlıkları görülüyor pekâlâ ama bir de gönüllü taburu kuruluyor."

Bu mukaddimeden korkan Hacıbey mısır ekmeğini yoğurda doğrarken bir an durdu. Hiçbir şey söylememek söylemekten evlâ, kaşığını sessizce yoğurda saldı. Ama İsmail susacak gibi görünmüyordu.

"Celil Hikmet Bey gidiyor." Şu gidiyor bu gidiyor.

Bu gidişin sonu Hacıbey'e hiç hayra alâmet gibi gelmedi. Kaşığı bıraktı. Başını kaldırdı, İsmail'in yüzüne baktı.

"Onlar yükümlü" dedi.

İsmail sözü uzatmaya gerek duymadı. "Yükümlü olmayanlar da gidiyor." Bir çırpıda söyledi söyleyeceğini: "Halis Efendi bile gidiyor. On sekiz yaşımı doldurdum, gönüllü yazılabilirim. Ben de gideceğim." Biraz durdu, "İzin verirseniz. Tabur iki gün sonra hareket ediyor."

Hacıbey aslında biliyordu, bildiğinden korkuyordu üstelik. Günlerdir *Meşveret* gazetesi, Trabzon'da 87. Alay'a dâhil olmak üzere bir Gönüllü Taburu oluşturulduğunu duyurmakta, gönül çelmek için ha bire yazılar yayımlamaktaydı. Eşrafın da Trabzonlu kadınların da yardımları neredeyse *Meşveret*'in sayfalarından taşmış, demek sonunda tabur, hazırlıklarını tamamlamıştı. Demek İsmail de bu tabura katılacak, bu taburda boynunu satıra uzatacaktı. Ama bu devleti bu hale koyanlar İbrahim değildi ki, gökten bir koç insindi.

Masum İsmail, Gönüllü Taburu'nun sadece bir isteği olduğunu gülerek anlatıyordu.

"Neymiş o istek?" dedi Hacıbey.

"Gönüllü Taburu savaşa asker elbiseleriyle değil kendi kıyafetleriyle katılmak istiyor."

Hacıbey düşündü, 93 Harbi'nde de aynısı olmuştu.

"Bir de" dedi İsmail, "Kendi özel sancaklarını taşıyacaklar."

Bu da 93 Harbi'nde olmuştu.

"Peki" dedi Hacıbey, "Bu istekler kabul edildi mi?"

Talep, İstanbul Hükümeti tarafından ilk anda uygun görülmemişti çünkü asker tek elbise tek yürek demekti. Ama Gönüllü Taburu'nun Trabzonluluk damarı tutmuştu bir kere. Verecekleri bir candı şunun şurasında karşılığında bu kadarcık istekleri çok muydu? Bunun üzerine kumaşı asker kumaşına uygun olmak koşuluyla istedikleri izin çıkmıştı.

Hacıbey içinden "Ah oğul!" diye geçirdi. "Bir zıpkanın, bir başlığın hevesine mi kapıldın? Ölmeyi bayılmak mı zannediyorsun sen?"

Fakat ok yaydan çoktan çıkmıştı. O zaman Büyükhanım ilk kez söze karıştı.

"İsmail, a oğul!" dedi, "Gitme. İstersen gitmeyebilirsin."

"Nine" dedi İsmail. "Bizim sınıftan mezun olanların tamamı gönüllü gidiyor. Edebiyat hocamız İbrahim Alâaddin Bey de gidiyor. Orada kıyamet koparken ve buradan herkes o kıyamete koşarken, bütün sınıf gönüllü yazılırken, de bana, ben nasıl gitmeyeyim? Rahat döşeğimde nasıl uyuyabileyim?"

Büyükhanım'ın buna verecek cevabı, yetecek hesabı yoktu. Demek gidecekti. Boynu satır altında İsmail gibi hem de. Adını İsmail koyduğu güne, Allah'tan korkmasa nedamet getirecekti. Allah'tan korktu. Sustu.

İsmail bugün gidiyor, öyle mi? Bir kâğıt aldı Zehra, mor bir sabit kalemle ve acemi bir yazıyla harfleri sağdan sola doğru istiflemeye başladı. Eşhedü cümlesini tek satırda tamamladı:

Eşhedü en lâ ilâhe illallah ve eşhedü enne Muhammeden rasulullah.

Kat yerinin "illallah"tan sonraya düşmesine dikkat ederek kâğıdı enlemesine ikiye katladı. Tırnağıyla ütüledi, esnetti ve düzgünce yırtarak "eşhedü" cümlesini ikiye ayırdı. Yarısını boş bir defterin arasına yerleştirdi.

İsmail'in odasına girdi, defteri uzattı.

"Al" dedi, bu defter senin. "Burada eşhedü cümlesinin yarısı var, diğer yarısı da bende. Döndüğün zaman sende kalan yarısını bende kalan yarısıyla birleştireceğim. Kaybetme sakın."

"Kaybetmem" dedi İsmail gülümseyerek. Sesi, Zehra'ya hafiflemiş gibi geldi, tıpkı gülümsemesi gibi.

Yukarı, sofaya çıktı Zehra. Kâğıdın kalan yarısını kendi Kur'ân'ından rastgele açtığı bir sayfanın arasına yerleştirdi. "Ay yarıldığı zaman..." Eşhedü cümlesinin yarısı "Vakıa Suresi"ne denk gelmişti.

Şark Meydanı'ndaki Kur'ân tilâvetinden, uzun dualardan, kurbanlardan, ateşli nutuklardan sonra mahşer kalabalığı limana inmişti. Gülcemal vapuru düdüğünü son kez öttürüp de yolcularını çağırırken kadınların hıçkırıkları ihtiyarların gözyaşlarına, çocukların ağlaması mızıka gürültüsüne; trampet, dua, martı çığlığı tekmil birbirine karıştı. Kıyamet böyle bir vakit olmalıydı. İtişmeler, kakışmalar, bağrış çağırışlar arasında Zehra son bir kez atıldı torbasını sırtına vurmuş İsmail'in boynuna. Bir kez daha. Bir kez daha. Sonra ellerine sarıldı. Teri, gözyaşı birbirine karışır, burnu dudağının üzerine akarken o kalabalık arasında çarşafının altındaki fesrengi örtü kaydı, kulağındaki inci küpenin tekini de o sırada düşürdü. Yokluğunu çok sonraları fark edecekti.

"İsmail" diye haykırdı sesini uğultular arasında duyurmaya çalışarak. "Mektup yaz."

Aynı uğultular arasından cevap geldi: "Yazarım."

"Verdiğim defteri unutma, defter tut. Dönüşte bana verirsin."

"Tutarım."

87. Alay'ı Gülcemal'e ihtiyarların kürek çektiği sandallar, kayıklar, mavnalar taşıdı. Kayıkçıların çoğu savaşta olduğu için küreklere asılmak yaşlılara kalmıştı. İhtiyarlar; çocukları, torunları yaştaki bu askerlerin elini öpüyordu. Üstelik aksakallı kürekçilerin, askerlerden para almadıkları gibi, onlara verecek ufak tefek hediyeleri, atılacak son bir barutları bile vardı. Emanetini gemiye bırakmak üzere iskeleden ayrılan kayıklardan havaya şarjörler boşaltıldı, kıyıdan gelen mukabeleye Gülcemal'in selâm topları karıştı. Trabzon ve Gülcemal son asker gemiye çıkana kadar vedalaştılar, selâmlaştılar. Son asker ayağını gemiye bastığı anda Gülcemal'in güvertesinden havaî fişekler patlamaya başladı.

Sadece asker ve subaylarla değil cephane, erzak ve hayvanlarla da dolu olan Gülcemal vapuru, yüzen bir şehir gibi uzaklaşmaya başladığında Büyükhanım'a öyle geldi ki bir gece önce ışıltılarını, güzelliklerini, tüllerini, gölgelerini suya döken baştan çıkarıcı masal gemisi gitmiş, yerine ürkütücü bir şey, yürüyen bir toplu cenaze arabası gelmişti. Büyükhanım olduğu yere yığılırken Seher ve Keyfiye çığlığı bastı, Siranuş Hanım koluna girmeye çalıştı, öbür koluna da Hacıbey sarıldı ama bu gövdeyi taşıyamadı. Yıldırım ne yapacağını şaşırmışken, Halide "Koşun" dedi "Halam." Büyükhanım bu kadar dayanabilmişti. Halil Safa kalabalığın arasında halasını bir taşın üzerine oturtmayı sonunda başardı. Sultanî öğrencilerine ateşli savaş nutukları çeken Halil Safa, Halide'si hamile olduğu için gönüllü yazılmamıştı.

Az önceki gürültü yerini derin bir sessizliğe bırakırken sanki bakışları onun üzerinde oldukça her türlü kazadan belâdan korunacakmış gibi herkes göz kırpmaksızın Gülcemal'e bakmaya başlamıştı. Yanık, kırık, sitemli bir sesin yükselmesi gecikmedi. Yaşlı bir adamın sesiydi bu ve pürüzlü bir hançereden çıkıyordu. Bütün çilesini geride kalan tek şeyine, sesine yükleyen türkücünün gemiden medet uman dörtlüklerine yeni dörtlükler eklenirken aynı derdi çok kişinin çektiğini bilmek bile kimseyi teselli etmedi. Ve ki bu yanık türkünün sahibi,

"Gülcemal"in, Sultan Reşad'ın annesinin ismi olduğunu bilmeden Sultan Reşad'a sitem etti:

Ey Gülcemal Gülcemal
Savruluyi dumanın
Aldın gittin yârimi
Yoktur senin imanın

Bir parça kendine gelmiş olan Büyükhanım gözyaşlarını çarşafının ucuyla silerken "Ya Rabbi, burunlarını kanatma" diye mırıldandı, elinde duadan başka bir şey kalmamıştı. Ayetelkürsîleri, bildiği bütün yol dualarını arka arkaya sıraladı. Artık hiçbir şey eskisi gibi olmayacaktı.

Neden sonra dönebildiler eve. Sabaha karşı çıkmışlardı, şimdiyse vakit ikindiye yaklaşmıştı. Herkes bitkindi. Hacıbey odasına çekildi, Büyükhanım sofada yer minderine kıvrıldı. Zehra yukarı çıktı, Gülcemal vapuru arkasında mavi bir duman bıraka bıraka uzaklaşırken denize doğru baktı. Denizin en fazla azametli, dalgalı, dağ halini severdi Zehra. Karadeniz, arayıp durduğu o buz mavisinde aşılmaz fırtınaları varsa hayatın ta kendisiydi. Neşeydi, sevinçti fırtınalı deniz. Böyle zamanlarda Zehra'nın da içindeki hayatın yelkeni şişerdi. İlk kez Karadeniz'in sütliman, soğumuş bir çorba gibi durgun, kuzu gibi itaatkâr kalması için dua etti. Göklerle denizin iki dudağı arasında bir canı bir de cancağızı vardı.

Bir ara acıdan ve yorgunluktan nasılsa içi geçti, başı, oturduğu yerde omuzuna doğru düştü. Fırtınalı bir denizde bir geminin içindeydi İsmail'le birlikte. Tam yanlarında değil ama yakınca bir yerde de resim öğretmeni vardı, fakat Zehra'nın endişesi ondan çok İsmail'den tarafaydı. Dalgalar, içinde bulundukları geminin üzerinden aşıyordu ki ter içinde uyandı Zehra. Fırtınalı denizin rüya dili ne zaman tekinsiz bir tabir lügatçesi edinmişti ki işte Gülcemal canından can koparırken gördüğü rüya da fırtınalı bir denizdi. Tırnağının üzerindeki kına lekesi tam ortadan yarıldı. Acı girdi etiyle tırnağının arasına. Yarısı kendinde kaldı ayrılık acısının yarısı İsmail'de. Mor yemeni. Yerinden doğruldu neden sonra. İkindi geçmiş, ortalık alacakaranlığa bürünmüştü çoktan. Perdeyi araladı. Tekrar denize doğru baktı. Gülcemal Yoroz'un arkasında görünmez olmuştu.

Kapı arkasında paslı bir çiviye asılı kalmış İsmail'in gömleğine bakarken içinden yükselen âh, o gömleği alev ateş tutuşturacak sandı.

Nağmeler ateş sözler hançer; sesi bahçeyi boydan boya geçtiyse de Yoroz'u aşıp Gülcemal'e yetişemedi.

Yemenim sende kalsın
Sil gözünün yaşını

İşte bu, resim öğretmenineydi. Bir yemeni, bir mendil bile veremediği, bir kelâm ile kavilleşemediği resim öğretmenine.

Büyükhanım basamakları çıkıp da bir ruh gibi yanına süzülmese Zehra'nın gözyaşı güfteyi geçecek, kucağına düşecekti. Elinde bir tepsi vardı ve Anuş da yanındaydı Büyükhanım'ın. Siranuş gelmiş, çorba getirmişti.

Anuş bir süre Zehra'nın yanında sessizce oturdu, yüzüne baktı. Sonra "Hadi" dedi, "Bana resim yapsana."

Bir kâğıt çekti önüne Zehra. Bir gemi çizdi. Küpeştesini çizdi önce. Direklerini dikti. Dumanını savurdu. Güvertesini halatla, zincirle, askerle doldurdu. Askerlerin omuzuna tayın torbalarını astı. Denize bir sükûnet resmetmeyi ihmal etmedi.

"Al sana" dedi, "Gülcemal."

Tekrar denize baktı. Elini siper etti, karanlıktan ötesini görmeye çalıştı. Deniz hâlâ sütlimandı.

Ama sütliman deniz öyle kalmadı. Ertesi sabah ne olduysa gökyüzünün de denizin de rengi birdenbire değişti. "Deniz Rize'ye doğru akmaya başladığında fırtına kopar" derdi Büyükhanım. Ufuktaki gittikçe büyüyen ve yaklaşan bembeyaz dağlar gibi dalgaları seçtiğinde bu gelenin alışıldık fırtınalar gibi olmadığını anladı Zehra. Az zaman geçti. Yer ile gök birbirine karışırken denizin de altı üstüne geldi. Gülcemal vapuru bu denizdeydi.

O zaman Büyükhanım Mart takvimini hatırladı. Koştu, kâğıdı çıkardı. Bakmasına gerek yoktu, o gün dün gibi hatırındaydı zaten. Sabah deniz kabarmış, dalgalanmış, sonunda fırtına patlamıştı. Gün boyunca deniz, sıra sıra gelen dağ gibi dalgalarıyla kumsalı basmış, iskeleyi aşmıştı ve uğultulu çığlıkları bir an bile durmamıştı. Büyükhanım o vakit "Allah yola, ah hele denize çıkacaklara külliyen acısın" diye dua etmiş, başlarını sokacak bir damları, tüten bir ocakları olduğu için şükretmişti. Ah ki böyle olacağını nereden bilebilirdi?

İsmail'in gidişi üzerinden tatsız tuzsuz, yürek ağızda bir on gün geçmişti ki sabah "Hafize Hanım'a gidiyorum" dedi Büyükhanım, "*Mesnevî* dersi var, sen de gel kızım." Çarşaflandılar, iki sokak ötede İranlı Hafize Hanım'ın kapısını çaldılar.

Bütün sofayı, odaları kesif bir karanfil kokusu, ağır bir günlük rayihası doldurmuştu. Kadınlar en güzel başörtülerini takmış, tüller, tülbentler, iğne oyaları, sultanküpesi, unutmabeni, yedi dağın çiçeği içinde sağa sola koşturuyor, cennet hurileri gibi şerbet, çörek hazırlıyorlardı. Zehra içeri girer girmez bu telâşe ile karşılaşınca "Onların İsmail'i yok mu?" diye geçirdi içinden, suratını astı.

İranlı Hafize Hanım, bütün ricalara rağmen yüksekçe bir yere oturmayı reddederdi sohbet esnasında. Yine konuklarıyla aynı seviyede, aynı mesafede, aynı hanedeydi. *Mesnevî*'den bir sayfa açtı. Ama mevzular iç içe, halka halka genişlerken *Mesnevî*'nin ilk açılmış sayfası her zamanki gibi önündeki rahlede kaldı, Hafize Hanım *Mesnevî*'den *Divan-ı Kebir*'e atladı.

Güneş eğri bir çizgi üzerinde ortadaki halının güllerini yıkayarak öğleden ikindiye doğru ilerlerken İranlı Hafize Hanım "Her şey gölge" diyordu şimdi ve *Divan*'dan bir beyti açıklıyordu:

> *Dünya bir ırmaktır, biz dışarıdayız bu ırmaktan; ırmağa düşen gölgemizdir ancak.*

Söylediği şey, dinleyenlerin bir kısmında karşılığını hemen buldu, tasdik edildi. Başlar içli içli sallandı; sol tarafta kalp cihetine yanladı. Gözlerde derin bir keder belirdi, ümit de tam üzerindeydi.

Zehra kendi âlemindeydi, Büyükhanım'sa ilk anda fazla bir şey anlamadı bu gölgeler cümlesinden fakat İranlı Hafize Hanım ağır ağır anlattıkça, gri menevişli gözleri, incecik kalem parmakları yol gösterdikçe hele de bu dünyanın sadece bir rüya olduğunu, asıl hayatın o rüyadan uyanıldığında başlayacağını söyledikçe yavaş yavaş kavramaya başladı. Bazı yerler açık kaldıysa da anladığı kadarı bile güzeldi.

İranlı Hafize Hanım "Bakın" dedi, "Şu bizim Karagöz bahçesinde Feyyaz'ın oyunlarından birini seyretmişsinizdir mutlaka."

Onay geldi, "Elbette."

Feyyaz, Trabzon'un meşhur Karagözcüsüydü ve burada hazır bulunanların hepsinin yolu hiç olmazsa çocukluklarındaki Ramazan gecelerinden birinde ya da bir bayram günü o bahçeden geçmişti.

"İşte o perdenin üzerinde konuşan, edip eyleyen, didişen, sevişen, kavga edip barışan onca suretin hepsi de birer gölge değil mi?"

"Öyle."

"Peki. Perdenin arkasına geçebilsek; o zaman onların asıllarını, daha önemlisi onları hareket ettiren eli fark etmez miyiz?"

"Elbette."

"İşte bu dünyadaki her şey o kadar gölge. Perdenin bu tarafında hepimiz birer gölgeyiz aslında. Oyun bittiğinde bir püf!", muhayyel bir mumu söndürür gibi boşluğa doğru üfledi, "Mum söner. Oyun biter. Bütün suretler de Karagözcünün kutusunda bir araya konur, kaldırılır. Geriye ne suret kalır ne perde."

Güneş iyice eğilmiş, güllerin üzerinden kayarak halının kenar suyuna kadar ilerlemişti. Şerbetler, çörekler ikram edilirken Hafize Hanım'ın yanına sokuldu, kulağına eğildi Büyükhanım.

"Peki, her şey bu kadar gölgeyse bunca acı ne olacak?"

İranlı Hafize Hanım'ın kalbine gömdüğü kim bilir kaç acıya, bunların arasında dağ gibi bir delikanlının ve bir kocanın yasına, onun bu zamana acının kıymetini büyüte büyüte gelmiş olduğuna Büyükhanım da tanıktı esasen. Merak ettiği buna nasıl dayanılır, nasıl katlanılırdı?

"Büyükhanım" dedi İranlı Hafize Hanım. "Her şeyin gölge olduğunu bir kere fark edince, artık can acısa da bir acımasa da bir. O zaman bitmez zannettiğin her türlü çile de biter. Hem öyle bir biter ki artık bitse de fark etmez bitmese de fark etmez."

Büyükhanım her şeyin bir gölge olduğunu kavrasa da acısını dindiremedi. Arkadan gelen günlerde de bir şey değişmedi, sabah İsmail'le uyandı gece İsmail'le uyudu. Kalbinin üzerinde kocaman bir kaya parçası duruyordu, üstelik henüz bir haber yoktu. Kış soğukları iyice bastırmıştı. Bir gün kapının tokmağı hızlı hızlı vuruldu. Kapıyı açan Zehra "İsmail'den mektup geldi" diye geldi geri, "Hem de iki tane." Elindeki zarfları sallıyordu. Üst kata koştu; çıkmanın içinde dürülü döşeğinin üzerine oturdu, ayaklarını altına aldı. Bumbuz havaya rağmen terlemişti, başındaki örtüyü geri devirdi, Gülcemal günü teki kaybolmuş inci küpesi hâlâ kulağındaydı. Üzerinde Devlet-i Âliye'nin damgalanmış posta pulu bulunan zarflardan ilkini açtı; dörde katlanmış kâğıdın nohudî rengi üzerinde İsmail'in sabit kalemle yazılmış güzelim hattını, istiflenmiş harflerini seyretti bir süre. Büyükhanım "Hadi kızım okusana" diye diretmeseydi belki okumaya hiç geçemeyecekti. Bir Besmele çekti, harfleri birbirine ekleye ekleye okumaya başladı.

Mektup, Gülcemal'den yazılmıştı ve selâm faslından sonra İsmail, yolculuğu anlatıyordu:

7 Kasım 1912

Siz de gördünüz muhakkak, Yoroz'u henüz devirmiştik ki fırtına koptu. Önce kurşunî renkli bulutlar belirdi sonra daha koyu renklileri geldi, üzerimize çöküverdi. Bulut bulut üstüne binerken hızla karardı hava. Gök alçaldı, ufuk yok olurken dalgaların dağlara nasıl dönüştüğünü gördüm dehşetle. Çok geçmedi ilk damlalar dökülmeye başladı. Sisin, dumanın, pusun, dalga dağlarının içinde yol aldık bir süre. Artık nereye savrulursak oraya gidiyorduk ve dünya üzerinde hiçbir kaptanın böyle bir fırtınada gemi idare edebileceğine emniyetim yoktu.

Vapur hıncahınç askerle doluydu. Kamaralar subaylara ayrılmıştı. Askerlerse güvertede, ambarlarda, koridorlarda; kendilerine nerede yer bulurlarsa orada kalıyorlardı. Dalgalar güvertedeki direklerin üzerinden aşıyor, gerili halatların, iplerin her biri korkunç sesler çıkarıyordu. Süvari köprüsüne çıktım bir ara. O ağır Gülcemal, fındıkkabuğu gibi savruluyor; dalgaların üzerinden atlaya atlaya yol alıyor; bir dalganın tepesinden önce dipsiz gibi görünen bir uçuruma düşüyor, sonra arkadan gelen dalganın tepesine tırmanıyordu. Bu esnada tufan gibi bir serpinti güvertenin üzerine boşalıyordu. Ambarlara kadar her yer su içinde kalmıştı.

Rüzgârın kuzeyden estiğine bakılırsa Karadeniz'in en büyük fırtınalarından biriydi bu. Büyükhanım olsa şimdi bu fırtınayı bir yerden bulup çıkarır, adını söylerdi bize. Fakat böyle bir fırtınanın onun takviminde bile kayıtlı olduğunu zannetmem.

Askerlerin birçoğunu deniz tutmuştu, hepsinin elinde boş bir konserve kutusu, başlarını kaldırmaya bile halleri kalmamıştı. Herkes bir köşeye yığılmış yatıyordu. Deniz tutmasına uğramayan bir iki kişi kalmıştı sadece. Büyük bir fırtınanın içinden geçiyorduk ama bitmiyordu ve bu, bizim evin çıkmasından bakıp da denizdeki fırtınayı seyretmeye hiç benzemiyordu.

Kaptan, yedi senedir Karadeniz'de sefer ettiği halde, böyle bir fırtına hatırlamadığını söyledi. Karadeniz'in bu karalığı nereden aldığını düşünüyorum. Suyundan mı, kumundan mı, huyundan mı yoksa bahtından tahtından mı? Bilmiyorum ama Karadeniz bu defa bildiğimiz gibi değil bambaşka türlü karaydı. Baktıkça insanın içi ürperiyor, suyun siyah derinliği, ihtişamlı dehşeti insanı kendisine doğru çekiyordu. İnsanın denize düşmesi an meselesiydi ve bakmaktansa bakmamak daha iyiydi.

Varna niyetiyle çıktığımız yol bir süre sonra Midye'ye çevrilmişti. Fakat fırtına hâlâ öyle şiddetliydi ki bu defa, Gülcemal süvarisine Erkân-ı Harp'ten gelen telgraf üzerine, İstanbul'da bekleyeceğimiz söylendi. Zorunlu olarak İstanbul'a gidiyoruz. Ben bu haberi duyunca sevindim; İstanbul'u göreceğim. Bu ihtişamlı şehri, hayal ettiğim beldeyi ilk kez Darülfünun'da felsefe öğrencisi olarak değil de bu şartlar altında görmek kaderin garip bir cilvesi değilse nedir? Ama bu güzel bir cilve. Onu görünce, "İstanbul, bak, senin için geldim" diyeceğim, "Kendimi senin uğrunda feda etmek, bir canım varsa onu da senin uğrunda seve seve vermek için. Çünkü sen vatanın ta kendisisin. Sen varsan vatan var, sen yoksan o da yok olur."

Günlerce ve gecelerce böyle boğuştuk. Sonra deniz aniden duruldu, bitti, geçti, bu deniz sanki o deniz değildi. O kadar duruldu ki kangal kangal halatların, çıpaların arasında bir parça yer bulup da göklere bakarak uykuya dalmaya çalıştığımda denizin ortasında olduğumu bile unutuyordum. Değişmeyen tek şey az ötemde, ufkun yatay çizgisine kadar dört yanı kaplayan sonsuz suydu. Biraz kestirdim. Uyandığımda İstanbul'a varmak üzereydik. Boğaz'ın ne zaman görüneceğini merak ediyordum. Çok geçmedi. Kaptan, üç kez düdüğe asıldı, fenerleri selâmladı. Kırmızı şamandıraların arasından bir kanaldan geçer gibi geçtik, İstanbul Boğazı'na girdik. Şimdi gemimiz bekliyor.

Bizim sınıfın tamamı bu gemide. Sınıf arkadaşım Halis Efendi'yle bile Sultanî'de olmadığı kadar samimiyet oluştu aramızda. Celil Hikmet Bey de bizimle. Fakat bünyesi biraz zayıf. Deniz fena tuttu onu. Genellikle dinlenmeye çalışsa da yüzünün sarılığı beni korkutuyor.

Bense güvertede bir halat yığınına yaslanmış, dizimde bir kâğıt, bu satırları yazıyorum. Posta toplanacağı zaman bu mektubu vereceğim.

İstanbul Boğazı'na giriyoruz. Burada son veriyorum.

Zehra, Celil Hikmet'ten bahsetmek için Halis Efendi'nin isminin anıldığını anladı. Celil Hikmet'in isminin yazıldığı satıra bir göz attı sonra ikinci mektubu okudu.

İkinci mektup ilkinden bir gün sonra yine güverteden yazılmıştı. İsmail selâm faslından sonra bu defa İstanbul'u anlatıyordu.

8 Kasım 1912

Posta henüz toplanmadı. İlk mektubu gönderemeden ikincisini yazıyorum. İlk mektubumda Karadeniz'den Boğaz'a girdiğimizi yazmıştım. Bekliyorduk ve hava durulmuştu fakat sabaha karşı yağış başladı. Gülcemal sonunda Boğaziçi'ne doğru ağır ağır yol alıyordu. Uzun zaman yağışın perdesinden hiçbir şey seçemedim. Sarayburnu önüne geldiğimizde yağmur hafifledi ve sanki bir perde gözlerimizin önünden yavaş yavaş sıyrıldı, bulutların arasından güneşin ilk ışıklarıyla birlikte kubbelerin ve minarelerin alemleri, sarayların, konakların, yalıların, köşklerin camları bir an öyle parıldadı ki "Bu bir masal olmalı" diye düşündüm. Bu masal şehrinin bir ateş sabahı yaşadığına inanmak zordu ama çok geçmeden buradan bakınca bile gerçekler fark edildi. İnsanların oluşturduğu karmaşa olmasa yeşil renkli bir halı üzerinde İstanbul'a camiler, minareler, kubbeler, kemerler, saraylar, çarşılar şehri diyeceğim; bol gölgeli, derin sükûnetli bir şehir. Ama diyemiyorum. Çünkü bu sükûnetle ciddi bir tezat oluşturan bir mahşerin ortasında her yer kaynıyordu.

İstanbul Boğazı'nı boydan boya geçtik. Gemimiz yavaş ve kıyıya çok yakın ilerliyordu. Kıyılar boyunca dizilmiş yalıları, basamak basamak yükselen Boğaz sırtlarını, sarıçamları, servileri bir minyatür sahnesi gibi seyrettim. Bu seyir tek taraflı değildi. İstanbul da onca uzak bir deniz şehrinden müdafaasına koşan bu gemiyi ve onun içindekileri seyretmek, alkış tutmak için kıyılara yığılmıştı. Birbirimizi karşılıklı seyrettik. Onlardan bize yüreklendirme, bizlerden onlara teselli. Bizden selâm bandosu, tekbir sesi; onlardan dua tekbiri. Anlayacağın İstanbul ve Gülcemal, ağırladık, azizledik birbirimizi.

Topkapı Sarayı'nı tanımam zor olmadı. Perdelerin arkasında salkımlı elmas küpeleriyle hanım sultanların hayal meyal güzelliğini göremedim elbet. Fakat heyecanımız Sultan Reşad'ın sarayının önünden geçerken son haddine vardı. Kırk borazanın aynı anda selâm havası çalmaya başlamasıyla Gönüllü Taburumuz da iki sancağını açtı.

"Süngü tak. Silâh omuza. Selâm dur. Padişahım çok yaşa."

Neredeydi? Ağır perdelerin arkasında mı? Balkonlardan birinde mi? Seçemedim. Ama varlığımı bir başka varlıkta erimiş hissederken yaşadığımı da hissettim. Gözlerim yaşardı. Keşke hiç bitmeseydi. Ama ne çabuk bitmişti ve en güzel kısmı bitmişti. Selâmlarımızı Boğaziçi'nin gözü yaşlı ve masum halkına bırakarak geçtik. Fakat İstanbul Boğazı'ndaki bu kısacık temaşada bile bizi gözyaşları içinde selâmlayan zavallı halkın açlıktan sapsarı kesilmiş yüzü dışında bir yüz daha gördüm: rahatı bozulmamışların canlı, sağlıklı yüzü. O efendilerde tıraşlar ihmal edilmemiş, bakışlar neşeli, dudaklarda alaycı bir tebessüm.

Çok geçmeden kendimizi Kabataş'a demir atarken bulduk, fakat emiri emir kesti. Daha Kabataş'a çıkmadan, bu kez Çatalca'ya çıkacağımız emri geldi. Anlayamadık ki ne oluyordu? Çatalca. Şunun şurası İstanbul'un leb-i deryası, burnunun dibi. Demek Bulgarlar Çatalca'ya kadar varmışlardı. İyi de bu nasıl oluyordu? Fatih Sultan Mehmed'in Çatalca için, "Bu şehri Allah'a emanet ettim" dediğini hatırlattı kumandan. Emaneti korumaya, bağrımızda saklamaya gelmiştik. Eğer gerçekten söy-

lendiği gibi Osmanlı ordusunu Kırkkilise ve Lüleburgaz'da geri püskürten Bulgarlar Çatalca'ya kadar vardıysalar, rıhtımları dolduran, hiçbir şeyi beğenmeyen, her şeye dudak büken şu beyefendilerin burada, gündelik hayatın telâşesi içinde ne işleri vardı? Nasıl çıldırmıyorlardı? Nasıl hiçbir şey olmamış gibi yaşıyorlardı? Biz deniz üzerinde günlerdir her şeyden habersizdik. Oysa onlar biliyorlardı. Biliyorlarsa nasıl dayanıyorlardı? Yoksa İstanbul'un yine kadirbilmezliği mi tutmuştu?

İsmail'den nice zaman sonra incecik bir zarf daha geldi. İçinde iki satırlık bir kartpostal vardı: "*İyiyim. Merak etmeyin.*" Bir de tarih, *15 Kasım 1912.*

Bir daha da ancak bir ay sonra bir haber çıktı. Gelen zarf yine öyle ince, öyle hafifti ki daha açmadan Zehra'nın bu karta güveni eksildi. Mektup değil kartpostaldı bir kere, büyük eksiklik ama İsmail'den bir haberdi nihayetinde, buna da şükürler etti. Kartı evirdi çevirdi. Sanki bir köşesinde gizli bir yazı varmış da onu bulup okumak istermiş gibi inceledi. Yoktu. Hepi topu bir tarih, beş satır, yedi cümleydi. Üşenmedi, harflerini bile saydı. Yine eksikti.

12 Aralık 1912

Hafif bir rahatsızlığım var. O yüzden doktorlar bir müddet istirahat etmemi tavsiye ettiler. İstanbul'a sevk edildim. Hamd ü senalar olsun endişeye mahal yoktur. Ordumuz Çatalca'da zafer kazanmış. İki gün önce Hilâl-i Ahmer heyetiyle birlikte Şair Nigâr Hanım ve bazı hanımlar bizi ziyarete geldiler. Yine yazarım.

Kartı özenle aynanın çerçevesiyle camı arasına soktu Zehra. Kartın üzerinde askerlerden birinin yarasına eğilmiş bir Hilâl i Ahmer hemşiresinin resmi vardı. Sıra sıra dizilmiş yataklarda askerler yatıyor ve resmin altındaki satırda "Hamidiye Etfal Hastanesi" yazıyordu.

V. KİTAP
ARA İSTASYONLAR

Zehra hayatının ilk iki mektubunu ve kartpostalları çıkmadaki döşeğinin üzerinde okurken yanına oturdum. Bir alfabeyi çözmekle başlıyor her şey, onunla birlikte İsmail'in satırlarını okurken ilk kez kendimi bu zaman ışığı yolculukta misafir gibi değil kalıcı hissettim. İğreti değil yerliydim.

Zehra harfleri bitiştirmeye çalışırken ben kartın arkasında yazanları neredeyse ezberlemiştim. Acı bir tebessüm geçti içimden, içim doğranarak baktım bu beş satır, yedi cümleye. Davullarla, mızıkalarla, kurbanlarla, bayramlarla başlayan şey azap yüzünü göstermekte hiç gecikmemişti ve bu, kalemin görünmez yazdıklarına sinmişti.

Âh İsmail! Çektiğin meşakkati örtmeye çalışıp ateşi saklasan da dumanı tütüyor. Bunu ne Büyükhanım ne Zehra ne de Hacıbey görebilirler şimdi. Ama Kâhin Prenses Kassandıra'yım ben. Anlatmaktan çok sustuğunu, aşikâr etmekten çok gizlediğini bir ben bilirim. İlk mektubunla bu kart arasında maşrık ile mağrib kadar fark var.

Başımı Zehra'nın omuzuna bıraktım. Hiçbir şey hissetmedi. Alfabeyi bilsem bile varlığım bir nefes esintisi bile değildi.

Gülendam'ın cennet cıvıltısıyla kendime geldim. Hâlâ kucağımdaydı ve yüzüme bakıyordu. Taht-ı Süleyman'daki evde, akrabalarımın arasındaydım.

Nizam, Gülcemal vapurunun resmini bıraktı, Hilâl-i Ahmer kartpostalını eline aldı. Arkasını çevirdi, harfler tanıdıksa da dil ona uzaktı.

"Ne yazıyor burada?" dedi.

"Hafif bir rahatsızlığım var..." diye başlayan yedi cümleyi okumaya başladım.

Mevlûd, "Sanki hepsini ezberlemişsin" dedi.

"Yeni okudum da" dedim.

Ayrılık vakti geldi sonunda.

"Kalsaydın ne olur" diye ısrar ettiler, "Taht-ı Süleyman'a götürürdük seni."

"Gelirken uğradık" dedim hüzünle. Bahçeden dedemin mezarına serpmek üzere kuru toprak alırken, birkaç saatlik görüşmenin bilişmenin ardından kadını erkeği, çoluk çocuğuyla gözyaşlarını tutamayan ve beni de gözyaşlarına boğan bu güzel ve temiz insanlara baktım muhabbetle, nasıl bir gelecek sürdürebileceğimizi düşünmeden edemedim. Ailenin birbirinden çoktan kopmuş iki damarından bu biriyle dedem dışında konuşabileceğimiz bir şey yok. Onu da benden fazla bilmiyorlar. Anladım ki aidiyet, kan bağından önce gelen bir şeydir. O da aynı toprak üzerinde ortak bir geçmişle kurulabilir. Adresler alınıp verildi yine de. Kim bilir, bağlar zaman içinde belki yeniden kurulabilir. Çünkü bu insanlara unutmayacakları bir hayal bıraktığım ve onlardan da bir eşini aldığım muhakkak. Yetmez mi?

Arabaya bindik. Gözüm arkada kaldı.

Bu dönüşe refakat edebilecek tek şey ancak böyle bir akşam olabilirdi. Yol boyunca konuşmaya takatim yoktu, dünya kelâmı duymak da istemedim. Sadece batan güneşe, ışığa, gölgeye, buğday tarlalarına ve rüzgâra tahammül edebildim. Allah'ım, ne olurdu dönüşte de gelirken "kaybettiğimiz" yolu bulamasaktı. Çünkü birazdan yıldızlar çıkacak, dağ nesimi esecekti, her yön yayla akşamı olacaktı. Ama olmadı. Yolu şaşırmadık bu kez, çok geçmeden otoyolun kalabalığına karıştık. Kapattım gözlerimi, bir daha da otelin önünde açtım. Yasemen, "Hocam geldik" diyordu, çabucak Tebriz'e varmışız bile.

Yasemen ile bahçede oturduk. "Şems-i Tebrizî" redifli bir kaside işitiliyordu biz çaylarımızı yudumlarken. Ya Rabbi! Bu gökler mi, bu dağlar, bu göl mü Şems, Tebrizli?

Suskunduk. Yasemen. Yol arkadaşım. Şefkatle baktı yüzüme.

"Ne düşünüyorsunuz hocam?"

"Yezd" dedim, "Aradığım bir bilgi kırıntısı bile Behzat Amca'da olsa bu yola girerdim."

Aynı şefkatle bir daha baktı. "Gidelim hocam" dedi. "Buraya kadar geldik. Yarım bırakmayalım."

"Bırakmayalım." Telefona uzandım. Şahapzade'ye ve Selman Bey'e Yezd'e gitmek istediğimizi söyledim.

Ertesi sabah rehnüma yani harita önünde, şekli çıkarılmış dağlar, ırmaklar ve çöller arasında programı yapıyoruz. Yezd'e kadar binlerce kilometre var, yol uzun ve hava çok sıcak. Bu yüzden Yasemen ve ben iki gün sonra uçakla gideceğiz; Selman Bey ve Zöhre Hanım ise yarın sabah karadan yola çıkacaklar, Yezd'de bizi karşılayacaklar. Fakat birkaç telefon konuşmasından sonra sürpriz haber gecikmiyor. Günlerden Perşembe ve Tebriz-Yezd uçağı bir daha Çarşamba gün varmış. O kadar bekleyemeyiz, onca yolu otobüsle almak da çok zahmetli. Neticede biz de arabayla gitmeye karar veriyoruz.

"Hem Isfahan ve Şiraz'ı da görürsünüz" diyor Şahapzade, "Oralarda da birer ikişer gece kalırsınız. Bu yol kesintisiz kat edilemez."

Görelim. Yol dediğin meşakkatli olmalıydı değil mi? Haydi bakalım meşakkat, hoş geldin.

Bu gece Selman Bey ve Zöhre Hanım yol hazırlıklarını tamamlayacak, güzergâhı çizecekler. Şahapzade gelmiyor. Bundan sonra artık hem rehberimiz hem şoförümüz Selman Bey.

Bir Azerbaycan lâlesini yanıma katarak dedemi değil ama roman kahramanımı aramak için çıktığım yolculukta yarın sabah Isfahan'a geçiyoruz. Tebriz'de son gecemde bu satırları yazıyorum.

Sabah Selman Bey ve Zöhre Hanım geliyor. Yola çıkıyoruz. Tebriz'de şimdiye kadar Türkiye'de gibiydik, İran şimdi başlıyor. Konforumuz hiç eksik değil. Zöhre Hanım'ın meşrubatları arka arkaya ikram etmesi, İran fıstıklarını avuçlarımıza doldurması zaman almıyor. Hele buz gibi sular! Hani neredeyse uçaktan da rahatız.

İlk pikniğimizi de yolda yapıyoruz. Piknik, İran'da bir gelenek daha doğrusu zaruret. Çünkü yollarda alıştığımız manada dinlenme tesisleri, lokantalar yok. Herkes bir su kıyısında, küçük bir çay, çeşme, hiç yoksa bir havuz kenarında kendi dinlenmesini kendisi tanzim ediyor. Halı kaplı tahtlarıyla sazlık altı gölgelikler fazlasıyla mutlu ediyor beni; o da yoksa bir ağaç altı. Önce tavuskuşulu battaniyemiz seriliyor yere. Açık bej zemin üzerine mavili kırmızılı renklerde dokunmuş, tepeliği gibi görkemli kuyruğunu da açmış bir tavuskuşu bu. Soframızda, bir bahar dalının üzerinden bize eşlik ediyor. Sonra bagajdan termoslar, bardaklar, soğutucu çıkıyor, nevale diziliyor. Ağır bir yemeğe kimsenin hevesi yok. Çay eşliğinde kahvaltılık, ziyafetimiz oluyor. Koca palabıyıkları, yüksek kalpağı ile hep aynı pozda bize bakan Nasreddin Şah'lı mercan rengi şekerlik, tavuskuşulu battaniyeden sonra pikniklerimizin ikinci simgesi, neredeyse ikisi de hükmî şahsiyet kazanıyor. Zöhre Hanım battaniyeyi sererken de şekerliği koyarken de bana bakıp gülümsüyor muzipçe.

Çaydan yana bütün nasibimiz termosta sıcak su, poşet çay, kalın camlı su bardağı. Çay kaşığımız bile yok, çoğu kez yemek kaşığının sapıyla ya da bıçak ağzıyla idare ediyorum ama yine de tavuskuşulu battaniye üzerinde kurduğumuz sofralarda içtiğim bu çayları ömrümce içtiğim en güzel çaylar olarak hatırlayacağım.

Isfahan'a doğru yola devam ediyoruz. Hava öyle sıcak ki. Üstelik iyice güneye iniyoruz. Nasıl bir sıcak bekliyor bizi, tahmin bile edemiyorum. Zağros Dağları boyunca gittiğimiz saatler boyunca, Tebriz'den aldığımız bir CD var, onu dinliyoruz. Şoförümüz hanendenin söylediklerini tercüme ediyor:

Duydum ki sen başkalarıyla konuşuyormuşsun
İsterem ki bundan böyle men senle sessiz danışam

"Irac-ı Bistamî" diyor Zöhre Hanım, Selman Bey nağmenin üzerine oturtulmuş bir şiir gibi tercümeye devam ediyor:

Bu büyük zümrütte varsa her aşkın uzun hatırası
Varsa her sevgili her sevdalı, varsa engin geceler gündüzler
Bu derin zümrütte biz de cananla beraber varız.

Biraz susuyor. Güfteye kulak veriyor.

Ben tek başıma ölüp gideceğim.

Bütün şairlerin aslında o aynı şeyden, yalnızlıktan korktuğunu anlıyorum.

Zöhre Hanım "Irac" diyor "Bundan birkaç yıl evvel Kirman'da deprem olduğunda enkaz altında kaldı."

Bu dağlar ne kadar çok deprem saklıyor.

Nihayet Isfahan'a akşam inerken giriyoruz. Burada iki gece kalacağız. O kadar yorgunuz ki hemen otele, odalarımıza çekiliyoruz. Ertesi sabah Yasemen kapımı hafifçe çalıyor, kahvaltı için restoranlardan birine iniyoruz. Yüzlerinde yol yorgunluğu ve uykusuzluğun bile bozamadığı gençlik güzelliğiyle İranlı kızlar, Behzat minyatürlerinden çıkmışa benzeyen genç erkekler; neredeyse çocuk yaşta yeni evliler; cümbür cemaat, çoluk çocuklu, nineli dedeli varsıl aileler kahvaltı ediyorlar. Nereden gelir nereye gider bu insanlar? Sanki dedesini bir roman kahramanına dönüştüren, sonra da onun izini sürmek için yollara düşen benden başkasının İran'da seyahat etmesi için bir sebep yokmuş gibi geliyor bana. Sanki bu dünyada sadece ben yaşıyorum. Tanrım, bu roman hali, işte yazıyorum.

Bugün ateşgâha gideceğiz. Sabah olmasına rağmen sıcak çoktan bastırmış ama bizim her dakikamız kıymetli. Birazdan yola koyuluyoruz.

İran'daki en eski ateş tapınaklarından birine çıkacak olmak güzel duygu fakat Ya Rabbi, yerden ateş fışkırıyor, gökten ateş yağıyor. Ateşgâh, bir tepe üzerinde. Otomobilin etekte yanaşabildiği son yerden sonra zorlu bir tırmanma yolu var. Rehberimiz önde, Yasemen'le ben arkada, yola düşüyoruz. Neden sonra bir kartal yuvasına benzeyen ateşgâhın içine giriyoruz. Dışarısı dağa, rüzgâra; içerisi tarihe bakıyor. Ben arada duruyorum. Yıkık kemerli pencerelerden birinin içine oturuyor, gölgeye adeta siniyorum. Konformist yanım kapısına kadar klimalı otomobille, özel şoförle gidebileceğim, içini ferah fahur gezdikten sonra yan taraftaki kafeteryada en âlâsından çayımı yudumlayabileceğim bir ateşgâh gezisi istiyor. Sırt çantalı yanım ise her ateşgâhın en sıcak havalarda bile tırmanılacak yalçın tepelere kurulduğunun; ona diz kanatmadan, dudak çatlatmadan, nasır bağlamadan çıkılamayacağının, bir şeye onun yolunda yanmadan tapılmayacağının farkında, bu yola talip oluyor.

Dönünce Yasemen'le otelin "geleneksel çayhane"sinde önce birer "aş" içiyoruz, ardından kocaman çobanyıldızının ve Şaban hilâlinin altında, çok hüzünlü bir hanendenin derin nağmeleri eşliğinde çaylarımızı. Kulağıma çölün, aşkın, hasretin şiiri çalınıyor. Kelimelerin kimini anlıyor kimini anlayamıyorum. Fakat öyle yakıcı söyleniyor ki bu nağme, aşkın dili ortak, anlamasam da fark etmez. Dilden üstte dil var çünkü. Yine de tamlamaları sondan başa doğru çözüyorum: Nâr-ı cüdâ, ayrılık ateşi. Bu lisanda ateş ayrılıktan önce geliyor.

Odalarımıza çekiliyoruz. Makinedeki fotoğrafları bilgisayara aktarıyorum. Bir koltuğa oturuyorum usulca. Çay söylemiştim, bir fincan çay dolduruyorum kendime. Irac'ı sürücüye yerleştiriyorum. Nizam'ın albümünden çektiğim fotoğrafları açmaya başlıyorum.

Birinci fotoğraf, tek olarak Sofya.

İkinci fotoğraf, Settarhan ve Sofya.

İlk fotoğrafı uzun uzun, hiçbir ayrıntıyı atlamamaya çalışarak inceliyorum. Sofya. Yüzüne bakıyorum dikkatlice. Düğmeleri boynuna kadar iliklenmiş açık renk bir gömlek giyiyor ve hiçbir takısı yok. Güzel mi? Güzel ama bebeksi bir güzellik değil bu, güçlü, farklı bir güzellik. Biraz hoyrat, çokça baskın. Kendinden emin, dünyaya aldırmaz. Duru bir teni var, kalkık bir burnu, çıkık elmacık kemikleri. Saçları kulak hizasında kısa ve bakışlarıyla, kıvrık dudaklarının arkasında gizlenmiş gülüşüyle bir oğlan çocuğu kadar muzip. Gözleri açık renk. Bu gözlerin rengini merak ediyorum. Demek Sofya bu.

Fakat ikinci fotoğrafta fark ettiğim gariplik ne? Arkada ayakta duran Settarhan'ın kıyafeti her zamanki gibi ama Sofya, onların yaşadığı döneme göre bile en az elli altmış yıl öncede kalmış olması gereken bir saray modasına göre giyinmiş, XIX. asır Rus romanlarında anlatılan bir balodan çıkmış gibi. Bunu anlamakta zorluk çekiyorum.

Kalkıp dolaşıyorum odanın içinde, tekrar yerime dönüyorum. İlk fotoğrafı, tek olarak Sofya'yı, açıyorum bir kez daha. Tam ekran. "Zoom." Kaydır. Dur. Ekrana yaklaşıyorum.

Hemi aşkem hemi sûzem, diye başlayan dizeyi okuyor Irac.

Bunun sonunu biliyorum. Yol boyunca çoğu dizeyi ezberledim neredeyse.

Hemi derdem hemi dâğem, diyecek şimdi.

Ama demeye kalmıyor. Ben bir boşluğun içine yuvarlanır gibi fotoğrafın zamanına, Tebriz'e düşüyorum.

Yezd'den yürüyen kervan aradaki yolu kırk günde almış, Settarhan Eylül'ün son haftası Tebriz'e inmişti. Doğruca Kapalıçarşı'ya gitti, Yakut'u sordu.

Çırak "Biraz önce çıktı ağam" dedi. "Hesapları bağladı." Lâf arasına Yakut'un kendisini olur olmaz azarladığına dair epeyce şikâyet sokuşturdu. Hızını alamadı, "Onu bulacağın yer" dedi, "Biliyorsun, Rus'un Meyhanesi."

Settarhan güldü. Yakut'u, gece feneri söndüreceği yerde bulacağı vakte kadar handaki odasına geçti. Uyandığında akşam inmişti, Rus'un Meyhanesi'ne doğru yola çıktı. Yazın cehennemî sıcakları kırılmış olsa da hâlâ hatırı sayılır bir sıcak vardı ama Hüdâhafız, Yezd'deki cehenneme göre burası ancak çarşıdaki hamamın soğukluğu kadardı. Tebriz ise bıraktığı Tebriz; İngiliz ve Rus askerleri hâlâ köşe başlarını kesmiş, adım başı geleni geçeni durduruyorlardı.

Rus sokağına giderken Dağıstan Tekkesi'nin önünden geçti Settarhan. Kapı aralıktı, kulağına bir ilâhinin ezgisi ilişti. Dervişler hep bir ağızdan yanık yanık söylüyorlardı:

Yan semaver dön semaver
Sende bir hal var semaver

Settarhan dizeleri içinden tekrarlayarak kırık dökük toprak basamaklardan kestirme, Rus sokağına indi. Buraya Rus sokağı denmesi Rus ve İngiliz askerlerinin daha çok bu sokaktaki meyhanelere gelmesinden dolayıydı ama ihtiyar Aleksandr'ın kapıları İran'ın ve Azerbaycan'ın halkına da ardına kadar açıktı. Köhne meyhanenin kapısını itmesiyle koku ve dumanla karışık uğultulu bir gürültü hücum etti Settarhan'ın üzerine, ihtiyar adamın yerinden fırlaması da bir oldu. Ellerini kirli önlüğüne silerken, "Ah beyzadem" diyordu. "Özlettin kendini."

Yakut gelmemişti henüz, görünürde tanıdık kimsecikler de yoktu. Settarhan bir köşeye çekildi, ilk kadehi sessizce kafasına dikmesiyle anında onu ikincisi takip etti. Hayret! Aleksandr "Özlettin kendini" dese de Settarhan onun özlemini ancak Yakut'un peşine düştüğü vakitlerde giderirdi ve böyle arka arkaya içmek âdeti değildi.

"Oy!" dedi gülümseyerek.

Üç. "Oy ki oyy!" Azam'ın genizden gelen buğulu, esmer sesi kulaklarında çınladı.

Dört. Etrafındaki bunca insana baktı.

İngiliz ve Rus subayları uzak masalara kurulmuş, Ermeni ve Gürcüler bir araya toplanmışlardı. Az sayıda olmakla birlikte Türk ve Acemler de vardı ve Rus gençler de göze çarpmaktaydı. Kirli tahta masalardaki, kiminin gözleri kaymış kiminin ağzı çarpılmış, kimi ağlamaklı kimi kahkahalı bunca insanın hepsi de bir şeyleri unutmak için buraya sığınmışlardı ya da unuttukları bir şeyi hatırlamak için. "Yan semaver dön semaver." Gelirken işittiği mısraları mırıldanmaya başlayınca Settarhan'ın bütün perdeleri kalktı, içindeki Azam, onaylanmamış aşk suretinde azgın bir sel gibi üzerine boşandı. Demek beş'te tamamdı. Meyhanede Çay İlâhisi'nin münasebetsizliğini kestirecek kendisinden başka kimse yoktu Allah'tan ama "Sende bir hal var semaver" derken, kendi haline katıla katıla gülmeye başladı. Üzeyir Hacıbeyli'nin "Leylî ve Mecnun" operasından bir cümle geldi aklına, tam olarak öyle, hicran siteme dayanmıştı. Hani bir parça kalan iradesiyle kendisini tutmasa bu katıla katıla gülmeyi hıçkıra hıçkıra ağlamak tamamlayacaktı.

Tuttu kendisini. Ya da öyle zannetti. Çünkü az ötede alçak tahta bir masada yarısına kadar yanmış içyağından bir mumun etrafında toplanmış bir grup genç arasındaki kızlardan birinin diğerini dirseğiyle dürterek kendisini gösterdiğini fark edebildi. Sırtı dönük olan kız kısa saçlıydı. Geri döndü, Settarhan'a baktı, sonra önüne döndü.

Settarhan onların Rusça konuştuklarını işitebildi. Böyle kızlı erkekli meyhanelerde oturduklarına bakılırsa kafalarının içini binbir türlü ihtilâlci fikirle doldurarak muhterem Çar'ı korkutan üniversiteli gençlerden olmalıydılar. İçlerinde okuldan yeni çıkmış bir "Preporçik"i üniformasından tanıyabildi. Genç subay adaylarıydı bunlar, Rus ordusunun olduğu her yer gibi Tebriz'de de adım başı insanın karşısına çıkıyordular. Çar'ın ümidi hâlâ bunlara bağlıydı fakat o ümidin bağı gevşek atılmış olmalı ki siması bir çocuğun simasından farklı olmayan, bıyıkları daha yeni terlemiş sarışın çocuk, henüz heybetlenmemiş sesiyle, bağıra bağıra:

"Ben cepheye gitmeyeceğim" diyordu, "Gitsem bile Çar için savaşmayacağım, Türklere teslim olacağım."

Masadakiler çocuğu gürültülü kahkahalar arasında alkışladılar. Şimdi bir yandan hazin bir aşk şarkısını çalıp söyleyen akordeonlu kadına gürültülü bir sesle eşlik ediyor, bir yandan da araya soktukları hararetli bir sohbeti koyulaştırıyorlardı. Settarhan kendisini tuttuğunu, katıla katıla gülmenin ardından hıçkıra hıçkıra ağlamadığını zannetse de kızlardan o biri, bir ara o diğerini tekrar dürttü, Settarhan boz bulanık bir algı arasında, "Hem de Türk" dendiğini işitebildi. İşittiğini, bir kahkaha takip etti.

"Ağlayan bir erkek. Hem Müslüman hem de Türk." Böyle mi diyorlardı?

Settarhan Müslümanlığına da Türklüğüne de erkekliğine de yöneltilmiş bu alaylı gülüşü geri püskürtmek istedi. Sallana sallana yerinden kalktı, masaya doğruldu, tek elini dayadı. Şimdi hepsi susmuş, başlarını kaldırmış ona bakıyorlardı hayretle.

İşaret parmağını sallayarak bir iki kelime etmeye kalkıştıysa da arkasını getiremedi ki Settarhan. Hangisini inkâr edecekti? Türklüğünü mü, Müslümanlığını mı, erkek olduğunu mu? Elhamdülillah hepsine razı hepsinden nasipliydi. E, o zaman ne diye bu masaya dayanmıştı? Demek gerçekten ağlamıştı. Diline dolanmış "Yan semaver dön semaver"i bir kez daha mırıldandı ama gençlerin başı kendisinden daha dumanlı, aldıran da anlayan da olmadı. Kızlardan biri, hani saçları kulak hizasında kısa kesilmiş olan, yarı dönerek:

"Türk" dedi, "Görüyorsun çakırkeyifiz, keyfimizi bozma. Gel katıl bize. Ne kederin var bilmiyoruz ama Rusya'yı da kurtarırız seni de, hiç şüphen olmasın."

Kadehler, kahkahalar, dumanlar, şarkılar, gürültüler, bulanmış zihinler ama taze heyecanlar arasında, "Ben Settarhan" diye elini göğsünün üzerine koydu Settarhan.

Kısa saçlı kız "Ben Sofya" diye ayağa kalktı elini uzatırken. Öyle ya, bunlar böyle tanışıyordu, Settarhan da elini uzattı. Diğerleri de kendisine tanıştırıldı:

"Bu Vasili. Subay olacak yakında. Çarı koruyacak."

Vasili, şu ateşli çocuktu ve gerçekten neredeyse bir çocuktu.

Tanışma faslının ardından Sofya, Settarhan'ı kolundan çekti, yanındaki boş sandalyeye oturttu sonra da masadakilerin hepsi gibi onun varlığını unuttu.

Yanılmamıştı Settarhan, bulduğu her taşın üzerine çıkarak nutuklar çeken, her boş duvara yazılar yazan, üçü bir araya gelince gürültülü ihtilâl şarkıları söyleyen, burada "ihtilâl" sözcüğünü haykırdığında iki adım ötede ihtilâlin kopacağına inanan gençlerdendi bunlar. Ve deminki gibi şimdi de Rusya'nın büyük ruhundan bahsederek hiç durmaksızın konuşuyordular.

Akordeonlu kadın gitmiş, az ötede, dönüp kimsenin bakmadığı geçkince bir çengi olduğu yerde kırılıp dökülmeye başlamıştı. Belini ve göbeğini açıkta bırakan cepken, ayak bileklerindeki şıngırtılı halhallar ve kollarının üst tarafını sıkan bileziklerle, gerdan kırmaları, göz süzmeleriyle bu modası geçmiş çengi, hele de kafası devrim şarkılarıyla tütsülenmiş Rusların, istiklâl sevdasına düşmüş Ermenilerin dikkatini dünyada çekemezdi.

Settarhan Rusya'nın nicedir kaynadığını bilse de ayrıntılardan haberdar değildi elbet. Lâkin bu Vasili, ne yaman şeydi böyle, en az adı Sofya olan şu kısa saçlı kız gibi. Bir çocuğun duru mavi gözleriyle bakan Vasili, kıpkırmızı dudakları titreyerek konuşuyordu, dudağının üzerinde ayva tüyleri yeni bitmişti ve ikide bir yumruğunu indirdiği tahta meyhane masası bana mısın demiyordu. Köhne masa daha ne darbelere alışıktı ve koca Çar şu çocuğun vurduğu fiskeyle mi yıkılacaktı?

Ama çocuk, Rusya'nın büyük acısından bahseden uzun, dumanlı, bulanık bir söyleve başlayınca, Settarhan onun haline acıdı.

"Çocuk" dedi, "Rusya'da yaşanmakta olan bütün acılar senin kalbinin üzerine çöreklenmiş, onun bütün acıları senden soruluyor, öyle mi?"

Vasili başını kaldırdı.

"Yok" dedi. "Eğer böyle düşünürsen yanılırsın. Sadece yaşanmakta olanlar değil, dün yaşanmış ve yarın yaşanacak olanlar da..."

Cümlesini tamamlayamadı. Yumruğunu bu kez göğsünün üzerine indirdi. Taşkın bir böğürtüyle "Burada" diye bağırdı, "Hepsi burada." Sonra ipi kopmuş bir kukla gibi, masaya, yanağının üzerine yıkıldı, kolunun üzerinde sızdı.

Settarhan'ın başı dumanlı, gözleri düşünceliydi. Duygusal, ateşli, macera heveslisi gençlerdi bunlar ona göre. Ama Rusya'nın bütün acılarını küçücük göğsünde saklayan çocuğa bakınca İran'ın vurdumduymazlığından biraz utandı. Ya kendisi? İran'ın neresindeydi acaba?

O zaman, "Siz" dedi az ötedeki Rus subaylarını göstererek, "Madem öyle İran'a ne diye geldiniz? Ne işiniz var burada?"

Sofya güldü, "Biz" dedi, "Bunun için gelmedik İran'a. Rusya'nın gittiği yere gelince. Onlar İran'dan da öteye, ta Erzurum'a, Trabzon'a kadar gittiler bile."

Acem çengi gösterisini bitirip çekilmişti. Ermeni bir aşug'un sazından yayılan içli ezgiler onca gürültünün arasında Settarhan'ın kulağına ulaşırken Yakut geldi.

"Settarhan Ağam, hayrola?" dedi, "Sen böyle etmezdin ama keyfi tamam etmişsin. Gel birlikte devam edelim. Masamıza geçelim mi?"

"Geçelim."

Settarhan kalktı; Türkçe, Rusça, Farsça veda sözcükleri havada uçuşurken Sofya, "Türk" dedi.

"Batum'a yolun düşerse bana mutlaka uğra. Bulvar'ın üzerinde, opera binasının tam karşısında, kime sorsan gösterir; Sofya'nın kitapçı dükkânı. Uğra bana. Sana bir çay ikram edeyim."

Settarhan sallanarak Yakut'un masasına doğru yürürken geri döndü, işaret parmağını Sofya'nın burnuna doğru uzattı.

"Yok" dedi, "Yarın Taht-ı Süleyman'a gideceğim."

Taht-ı Süleyman'a varıp da evin kapısından içeri girdiğinde Settarhan'ı karşılayan Hengâme'nin üzerinde her zamankinden farklı bir neşe, dilinin altında hayli büyük bir bakla vardı. "Gel" dedi, "Seninle biraz konuşalım oğul. Babanın dedikleri, diyecekleri var." Tatlı tatlı anlattı, döküldü saçıldı, yüzünde güller açıyordu.

Settarhan duyduklarına inanamadı. Koca Mirza Han, Settarhan'ın Azam'la evlenmesini mi emir buyurmuştu? Cennet buydu.

"Evet."

Peki, bundan Azam'ın haberi var mıydı?

"Henüz hayır." Ama kız kısmı. Haberi olsa ne çıkardı olmasa ne çıkardı?

"Sen hele şu Batum, Tiflis, Bakü seyahatini tamamla, dönüşte nişanınız ilân edilecek. Ama sen kendini şimdiden sözlü say. Baban öyle sayıyor çünkü."

Hengâme Hanım'ın ağrılarından şikâyeti yeniden azalmıştı ve o evde, o geceki sofra kadar şenliklisi hiç olmamıştı.

Baş başa kaldıklarında Mirza Han "Settar" diye söze girdi. Ne zaman oğluna "Settar" dese ardından bir samimiyet, bir güzellik gelirdi. Böylesi nadir zamanlarda iki samimi erkek olamasalar da aralarındaki mesafe bir nebze azalır, uzaklıklar Mirza Han'ın izin verdiği kadar daralırdı.

"Şu yolculuğu tamamla gel bakalım, seninle işlerimiz var."

Mirza Han gülmez bir adamdı. Fakat onun bıyık altından gülümsediğini başı önünde, elleri kucağında sofranın örtüsüne bakarken bile fark etti Settarhan. İçinden bir güvercin kanatlandı. Onca yolu kervanla değil araba ve trenle kat edecekti bu kez ama ne fark eder? Sonunda Azam varsa Settarhan dünyanın yedi iklim dört bucağına yürüyerek gidip o yolları yürüyerek dönebilirdi.

Gecenin arda kalan zamanında yolculuğun ayrıntıları konuşuldu, Settarhan üç gün sonra yola çıkacaktı. Önce Batum'a, sonra Tiflis'e gidecek, Bakü'ye geçecekti sonra. Mirza Han bu şehirlerdeki şubelere telgraflar çekmiş, hesapları hazır etmelerini, Settarhan'ın geleceğini bildirmişti. Bir süre Serbülend'le gidecekti Settarhan, sonrasını araba ve trenle devam edecekti. Onun için seyisi yanına alacaktı ki Serbülend geri getirilsin. Hanlara bırakıp da hayvanı ziyan etmeyi göze alamazdı.

Yolculuk sabahı Settarhan mahmuz vurup yola koyulacağı anda Azam koşarak geldi.

"Dur Settarhan" dedi. Ayaklarının üzerinde yükselerek Settarhan'a bir kâğıt uzattı.

"Burada isteklerim yazıyor." Güldü, "Ama şimdi açma. Hediyelerimi de unutma."

Settarhan kâğıdı kemerindeki keseye soktu.

"Unutmam" derken tatlı tatlı gülümsedi. Oy ki oy'du!

Batum treni gara, telâşlı ve gürültülü Moskova treniyle aynı anda girmişti. Perona ayak basar basmaz hummalı bir kalabalıkla karşılaştı Settarhan, etrafından her cinsten, her milletten ve her dilden insanın geçtiğini gördü. Coğrafyalar ve tarihler kadar siyasetin de kavşağı olan Batum, 93 Harbi'nden bu yana Rusya İmparatorluğu'nundu ama halkı hâlâ yetmiş iki millet bir aradaydı. Rusça, Türkçe, Ermenice, Megrelce, Lazca, Gürcüce, Svanca, Abhazca, Farsça ve daha bilmem nece konuşan bunca insana bakılırsa bu şehir kimindi? Gürcülerin mi Osmanlıların mı Rusların mı, çıkamadı işin içinden Settarhan. Bağıra çağıra konuşan esmer ve uzun boylu İranlılar, Azerbaycanlılar, göğsü fişeklikli çivit mavisi giysileri içinde yakışıklı Acarlar, hepsi de uzun etekli çerkezkaları içinde çakı gibi Çerkezler, bu toprakların en eski sahipleri olmakla övünen Gürcüler, aristokrat Ruslar ve sürekli sevkiyat halinde olan askerler ve subaylar her yandalardı. Lâkin bütün dünya gibi Batum'da da savaşın içinde bile hayat son hızla devam ediyordu ve fakat bu hareketli kalabalık birbiriyle konuşup alışveriş etse de kaynayan bir kazanda her an yekdiğerini boğazlamaya hazır görünüyordu. Settarhan Batum'a defalarca gelmişti ama her defasında yaşadığı sevinç bu kez de gecikmedi; denizi görecekti. Kalabalığı da savaşı da zihninin bir köşesine itti, rutubetli havayı içine çekti.

Onu karşılamaya gelen çırak, eşyayı yüklenirken "Otele gidelim" dedi Settarhan, "Bir araba çağır. Çok yorgunum. Bu akşam dinleneyim. Yarın sabah dükkâna gelirim."

Settarhan kemerini, heybesini başucuna koyup da yatağa uzandığında o kâğıdı bir kez daha okumak istedi. Yattığı yerde dirseğinin üzerinde doğruldu. Diğer eliyle uzandı, heybeyi aldı. Olmadı. Kalktı.

Lâmbanın fitilini açtı. Dörde katlanmış küçük kâğıdı kim bilir kaçıncı kez okudu. Eğri büğrü harfleri güç belâ seçti. Kâğıdın başında "Azam Hanım'a alınacak hediyeler" yazıyordu. Bir mutluluk boğazına dayandı Settarhan'ın. "Azam Hanım" diye tekrarladı. Azam Hanım'ın listesini artık ezbere bildiği halde -seyisten ayrıldığı andan itibaren her durak yerinde okumuştu- bir daha okumaya başladı.

"Bir paket kâğıtlı sabun, kokulu." "Kâğıtlı" ve "kokulu" kelimelerinin altı çizilmişti. Demek sadece herhangi bir kalıp sabun yetmezdi, kokulu ve kâğıtlı olacaktı. Alt satıra geçti.

"Bir şişe kolonya." Bunun altı çizili bir kelimesi yoktu. Bir alt satıra geçti.

"Bir tane şal." Dudaklarını büktü Settarhan. Demek Azam Hanım şallara sarınacaktı, öyle mi?

En alt satırda ise önce yazılmış sonra üzeri çizilmiş sonra vazgeçilmiş de yeniden yazılmış bir satır duruyordu:

"Bir de sen ne istersen."

Onun da altında bir uyarı cümlesi, bir gözdağı gibi büyüyordu:

"Sakın hediyelerimi unutma."

Settarhan kâğıdı yastığın üzerine, başını da kâğıdın yanına bıraktı. Azam'ı, yarınki hesapları, ödemesini bir türlü yapmayan Gürcü müşteriyle nasıl baş edeceğini düşünerek odasına kadar gelen dalga sesleri arasında uykuya daldı.

İşlerini tamamlaması için iki gün yetti Settarhan'a. İlk günü ortağın çıkardığı hesapları, faturaları, sözleşmeleri incelemekle, siparişleri listelemekle geçirdi. Ertesi gün Gürcü tüccarla kolları koparcasına yeniden tutuştukları pazarlık ise Settarhan'ın ummadığı kadar kolay geçti. Sonunda işler bitti. İyi kâr kalmıştı, keyfi yerindeydi Settarhan'ın. Dükkândan çıktı, oyma saçaklı ahşap balkonlarıyla köşkleri, yalıları; önündeki kumsala kayıklar çekilmiş yazlıkları; şık faytonları, bir deri bir kemik kalmış atların çektiği arabaları, tek tük otomobilleri, havagazı lâmbalarını geçti. Bulvar'dan girerek parka doğru yollandı. Askerî araçlar, top arabaları, askerler, denizciler, sokak çalgıcıları, başlarında üçgen kırmızı eşarplarla çiçek satan fakir Rus kızları, zengin ve soylu madamlar Bulvar boyunca yayılmışlardı. Settarhan manolya ağaçları, garip tropikal bitkiler, az rastlanır çiçekler, sık yapraklı fidanlar arasından yürümeye devam ederek Aleksandrovsky bahçesine girdiğinde Petersburg'daki meşhur Bronz Atlı heykelinin bir kopyası önünde askerî bando Carmen'den parçalar çalıyordu. Banklardan birine oturan Settarhan Osmanlı tarafındaki bulutların altın ve gül rengi yansımalarını seyrederken kendini rüzgârın okşayışına bıraktı, gözlerini kapattı. Her şey iyi, hoş, lâtif ve berrak geldi ona. Şurada bir top mermisi patlasa Settarhan'ı vurmazdı. Her yerde Azam vardı çünkü ve bugün yalnızca Azam'ındı.

"Kolonya, sabun, şal. Bir de sen ne istersen."

Kolonya ve sabun. Bunlar kolaydı, şal da öyle. Ama şu "Sen ne istersen" kısmında Settarhan'ın kafası iyice karışıktı.

Çarşılarda pazarlarda bir iki saat dolaştı. Hey gidi Batum! Tebriz gibi bir kapalıçarşısı yoktu ki orada her şeyi bir arada bulsundu. Yine de kolonyayı, kokulu sabunu, Azam bir tane istediği halde o üçer tane aldı. "Şal da kolay" diye düşünmüştü ya daha ilk dükkânda o kadar kolay olmadığını anladı. Halıdan, kilimden, kumaşların dilinden anlayan Settarhan, Azam'ı memnun edecek, ona yakışacak şal hangisi, işte buna bir türlü karar veremedi. Kendisine gösterilen şallardan kiminin rengi güzel, kumaşı adiydi. Kiminin ipeği, yünü yerinde ama deseni sevimsizdi. Sonunda içine sinen birini seçebildi. Fakat şu "Sen ne istersen" hediyesi yok mu, işte bunda kafası eskisinden de karışıktı.

"Ben ne istersem? Azam için ne istersem?"

Aklından pek çok şey geçti. Hiçbirini Azam'a lâyık bulmadı, lâyık bulduklarını ise takdim edecek cesareti yoktu. Bir şeye cesaret edebilirdi gerçi ama eşsiz bir çift küpenin Batum'da ne satıldığı yeri bilebilirdi ne de gerçek değerliyi kandırılmadan bulabilirdi. Bulsa bile en güzeli yanılmadan seçebilir miydi?

Dükkândan çıktı. Yol boyunca fesleri ve ağırbaşlı giyimleri ile Osmanlı bürokratları, Ermeniler, mavi ceketli Rus jandarmaları, her yer gibi buraya da yayılan Kazak tugayının fiyakalı askerleri, yalvaran ve insanı canından bezdiren dilenciler, pahalı dükkânlara girip çıkan şık Avrupalılar arasından geçerek nereye gittiğini bilmeden yürümeye başladı. Neden sonra kiremit rengi Opera binasının önünden geçerken elini alnına vurdu.

"Olur mu?" Olurdu.

Bir kadının neyi sevebileceğini en iyi yine bir kadın bilebilirdi. Ne demişti?

"Opera sokağında Sofya'nın kitapçı dükkânı. Kime sorsan gösterir."

Sormasına gerek yoktu bile. İşte şurada tam karşısında duruyordu.

Bütün bunları size anlatmakla kalmayıp her şeyin içinde yaşayan, Settarhan'ı adım adım izleyen gölge ben, o daha karşıya geçerken dükkâna doğru ilerlemiştim bile. Kapının önünde iki küçük çınar fidanı vardı. Camekânın üzerinde Tolstoy'un, bir gazeteden kesilmiş resmi asılıydı, aynı resmi biraz önce fakir bir kunduracının camekânı üzerinde de görmüştüm. Hemen yanında iç içe geçmiş incecik satırları, okları, çıkmaları, parantezleri, eklemeleri, çıkarmaları ile örümcek ağına benzer el yazması sayfayı ise Dostoyevski'ye benzettim.

Settarhan'ı beklemeden süzüldüm dükkândan içeri. Bütün duvarlar yüksek kitap dolaplarıyla kaplıydı ve bir masanın başında oturmuş olan Sofya'yı da karşısında ayakta duran Vasili'yi de anında tanıdım. Sofya'nın masasının üzerinde çerçeveye konmuş bir fotoğraf vardı. Yaklaştım. Nizam'ın bana verdiği fotoğrafın aynısı. "Sofya" diye gülümsedim, bir tabureye ilişirken. Dedemin Rus sevgilisi. Fakat nasıl olacak bu? Kader tıpkı bugün gibi dün de ne kadar şaşırtıcı şeylere gebe.

Sofya'nın gözlerinin rengini merak etmiştim ya, uzun uzun yüzüne baktım. Yabanî kekiklerin yaz sonu rengindeydi bu gözler. Mavi ile mor arası, azıcık menevişli çokça ışıklı. Fakat onun yüzüne uzun uzun bakan tek ben değildim. Vasili de oradaydı ve hâlâ aynı dokuz yaş gözleriyle o da bu yüze bakıyordu.

Yerimden kalkarak raflara baktım. Puşkin, Gogol, Turgenyev, Tolstoy ve Dostoyevski'yi rahatlıkla tanıdım; Bellinski, Nekrasov, Gonçarov, Leskov gibi yazarların eserlerini gördüm orada. *Büyük Dergi*'nin her biri 400'er sayfalık devasa nüshalarını da raflarda elimle koymuş gibi buldum. Lâkin Menşevizm'i destekleyen Gürcistan'da, görünürdekinden daha fazlasının, Bulgakov'dan Çernişevski'ye Bolşevizm'in bütün yasaklı külliyatının raf altında olduğundan adım gibi emindim.

Tekrar Sofya'nın yanına döndüm. Önünde açık bir kitap vardı. Omuzu üzerinden kitaba eğildim, açık duran ilk sayfaya göz gezdirdim.

"Pierre, başının üzerinden bir kuyruklu yıldız geçerken 'Her şey o kadar güzel ki daha fazlasını istemek niye' diye düşünüyordu."

Ben bu cümleleri nerede olsa tanırdım. *Harp ve Sulh*'un cümleleriydi bunlar. Gözüm masa üzerindeki takvime ilişti. 5 Ekim 1916. Zihnimi yokladım. Tolstoy öleli 5, Dostoyevski öleli 35 yıl olmuştu ama Anna Dostoyevski sağdı henüz, Sofya Tolstoy da. Hani, bir trene atlasam!

O sırada Settarhan dükkândan içeri girmişti. Önce Sofya'yı gördü; kız, yine öyle muzip bir oğlan çocuğu gibi bakıyordu ve saçları hâlâ kısacıktı. Masaya yaklaştı.

"Sofya Hanım" diye seslendi.

Vasili kapıdaki bu Azerbaycanlıya baktı, meyhane gecesinin dumanlı hatırası arasından ağlayan Müslüman Türk'ü çekip çıkardı.

"Ooo!" dedi, "Sofya, bak kimler gelmiş."

"Sofya Hanım" dedi Settarhan bir kez daha. Bu ismi, "y"sinin üzerine öyle kuvvetli bir şedde giydirerek telâffuz etti ki Sofya da güldü Vasili de.

"Çay" dedi Settarhan, "Çayımı içersin, demiştin. İşte geldim."

Neden sonra sadede geldi. Bir hediye alması lâzımmış. Genç bir kıza alınacakmış bu hediye. Ama Settarhan kararsızmış. Aslında aklında bir çift küpe varmış da nasıl bir küpe olacağını bilmiyormuş. Dükkân dükkân dolaşırken aklına Sofya Hanım gelmiş-miş.

Sofya "Kendini yorma Settarhan" dedi, "Gidip alırız. Kuyumcu Sarafim'de en iyisini bulursun."

Fakat gidip gelenin ardı arkası kesilecek gibi değildi. Üstelik bunlar raflardan ya da raf altından bir şey alan ya da arayan müşteriler değillerdi sadece. Settarhan bile orada beklediği kısa süre içinde buranın sadece bir kitapçı dükkânı değil Rusya'da binlercesi bulunan bir toplantı yeri olduğunu anladı.

Sonunda dükkân bir parça boşaldı; Sofya "Sen burada kal" dedi Vasili'ye, "Ben birazdan dönerim."

Fakat o kadar da erken dönmedi.

Dışarı çıktıklarında Settarhan bir fayton çevirmek için etrafına bakınınca "Yürüyerek gidelim" dedi Sofya, "Araba bulamayız kolay kolay. Hem de biraz yürümüş oluruz. Oturmaktan yoruldum."

Soğan kubbeleriyle şehrin her yerinden görünen Moskova tarzı katedralin önünden geçerlerken Sofya, "Settarhan" dedi muzipçe gülerek, "İçeriyi görmek istemez misin?"

Settarhan biraz düşündü. "Olur." Meyhaneye girmişti de kiliseye mi girmeyecekti? Kilise, nihayetinde o da Allah'ın evi.

Fakat Ortodoks kilisesinin kapısından içeri daha ilk adımı attıkları anda içyağından mumlarla karışık günlük buhurunun kokusu yüzüne çarptı Settarhan'ın. Renkli camlardan sakin sakin süzülen ışık, mum aydınlığını huzmelere bölse de kilisenin içi yarı karanlıktı ve Settarhan kasvet duygusuna kapıldı.

Simsiyah giysileri içinde rahipler sağa sola koşturuyor, çömezler seğirtiyor, bir tarafta vaftiz, bir başka köşede nikâh töreni yürütülüyordu. Settarhan şık giyimli, güzel ve genç bir kadının rahibin önünde diz çöktüğünü ve hıçkıra hıçkıra ağladığını fark etti. Hıçkıranlar, iç geçirenler, sessizce süzülerek ağlayanlar, gözyaşlarını içine akıtanlar, kendilerini boylu boyunca ikonaların önünde yere atanlar az değildi burada fakat bu kadını bu kadar ağlatan günahın ne olduğunu merak etti Settarhan, sonra kendi merakından utandı. Bakışlarını etrafa çevirdi. Kadınların selâm duraklarında üç parmaklarını birleştirerek istavroz çıkarışlarına, ikonlar önünde gözleri açık dua edişlerine bakarken gayriihtiyarî sağ elinin ilk üç parmağını birleştirmişti Settarhan. Böyle mi yapıyorlardı?

Sofya güldü. Hayır, olmamıştı. Settarhan'ın elini eline aldı, üç parmağını bir araya topladı, işte böyle olacaktı.

Çabucak çözdü parmaklarını Settarhan, sandı ki bu istavroz nizamı eline yapışıp kalacak. Ama Sofya'nın elinden parmaklarının ucuna geçen şu ipeksi dokunuş yok mu! Allah affetsindi ama içi ürpermişti. Ve bu, nereden çıkmıştı?

Settarhan'ın kalabalıktan başı dönmüştü, insanlardan çok kilisenin kendi kalabalığından. Azizlerin, Meryem'in, İsa'nın ikonlarından; Allah'a ve onun peygamberine giden yolun üzerinde araya giren bunca teşrifattan, bunca kuraldan; yaldız, süs, oyma ve parıltıdan. Neticede Allah tek, peygamber İsa da onun kulu ve resullerinden biriydi. Bu kadar papaza, diyakoza, rahibe gerek var mıydı sanki? Tek olan ne zaman bu kadar çoğalmıştı? Bu kadar çok tafsilât, bu kadar teferruat, bu kadar dağılıp parçalanma? Bu kilisede bu kadar aracının ortasında, Allah? Neredeydi? Huzursuzluk duydu Settarhan, biraz önce parmaklarında hissettiği ipeksi dokunuşu bile unuttu ve kendisini her zamankinden daha fazla Müslüman hissetti.

"Dışarı çıkalım" dedi Sofya'ya, "Şu kadınlardan biri bizi kovmadan."

Kadınların hepsi küçük üçgen bir örtüyü çenelerinin altında sıkı sıkı düğümlemiş olsalar da Sofya özellikle yaşlı kadınların öfkeli bakışlarına aldırmadan başı açık girmişti içeri, durakları atlamış, istavroz bile çıkarmamıştı.

Alçak duvarlardan birinin üzerine oturduklarında Settarhan muazzam katedrale bakarak "Moskova'daki katedraller de böyledir herhalde" dedi.

"Bu bir şey mi? Hele Petrograd. Adım başı katedral, kilise, manastır." Yüzünü buruşturdu, "Bu da diğer hepsi de yıkılsın, içim sızlamaz."

Settarhan onun bu ürpertici açıksözlülüğü karşısında sormakta beis görmedi: "Nasıl oldu? Yani hep böyle değildin herhalde."

"Değildim. Ama öyle bir gün geldi ki kiliseye her gittiğimde papaz cübbesinden, diyakozdan ve onun gürültüsünden başka bir şey görmemeye başladım. Dinin tüccarlarından, pazarlıklar sürdüğü sürece gelinin ya da cenazenin bekletildiği törenlerden başka bir şey kalmamıştı ortada. Ben. İnanmıyorum. İnanırsam da hiçbir kilisenin dizginlerine gelmez benim inancım."

Sesi hafiflemişti. Sonra aniden "Acıktım" dedi, yan taraftaki yeme içme tezgâhlarını göstererek. Lahanalı, çavdarlı çörekler, ballı ve bol baharatlı içecekler, Settarhan'ın adını bilmediği türlü türlü yiyecekler; Sofya hepsinden istedi, önüne gelenin hepsini yiyip yuttu. Bir çocuğunkini andıran bu bedenin nasıl bu kadar yiyebildiğine şaşırdı Settarhan. Yine de Şark'ın kendine mahsus nezaketiyle hepsinin ücretini ödedi.

Sahil boyunca yürümeye başladıklarında deniz gümüş renkli bir ayna kadar durgun olduğu halde, kıyıları ağır ağır döven geniş ve kıvrımlı dalgalar bembeyaz köpükler arasında kırılıyor, Fransız Oteli'nde kalan Avrupalı kadınlar tenteli sandalyelerine kurulmuş denizi seyrediyorlardı. Kafkas Dağları'nın güzel ve uzak, ihtişamlı ve korkutucu siluetinin önünde martıları ve bulutlarıyla liman uzanıyordu. Bir kartpostala benzetti Settarhan manzarayı ama bu kadar masum değildi hiçbir şey. Petrol gemileri savaş gemileriyle birlikte yaklaşıyor, bir kavşak limanı olan Batum, petrolü de askeri de bir arada sevk ediyordu. Karadeniz kıyısında Rus işgaline uğramış Osmanlı şehirlerine gidecek takviye kuvvetler, kendilerini götürecek gemileri bekliyordu saatlerdir. Subaylar biraz daha yaşlı sayılabilirlerdi belki fakat askerlerin hemen hepsi Vasili kadar çocuk yaştalardı. Pırıl pırıl sarı metal düğmeleri, şık şapkaları, rütbeleri, nişanları, kaputları, eldivenleri, postalları vesaireleri ile Rus ordusu ne kadar iyi giyimli, ne kadar düzenli ve bakımlıydı ilk bakışta.

"Aldatıcı parıltı" diye söylendi Sofya ayağıyla yere daireler çizerken. Ordunun, içten içe kaynadığını, kendisini sevk eden el ile arasındaki bağın nicedir çözüldüğünü bakışı keskin olanlar görebiliyordu çoktan. Ona bakılırsa bu muazzam güç kendi kaderini oluruna bırakmayacak, al baştan yeniden yazacaktı. Kansa kan, başsa baş, cansa can; dökmeye de, vermeye de, ölmeye de razılardı.

"Bak" dedi, uzakta, koyun tam karşısında petrol kuleleri, petrol yatakları, petrol tarlalarından ibaret bir hayal şehir gibi görünen bulanık bölgeyi işaret ederek Sofya. Bakü'den işlenmek ve sevk edilmek üzere tren ya da boru hattıyla gelen petrol burada kendi düzenini kurmuş, zengini ve fakiri aşılmaz bir uçurumun karşılıklı iki kıyısında bir araya getirmişti. Sofya'ya göre Batum'un varoşları aç insanlarla doluydu fakat onları bu uçuruma atanların o uçurumda boğulmaları yakındı.

"Nasıl bu kadar emin olabiliyorsun?" diye sordu Settarhan.

Emindi. Çünkü Batum'da da Petrograd'dan farklı değildi manzara. Rusya'nın tamamına yayılmış huzursuzluk Kafkaslara sıçramış, Batum'da ayağına adamakıllı yer etmişti. Ağzına kadar dolmuştu petrol fıçısı, encamı bir kıvılcıma bakıyordu. Bir kibrit, petrol denizini tutuşturmaya yetip artacaktı. Yolun sonu gelmişti bile. Bir darbe, yetecekti. Çünkü ok yaydan nicedir çıkmıştı ve bunun geri dönüşü yoktu.

Heyecanla başını çevirdi Sofya, gözleri kıvılcımlıydı. "Settarhan, bu kadar işçinin greve gitmesi Rusya'nın çökmesi demek. Senin anlayacağın bu düzen kendi mezar kazıcılarını da yarattı. Rotschield efendilerin gazyağı işletmeleri günlerdir boş duruyor. Tek teneke dolmadı. Son model makineler ve tesisler sessiz, gürültüsüz, kıpırtısız. Bekliyor. Fabrikalar durmuş, çarklar dönmüyor. İşçilerin hiçbiri geri dönmeyi düşünmüyor, onların efendileri için korku Kafkas Dağları'nı bekliyor."

Settarhan dilinin ucuna kadar gelen soruyu saklamadı, o bu haritanın neresindeydi? Gizlisi saklısı yoktu Sofya'nın.

Batum'da Menşeviklerin gücü göz ardı edilir gibi değildi çünkü Bolşeviklerin hesaba katmadığı bir şey vardı; Gürcülerin millî hassasiyetleri çok yüksekti. Böylece Gürcü milliyetçilerini besleyen aristokrasi, onlara yaslanan Menşevikler, Ermenileri ordu edinen Çar, kimin eli kimin cebinde belli değildi yani. Anlık rüzgârlarla değişiyordu siyasetin yönü. Ve işte Bolşeviklerin propaganda kanadında yer alan Sofya, Menşeviklerden de aristokratlardan ve burjuvalardan olduğu kadar nefret ediyordu.

"Kitapçı dükkânını o yüzden mi açtın?" diye sordu Settarhan.

"Hayır" dedi Sofya. "Açmasam da olurdu. Ama kitapları seviyorum."

Settarhan onun bu ılık sonbahar gününde bile solmuş siyah paltosuna sıkı sıkı sarınmasına, boynundaki kül rengi kaşkole baktı. Bembeyaz bir yüzü, siyah saçları vardı ve ancak kar dolu bir gök ya da lâvanta çiçekleri Sofya'nın gözleri ile aynı renkte olabilirdi.

"Kalk. Hadi gidelim."

"Gidelim" dedi Sofya, "Öyle ya hediye alacağız."

Daha içeri adım attıkları ilk anda Settarhan tepeden sarkıtılmış kandiller, avizeler, tezgâhların üzerine dizili şamdanlar, kocaman mumlar, fanuslu gaz lâmbaları arasında saltanatlı bir ışık dünyasıyla karşılaştı. Dükkân sahibi bir parça aydınlık uğruna hiçbir zahmetten ve masraftan kaçınmamış, on dükkânı aydınlatmaya yetecek kadar ışığı bir araya toplamıştı, ama haklıydı bu israfta. Camekânların arkasında sıralanmış, duvarlardaki gözlere dizilmiş mücevherlerden kışkırtıcı bir parıltı, sükûnetli bir ışık şelâlesi ancak böyle gür bir ışık altında ağır ağır dökülebilirdi ve burada satılan şey, güzelliği ancak ışıkla ortaya çıkabilecek türdendi.

Sofya koltuklardan birine oturmuştu. Kuyumcu Sarafim, çırağı Topal Andon'a, "Oğlum koş" dedi; çok geçmeden çaylar geldi, Settarhan'a nargile Sofya'ya sigara ikram edildi. Tebriz'deki Kirkor Usta'nın zavallı dükkânını hatırladı Settarhan, burası öyle köhne değildi. Fakat çok geçmeden "Tezgâhları, vitrinleri, ışıkları farklı olsa da kuyumcuların hepsi birbirine benziyor" diye düşündü. Düşüncesinde haklıydı, Sarafim de mesleğine tutkuyla bağlıydı, üstelik aksi bir adamdı. Sahici bir müşteri dükkânındaki bütün mücevherleri tek tek gözden geçirmeye kalksa, tamamını tezgâhın üzerine yaydırsa bile bir itirazı olmazdı Sarafim'in ama kendi imalâtı olan kuyumculuk işlerine yöneltilen en ufak eleştiriyi hakaret kabul eder, anında parlardı.

Settarhan onun önce aksi yanıyla karşılaştı. Önüne sürülen bir çift elmas gül küpeyi öyle bir tavırla evirdi çevirdi ki halıların taciri, Sarafim, kırmızı altın üzerine iri taşı ortada, daha küçükleri etrafında sıralanmış şaheserini tahta bir oyuncak gibi inceleyen müşterisine içerledi, zaten şu Türkler de elmasla camı ayıramayan cahil bir sürüden başka bir şey değillerdi.

Sofya bacak bacak üzerine atmış sigarasını tüttürürken onları seyrediyordu fakat aklı da bakışları gibi daha çok Settarhan'ın üzerindeydi. Andon ise bir köşede, karanlık gözlerle boşluğa bakıyordu ve çehresi Settarhan'ın dikkatini çekecek kadar sarı kara bir renk almıştı.

O sırada kuyumcu Sarafim şaheserini işaret ederek, "Türk" dedi Settarhan'a, "Kendi ellerimle yaptım. Elmastır. Elması biliyorsun sen?"

Soru eki olmayan Türkçesinde bütün soruyu sesinin tonuna, cümlenin vurgusuna yüklemişti. Elmas hakkında bilgiçlik yapmaya hazırlandığında ise Sofya gidişatı tahmin ederek gülümsedi.

Settarhan "Biliyorum" diye sözünü kesti kuyumcunun. "Sertliği saflığının da nedenidir. İçine ışıktan başkası girmez ve yansıttığı, aldığından fazlasıdır." Kirkor Usta'nın cümlelerini ardı ardına sıraladı. Elmas bilinen en sert maddeydi. O kadar sertti ki kendisi her şeyi kesebildiği halde hiçbir şey tarafından kesilmesi mümkün değildi. Bir elmas ancak bir başka elmas tarafından kesilebilirdi. Vesaire vesaireydi.

Sarafim gülümsedi hafifçe, aksiliğinden vazgeçti. Gönül almayı da başardı, nesi varsa döktü saçtı ortaya. Üstelik bir işgüzarlık daha yaptı, şu ikisini sevgili ya da nişanlı sandı. Settarhan şaheser gül küpelerle inci damla küpeler arasında kararsız kalınca, Sarafim, gül küpeleri işaret ederek "Tak kulağına matmazelin, bak ne kadar yakışacak nişanlına" deyiverdi. Bir aşkın temaşasında kendine yer bulmuş olmakla keyifli; şu gözler ne masum aşklar ne yasak sevdalar görmüş de bir gözünün gördüğünü diğeri bilmemişti. Burası kuyumcu dükkânıydı, bütün aşkların yolu oradan geçerdi.

Settarhan şaşırmıştı. "Biz nişanlı değiliz" diyecekti ki Sofya parmağını dudaklarının üzerine koydu. "Suss!" Böyle bir yakıştırma, böyle bir mümkün, böyle bir ihtimal. Hoş şeydi. Kalktı, aynanın önüne geçti, önce gül küpeleri taktı kulağına.

Settarhan onun kısa saçlarının altında, boynuyla yanağının birleştiği noktadaki elmas gül ışığını, o ağır salınımı seyretti. Alevden bir göz gibi içten gelen parıltıdan gözlerini alamadı. Ermeni kuyumcu sanatıyla gururlanırken ortaya yakut parçası büyüklüğünde alev dilli bir mümkün salmıştı. Bu mümkün, Sofya'nın kalbinde rağbet bulsa da Azam'la dolu bir kalpte yansımazdı elbet. Ama yine de Settarhan, neredeyse bir erkek kadar sade giyinen, kendisine bir süs kondurmayan

Sofya'nın bir kadın olduğunu fark etti, istavroz nizamından çıkan parmaklarının ucundaki ürpertiyi bir kez daha hissetti.

"Yakıştı matmazele" dedi Sarafim keyifle. Kıymetli taşların güzel bir kadınının kulağına küpe olunca daha güzel göründüklerini, daha fazla parladıklarını biliyordu zaten. Gül biçimli elmas bir küpe matmazeli güzel göstermişti ama küpenin kendisi de matmazelin kulağında olduğundan fazla güzelleşmişti. Yakışmak buydu işte. Meslek tecrübesi.

Settarhan kararını vermişti. "Gül küpeler olsun." İnci küpeler denenmedi.

Sofya koltuğuna çekilmiş ikinci sigarasını yakarken, küpeleri kadife bir keseye yerleştirmekte olan kuyumcu, oltasının ucuna bir yem daha takmış, Settarhan'ın önüne atmıştı bile.

"Bende" dedi, "Mücevherden daha kıymetli şeyler de var."

Settarhan güldü. Tebriz'in ipek halılarını satamayacağına göre Sarafim'in dükkânında mücevherden daha kıymetli ne olabilirdi?

"Zaman görmüşlük daha kıymetlidir."

Settarhan bu başlangıcı Tebriz'in antikacılar çarşısından iyi bilirdi. Şimdi falan tarihten filan törenden birçok ufak tefek önüne serilecekti; kuyumcu şayet Settarhan'ın yüzünde aradığı ifadeyi bulabilirse Çar II. Nikolay'ın madalyalarından birinin bile şu tezgâhın üzerinde arz-ı endam etmesi işten değildi. Elinin tersiyle ilgilenmediğini ima eden bir işaret yaptı Settarhan.

"Ben alacağımı aldım."

Sarafim inatçı çıkmıştı.

"Bir dakika lütfen efendim."

Gizli bölmeler, kasalar, çekmeceler birbiri ardınca açıldı. Kadife keseler, deri çantalar, ahşap mahfazalar tezgâhın üzerine yayıldı. Kuyumcu, hepsinin hikâyesini gözleriyle görmüş gibi anlattı, hiçbir ayrıntıyı ihmal etmeden. Şu gerdanlık gerçekten bir grandüşesin boynunda parıldamıştı; şu hançer yüz yıl önce yaşamış Dağıstanlı bir savaşçının elinde. Bir an için bütün bu hikâyelerin gerçek olduğunu varsaydı Settarhan. Ee, peki ne olacaktı? Hiçbirisine yanaşmadı.

Kuyumcu ise yılacak gibi görünmüyordu.

"Efendim" dedi, "Yaşanmışlığın en kirli ama en kuvvetli tanığı paralardır. Bende sizin paralarınız da var. Bunlarla da mı ilgilenmezsiniz?"

Siyah kadife bir tablanın üzerine sıralanmış bir düzine kadar madenî para tezgâhta boş kalan yere yerleştirildi. Şu Safevî parasıydı, şu Sasanîlerden kalma. Kim bilir kimlerin elinden geçmiş hangi keselere girip çıkmışlardı? Nelere mal olmuştu taşıdıkları değer? Neler satın almış neler görmüşlerdi? Üzerlerindeki resimlere dikkat buyurulsundu lütfen. Dilleri olsa da anlatsalardı.

Paralar değil ama Sarafim durmaksızın anlatıyordu. Hani neredeyse Nuşirevan'ın hazinelerine kadar gidecekti.

"Bakın efendim, bu II. Ardaşir, siz Hormuz diyorsunuz. Bu da II. Şapur, hani annesinin karnındayken taç giyen hükümdar. Şu kadı hükümdar, Buran. Şu da III. Yezdigirid, Sasanîlerin son hükümdarı; bütün son krallar gibi onun da ordusu tamamen yok edildi."

Neticede önüne sürülen iki sikkeyi almaktan kaçınamadı Settarhan, tabii iyice pazarlık yaptıktan sonra, bir de bedelini daha sonra ödemek kaydıyla. Gül küpelere küçük bir servet yatırınca yanında yeteri kadar para kalmamıştı Settarhan'ın. Bankadan çekmesi lâzımdı, ama Tebriz'den onay kim bilir kaç günde gelirdi. Senetler imzalandı. Tamamdı.

Otele gelince sikkeleri evirdi çevirdi Settarhan. Her ikisinin de ön yüzünde Sasanî kisraları sonsuzluğa bakıyordu, arka yüzlerinde ise rahipler bir ateş sunağının içinden yükselen alevi harlıyordu.

Settarhan ertesi gün Sofya'nın kitapçı dükkânına bir kez daha uğradı. Yarın sabah Tiflis'e gidiyordu, hem teşekkür hem de veda edecekti. Bu kez Vasili yoktu ve kız yine bir kitabın üzerine eğilmişti.

Vedalaşırlarken Sofya, rafların birinden zarif ciltli kalınca bir kitap çıkardı. "Al" dedi, "Bu da benim sana hediyem."

Kitabın sayfalarını çeviren Settarhan, "Rusça kitap okuyamam ben Sofya" dedi. Elinden gelse o an bütün Türkçe ve Farsça bilgisini ortaya döküp saçardı ama işte şu Rus harfleri!

"Öyle ya!" dedi Sofya kaşlarını kaldırarak, "Sen o Rusça konuşan ama okuyup yazamayanlardansın. Dükkân tabelâlarını, durak isimlerini ezberden çıkaran ama harfleri tanımayan türden."

"Öyleyim" dedi Settarhan. "Konuşmak daha kolay, arada alfabe engeli yok hiç olmazsa."

Sofya, Settarhan'a verdiği kitabı geri aldı, ilk sayfayı açtı. Parmağını bir cümlenin üzerine koydu, okumaya başladı. Sonra Settarhan'ın yüzüne baktı.

"Ne dediğimi anladın mı?"

"Evet, elbette."

"Güzel" dedi Sofya. "İşimiz çok basit. Sana alfabeyi öğreteceğim. En fazla iki günde konuştuklarını okuyup yazar hale geleceksin. İki günün var mı?"

"Söylemiştim, yarın sabah Tiflis'e geçiyorum."

"Sadece iki gün Settarhan. Koskoca bir alfabe öğreneceksin."

Settarhan "İyi, o vakit Tebriz'den para da gelmiş olur, Sarafim'e borcumu öderim" diye düşünürken Sofya alfabenin harflerini bir kâğıda teker teker, ayrı ayrı, iri iri yazdı. Bak dedi bu "A", bu "B", bu da "V".

O gün Settarhan Sofya'nın yanından on beş harf öğrenmiş olarak çıktı. Hayret! Üç dişli bir çatala benzeyen "Ş" harfinde epey takılsa da demek iki gün Rus alfabesindeki bütün harfleri öğrenmesine yetecekti.

İkinci günün akşamüstü alfabeyi tamamlamış olan Settarhan veda ederken Sofya zarif ciltli kitabı yeniden çıkardı.

"Oku bakalım bu kitabın adını."

Settarhan buyruğu yerine getirdi. Ağır ağır okudu. "*Evgeni Onegin*. Aleksandr Puşkin." Baş belâsı "Ş" harfini bile tanıdı.

Dükkândan ayrılırken, "Sofya" dedi, "Bizde bir söz vardır. 'Bana bir harf öğretenin kırk yıl kölesi olurum' diye, İmam Ali söylemiştir. Şimdi ben senin kaç yıl kölen olacağım ki hakkını ödemiş sayılayım?"

"Hiç" anlamına gelen bir işaret yaptı Sofya gülümserken.

Settarhan çıktıktan sonra yerinden kalktı, kapı camının arkasından onun giderek uzaklaşan ince, uzun, güzel hayaline baktı, kendi kalbinin hararetinden ateşin kokusunu aldı. Sofya'nın kalbi. Settarhan'ın kalbi. Vasili'nin kalbi. Gül küpelerin kalbi. Yangındı aslolan, dumanın nereden tüttüğü önemli değildi. Kendi kalbinde bir doğu masalının şehzadesine doğru akmaya başlayan ateşi dinledi. Her belâya her kazaya evet diyebilirdi. Böyle bir şehrayin alevi hangi cihetten gelse, yanmaya değerdi. Fark etmez kimin kalbinde kıpırdarsa kıpırdasındı ama yeter ki çıksındı böyle bir yangın. Kalbinin yangın haberini sardı sarmaladı, günü gelince açmak üzere bir kuytuya kaldırdı. Değil mi ki Settarhan aşk'ın "ş"sinde takılmıştı!

Geri döndüğü anda kapının çıngırağı öttü. Üç beş gürültücü genç bir yağmur fırtınasıyla arkadan itiliyor gibi içeri doldu. İçlerinden biri "Sofya, Herzen'in *Rus Halkı ve Sosyalizm*'i yok mu sizde?" diyordu. Vardı, olmaz mıydı?

Onegin'in baskılarından birini koltuğunun altına sıkıştırmış Tebrizli tacirse önce Sarafim'e uğradı. Adam en güzel yüzünü takınmıştı yine. Yine çaylar içildi, nargileler tüttürüldü, hoşbeşten sonra ödeme yapıldı. Fakat kuyumcunun onu yolcu etmek için kapıya çıktığı sırada renginin birden attığı Settarhan'ın gözünden kaçmadı. Andon hafif aksayarak duvar kıyısından dükkâna doğru geliyordu ve yanında tekinsiz gibi görünen bir adam daha vardı. Andon'un yüzü iyice sarı kara bir renk almıştı. Settarhan bu rengi tanırdı, genellikle yapıp ettikleriyle yüzünün rengini birbirine uyduramamış, bedeni acemi ama ruhu ateş almışlar zümresinin yüzünde görülürdü. Kuyumcu çırağı Andon'un karanlık işler çevirmesi mümkün olabilir miydi? İki erkeğin anlaşabileceği bir bakışla Sarafim'e dikti gözlerini Settarhan, hal diliyle sordu.

"Neler oluyor?"

Sarafim bu sessiz sorguyu anladıysa da cevapsız kalmak evlâydı. "Bir şey yok" anlamına gelen bir bakışla ve aynı dilden cevap verdi.

İkinci soru gecikmedi: "Emin misin?"

Emindi!

Settarhan otelin yolunu tuttu. Petrol lâmbasının ışığı altında Sofya'nın kitabını heceleye heceleye okumaya, harfleri pekiştirmeye başladı. Okudukça açıldı, alfabeyi sökmüştü. Ama ne Âşık Kerem'in ne de İmam Ali'nin menkıbelerine benziyordu bu. Aleksandr Puşkin sürekli anlatıyordu. Bu kadar uzun anlatmalara tahammülü yoktu oysa Settarhan'ın, her şey bir an önce olup bitsin istiyordu. Sıkıldı. Çok geçmeden kitabı kaldırdı. Kadife kesenin içinden Azam'ın küpelerini çıkardı, yastığın üzerine bıraktı, başını da hemen yanına yasladı. Azam'ın yavaş hareketlerle küpelerden birinin kancasını açtığını, aynanın önünde başını hafifçe yana doğru eğerek nazik bir hareketle kulağına taktığını, aynı hareketi bu kez diğer kulağı için tekrarladığını, sonra yarı dönüp muammalı bir tebessümle kendisine baktığını hayal etti. Onun sol kulağındaki küpe ağır ağır salınarak ışıldarken Settarhan uykuya daldı. Azam'ın upuzun saçlarının sıkı örgülerini çözmesine zaman kalmamıştı.

Ertesi sabah Settarhan Tiflis trenine binmek üzere gara geldiğinde Bakü ile Batum arasındaki petrol taşımacılığının büyük kısmını sağlayan neftî renkli vagonların bütün hatları doldurduğunu gördü. Ardı arkası kesilmeyen kazan dizileri gibi sıralanmış, gardan taşmışlardı ve hiç kuşkusuz Batum-Tiflis yolunda da manzara aynı olacaktı. Grevdeki petrol işçileri kıllarını kıpırdatmadığında hayat duruyordu fakat petrol de kendi dünyasını kurmuştu ve bu dünyada başka gölgeye yer yoktu, her yerden bir çare üretiyordu. Birazdan tren geldi. Yol gözünde büyümedi Settarhan'ın ama yine de Tiflis'e kadar fersahlarca yol ve yığınla ara istasyon vardı.

Ertesi gün akşama doğru neftî renkli petrol tankerleri kadar asker sevk eden trenlerle de dolu, ana baba günü bir gara indi Settarhan. Perslerle Gürcüler arasında defalarca el değiştiren Tiflis şimdi Rus işgalindeydi. Yani Settarhan İran'dan çıktığından bu yana nereye gitse Rusya'daydı ve Rusya'nın en sıcak yeri de işte şimdi ayak bastığı Tiflis'ti, güneş ışıklarını bir kale gibi tutan ve yansıtan dağlarıyla Tiflis.

Asker ve subay kalabalığının yanı sıra ihtişamlı kalpaklar ve zarif hançerler taşıyan mağrur Kafkasyalılar, daha sade giyinen Türkler, siyah ya da koyu mavi tunikleriyle İranlılar, kasvetli kaftanları ve beyaz ya da yeşil sarıklarıyla hemen fark edilen mollalar, yırtık pırtık paçavralar içinde dağlılar, çoğu Türkler gibi giyinse de bir kısmı Avrupalılar gibi giyinen Ermeniler ve Ruslar arasında adım atmaya yer yoktu neredeyse.

Buradaki dükkâna da telgraf çekmiş, geleceğini bildirmişti Settarhan. O izdihamda çırak neden sonra Settarhan'ı bulabildi. Bir araba çevirdiler, yola koyuldular. Ermeni pazarından hemen sonra Tatar pazarını zar zor geçtiler fakat Avlabari mıntıkasında yol iyice tıkandı. İç içe geçmiş sayısız lâbirentin üzerinde Doğu geleneğine uygun olarak esnafa göre sıralanmış ve binlerce eşya üreten dükkânlar kapılarını kapatıyordu yavaş yavaş. Bunca dükkân arasında silâh mağazaları büyüleyiciydi. Hele de Zencan çakıları, çeliği bükülmez meşhur Şam hançerleri, altın ya da gümüş kakmalı Çerkez, Lezgi ve Dağıstan bıçakları yeniyetmesinden pirifânisine kadar her erkeğin aklını başından alabilirdi. Bu haklı şöhret hem güzel hem kesici, hem cazibeli hem öldürücü olmalarındandı ve sıradanları bile İstanbul'da servet edebilirdi. Settarhan kendi hançerini okşadı, o da İstanbul'da servet edecek değerdeydi.

Neden sonra otele inip odasına yerleştiğinde hemen uykuya daldı. Rüyasının bir yanında Azam bir yanında İstanbul vardı.

Sabah uyandığında balkondaki ahşap sütunlardan birine yaslanarak henüz doğmakta olan güneşin altın rengi ışıkları arasında parıltıya boğulmuş olan Tiflis'e baktı. Kura ırmağının iki yakasına kurulmuş bir şehirdi Tiflis; her iki tarafta yükselen sarp yamaçların arasından ırmak nazlı nazlı akıyor ve şehir bir harita gibi Settarhan'ın önünde uzanıyordu. Rusların el attığı tarafta Avrupa tarzı binalar, genişletilmiş sokaklar, caddeler, elektrik, atlı tramvaylar, az sayıda otomobil, oteller, lokantalar, resmî binalar hemen dikkat çekiyordu. Hükümet binaları, tiyatro, müze, görkemli malikâneler hep bu taraftaydı. Yerli halkın oturduğu Eskişehir tarafında ise pazarlar, daracık sokaklar; yeşil, mavi, pembe, kiremit rengi Gürcü evleri, dantel saçaklı balkonlar, suya bakan çıkmalar; derme çatma fukara evleri seçiliyordu. Gece uyumak için kendi evlerine çekilen bu insanlar birazdan caddelerde ve pazarlarda bir araya gelecek, Gürcüler ve diğer Kafkasyalılar, Avrupalılara ve Ruslara karışacaktı.

Settarhan mutlulukla silip süpürdüğü bir kahvaltıdan sonra otelin önünden bir arabaya bindi, köprüyü geçip Eskişehir'in merkezine geldi. Tabelâsında Rus harfleriyle "Cemiyet-i Hayriye Tiflis Şubesi" yazılı kocaman binayı geçti. Hayret, bu binanın üzerinde böyle bir yazı yoktu geçen sene. Demek yeni bir cemiyet açılmıştı ve Rus harflerini öğrenmemiş olsaydı Settarhan bu tabelâyı ezberden çıkaramazdı. Neyse! Azerbaycan Camii'nin hemen karşısındaki dükkân işte şuradaydı ve görünüşe bakılırsa sivil giyimli bir Rus, eğilmiş halı seçmeye çalışıyordu.

Settarhan bir süre adamı seyretti, neşeliydi, Rus'un omuzu üzerinden eğildi, iki halıyı hızla çevirdi:

"Bunu" diyerek elini üçüncü halının üzerine bıraktı. Sert havlar Tiflis'in Ekim sıcağında bile elini yaktı. "Ben olsam bunu alırdım. Yani size bunu tavsiye edebilirim."

Hep o aynı elden çıkmış, dağların koyu mavi gölgelerine, gecelerin yıldızlı lâcivert göklerine, bahar bahçelerine bakan gözlerle dokunmuş mavi halılardan biriydi bu; Azam'ın halılarından biri. Mavi dediyse Settarhan, boncukların mavisi gibi değil, limona vuran küfün, taşın, toprağın, kuruyan yaprağın mavisi gibi, soğuk ayın, bulanık ırmakların mavisi gibi mavi. Nerede görse bu mükemmel renk ve desenleri, bu kusursuz düğümleri, milim sapmayan atkı ve çözgü iskeletini tanırdı Settarhan. Azerbaycan'da hiç kimse Azam kadar güzel ve çabuk halı öremezdi. İran'ın en güzel halıları Azerbaycan'da örüldüğüne göre de İran'ın en güzel halılarını ören ve en güzel gözlere ve ellere sahip örücü de Azam'dı. Özlem, içini sızlattı Settarhan'ın. Günler olmuştu Azam'ı görmeyeli. Üstelik bu görmeyiş diğerlerine benzemiyordu. Sabırsızdı Settarhan çünkü bu ayrılıkta ümit, yolun sonunda vuslat vardı.

Yüzüne merakla bakan Rus "Siz nereden biliyorsunuz?" diye mukabele ederken çubuğunu keyifle tüttürmekte olan dükkân sahibi girdi araya.

"Bilir. Tanıştırayım. Bu halıların ve daha pek çoklarının dokunduğu atölyelerin sahibi meşhur Mirza Han'ın oğlu, Settarhan."

Rus, ne Mirza Han'ı ne de Settarhan'ı duymuştu. Elini şapkasının siperliğine götürerek soğuk bir selâm vermekle yetindi. Semaverler geldi, sigaralar sarıldı, nargileler sıralandı. Ama pazarlık kısa sürdü. Settarhan iyi bir pazarcı olduğu kadar Rus, halının sadece yüzüne bakan türden kötü bir alıcıydı. En üstte, başlangıçtan beri gözüne kestirdiği bordo madalyonlu halıda karar kıldı. Güzelliğin pahalı bir şey olduğunun farkındaydı elbet ama önünde sonunda ayakaltına atılacak bir şeye bu kadar ruble ödemek işine gelmemişti. Netice de bu da güzeldi işte. Kim eğilip de düğümlerini sayacaktı?

Rus müşteri, dürülmüş halıyı omuzlayan çırağın önü sıra Fransız Oteli'ne doğru yollanırken Settarhan Allah'a sığınarak arkasından söylendi: Şu Rus, halıdan hiç anlamıyordu. İnsan bu kadar mı basiretsiz olur, serayla süreyyayı bu kadar mı karıştırabilirdi?

Gün boyunca hesaplar çıkarıldı, yeni siparişler, eski defterler gözden geçirildi, alacak verecekler hesaplandı, ikindiye doğru işler bitti.

"Ben yarın yolcuyum" dedi Settarhan, "Bakü'ye tren var. Gitmeden şu bizim hamamcıyı bir ziyaret edeyim."

Şifalı suların keskin kükürt kokusundan insan Tiflis'in aynı zamanda bir hamamlar şehri olduğunu anlayabilirdi. Üstelik Hamamlar semti dükkânın sadece iki sokak ötesindeydi.

Bir saray kapısına benzeyen çinili kapının önünde kendisini ikindi güneşine bırakmış şişman hamamcı Cafer, Settarhan'ı ta uzaktan tanımıştı. Yerinden kalktı, kınalı sakalını sıvazladı, göbeğini zor taşıyarak takunyalarını sürüye sürüye misafirini karşılamaya doğruldu.

"Nerelerde kaldın Settarhan?" dedi, "Neredeyse yıl oldu, görünmedin."

Settarhan adamın eline sarılırken "Ancak" dedi. "Yılda kaç şehir gezdiğimi bir bilsen."

Hamamcı Cafer hemen bir sandalye çekti, Settarhan'ı yanına oturttu, ikramları gibi sorularını da ardı ardına sıraladı. Mirza Han ne âlemdeydi? Tebriz'de durumlar nasıldı? Rusları da İngilizleri de Allah kısa zamanda def etsindi. Settarhan ne zaman geri dönecekti, bir daha ne zaman gelecekti?

"Yarın yolcuyum" dedi Settarhan. Soruların ardı arkası kesilecek gibi görünmüyordu. Oysa içeri bir girebilse, kendisini sıcak suya bir atabilse.

"Tamam kurban, gel seni içeri geçireyim." Sağa sola emirler verildi.

Ayağa kalktığında Settarhan çini kapının sağ tarafındaki Rusça levhanın önünde durdu. Alfabeyi yeni öğrenmişti ya! "Ömrüm boyunca"yı henüz okumuştu ki Cafer tamamladı:

"Ömrüm boyunca ne Rusya'da ne Türkiye'de Tiflis hamamlarından daha güzeline rastlamadım."

Settarhan alnını kırıştırdı. "Kim söylemiş bunu?"

"Bak, altında yazıyor."

Baktı. Şu, baş belâsı "Ş" harfi de oradaydı. "Aleksandr Sergeyeviç Puşkin". Elini alnına vurdu Settarhan. Sofya'nın Puşkin'i. Neydi şu kitabın adı? *Onegin*.

Kalktığı sandalyeye yeniden oturdu Settarhan. "Ne zaman söylemiş bunu Puşkin Efendi? Buraya mı gelmiş? Hem Türkiye'ye de mi gitmiş?"

Geveze hamamcı Settarhan'ı sorduğuna pişman etmedi ama yine de uzun uzun anlattı. Evet, ünlü şair buraya gelmişti, Türkiye'ye de gitmişti. Bütün bunları nereden mi biliyordu Cafer? *Erzurum Yolculuğu*'nu Rusçasından okumuştu.

"Puşkin okuyan bir hamamcı" diye geçirdi içinden Settarhan. Sofya'yı bir daha görürse bunu ona mutlaka anlatacaktı. Ama ya kısmet! Bir daha Batum'a ne zaman gidebilirdi ki?

O sırada sarma tütününden bir nefes çeken Cafer, içeri seslendi: "Puşkin otağını hazırlayın."

Cafer önde Settarhan arkada, kesif bir kükürt kokusu içinde, camları buharlanmış, duvarları boncuk boncuk terlemiş, rutubetli, karanlık koridorlarda yürüdüler, gri damarlı mermeri aşınmış basamaklardan indiler, pek çok kapının önünden geçtiler; sonunda Cafer bir odayı işaret etti:

"Puşkin otağı."

Kapıyı kapatırken "Fazla kalmayasın" diye uyardı.

Puşkin otağından çıktığında Settarhan ilk anda her yanı kırılıp dökülecek, kemikleri dağılacak sandı. Fakat hayret! Kuşlar kadar hafiflemişti. Cafer'le vedalaştı, bir iki adım attı. Hah işte! Azerbaycan çaycısı tezgâhını daha iyi bir yere kuramazdı. Kapı önündeki alçacık sandalyelerden birine oturdu. Sırtını duvara verdi. Karşısında bir dağ gibi yükselen Nari Kala'yı seyretmeye başladı. Çaycının sesiyle kendine geldi. Porselen demlik, çini fincan, ayva murabbası. Demliği fincana doğru eğdi. "Koyu çay rengi"; başka adı olamazdı bu rengin. Üzerine sıcak su ilâve etti. İncecik limon dilimlerinden birini usulca fincana bıraktı. Renk, koku, sıcaklık; ilk yudumda tamamdı. Lâtif bir esinti ruhuna değdi, yumdu gözlerini Settarhan, yaşamak çok güzeldi.

Ertesi sabah Settarhan Bakü'ye doğru yola çıktı. Bakü son duraktı ve nihayet yolun sonunda Taht-ı Süleyman görünmüştü. Güzel bir Ekim günü boyunca tren, hıncahınç istasyonlardan geçe geçe yol aldı, kimi büyük kimi küçük bu istasyonların bazısında yarım saat bekledi bazısında bir türlü sıra bulup da yola devam edemedi. Akşam inerken çok büyük bir şehrin istasyonunda durduklarında Settarhan tabelânın üzerinde "Elizavetpol" ismini okudu. Rus işgalinden sonra ismi değiştirilen Gence'ydi burası; Kuzey'in Bakü'den sonra ikinci büyük şehri, Nizamî'nin memleketi, *Hamse*'nin yurdu.

Trenin bir buçuk saat bekleyeceği duyurulunca Settarhan aşağı indi. İstasyon binasına geçip biraz meyve biraz kuruyemiş almayı, sıcak bir çay içmeyi düşünmüştü fakat etraf o kadar kalabalık, hatlar o kadar doluydu ki buradan bir buçuk saatte çıkabileceklerini aklı hiç almadı. O sırada yoğun bir uğultu, keskin bir dalgalanma fark edildi. Rus askerleri etrafı muhasaraya almış, bekleşen halkı ite kaka istasyon binasına sokuyorlardı ve Settarhan da kalabalığa kapılmış, aralarında kalmıştı. Ne olduğunu anlamamıştı bile. Kalabalık biraz sakinleştiğinde yanında duran orta yaşlarda, esnaf görünümlü bir adama döndü.

"Ağam" dedi, "Ne oluyor? Ne diye zorla içeri sokuyorlar bizi böyle?"

Adam Settarhan'a hayretle baktı. "Sen buralı değilsin herhal. Esir treni geliyor."

"Esir treni mi?"

"Esir treni ya. Sen nerelisin?"

"Tebrizliyim."

Adam dudak büktü, Settarhan'ın dünyadan habersiz biri olduğuna hükmetmişti. Kısaca anlattı.

"Osmanlı askerleridir bunlar, Kafkas cephesinde Ruslara esir düşen askerler. Trenlerle Bakı açıklarında Hazar Denizi'ndeki yılanlı Nargin Adası'na ya da Sibirya'ya taşınırlar. Her iki durumda da Gence üzerinden geçerler. İşte o tren geliyor."

"Ne yapıyorsunuz ki peronlar boşaltılıyor?"

"Biz Gence Millî Komitesi'ne yardım ediyoruz."

Settarhan böyle bir cemiyet duymamıştı.

"Cemiyet-i Hayriye ile işbirliği içinde çalışırız."

Onu da Tiflis'teki tabelâdan okumuştu.

Adam devam etti:

"Bu vagonlarda yol boyunca açlıktan, susuzluktan, havasızlıktan ya da zaten hasta veya yaralı olduklarından ölen askerler olur. Ruslar istasyonlarda onları birer boş çuval gibi vagonlardan aşağı atarlar. Gence istasyonunda da böyle olur. Gence Millî Komitesi bu işi kendisine dert edinmiştir. Bu şehit evlâtların ölüsünün yerinden yurdundan uzakta, ortada kalmasına razı olmaz. Her esir trenini bekler. Ölüleri toplar. Onları Müslüman mezarlığına götürür, tekbirini, namazını, duasını eksik etmeden defneder."

Settarhan'ın kanı damarlarından çekilmişti. Nereden acıyacağını kestiremedi, nedenini bilmediği bir hicap duydu. İki adım attı. Bekleme salonunun kapısına askerler dışarıdan halk içeriden dayanmıştı.

Çok geçmeden esir treni gara girdi. Bir süre sonra vagonların kapıları, pencereleri açıldı ama hiç kimsenin inmesine müsaade edilmedi. Temiz havaya hasret kalmış Osmanlı askerleri, subayları yarı bellerine kadar pencerelerden sarkmışlardı. Kafileye nezaret eden Rus subayı trenden indi, istasyon komutanına vagonlardaki ölü askerlerin raporunu verdi. Dört tanelerdi ve şu, şu, şu, şu vagonlardalardı.

Settarhan bekleme salonunun kirli, yeşilimtırak kapı camına burnunu dayadı, kollarından bacaklarından tutulup da "1-2-3" sallanan ve "Hoop!" atılan bu dört cesede baktı. Tren, kendisine ağır gelen yüklerini fırlatıp attıktan sonra, Rus askerler vagonların kapılarını esirlerin üzerine sürgülediler, trenle araya sınır çizgisi olarak kendi bedenleriyle kurdukları bir bent çektiler. Tüfekleri ellerinde, parmakları tetikteydi. Ancak ondan sonra istasyon binasının kapıları açıldı, heyecanlı halkın dışarı çıkmasına izin verildi.

Gence Komitesi'nin mensupları ki sayıları hiç de az değildi ve aralarında Gence'nin varlıklı tüccarları, delikanlılar hatta çocuklar, yaşlı kadınlar gibi gencecik kızlar da vardı, hepsi bir anda dört cesedin başına üşüştüler. O sırada bir istim sesi duyuldu, tren buhar boşaltıyordu ve ilk kampana çalmıştı.

İçlerinden biri "Tren kalkacak!" diye haykırdı, "Vagonlara vagonlara!"

O zaman ölenler kadar kalanlara da uzanan bu yardım eli, tümü tek bir bedene ve ruha dönüşmüş bu kalabalık, vagonlara doğru koşmaya başladı. Daha önceden hazırladıkları paketleri vagonlara fırlatmak, bu hummalı esir katarına ulaştırmak istiyorlardı; havlu, fanilâ, akşamdan hazırlanmış ekmek, çörek, Allah ne verdiyse ve en önemlisi su. Fakat Rus askerlerinin önlerini kesmesi gecikmedi. Rus üniformalı Ermenilerden oluşan jandarma ve polisler de cemiyetin gönüllülerini tartaklayarak yeniden istasyon binasına doğru sürmeye başladılar. Bağırış çağırış, itiş kakış, haykırış ve küfürler arasında kalabalık dalgalandıkça dalgalandı; yumruklar kalktı, dipçikler hazırlandı. Bu mahşer kalabalığında kimse süngüye, dipçiğe aldıracak gibi görünmüyordu fakat Rus komutanın sesi duyulunca bir anda sesler kesildi. Gencelilerden biri öne çıktı, bu, herhalde cemiyetin başkanıydı. Toz toprak, ter ve öfke içinde, nefes nefeseydi ve haksızlığa uğramışların gücüyle heybetliydi. Komutan Rusça bir şeyler söyledi, Genceli de Rusça cevap verdi. Aralarında geçen ateşli konuşmadan sonra Rus komutan razı oldu; trende yirmi sekiz vagon bulunduğunu, erzakın her vagona paylaştırılarak verilmesini emretti. Ama ellerini çabuk tutmaları gerekti çünkü tren her an hareket edebilirdi.

Kalabalığın büyük kısmı çözülen asker duvarını aşmış, vagonlara hücum etmişti bile. Pencerelerden sarkan Osmanlı askerleri kendilerine uzatılan, hiç olmazsa vagona doğru fırlatılan erzak paketlerini yakalamaya uğraşıyor, yakalanan hemen içeri alınıyordu. Yere düşen paketse tekrar fırlatılıyor, bu böyle sürüp gidiyor, bir izdihamdır yaşanıyordu.

Pencereden sarkmış genç bir zabit, "Burası neresi?" diye sordu o sırada. Yüz çizgileri ince, kumral ve yakışıklı bir adamdı.

"Gence" diye bağırdı yaşlıca bir kadın, "Şehrin ahalisi Türk'tür oğul."

Bu kez "Ana, su!" diye bağırdı genç zabit.

Yaşlı kadın bakır ibrikten çinko, kırık bir tasa doldurduğu suyu pencereye doğru uzatmak istedi fakat boyu o kadar kısaydı ki mümkünü yoktu. Yanaklarından sağlık fışkıran genç bir kız durumu fark etmişti o sırada. Kimsenin kimseye yardım edecek hali, vakti yoktu. Bir an sağına soluna bakınan genç kız, fazla düşünmedi, yaşlı kadını bir çocuk gibi kucaklayıp pencereye doğru kaldırdı:

"Dökme anne. Sıkı tut." Su, yerine ulaşmıştı.

Bu sahne zabiti bile gülümsetmişti. O gülümseme arasında kızla göz göze geldi.

"Adın ne?" diye bağırdı pencereye doğru kız.

Cevap geldi. "Murat."

"Peki ya senin?"

"Bulak."

Hepsi bu.

Keskin bir düdük öttü. Lokomotif hareket etmişti. Esir treninin demir tekerlekleri demir rayların üzerinde önce ağır ağır sonra hızlı hızlı dönmeye başladı. Kadınlar biraz daha koştular gürültüyle ilerleyen vagonların arkasından, derken aradaki mesafe açıldı. Sonunda tren son vagonunu da toplayarak sarsıla sarsıla istasyondan çıktı. Yükünü bırakmış alacağını almıştı.

Tren uzaklaştıktan sonra istasyona bir ölüm sessizliği çöktüyse de uzun sürmedi, erkekler taşların üzerine atılmış dört cesedin başına toplandılar hızla. Önce kolu bacağı bir yana savrulmuş bedenleri saygıyla düzelttiler. Yanlarındaki battaniyeleri yere yaydılar.

"Haydi!" dedi içlerinden biri, demin Rus komutanla konuşan genç adamdı bu, "Haydi bismillah."

Cesetlerin her birini mukaddes bir şeyi incitmekten korkarcasına saygıyla, nezaketle, şefkatle ve tekbirler eşliğinde battaniyelerin üzerine uzatıp yüzlerini kıbleye çevirdiler.

Settarhan gayriihtiyarî onlara doğru yürümüştü. Demin konuştuğu adam Settarhan'a baktı, "Haydi!" dedi, "El at sen de. Arabalara kadar taşıyalım şu garibanları." Arabalar istasyon içine alınmamış, dışarıda bekletiliyordu.

Settarhan bir battaniyenin ucuna asılırken gözü yan tarafında taşınan ölünün yüzüne kaydı. Balmumu kadar sarı fakat ürkütücü derecede güzel, gencecik bir yüzdü bu. Bu kez kendi taşıdığı cesedin yüzüne baktı. Rus askerlerini bile şimdiden üşüten Kafkas cephesinden gelen bu adam elli yaşlarında görünüyordu, saçları kıralmıştı ve gençliği onu çoktan terk etmişti. Sırtında yazlık bir asker giysisi vardı ve kan içinde kalmıştı. Buraya kadar gelebildiğine bakılırsa o cehennemden ölümcül bir yarayla da olsa sağ çıkmış olmalıydı ama işte yolun devamını aşamamıştı. Kimdi? Nereliydi? Çiftinde çubuğunda, çoluk çocuğuyla, torunu torbasıyla vakit geçireceği böyle bir zamanda Anadolu'da doğmuş ve yaşamış bu zavallının böyle bir yoldan geçeceği, adını bile işitmediği Gence'de toprağa verileceği sağlığında acaba aklına hiç gelmiş miydi?

Arabaya yerleştirirken Settarhan bu kez onun yırtık poturlarına, kaymış, çözülmüş çarıklarına baktı. İncitmekten korkarak battaniyeyi bu kuru bedene sarmak istedi. Bacakları birer dal kadar incelmişti ve ceketi kaymış, beli, göbeği, göğsüne kadar açılmıştı. İçinde fanilâ yoktu. Settarhan, sağ böğründeki yara izini gördü. Yol boyunca kanamış olmalıydı. Battaniyeyi üzerine sarmadan önce ceketinin eteklerini çekti, belini örttü, göğsünü düzeltti. Bumbuzdu. Üşümesinden korktu.

Arka arkaya dizilmiş dört araba yolun sonuna doğru ilerlerken Settarhan istasyon binasına döndü. Trenlerin biri geliyor biri kalkıyordu. Çok geçmedi Bakü treninin düdüğü sessizliği yırttı.

Başını vagonun camına dayadı Settarhan. Bir cenaze katarı halinde uzaklaşan dört arabaya, arkadaki küçük cemaate son kez baktı. Settarhan vatanını milletini bilir, severdi, Peygamberi mucizeler gösterirken bile büyük bir dinin inkârcısı olanlardan değildi. Ama birden kendisini çok kutlu bir cemaatin dışında kalmış gibi hissetti.

Esir katarını, dört cesedi, onlara yardım eden Gence Millî Komitesi'ni düşünerek kâh uyuduğu kâh uyandığı bir yolculuğun sonunda Settarhan sabaha karşı Bakü'ye vardı. Perona ayak basar basmaz Kafkas coğrafyasına ve savaşa dair o malûm hummalı kalabalık ve keskin petrol kokusuyla karşılaştı. Tiflis tartışmasız, Kafkasya'nın merkeziydi, Tebriz Azerbaycan'ın; İstanbul çok uzak bir hayal beldesi. Ama nicedir Bakü'de bambaşka bir ışık parlamıştı ve petrolün alevi hiç de sönecek gibi görünmüyordu. İpek Yolu'nun üzerinde bir liman şehri olan Bakü'nün safranı ve tuzu da, ipek ve halısı da meşhurdu ama şu siyah altın hepsinin önüne geçmişti. Bakü geniş meydanlar, yüksek binalar, ferah caddeler, geniş parklar ama en çok da kara ormanlar gibi göklere yükselen petrol kuleleri, petrol tarlaları, petrol boru hatları demekti.

Her zamanki gibi Bakü'deki dükkâna da telgraf çekmişti Settarhan, karşılanmayı bekledi bir müddet. Fakat sağına soluna ne kadar bakındıysa da, uzun süre ayakta dikildiyse de gelen giden olmadı. Sıkılmıştı ki bir arabacı yaklaştı yanına.

"Efendi" dedi, "Araba ister misin?"

Settarhan son kez etrafına bakındıktan sonra, "Tamam" dedi, "Gidelim."

İstasyon dışına çıktıklarında, "Nereye efendi?" diye sordu arabacı.

"Şıhalı Dadaşov'un kervansarayına." Hep orada kalırdı.

Üç kollu lâmbalarla donatılmış sokaklarda Rus askerleri hemen seçiliyor, sivil Ruslar ve Avrupalılar fark ediliyor, Azerbaycanlılar, Ermeniler, Gürcüler ve daha bilmem kimler arasında Müslüman kadınlar çarşaflarına bürünmüş hızlı hızlı yürüyorlardı. Genç olanların peçesi örtük, yaşlı olanlarınsa yüzleri kısmen açıktı. Çeşitli alfabelerde tabelâlar, atlı tramvaylar, faytonlar, tek tük otomobiller, süslü örtüleriyle develer, atlar, katırlar, eşekler, kervanlar, sivil, asker, kadın, erkek kalabalığı içinde bir şamatadır kopuyor, Bakü'de de hayat akıp duruyordu. Settarhan az çok alışıktı bu izdihama fakat daha farklı bir heyecanın varlığı da gözünden kaçmadı.

"Ne oluyor?"

"Grev var" dedi arabacı, "Az ileride de miting var."

Çok ilerlememişlerdi ki yol tıkandı. Gürültülü patırtılı göstericilerin, Sofya ve Vasili gibi ihtilâlcilerin arasında kalmışlardı.

"Biraz dolaşarak gideceğiz" dedi arabacı, "Çare yok. Yoksa miting bitene kadar burada kalırız."

Böylece Bakü içinde uzun bir yolculuğa çıkmak zorunda kaldı Settarhan. Gideceği yer şunun şurasında Nikolayevski Caddesi'ydi ama Bakü'nün neredeyse girmediği sokağı, geçmediği caddesi kalmadı.

Kaba kumaştan rengi atmış, eprimiş bir palto giyen arabacı güler yüzlü, dişsiz, sükûnetli bir adamdı. Yol uzadıkça, bir yandan atları idare ediyor diğer yandan önlerinden geçtikleri malikâneler hakkında bilgi veriyordu. Her biri hakkında anlatacak bir hikâyesi, söyleyecek bir sözü, verecek bir dersi vardı. "Zenginin malı züğürdün çenesi…"

Settarhan bu kâşanelerin şöhretini bilirdi; çoğu yoksulluktan gelerek petrol zengini olmayı başaran Azerbaycanlı neft milyonerlerinin ardı ardına dizilmiş konaklarıydı bunlar. Ama yüzlerce müşteriyi kapısından bile içeri giremeyeceği bu malikânelere getirip bırakmış olan arabacının keskin bir bakışı vardı ve "Aha bu!" diye başlayan her cümlesi parıltılı hayatların daha çok kederli sayfalarına bağlıydı. İlâhî kazanın zenginleri de perçeminden yakaladığından teselli çıkaran bütün eksik hayatlar gibi onun da bir eşitlik felsefesi geliştirdiği besbelliydi. Büyük felâketin zenginle züğürdü eşitlediğine dair felsefesi yapılmamış eşsiz sezgisel teselli.

Atlar ahenkle adım atarken arabacı öyle şeyler anlatıyordu ki Settarhan geveze bir arabacıya rastladığını zannederken yol yolak bilen ve anlatacak hikâyeleri olan arif bir adamla karşılaştığını anladı. Yanılmıştı, onun tavrında "Zenginin malı züğürdün çenesi"nden çok, hayat karşısındaki bütün mağlubiyetlere dair bir hesaplaşma vardı. "Bize nasip olmadı ama o başardı." Ve bu zenginliğin dünyalar yerinden oynasa eksilmeyeceğinden de adı gibi emindi. Böyle bir serveti ne eksiltip yerinden edebilirdi? Hiç!

"Adın ne senin arabacı?" diye sordu Settarhan.

"Necef."

Necef; kendisini ilgiyle dinleyen, ismini merak eden bir müşteri bulmaktan memnun, anlattıkça anlatıyordu. Gorçakovskaya Caddesi'nde biraz ilerlemişlerdi ki arabacı bir malikâneyi işaret etti.

"Bak, bu da Bakü Cemiyet-i Hayriye binası, İsmailiyya."

Hayriye binasının kapısından girip çıkan düşkün insanları gösterdi:

"Bunlar Osmanlı muhacirleridir. Şehirleri Rus işgaline uğrayınca büyük kısmı Anadolu'nun batısına doğru hicret etti. Bir kısmı da buraya kadar geldi zavallıların. Cemiyet-i Hayriye hepsinin de elinden tutmuştur."

Nihayet Şıhalı Dadaşov'un kervansarayı göründü. Settarhan, yükünü odasına kadar çıkaran arabacıya, "Sen biraz bekle" dedi.

"Birazdan ineceğim. Bizim dükkâna gideceğiz."

Necef, müşterisini beklerken bir sigara yaktı. Atının kulaklarını okşadı, terini sildi; bir iki tatlı söz mırıldandı, gönlünü aldı. Az sonra Settarhan göründü.

Dörder halıyı her iki omuzuna atmış hamallardan biri, hiç yükü yokmuş gibi sakin adımlarla çıkarken Settarhan Bakü'deki şubeye girmişti. Mirza Han'ın kadim ortağı geçen sene ölmüş, onun yerini oğlu almıştı fakat alçak iskemlesini duvara dayamış, çoktan yarı uykulu yarı uyanık bir tembelliğe varmış şu adamın, aradığı ortağın ta kendisi olduğunu anlayınca Settarhan pek memnun olmadı. Şu genç çırak olmasa deminki hamal dükkânı kaldırıp götürse meselâ, bunun ruhu duymazdı. Uyanan adam dün istasyona gelemediği, çırağı da gönderemediği için uzun uzun dil döktü, özürler diledi. Settarhan "Bundan yarar gelmez" diye geçirdi içinden, "Hayırsızın biri. Hesapları iyice incelemek lâzım." Üstelik pişkin adam, teslimat vakti gelen üç halıyı da dükkândan ayrılırken Settarhan'a yüklemeye kalkışmasın mı? Kalabalık bir dilenci lisanıyla yalvar yakar oluyordu:

"Beyzadem, senin araban bekliyor bak. Savaş zamanı araba bulmak çok zor. Grevler, mitingler Bakü'nün altını üstüne getirdi."

Settarhan tam tersleyecekti ki adam "Neft milyonerlerinden birine gidecek kıymetli halılar bunlar; altın ve gümüş ipliklerle işlenmiş. Servet ki ne servet. Ben dükkânı bırakamam. Çırağa da teslim edemem. Alır kaçar soysuz. Seni Allah gönderdi" dediğinde durdu. Her nedense aklına Piruz'un babasına halı teslimatına gittiğinde karşılaştığı sahne geldi. Aman Allah saklasındı. Ama sonunda razı geldi.

"Olur" dedi. "Yükle arabaya."

Tam arabaya binecekti ki adam arkasından yetişti.

"Beyzadem" dedi "Karaşehir'de Villa Petrolea'ya teslim edilecek bir halı daha var. Demem o ki madem araba ayağının altında..."

"Yükle" dedi Settarhan adamın daha fazla konuşmasına tahammül edemeyerek. Bu adamın yanından ne kadar erken ayrılsa o kadar iyiydi. Adresler alındı, isimler yazıldı.

"Sür bakalım Necef" dedi Settarhan. "Senin neft milyonerlerinden birinin sarayına gidiyoruz şimdi. Oradan da Karaşehir'e."

Necef, yol boyunca yine hikâyeler anlatmaya başlamıştı. Tiyatro binasının önünden geçerlerken Üzeyir Hacıbeyov'un "Aslı-Kerem" operasının ismini okudu Settarhan afişte. Hayret! Aralarındaki "ile" kalkmıştı. Neft milyonerinin malikânesine geldiklerinde ise kapıyı açan uşak Settarhan'a öyle bir baktı ki, "Acaba milyonerin kendisi bu mu?" diye geçirdi içinden Necef.

Settarhan ikinci katta geniş bir salona alınmıştı.

"Bekleyin, haber vereyim" diyerek giden uşak çok geçmeden geri döndü.

"Beyefendinin İstanbul'dan konukları varmış. Biraz beklemenizi rica ederek özür diliyorlar."

İkram dolu bir tepsiyi bırakarak sessizce geri çekildi.

Settarhan koca salonda yalnız kalmıştı. Öyle hisseti ki, böyle bir malikâneye herhalde Petersburg'da bile az rastlanırdı. Pencereler yüksek, kapılar çift kanatlı, tavan yaldızlı, oymalıydı ve duvarlardan biri baştanbaşa kitap dolaplarıyla kaplıydı. Yağlıboya tabloları, avizeleri, mobilyaları inceledi bir müddet Settarhan, halıların kıymetini kestirmeye çalıştı. Masanın üzerindeki dergilere, kitaplara göz attı. *Yeni Füyüzat, Şelâle, Kardaş Kömeği;* İstanbul'dan gelme pek çok dergi, gazete, kitap. Bazı sayfalar kıvrılmış, araya işaretler konmuş, kimi satırların altı çizilmiş, yanına notlar alınmıştı.

Koltuğa iyice gömülüp, bacak bacak üstüne atan Settarhan, *Yeni Füyüzat*'ın baş makalesini okumaya başladı. Yazar, Azerbaycan Türklerinin lisanından Arapça ve Farsça sözcüklerin ve tamlamaların atılması gerektiğini söylüyordu. *Şelâle*'nin baş makalesi ise İstanbul'daki

Türkçülerin faaliyetlerinden bahsediyor ve yazı sahibinin bütün Türklerin kültürel anlamda birleşmelerini gerekli gördüğü anlaşılıyordu. Bunlar hoşuna gitti Settarhan'ın ama nasıl olacaktı? *Açık Söz*'ü eline aldı bu kez. Meşhur Mehmet Emin Resulzade'nin gazetesiydi bu. İlk sayfadaki yazı genç kuşağa Türk olduklarını öğretmek, kim olduklarını hatırlatmak zamanının geldiğini kaçınılmaz bir gereklilik olarak gösteriyordu. Settarhan gazeteyi masanın üzerine bıraktı, arkasına yaslandı. Ağzına birkaç fıstık attı, bu kez Gaspıralı'nın *Tercüman*'ını okumaya başladı. Gaspıralı "Dil, lisan itibarıyla hep Türk dili ile söyleşirler, hep Türk'türler" diyordu. Cümlenin son kısmını ezberledi Settarhan; "Hep Türk dili ile söyleşirler, öyleyse hep Türk'türler." *Kardaş Kömeği*'ni karıştırmaya başladığı sırada neft milyoneri içeri girdi, geciktiği için özürler dileyerek Settarhan'ın karşısındaki koltuğa oturdu. Tanışma faslı ve hal hatırdan sonra bir saat boyunca Tebriz'in, Tiflis'in ve Batum'un durumlarını sordu, Settarhan'ın anlattıklarını ilgiyle dinledi. Öfkelendi, kederlendi, teslimattan sonra misafirini kapıya kadar yolcu etti. Ayrılma anında:

"Cemiyet-i Hayriye binamızı ziyaret ettiniz mi?" diye sordu nazikçe, "Vaktiniz olursa uğrayın lütfen."

"Uğrarım, yarın."

Arabaya binerken düşünceliydi Settarhan. Bambaşka bir dünyanın varlığını fark etmişti ve dünya sadece halılardan ibaret değildi.

"Haydi" dedi Necef'e, "Şimdi de Karaşehir'e gidelim."

Petrolün çıkarıldığı ve trenlerle, gemilerle sevk edildiği Karaşehir, bir ormanın ağaçları gibi göklere uzanan binlerce petrol kuyusu, yüzlerce fabrika, bir o kadar imalâthane ile şehir içinde şehirdi. Araba çok ağır bir petrol kokusu arasında tıngır mıngır ilerlerken Settarhan hem Latin hem Rus harfleriyle yazılmış işletmelerin isimlerini okuyordu bir yandan. En görkemli olanlar belliydi: "Nobel", "Rotschild". Atlı polisler, kazıcılar, fıçıcılar, borucular arasından geçerek biraz daha ilerlediklerinde ise Settarhan'ın içi önce yandı sonra bulandı. Dünyanın iki yüzü bir arada yaşıyordu burada. Aras nehrinin kuzeyine geçen yüzlerce İranlının, Azerbaycanlının da toplandığı yerdi Karaşehir. Petrolün işlenmesi ümit kapısı olmuş, binlerce işsiz buralara kadar gelmişti ama bu kara denizde yüzmek kolay değildi. Bellerine kadar petrol denizinin içinde geçen saatlerden sonra kuyuları temizlerken sakatlanmak kaçınılmazdı örneğin, ölmek işten bile değildi. Lâkin ölümcül işler bile çoktandır tükenmişti. Ümitleri, hayalleri ölü balıklar gibi kıyıya vurunca bir milliyetleri kalmamıştı hiçbirinin ve şimdi tek ümmete mensuplardı: Dilenci.

İki taraftan uzanan eller Farsça, Türkçe, Kürtçe daha bilmem nece ama hepsi de yoksulluğun dilinde yalvarmaya başlamıştı bile. Yoksulluk, burada gençleri vaktinden evvel ihtiyarlatmış, çocukları ateşinde yakarak kavurmuştu; insanları arsızlaştırmış, feda edilmesi en zor olan duyguları, onuru ve utanmayı en evvel tahrip etmiş, sonra kökten budamıştı. Arabacı hızlandı.

"Efendi, buradan çabuk geçelim."

Ama anında duraklamak zorunda kaldı. Yaşarken ölmüşler, ölmüş de sürünenler sürüler halinde önlerini kesmişti düpedüz. Arabaya uzanan ellerin arasında çocuklardan biri Settarhan'la göz göze geldiği an yalpaladı, kıvranarak yere yuvarlandı.

Arabacı "İnanma beyim" dedi, "Tiyatro yapıyor."

Yoksulluğu tanırdı Settarhan, bu evet, acımasız bir temsildi belki. Ama şu yüzün sefalet sarısı var ya, işte o hakiki. Elini kesesine atsa, mümkün değil. Hangisine yetecekti? Ortaya çıkaracağı tek akçe çığırından çıkmış şu fukaraların birbirini ezmesine sebep olurdu sadece.

Neden sonra yola devam edebildiklerinde, az ileride, eteklerini dizlerine kadar sıyırarak suya girmiş kadınları işaret etti Necef:

"Neft sızıntısı topluyorlar."

"Ne yapacaklar bu kadarcık nefti?"

"Ya yakacaklar ya satacaklar. Fukaralık işte!"

Villa Petrolea'ya yaklaştıklarında ise petrolün kara yüzü arkalarında kalmış, ışıklı yüzü başlamıştı. Avrupalı erkekler, kibar hanımlar rıhtım boyunca yürüyorlardı, petrolün kara dumanı onların ne beyaz dantellerine ne de ipek gömleklerine bulaşmıştı. Nobellerin devasa armasını göstererek "Geldik beyzadem" dedi Necef.

Karaşehir, şehir içinde şehirdi ama Villa Petrolea evleri, okulu, tiyatrosu, kilisesi, parkı, hastanesi ile o şehrin de içinde şehirdi. Orada konfor uğruna hiçbir zahmetten ve masraftan kaçınılmamış, fidanlar ve çiçekler bile İtalya'dan ve Fransa'dan getirtilmişti.

"Cennet kurmuş kendilerine bu gâvurlar. Kum gibi para dökmekten çekinmediler beyim, kazandıkları o kadar çok ki..." diye söylenirken Necef dizginleri bıraktı, "Peh!" diye dizlerini dövdü.

Settarhan "Dizginleri ne zaman eline alacak acaba?" diye geçirdi içinden ama sesini çıkarmadı. Atlar munis, sürücü ustaydı.

Teslimat için köşklerden birinin önünde durduklarında hizmetkâr içeri davet ettiyse de Settarhan girmedi. Halıyı, ismi yazılı kişiye kapının önünde teslim etti. Rusça anlaştılar; İsveç vatandaşı ama Rus yatırımcı!

Çıkışta Settarhan Nobellerin kapı üzerindeki armasına uzun uzun baktı. Üzerinde, dört bacasından alevler fışkıran bir ateşgedenin resmi vardı.

"Nobellerin arması Surahanı tarafındaki ateşgedenin resmidir" dedi Necef. "Fabrikalarının üzerinde de aynı arma vardır."

"Bakü'de ateşgede mi var?"

"Var ya. Hemi de çok büyüktür. Avrupalılar pek meraklıdır, gidip görürler."

"Necef" dedi Settarhan, "Yarın erken gel."

"Olur ağam."

Sabah serininde, "Nereye efendi?" diyen Necef'e "Ateşgâh'a" dedi Settarhan. "Bütün Bakü'yü gösterdin bana. Bir de orayı görelim."

Cemiyet-i Hayriye ziyaretini bir başka bahara bırakmıştı.

Yanan yamaçları, dumanı tüten tepeleri geçip de Ateşgâh, görüş mesafesine girdiğinde dört bacadan püsküren alevlerin göğe doğru yükseldiğini gördü Settarhan, biraz daha yaklaştıklarında kadınlı erkekli ecnebîlerin avluyu doldurduğunu fark etti. Bunlar hatırlı kişiler olmalıydı Necef'e bakılırsa. Yoksa bu ateşler her zaman böyle yanmaz, bu şehrayin dilleri her zaman böylesine uzanmazdı.

Settarhan çardak altındaki ateş havuzunun yanına yarı çömeldi. Oluk oluk alev dillerine uzun uzun baktı. Hararetten neredeyse saçları tutuşacaktı. Bir ateşgâhın eteğinde geçmişti çocukluğu ama alev alev yanan bir ateş ağacını ilk kez görüyordu.

Piruz'u düşündü. Acaba burayı görmüş müydü?

Dışarı çıktığında "Yavaş sür" dedi Necef'e. Derin düşünceler içinde, pırıl pırıl bir mavilikte kararmaya başlayan gökyüzüne, ufka doğru alçalmış güneşe, batı ufkunda daha güneş batmadan yükselen pırıl pırıl yıldıza bakarak şehre vardı. Güneş çoktan batmıştı. Odasına çıktı. Yükünü topladı.

Ertesi sabah geldiği yolları gerisin geri kat etmek üzere yola koyuldu. Tren hareket ettiği anda Bakü'ye son kez baktı. Nice yıldır Bakü'de petrol çıkıyordu. Çıkmaz olaydı. Ya da çıktı, işleyenin elinde kalaydı. İçi acıyla burkuldu. Kafkasya'nın en yalnız ülkesiydi Azerbaycan. Yarısı İran'da kalmış yarısı Rusya'nın payına düşmüştü. Dayanacağı, Osmanlı'dan başka dağ yoktu lâkin o da nicedir devriliyordu.

Settarhan gidebildiği yere kadar trenle gidecek, sonrasında arabayla, atla, kervanla devam edecekti yola, ne bulursa. Gül küpeler hâlâ kesesinde, bir an evvel Azam'a kavuşsun da. Yarı uykulu yarı uyanık, başını kompartımanın camına yasladı, bir süre sonra sarsıntıyla uyandı. Tren dağlık ara istasyonlardan birinde durmuştu.

Settarhan kendisini derme çatma çayhanelerden birine attı. Dağ, kış soğuğunu şimdiden duyurmuştu. Elini siper edip kapının kirli camından içeri baktığında kandillerin ölgün sarı ziyasında bile, çayhanenin tıka basa dolu olduğunu gördü. Kapıyı itti, rüzgârıyla birlikte içeri girdi. Oturacak yer bulamayınca borusu nar kesmiş kocaman kömür sobasına ellerini uzatarak ayakta dikildi. Sarı semaver, buharlar çıkararak kaynıyordu ve kocaman karnı bir orduya yetecek kadar su almışa benziyordu.

Sobanın hemen yanındaki kalabalık gruptan beş kişi kalkınca Settarhan boşalan yerlerden birine oturdu, çay bardağını ellerinin arasına aldı. Masadakilerin konuşmaları bu gürültü arasında bile ister istemez kulağına çalınınca gayriihtiyarî başını kaldırdı, her birinin yüzüne ayrı ayrı baktı. Sofya'nın bahsettiği kaynayan Rusya'nın bütün yüzleri gibiydi bu yüzler de. Kimi sekseninde ama otuzunda görünüyordu, kimi de otuzundaydı lâkin seksen gibi duruyordu. Ama hepsinin yüzünde hayat gailesinden bunalmış o aynı bakış vardı ve hepsinin tırnaklarının arası aynı mürekkebin boyasıyla kapkaraydı. El nasırı, tırnak kiri Rusya'nın bu tabakasında şaşılacak bir şey değildi fakat Settarhan onların kendi aralarında harften, mürekkepten, kâğıttan bahsettiğini işitince dikkat kesildi. Kâğıt vardı sözcüklerinin arasında ama kalem yoktu. Baskı türlerinden, harf çeşitlerinden bahsediyorlardı fakat akılları en fazla ne kadar para alacaklarındaydı. On yedi kişi. Beşi de kalkmıştı az önce, demek toplam yirmi iki kişilerdi.

O sırada kapı açıldı. Yüzünden bezginlik akan istasyon görevlisi trenin makas kırdığını, yolcuların bir süre burada kalacaklarını sanki duyulmasından çok duyulmamasına dikkat ederek açıkladı. Bu "bir süre"nin ucu açık kalmıştı, bir saat de olabilirdi bir gün de. Settarhan'ın canı sıkıldı. Çay dolu tepsiyle dolaşan delikanlıya masadakileri işaret etti.

"Buyurun" dedi, "Çayımı için."

Çay, iki kelâmın kapısını açmazsa bu vakit geçmezdi.

Kimi konuşmaya dünden razıydı kiminin ağzını bıçak açmadı. Kimi bir başlayınca bir daha susmayan kimi sustu mu bir daha konuşmayan cinstendi. Saatler saatleri kovaladı, dışarıda sel gibi bir yağmur başlamıştı ve istasyon görevlisinden haber yoktu. Çayların biri geldi biri gitti. İsimlerini unutacaktı Settarhan her birinin ama maceraları yüreğini burktu.

Yollara düşmüş, ev ocak ne varsa arkalarında bırakmış, ta Petrograd'dan Batum'a giden matbaa işçileriydi bunlar. Sonra? Sonra deniz yoluyla Trabzon'a geçeceklerdi. Ne yapacaklardı ki orada? Trabzon'daki Rus takviye kuvvetlerinin komutanı General Schwartz çağırmıştı onları. General büyük adamdı, Trabzon'da bir gazete çıkarmıştı, işte bu yirmi iki kişi o gazetenin baskısını yapmaya gidiyordu.

"Gazete mi?" diye hayretle sordu Settarhan. "Ruslar işgal ettikleri şehirlerde bir de gazete mi çıkarıyorlar?" Demek o kadar çok kalacaklardı. "Hem iyi de bu gazeteyi kim okuyacak?"

Grubun galiba en yetkilisi, işinin en tecrübelisi alaycı bir bakış fırlattı Settarhan'dan yana.

"Türk" diye hitap etti. Türk'ü iyice üzerine basarak söylemişti. "Trabzon'u işgal eden orduda", cümlesinin Settarhan'a ait olan bu kısmını iyice tırnak içine almıştı, "Ne kadar çok yazar, ressam, arkeolog, tarihçi, bilim adamı olduğundan haberin var mı senin?"

"Yok!" Settarhan'ın bunlardan haberi yoktu.

"İsmi ne olacak gazetenizin?"

"*Voenniy Listok.*"

Settarhan Voenniy'in ne anlama geldiğini biliyordu ama Listok'u çıkaramadı. Sormaya fırsat kalmadan istasyon görevlisi bir daha göründü kapıda, bu kez sesi daha gür çıkıyordu. Tren hazırdı.

Ayağa kalktıklarında Settarhan içlerinden birinin ayağının aksadığını ama hepsinin sırtlarında taşınamaz bir yük varmışçasına omuzlarının bir araya toplandığını fark etti. Şu iki günlük dünyada herkes çoluk çocuğunun boğazından iki lokma ekmek geçirmek derdindeydi. Bu adamların haline acıdı ama bu adamları bu hale düşürdükleri gibi Trabzon'u da Tebriz'i de işgal eden Ruslara içinden küfürler savurdu. Şunun şurasında Batum'dan birkaç adım ötedeydi Trabzon. Dünyanın her yeri kaynarken işgal altına girmemiş çok az yer kalmıştı neredeyse haritaların üzerinde. Ama ateş düşüğü yeri yakıyordu ve Allah Trabzon'dakilere de Tebriz'dekiler gibi acısındı.

Trende ise bambaşka biri ile tanıştı. Bakü'den trene binmiş fakat bu ara istasyonda Rus trenlerinin bitip tükenmeyen bilet kargaşalarından birinin kurbanı olarak yer değiştirmiş biri. Karşı karşıya oturuyorlardı. Giyiminden onun Türk olduğunu anladı Settarhan, selâm verdi, "Aziz can" diye söze girdi. Adı Mehdi'ydi bu güler yüzlü gencin ve o da Trabzon'a gidiyordu.

"Ne yapacaksın Trabzon'da?"

Mehdi güldü. "Demin konuştuğun adamların yıktığını yapmak için."

Çayhanede Settarhan'ı Rus matbaa işçileriyle tatlı bir sohbete dalmışken görmüştü Mehdi. O ve arkadaşları ise Bakü Cemiyet-i Hayriyesi'nin gönüllülerindendi. İşgalin başladığı günden bu yana Trabzon'daydılar. Bir ara Bakü'ye dönmüş olan Mehdi şimdi tekrar Trabzon'a gidiyordu ve işgal bitene kadar da orada hizmetten el çekmemeye kararlıydı.

Settarhan o zaman Bakü'deki neft milyonerine Cemiyet-i Hayriye binasını ziyaret edeceğine dair verdiği sözü, daha kötüsü kalbine kuvvetlice vurup aynı şiddette geri çekilen her şey gibi bu sözü de ertelediğini hatırladı. Çok utandı.

Kendime geldiğimde Isfahan'daki oteldeydim ve Irac dizenin ikinci kısmına geçmişti.

Hemi derdem hemi dâğem

Başımı yastığa bıraktım. Hiçbir felâketin neft milyonerlerini gariban arabacıyla eşitleyebileceğine inanmayan Necef'i düşündüm. O servet o malikânelerde dağ gibi dikilip dururken Necef böyle bir ihtimale gülüp geçmişti. "Ah Necef!" diye geçirdim içimden. Keşke sana söyleyebilseydim. Senin başını anlattığın bütün bu hikâyelerin bir de sonu olduğunu, Bakü Sovyet egemenliğine girdiğinde neft milyonerlerinin hepsinin servetinin bir gecede sıfırlandığını; bu dünyadan, geldikleri gibi yoksulluk içinde gittiklerini, hatta kiminin intihar kiminin firar ettiğini, kiminin infaz edildiğini. Söyleyebilsem de inanmazdın. Neticede ben herkes gibi senin için de bir Kassandra'ydım.

Bir de, Rusça konuşmuşlardı ve ben anlamıştım. Onları da dillerin bağlandığı ana kaynağın ortak diliyle mi anlamıştım? "Hadi ama!" dedim kendi kendime sonra. Bunca şeye hayret etmiyorsun da bir konuştuklarını anlamana mı hayret ediyorsun? Fotoğrafların dünyasına girerek zaman ve mekân atladığım bu rüya nizamında artık hiçbir şeyin gayrimümkünü kalmamıştı. Bıraktım düşünmeyi. Uykuya nasıl daldığımı hatırlamıyorum.

Sabah. Zağros Dağları'nın ovaların gerisindeki saltanatlı silsileleri, daha da etkileyici olan yalnız ve ihtişamlı tepeleri arasında Şiraz yoluna düşüyoruz sonunda. Bulutların gölgesi altında aniden yükselen testere dişi ya da sünger görünümlü bu yalçın dağlar ancak minyatürlerdeki kadar gerçek ve İran en fazla dağları demek. Işığın, toprağın ve gölgenin tülüne bakarken sonsuzluk duygusu dört bir yanımı kuşatsa da mütevazı piknik halimize dönüyoruz yeniden. Tavuskuşulu battaniyemizi piknik alanlarına sererken ucundan tutmaya, ayaklarımı toplayarak kenarında oturmaya alışmışım. Otel değiştirerek, çanta açıp çanta toplayarak, gece konaklayıp sabah devam ederek, her şehrin "Tamam, bu yeter" dedirten anından sonra yeniden yola koyularak, dört tekerlek üzerinde olmayı artık doğal addederek alışkanlıklarımla uyuşmayan bu seyahat tarzına ben de dâhil olmuşum çoktan.

Ön koltukta, gözlüklerinin ardından bir erkân-ı harp reisi gibi harita inceleyip güzergâh çıkaran Zöhre Hanım, "Yolda Persepolis var, ona akşamüzeri girmek lâzım" diyor. Zöhre Hanım da artık bu hikâyeye tanıklık eden yol arkadaşı, hep birlikte Behzat Amca'yı bulmaya gitmiyor muyuz?

Persepolis önümüzde uzanırken her şey altın rengi sisin ardında bir rüya renginin içinde yüzüyor. "Persepolis'e akşama inerken girmek lâzım" cümlesinin anlamını nihayet çıkarıyorum. Benim başım dönüyor. Bu kadar yüklemeyi bu kalp kaldırır mı? Perdeler açıldıkça açılıyor.

Sıcaktan soluğum tıkanarak Persepolis'in hiç bitmeyecekmiş gibi görünen sütunlarına, merdivenlerine, basamaklarına bakıyorum. Taşları arasından yabanî otlar fışkıran bu terkedilmiş şehir kendi zamanını yaşıyor. Gruptan ayrılıp basamakları yavaş yavaş tırmanıyorum. Güneş arkamdan batıyor, ben doğuya doğru yürüyorum demek ki. Yan tarafımdaki duvarların kabartmalarına, Persepolis'in ufku gözetleyen ebedî bekçilerinin üzerine düşen gölgemi seyrederek tören salonuna giriyorum.

Her şey taşlara kazınmış burada. Çok güçlü, çok gösterişli, kıvırcık saçlı, kıvırcık sakallı, esmer, kara gözlü, hepsi de birbirine benzer krallar hâlâ o taşların üzerinde düşmanlarını boğazından yakalamış toprağa çökertiyorlar. Rüzgâr saçlarını uçururken hâlâ güçlü parsları, korkutucu arslanları bir hançer darbesiyle yerle bir ediyorlar. Hâlâ dünyayı paylaşamıyor, hâlâ doymuyorlar. Badem gözlü, baldudaklı tanrılarına adaklar adarken onlar da tanrısallaşıyorlar. Pers halkı eğlensin diye, taş kesilmiş bir anın sonsuzluğunda onlar biteviye zafer kazanıyorlar. Oysa Makedonyalı İskender'in Persepolis'i yakıp yıkacağı, sonra da rüzgâra, güneşe, yağmura, depreme yani kendi kaderine terk edeceği günler hiç uzak değil. Persepolis'in de bütün benzerleri gibi vurulması yakın çünkü o da görkeminin zirvesinde.

Şehre girer girmez sadece Şiraz'da yetişen servinazları, o tatlı endamı tanıyorum. Minyatürlerde ve şiirlerdeki küçük, narin servi bu işte. Şiraz derin sükûnetlerin şehri. Bir havuz, üç beş servinaz; burada her pencere gerçekten bir Acem bahçesine açılıyor. Hafız'ın da Sadi'nin de bu yerli olmasına hiç şaşmamalı. Ali Şeriati, Moğol İstilâsı esnasında şairlerin gülden bülbülden bahsetmiş olmasına ateş püskürse de bu şehirde gülden bülbülden bahsetmemek mümkün değil ve ne Moğol kalmış geriye ne savaş, sadece Hafız var.

Kervansaraydan bozma bir otelde odalarımıza çekiliyoruz. Ertesi sabah uyandığımda pencereyi açıyorum. O kadar yoğun bir ışık var ki bu loş han odasından dışarı baktığımda kör olacağım sanıyorum, geçici bir karanlıkta yolumu bulamıyorum. Fakat "Hafız'ın kabri olan bahçe"ye gidecek olmak duygusu çok güzel. Yol boyunca Hafız'dan beyitler geçiyor aklımdan. Oymaya, yaldıza, ışığa, parıltıya, saltanata, renge, hayale, hülyaya teşne bu ırkın dili de ihtişamlı.

Settarhan'ın tefeülünü hatırlıyorum gülümseyerek:

Seni kirpiklerimle öldürürüm diyen yâr
Aman sakın durmasın öldürürse öldürsün

Nihayet Hafız'ın havuzlu bahçesinde, dizi dizi servinazların arasından geçerek kabre varıyoruz. Yüksek sütunların taşıdığı mavi çinili bir kubbenin altındaki lâhitte yatıyor Hafız. Sağda solda mavi İran yasemenleri.

Hafız'ın başı kalabalık. Oysa ben mermerine dokunmak, taşına başımı yaslamak istiyorum. Beklerken bahçedeki bir satıcıdan kendime küçük, zarif ciltli, çok güzel minyatürlerle bezenmiş bir *Hafız Divanı* alıyorum.

Zöhre Hanım "*Divan-e Hafız*" diyor elimdeki kitabı işaret ederek, "Bundan tefeül ederler."

"Biliyorum."

Divan'ı rastgele açıyorum önce. Sonra sol taraftan dört sayfa geri gidiyorum. Gözüme çarpan ilk beyti işaretlemek üzere sayfanın kenarını kıvırıyorum. "Bir müsait zamanda Selman Bey'e ya da Zöhre

Hanım'a tercüme ettiririm" diye düşünerek *Hafız Divanı*'nı da sırt çantamın iç gözüne, Behzat Amca'ya vereceğim sarı kehribar tespihin yanına atıyorum.

Kabrin etrafı bir ara tenhalaşınca yaklaşıp ak mermerin üzerine kapanıyor, alnımı kızgın taşa yaslıyorum; alev alev yanan mermer bir lâhit Hafız'ınki. Ve ben orada uzun zamandan beri ilk kez ağlıyorum. Önce iki damla gözyaşının, ruhumun bana da yabancı çok derin bir muhitinden ağır ağır ve sancıyla koptuğunu, gözümün pınarına doğru ilerlediğini hissediyorum. Sonra o iki damla yaş kirpiğimin ucundan da kopuyor; duru ak mermerin üzerine düşüyor. Bana kalsa mermeri eritmesi gerek bu iki damla yaşın ama sadece çiçeklerin kıvrımları arasındaki vav'ın gözüne sızıyor. Sonra bütün yorgunluklarımı burada, bu kabrin başında bırakırcasına, yıllardır tuttuğum bütün ağlayışları, bastırdığım bütün haykırışları salıverircesine, bütün kâbuslardan uyanırcasına, sarsıla sarsıla, hıçkıra hıçkıra ağlıyorum. Dünyanın bütün yükü çekiliyor omuzlarımdan, bir dağın altından kalkıyorum. Sanki biri ilk kez beni böylesine koruyor. Her şeyin üzerine gölgesini salmaya alışkın kalbim, ondan ne aldığını bilmiyor ama Hafız'ın kabrine de gölgesini bırakıyor.

"Dedi: Hafız sus, bu da geçer" diye mırıldanıyor biri.

Omuz başıma bir melek esintisi dokunuyor. Sanki biri bir gül bahçesinin ortasında namaza duruyor da o kıyamdayken söğüt ağacının yaprakları eğilip omuzlarını okşuyor.

Başımı kaldırıyorum. Yasemen. Bir şey söylesem? Gerek yok. Söylemediklerimi daha iyi anlıyor.

Günün sonunda Şaban hilâli büyürken mescidlerden içli mersiyelerin yükseldiğini işitiyoruz; Hazret-i Hüseyn'in doğum gününe denk düşmüşüz. Otele dönüyoruz sonunda. Çok yorgunuz, odalarımıza çekiliyoruz. Yakıcı İran gecesinde yakındaki bir mescidden Hazret-i Hüseyn'e ve masumelere yanan, Hazret-i Ali'yi özleyen bir mersiye yükseliyor. Pencereyi açıyorum. Çok içli, çok derin ve çok farklı, bambaşka bir dünya bu. Kolay değil, mersiyehan 1400 yıldır sıcak duran bir kanı terennüm ediyor. Hiçbir kalbin böyle acı bir terennüm karşısında korunaklı kalmasına imkân yok.

Bir otel penceresinden de olsa bu bambaşka dünyaya bu kadar yakından bakınca, onun çok çok uzağında olan Zehra geliyor aklıma. Bulunduğum yer de zaman da çok farklı ama Zehra'yı merak ediyorum.

Pencereyi kapatıp çantama uzanıyorum. Teneke kutuyu açıyorum sonra. Bütün fotoğraflara yeniden bakıyorum. Zehra'nın baba evi.

Mersiyehanın mısraları odama kadar uzanırken, *Cânem Ali cânem Ali*, ben kendimi eski evde, Hacıbey'le Büyükhanım'ın yanında buluyorum. Sofadayız. Bir köşeye çekiliyorum.

VI. KİTAP

TRABZON'DAN ÇIKTIM BAŞIM SELÂMET

Mart sonunda soğukça bir sabahtı. Sofadaki mangalın başında Hacıbey abdeste doğrulduğunda Büyükhanım buz gibi suyu ibrikten leğene ağır ağır dökmeye başladı. Soğuk su her bir uzvunu ürperttikçe Hacıbey'in içinden hangi yakarışların geçtiğini bilirdi, aynılarını içinden geçirmeye başladı:

"Allah'ım, şu ellerimin işlediği bütün günahları affet. Şu ağzımın söylediklerini, dilimin dönüp de kelimeye çevirdiklerini, aldığım bütün yasak ve yanlış kokuları, yüzümü çevirdiğim hatalı yönleri, şu kulaklarımın duyduğu duyulmaması gereken sözleri, benim yüzümden benim başıma gelenleri, kendi ellerimle kendi boynuma sardıklarımı ve şu ayaklarımın yürüdüklerini affet."

Hacıbey, takma bacağının ucundaki ayağı da mesh ederken Büyükhanım işlemeli peşkiri uzattı. Bacağını katlamasına yardım ederek Hacıbey'i sedire oturttu, kendisi de yanına oturdu. Başını kaldırdı, kırk yıllık kocasının, gençliğinin tanığı olan ve gençliğine tanık olduğu adamın yüzüne baktı. Büyükhanım'ın gözlerinin altı da Hacıbey'inkiler gibi halkalanmıştı, yüzünde ölüm sarısı geziniyordu ve dudağı sağ taraftan uçuklamıştı.

Zayıf, ürpertili bir sesle, "Hacıbey" dedi. "Ne yapacağız?"

Dün gelmişti haber. Hacıbey günde beş nöbet bağıran tellâllardan duymuş, duymakla kalmamış valiliğin beyanatını da okumuştu. Gökler başının üzerinde dönerken midesine sancılar saplanmış, damarlarından kan çekilmişti. Bir yerlere tutunmak istemiş, cami avlusunda korkuluklara dayanmıştı. Tellâllar diyordu ki:

"Muhacirlik var, emir çıktı. Vali Cemal Azmi Bey şehir merkezini Ordu'ya taşıyor. Bu itibarla halkın şehri boşaltması, Giresun tarafına doğru acilen yola çıkması, ayağına bağ olacak eşyayı burada bırakması, ancak çok aciliyetli olanları yanına alması, hayatî ehemmiyette olanlardan başkasını yük etmemesi..."

Uzayıp gidiyordu bu duyuru ve tellâlın tokmağı her defasında sanki gergin deriye değil de Hacıbey'in kafasına iniyordu. Bitmiyordu ve hepsi de gelip aynı yere dayanıyordu: Rus ordusunun şehre girmesi an meselesiydi.

Eşya, evrak, bir şehrin halihazırı ve hafızası, ne kadarı taşınabilirse o kadarı kayıklara, arabalara doldurularak göçe başlamışken Büyükhanım'ın kafasının içinde her şey muazzam bir uğultuyla yerinden oynamıştı. Hani o, "Herkese olur da bana olmaz" zannı, abes duygusu. "Ama niye? Nasıl oldu?" O şaşkınlıkla dizini dövmekten başka yapacak bir şey bulamamıştı ilk anda Büyükhanım. Ama dövünme zamanı değildi, aklını başına tez topladı. Düşünmenin, akletmenin zamanıydı şimdi, hayatta kalmak için ne yapacağına ne edeceğine karar vermek zamanı. Lâkin bu kadarını düşünse bile uzun zamandır ne yaptığını bilmediği gibi şimdi de ne yapacağını bilmiyordu.

Düşmekten korkar gibi Hacıbey'in koluna tutundu. "Bir felâket bir başka felâketi kovar, korkma" diye teselli ederdi annesi başlarına bir musibet geldiğinde. Yanlış çıkmıştı. Felâket felâketi çağırıyordu işte. Takılmış bir nakarat gibi aynı cümleyi tekrarladı:

"Hacıbey, ne yapacağız?"

Hacıbey'inse, açmak istemediği halde hiç kapatamadığı defterler zihninin içinde burgulandı. O "Yeter!" derken kader "Daha yok mu?" demişti. Kapanmayacak bir yaraları zaten varken her gelen bir öncekinin üstüne tüy dikmişti. Hikmetinden sual olunmazdı elbet Yezdan'ın ama belâ bu. Tam bittiği yerden yenisinin başlaması belâlığın doğasındandı. Başlamasa, zaten belâlığı kalmazdı.

Dört yıldır kolu kanadı zaten kırıktı bu evin. İsmail'lerini alıp giden Gülcemal, emaneti geri getirmemiş, hıyanetlik etmişti. İsmail'den gelen son haber, üzerinde Hilâl-i Ahmer hemşiresinin resmi olan kartpostalın arkasında kalmış, bir daha da haber çıkmamıştı kendisinden. Balkan Harbi bittikten sonra 87. Alay gibi Gönüllü Taburu'ndan da bir iki kişi dönebilmişti ancak geriye. Celil Hikmet dâhil komutanından erine kadar geri dönmeyenlerin hepsinin ailesine şehitlik kâğıtları dağıtılmıştı, bir tek İsmail hariç. Hacıbey hükümet dairesine, askeriyeye gitmişti defalarca. Sorup soruşturmuştu. Yok işte! Herkesin şehitlik kaydı vardı da hiç kimsenin İsmail'den haberi yoktu. Usanmamıştı Hacıbey. İstanbul'a haftalar boyunca telgraflar çekilmiş, koca rütbeli subaylar Hacıbey'i "Bugün yarın" diye bekletmiş, ancak bir yıl üzerine Hacıbey'in eline İsmail'le alâkalı bir kâğıt vermişlerdi. Onda da şöyle yazıyordu:

"Hayatı da ematı da meçhuldür."

Hacıbey sendelemişti askeriye dairesinin koridorlarında. Bir sandalyeye oturtmuşlardı onu. Elindeki askıyı sallayarak oradan geçen ve bu sahneyi kim bilir kaçıncı kez gördüğünü düşünen çaycı bir bardak su uzatmıştı.

Başını iki yana sallamıştı Hacıbey güç belâ bir yudum su içerken.

"Hayatı da ematı da meçhuldür! Öyle mi? Canını kendisi için veren tıfıl askerine devletin verebildiği belge, Meçhul Asker. He mi?"

Gerisini hatırlamıyordu bile. İsmail. Gitti de gelmeyiverdiydi.

O günden sonra bu evde artık hiçbir şey eskisi gibi olmamış, İsmail'in boynuna dayanan bir sükût bıçağının ucunda her yeni gün eskisine eklenmişti. Her sabah evin bütün halkı kalplerini sıvayan bir balçığın ağırlığında uyanmış, renkler sadece kurşunîye dönmüş, o gün bugün bütün hayatlar öylece sönük yaşanmıştı. Zehra ise büsbütün içine kapanmıştı. Alışması yoktu bunun ama zerre miskal bir ümit! Belki sağdır! Büyükhanım onun hayatının da ematının da meçhul kalmasına razı gelmiş, Hacıbey'e "Gitme" demişti. "Bir daha hükümete de askeriyeye de gitme. Böyle kalsın. Yeter ki ölümü kesin olmasın."

Kolu kanadı kırık turnalar gibi bir evin içinde yaşayıp gideceklerdi belki. Ama aylar geçmiş, aylar yıllara evrilmiş, Balkan Harbi'nin sadece bir önsöz olmasından korkan Hacıbey korktuğuna uğramış, yetmiş iki milleti azgın kollarına alan Harb-i Umumî çıkmış, sonunda işte Ruslar gelip Trabzon'un kapılarına dayanmıştı.

İsmail gittikten sonra Büyükhanım her sabah namazdan sonra ve her gece uykuya dalmadan önce perdeyi aralayarak denize bakmayı âdet edinmiş, İsmail'in meçhul haberinden sonra bile bu âdeti kesmemişti; Gülcemal gemisi aldıklarını geri getirecekmiş gibi. Bu beklentiyle denizin üzerinde doğan ayları, asılı kalmış yıldızları, büyüyen, küçülen hilâlleri, onların devridaimlerini, gökyüzü gibi denizin de haritasını, yaklaşan fırtınaları, kesintisiz sıcakları, kesen soğukları, bitmeyen yağmurları izlemişti. Posta vapurlarını da yolcu gemilerini de bu denizin üzerinde ezber etmişti. Ne zaman gelirlerdi, kaç gün kalır ne zaman dönerlerdi, hepsini bir bir bellemişti. Fakat o sabah gördüğünü daha önce hiç görmemişti.

Önce mahalle camiinin minaresindeki kalabalığı fark etmişti. Hayret! Ezan okunmuştu çoktan, üstelik şerefedeki de sadece müezzin değildi. Denize bakmak Büyükhanım'a hiç o anki kadar korkunç gelmemişti ama bakmış ve göreceğini görmüştü. Rus armadasının önhaberi, kurşunî sabahın sisi ardında heyulâ gibi iki gemi. Açıkta, toplarını şehre çevirmiş, açılmış bir canavar ağzı gibi yemini yutmaya hazır, bekliyorlardı. Daha önce hiç tatmadığı bir dehşet bütün zerrelerini yakarken Büyükhanım'ın Hacıbey'i uyandırmasına, Zehra'nın, Anuş'un, Keyfiye'nin döşeğine koşmasına, Yıldırım'a seslenmesine fırsat kalmadan ilk gümbürtü işitilmişti. Zangır zangır titremişti kapılar, camlar, çerçeveler. Bir anda gökler kızıla kesmişti. Şafak vaktiydi gerçi ama bu, yangın rengiydi. Hacıbey'e "Efendi" diye haykırmıştı Büyükhanım, "Kalk! Geldiler sonunda." Hacıbey hazırlanmış, Yıldırım'ı da yanına alarak dışarı çıkmıştı. Döndüğünde ağzını bıçaklar açmıyordu.

Büyükhanım, "Demek bunu da görecekmişiz" diye düşünmüştü ilk anda. Trabzon eskiydi, İstanbul kadar Roma kadar eski. Adı her dilde aynı tamlamayla yazılan, ismi ile müsemma Karadeniz, galiba bahtı da kara deniz, gelip de şehrini kıyısında kuranlara başlangıçtan bu yana az fırtına göstermemişti. Asırlar boyunca çeşitli kavimlerin sakinleri gibi Osmanlı ahalisi de onun cilvelerini, nazlarını, kaprislerini, öfkelerini, çığırından çıkıp gelmelerini, yatağından taşıp kudurmalarını tevekkülle sineye çekmiş, "Her haliyle güzel" deyip her haletine boyun eğmişti. Fırtınalarının sayısını, zamanını, adını, huyunu suyunu ezber etmişlerdi. Her birinin vakti zamanı vardı, göz göre göre gelirlerdi. Lâkin bu kez hepsinden beterdi. Denizden gelmişti başlarına ne geldiyse; fırtınaların en beteri.

Şu kör olası Büyük Harp'te Kafkas cephesi Trabzon'a kadar genişlemiş, Rus donanması Karadeniz kıyısında saldırmadık liman, bombalamadık iskele bırakmamıştı. Rize düşmüş, Of'un civanmerdanları yirmi bir gün canlarını dişlerine takıp bedenlerini Rus ordusunun önüne siper etseler de, Sürmene, Araklı, Arsin, Şana ne kadar dirense de azgın sel önüne geleni devirmişti. Böyle giderse şehre girmelerine şunun şurasında çok az zaman kalmıştı. Hani mazlumların feryadı yeri göğü oynatır, kâinatı yakardı?

Şimdi bütün şehir muhacirliğe çıkıyordu ve Büyükhanım "Hacıbey, ne yapacağız?" diye sorup duruyordu. Hacıbey'in, ne yapacağına dair bir kararı mı vardı ki, Büyükhanım'a akıl versindi.

O sırada kapı açıldı, Anuş içeri girdi. Elinde Zehra'nın diktiği bezbebek, "Büyükhanım, ne yapıyorsunuz burada siz?" diyordu.

Büyükhanım Anuş'u görünce artık kendisini daha fazla tutamadı, hıçkıra hıçkıra ağlamaya başladı. "Şu yavrucak" diye içini çekti ciğeri doğranırken. "Şuncacık bîçarenin kaderi yürümek mi? Onu, yürümesin diye annesinden alıp saklamadık mı? Ne kadersiz şeymiş."

Anuş'u kucağına çekti, başını göğsüne bastırdı. O elim günü hatırladı. Dokuz ay evveldi, 1915 yılının Haziran'ı.

Haziran'ın son günleri olmasına rağmen sıcaklar henüz yakmaya başlamamış, bahçelerde güller kavrulmamış, meyveler dallarında kurumamıştı. Camiden dönen Hacıbey sağlam ayağındaki mestin üzerinden lâstiğini çıkarırken "Ha gaybana iş!" diye söylendi. Büyükhanım onun bu mahallî öfkeyi sık kullanmadığını bilirdi. Eğer bir iş "gaybana"ysa, o zaman Hacıbey yatağından taşmış, çığırından çıkmış demekti. Büyükhanım hasır alçak iskemleyi ona doğru sürdü, Keyfiye'ye seslendi.

"Koş kızım." Hacıbey'in kahvesi, nargilesi, suyu neredeydi?

"Ha gaybana iş!" diye yineledi Hacıbey, "Köftehorlar!" diye ekledi. Bu en büyük küfürdü Hacıbey'in ağzında. Hafazanallahuteâlâ, neler olup bitmişti de Hacıbey bu hale gelmişti? Büyükhanım hasır iskemleyi tutarken Hacıbey otuz yedi yıldır artık kendi bacağı gibi taşıdığı ama bir türlü de alışamadığı takma bacağın mekanizmasını gıcırtıyla gevşetti, dizini kırdı. Sağ bacağını bir savaş hastanesinde bırakmış 93 Harbi gazisi nefes nefeseydi. Suyundan bir yudum içti, hamd etti. Büyükhanım'a baktı, öfkesini ortaya zahir etti.

"O Ermeni çetecileri" dedi, "Eşkıyalık yapıyorlarsa, bu garibanların günahı ne?"

Büyükhanım öbür sandalyeye yığıldı. Yoksa doğru muydu?

Doğruydu. Sevk ve İskân Kanunu gereğince Trabzon Ermenileri de öbür sabah yola çıkıyorlardı. Gümüşhane yoluyla Zor ve Musul'a gönderileceklerdi. "Sapla samanı ayırmak, ihanet ve isyan edenle masum kalanı, orduyu arkadan vuran zalimle mazlumu birbirine karıştırmamak güçlü devletin güçlü hükümetin işi" diye geçirdi içinden Hacıbey; yine hükümete, valiye, İttihat ve Terakki'nin temsilcisine yüklendi. İstanbul hükümeti Vilâyat-ı Sitte meselesinin çözümünü kestirmeden böyle kuruyor, temizliğini böyle yapıyordu. Sultan Reşad, bu pâk ahlâklı adam, Hırka-i Saadet dairesinde temiz seccadesine temiz gözyaşlarını akıtırken tarihinin en fecaatli döneminde saltanat ettiğinin farkında mıydı acaba? Temiz gözyaşları dökmek güçlü padişah olmak için yetmiyordu demek ki.

"Ya Siranuş, komşum?" diye korkuyla sordu Büyükhanım.

Başını salladı Hacıbey evet anlamında.

"İyi ama" dedi Büyükhanım Anuş'u hatırlayarak, "Bu bir damla çocuk, onca yola nasıl dayanır?"

"Bir damla çocuğu var mı Büyükhanım?" dedi Hacıbey. "Ben yürümenin ne olduğunu unutmadım. Koca dağ gibi delikanlıların bile canı dayanmaz böyle yollara."

Öfkeyle söylenmeye devam etti. "Van'da" dedi. "Bu isyanları çıkaranları, bu haltları karıştıranları, savaşan orduyu arkadan avlayanları, aha şurada Değirmendere'de yangın çıkarıp başkaldıranları bana versinler. Ben de Fizan'a sürerim. Agop'u ben yargılayayım ama bu masumcukların günahı ne?"

Agop! İpi Siranuş Hanım'ın ayağına dolanan fitne yumağı.

Ertesi sabah kapının çıngırağı çekildi. Siranuş, bir eliyle Anuş'un elinden tutmuş, diğer elinde bir bohçayla sürünürcesine girdi içeri. Fazla söz etmedi ama ölüm sarısı sinmiş yüzünün renginden neler olup bittiği belliydi. Anuş'u çekeleyerek Büyükhanım'a yaklaştı. Onun bir şey demesine kalmadan, önce Büyükhanım'ın ayaklarına kapandı sonra olduğu yere yığıldı. Hacıbey yerinden doğrulamadan Zehra ve Keyfiye gürültüye koştular. Limon kolonyası koklattılar, paçavra yakıp dumanını burnuna tuttular. Bir iki yudum suyu kenetlenmiş çenelerinin arasından akıtabildiklerinde kadıncağız kendine gelebildi, bir gecede yirmi yaş birden yaşlanmış, o şen şakrak Siranuş gitmiş yerine canlı bir cenaze, bir heyulâ gelmişti. Sedire kaldırmak istediler, razı gelmedi. Birer kütüğe dönmüş bacaklarını kuru tahtanın üzerinde uzattı, sırtını duvara verdi. Ayakları çıplak, açılmış saçları dağınıktı. Hırkasının yeniyle burnunu sildi. Kaderine razı, boynunu satırın önünde eğdi.

"Büyükhanım" dedi, "Yaşın benden çok büyük, bilirim. Saygıda kusur etmedim ama seni arkadaşım gibi de sevdim, akranım gibi yakınlık gösterdim."

Büyükhanım kadının başını omuzuna, göğsüne, neresi varsa orasına yaslamış, ellerini avuçlarının arasına almıştı. Siranuş'un nabzı durmuştu sanki, Büyükhanım bileklerini ovmayı bıraksa sanki oracıkta ölüverecekti. Büyükhanım bu sakinliğe aldanmamak gerektiğini, bahtsız komşucuğu Siran'ının her an bir yanardağ ağzı gibi yeniden infilâk edebileceğini bu bumbuz ellerin katılığından anladı. Siranuş ise hıçkırıkları arasında nefes alarak bir şeyler anlatmaya çalışıyordu. Belli ki kaderine razıydı ama bir isteği vardı. Büyükhanım teselliyi kesti, bilek ovmayı da bıraktı, dinledi.

Siranuş cümlelerini kesik kesik sıraladı ama aralarına tümüyle de zaman sokmadı. Yoksa sözü söze eklemeyi başarıp, aklına gelen şeyi hiç söylemeyebilirdi.

"Büyükhanım" dedi, "Biliyorsun bizi yarın götürecekler. Çıkan kanundan haberin var. Bu yollarda neler olduğunu duyuyoruz az çok. Duymasak bile tahmin etmek zor değildir. Hiçbir şey olmasa bile yol bu, yürümek bile yarı ölüm demektir." Sustu. Yutkundu. Sonra devam etti. "Musul neresidir, Zor neresidir bilmem. Adını bile işitmediğim çöllere gidecekmişiz."

Büyükhanım başı omuzlarının arasına iyice gömülmüş, yüzünde bunun böyle olacağını bilen ama yine de yalanlamak ihtiyacını duyan zoraki bir şaşkınlıkla, "Yürüyecek misiniz?" dedi.

"Hem nereye gidecekmişsiniz?"

Siranuş onun sorusuna cevap vermedi, kendi bildiğini söylemeye devam etti.

"Kimler isyan etmişse onları yakalasınlar, kimler cinayet işlemişse onları assınlar Şark Meydanı'nda. Agop'a ben mi söyledim çetelere katılmasını? Büyükhanım söyle, Allah'a reva mı? Aramyüs'le ilgili bir dedikoducuk olsun duydunuz mu siz? Senin de benim de Allah'ım olan Allah bunu sormaz mı?"

Hacıbey başını yerden kaldırmadan dinliyordu. Söyleyecek bir sözü yoktu ki söylesin. "Ya Rabbim" diye geçirdi içinden. Bu koca devletin ordusu da Sivas'tan sonra trenden inmiş, oradan Kafkas cephesine adım-adım-adım yürümüştü. Ordusunu yürüten devlet Ermenileri mi yürütmeyecekti? Kendi evlâtlarına sahip çıkamayan bu hükümet Ermenilere mi sahip çıkacaktı? Hem bunlar? Neden çöle sürülüyordu? Başka bir yer yok muydu?

Siranuş Hanım duyduklarını tahminlerine, bilmediklerini bildiklerine, korkularını hepsine kattı. Jandarma yarın sabah için hazır olmalarını ikaz etmişti. Herhalde saltanat arabalarıyla iki köy öteye gidecek değillerdi. Çok zorlu bir yol bekliyordu onları. Yükü ne kadar az olursa o kadar şansı olacaktı.

Yerinden yarı doğruldu, "Büyükhanım" dedi iki eliyle Büyükhanım'ın omuzlarına asılarak, "Seni tanırım. İyisin. Böyle iyilik görmedim ben. Allah bilir ölürken bile etrafındakiler korkmasın, üzülmesin diye, onları teselli etmeye çalışarak öleceksin. İyiliğini Allah rızası için benden de esirgeme."

Büyükhanım'ı bıraktı, kendi yakasını bağrını çekiştirdi, devam etti: "Dünyanın bütün suçlarını üzerine almaya alışkın yanınla düşünürsün sen; 'Onun hakkını yemişsem diyetini buna ödesem' dersin daima. Beni yanlış anlama ama." Yutkundu. Yanlış anlaşılacak nesi vardı? "Büyükhanım anlamıyor musun? Anuş çok küçük. O bu yola dayanamaz. Ölür. Yanımda götürmezsem yetimhaneye götüreceklermiş, jandarma efendi öyle dedi. Yetimhanede de ölür benim yavrum. Oralarda olamaz."

Başını kaldırıp Büyükhanım'ın yüzüne öyle bir baktı ki, Büyükhanım daha evvel anlamadığından utandı. Birer kuru oduna dönmüş o ellere sarıldı, "Siran" dedi. "Kızım, merak etme. Anuş bundan böyle benim de kızım. Bana emanettir. Merak etme."

Keyfiye'nin beti benzi solmuş, Zehra bir köşede ağlıyordu. Buna dağlar olsa dayanamazdı Siranuş mu dayanacaktı?

Ayaklandı neden sonra Siranuş, sendeleyerek kapıya doğruldu.

"Anuş" dedi, "Bu gece sizde kalsın."

Bu geceyi Anuş'a sarılarak geçirirse, yarınki gibi bir cehennem sabahına uyanamazdı, uyansa bile dayanamazdı. Sarılmadı Anuş'una, sarılırsa bir daha ayrılamazdı. Bakmadı da yüzüne, bakarsa kör olacaktı. Dört ucundan düğümlenmiş el kadar bohçayı gösterdi.

"Anuş'un bohçası."

"Bir de" diye seslendi, "Sıcak ekmek içini çok sever. Unutmayın. Bir de ağlar da susmazsa şekerli su yapın. Bir de ateşi yükselirse... Bir de hıçkırığı tutarsa..."

"Bir de..."lerin sonu yoktu anne yüreğinde. Büyükhanım güçlü görünmesi gerektiğini hissetti.

"Aman Siranuş Hanım" dedi. "Bırak bir de'leri. Gören de hiç çocuk büyütmedim zannedecek. Bana güvenmiyor musun? Kaç çocuk geçti benim elimden." O anda Siranuş Hanım'ı en çok rahatlatacak olan şeyi söyledi. "Hiç merak etme. Aklın geride kalmasın."

"Haydi" dedi, "Hazırlığını yap sen, git şimdi."

Siran, neredeyse telef olup gidecekti. Onu bir an evvel buradan göndermek gerekti.

Hacıbey başını yerden kaldırdı o esnada. "Merak etme kızım" dedi, "Kızın bize emanet."

Sonra hiç kimseye bakmadan ortaya söylendi:

"Vallahi de bize emanet, billahi de bize emanet, ölürüm de bize emanet."

Hacıbey büyük yemin etmişti. Komşusunun gidişini engelleyemezdi ama şu masum bîçare; onu kurtarabileceğini kestirdi.

O gece hiç uyumamıştı Büyükhanım. Uyusaydı bile kapının korkunç darbelerle vurulması üzerine tan vakti uyanacaktı. Hacıbey, takma bacağı döşeğin kenarındaki duvara dikilmiş, kalkmaya yeltenince "Sen dur" dedi Büyükhanım. Müştemilâttan Yıldırım ve Keyfiye'nin uyandığı işitildi. Yıldırım kapıya doğru koşarken, Büyükhanım atkısını başına çekti, arkalarından seğirtti. Gelen, refakat neferlerinin komutanı olduğu anlaşılan jandarma subayıydı. Kalın bıyıklı, kalın simsiyah kaşlı, tıknazca, orta boylu bu adam alışılmadık derecede esmer yüzüne bakılırsa buralı değildi ve yüzündeki bezgin ifadeden anlaşılan o ki benzerlerinin birçoğu gibi o da yıllardır evinden ocağından uzaktı. Hangi ananın evlâdıydı? Hangi rüzgâr onu buralara atmıştı?

Jandarma subayı, evin sahibini tahmin etmekte gecikmedi. Emektarı, Keyfiye'yi geçti, Büyükhanım'ın önünde dikildi.

"Bir ihbar var" dedi, "Ermeni bir çocuk saklıyormuşsunuz. Yaşı küçükse yetimhaneye gitmesi gerek. Büyükse kafileye katılması lâzım. Emir böyle. Evi arayacağız."

Büyükhanım'ın rengi atarken jandarma subayı, arkasında duran iki ere bahçeyi göstererek "Arayın" anlamında bir işaret yaptı. Onlar da subaylarıyla aynı renkten aynı kaderdendi.

Büyükhanım iki neferin peşine düştü. Önce bodrumdan başladılar; çamaşırhaneye, mutfağa, müştemilâta, eğilip kuyuya, Masal'ın havlamalarına, hırlamalarına aldırmadan arka bahçeye baktılar.

"Kimse yok komutanım" diye haber getirdi erlerden biri selâm durarak.

Komutan "Evin içine bakın" dedi bu kez, kendisi de neferlerle birlikte eve girdi. Sofaya, iki odaya, Hacıbey'in odasındaki yüklüğün içine, dürülmüş döşeklerin yorganların arasına, aynalı dolaba, hepsine bir bir bakıldı. Bir şey yoktu. Kumandan en son, üst kata çıkan merdivene doğruldu, Zehra'nın Anuş'la koyun koyuna yattığı çıkmanın olduğu sofaya. O zaman Büyükhanım ilk basamakla subayın arasına girdi. Ne olacaksa olacak, nereden inceyse oradan kopacaktı. Yapacak tek şey kalmıştı.

"Kumandan Efendi" dedi, "Orada dur bakalım. Orası torunumun yattığı yer, gencecik kız. Sabahın köründe geldiniz. Namahrem mahalline nasıl sokarım sizi? İslâm değil misin sen?"

Subay durdu, Büyükhanım'ın yüzüne baktı. Bir şeyler olduğunu anlamış mıydı? Bilinmez, ama üstüne varmadı. Merhametli bir adamdı. Emir kuluydu neticede ama kulluğunu yerine getirmiş, emre riayet etmişti işte. Dışarıda, sabah ayazında bekleşen kafile ha bir eksik ha bir fazla olsa ne fark ederdi? Geri döndü. Eratını topladı. Masal'ın havlamaları arasında kapıdan çıktı. Küçük kafilesinin başına geçti, Gâvur Meydanı'nda toplanan ana kafileye katılmak üzere yola dizildi.

Büyükhanım merdivenin başına, ilk basamağa çöktü. Kendini bıraksa bir daha kalkamayacaktı. Ama en umulmadık zamanlarda içinde hazır bulduğu kuvvet yine imdadına yetişti. Mutfağa yollandı. "Ekmek pişirmek zamanı. Sıcak ekmek içi..." diye söylendi.

"Hacıbey ne yapacağız?" diye sordu Büyükhanım bir kez daha.

"Ben" dedi Hacıbey, "O kadar yolu yürüyemem." "O kadar" derken başlangıcı belli yolun sonunu bilemediği belliydi ama arabayla çıkılsa da; motorla, kayıkla başlansa da bu tür yolların sonunun daima yürümeye dayandığını bilirdi. Aynı cümleyi ısrarla yineledi:

"Yürümek nedir bilirim ben Büyükhanım. Yürüyemem."

"İyi ama" dedi sıkıntıyla Büyükhanım "Urus gâvuru geliyor. Rum ve Ermeni çeteleri iyice azıttı, baksana evler şimdiden bayraklandı. Bu şehirde durulmaz artık. Hem herkes gidiyor. Biz onlardan daha mı cesuruz, daha mı fazla bilgimiz var ki gitmeyelim? Hacıbey görmüyor musun, her şey olabilir."

Güngörmüş kadın bu "her şey" ihtimalinde Allah biliyor, Hacıbey'le kendisini hesaba katmamıştı. Onlar yaşadıkları kadar yaşamışlardı. Mal canın yongası ama varsın olmayıversindi. Cana gelince, Allah'a bir can borçları vardı nihayetinde. Gelecek günün ne getireceği de belli olmazdı. Ama Zehra, o bu kadar genç bu kadar güzelken. Zihninden geçenleri kovdu. Hem Anuş emanetti. Yani gitsen olmuyor kalsan hiç olmuyor. Bu hesapta aklı hiçbirini kesmedi. Hacı'sını böyle bir yürümeye zorlamak? Hayır, bu da mümkün değildi. Ama Zehra ve Anuş. Onların başına gelebilecekleri tahmin etmek, anlatılanlardan birini bile hesaba katmak? Yo, böyle bir ihtimal binde bir olsa bile hesaba katılamazdı. İhtimaller arasında böylesine yer verilerek hesap yapılamazdı. Seçmek? Şart mıydı? Şarttı.

Ama yine de "Ben de gitmem" diye bir giriş yapmak istedi Büyükhanım. Dil de gönül gibi baskındı.

Aslında söylediğine kendisi bile inanmamıştı ama "Gönderme bizi Hacıbey" diye yalvardı bir kez daha. Bu kaçıncı yalvarıştı?

"Biz de kalalım. Sana ne olursa bize de aynı olsun. Ne olacaksa birlikte olsun. Öleceksek de birlikte ölelim. Ölürüm de gitmem."

Hacıbey, "Ölmeye razıyım ben Sabire" dedi.

Yılların müderrisi ancak çok öfkelendiğinde, çok heyecanlandığında kırk yıllık karısına adıyla seslenirdi. Şimdi de Büyükhanım'a adıyla, demek ki bütün muhabbeti ve öfkesiyle sesleniyordu. Neden anlamıyordu? Ölmeye Hacıbey de razıydı ama Sabire bilmiyor muydu ki bu dünyada ölmekten daha katlanılmaz şeyler vardı. Gözünün önünde Zehra'ya bir şey olsa. Ölmekten daha zor olan bir şey. Ölmeye dayanırdı da buna dayanamazdı.

"Ben size gidin demiyorum ki" dedi, "Kaçın diyorum, kaçın." Bir an durdu. O sırada Yıldırım sofaya girmişti. Hacıbey akşamdan beri kurduğu şeyi söyledi: "Yıldırım sizinle gelsin."

"Heee" diye atıldı Yıldırım. "Ben giderim onlarla." Sol gözü, sağ gözünün bütün ferini toplamış gibi iri iri açılmıştı.

Hacıbey "Hey Allah'ım" diye geçirdi içinden, başını kaldırdı. Yıldırım'ın yüzüne baktı. Kendi söylediğine kendisi de inanamadı. Bunca zorlu yol Yıldırım'ın kıt aklıyla mı gözetilecekti? Bunca kadının, çocuğun başına kala kala Yıldırım mı erkek olarak kalmıştı?

O gece odalarından gelen sesleri sabaha kadar kesilmedi. Hacıbey son sözü söylediğini her zannettiğinde kırk yıllık karısı konuyu yeniden açtı. Kolay olmadı ama sabah uykusuzluktan ve ağlamaktan kuytuya kaçmış gözlerle sofaya indiğinde Büyükhanım ister istemez razı olmuştu, Hacıbey kalacak, onlar gidecekti. İki masumun başına gelebileceklere tanık tutulmaya razı olsa, o zaman ilâhî gazap başlarına çökerdi. Hacıbey'in yalnız kalması ve onların gitmesi tevekkeltü tealallah, ehvendi. Hem "Zaman sana hiç ummadığını ve biriktirmediğini getirir" buyurmamış mıydı Hazret-i Ömer Efendimiz? Belki gün doğmadan neler doğardı. Belki, belki! Belki'si yoktu. İşte denizden top sesleriyle karadan ordularıyla azgın dalgalar gibi geliyorlardı.

Onlar geliyorlardı ama Hacıbey yürüyemezdi. Çünkü Hacıbey bütün ömrüne yetecek kadar çok yürümüştü. Yürümek kaderi olmuş, yürümekle sınanmış, yürümeye zorlanmış, yürümekle cezalandırılmıştı. Bu yüzden yürümeyi sevmezdi. Hicaz'a gittiğinde bile Kâbe-i Muazzama'nın etrafını tahtırevanlar üzerinde ancak tavaf edebilmiş, Safa ile Merve arasını yedi kez aynı tahtırevanlar üzerinde gidip gelmişti. Sağ bacağını bir savaş hastanesinde, yarı baygın yarı ölü, ta kasığından kesmeselerdi bile evinden dışarı camiye gitmek haricinde adım atmak istemezdi.

93 Harbi'nde Doğu cephesindeydi Hacıbey. Kars'tan Erzurum'a doğru çekiliyorlardı. Adına "sevk" diyordu komutanlar ama düpedüz yürüyorlardı işte. Bu devlet şimdi olduğu gibi o zaman da askerini sevk edememiş, yürütmüştü sadece. Karda, yağmurda, çamurda, buzda, dağda, vadide, ırmak yatağında gece gündüz demeden günlerce yürümüşler, ovaları dik kayalıklar izlemiş, bir dağın tepesine tırmandıklarında onu da başka bir dağ başka bir tepe takip etmiş, silsileler silsilelere eklenmişti. Bitmeyen, bitti zannedilen yerde daha yeni başlayan, azaplı, bıktırıcı, insanın takatini tüketen, tükenmiş takatini sömüren, emen bir yürüyüştü bu. Hacıbey ayaklarının şiştiğini, zonkladığını, postallarının ayaklarını bir değil her yerden vurmaya başladığını, vuran bir kundurayla tek bir adım atmak bile yeteri kadar eziyetken günlerce aynı acıyla adım attığını hiç unutmamıştı. Bir süre sonra yaralar eti geçip kemiğe dayanmış, deri soyulup et çekilmiş, postalın sırt meşini dağılmış ete yapışmış, Hacıbey kemik üzerine postal giymiş gibi yürümeye başlamıştı. Bu soğukta ayakları diri diri yanarken an gelip acıyı artık duymaz olmuş, bu raddeye dayanınca asıl acının yürürken değil durunca başladığını öğrenmişti. Ama zaten onlara da durmaksızın yürümeleri emredilmişti.

Kars'tan çıkalı kaç gün geçmişti, bunu kimse bilmiyordu. Kop Dağı'nın eteklerine vardıklarında mevsim sonbahar olmasına rağmen erken bastıran bir kışın tam ortasında bulmuşlardı kendilerini. Yağmur başlamış az sonra kara dönüşmüş ve Kop Dağı'nı tırmandıkları sırada kemik yığınına dönüşmüş askerlerin birer birer düşerek oldukları yere yığılıp kaldıklarını görmüştü Hacıbey dehşetle. Kendisi de sık sık dizleri titreyerek oturup kalmış, kollarını dizlerinin üzerinde kavuşturarak başını bırakmış fakat kolları az sonra kendiliğinden çözülmüştü. Bir anlık uykudan kendini atmıştı sık sık. Uyuyup kalırsa bir daha kalkamayacağını bilecek kadar bilinci yerindeydi başlangıçta. Her defasında aynı işkenceyi yeniden çekmek için dirilmiş, sol ayağının derisi yeniden yanmak için yenilenmiş; emireri Yıldırım onu bazen arkasından itelemiş bazen önden çekelemişti. Dağın başına vardıktan sonra uçurum kıyılarında açılmış patikalardan inerken, dumanların, sisin, pusun içinde iki adımda bir kaymış, bazen düpedüz yuvarlanmış, yeniden ayağa kalkarak, buz kesmiş çamur içinde donup kalmış askerlerin yanından, onların izleri üzerinden ilerleye ilerleye, düşe kalka sürüklenirken sonunda atacak adımı kalmadığında Hacıbey boylu boyunca karın üzerine uzanmıştı. Ellerinin şiştiğini, morardığını, karardığını kendisi bile hayal meyal görebilmiş, nabzının ağırlaştığını hissetmişti. Artık yürümek istemediğini, gözlerinin kapandığını, tatlı bir sıcaklığın, derin bir uykunun bütün vücuduna yayıldığını, canının ayaklarından itibaren çekilir gibi olduğunu, sol ayağının acısı olduğu gibi dururken sağ ayağında bu acının hafiflediğini hele de sağ bacağında bütün o acıların dindiğini, hissizliğin çok güzel olduğunu Yıldırım'a mırıldanmıştı. Hepi topu, hayatta kalmak için harcanacak emekle ölüm arasında bir seçim; artık yaşamak istemeyi bile istememişti. Yıldırım'ın dürtmesiyle bir an için gözünü açabilmiş, "Bırakın beni, siz devam edin. Ben arkanızdan gelirim" demişti. Bütün sesler uzaklaşırken bir tek Yıldırım'ın sesi kalmıştı geriye: "Uyan komutanım, Erzurum göründü."

Yolun geri kalanını önce Yıldırım'ın omuzunda sürüklenerek, sonra bir sal üzerinde çekilerek gitmişti. Ama görünen şehre varmak için bile bir üç gün daha gitmeleri gerekmişti. Onlar yaklaştıkça şehir sanki uzaklaşmış, sal üzerinde yarı baygın, canı boğazında Hacıbey, Yıldırım'ın adımlarını saymıştı. Yıldırım kimi tek nefeste bir adım atmıştı kimi on nefes alması gerekmişti adım atmak için. Kimi çakılıp kalmış o da adım atamamıştı. Buzlanmış çamur üzerinde milyonlarca adım. Her defasında bin'i bulunca yeniden bir'den başlamış, yürümekten o zaman nefret etmişti.

Neden sonra Erzurum'a varabilmiş fakat bu kez de aç sefil, günlerce Hacıbey'i kabul edecek bir hastane aramışlardı. Hastaneler tümüyle doluydu ve her kapı yüzlerine kapanıyordu. Her yanda Hacıbey gibi yüzlercesi vardı çünkü. Nihayet yeni açılmış bir hastane onları kabul etmişti ama iş işten çoktan geçmiş, Hacıbey kendine geldiğinde sağ bacağının kasıktan kesildiğini öğrenmişti. "Kangren" demişti doktor. Oysa günlerce Hacıbey'e öyle gelmişti ki sağ bacağı yerli yerindeydi.

Hacıbey aynı yolu tekrar yürümüş de geri dönmüş gibi bir yorgunluk hissetti. Mümkün değil, bir daha yürümeyi göze alamazdı ve onun için her yol aynı yol demekti.

Büyükhanım, Zehra ve Anuş Yıldırım'la birlikte yarınki muhacir kafilesine katılacak; Keyfiye ve Seher ise öbür sabah köydeki kafileyle çıkacaklardı yola. Şimdi Hacıbey, kendi ailesi karadan mı denizden mi gitsin, bunu düşünüyordu. Yıldırım'la evden çıktı, etrafı gözledi, havayı kokladı. Halil Safa ile buluşuldu, konuşuldu, tartışıldı. Halide yine hamile olduğu için Halil Safa, İttihat ve Terakki temsilcisinin bulduğu bir kayıkla ayrılacaktı şehirden fakat halası için bir kayık tedarik edememişti! Şöyleydi, böyleydi... Hacıbey eve döndüğünde kararını vermişti.

"Büyükhanım" dedi, "Denizden gitmek zor olacak, izdiham var, hem Rus gemileri muhacir kayıklarını bombardıman ediyor. Bir araba ile gidebildiğiniz yere kadar gidersiniz. Ondan sonra nerede uygun bir fırsat çıkarsa kayığa, takaya, motora, gemiye, ne bulursanız ona geçersiniz. İstanbul'a Erenköyü'ndeki yeğeninin, Saffet'in yanına gidersiniz. Ortalık ne zaman durulursa o zaman da geri dönersiniz biiznillah. Bu şehir hep Rusların elinde kalacak değil ya!"

Hacıbey Yıldırım'ı çağırdı.

"Bir araba bul" dedi, "Bir de at. Tek at al. Sık sık mola vereceksiniz. Hayvan dinlenir, beslenir. İki at olursa beslemekte güçlük çekersiniz."

"Beyim" dedi Yıldırım, "Atlar ateş pahası."

"Ne kadarsa" dedi Hacıbey. Üzerinde Sultan Reşad'ın tuğrası parlayan altın lirayı Yıldırım'ın eline tutuşturdu.

"Ata dikkat et. Hastalıklı ve yaşlı olmasın."

Yıldırım "Olur" anlamında başını salladı, bir altına herhalde istediği atı istediği arabayı alabilirdi.

Öğleye doğru atla araba geldi. Bir sultanî altına mal olan araba kırık döküktü, atsa zayıf, cılız bir şeydi. Daha iyisini bir padişah altını bile alamamıştı. Büyükhanım ata ve arabaya baktığı zaman ilk kez bu işin gerçek olduğunu anladı. Şimdiye değin hep bir yerden döner zannettiği hayal şey işte, gelip kapıya dayanmıştı.

Eli ayağına dolandı. Zaman çok azdı, büyük kafile sabah ezanı okunmadan çıkacaktı yola, ona yetişmeleri lâzımdı. Bunca dar zamanda hangi heybeyi hangi dengi hangi azığı hazırlayabilirdi Büyükhanım? Salıydı günlerden ama o gün akşama kadar hayatında hiç yapmadığı kadar çok iş yaptı. Kurmadı bu kez, kaldırdı. Elleriyle ördüğü perdelerin arasından süzülen Mart güneşi bakır mangalı, çini sobayı, ortadaki halıyı, idare lâmbasını yıkarken, pencere önündeki sardunyaların gölgesi iyice ağartılmış tahta döşemeye düşerken, üstelik bahar "Geliyorum" derken bunların hepsini geride bırakacağını düşündü. Beti benzi sararmış, sürekli ağlayan Keyfiye'ye, Seher'e, Zehra'ya; yola iki gün sonra çıkacak olan Halide'ye, Halil Safa'ya seslendi: "Şunu şunu denk yapın." Ayırdığı eşyaları işaret etti, "Arabaya yükleyin." Yorgan, döşek, tencere, gaz ocağı, gazyağı, gaz lâmbası. Ya Rabbi, böyle giderse bütün evi arabaya yüklemesi gerekecekti. "Tamam" dedi, "Bu kadar yeter."

Bu kez kilerin kapısını açtı. Kesif bir karanfil kokusu doldu genzine. Acıyla iç geçirdi; bu haftanın cumasına aşure kaynatacaktı güya. Ah ki ahtı. O sırada Hacıbey geldi yanına.

"Ufak tefekle oyalanma Büyükhanım" dedi. "Patates al alabildiğin kadar. Un al. Bunlar dayanıklıdır. Sebzeyi, meyveyi yük etme. Bir de mavi demliği, şu kalan çayı al. Yolda şifa olur. Her an demleme, sadece gerektiğinde. Bir de kinin, ispirto, karbonat, sirke almayı ihmal etme."

Mağazalar, depolar mallarla, evler eşyalarla, tarlalar ürünle dolu olsa da taşınabilecek en uygun şey paraydı. Büyükhanım Yıldırım'a yepyeni dikiş makinesi ile büyük bakır tencerelerinden beşini verdi.

"Git, bunları sipahi pazarında sat bakalım."

"Hanımım, ne kadar isteyeyim?"

Büyükhanım acıyla gülümsedi. Bu şartlarda hiçbir malın kendi değerinde gitmediğini biliyordu, "Ne verirlerse." Ama emektar, yüküyle birlikte geri dönüp de makineyi yirmi kuruşa, tencereleri de üçer kuruşa kadar düşürdüğü halde kimsenin alıcı olmadığını söylediğinde, bu kadarını o bile tahmin etmemişti.

Vakit yatsıyı bulduğunda hazırlık hemen hemen tamamlanmış, arabanın kasası iyice dolmuş, tentesi çekilmişti üzerine. Büyükhanım odasına girdi. Başı oymalı gül ağacından karyolasına, dolabın aynalı kapısına, diğer kapının üzerindeki gül damarına, yerdeki halının rengine baktı. Bu eve gelin gelmişti. Şu odada, şu yatağın üzerinde yüz örtüsünü açarak zümrüt küpelerini takmakta zorlanan heybetli güzelliği sevmiş, kaderine onu yazan Yaratan'a şükretmişti. Gözlerini sildi, konsolun çekmecesinden elmas yüzüğünü, inci gerdanlığını çıkardı, hepsini bir keseye koydu, beline bağladı. O sırada odaya giren Hacıbey döşeğin kenarına ilişti.

"Sabire" dedi, "Bunu da al, lâzım olur."

Viyana'dan takma bacağıyla birlikte ısmarladığı köstekli saatini Büyükhanım'a uzatıyordu.

O gece Halide, Zehra ve Anuş çıkmanın içindeki döşekte kıvrıldılar. Keyfiye ve Seher müştemilâta çekildi. Halil Safa, Büyükhanım ve Hacıbey ise hiç uyumadılar; Yıldırım minderin üzerinde sızmıştı. İmsak vakti girince sabah namazına duran Büyükhanım dört kez secdeye vardı, dördünden de kalkamayacağını sandı. Ezan okunmadan bütün ev uyanmıştı. Kadınlar çarşaflandı. En son Anuş'u uyandırdılar. Uykulu çocuğu sıkı sıkı giydirip başını Büyükhanım'ın yün eşarbıyla sardılar. Hepsi taşlıkta toplanmıştı şimdi. Kapının dışından muhacirliğe çıkacak komşuların sesi geliyordu. Büyükhanım giderayak gövdesini okşadığı ağaçtan üç beş limon kopardı, bir tutam nane topladı, yüküne kattı. "Yol hali, belki midesi bulanan, safrası kabaran olur" diyordu. Ah Büyükhanım! Kan giren rüyanın bozulacağından haberdar, kendilerini ne hastalıkların beklediğini biliyor da yakınlık getirmiyordu.

Hacıbey seslendi, "Haydi, gecikmeyin."

Büyükhanım kapıdan çıkarken döndü, evine baktı. İki gece evvel gördüğü rüyayı hatırladı. Hatırlamasaydı keşke. Bahçesindeki nar ağacının yandığını görmüştü, alev alev. Böyle bir yolculuğun arefesinde başka bir rüya da herhalde görülemezdi. Oysa Mart'ın tam ortası; kapı yanındaki nar ağacı, damarlarına su yürümüş, ilk fırsatta tomurcuklanmaya hazırlanmıştı.

Son kez evine, bahçesine, od'una ocağına baktı Büyükhanım. Bari böyle güzel olmasaydı, hatırında böyle güzel kalmasaydı. Katlanmak daha kolay olurdu belki. Oysa evi gibi dağın da en güzel haline rastladı. Deniz bile, üzerinden geçen rüzgârla tüllenirken ona her zamankinden daha güzel geldi. Öyle bir günde gidiyorlardı ki gitmemek için en uygun olanı.

Yakıcı bir hasret hissetti kalbinin üzerinde. Dönmek? Mümkün müydü? Bilemedi ki.

"Allah'ım" dedi, "Bu ev, bu dağ, bu deniz burada böyle dururken biz gideceğiz he mi? Hacıbey'i bırakıp gideceğiz, öyle mi? Allah'ım, reva mıydı böylesi?"

Kendini tutmasa göklere kırılacaktı. Kırılmadı.

"Hiç olmazsa güzel bir havada çıkıyoruz yola" diye düşünmek istedi, "Yolculuk rahat geçer."

Bir yol hediyesi gibi kendilerine armağan edilen bu tatlı havanın uzun sürmeyeceğini biliyordu oysa. Bu limonata rüzgâr gelip geçiciydi. Mart başı. Ya Rabbi, kışın her an dön geri edebileceği böyle bir mevsimin uzayıp giden yollarından nasıl sağ çıkacak, nasıl dayanacaklardı? Dayanırsa dayanırdı insan. Dayanamazsa yıkılır giderdi.

Hacıbey bir kez daha "Haydi Büyükhanım" dedi, "Gecikmeyin."

Büyükhanım kapının dışına çıktı, adımları geri geri gidiyordu.

Zehra, omuzları bir araya toplanmış, bir elinde Anuş, diğer elinde bir bohça, arabanın önünde bekliyordu ve mavi beyaz kareli çarşafının içinde, o da Anuş kadar çocuk görünüyordu. Büyükhanım arabaya binmeden, bir şey hatırlamış gibi arka bahçeye geçti koşarak. Masal'ı bağından çözdü. Hacıbey'e yük olmasın, alıp başını gitsin, o da kendi kaderini kendisi çizsindi. Tekrar arabanın yanına koştu, "Haydi" dedi Yıldırım'a, "Gidelim." Yıldırım dizginleri eline aldı. Halide, Halil Safa, Keyfiye, Seher ve Hacıbey arkada kaldı.

Araba, denklerin üzerinde oturmuş Büyükhanım, Anuş ve Zehra'yla bozuk taşların üzerinde tıngır mıngır ilerlemeye başladı. Neden sonra sokağın köşesini döndü, görünmez oldu. Fakat o sırada bir şey daha oldu. Mahalleden henüz çıkmışlardı ki arkalarından kesik bir havlama duyuldu. Masal. Koşa koşa artları sıra geliyordu. Büyükhanım kovaladı, bağırdı, çağırdı, uzaklaştırmaya çalıştı; ama hayır, Masal'ın geri dönmeye hiç niyeti yoktu. Belli ki bir yola koyma değildi bu koşu, bir refakat niyetiydi, aşikâr. Zehra, "Nine" dedi, "Dünyalar yıkılsa artık Masal'ı bırakmam. O da bizimle gelsin."

Büyükhanım'ın Masal'a kanı hâlâ ısınmamıştı ama Zehra'yı üzmeye de gönlü razı olmadı. İçini çekti. Sırtında taşıyacak değildi ya, gelebildiği yere kadar gelsindi; büyük ihtimalle yollarda telef olup giderdi.

Araba, Zehra'nın yanı başında oturmuş, kulakları rüzgârda geriye doğru uçan Masal'la, tekerlekleri şimdiden inleyerek bir köşeyi daha dönüp kalabalığa karıştığı sırada sabah ezanı okunmaya başladı. Bütün sokak, bütün mahalle, bütün Trabzon aynı yolculuğun sabahında aynı yöne akıyordu şimdi; batıya. Daha şimdiden çocukların ağlaması ihtiyarların hıçkırığına, hastaların inlemesi tekerleklerin gıcırtısına karışmaya başlamıştı. Bu göç kafilesinin tamamına yakını, varlığın en zayıf yanı olan kadınlar ve çocuklardan ibaretti; bir de ihtiyar, hasta ve sakat erkeklerden. Trabzon'un bütün delikanlıları ise iki yıldan bu yana cephelere dağılmıştı.

Bir süre hiç kimse konuşmadı. Başını Zehra'nın koluna dayamış olan Anuş bile ağzını açmadı. Büyükhanım sağ taraflarında uzanan bir gümüş tabak kadar parlak denizin yüzünde yunus sürülerini fark etti bir ara. Onların gittiği yönün tam tersi istikamette, Karadeniz üzerinden Batum'a doğru göç ediyorlardı. Yılın bu aylarında yunus sürülerini görmeye alışkındı Büyükhanım. Onlar durgun suyun üzerinde bata çıka, bir görünüp bir kaybolarak giderken başka zaman olsa pencerenin önünden ayrılmayacağı, evin bütün halkını uykudan kaldıracağı bu geçişe şöyle bir baktı sadece. Yangın gelince sıradan ayrıntılar anlamını yitirdiği gibi harikulâde de sıradanlaşıyordu zahir. Yine de Anuş'a göstermek istedi. Eğildi. Anuş uykuya dalmıştı. Uyandırmaya kıyamadı. Masal onun yanına kıvrılmış, başını ön ayaklarının üzerine bırakmış, gözlerini devirerek Büyükhanım'a bakıyordu.

Bir muhacir kafilesi günde ne kadar yol alabilir ki? O gece Pulathane'de konakladılar; herkes gibi kumsalda, göklerin ve yıldızların altında su ısıtıp tencere kaynattılar, döşek yaydılar. Herkesin iştahı açılmıştı yol yorgunluğundan. Allah şahit, Büyükhanım bir lokma yiyenin ağzına bir lokma da kendi koyardı sair zamanda ama bu kez azıklarından eksilen her lokmada aklı kaldı.

Ertesi sabah Pulathane'den sonra araba yolu bozuldu, zorlu şoseler, uçurumlu patikalar başladı. Diğer arabaları takip ederek kıyıdan değil içeriden gitmeye gayret ediyordu Yıldırım. Çünkü Rus gemilerinin ne zaman bir hayalet gibi denizde belireceği, kıyıya çevrilmiş toplarının ne zaman patlayacağı belli olmuyordu. Kayıklara rüzgâr gücü, kol kuvveti; karadan gidenlere taban kuvveti; hepsine de Allah'ın inayeti lâzımdı şimdi. Büyükhanım Trabzon'u görebileceği son yer olan Yoroz'u devirmeden önce dönüp geriye baktı. Ona öyle geldi ki şehrin üzerini kırmızı bir duman kaplamış, Trabzon yanıyordu. Taş olsaydı keşke. Nice yangına külhan olmuş Trabzon, şehzadeler kenti, Gülbahar Sultan'ın şehri bu defa başka yanıyordu.

Yoroz'u aşınca Büyükhanım'ın yüzü değişti. Önlerinde aniden yükselen gri bulutları, kıyıda huzursuzca kanat çırpan martıları, çok yükseklerde dönüp duran başka türlü kuşları görünce içi bulandı. Fırtınalar hep İstanbul tarafından eserdi, Gülcemal'i sarsan fırtına da aynı taraftan, Yoroz'dan kopagelmemiş miydi? Ya Rabbi! İşte şimdi de deniz Rize'ye doğru hızla akmaya başlamıştı. Yüzüne endişeyle bakan Zehra'ya, "Açıklara baksana" diye ufku işaret etti.

Henüz dal kıpırdamamıştı karada ama beş dakika geçti geçmedi ki ilk rüzgâr patladı. Karadeniz, derinlerde öfkeli bir ağız açılmış gibi anbean kaynamaya başladı; silkindi, kabardı, burgaçlandı, çalkalandı. Dalgalar yürüyen dağlar gibi ardı ardına gelmeye, kıyıyı dövmeye; ezelî öfkesini, acısını kumsaldan, kumdan, çakıldan çıkarırken önüne geleni savurmaya başladı. Kıyamet kopuyordu sanki, suyun öfkesi hiçbir şeye benzemiyordu. Ürperdi Büyükhanım. Fırtınanın yıllardır çetelesini tutmuş, dalganın sesini, fırtınanın dilini çözmeye alışmıştı. Meşhur takviminde "Büyük Fırtına" diye yazmıştı iri harflerle Mart ayının karşısına. Yanına "Görülmemiş soğuk" diye eklemişti. Bugün gibi hatırında, o gün ne yaksalar ısınamamış, ne giyseler olmamıştı. Dahası tam da iki fırtına arasındaydılar. Üstelik biri erken gelmiş diğeri geç kalmıştı ve Karadeniz üzerinde karşılaşmış, birbirine karışmışlardı.

Hem bu daha başlangıçtı. Kıyıyı avucunun, gökleri kalbinin içi gibi bilen Büyükhanım göklere de denize de defalarca baktı. Havayı kokladı, engini gözledi. Denizin renginden, kokusundan, sesinden, buğusundan; kendi genzinin yanması, burnunun sızlaması, gözünün yaşarmasından Mart karının ayazını tanıdı. Bu, muhacirlik vakti büyük kazaydı.

Fırtınanın, yağmurun, karın ortasında, kimi arabayla kimi ağaç dalından âsâlara dayana dayana, düşe kalka, bata çıka, ölümüne kalımına, canı dişinde, can pazarında; bir tepenin ardında kaybolup başka bir tepenin eteğinde görüne görüne günlerce yol aldılar. Gece gündüz aç açık, çoğu yerde arabadan inerek, gariban atı arkasından iteleyerek, sersefil perperişan, yolculuklarının kim bilir kaçıncı gününde Büyükhanım dâhil oldukları muhacir kafilesine şöyle bir baktı. Cadı masallarının ürkütücü sahnelerinde görünen çaresiz elem katarlarına benziyordu bunlar. Sel dalgaları gibi ağır ağır ilerleyen bu insanların bir kısmının ayağında keten bezi ve ipten yapılmış "seferberlik pabucu" ya da çarık vardı, birçoğu yalınayaktı.

Bu hicranlı kafilenin en çok da köprüsüz dereler kesiyordu önünü. Mart ayazında yarı bellerine kadar buz kesmiş sulara girseler de karşı kıyıya kimi geçebiliyor kimi geçemiyordu. Ama onlar sürekli yürümek zorundaydılar, kendi yakıtını kendinden harcayarak tükenmek. Çünkü arkalarından Rus ordusu geliyordu. Üstelik varabildikleri her kasabada Muhacirin Komisyonu'nun göstereceği bir yer, başlarını sokacak bir cami avlusu, boş bir ev, bir dam altı bulabilmek için arkalarındaki kafilelere yakalanmamaları, önlerindeki kafilelerle yarışmaları, onları geçmeleri de gerekiyordu. Geçemiyorlardı çoğu kez ve geceyi açıkta geçirmek için binlerce kişi bir arada yığıldıkları, yayıldıkları yerden ertesi sabah yeniden yürümek için doğrulduklarında eksilmiş oluyorlardı.

Bir tarafta deniz, bir tarafta uçurum; Rus gemilerinden kaça kaça, Rum, Ermeni, Türk eşkıyasından korka korka, fırtınayla boğuşa boğuşa; her aşılamayan derede, her ölmekte, her cinnette bir ses daha genişleyerek; bugün muhacirlere acıyan kasabalılar yarın onlara katılarak, her gün bir yanından eksilerek ama öbür yanından artarak bu dev acı kitlesi sonunda Görele'ye ulaştı. Trabzon'dan çıkalı on beş gün olmuştu.

Görele'ye girdikleri anda Büyükhanım arabadakilere baktı.

Ya Rabbi! Bunları nasıl koruyup kollayacak, menzil-i maksuda ulaştıracaktı?

Görele'de Muhacirin Komisyonu tarafından boş bir Ermeni evine yerleştirildiklerinde gecenin sabaha yakın yarısıydı. Hiçbirisinde yorgunluktan kafalarını kaldırıp da etrafa bakacak, kaderin bu cilvesindeki hikmeti tefekkür edecek hal yoktu. Büyükhanım bile hayatında ilk kez çarşafların beyazlığını, kokusunu gözden geçirmeden tokmağını çevirdiği ilk odadaki yatağın üzerine yığıldı. Zehra'yı da Anuş'u da kollarının arasına almış, göğsüne, bağrına sığdırmış, omuzlarına sarmıştı. Gözleri kapanırken "Neydim, ne oldum?" diye düşünemeyecek kadar yorgundu ama "Ne olacağım?" kısmı var ya bu hesabın, işte o zaman kanı bir kezzap katışığıyla bütün hücrelerini yakarak akmaya başladı. Kendilerini İstanbul'a bir atsalar, Erenköyü'nde sanki her şey daha kolay olacaktı ama bu hayal ne kadar uzaktı ve önlerinde ne kadar çok dağ ne kadar çok ırmak vardı. Çözüldü kolları, çok geçmeden uykuya daldı.

Uyandığında gün henüz açmamıştı. Karanlığın içinde önce nerede olduğunu anlamaya çalıştı; anladığında ise "Böyle bir sabaha keşke hiç uyanmasaydım" diye geçirdi içinden. Lâkin yanında derin bir uykunun koynundaki Zehra'nın ve Anuş'un soluklarını bir süre dinleyince söylediğinden utandı. Tövbe istiğfar ederek yatağın içinde doğruldu. İnsanın kendi soluğundan bile yüzü üşüyordu. Birazdan müezzinlerin sesi duyuldu. Bahçeye çıktı. Tulumba, işte şuradaydı.

Namaza durdu sabah ayazında, ayazın vurduğu yerden doğdu. Ama sabah namazının hepi topu iki rekât olan farzında bile defalarca şaşırdı, defalarca tahiyyatı tekrarladı. Sureleri birbirine karıştırdı, sehiv secdesinde bile yanıldı. Bu namazı tamlayamayacağını anlayınca başını bıraktığı secdede dakikalarca kaldı. İçeriden Zehra seslenmese, "Nine!" demese bir daha kalkamayacaktı secdeden. "Büyükhanım" değil "Nine." Demek ki korkuyordu. "Geliyorum" dedi, doğrulurken. Böyle bir zamanda eğer ölünmezse ağlamaya hak olmadığını anladı. Lâkin ölmek de ağlamak da "Geliyorum" demiyor, sormuyordu ki.

Çift kişilik bir yataktı gece içinde uyudukları. Duvardaki oymalı ceviz aynayı, karşı duvarda iki kapılı ceviz dolabı, üç çekmeceli yüksek konsolu, üzerindeki karpuzlu çift lâmbayı, yerdeki taban halısını inceledi Büyükhanım kapının pervazına dayanırken. Zengin bir Ermeni ailesinin evine düşmüşlerdi belli ki. Yün yorganı Zehra'nın da Anuş'un da omuzlarına kadar çekti. Dolabın kapağını açarken menteşeler gıcırdadı, Anuş hafifçe döndü. Büyükhanım katlanmış giysilerle, yorganlarla, kumaşlarla, alt tarafta kunduralarla karşılaştı. Demek giderken onlar da ellerine hafif geleni almış, diğerlerini yük etmemişlerdi, tıpkı kendileri gibi.

Bir hırka buldu, sırtına geçirdi, konsolun üzerindeki puslu aynaya bakarak başındaki örtüyü düzeltti. Mutfağa geçti. Ortadaki sofrada küflenmiş ekmeğe, bulaşık tabaklara, dizi olmuş uzayan böceklere, karıncalara, konup kalkan sineklere baktı. Taş teknenin altındaki büzgülü basma perdeyi çekince de bir Karun hazinesiyle karşılaştı. Kocaman bir küp dolusu kavurma, bir çuval patates, bir teneke zeytinyağı. "Ya Rabbi, kurtar bu kıyametten yarattığın kullarını, Sen ki Müşfik'sin" derken gözleri doldu. Bir tencere, bir kazan ya da benzer bir şey lâzımdı şimdi. Ama nerede? Mutfağın dili her yerde aynı, bir kadının başka bir kadının mutfağında aradığı kabı kacağı bulabilmesi için gerekli olan izanı kurdu: "Ben olsam nereye koyardım?" Tamam, işte oradaydı. Ateş yaktı. Bundan kaç zaman evvel şimdi kendisinin durduğu yerde yemek pişiren bir kadının varlığını, onun nasıl biri olduğunu kestirmeye çalışırken un kavurdu, çorba yaptı. Patates haşladı. Ocak boşalınca kavurma ısıttı. Maya yoktu ama su ve undan hamur yoğurdu. Hepsini sofranın üzerine yerleştirdi. Bu kıyamette daha iyisi olamazdı.

İkinci gününün tek öğününde çorbaya henüz kaşık salmışlardı ki kapının vurulmasıyla, tellâlın gümbürtülü sesi aynı anda duyuldu. Rus ordusu yaklaşıyordu, Görele boşaltılacaktı. Lokmalar boğazlarına dizilirken bu evi, kendilerinden önce onu terk edenlerin acelesine katılmış bir aceleyle terk ettiler. Kurulmuş da kaldırılmamış bir sofra da onlardan geriye kaldı.

Yıldırım'ın öğrendiğine göre Görele'den sonra araba yolu yoktu, denizden gitmek gerekecekti. "Öyle yapalım" dedi Büyükhanım. Hükümet güya bir Sevkiyat Merkezi kurmuştu ama insan selinin aktığı yöne kapılarak iskeleye indiklerinde bir ana baba günüyle karşılaştılar. Can korkusu sırayı, saygıyı, edebi çoktan unutturmuş; kalabalık yekvücut, dağlanan bir cinnet bedenine dönüşmüştü. İltimas, tarafgirlik ve acımasızlıkla birleşmiş; savaş zenginlerinin yolu açılmıştı çoktan. Gemi hak getire! Kayıklar ise önce Göreleli memur aileleriyle doluyordu; gelen emir böyleydi! Şu kayıklar güya muhacir kafilelerine tahsis edilmişti ama Büyükhanım onlara da memur tabakasının ve çiçek saksılarının doldurulduğunu gördü öfkeyle. Birkaç görevliye lâf anlatmak, hesap sormak istedi fakat mümkünü yoktu. Böyle olmayacaktı, onlar bu yolda telef olurken gemisini yürüten kaptanlar yolun yarısını almışlardı bile. Enine boyuna düşünecek, doluya boşa koyup kaldıracak vakit kalmamıştı.

"Yıldırım" dedi Büyükhanım, "Biz kendi paramızla bir kayık tutalım."

"Hee hanımım" dedi Yıldırım, "Atla arabayı da bırakır fiyattan düşeriz."

Büyükhanım, Yıldırım'ın yanında kayıkçılardan birine yanaştığında insan denen varlığın en arsız, en hayâsız, en kutsalsız yanıyla karşılaştı. Adamın istediği fiyat dudak uçuklatacak cinstendi çünkü ve akbabalar beyin kırıntılarını daha kurban ölmeden didiklemeye başlamışlardı. Kayıkçı "Hanım nine, ne yapalım savaş bu, biniyorsan bin yoksa sırada bekleyen çok müşteri var" derken Büyükhanım'ın içinden şu yerdeki taşı onun kafasına indirmek geçtiyse de şeytana uymadı.

Üç beş kuruş nakit parasını yanında tutmak isteyen Büyükhanım, ödemeyi mücevher vererek yapacağını, atı ve arabayı da hesaptan düşmesini söyleyince adam razı oldu ama önce zümrüt küpeyi görmek istedi. "Al aşağı vur yukarı" sonunda anlaştılar. Ne zaman ve nerede biteceği belli olmayan bir yolculukta ayağı karadan kesmenin karşılığı buydu demek ki. İstanbul'a kadar birinci mevki vapurla yüz kez gidip yüz kez dönmeye yetebilecek bir bedel ödemişlerdi.

Arabanın kasasındaki yorgan, döşek, kap kacak, patates vesaireyi yüklemeye kalkıştıklarında kayıkçı, "O kadarı fazla hanım nine!" dedi sigarasını tüttürürken, "Deniz dalgalı. Devrilir gideriz hafazanallah."

Üç beş parça eşya alabildiler yanlarına. Bundan sonra bu kahır çıkmazında bir kuru canları, herkes ne kadarsa onlar da o kadarlardı.

Ve önlerinde şöhreti şimdiden tekinsizliğe bulaşmış Harşit çayı vardı.

Harşit ağzındaki girdaplardan korkan kayıkçı onları karşı yakaya bırakmayı reddetmişti. Çaresiz, dalgalarla boğuşa boğuşa bu yakada indiler kayıktan ve bütün muhacirler gibi Harşit kıyısına gelip dayandılar. Kıyamet işte o zaman koptu. Kendi bölgesindeki ırmakların bu en azgını; cılız hacmine, küçük cüssesine rağmen kendinden beklenmeyecek bir öfkenin, umulmayacak bir taşkının sahibi olanı önlerine dikilmişti ve aşılması, karşı kıyısına geçilmesi gerekti. Bu, Osmanlı coğrafyasındaki en uzun, en geniş, en derin ırmak değilse de en hızlı, en haşin, en kuvvetli, en deli akan, en yol vermez olanlardan biriydi. Irmak bile değildi, adı çaydı bu yüzden ama büyük ve azgın ırmakların bütün tehlikelerine sahipti. Şöhreti kendisini yakından tanıyan, yolu kıyısına düşenlerce malûmdu ancak. Büyükhanım çarşafının eteklerini sıkarken Harşit'e baktı. Normal zamanlarda bile onca cana kıyan çay Nisan'la coşmuş, kabarmış; kış başında uysalca akan suyu şimdi yüz kat fazlasına ulaşmıştı. Dere iken ırmak olmuş, kabadayılığa kalkışmıştı. Harşit, öfkesi ağzında, yakacak can arıyordu. Böyle bir öfke, nasıl aşılacaktı?

Onu geçebilenler şanslı sayılabilirdi, çünkü Rus ordusunun burada çakılıp kalacağına dair söylentiler vardı. Fakat öyle bir dikilmişti ki karşılarına Harşit, hiç kimsesini ona kaptırmadan karşıya geçmeyi başarabilenlerin bile akıllarının bir kısmı o azgın suda kalıyor, muhacirlerin beli en fazla da bu ırmağın iki yakası arasında bükülüyordu.

Yüzlerce kişilik muhacir kafileleri şimdi birbirine eklenmiş, kıyıya birikmiş, ırmak boyunca yayılmış, ipliğe dizilmiş inciler ya da bağı kopmuş tespihler gibiydi. İnsan, yaratıldığı günden beri önüne dikilen suya her defasında nasıl baktıysa öyle cinnetle bakıyorlardı suya. Herkes arkadan gelen Rus ordusunun ayak seslerine kulak kabartmış, bir an önce karşıya geçmenin, canını kurtarmanın derdine düşmüştü. Ama nasıl? İşte bunun cevabı yoktu. Kimi cesur olanlar bu suda yüzmeyi göze alıyor, bunların bir kısmı karşıya varabiliyordu; bir kısmı ise kıyıda bekleşenlerin gözleri önünde akıntıya kapılıp gidiyordu. Geride kalanlar biraz evvel ölümü gören gözleriyle, çaresiz, aynı suya dalıyordu. Çünkü Harşit'in üzerinde o vakitler bir köprü yoktu, halk, "kelek" adı verilen bir tür kayıkla tutardı karşı kıyıyı. Lâkin üç beş kelek bu dalga dalga gelen muhacir kafilesinin hangi birine yetecekti? Yetse bile yüksek dağlardan döküle döküle, köpüre köpüre, çığırından çıkmış gelen, bir an evvel denize kavuşmak için gözü dönen bu uğultulu ilkbahar suyu içine aldığını savurup püskürtmeyecek, anaforlar kurup döne döne uçurumlarına çekmeyecek miydi?

Büyükhanım bir "Lâhavle" çekti. Beklemek şimdilik en iyisi gibi görünüyordu. Rus ordusunun ne zaman geleceği belli değildi ve bu kalabalıkta karşıya geçmeleri için bir mucize gerekti. Bir kayanın sırtını mekân tuttu kendilerine. Küçük kafilesini etrafına topladı.

"Oturun" dedi. "Biraz dinlenelim. Bakalım diğer insanlar ne yapıyor, biz de onu yaparız."

Yıldırım, "Ben etrafı kolaçan edeyim" dedi. "Bakayım, ırmağın sığ bir yanı vardır belki."

Kayanın önüne adeta yığıldılar. Keleklerin başındaki izdiham anlatılır gibi değildi. Her kafadan bir ses çıkıyordu, insaniyetin de nezaketin de esamisi kalmamıştı burada. Herkes kendi canından yanıyor kendi ölümünden kaçıyordu. Üstelik savaş Görele'deki o en rezil, en hayâsız yanını buraya göndermekte de gecikmemişti.

Keleklerin başını tutan üç beş çapulcu kişi başı için fiyat açıkladı, bu da neredeyse İstanbul-Trabzon vapurunun birinci mevki ücretinin on katı kadardı. Sırasız, nizamsız, mahşerî bir hücuma mukabil ahlâksız ve kabadayı bir pazarlık başladı. Parasını verenler keleklere doldukça kayıkçı elindeki uzun sopayla kıyıyı itiyor, biraz açılıyordu. Fakat kıyıdan üç beş kişi daha kendisini keleğe atınca azgın su haddinden fazla dolmuş bu ölüm salını daha kıyıda ters çeviriyor, içindekileri döküyor, kusuyordu. Sırılsıklam erkekler, sair zamanda saçının ucunu göstermeyen ama şimdi etekleri tersine dönmüş, göğüs bağır açılmış bîçare kadınlar, avaz avaz çocuklar gayya kuyusundaymışçasına kaynaşıyorlardı. Sonra? O girdaptan kurtulup da kıyıya çıkabilenler sıraları da paraları da yanmış, öylece kalakalıyorlardı. Yeni bir sefer başlıyordu. Bu kez ırmağın tam ortasında alabora oluyordu kelek ve içindekiler, kıyıda devrilenler kadar şanslı olmuyordu. Çoğu kez hiç kimse kurtulamıyor, azgın su Karadeniz'in en mahir yüzücüleri olan Trabzonlu erkekleri bile alıp götürüyordu. Kelek, üzerinde paraları cebe indirmiş sahibiyle kıyıya dönüyordu. Sanki biraz evvel ırmağın ortasında içindekileri azgın suya veren bu değilmiş gibi, sanki bir cennet yolculuğunu müjdelermiş gibi aynı keleğin kanlı sırtına binmek için canhıraş bir yarış daha başlıyordu. Ve bu böyle sürüp gidiyordu.

Sırtını yasladığı yerden Büyükhanım'ın gözleri bütün bu olup bitenleri, bu yüzme bilmeyip de azgın suya koşanları, keleğe binip de akıntılı suda bir başına kalanları, yavrusu kollarının arasından kayıp suya karışanları, suda bir batıp bir çıkıp sonra tümüyle yok olanları, bir zaman sonra şişmiş, morarmış bir ceset olarak yüze çıkanları, ya da bambaşka bir yerden kıyıya vuranları, ya da hiç bulunamayanları, bu çığlıkları, bu uğultuları bir bir gördü. Ananın evlâdını unuttuğu mahşer herhalde böyle bir yerdi.

Birazdan Yıldırım geldi. "Hanımım" dedi, "Az aşağıda sığca bir yer var. Sular biraz durulsa geçilir gibi. Ama biraz beklemek lâzım. "

"Oraya gidelim" dedi Büyükhanım. "Orada bekleyelim."

Sular durulmadı. Geceyi o mahşer uğultusunda buz gibi havada geçireceklerdi. Büyük bir ateşin başında uykuya dalmaya çalışırlarken kalın, yanık bir erkek sesi duyuldu.

Ey gidi Sultan Reşad
Kararını bulmadın
Çektin askeri geri
Milletini sormadın

Urus'un kumandani
Yortu tutayi yortu
Ey gidi Sultan Reşad
Hani üçüncü ordi

Okuması yazması olmayan, mektep medrese yüzü görmemiş bu adam benzeri olmayan bir sezgiyle güvendiği dağlara yağan kara sitem ediyordu. Büyükhanım başını salladı yemenisinin ucuyla gözlerini silerken. Bütün sıkıntı zamanlarında daima tutunduğu müjde yine dilinin ucuna geldi:

"Ey sıkıntı şiddetlen, nasılsa geçeceksin."

Bir sıkıntının geçeceğine duyulan güven, ona dayanmanın tek çaresiydi. Şüphe geçmezdi içinden Büyükhanım'ın, hâşâ!

Ama? Geçecek miydi?

Ve.

Ya geçmezseydi.

Sevkiyat sabaha kadar aralıksız sürdü. Güneş epeyce yükselmişti ki Büyükhanım Görele'de pişirdiği hamurdan geri kalanı heybesinden çıkardığı sırada önlerinden; bir ineği çeken zayıf bir kadın ile parmak kadar oğlunun geçtiğini gördü. Remziye değil miydi bu? Hani Görele'den önceki konak yerinde yakın düşmüş, iki lâf etmiş, dertleşmişlerdi.

Kocası Trablus'tan dönmeyen dul bir kadındı Remziye, oğlu Hasan'dan başka kimi kimsesi yoktu. Masal'ın başını okşamıştı şefkatle, "Bu sizin mi?" diye sorarken. Sonra "Tek varlığımız bu" demişti ineğini göstererek. "O da olmazsa sağ çıkamayız bu muhacirlikten herhalde."

"Adı ne bunun?" diye sormuştu Zehra.

"Yaşmaklı" demişti dul kadın.

Büyükhanım, kemikleri sayılan zavallı ineğe bakmıştı. Boynunda kim bilir hangi yayla günlerinden kalma bir dizi mavi boncuk, boynuzları arasında püsküller; Yaşmaklı bu yangın yerine bir şenlikten arda kalanlarla düşüvermişti. Remziye uzun uzun ineğini anlatmış, daha bu yaz Yaşmaklı'yı deniz kıyısına indirdiği Aladurbiye gününü hasretle anmıştı. Aladurbiye'de yüksek köylerden ineğini, öküzünü alıp deniz kenarına inen köylü kadınlarla, genç kızlarla dolu bir bayram yerine dönerdi kumsallar. Boyunları dizi dizi boncuklarla, komar ve zifin çiçeklerinden kolyelerle, hele de kocaman nazarlıklarla süslenmiş olan hayvanların kulaklarının arası, güzel ve geniş alınları da aynalarla, ziller ve çıngıraklarla donanmış, kuyruklarına bile püsküller, fiyonklar asılmış olurdu. Bu kadar süsten ağırlaşmış mutlu hayvancıkların her birini bir kadın ya da genç kız şefkatli ve tatlı sözlerle boynundan, gözkapaklarından, alnından, sırtından, sağrısından okşayarak denize doğru sürer; o boğucu, yapış yapış Temmuz sıcağında hayvancık da gönüllü olarak bu sevk edilişe itaat ederdi. Önce ayakları bilekleri ıslanır, su dizlerine kadar çıkar, sonra karnı, sırtı suya gömülür, sonunda sadece başı dışarıda kalır, kulaklarını ve burnunu havaya dikerek öylece serinlerdi. Yıl boyunca artık ineğinin hastalanmayacağına, sütünün bol olacağına inanan kadınsa onu okşamaya devam ederken gözlerini sıvazlar, bir yandan da türküler söyleyerek yakındaki arkadaşlarına mani atardı. Bunları anlatmıştı Remziye uzun uzun ve hasretle.

Selâm veren Büyükhanım, "Nasılsın?" diye soracakken vazgeçti. Bu kaderdaşlıkta kimsenin hali diğerinden farklı olamazdı. Yine de "Gel eğlen biraz" diye seslenmeden edemedi. Suya doğru yürüyen Remziye ise ırmağın geçit verir gibi görünen yanını gözüne kestirmişti, buradan geçilebilirdi. Hiçbir şeyi beklemeye tahammülü yoktu sabırsız kadının. O tezcanlılıkla, "Oğlancığım seninle dursun" dedi Büyükhanım'a, "Ben Yaşmaklı'yı geçirir gelip onu alırım. Siz de benimle birlikte geçersiniz. Geçeriz."

Hasan'a döndü, "Bekle annem" dedi. "Sakın ha, bir yere kıpırdama. Bunların yanından ayrılma."

Remziye suda ilerlerken Buyukhanım'ın yüreği yerinden oynayacaktı. Hele şükür ki bu hazin ikilinin kimi taştan taşa atlaya atlaya, kimi boğazlarına kadar suya bata çıka, güç belâ karşı kıyıya varabildiğini gördüler. Rahat bir nefes alacaktı Büyükhanım ama alamadı. Çünkü Remziye geri dönerken karşı kıyıda üç beş kişinin; sivri bir kayaya bağlanmış, dilsiz ağızsız Yaşmaklı'yı çözüp çekeleyerek uzaklaştıklarını görmüştü. Onlar da muhacirlerdi. Bu can pazarında herkes kendi canının derdinde, bencilleşmiş, arsızlaşmıştı. Büyükhanım yerinden kalkacak, bağırıp çağıracak, elini kolunu sallayacaktı, lâkin en babayigit tellâl gelse suyun uğultusundan sesini işittiremezdi. Ama beterin de beteri var, bunu da gördü Büyükhanım'ın gözleri. Irmağın suyu, hangi gazaplı kapının ağzı uğuldayarak açılmıştı ki köpüklenerek aniden dalgalanıp, dağlar kadar yükseldiğinde Remziye suya kapıldı. Sürüklenen zayıf beden önce birkaç kez batıp çıktı, görünüp kayboldu, sonra tamamen yok oldu.

Gözlerinden yaşlar akarken, dizlerini döverek haykırırken bile Büyükhanım, oğlancığın başını kirli çarşafının üzerine bastırmayı akıl edebildi. Ne Remziye'nin ne başkalarının suların burgacında yitip gitmesi kimsenin dikkatini çekmişti. Ölmek bile Trabzon'dan çıkalı sıradanlaşmıştı. Büyükhanım gidenden çok kalana bakmanın gerekli olduğunu çok geçmeden hissetti, dizlerini dövmeyi bıraktı, haykırmayı kesti. Oğlancığı tuttu elinden, biraz su içirdi. Bir şey söylemiş olmak, konuşturmak için, bildiği halde sordu:

"Ah oğul, adın ne senin? Başka kimsen yok mu?"

Sefaletin sarı yüzünden hiçbir cevap gelmedi. İlk zamanlar bunu, geçici bir dil tutulması zannettiler fakat ne kadar yokladılarsa da Hasan'da hep aynı sükût. Zamanla açılırdı nasılsa. Ama ne o saat ne de daha sonra Hasan'ın ağzından tek kelime çıktı. Büyükhanım o anda bu oğlancığın da kafilesine katıldığını anladı. Ya Rabbi! Bunca can kendisine bakıyordu.

Yerinden kalktı, ırmağın kıyısına yaklaştı. En zor, en acılı, en dehşetli zamanlarda, en dar vakitlerde bile namazını terk etmemişti Büyükhanım. Trabzon'dan çıktıklarından bu yana dağ, tepe, çamur, kar, yağmur demeden sırtı rükûya, başı secdeye varmıştı. Dizlerindeki nasır izlerini hatırladı, kendisinden bunu hiç ummazdı ama Rabbine o nasır izlerini hatırlattı. İçinde büyük, derin bir acılıkla, karanlık suya baktı.

"Rabbim" dedi. "Ben Musa değilim ama şu peşimize düşenler var ya, onlar firavun. Şu Harşit'i Kızıldeniz edip önümüzde ikiye ayırsana."

Irmak eskisinden de azgın, kudurup duruyordu.

Büyükhanım artık göze alamazdı, bu yolsuz yordamsız ırmağın sığ bir yerine güvenmek mümkün değildi. Ha şimdi ne olacaktı? Zehra. Anuş. Yıldırım. Bir de Hasancık. Bir de Masal. Geri çevirdi kavmini Büyükhanım. Keleklerin yanına geldi. Ölenler ölmüş, geçenler karşıya geçmiş, düne göre biraz daha tenhalaşmıştı kıyı. Ne olacaksa şimdi olmalıydı.

Yıldırım'ı bile beklemeden, "Kaç kişi alır bu kelek?" dedi adama. "Yani normal zamanlarda olduğu gibi, emniyetli olarak karşıya geçmek için? Başka kimseyi almadan, sadece bizi geçirmek için ne kadar istersin?"

Suratından meymenet okunmayan adam, çarşafından, halinden tavrından şehirli olduğunu anladığı Büyükhanım'ın varlıklı biri olduğunu tahmin ederek fiyatı hayli yüksek tuttu. Canlar satılırken pazarlığın hükmü kalmadığını artık öğrenmiş olan Büyükhanım yüzgörümlüğü zümrüt küpesinin diğer tekini onun eline tutuştururken adam, "Hanım!" diye itiraz edecek oldu.

"Bunu kime satayım ben? Nakit paran yok mu?"

Büyükhanım "Al" dedi. "Uzun etme. Bu günler geçer elbet. Bu, senin söylediğinden çok daha fazlası eder. Oyalanma. Haydi."

Karşıya geçerlerken arkada kalan kıyıya uzun uzun baktı Büyükhanım. Bakışlarını suya çevirdi. Nehrin bir kabahati olduğuna inansa, "Yansın Harşit, yansın Harşit, yansın Harşit!" diye üç kez haykıracaktı. Ama Harşit ne yapsındı?

Harşit'i geçebilenleri zorlu bir yürüyüş bekliyordu yine. Olan para tükenmiş, yükler, azıklar erimişti çoktan. Derken bütün muhacirleri kırıp geçirmeye tifüs ve sıtma da yetişti. Kimi iki üç yorgan altında bile titrerken kimi kan ter içinde kaldı, biri kalkabildiyse onun yerine üçü beşi birden toprağa serildi. Rus ordusu yoktu artık arkalarında ama onun yerini eşkıya takımı almıştı. Gidecek bir yeri olanlar oraya varmak için gayret ediyor, olmayanlar ise ne yapacağını bilmiyordu. Kimsenin aklı başında değildi ve şimdi yaşamak, sadece ölmemeye çalışmaktan ibaret bir şeydi. Oysa yaşamaya çalışmak en büyük yorgunluktu. Ölümü beklemek bile yorgunluktu.

Ordu'yu geçmiş, ağır ağır yürüyorlardı ki Yıldırım'ın yanlarında olmadığını fark ettiler, arkada kalıyordu nicedir. Büyükhanım önce söylendi sonra durdu, beklemeye başladı. Neden sonra göründü Yıldırım ama her an düşecek gibi, sendeleyerek yürüyordu. Büyükhanım'ın durmuş kendisini beklediğini görünce adımlarını sıklaştırmaya çalıştı, birkaç adım attı. Dahası? Kalmamıştı. Olduğu yere yığıldı.

"Biraz daha Yıldırım. Ne olursun iki gözüm, Allah aşkına. Burada yığılıp kalma."

Yıldırım duymuyordu. O zaman Büyükhanım düşünmedi bile. Arkasındaki dengi devirdi, "Sırtlan kızım" dedi Zehra'ya, Hasan'ı da öbür eline verdi. Yere diz çöktü. Ateşler içinde yanan, sıtma nöbetleriyle sarsılan Yıldırım'ın kolunu kendi omuzundan aşırdı, "Hadi" dedi "Kalk." Yıldırım'ı yarı yüklendi, doğruldu; bir iki sendelediyse de bu yüke de alıştı. Zavallı adam zaten ufak tefekti, şimdiyse bir çocuk kadar kalmıştı.

Yıldırım sayıklamalarla geçirdiği gecenin sabaha karşısında Büyükhanım'ın üzerine eğildiğini, yemenisinin ucuyla terini sildiğini, ağzına acı mı acı ezilmiş bir kinin tableti akıttığını hayal meyal fark etti. Tam olarak kendinde değildi fakat hayal hakikat arasında bile durumun fevkalâdeliğini hissedebildi. Evin, yüzüne bile dikkatle bakılmaması gereken muhterem hanımefendisi yemenisiyle terini mi silmişti? Ağzına ilâç mı akıtmıştı? "Dayan Yıldırım, sen olmasan biz ne yaparız" mı demişti? Yerinden doğrulmak, Büyükhanım'ın ellerine sarılmak istedi. Yapamadı. Karanlık bir uçuruma doğru devrilirken gözünün ucundan bir damla yaş süzüldü. "Annem" diyebildi. Kendisini buraya kadar kimin taşıdığını sormak ise iki gün sonra yürüyecek hale geldiğinde, arkadan gelen kafilelerden birine katıldıklarında bile aklına gelmedi.

Büyükhanım kim bilir kaçıncı kez batıya doğru ağır ağır yürüyen küçük kafilesine baktı. Kendisini bırakmaya, mücadeleden vazgeçmeye hakkı bile olmadığını anladı. Çaresizdi oysa. Herkes gibi o da ne yapacağını bilmiyordu ve yine herkes gibi o da iki günden bu yana ağzına tek lokma koymamıştı. Yine de adım atmaktan vazgeçmedi. İyi biliyordu ki o sendelerse bu kafilenin tamamı düşerdi.

Yıldırım hastalığın pençesinden henüz tam kurtulamamış, hamile kadınlar gibi başını bir yere yasladığında hemencecik uyuyordu. Aksayarak yürüyen Zehra'nın sağ elinde, çekelediği Anuş vardı. Küçük kız, bir çemberle sımsıkı bağlanmış başını ara sıra kaldırıp Zehra'nın yüzüne bakıyordu. Yol bile olmayan yollarına baktı önce Büyükhanım; sonra bu minicik ayaklara. Anuş tıpış tıpış batan güneşe doğru yürüyordu ve arkasında kendisinden büyük gölgesini taşıyordu. Zavallı Anuş! Yürümek kaderinden onu kurtardıklarını sanmışlardı. Ama kader! Al baştan, ayniyle yazılmıştı.

Siranuş'u düşündü Büyükhanım. Acaba o da gördükleri, yaşadıkları karşısında cinnet getiren kadınlar kafilesine karışmış mıydı çoktan? Yoksa akla hayale sığmayacak uzunlukta bir yolu, altından kalkılamayacak ağırlıkta bir yükü sırtlanmış olduğu halde hâlâ adımlamaya mı çalışıyordu? Biri muhacir veznindendi yolculuklarının diğeri tehcir, ikisinin de kökünde acı vardı ve cümleleri, dağların sırtında ters istikamette ilerleyen birer çizgiydi. Büyükhanım adım attıkça Siranuş'un attığı her adım da geldi, yoluna eklendi. Onun kanadığı yerden kanadı, onun acıdığı yerden acıdı. Yükü birken iki oldu. Katlanılır gibi değildi. Bir zamanlar yeni sulanmış bir bahçenin kıyısında, sardunya kokuları arasında kahve içerek yârenlik ettikleri gerçek miydi? Masal'ın geldiği günü hatırladı. O gün demek ne kadar mutlulardı. Bıraktı düşünmeyi. Kara kâbusun ortasında "bir zamanlar"ı düşünmemek evlâydı. Yine de etrafına baktı, Masal görünürlerde yoktu.

Trabzon'dan çıkalı ne kadar zaman olmuştu? Harşit'ten bu yana kaç gün geçmişti? Günü, ayı karıştırmışlardı artık. Ama bir sabah baharın bütün güzelliğiyle geldiğini fark ettiler. Demek muhacirlerin yolu bundan böyle çiçekli vadilerden, mis kokulu çayırlardan geçecek, çabuk uçan toygarlar, sarı bir sandala benzeyen dirvanalar onlara eşlik edecekti. Lâkin bahar bile sıkıntısını esirgemedi. Ordu'yu henüz geçmişlerdi ki ağır bir yağmurun geriye bıraktığı çamurla karşılaştılar, tam üç gün boyunca bu ağır, yapışkan çamurun içinde adım atmaya çalıştılar. O zaman Büyükhanım anladı ki gayya ancak böyle bir şey olabilir ve ancak böyle sıvaşık bir çamur, içine aldığını geri vermeyebilir.

Çamurda yürümek öyle zahmetliydi ki bir saat, iki saat ya da bir gün önce aynı yerden geçenler ağırlıklarını atmış ya da ne düşürdüklerini fark etmeden, duyarsızlaşmış bedenleri, iyice körelmiş zihinleriyle yola devam etmiştiler. Bakır kazanlar, kalaysız tencereler, yorganlar, döşekler, adım atmayı, düştüğü yerden kalkmayı artık reddeden iskelete dönmüş öküzler, inekler.

İnsanın her şeyini düşürdüğü bu çamur deryası boyunca anneler uzunca bir süre direniyor, hiç olmazsa çocuklarını yaşatmak arzusunu koruyordular. Ama öyle bir zaman geliyordu ki zihinler bulanıyor, düşünce kararıyor ve öylece devriliyordular. Cinnetin kollarında çocuğunu kaybeden anneler böyle böyle çiziliyordu muhacirliğin resmine ya da çocuklarını saymaya kalkıştıklarında üç'ten sonra gelen sayıyı hatırlamıyordular meselâ. Hatırlasalar bile dördüncüyü yerinde bulamıyordular. Tekilliğinden koparak çoğulluğa eklendiğinde kıymetini yitiren çocuklar ise hâlâ saftılar. Kendilerine ne olduğunu anlamadan, ölümün ne olduğunu bilmeden ölüyordular. Ya da işte şu bebek gibi, çözülmüş kolların arasından kimsecikler fark etmeden düşüveriyordular. Önce Büyükhanım fark etti onu, sırtındaki dengi yere bırakarak

"Oyy!" diye dövdü dizlerini, sonra eğildi, yamalı bohçayı kucağına aldı. Bebek ağlamaktan katılma raddesindeydi ve elleri de yüzü gibi mosmor kesilmişti. Büyükhanım bebeği çarşafına sardı. Kuruca bir yere oturdu, ağzına şerbet damlatmaya çalıştı. Bebek önce büyük bir açlıkla içti şerbeti sonra içtiğini bütünüyle kustu. Hali ümitsizdi. Ancak birkaç saat yaşayabildi.

Büyükhanım'ın gönlü, birkaç saat için de olsa benimsediği bu yavrunun bedeninin sırtlanlara yem olmasına razı gelmemişti. Çamurlaşmış toprağı Yıldırım eşti. Üstünü örttüler. Başına bir taş dikildi. Zehra gözyaşlarını tutmadı ama Büyükhanım nicedir taşlaşmıştı.

Onlar bebekle uğraşırken kafile çoktan gözden kaybolmuştu bile. Oysa bir an önce kafileye varmaları gerektiğini çok iyi biliyordu Büyükhanım. Kalabalıkta kimsenin kimseye faydası yoktu, doğru, ama tenhada tehlike daha bir başkalaşıyordu. Ve ki bu bölgenin eşkıyalarına dair tevatür kafile arasında yayılmıştı çoktan. Telâş sardı Büyükhanım'ı. Onun damarlarında bumbuz bir korku gezinirken Yıldırım bile "Hanımım, buralardan bir an önce çıkmak lâzım" diyordu.

"Çabuk olalım" dedi Büyükhanım. "Ayağımızı çabuk tutarsak kafileye yetişiriz. Akşam bastıracak birazdan. Durmayın haydi. Sen Hasan'ı sırtlan Yıldırım."

Kendisi de Anuş'u sırtına aldı, dengi Zehra'ya yükledi.

Fakat çok geç kalmışlardı, biraz gitmişlerdi ki akşam bastırdı. Bir kıstağı geçtiklerinde önlerine aniden çıkan manzara Büyükhanım'ın böğrüne bir yumru gibi indi. Yanık bir köyün eteğinde bir ceset yığınının içine düşmüşlerdi ve koku dayanılır gibi değildi. Ama daha korkuncu az ilerideydi; bir meşale artığı gibi henüz yanmakta olan köy tarafındaki cesetlerin arasında dolaşan tüfekli adamlar.

Büyükhanım Anuş'la birlikte olduğu yere sindi, Zehra'ya da, sırtında Hasan'ı taşıyan Yıldırım'a da "Sinin" diye fısıldadı. Bu ölü yığını eğer onları saklarsa saklayacaktı. Gözünü uydurdu, kalbi ağzından çıkacak zannederek uğursuz adamlara bakmaya başladı.

Göğüslerinde çapraz fişeklikleri, sırtlarında eğri tüfekleri, uzun çizmeleri, kara sakalları ile eşkıyalardı bunlar. Simsiyah giysiler içindelerdi. Akbabalar gibi eğilip kalktıklarına, cesetlerin heybesini, cebini, kolunu, boynunu, dişini, belini, kemerini yokladıklarına bakılırsa daha evvel yakılmış bir köyün üstüne gelmişlerdi. Kimdi bunlar? Rum mu? Türk mü? Ermeni mi? Yo, iyilik gibi kötülüğün de dili, dini, ırkı, milleti, milliyeti yoktu. Daima siyahlar giyen tekinsiz adamlardı bunlar, hepsinin kılık kıyafeti birbirine benzerdi ve coğrafya nasıl dayatırsa öyle giyinirlerdi. Giyimleri aynı ateştendi, kuşamları aynı illetten. Onlar sadece eşkıya milletindendi.

O sırada Büyükhanım bu tekinsiz adamlarla aynı anda bir inilti işitti ve o akşam orada, bir meşale gibi yanan köyün aydınlığında gördüğü şeyi kıyamete değin unutmak istedi. Bugüne kadar gördüğü şeyler o kadar korkunçtu ki Büyükhanım, bu gözler daha korkuncunu göremez zannetmişti oysa korku gelip bir hadde dayanıyordu ama korkunçluğun sonu gelmiyordu. Eşkıyalardan biri cesetlerin arasında nasılsa sağ kalmış bir kadını fark etmişti, teni henüz sıcak fakat canı yarı bir kadın. Kırık ağız, arkadaşlarına seslenirken onun ne söylediğini, hangi dilde söylediğini duyamadı Büyükhanım, duymak da istemedi. Gözlerini yumdu sadece, görürse unutamazdı. Ama bu sesler var ya, işte onlar beyninin her zerresine paslı bir kör bıçakla kazındı, bundan böyle unutamazdı. Kendisini tutmasa haykıracaktı. Sustu. Boğazındaki yumruk, midesindeki bulantı, böğründeki sancı. Hepsi birbirine karıştı. Başını, önündeki cesedin soğuk bedeni üzerine bıraktı.

İmanı kuvvetliydi Büyükhanım'ın. Fakat daha çocukluk zamanında en fazla cennetin olmamasından korkar, "Ya cennet yoksa" diye içinden geçirmeden edemezdi.

Bu kez, sarıldığı cesedin bumbuzluğunda üşürken, "Rabbim" dedi, "Beni bağışla. Dilimin söylediğinden beni hariç tut." Yutkundu boğazındaki yumruyu itmeye çalışarak, "İstersen de tutma. Ama bundan sonra cennetinin yokluğu değil, beni cehenneminin yokluğu korkutur."

Tecelliden yana Cemil'di Büyükhanım'ın nasibi, Cemal'i sever gayrini görmezden gelirdi. İlk kez Kahhar ism-i şerifine sığındı. Dudaklarının arasından o güne değin Kur'ân'ı yüzünden okurken bile kalbini titreten, hiç kimselere etmediği o beddua döküldü.

"Ülâike aleyhim lâ'netullâhi ve'l-melâiketi ve'n-nâsi ecmaîn."

Sadece insanların lâneti yetmezdi. "Allah'ın ve meleklerinin de hepsinin lâneti üzerlerine olsun"du.

Dirilerin şerrinden korunmak için ölülere sarılarak sabahı ettiklerinde eşkıyalar çekilmişti çoktan. Büyükhanım yerinden kalktı. Uçuruma doğru yürüdü yalpalayarak, boşluğa uzun uzun baktı. Sanki şu uçuruma o değil de bir başkası bakıyordu.

İranlı Hafize Hanım'ı hatırladı birden, dudaklarından bir cümle döküldü:

"Şimdi bütün bunların gölge olduğuna, beni inandırsana."

Az sonra kısık bir havlama duyuldu, art arda. Büyükhanım bu sesi tanıdı. Toprağın üzerine diz çöktü. Yanına koşan Masal'ın boynuna sardı kollarını, başını hayvancığın bir deri bir kemik kalmış göğsüne yasladı, hıçkıra hıçkıra ağlamaya başladı.

Yanına yaklaşan Yıldırım "Hanımım, gidelim mi?" demese kıyamete değin o halde kalacaktı.

O geceden sonra Zehra'ya -zaten suskundu- iyice bir suskunluk musallat oldu. Aksayarak biteviye adım atıyordu ama kuytuya kaçmış gözlerindeki karanlık bakışlar bir noktaya saplanmış, önünü görmez gibi gidiyordu. Büyükhanım asıl kıyametin bu sessizlikte koptuğunu kestirebilecek kadar tanıyordu torununu. Keşke biraz konuşsa, biraz şikâyet etse, biraz ağlasaydı. Bir sitem çıksaydı ağzından ama ne olur böyle taş kesilip içine kapanmasaydı, gözlerinin karanlık kuyusuna böyle kayıp kayıp dili tutulmasaydı.

Konak yerinde tepeden tırnağa çiçek açmış bir erik ağacının altına oturduklarında elini torununun alnına koydu Büyükhanım. Vah ki vah! Zehra ateşler içinde yanıyordu. Yüzü ölüm sarısına yakın yeşil bir renk almış, yaprak gibi titriyordu ve her an dalından düşecek gibi duruyordu. Heybesinin dibindeki kinin tabletlerini çıkardı Büyükhanım. Ne kadar acı olduğunu bilmez değildi ama Yıldırım'ın yardımıyla bu acı suyu bir kaşığın ucundan Zehra'nın ağzına zorla akıttı. Tülbendinin ucunu ıslattı hafifçe, karbonata batırdı. Kızcağızın dişiyle dudağının arasındaki lifleri temizledi, terini sildi.

"Hasbinallah veni'mel vekil" diye mırıldandı bütün gece Zehra'nın başucunda beklerken. "Allah'ım" dedi "Sen Rabbi'r-Rahim'sin, yüzümüze bak."

Saatler sonra Zehra biraz kendine geldi ama yüzü hâlâ bir ölünün yüzü kadar yeşildi. Yeniden uykuya daldı, çok geçmeden ter içinde uyandı, yeniden daldı.

"Ah evlâtçığım" diye mırıldandı Büyükhanım. Zehra, gözünün önünde örselenmiş, sönüvermişti. Bir daha geri gelmeyecek ne kadar çok şeyi bırakmışlardı bu yollarda. Şimdi şu gülceğizi, her şeyin bir gün eskisi gibi olacağına nasıl inandıracaktı? Ama yo! Solmuş sararmış olsa da gençti o, ilk güneşte ilk suda kendini toplar, yeniden boy verir çiçek açardı. Ama şu titremeler olmasaydı! Can, titreyerek tutunuyordu kendisini taşıyan bedene, sarsıla sarsıla çıkmak isterken titreye titreye bedende kalıyordu. Bir daha "Hasbinallah veni'mel vekil" diye mırıldandı Büyükhanım, her şeyi Allah'a havale etti.

Zehra böyle tepeden tırnağa çiçek açmış bir erik ağacının dibinde başını kirli yastığa bırakmış, sayıklamalar arasındayken ve bu gurbet çıkmazına dair ümitler sönmeye yüz tutmuşken aradan iki gün iki gece geçti. Bir ölünün başında bekler gibi beklediler başında. Büyükhanım bir ara Yıldırım'ın gözlerini sildiğini gördü. Anuş Zehra'ya sokulmuş, Masal bir köşede kıvrılmıştı. Hasan ise gözlerini Zehra'ya dikmiş, kirpik indirmeden ona bakıyordu.

Sabaha karşı yaslandığı erik ağacının altında bir ara nasılsa dalmıştı ki Büyükhanım, kendisini attı bu kısacık uykudan. "Anne" demişti Zehra, boşluğa doğru, "Sen burada mıydın?" Cılız, her an sönecek bir sesle söylemişti bunu ama yüzünde tertemiz bir gülümseme belirmişti.

Büyükhanım yaşmağının ucuyla gözlerini sildi, "Buradaydım. Hep buradaydım."

Hasan ise "Zehra" dedi boğuk bir sesle, "Sen iyileştin mi?"

Zehra "İyileştim" dedi elini hafifçe Hasan'ın saçlarında gezdirerek "İyileştim." Eli anında göğsüne düşüverdi.

Tırnaklarına baktı. Ne zaman böyle uzamış böyle yarılmışlardı?

Büyükhanım hangisine sevineceğini bilemedi, Hasan'ın konuşmasına mı, Zehra'nın iyileşmesine mi? Yükselen bahar güneşini sol yanına alarak seccadesini yaydı, şükür namazına durdu. Onları bir elin hem vurduğunu hem tuttuğunu, hem düşürdüğünü hem esirgeyip bağışladığını Büyükhanım'dan daha iyi kim görebilirdi?

Seccadesini katladı, "Hadi bakalım" dedi. "Yolcu yolunda gerek." Küçük kafilesini topladı.

Bir gün daha yol gittiler. Üzerlerinde bunca sefaletin kiri pası, tozu toprağı; onca meşakkatin teri kanı, irini gözyaşı, ceset kokusu, yangın dumanı, çamuru, biti piresi, tifüsü kolerası vardı fakat ümit çiçek açmıştı bir kere. Büyükhanım'a öyle geldi ki sıcak bir su geçse üzerlerinden, bunca yükü sıyırıp atacaklardı sırtlarından, adım atmaları sanki daha kolay olacaktı.

Duaların kabul olduğu bir ana, göklerin açık kapılarına mı denk gelmişti ki patikanın boynunu devirdiklerinde Büyükhanım gözlerine inanamadı. Ama sahiydi işte! Yolun alt tarafında, kayaların arasındaki bir çukurda buharı kıvrıla kıvrıla yükselen kurşunî renkli suyun kükürt kokusundan ılıcayı tanıdı. Sağına soluna bakındı, cennetin kapıları açılsa ancak bu kadar sevinirdi. Fazla düşünmedi, Hasan'ın elini bıraktı. Sırtındaki dengi yere devirirken Yıldırım'a "Sen burada bekle" dedi.

Kayaları atlayarak indiler buharlı suyun kıyısına. Zehra ayakta duramamış, bir kayanın üzerine oturmuştu. Büyükhanım onu usulca kuytuya çekti. "Bak şimdi nasıl şifa bulacaksın." Zehra'nın başını açtı, saçlarının örgülerini çözmeye başladı. Arada birkaç tel beyazı ve kan emici musibetleri fark etti.

"Zehra, saçlarını kesmemiz lâzım kızım."

"..."

Şimdi artık parıltısından, dalgasından eser kalmamış, keçelenmiş bu kumral saçları çilelere ayırdı, paslı bir makasla kesti, iyice kısalttı. Zehra ayaklarının ucuna dökülen bu saçları, bu kirli yığını boş gözlerle seyretti, hiçbir şey görmüyordu sanki. Hayatın yükünü ağır yerinden yüklenmişti.

Büyükhanım iç gömleğiyle kalan Zehra'ya baktı içi kanayarak. "Senin etin temiz" derdi her zaman torununa, "Yaran hemen iyileşiyor." Oysa o etin temizliği çoktan iflâs etmiş, Zehra'nın ayağı gibi kolunda, bacağında, sırtında açılan yaralar da bir türlü kapanmamıştı. Büyükhanım, Zehra'yı gördüğü kadar kendi yüzünü, kendi bedenini de görebilseydi kendi yaralarının da kapanmadığını fark edecekti.

Elinden tutup, Zehra'yı suya doğru yürütürken Büyükhanım kıyıdaki killi çamuru tanıdı. Bir tutam aldı, parmaklarının arasında ezdi. Evet, köpürmeye yatkın duruyordu. Eteklerini topladı. "Bismillah." Bir avuç kili Zehra'nın başında ovmaya başladı. Bir, üç, beş. Kalan bir avuç saçın köpürmesi için bile altı yedi kere ovması gerekti. Yüzünü sıvazladı, gözlerini ovaladı torununun, boynunu, göğsünü, omuzlarını yıkadı. "Aman sakın gözlerini açma." Su hem çok sıcaktı hem kükürtlüydü. Ama eğrelti otlarının koyu yeşil yaprakları arasında boy vermiş iri beyaz çiçeklerin gölgesindeki sıcak su Zehra'ya Hazret-i Eyyub'u yıkayan su gibi şifa vermişti. Bir kayanın üzerinde dinlenmeye oturduğunda yeniden doğmuş gibiydi.

Bu kez Anuş'u, Hasan'ı aceleyle soktu suya Büyükhanım. Çocuklar daha ilk adımda ayak bileklerine kadar çıkan suyun sıcaklığından öyle mutlu olmuşlardı ki haftalardır konuşmayan Hasan bile ağzı üstüne gitmeyen kuşlar gibi cıvıldaşıp durdu. En son, saçının telini aya güneşe göstermeyen Büyükhanım üzerindekileri çıkardı, taşın üzerine yaydı. Yumdu gözlerini, kendisini iç gömleğiyle sıcak suya bıraktı.

Kayalardan yukarı tırmandıklarında Yıldırım, birkaç taze yaprakla, birkaç çubuk ağaç kabuğunu Büyükhanım'a gösteriyordu.

"Hanımım, bunlar tazecik ayva yaprağı, bu da ağacının kabuğu. Az öteden topladım."

"Eee?" dedi Büyükhanım.

"Demem o ki, biz ayva yapraklarının çayını çıkarırdık. Yaprağı yoksa kabuğunu atardık sıcak suya. Çay gibi olmaz elbet ama kokusu güzeldir, insanın içini açar. Boğazını gevşetir."

Büyükhanım yoksulun bilgisinin her zaman daha geçerli, daha uzun ömürlü olduğunu düşünürken gülümsedi.

"Hadi öyleyse, ne duruyorsun o zaman? Ateş yak, su kaynat da çayımızı içelim. Sonra sen de suya gir. Şifa olur."

Çalı çırpı toplandı, iki taşın arasında kara ateş yakıldı. Eğrilip bükülmüş, minesi çatlamış, isten kararmış çinko çaydanlık ateşin üzerine kondu. İki bardakları kalmıştı geriye. Zehra Anuş'la, Büyükhanım Hasan'la aynı bardaktan yudumlamaya başladı; Yıldırım suya inmişti.

Kırmızıya yakın, berrak, sıcak bir suydu bu. Gözlerini kapatsa Büyükhanım, çay yerine yudumlasa? Hayır, o günlere selâm olsundu. Ama Trabzon'dan çıkalı ne yiyip ne içmişlerse bu, hepsinin üzerine bir kurtarmalık gibi geldi. Bir de, bir parça şekeri içine atıp ağır ağır karıştırabilseydi.

Henüz bu serap ılıcasından ayrılmamışlardı ki Zehra kalan ayva yapraklarına uzandı.

"Nine" dedi, "Bunları da kaynatsak olur mu? Çok sevdim, iyi geldi. Sanki tamamen iyileştim."

Büyükhanım onun parmaklarının arasındaki ayva yapraklarına bakarken, "Ey hayat!" diye geçirdi içinden. Gülümsedi.

Büyükhanım ve küçük kafilesi sonunda Samsun'a varabildiler. Trabzon'dan çıkan başı selâmetliklerin üzerinden üç ay geçmişti. Haziran'ın ortası, kiraz mevsimi bitmek üzereydi. Bir hafta açıkta sıra bekledikten sonra Muhacirin Komisyonu'nun gösterdiği evin odalarından birine güç belâ yerleştiler. Görele'den bu yana ilk defa bir damın altında sırtlarını döşeğe verdiklerinde ağır bir hastalıktan kalkmış gibilerdi ama aynı odada sekiz kişilik bir aile daha kalıyordu ve bu böyle gitmezdi. Çünkü Samsun'da da baş gösteren kıtlıkta eski elbiseler, kullanılmış ev eşyaları, kararmış bakır ibrikler, baltalar, teberler, kandiller, gaz lâmbaları, akla ne gelirse; hepsi altın değerindeydi. Oysa belediye tellâlları bağırıyordu biteviye: "Ey ahali! Duyduk duymadık demeyin. Osmanlı lirasının değeri 108 kuruştan 100 kuruşa düşmüştür bugünden böyle." Yani para da artık pul değerindeydi.

Büyükhanım ikinci günün sabahı inci gerdanlığını Yıldırım'a verdi.

"Yıldırım" dedi "Bunu sat. Ne kadar olursa. Sonra vapurlarda yer bulmaya çalış. İlk vapurla İstanbul'a gidelim. Bir de telgraf çekebilirsen, Samsun'a sağ salim geldiğimizi bildir Hacıbey'e, onun da haberini sor."

İkindiye doğru "Hanımım" diye soluk soluğa geri geldi Yıldırım.

"Gerdanlığı sattım, biraz ucuza gitti ama bir hafta sonraki vapura bilet buldum."

"Telgraf?" dedi Büyükhanım endişeyle. "Telgraf çektin mi? Cevabı geldi mi?"

"Geldi geldi" dedi Yıldırım, yüzünde güller açarken. "Bu vakte kadar da onun cevabını bekledim. Hacıbey iyiymiş. Merak etmeyin, diyor."

Sonra heyecanla son haberini verdi. "Hanımım, ekmek dağıtıyorlar. Hükümet dağıtıyor. Vesikayla. Kişi başına şu kadar ekmek."

Büyükhanım kendisinin ve Zehra'nın nüfus kâğıtlarını Yıldırım'ın eline tutuşturdu. "Yıldırım" dedi, "Koş ekmek al. Bulabilirsen katık bir şeyler de al."

Emektar, fırının önüne geldiğinde her kesimden her cinsten her isimden insan kalabalığıyla karşılaştı. Fırıncı, önündeki listeden isimleri tek tek okurken zadegândan olanlar eski hizmetkârlarıyla bir hizaya girmişti çoktan.

Üç somun ekmeği kolunun altına sıkıştırıp zeytin ve peynir aramaya çıktığında Yıldırım banknotların pek de işe yaramadığını anladı. Ufak para sıkıntısı arttıkça artmıştı Samsun'da ve esnaf, para bozmaya ancak yekûnun yarısından fazlası kadar alışveriş yapılması halinde yanaşıyordu. Çaresiz muhacirler o an için ihtiyaçları olmayan şeyleri almak zorunda kalıyorlardı bu yüzden. Yıldırım da, zeytin bulamadı ama bir parça koyun peyniri almak için bir çuval arpa almak mecburiyetinde kaldı. Biraz tedirgin, odaya döndüğünde Büyükhanım güldü. "Eh!" dedi "Olsun bakalım, üç ay üzerine peynir yiyeceğiz. Arpa da cabası." Bir yandan da ayva yapraklarını suya atmış, çilekeş çinko çaydanlıkta kaynatmaya başlamıştı.

Bir hafta sonra Samsun limanının açığında bekleyen kocaman bir vapura gitmek üzere iskeleden sandallara bindiler. Vapurun adı "Reşadiye"ydi. İsmail'i Sultan Reşad'ın annesinin adını taşıyan Gülcemal alıp götürmüştü İstanbul'a, onları Sultan Reşad'ın adını taşıyan bir vapur götürecekti. Masal'ın gemiye bindirilmesi biraz zor oldu. Sandalcının tahmin ettiği gibi geminin gövdesine tırmanan ince merdivenin başında biletleri kontrol eden genç bir adam, "Ben bu hayvanı gemiye almam" diye diretti.

"Yer yok. İnsanlar ayakta yolculuk edecek. Hayvanı mı alayım gemiye?"

Bunun üzerine Büyükhanım "Niye oğlum?" diye öyle bir nutka başladı ki sandaldakilerin hepsi uğultuyu kesip dinlemeye koyuldu; ağlaşan çocuklar bile seslerini kesmişti.

"Niye oğlum? Cennetle müjdelenmiş Kıtmir de hayvan değil mi? Adı âlemlere rahmet olarak inen Peygamber, rahatı bozulmasın diye eteğini kesmişti, kedi de hayvan değil mi? Sen İmam-ı Âzam'ı bilmez misin? İşte onun, kuyudan ağzındaki pabuçla su taşıdığı köpek; Hazret-i Ömer Efendimizin yarasını tımar etmek için yollara düştüğü deve ve dahi Ebu Derda'nın ölüm döşeğinde kendisinden helâllik dilediği deve de hayvan değil mi? Bak işte, keçisiyle tavuğuyla binmiş şu âdemler gemiye. O da hayvan bu da."

Biletçi "Oy nine! Tamam tamam!" demeseydi Büyükhanım'ın nutku herhalde bir yarım saat daha sürecek, İslâm tarihi kadar Osmanlı tarihinden örneklerle de genişleyip süslenecekti. Ama artık Büyükhanım'ın nutkunun katlanılmaz tesirinden mi, Zehra'nın gözlerindeki yaşların güzelliğinden mi yoksa Yıldırım'ın "Etme delikanlı, bir parçacık hayvan, cirmi ne ki yer tutsun, bu da onun bilet parası olsun" diyerek avucuna sıkıştırdığı paranın sıcaklığından mı her ne ise, sonunda biletçi "Ben bu kelbi görmemiş olayım, kaptan da görmesin yoksa anında denize atar" diyerek başını öteye çevirdi. Masal bir kez daha atı almış Üsküdar'ı geçmişti.

Sıcak, aydınlık bir saatte yan merdiveni tırmanarak güverteye adım attıklarında önce kendilerine bir yer aradılar. Kolay olmadı ama sonunda yaygılarını açtılar, kendileri gibi İstanbul yolcusu olan diğerleriyle sırt sırta, omuz omuza İstanbul cihetine bakmaya başladılar. Çok geçmeden vapur bir kâğıt kadar düz, gökler kadar mavi deniz üzerinde ağır ağır kayarak sahilden uzaklaşmaya başladı. Büyükhanım Zehra'yı alarak kalabalığı yardı, güvertenin kenarına dayandı. Giderek uzaklaşan Samsun'a baktılar. Gemi açıldıkça görüş açıları genişledi, öyle ki geldikleri bütün o kıyılar, uçurumlar, yollar onlar ne kadar uzaklaştılarsa o kadar bir araya toplandı.

"Bak" dedi Büyükhanım Zehra'ya kıyıyı göstererek, "Şu yollardan geldik."

"Hepsini biz mi yürüdük?" dedi Zehra.

"Evet, hepsini biz yürüdük."

"Şimdi olsa yürüyemezmişim gibi."

O sırada güverteden bir ses yükseldi. Tıpkı Harşit'in kıyısında çakılıp kaldıkları gece yükselen ses gibi; kırık, yanık, yaralı, yorgun ve pürüzlü bir sesti bu da.

Trabzon'dan çıktım başım selâmet
Çavuşlu'ya vardım koptu kıyamet

Büyükhanım'ın kıyameti Harşit kıyısında ve Ordu çıkışında kopmuştu; başkalarının kıyameti Çavuşlu'da, Görele'de, Tirebolu'da, Ünye'de, Fatsa'da, sayılamayacak kadar çok yerde, her yerde. İnsanın kıyameti de kendisiyle birlikte yürüyordu demek ki. Ne çok acı vardı bu dünyada ve onlar dünyaya gelmeden önce de bu böyleydi, gittikten sonra da değişmeyecekti.

Zehra'yı kolundan tuttu Büyükhanım, diğerlerinin yanına dönerlerken kırık sesin sahibi başka bir mısraa geçmişti:

Sende bıçak bende yürek yarası

Büyükhanım başını çevirdi, masmavi suya baktı. Buraya kadar getiren Allah sonrasında da Kerim'di; hem O, Ekreme'l-Ekremin'di.

Sende bıçak bende yürek yarası

Böyle bir kıyamet sesinin eşliğinde, giderek uzaklaşan Samsun kıyılarına bakarken benim de içim doğranıyordu. Yorgundum. Bütün bu yolları, sırtımda taşınamayacak bir yükün ağırlığıyla ben de adım adım yürümüştüm. Benim de Harşit kıyısında, Ordu çıkışında kopmuştu kıyametim. Bir an nerede olduğumu anlayamadım. Mersiyehan'ın *Cânem Ali Cânem Ali* mısralarını duyunca Hazret-i Hüseyn'in doğum gecesinde ve Şiraz'daki otelde olduğumu hatırladım.

Başımı yastığa bıraktığımda şimdi eğer uyursam bir daha uyanamam, bir daha gerçek hayata dâhil olamam sandım. Ama uyudum ve uyandım. Aklımın bir ırmağından hâlâ gürül gürül Zehra ve Büyükhanım akıyor. Fakat çok geçmeden hayat her şeyi geriye iterek kendi saltanatını kuruyor. Tek gerçek var: Yezd'e gidiyorum, Behzat Amca'ya. Yolun sonu orada ve Settarhan'ın ırmağı da Zehra'nınkiyle aynı coşkunlukta akıyor.

Yola giriyoruz; biraz sonra servinazlar tükeniyor. Bütün görünen bodur, cılız ve yabanî ağaççıklardan, çalılaşmış ılgınlardan ve kuru otlardan ibaret. Dağlar taşlaşıyor, görüntü monotonlaşıyor, yollar tenhalaşıyor. "Birazdan çöle gireceğiz" diyor Selman Bey, üzerimdeki yalnızlık duygusu elle tutulacak kadar artarken.

Çöle yaklaştığımız o kadar belli ki sanki doğa da insanlar da çölün hazırlığını yapıyor. Bundan böyle her şey güneşin ve çölün terbiyesinden geçecek. Havadaki rutubet aşırı sıcaktan buhara dönüştüğü için gökyüzünün, güneşin, toprağın ve hayatın rengi değişiyor, her şey bir sis tülünün ardında uzaklaşıyor ve hafifliyor. Kuru taş dağlar perde perde; giderek renkleri de çizgileri de inceliyor. Geriye bir tek, toprağın, kumun, taşın sarısı kalıyor.

Yanık mı yanık bir ses Hafız'dan, Sadi'den gazeller okurken çöl yoluna giriyoruz; bir dağ, bir çöl, bir Allah, bir de biz varız şimdi. Arabanın camına başımı yaslamış uzaktaki dağları takip ediyorum, çok geçmeden gözlerim kapanıp yarı uykuya düşerken şoförümüz, "ahengin tasnifini" yani bestenin güftesini tercüme ediyor:

Vefasızlık yarpuzları beni yaktı
Yarpuzlar ki dilimi bilmiyor, beni ateş yaktı
...
Vahşîce yarpuz gülleri ümitsizlik çölünde, sabah oluyor
Gam seli içinde tek kalmışım

Bir müddet susuyor, sözlere kulak veriyor. Devamı gelmiyor. Zöhre Hanım, "İyi ki" diyor. "Ne dediğini bilmiyorsunuz. Yoksa keder bağlardınız. Zehir içip kendinizi öldürürdünüz."

Dağlar artık görünmüyor, uzaklarda kum fırtınası başlamış olmalı. Turistik dünyada biri bile tek başına bir şehri talihinden memnun edebilecek onlarca kervansarayın yanından geçerek, tarihî İpek Yolu üzerinden Yezd'e doğru gidiyoruz. Yol kenarında elektrik direkleri olmasa bu zamanda değil o zamandayız sanacağım. Biraz dikkatli baksam kum üzerinde develerin uzayıp kısalan gölgelerini göreceğim, kulak kesilsem çıngırak seslerini duyacağım sanki. Tacirin bu yollardan kervanla geçtiğini düşünüyorum. Kimi ondan evvel gidiyorum şehirlere kimi onun gittiği şehirlerden geçiyorum ama aynı yol üzerinde olduğumuz kesin. Piruz bu şehirde yaşadı, Behzat Amca bu şehirde yaşıyor. Yezd bana ne hazırlıyor?

Çölün nemli sis tabakası arkasında dolunay renginde, donuk bir güneş ufka inerken varıyoruz Yezd'e. Çöl güneşi ürkütücü bir güzellikte, bambaşka bir yıldız, bilmediğimiz gezegenlerden biri gibi batıyor. Dört çölün ortasında kurulmuş Yezd şehrine vardığımız andan itibaren zaman içinde bambaşka bir zaman açılıyor önümüzde. Burada varlığın dört temel unsurunun en saf haliyle muhatabız, Yezd, kadim ve zorlu, farkındayız. Çölün zorlu terbiyesinden geçerken insanlara birlikte yaşama, birbirine dayanma âdâbını da öğreten Yezd İran'daki şehirlerin en asili. Fakat sıcak, her şeye hâkim tek duygu. Bu sıcağı bir şeye benzetiyorum. Fırın kapağı açılmış gibi? Hayır, teşbih hatalı kaçıyor. Öyle değil. Sonunda buluyorum. Binlerce devasa fön makinesi bir Ağustos günü üzerinize kuru hava püskürtür gibi!

Nihayet otele varıyoruz, kervansaraydan bozma bir otel bu da. Çok zahmetli bir yolculuktan sonra rahat ve temiz bir hanın ne demek olduğunu odama çıkınca anlıyorum ve anında uyuyorum. Sabah gözümü açtığımda duvarlarda geniş çerçevelerin içindeki eski İran fotoğraflarını fark ediyorum. İçlerinden birine gözüm takılıyor, bir çayhane. Yasemen kapıyı tıklatıyor o sırada, kahvaltıya iniyoruz. Kahvaltı dediysem, öyle uyumuşuz ki vakit öğleye yaklaşmış çoktan. Birazdan Selman Bey ve Zöhre Hanım geliyor. Elimizde Nizam'ın yazdığı adres, Behzat Amca'nın evine doğru yola çıkıyoruz.

Yezd'in sokaklarında sık sık adres soruyoruz. Kibar, nazik, iyilik dolu insanlar uzun uzun yol tarif ediyorlar. Selman Bey bir yandan tarif edilen adrese doğru otomobil sürüyor, bir yandan bilgi veriyor: Yezd, Zerdüştîlerin de yaşadığı şehirdir.

"Biliyorum" diyorum. Nasıl bilmem?

Kimse cümlemin üzerinde durmuyor, bunu nasıl bildiğimi sormuyor.

Sonunda adresi buluyor, sıradan bir kasaba evinin önünde duruyoruz. Kapıyı gencecik, güler yüzlü bir kadın açıyor. Nizam'ın bahsettiği gelin bu olmalı, Masume. Selman Bey meramımızı Farsça anlatıyor. Yine sımsıkı bir kucaklanışla içeri alınıyorum. Fakat korktuğum başıma geliyor. Behzat Amca yok, torunuyla Meşhed'e gitmiş.

"Ne zaman gelir?"

"Belli değil. En az bir hafta sonra."

Bildiğim halde soruyorum:

"Kocanızın cep telefon var mı?"

"Yoktur."

Hayret! Behzat Amca'yı bulmak için gelmiştim buraya, bulamadım. Ama üzerime bir ağırlık çökmüyor, duygularım ekşimiyor yersiz bir diyez nota gibi, damarlarımdan buz akmıyor. Piruz'un şehrinde zaman kayıp sayılmaz. Yezd'de bir iki gün kalacağız. Programımızı yapıyoruz, gidilecek yerleri güzergâh üzerinde sıralıyoruz.

"Sessizlik Kulesi'ne en son çıkalım" diyorum ben, "Bugün Eskişehir'i gezelim." En güzeli en arkaya bırakmak gibi bir alışkanlığım var.

Zöhre Hanım, "Sessizlik Kulesi'ni biliyor musun sen?" diye soruyor.

Biliyorum, ne diyeyim? Gülümsüyorum sadece. Masume'yle vedalaşıyoruz.

Bakü ve Tiflis gibi Yezd'in de bir "Eskişehir"i var. Lâcivert gökler altında daracık sokaklara dalıyoruz. Her şey toz, toprak, güneş ve çöl renginde, hatırladığım gibi. Ve çöl sarısı üzerine düşen en ufak bir mavi, bir parça çini, bir parça gök, bir parça havuz suyu örneğin, dünyanın en mümtaz ahengini doğuruyor. Birbiri üzerine yıkılmaması için aralarına ağaç gövdeleri çatılmış yüksek kerpiç duvarlar, çatlamasın diye ahşap takozlarla delinmiş toprak binalar, hiçbir geometrik nizama uymayan, üzeri sık sık kemerlerle kapanan, dehlizlere, tünellere dönüşerek uzayıp giden, tepesi bir demet ışık şelâlesi, gerisi loş, eğri büğrü, daracık sokaklarda ilerliyoruz şaşkın ve mutlu. Bir yer arıyorum ben. Ne aradığımı Yasemen henüz bilmiyor. Kendime bile henüz tam olarak anlatamadığım hikâyeyi Yasemen'e anlatmıyorum. Bir kapıyı tanır gibi oluyorum. Sanki o, Piruz'un kapısı. Fakat kapı kapıya benziyor bu sokaklarda. Cesaret edip de kadınlar için olan ince tokmağı çalamıyorum. Geçip gidiyoruz önünden.

Ertesi gün öğleye doğru Sessizlik Kulesi'ne çıkmak üzere şehrin biraz dışındaki tepenin eteğinde duruyoruz. Terkedilmiş bir kule bu; yasaklandığı için İran'da Zerdüştîler de ölülerini toprağa gömüyor artık. Başımı kaldırıp da bakınca göklere baş çekmiş bu silindirik kerpiç kuleye hiç varılamazmış zannediyorum. Dudaklarımın ucunda garip bir gülümseme, gözlerimin derininde ürpertili bir hatıra beliriyor. Fazla değişmemiş, sadece akbabalar ve ölü yiyen siyah kuşlar eksik. Kıvrımlı patika epey hasar almış olsa da seçiliyor. Bu yol muydu? Evet, bu yoldu.

Tırmanmayı talim etmişiz aslında, Isfahan'daki ateşgâhtan temrinliyiz sanıyordum. Ama yo, Isfahanî ateşgâh bir mukaddimeymiş sadece. Üç kat daha sarp, on kat daha sıcak burası. Kayalara oyulmuş basamakları dura dura, nefes ala ala, en fazla üç adımda bir dinlene dinlene tırmanıyoruz. Yoksa imkânsız. Yolun sarplığından değil sadece, sıcağın nefes tıkamasından da. Ya Rabbi, neredeyse taşlar kaynayacak, öyle bir sıcak. Yezd'de rüzgâr bile alev ateş esiyor.

Nefes de bir sermayeymiş, tüketilmemesi gerek. Bir taşa oturuyorum, bir yudum su içeceğim. Ama nerede? Suyun serin tutulması en büyük derdimiz. On dakika içinde içilemeyecek kadar ısınıyor. Eski insanlar. Ya Rabbi onlar ne yapıyor, nasıl yapıyorlardı acaba? Başlangıçtan bu yana aynı olduğumuza dair teorime duyduğum inanç hâlâ sabit ama onların kendi zamanlarına ait oldukları da muhakkak. Diriler bu yolu tırmanamazken onlar ölülerini bu ateş yağmurunda, bu bitmeyen ateş sağanağının altında bu uçurum yolundan nasıl çıkarıyorlardı? Ben bunları tecrübe ettiğimi sanıyordum fakat bedensiz bir bilgiymiş bu. Oysa şimdi bedenimde yaşıyorum.

Bir süre sonra basamakların arası açılıyor, sonunda basamak diye bir şey de kalmıyor. Düpedüz kayalıkları tırmanıyoruz. Garip bir durum, "Buradan çıkmamışlardı" diye düşünürken yükseklikten başım dönüyor. Kendi kalbimin çarpıntısından korkuyor, ciğerlerim ağzımdan çıkacak sanıyorum.

Taş parçaları, topraklar yuvarlanıyor ayaklarımızın altından. Uçurum kenarlarından sarkarak yol alıyoruz düpedüz. Anlıyorum ki yolu şaşırmışız, yanlış yoldan çıkıyoruz.

Vazgeçmek, geri dönmek aklıma bile gelmiyor ama. Kendi korkusuzluğuma ben bile hayret ediyorum. Sadece sırtımdaki çanta, elimdeki bulutlu şemsiye, diğer elimdeki su şişesi, gözlüğüm, başımdaki örtü, hatta kendi bedenim bile ağır geliyor. Bu güneşte ve bu rüzgârda hepsini idare etmekte çok zorlanıyorum. Şemsiyem bir parça gölge ediyor gerçi, azımsanır nimet değil. Ama rüzgârda sürekli ters dönüyor, onu da taşımak bir külfete dönüşüyor. Fırlatıp atsam şu yardan aşağı!

Sıcak, beynimi kaynatırken nasıl ineceğimizi düşünüyorum hayal meyal. Başımdaki örtü yaktıkça yakıyor, rüzgârda uçtukça uçuyor, ağzıma burnuma dolanıyor. Bir ara bir ferahlık hissediyorum. Çok geçmeden anlıyorum ki başörtüm kaymış, sırt çantama takılmış, ardım sıra sürükleniyor. Oysa başörtüyü idare etmeyi öğrendim sanıyordum. Takmaya takatim yok. Sadece Yasemen ve ben, "Etrafta kimsecikler yok, burada kim görecek?" diyorum. Yola başım açık devam ediyorum kısa bir süre. Gerçekten kimsecikler yok mu, kimse beni görmüyor mu?

Dinlene dinlene nihayet tepeye çıktığımız zaman, bizden çok önce varmış olan rehberimiz gülerek, "Yolu şaşırdık galiba" diyor eliyle bir tarafı göstererek, "Şu taraftan gelmeliydik."

Gösterdiği tarafta hiç olmazsa kayalara oyulmuş, uçurumlu da olsa basamaklar, ayak basacak bir yer, el ile tutunacak bir yan duvar var. Ve ki dönüp, tırmandığımız yamaca bakınca tüylerim ürperiyor. Kulenin dışında duruyoruz. Bir taşın üzerine oturuyorum. Sıcak bir rüzgâr geçiyor üzerimden, Piruz ve Settarhan'ın durduğu yeri tanıyorum. Demir kapıyı arıyor gözlerim, yerinde yeller esiyor. Kapı boşluğu yerden hayli yüksek. Zamanında basamaklarla çıkılıyordu oysa şimdi basamak diye bir şey kalmamış. Bunu da tırmanacağız. Sonunda Yasemen ile güç belâ Sessizlik Kulesi'nin içine giriyoruz.

Zemin yıpranmış, taşlar parçalanmış, dağılmış. Bir köşeye çekiliyorum, ortadaki çukura bakıyorum. Bir taş alıyorum elime, içine doğru fırlatıyorum. Asırların kavurucu güneşini emerek kurumuş taş, sekerken kuru, tok bir çınlama bırakıyor geriye. Bir daha, bir daha. Gözüm çukurun kenarındaki incecik yola takılıyor. Yasemen dışarı çıkmış. Yapayalnızım. Yapılacak tek şeyi yaparak çukurun içine iniyorum. Kızgın taşların üzerine yüzüm güneşe dönük boylu boyunca uzanıyorum. Gözlerimi kapatıyorum.

Bir kanat sesinin hatırasında irkiliyorum aniden. Dehşetli bir sahnenin resmi beliriyor gözlerimin önünde. Çünkü o gün Settarhan ve Piruz, akılları geride kalsa da Sessizlik Kulesi'nin dar ve dik patikasından aşağı inerlerken, gölge ben çoktan süzülmüştüm ağır demir kapının aralığından içeri ve dünya gözüyle kimsenin görmediklerini görmüştü şu gözlerim. Bir köşeye sinmiştim o gün de. Güneş tam tepede olduğu için insana herhalde kendi gölgesinden bile hayır gelmezdi ve benim bir gölgem bile yoktu. Ürküntü içindeydim. Ölümün her şeyi eşitlediği muhakkak, Yezd'in itibarlı zengini Bahman Mansurî o gün burada zengin fakir, âlim cahil, şah geda, herkesle aynı seviyede, aynı çukurdaydı. Orada öylece yatıyordu ve rengi daha da morarmıştı. Kulenin duvarına tünemiş siyah kuşlardan en güçlü, en cesur olanı rahipler dışarı çıkar çıkmaz geniş kanatlarını açarak ok gibi inip konmuştu göğsüne. Diğerleri siyah bir bulut gibi takip etmişlerdi onu. Havada tüyler uçuşmuş, kanat sesleri tiz haykırışlara, kemik çatırtılarına karışmıştı. Yüzü kan içinde kalmış bir akbaba kanatlarını açıp gagasını kızgın taşın üzerinde bir o yana bir bu yana bilerken daha fazlasını görmeye tahammül edememiş, yummuştum gözlerimi.

Şimdiyse gözlerimi açıp tepedeki alev çarkına bakmaya çalışıyorum. Bir an daha bakarsam gözlerim kör olacak. Bu dünyadan gördüğüm son şey bizim güneşlerimize benzemeyen bir güneş. Allah'ım, ölüyorum. Benim dünya bedenimle gezdiğim İran'da unutamayacağım ilk yer burası olacak, öyle hissediyorum ki muradıma ermişim. Arkasına düştüğüm hikâye ile gerçeğin kamaşmasını bana en fazla yaşatan yer olduğu için değil sadece. O hikâye olmasa da burayı unutmazdım, Sessizlik Kulesi de beni unutmasın. Öyleyse benden bir şey kalmalı burada. Beynim kaynarken sağlıklı düşünmem mümkün değil. Yine de sağ elim sol elimin orta parmağını buluyor. Bu satırları okuyorsa eğer beni bağışlasın, kim bilir hangi imza günümde genç bir kızın kendi parmağından çıkarıp benim parmağıma geçirdiği siyah oval taşlı yüzüğü çıkarıyorum. Biraz evvel ölümlü bedenimin uzandığı yere, taşların üzerine bırakıyorum.

Neden sonra aşağı iniyoruz. O kadar yorgunum ki ne açlığımı fark edebiliyorum ne susuzluğumu. Biraz kendime gelip de başımı yukarı kaldırdığımda hangi basamakta doğru yoldan saptığımı, uçurumlu yollara girdiğimi, hangi baş döndürücü yarların kenarından geçtiğimi, oysa asıl yolun daha emniyetli, az ötede olduğunu görüyorum. Uzaktan bakınca apaçık görünüyor ama içindeyken fark edememişim. Aman Allah'ım! Nerelerden geçmişim ben? Nasıl tırmanmışım? Nasıl düşmemişim? Nasıl dönmüşüm geri? Kapatmasın kimse gözlerimi ki göreyim.

Gece otele dönüyoruz. Odalarımıza çekiliyoruz. İçim eziliyor şimdiden; çok yakında ben İstanbul'a Yasemen Bakü'ye döneceğiz.

Odadaki Yezd lâciverdi porselen takımda kendime bir çay hazırlıyorum. Bir sergi salonunu gezer gibi duvarlardaki fotoğraflara bakıyorum bir bir. Şunlar Yezd'in badgirleri, rüzgâr tutan kuleleri, onları artık tanıyorum; şu, Isfahan'daki ateşgâh olmalı. Şu da sabah baktığım çayhane. Fotoğrafa doğru eğiliyorum çayımdan bir yudum alırken. Sağ taraftaki duvar çaycının, resimlerle dolu dokunulmaz köşesi. Solda kazan büyüklüğünde bir semaver var, karnından yükselen buhar fotoğrafın tam ortasından bir sis bulutu geçirmiş. Çaycı eli muslukta, objektife bakarak poz vermiş. Dahası herkes fotoğrafçının farkında. Mermer havuzun arkasındaki on kadar müdavim de önde nargile tüttürenler de, hepsi, başlarında kalpakları, papakları; geniş kemerli, uzun etekli kıyafetleri içinde objektife bakıyorlar. Fakat semaverin yanında, fotoğrafın tam merkezinde biri var ki objektife bakmayan tek kişi o. Alnının ortasında derince bir kırışık, gözleri yarı kapalı, önüne bakıyor. Kendi iç âlemine dalmış. Gözkapaklarındaki parıltı bütün fotoğrafı dolduran bir geçmiş zaman ışığı. Semaverin durduğu masanın üzerine sağ elini öylece bırakmış. Ben bu elleri tanıyorum, bu elif parmakları, bu kuş bakışı gamzeyi. Ve ey Allah'ım! Serçe parmağında belli belirsiz bir yüzük seçiliyor. Elimdeki Yezd işi fincandan bir yudum daha alıyorum. Çayın kokusu dilime damağıma yayılırken fotoğrafa bakıyorum tekrar.

Önce semaver kazanının üzerindeki buhar, kaldığı yerden kıvrıla kıvrıla yükselmeye başlıyor. Eşya, zamanın ışıklı sularında yüzüyor. İçinde hayat ve hareket olan her şey kıpırdamaya başlıyor. Hafif uğultuyu duyuyorum önce; nargilelerin fokurtusu, havuzdaki suyun sesi, bardakların porselen tabağa dokunuşu, konuşmalar.

Ve o, gözlerini bir an için kaldırıyor. Göz göze geliyoruz ama beni görmüyor. Bu, evet o. Sesim çıksa çığlık atacağım. Onu bir kez daha buluyor bir kez daha tanıyorum. Karşıma nerede çıkacağı belli değil ama arayı fazla açmıyor.

Yerinden kalkıyor. Yürüdükçe sanki bütün dünya onunla birlikte yürüyor. Arkasından ben de süzülüyorum. Çaycının önüne birkaç kuruş bırakıyor. Dışarı çıkıyor. Serbülend'i de artık çok iyi bildiğim yeri de tanıyorum. Taht-ı Süleyman'dayız ve yaprakların dökülmüş olduğuna bakılırsa sonbahar ortasında olmalıyız.

VII. KİTAP

GÜL KÜPELER

"Piruz geliyor" dedi Settarhan.

Bütün aile, Çiçek Hala dâhil, mükellef bir sofranın başındalardı, Hengâme Hanım, "levengi"yi kimseye emanet etmemiş, ocağın başına kendi geçmiş, içi hazırlamış, balıkları birer birer doldurmuştu. Mirza Han sengek ekmeğine uzanırken başını kaldırdı hayretle.

"Piruz da kim?"

"Yezd'deki Zerdüştî adamın oğlu."

"Ha, şu Mecusî mevtanın."

Piruz, Settarhan'a telgraf çekmiş, üniversiteden diplomasını almak için Tebriz'e geldiğini bildirmişti. Şimdi Taht-ı Süleyman'a da geçebilirdi. Gelsin miydi?

Candan yürekten "Gel" demişti Settarhan tatlı bir heyecanla. Piruz'u ne kadar özlediğini Bakü'deki ateşgedede fark etmemiş miydi zaten? Kırk yıllık dostları özler gibi. Öyle bile değil aslında, daha farklı daha yeni.

"Burada mı kalacak?" diye sordu Mirza Han. Yemeğin sonuna doğru sofra pilavla şenlenmişti. Hengâme Hanım, Tebriz'de sade, iddiasız bir konumu olan pilavın en az on farklı çeşidini bilirdi ve bu haliyle onun sofrası daha çok Bakü sofralarına benzerdi.

Settarhan içerlemişti, kırgın kırgın baktı Mirza Han'ın yüzüne. "Onlar beni evlerinde ağırladılar" dedi. "Hem de o matem günlerinde. Bizim âdetimizde misafire 'Aziz can, gel' dememek var mıdır?"

Mirza Han'ın, Piruz'un Zerdüştîliğinden hoşlanmadığını anlamıştı. Eklemek ihtiyacını hissetti:

"Hem bildiğin Mecusîler gibi değil Piruz."

Bu kez "Neden geliyor?" diye sordu Mirza Han.

"Beni özlemiş" diye gülümsedi Settarhan. "Bir de Taht-ı Süleyman'ı görecekmiş."

"Haa! Şu mesele. Taht-ı Süleyman!"

Sıra limon kabuğu murabbasına gelmişti. Hengâme Hanım, karpuz kabuğu, ceviz, gül yaprağı, kavun, çilek, ahududu, erik, dut hatta zeytin; evde, bahçede, tarlada, ağaçta ne varsa hepsinden murabba yapabilirdi ve yazın hazırlanan murabbalar kış boyunca çayın yanında ikram edilirdi. Ama Mirza Han çayı beklemez murabbayı daha sofrada yerdi.

Mirza Han, çoğu ağzındaki murabbanın tadı arasında kaybolup gitse de cümlelerini arka arkaya sıraladı. Mecusîlere karşı öfkeliydi. Tamam, ahlâklı, dürüst insanlar olabilirlerdi. Ama âlemlere rahmet olarak gönderilen Muhammed Mustafa sallallâhu aleyhi ve sellemin daha doğduğu gece, Kisra'nın ebedî ateşinin İştarâbâd şehrinde sönüp gittiğini bilmezden geldikleri müddetçe onlara karşı bu kalpten bir muhabbet geçmezdi. Yolu Taht-ı Süleyman ateşgâhının önünden her geçtiğinde düşüncelere dalmış, bu çetrefili kendince halletmişti Mirza Han. Ateş görünen, hissedilen ama dokunulamayan, bir kalıba sokulamayan varlığıyla çok eski insanların muhayyilesinde görünür dünya ile görünmez dünya arasında bir köprü kurmuş olmalıydı. Özel bir bağdı ateş bağı. Onun kuralları yakıcıydı, onunla uzlaşılmaz ancak itaat edilebilir, suyuna gidilebilirdi. Öyleyse yanan yamaçlar, yanardağ ağızları, yerden fışkıran sönmeyen ateşler eski insanları biteviye kendisine çekmişti ve ki her şeyin alev alev yandığı bu coğrafyada ateş, bilinmeyecek kadar uzak zamanlarda bir saltanatı çevresinde dallandırıp budaklandırmıştı. Oysa Mirza Han hemen öndeki küçük yeşil göle, Taht-ı Süleyman'ın küçük ama derin suyuna baktıkça hayatın kaynağının ateş değil su olduğuna bir kez daha iman ederdi. Muhammed Mustafa bu ateşin üzerine bir su gibi serinlik ve selâmetle inmemiş miydi?

Ağzını peşkirle silerek sofradan kalkan Mirza Han, Settarhan'a sıkıntıyla baktı. Söylememişti henüz ama bu hafta onun Azam'la nişanını yapacaktı.

"Ne zaman geliyor?" diye sordu.

"Tebriz'de. Yarın gün doğmadan yola çıksa ikindide burada olur."

Mirza Han'ın içi iyice bulandı. Nişanı Mecusî'nin gidişine bıraktı. Meclislerine karışsın istemezdi.

"Gelsin" dedi.

Settarhan rahatladı. "Gel" demesi zor olsa da bir kez "Gelsin" dediyse Mirza Han, misafire itibarda kusur etmez, ettirmezdi.

Düşündüğü gibi de oldu Settarhan'ın. Ertesi gün Tebriz istikametinden gelen dört atın çektiği eski bir arabadan Piruz'u alıp da ikindiye doğru eve getirdiği andan itibaren ona itibarda kusur edilmedi. Her şeyin en iyisi pişirildi, ikram edildi. Odaların en güzeli açıldı, döşeklerin en rahatı serildi. Mirza Han, bir araya geldiklerinde ne ateşten ne sudan bahsettiyse de mecbur kalmadıkça Piruz'la meclis kurmamak için sarf ettiği gayret Settarhan'ın gözünden kaçmadı. Olsun, bu kadarına da razıydı.

Hengâme yaşlı kadınlar sınıfından olduğu için Piruz'dan kaçması gerekmedi. Tam tersine her fırsatta yanına çıktı, halini hatırını sordu, başkaca bir yığın soruyu yerli yersiz ardı ardına sıraladı: Kimi kimsesi yok muydu? Tebriz'de ne arıyordu? Hangi üniversiteyi bitirmişti? Görünürde misafirini rahat ettirmeye çalışıyordu kadın ama aklı asıl, Mecusîlerin nasıl insanlar olduğunu anlamaktaydı. Ortada bariz bir fark göremediği anda merakı bıraktı, mutfağın yolunu tuttu. Kendi hünerini konuşturmaya başladı.

Piruz'a gelince. Yezd-Tebriz arasındaki onca yolu alırken başı bile ağrımamış olan Piruz'u Taht-ı Süleyman'ın havası çarptı, geldiğinin ertesi gün yataktan çıkamadı. Alev ateş yanıyordu. "Hava değişimi" dedi Hengâme anında teşhis koyarak, "Hekime gerek yok. Ben iyi ederim." Şifalı bitkilerden demlenen çayları acı ilâçlar, onu da üç kat yorgan altında terletmeler ve daha bir sürü şeyler takip etti. Sonunda Hengâme haklı çıktı. Ertesi sabah Piruz sapasağlam ayağa dikildi. Sabah çorbasını içerken yüzünde mutlu bir gülümsemeyle Hengâme'nin elini öperken kadın onun sapsarı saçlarına mavi gözlerine ilk kez görmüş gibi bakıyordu. Bu Mecusî handiyse iyi çocuktu.

Sabah, çorbasını bitirdiklerinde "Bugün artık Taht-ı Süleyman'a gidelim" dedi Settarhan.

"Gidelim."

Avluya çıktıklarında "Ama" dedi, "Önce sana atölyelerimizi gezdireyim."

Settarhan üç gündür Azam'ı görmüyordu. Piruz geldi geleli sofralar harem ve enderun için ayrı ayrı kurulmaya başlamış, Azam avluda, havuz başında oturmamaya, olur olmaz ortalıkta görünmemeye dikkat etmişti. Şimdi Piruz'a halı tezgâhlarını, atölyeleri göstermek isterken Settarhan'ın asıl gayesi Azam'ı görmekti.

Evde, hareme yabancı bir erkeğin gözü bile değemezdi. Ama siparişlerini başka ağızlara emanet etmek istemeyen, halısının gidişatını kendi gözleriyle görmek isteyen müşterilere açık bir muafiyet alanıydı atölye. Kızlar, bu tür iş ziyaretlerine, kaprislere, siparişlerini yarı yolda değiştirenlere kısacası erkek ziyaretçilere alışkınlardı.

Firdevs Usta halı tezgâhlarının arasında kedi gibi sessizce dolaşıyordu. Ayak seslerini işitmek mümkün değildi ama elindeki sopanın kızların ellerine inmesi an meselesiydi. Bu tezgâhların her gün dinlemeye alışık olduğu artık ezberlenmiş emirlerini yağdırıyordu bu sabah da.

"Kirkiti o kadar sert vurma, sırayı ezeceksin!"

"Atkı ipini germe, halının belini bükeceksin."

"Kızlar! Kimse kimsenin halısından hav kesmesin. Hele kimse kimsenin yerine düğüm atmasın."

O sırada hizmetkârlardan biri Settarhan'ın bir misafiriyle geldiğini haber verdi. Kızlar kendilerine henüz çekidüzen vermişlerdi ki o ikisi içeri girdi. Ama ne giriş! Atölye ışığa boğulmuştu sanki. Settarhan için Züleyha olmaya çoktan razıydı kızların hepsi lâkin bu defa şu ikisinden hangisi Yusuf'tur, işte bunu içlerinden hiçbiri kestiremedi. Bakışları düğümlerde olsa bile akılları Settarhan'dan Piruz'a, Piruz'dan Settarhan'a gitti geldi. Hele şu yabancı, ne olur kaldırıp başını bir kez nazar etseydi. Ama onun halılara dikilmiş gözü, dokuyan ellere kaymıyordu bile.

Settarhan gururla baktı Piruz'a. Tokmak sesi, makas şıkırtısı, yün kokusu, hav tozu; atölye buydu işte. Buydu dünyanın en güzel halılarının evvel dünyası. Bir başka kapı açıldı, aynı. Bir başka kapının ardında ise Azam vardı. Sırtı kapıya dönük, düğüm atmakla meşgul, elleri hızla gidip geliyordu. Duvara yaslandı Settarhan, kalbi yerinden neredeyse çıkacakken Piruz'u unutmuştu.

Neden sonra, "Sana getirdiğim halı bu tezgâhta dokundu" diyebildi. Sesi kuyuların dibinden yankılanıyor gibi boğulmuştu ve Settarhan'a öyle geldi ki sanki Piruz, orada bulunan diğer kızlar, arkalarından gelen Firdevs Usta her şeyi, onun Azam'a duyduğu aşkı anlamış ve hepsi de gözlerini dikmiş kendisine bakıyorlardı. Piruz'a baktı usulca.

Oysa Piruz, Settarhan'ın yüzüne değil bambaşka bir yere bakıyordu.

Piruz onun ellerini gördü önce, başparmağının elinin ayasıyla birleştiği yerdeki kara ben'i. Halının çözgülerini ayırıyor, elini bileğine kadar, gergin iplerin arasından geçirdikten sonra hızla geri çekerek çabucak düğüm atıyordu. İpten bir perdenin ardında bileklerine kadar kaybolan, sonra göz açıp kapayıncaya kadar Yed-i Beyza gibi yeniden ortaya çıkarak parıldayan bu eller mavi yeleli bir atın toynaklarını işliyordu. Ön sağ ayağını kaldırmış atların, bordüründe dizi dizi uzayıp gittiği bir taban halısıydı ördüğü ve Azam, ayak seslerini işittiğinde başını yarı geri çevirip kapıya doğru bakmıştı.

Azam başını kaldırıp geri baktığında Piruz bir yüz gördü bu defa. Sonra bir çift gözün derinliğini, aydınlığını, karanlığını, küstahlığını, itaatini, asiliğini, asaletini, şefkatini, zalimliğini, merhametini, efendiliğini ve köleliğini. Çocukluğunu ve kadınlığını. Kalbine kızgın bir demir çubuk saplanmış gibi sarsıldı. Bu gözleri daha görmeden onların ördüklerini görmüş, bu gözlerin nasıl kör olmadığını merak etmişti. Yezd'deki son gece "Bu halıyı böyle ören gözler kör olmaz mı?" diye sorduğunda Settarhan'ın verdiği cevabı hatırladı. Haklıydı Settarhan cevabında, yerden göğe kadar haklıydı. Bu gözler kör değildi ama bir kez daha böyle bakarsa Piruz'u kör edebilirdi.

Bu körlüğe sorgusuz sualsiz düşüverdi Piruz. Kendisine bir şey olduğunu, bir şeyin ona isabet ettiğini anladığında üzerinden an bile geçmemişti. Ama sanki asırlardan beri hep öyleydi. Aşkın sebebi yok zamanı var. An geldi.

Halı tezgâhının başında dikilip kaldı Piruz. Bir başka bakışla baktı Azam'a. Masum değildi bu bakış, o gözle baktı. Kaçırmadı bakışlarını. Alıcı gözle baktı.

Aşk bir cürmün başlangıcı, ihlâller mukaddimesi, hak iddiası. Hepsini göze aldı.

Görmemesi gerekeni görmüştü Piruz. Şimdi kör olacaktı.

Azam'sa başını kaldırdı ve omuz hizasında dikilerek büyülenmiş gibi kendisine bakan Piruz'a baktı önce; sonra da "Onu buraya neden getirdin?" der gibi, aynı büyünün içinde kendisini seyreden Settarhan'a. Başında gölge salan bu iki ağaca ayrı ayrı bir daha baktı.

Bu bakışla her ikisine de, "Şimdi ve bundan sonra olacaklardan ben sorumlu değilim" diyordu.

Settarhan ve Piruz Yezd'de çöl ile gök gibi bulmuşlardı birbirlerini; aralarında bir yağmur eksikti hani. Yağmur geldi ama yağmurdan çok ateş gibiydi.

Azam'ın, dünyalar yıkmak için bir şey yapmasına gerek yoktu, sadece var olması, sadece kaldırıp başını bakması yeterliydi. Ama bu kez yıktığı dünyalardan birinin altında kendisi de kaldı. Yaktığı ateşte kendisi de yandı. Harem tarafında günlerdir Mecusî misafirin iyiliği güzelliği, gelmişi geçmişi, memleketi ailesi hakkında binbir türlü tevatür dolaşıyordu. Ateşperestti! Gözleri karardı Azam'ın. Bir ateş topu düşmüştü ortaya. Yangın çıkacaktı.

Bakışlarını hemencecik halısına indirdi. Fakat o anda mavi yeleli atın adımlarını bağlayan iki düğümü yanlış attı. İki ilme yolunu şaştı, sarhoş bir atın adımları gibi bu ayaklar birbirine dolaştı. Buncacık kusuru halı bittikten sonra bile kimseler fark edemez, bir tek Azam bilebilirdi. Ama halıların dilinden hiç anlamayan Piruz fark etmişti. Aralarındaki ilk sır sarhoş atın adımlarından ibaret kaldı. Yanlış atılmış bir ilme onları birbirine bağladı. Öyle kavîydi ki bu düğüm bundan böyle biri "Gel!" dese öbürü anında koşacaktı. Biri "Gel!" demese öbürü çağıracaktı.

Aşkın zamanı yok anı var, kelâmı yok ama ışığı var. Settarhan bu atölyeye dolan ışığı, ikisi arasında gidip gelen yalımı anında fark etti.

Yakınlık getirmedi ama "Gidelim" dedi sıkıntıyla.

Keşke bu atölyeyi de harem bilse, Piruz'u buraya hiç getirmeseydi. Bu güzelliği o görmüştü de Piruz mu görmeyecekti? Biraz önce Piruz'un kalbine saplanan kızgın demir Settarhan'ın kalbinin içinde çevrildi, istikameti tersineydi. Güvenini kıskançlığının önüne koymak istedi. Piruz, en acı kederin gölgesinde bir payvandla Settarhan'a bağlanmıştı, elbet arkadan hançerlemezdi kendisini.

Kızgın demirin çevrilmesi durdu bir parça. Ama yakıcı bir azap Settarhan'ın içinde kaldı. O azabın mantığı yok ihtimali vardı sadece ve kendisini güven duygusu üzerinden ölçtürmek de kahrolası âdetiydi kıskançlığın. Örttü üzerini Settarhan. Ama içine bir kördüğüm atıldı. Kıskançlık, olanlardan ziyade olabileceklere dair bir duygu. Şimdiye değin Settarhan Azam'ı, ihtimalleri hesaba katmadan sevmişti. Şimdi ihtimaller üzerinden mi hesap yapması gerekecekti?

Taht-ı Süleyman yoluna girdiklerinde ilk kez misafirini yalnız bıraktı Settarhan, Serbülend'i mahmuzladı. Neden sonra yaptığından utandı, Piruz'un yanında, onun hızına uyarak yol aldı.

Azam'sa kendisini limonluğa atmıştı. Nefes nefeseydi. Başını "Hay Allah!" dercesine yanlamasına, göğsüne eğdi. Boşluğa dikti gözlerini. Şimdi. Bu. Hiç umulmadık şey. Neydi? Ve hayret, bu mucize gelip Azam'ı mı bulmuştu? İçi dışı ışıklar içindeydi.

Çok geçmedi. Mucizenin eteklerine sarılmış hakikatler gözünün önünden bir bir geçti. Kendisine hiç sorulmamıştı, fikri alınmamış, onayı istenmemişti ama bu hafta Settarhan'la nişanlarının ilân edileceğini sağır sultanlar bile duymuştu. Böyle bir ihaneti, ailenin namusuna sürülmüş addedilecek bu koca kara lekeyi, böylesi bir yoldan çıkmayı bu Mirza Han yüz yıl geçse de unutmaz, asla affetmezdi. Bütün bunlar silik soluk birer düşünce, rüyalarda görülen hayaller gibi geçti aklından Azam'ın. Bilgi olarak varlardı ama etkileri sıfırdı. Azam'ın aklında da kalbi gibi Piruz'dan başkasına yer kalmamıştı ve hiçbir şeyi ondan daha fazla düşünmesinin de imkânı yoktu. Piruz'u düşünmeden onu hissetmeden geçen her an Azam'a bundan böyle haramdı.

Düşünülmesi gereken en önemli şeyler bile bu mümkünsüzlükler faslında eridi gitti. Kendisi yüzünden bütün ailenin başı önüne eğilecekti, herkes onu kınayacaktı, Mirza Han Azam'ı öldürecekti; umurunda değildi. Çünkü elinde değildi, çünkü başka türlüsü mümkün değildi. Kendi ışığını kendi elleriyle söndürmesini ondan kimse beklemesindi, en fazla o ışıkta boğularak ölmeye razıydı. Bundan sonra Piruz nereye Azam orayaydı; olsundu olacak olan.

Bir mücadele geçmedi ki Azam'ın kalbinden. İki doğru, iki dünya, kalp ile akıl, duygu ile mantık arasında bir çıkar yol aramadı. Hangisini seçse aklının diğerinde kalacağı bir yol ayrımında bulmadı kendini. Aşkın yolu, mezhebi, meşrebi belliydi. Bıraktı kendini aşkın oluruna. Ne kadarsa o kadardı. Başkaldırdı.

Başını Taht-ı Süleyman'ın göklerine çevirdi. Gölgesi yere düşmeyen incecik, tül gibi bulutlara bakarak "Ey Hüdâ" dedi.

"Bilirim ki kader yazılmış, defteri dürülmüş kaldırılmış, mürekkebi de kurumuştur. Ama her an yaratma halinde olan da Sensin. Öyleyse Sen yazılmış kaderleri bile geri çevirirsin. Benim kaderim işte az önce geldi, karşıma dikildi. Çevirme benim kaderimi geri. Onu bana çok görme."

Atölyeye döndü. Tezgâhının başına geçti. Son hızla ilmelere sarıldı. Ördüğü halı sol tarafından çekmeye başladı. Kimse fark etmedi, henüz erken bir eğriydi bu haddizatında ama akşamüzeri atölyeye uğrayan Settarhan'ın gözünden kaçmayacaktı.

Taht-ı Süleyman'a, Azam'ın göklerini kaplasa da gölgesi yere düşmeyen tül bulutlarının altında vardı Settarhan'la Piruz. Sağda solda dini bütün birkaç Müslüman lâflıyordu, birkaçı da yarı yıkık ateş tapınağının gölgesine uzanmıştı. Dokunulacak kadar maddî bir sessizlik hâkimdi Taht-ı Süleyman'ın üzerinde. Ara sıra ağaçların yapraklarını, duvarları bürümüş yabanî otları hışırdatan bir rüzgâr, gölün suyunu tüllendirip geçse de geriye yeniden o dokunulası sessizlik kalıyordu ve Settarhan ve Piruz, ikisi de aynı rüzgârın önünde, aynı cümleyle fakat farklı şeyleri düşünüyordu.

"Biraz evvel ne oldu?"

Biraz evvel hiçbir şey olmamış gibi davranmayı yeğlediler.

Piruz kendi evini gezer gibi sekiyordu yıkık taşların üzerinde. Settarhan'a ev sahipliği yapıyor, onun hiç bilmediği ayrıntıları anlatıyordu. Settarhan o vakte kadar kim bilir kaç kez gördüğü, gölgelerinde eğleşip sütunlarının altında dinlendiği Taht-ı Suleyman'ı bu kez Piruz'un gözüyle görünce bilmenin görmekten çok farklı bir şey olduğunu anlasa da onun bilgiçliğinden canı sıkıldı. Bundan sonra Piruz ne yapsa, ne söylese Settarhan'a batacaktı besbelli. Vesveseler hücum ediyordu üzerine çünkü; Piruz'un heyecanı sadece şu ateşgedenin varlığından mıydı yoksa o bambaşka bir ateşte mi yanmıştı?

Piruz heyecanlı bir sesle anlatıyordu oysa: Sasanî Kralı Piruz'un da yolu geçmişti buralardan Büyük Kürus'un da. Hatta bu saltanatı yerle bir eden, *Avesta*'nın asıl metnini bile ateşe atan İskender de buralardan geçmişti. Ama hani? Şimdi isimleri bile kalmamıştı geriye, taşlara kazınmış yazılar olmasaydı varlıklarından kimsenin haberi bile olmazdı. Bir zamanlar rüzgârlar gibi esmiş ama şimdi yerinde yeller esen saltanattan geriye kalan şu harabelerin, şu taşların dili olsa da konuşsalardı.

Settarhan anlatılanları duymuyordu bile. Anlatan da aslında kendi anlattıklarını duymuyordu. Ama anlatıyordu yoksa bu sessizlik ikisini de boğacaktı.

Settarhan daha fazla dinleyemedi, Piruz'un yanından ayrıldı sessizce. Taht-ı Süleyman'a adını veren muazzam kaidenin üzerine tırmandı; Hazret-i Süleyman'ın efsanevî tahtına benzetildiği için bu yer Müslüman halk tarafından bu isimle anılmış, öylece de kalmıştı. Başlığını çıkardı, alnını, saçlarını rüzgâra verdi Settarhan. Etrafına, bu geniş, ölü ıssızlığa baktı. Gözlerini kapadı. Burayı, yaşamla dolu olduğu zamanlardaki haliyle gözünün önüne getirmek istedi. Dağılmış taşları üst üste koydu. Dökülmüş kerpiçleri istifledi. Yıkık kubbeleri, kemerleri, kuleleri bir bir yükseltti. Sekiz kapılı ateş tapınağının içinden, kubbesindeki dört bacadan, avludaki ana sunaktan, kenarlardaki hücrelerin damlarından ve yerden ateş püskürmeye başladı. Püsküren alevlerin gölgesi hemen öndeki krater gölüne düşüverdi. Su alev almış yanıyor, suyun içinden yangın fışkırıyordu. İrkilerek açtı gözlerini Settarhan. Mecusî olan her nesneden, ateşin kelimesinden, Yezd'den, çölden, Piruz'a benzeyen, ona dokunan, onun gözünün, dilinin, bilgisinin değdiği, dokunduğu, bulaştığı her şeyden, içinde Piruz'un yaşadığı dünyadan, hatta Taht-ı Süleyman'dan nefret etmişti.

Süleyman'ın tahtından indi. Tapınağın yıkık kerpiç duvarlarının gölgesine çekilmiş olan Piruz'un yanına gitti. Aynı duvara yaslandılar, yan yana. Yabanî incir ağacının kuru rüzgârla dağılan acı kokusu genizlerini yaktı. Şurası ateşgâhtı, şurası ateş sunağı. Zaman, bütün perdeleri indirmiş, tapınağın vakt ü zamanında en girilmez olan yeri de bütün benzerleri gibi gözler önüne serilmişti. Bu aşikâr edilmiş mahremiyetin çaresizliğinde büyük bir acılık vardı aslında.

Piruz "Göklerde yakıldığı için" dedi, "Sönmeyen ebedî ateş burada yakılırdı."

O zaman Settarhan hırçın bir sesle dedi ki:

"En sönmez zannettiğiniz anda Mekke'den esen bir rüzgârla ebedîyen sönmedi mi Kisra'nızın ateşi? Bütün ateşlerin ruhunu kendinde toplayan ateş-i behramınızın yakıldığı mahalden bak şimdi duman bile tütmüyor!"

Piruz sustu. Yezd'de saatlerce birbirlerini anlamak, hiç olmazsa kadim bir başlangıçta aynı kaynaktan çıkan bütün ırmakları fark etmek adına ateşten, Zerdüşt'ten, Zerdüştîlikten bahsettikleri, Settarhan'ın kabul ya da redlerini bir taşkınlık yapmadan sıraladığı, Piruz'a İslâm olan her şeyi sevdirdiği geceyi hatırladı. Yezd'deki Settarhan değildi bu. Onun şimdi dinine sarılmaktan çok kendisini itmek için fırsat kolladığını anladı. Bu öfke dini için değil kendisi içindi.

"Settarhan" dedi, yabanî güz çiçeklerinin yorgunluğuna dalgınca bakarken, "Bana dinin için değil kendin için saldırıyorsun. Ama neden?"

Sustu Settarhan. Hiçbir şey söylemedi.

Sükûtun ikrardan geldiğini biliyordu Piruz. Ama neden? Oysa Settarhan bir cesaret verse, yüzünü bir gösterse, Piruz ona kalbini açacak, yol göstermesini yordam vermesini dileyecekti. Onu incitecek, ailesinin onurunu zedeleyecek bir şey Piruz'un aklından bile geçmezdi. Olmaz gibi görünse de bu işin bir oluru mutlaka bulunacaktı. "Bu dünyada çaresiz dert yoktur oğlum" derdi babası Bahman Mansurî, "Yeter ki karşılığında feda edebileceklerin olsun."

Piruz, Settarhan'a şu bir iki saat evvel halı tezgâhının başında kendisine olan şeyden sonra feda edemeyeceği hiçbir şeyin kalmadığını ve Settarhan'dan başka bir kapı çalmayacağını söyleyecekti. Yeter ki bir köprü kurmasına cesaret verse. Ama yok. Yeni bir köprü kurmak şöyle dursun aralarında kurulmuş bütün kavî köprüler de tufan getiren yağmurlara kapılmış gibi yıkılıp gitmişti.

Ama neden?

Aralarına giren yağmuru düşündü Piruz, kanı damarlarından çekildi.

Bu güzelliği o gördüyse bu niye görmesindi?

Kanı damarlarından bir daha çekildi. Benzi sarardı. Settarhan da mı Azam'a? Acaba?

Öyle olsa bile? Fark etmezdi. Çünkü fark edeceğini düşünemez, buna ihtimal veremezdi. Çünkü kalbin zamanı yoktu. Öncelik sonralık, sıra saygı, hak hukuk dinlemezdi o. Artık ok yaydan çıkmış, aşkın hükmü okunmuştu. Bu hükümde hiçbir fermanın geçerliği olamazdı. Bundan sonra sönsündü Kisra'nın ateşi, Piruz, kalbine mi söz geçirecekti?

Sessizce çıktılar ateşgâhın, zamanında kimselerin giremediği kutsal yerinden dışarı, kıyamet kopmuştu.

Gölün kıyısında bir taşın üzerine oturdu Settarhan. Dibi görünmeyen koyu yeşil, ürkütücü suyun bulanıklığına baktı. Piruz da az ötede bir taşın üzerine oturmuştu. Settarhan bir sigara sarmak için heybesini açtı. Batum'da, kuyumcu Sarafim'den aldığı iki Sasanî parası hâlâ heybesinin dibindeydi. Paralardan birini parmaklarının arasında evirdi çevirdi, suya fırlattı.

"Su çok derin görünüyor" dedi Piruz suya fırlatılanın aslında kendisi olduğunu çok iyi anlayarak.

"Öyledir. Aldığını bir daha geri vermez."

Piruz eğildi biraz, elini suya daldırdı.

"Dikkat et düşmeyesin" dedi Settarhan. "De bakalım hele, yüzme bilir misin bari?"

"Hayır, bilmem."

Yezd'de, çölün ortasında, suyun tek damlasının bile değerli olduğu bir cehennemde yüzmeyi nereden öğrenecekti?

Göle baktı Settarhan, onun ürperen suyuna. Küçücüktü, neredeyse büyükçe bir havuz kadar küçük. Fakat çok derindi. Düşenin bir daha geri dönüşü olmazdı. Bu yüzden en gözüpek gençler bile bir delilik yapıp bu suya girmeyi akıllarından geçirmezlerdi. Çünkü bilirlerdi ki Taht-ı Süleyman gölünün şakası yoktur. Bunca şey anlatmıştı Piruz Settarhan'a Taht-ı Süleyman hakkında, bunların hiçbirini Settarhan bilmiyordu ama işte şu küçümen gölün suyunun derinliği ve tehlikesi var ya, bunu da Piruz bilmiyordu.

Settarhan içinden "Şimdi, şu saniye ayağı takılsa da şu suya düşse, Piruz'u kurtarmak için bir şey yapar mıyım?" diye geçirdi. Cevabını bulup da veremedi.

Ertesi sabah Piruz sessiz sedasız Tebriz'e döndü. Ancak bir hafta dayanabildi. Tekrar Taht-ı Süleyman'a geldi. Alacağı cevabı bile bile önce Settarhan'ın sonra Mirza Han'ın huzuruna çıktı, meramını, niyetinin halisliğini dile getirdi. Eğer müsaade ederlerse Azam'ı onlardan âdetleri, gelenekleri ne ise ona göre isteyecekti. Ne isterlerse yapmaya razıydı bundan böyle. Arada engeller vardı evet, ama o engelleri aşmanın bir yolu mutlaka bulunacaktı. Annesini, amcalarını, dayılarını çağırmasına izin var mıydı?

Kendi ailesinden kopacak itirazın yaygarasını ise Piruz henüz hesaba bile katmamıştı.

"Eğer evimde olmasaydın" dedi Mirza Han, "Seni şu an kendi ellerimle ekmek doğrar gibi doğramıştım. Git ve bir daha gözüme görünme."

Settarhan'sa dudaklarının arasından ıslık gibi çıkan tek cümle sarf etti:

"Sana güvenmiştim."

Piruz gitti ama ertesi gün Azam da gitti.

Kolay olmamıştı bu gidiş fakat dört bir yan taş duvar olsa önlerinde kimse duramazdı. Aralarında nasıl bir irtibat kurulduğunu, nasıl anlaştıklarını, nasıl haberleşip kaçtıklarını, onlara kimin yardım ettiğini -biri yardım etmese bu iş asla başarılamazdı-, bütün bu ayrıntıları evdeki hizmetkârlardan başka hiç kimse merak edip de dedikodusunu yapmadı. Düşünülecek çok daha vahim şeyler vardı; Mirza Han da, Settarhan da olup biteni henüz duymamıştı.

Settarhan eve girdiğinde, "Ağa efendi, koşun" diye haykırdı örgücü kızlardan biri atölyeyi işaret ederken, başındaki örtü kaymıştı ve bu, görülmüş hal değildi.

Atölyeye koştuğunda Azam'ın sekisini boş buldu Settarhan. Pervazından mavi yeleli atlar geçen yarısına kadar dokunmuş halı ise boydan boya yarılmıştı. Açılan gedikten çözgü ipleri de atkılar da uç vermiş sırıtıyordu ve boydan boya yarılmış olsa da halı çarmıha gerilmiş gibi tezgâha bağlı kalmıştı. Dehşetli kılıç darbesi taban pervazından geçen süvarilerden en tekinsizini de atıyla birlikte ikiye bölmüştü fakat at, hâlâ şaşkın ve sarsak, adım atıyordu.

Settarhan ürperdi. Damarlarından önce ateş ırmakları akmaya başladı sonra geri çekilen ateş yatağına dünyanın bütün buzullarından çözülen bir deniz doldu. Bu evin çatısı altında böyle sık dokunmuş bir halıyı tek darbede boydan boya yaracak kılıç da hak da cesaret de ancak Mirza Han'daydı. "Hüdâhafız" diye geçirdi içinden Settarhan. Bir yerlerde kıyamet kopmuş da o mu duymamıştı? Yakınlık getirmek istemedi gerçi ama kıyametin hangi yandan koptuğunu kestirmek zor değildi. Azam'dan yana kopmuşsa eğer bu daha küçük kıyametti ve eğer gerçekten Azam tarafında bir kıyamet kopmuşsa, Settarhan'ın göklerinde de yıldızlar dökülmeyi, gökkubbe dürülmeyi bekliyor demekti. Fırtına. Geliyordu. Settarhan'ı önüne katacağı da muhakkaktı.

Korkudan dili tutulmuş kızlara baktı Settarhan. "Azam nerede?" diye sorduysa da böyle bir soruya cevap verebilecek cesarette biri çıkmadı aralarından. Üsteledi, kükredi, tehdit etti. Sonunda kızlardan biri, iki kelimeyi güç belâ bir araya getirdi, "Gitti" diyebildi.

"Nereye?"

Cevap gelmedi. Settarhan o zaman başka türlü sorması gerektiğini sezdi:

"Kiminle?"

Cevap almak için üç kez yinelemesi ve kızlardan birinin boğazına pençesini geçirmesi lâzım geldi.

"O sizin Mecusî misafirle."

Settarhan hareme, annesinin yanına koştuğunda Hengâme başını çatmış, bir yandan dizlerini dövüyor bir yandan beddualarını ardı ardına sıralıyordu:

"Ateşin sönsün, yollarda ayak izlerine küller dökülesice, adın batsın, isimsiz kalasın."

Beti benzi solmuş, gözleri ağlamaktan şişmiş kadın, Firdevs Usta'nın kolları arasında yeni bir baygınlığın kuytusuna düşmeden evvel, oğlunun ölüm sarısı sinmiş yüzüne baktı.

"Mirza Han seni çağırıyor" diyebildi.

Settarhan babasının yanına girmeden önce öfkesini dindirmek, hiç değilse içine bastırmak için gayret sarf etti. Öfkede bile Mirza Han'ın önüne geçilmezdi. Neden sonra içeri geçtiğinde Mirza Han, "Otur" dedi Settarhan'a. Kelimeleri ateş, cümleleri alevdi.

"Elhamdülillahirabbilâlemin" diye başladı Mirza Han, "Biz, kadınları asla günaha bulaşmayan bir sülâleye mensubuz." Bir nefes durdu, Âlemlerin Rabbi'ne olan hamdını yineledi. Gözleri bebeğinden akına kadar öfke kesmişti. Settarhan bu gözleri, bu bakışları iyi tanırdı, sonu hiç iyi gelmezdi ama o da oracıkta bu bakışlara katılmak istedi.

Mirza Han, ailesinin gelmiş geçmiş bütün kadınlarına karşı minnet ve şükran içindeydi şimdi. Bir erkeğin en kıymetli ve en tehlikeli varlığı ailesinin kadınlarıydı çünkü erkeğin namusu o kadınlara emanetti.

Babası konuştu, Settarhan ses çıkarmadan dinledi. Mirza Han'ın kelimeleri birbiri içinde açılan, açıldıkça yayılan cümleler halinde devam etti. Üstelik bu cümlelerin her biri yangın dili bir yüklemin sırtına bindirilmiş, oracıkta düğümlenmişti. Sonunda Mirza Han ipin ucunu açtı, sadede geldi.

Azam, bu ailenin başını önüne eğmiş, yüzünü kara etmişti. Üstelik o eğik baş bu ailenin sadece bugününü değil dününü ve yarınını da rehin almıştı. Mezarlarda ailenin büyük büyük babalarının kurumuş kafataslarının göz çukurlarından kanlı yaşlar aktığını ve o yaşların mahşere değin kurumayacağını sanki şu an, şimdi görüyormuş gibi anlatıyordu Mirza Han. Ruhları huzur bulmayacaktı bu ailenin hiçbir ölü ferdinin. Üstelik ailenin geçmişi gibi geleceğinin de başı öne eğilmişti. Henüz analarının rahmine, babalarının zürriyetine düşmemiş olan bebekler bile bu alınyazısının hesabını işte şimdi, şu an yaşayanlardan, "onunla" -Azam artık isminden değil bir "o" zamirinden ibaret kalmıştı- zamandaş olanlardan sormazlar mıydı?

Sesinde, gelmiş ve gelecek bütün sülâlesinin sesi, Mirza Han kendi sorusuna o yekpare cevabı verdi:

Sorarlardı!

Koca Mirza Han. Hanlık damarları kabarmış, damarlarındaki kanın asaletini korumak için kudurmuş denizler gibi taşmıştı. Bu, Mirza Han'ın kendi kendisine karşı var olma kıvamıydı. Sırtını halı minderlere yaslarken -o minderleri de Azam dokumuştu- Settarhan'a öyle geldi ki Mirza Han'ın gözlerinden bir anlık bir şüphe, bir bulutluk telâş geçti. Ama o bir anlık bulutun dağılması zor olmadı. "Ona" -Azam'a yani- duyduğu muhabbet şimdi her zamankinden daha fazlaydı aslında Mirza Han'ın. O kadar fazlaydı ki bu muhabbet, ondan boşalan yer sadeleştirilmiş bir duyguyla doldurulamazdı, mutedil bir yağmurla yıkanacak gibi değildi bu kir. Ancak bir tufan, bir kasırga lâzımdı. Yapılacak olan şeyin tarifesi asırlardan beri değişmemişti ve feda edilecek olan "o" şey -yani Azam- o kadar feda edilmezdi ki onunla kıyasıya tartılabilecek yegâne yine onun kendisiydi. Ve ki onunla tartılabilecek tek duygu onur duygusuydu. Hem de bir kişinin değil bütün bir sülâlenin onuru! Bir ailenin reisinin kalbinde muhabbetle onur karşı karşıya durduğunda, o reis, onur duygusuna verdiği değeri ancak ondan daha büyük bir muhabbeti feda ederek gösterebilirdi. Çünkü sülâleler bu iklimde onur duygusu üzerinde yükselir, asırlar içinde ancak o duygunun sırtında yol alabilirdi. Çünkü muhabbet şahsî, onur ise çoğul bir şeydi. Muhabbetinden kendi sorumluydu insanın, onur ise bütün bir sülâle içindi. Zordu "onun" feda edilmesi ama onun feda edilmemesi daha zordu.

Mirza Han akkor kesmiş gözlerini bambaşka bir dünyaya açmış, kan donduran bir soğukkanlılıkla konuşuyordu şimdi.

"Kan isteyen törelerimiz yoktur bizim, biz töreye insanımızı kurban etmeyiz. Ama namusumuz vardır. Onun için yaşar, gerekirse onun uğrunda ölürüz. Yaşarken de ölürken de bir değil her kişiyiz. Ve her kişinin onuru söz konusu olduğunda gerekirse bir kişiyi feda ederiz."

Öyleyse bu düşen alnı yerden kaldırmaları lâzımdı. Eğer böyle olmazsa sülâlesi Mirza Han'ı ayıplamaz mıydı? Ve mademki sülâle, o sülâlenin her bir ferdinde yazılıydı ve mademki her bir fert bütün sülâlenin bütün yazısız kanunlarıyla yasalıydı, bu karayı aklamak da Settarhan'ın vazifesiydi.

Mirza Han gözlerini Settarhan'a diktiğinde bir cevap beklemiyordu. Sadece, "Artık git ve zaman kaybetme" diyordu, "Bu lekeyi temizle." Yerinden kalktı, sağlam adımlarla hareme yönelirken kapıdan yarı geri döndü:

"Allah şahit" dedi, Yaradan'ı tanık gösterdi. "O alçağın ateşperest olmasına da itirazım var. Ama en evvel sözüm odur ki, sözlü kızı ayartan, onu yoldan çıkaran, Azerbaycan'ın Müslüman Şahı da olsa ölüm fermanını yine böyle verirdim."

Az evvel Mirza Han'ın sırtını yasladığı minderlere baktı Settarhan. Ter şakaklarından akıyor, burnunun ucundan damlıyordu ve atölyedeki halının önünde bütün damarlarında dolaşmaya başlayan kezzap şimdi, kalbindeki bir kesikten içeri sızıyordu. Babasıyla aynı çatı altında nefes aldığını unutsa o da şu halı yastıkları birer hançer darbesiyle parçalayacak, camları çerçeveleri indirecekti tekmil yerinden. Yetmeyecek, kendisini de duvara çarpa çarpa telef edecekti. Kendisini heba etmeden bu acı öfke dinmezdi çünkü. Üstelik öfkesinin sebebi babasının kestirebileceğinden çok daha derindi.

Kapıda dikilmiş olan Mirza Han, suspus olmuş hizmetkârlardan birine, "Kaldırın şu yastıkları!" diye emir verdi. "Onun" elinin değdiği, gözünün gördüğü hiçbir şeyi bundan böyle gözü görmesindi.

Settarhan, anında kaldırılan yastıklara baktı. Kolaydı belki, yastıklar atılır, halılar kaldırılırdı. Babası bilmiyordu nasıl dokunduklarını ama Settarhan, yolunu şaşırmış atların ilmelerine tanıktı. Onlar da yok edilebilirdi hatta. Ama Azam'ın girdiği kalp, Settarhan'ın kalbi? Onu kaldırıp atacak bir yer var mıydı?

Elini şakağına dayadı, ayaklarının ucuna bakmaya başladı. Mirza Han'ın içinde taşan o deniz, Settarhan'ın içinde de köpürüp duruyordu. Bir yanıyla o da babasının var olma kıvamına bağlıydı. İşte o yanı, Azam'ın da Piruz'un da şu anda boğazlarına çökebilir, dünyayı onlara dar edebilirdi. Fakat bir diğer yanı daha vardı Settarhan'ın, her insan gibi. İnsan da zaten hangi yanı kuvvetliyse o kadardı. İşte o yanı Settarhan'a, "Kimse kimseyi yoldan çıkarmadı. Yağmur çölü, akan ırmaklar denizi nasıl bulursa birbirlerini öylece buldular. Hem sor bakalım, Azam'ın seninle sözlü olduğundan haberi var mı?" diyordu. Ve bu ses diğerinden daha güçlü çıkıyordu. Kimselere eli kalkmazdı Settarhan'ın, mizacında böyle bir yan baskın değildi.

"Baba" diye seslenirken yerinden kalktı, kapı aralığında dikilmiş olan Mirza Han'a yaklaştı. "Ben bu işi yapamam" diyemedi, dahası bu işin yapılmasını istemediğinden bile emin değildi.

Sadece, "Niye ben?" diyebildi.

"Başka kim olabilir?" dedi Mirza Han sol kaşını kaldırarak, "Sen değilsen başka kim olabilir? Fukara Sehend mi, ablaların mı?"

Durdu bir an, ekledi. "Yoksa ben mi?"

Biraz daha böyle bakarsa Settarhan, toz olup olduğu yere yığılacaktı.

Ortadan ikiye bölünmüştü Settarhan. Kendisinden istenen şey, bunu hiç düşünmemişti, düşünmediği için de eyleyemezdi. Ama bu zillete dayanmak, işte bu da mümkün değildi. Kim yaparsa yapsın ama böyle bir şeyi Settarhan yerine getiremezdi. Ne olup bitene göz yumarak zillet altında yaşamak ne de o ikisini birden ortadan kaldırmak; bunların ikisi de Settarhan'a göre değildi bütünüyle. Fakat bir üçüncü yol da yoktu. İsli, yağlı bir kara katran bütün vücudunu yaktı, bütün yolların tıkalı olduğunu fark etmek içini bulandırdı. Öyleyse Settarhan taş kesilse daha iyiydi. Zaman dursaydı, Settarhan ortada donup kalsaydı, heykel olsaydı. Bir şey yapmak, etmek, eylemek, adım atmak zorunda kalmasaydı.

"Allah'ım" dedi, "Bana bir yol göster. Benim tek başıma karar veremeyeceğim denli karışık bu iş. Ben bu ipin ucunu tek başıma getiremem. Senin benden ne istediğini bir bilebilsem; Seni hangi adımım benden razı kılar bir kestirebilsem. Ona göre hareket etsem. Ey Hüdâ-yı Âlemin, bana bir işaret gönder."

Hiçbir işaret gelmedi.

O gece bir rüya gördü Settarhan. Ona kalsa sabaha değin uyumamıştı ama görülecek rüya, uyanıklığına kadar sızmıştı. Rüyasında evlerinin cümle kapısı önünde duruyordu. Yalnızdı. Bayram günleri giydiği yakası ve kol ağızları işlemeli beyaz ipek gömlek sırtındaydı. Sanki evdeki büyük bir törene hazırlanıyordu ama içinde bir gönülsüzlük de vardı. Adım atamıyor, kapıdan içeri giremiyordu bir türlü. Oysa biliyordu, bütün ev hele babası, onu bekliyorlardı. Böyle iki arada bir derede, adım atmakla atmamak arasında kararsız, dünyanın yükünü omuzlarına almış beklerken aniden ayağının altındaki yer sarsılmaya başlıyor ve arkadaki dağ, evin üzerine, evin ana duvarı da Settarhan'ın üzerine yıkılıyordu. Settarhan kendisini ter içinde uykusundan atmış, yatakta yarı doğrulmuştu. Sabaha kadar dalıp dalıp uyanmış, kalbi ile aklı birbiriyle mücadele edip durmuştu. Ama ne kalbi aklını ikna edebilmişti ne de aklı kalbini. Aşikârdı gördüğü rüyanın manası ama ona şimdi bu rüyanın işareti lâzımdı.

Sabah çorbasına oturmadı bile, bir solukta Çiçek Hala'nın kapısını çaldı. Tokmağın sesini dinledi. Bir daha çaldı.

Kapı açıldı sonunda, Çiçek Hala asık bir yüzle Settarhan'ı içeri buyur etti. Olup biteni duymuştu demek ki. Hiçbir kelâm etmeden Settarhan'ın yüzüne baktı uzun uzun. Yaşlı kadın bu sararmış çehreden kötü bir düşle bölünmüş gecenin hayırlı bir sabahı olamayacağını okudu. Nice düşler teslim edilmişti kendisine; sahiplerinin bile farkında olmadığı gizli emeller, işlenmiş işlenmemiş günahlar, kapalı açık arzular. Yakın geleceğe ilişkin felâketler okumuştu rüyaları daha dinlemeden onların sahiplerinin yüzünden. Ama böyle bir yüzü daha evvel o bile hiç görmemişti.

Settarhan, "Çiçek Hala, bir rüya gördüm" diye başladı. "Bizim evin önünde duruyordum. Atmam gereken bir adım vardı ama atamıyordum. Oysa herkes beni bekliyordu."

Çiçek Hala'ya kalsa bu düşü dinlemek istemezdi. Gel gör ki Settarhan anlatmaya çoktan başlamıştı bile. Ne bir bardak su anlatmasını bölebildi ne çay ne de şerbetler. Sanki bir an önce anlatmasa, gördüğü içinde kalacak, ağzında acıyan o dehşet gerçek olacaktı.

Yaşlı kadının yüzü kederle gölgelendi. Bu rüyanın başlangıcından sonunu tahmin etmek zor değildi. Bundan yıllar yıllar evvel büyük bir kapının önünde benzer bir rüya görmüş, o kapının önünde kalakalmıştı Çiçek Hanım da. Kendisini, bütün bir ailenin hükümleri, ahlâkı, namusu adına satır önünde bulduğunda onun da doğruları ailesinin doğrularıyla çelişmişti. Gönül işte sevmiş, sevilmişti de. Oysa kendisine hiç sorulmadan, zamanında verilmiş bir sözün kurbanı olarak gelmişti o günlere. Gücü olsa, dizlerinde atılacak bir adımın dermanını bulsa, yüz geri o rüyadan çıkıp giderdi Çiçek Kız. Ama yoktu. Ne atacak adımı, ne elinden tutanı, ne halden anlayanı vardı. Sevdiceği bile kendisini o rüyadan çekip çıkaramamıştı. Çiçek Hatun, halinden kimselere bahsedememişti. Bahis için zemin gerekti zira. Yoktu. Sesini çıkarmamış, kaderinin bir yanına razı olmuştu sadece, öbür yanını ise reddetmiş, hiç evlenmemişti. Ve şimdi Settarhan omuzuna yüklenmiş rüyasıyla gelmiş kendisinden yorum mu istiyordu?

Hâlâ rüyasını anlatmakta olan Settarhan "Çiçek Hala" diye devam etti, "Birden ayağımın dibinde yer sarsılmaya başladı. Şu Sehend Dağı geldi, bizim evin üzerine yıkıldı."

"Ev de senin üzerine yıkıldı, he mi?" diye tamamladı Çiçek Hala, çubuğundan derin bir nefes çekerken. El çırptı, en acısından iki kahve hazırlanmasını emretti. Yerinden kalktı, sanki onunla birlikte heybetli bir dağ yürüdü. Settarhan'ın önünde durdu, ellerini onun iki omuzuna bıraktı. Settarhan bu ellerin ağırlığı altında ayaklarından itibaren olduğu yere batacağını sandı. Güçlükle doğruldu.

Ellerini çekti Çiçek Hala. "Otur" dedi, "Otur da halleşelim."

Bir çubuk da Settarhan'a uzattı.

Kadın da olsa ailenin bir büyüğünün, hem de yaşını başını almış, erkek taifesine karışmış olan birinin karşısında çubuk tüttürmek!

İnanılır gibi değildi. Fakat hal de o alışıldık hallerden değildi. Üsteledi Çiçek Hala. Settarhan çubuğu aldı, yaktı.

O gün orada Settarhan, Çiçek Hala'ya kalbindeki her türlü tereddüdü sayfa sayfa açtı, birbiriyle çekişen iki yanını gösterdi; aklının kalbini, kalbinin aklını ikna edemediğini, göklerden de bir işaret gelmediğini söyledi. Ama asıl sayfayı çevirdiğinde, "Ben Azam'ı çok seviyorum" dediğinde Çiçek Hala gözlerini gözerine dikti:

"Biliyorum Settarhan" dedi.

Berber İsfendiyar şahdamarına dayanan usturaya aldırmamasından anlamıştı Settarhan'ın âşık olduğunu, Kirkor Usta geriye bıraktığı firuzenin renginin alev almasından; Çiçek Hala ise bakışlarından. Ama bu bakışlarda aşktan daha tehlikeli bir şey vardı, aşkla bağdaşmayan bir şey. Yaşlı kadın bir erkek sesi kadar kalın sesiyle dedi ki:

"Settarhan, âşığım diyorsun. Bu nasıl aşktır ki iki yanın bir araya gelip de bütününle hakkını gelmiş ve geçmiş herkese helâl etmiyorsun? Bu nasıl aşktır ki kan davası güdüyorsun, her şeyi affetmiyorsun? Âşık kendisini yakacak cehennem ateşinin önünde önce bir süre ısınır, bilmiyor musun?"

Settarhan bir yanıyla korktu bu uluorta sözlerden. Kendisine buyurulan şeyden ve kendisinin de yapmaktan korktuğu şeyi yapmamaktan değil; hakkını Piruz'a helâl etmekten, Azam'ı affetmekten korktuğu için korktu. Korku dağları beklerken düğüm düğüm üstüne. Ukde ber ukde. İçine bir düğüm daha atıldı. Kördüğüm oldu açılmadı.

Çiçek Hala Settarhan'a baktı. Zamanında bir masalın kaybetmeye mahkûm kahramanı ama biraz da o kaybın tam sebebi gibi, fukara sevdiceği gözünü karartıp da dağları delmeye, hiç olmazsa o yolda ölmeye kalkışamadığında, Çiçek'ini o masalın mutsuz sonundan çekip çıkaramadığında hep bir mucize olmasını bekleyip durmuştu o da. Olmamıştı. Mucizeler öyle çok sık görünen şeyler değildi. Ama. Birilerinin mucizesi olmak da lâzımdı. Söze başladı:

"Bazen en büyük hakikatlerin bilgisinin en büyük günahlarla yan yana durduğunu unutma Settarhan. Aşkın nizamı parçalanınca her şey göze abes görünmeye başlar. İnsan içinden yenilenmeyince dışından eskir..."

Sonra sigarasından derin bir nefes çekti, kendi cümlelerine kendisi de güldü. Settarhan'ın âşıkane sözlere, hikmetlere, Hafız'dan okunan gazellere, teşbihlere, hünerlere değil nasihate ihtiyacı vardı. O da sade ve açık tek cümleye sığardı.

"Bırak" dedi. "Gitsinler. Yollarına çıkma. Bir taş koyulacaksa da yollarına, o taş sen olma."

"Settarhan" diye ekledi, "Kargış dağ uyandırır, kargış alma."

Settarhan bu ezilmiş saltanata hürmetle baktı. Onun, zamanında kendi başkaldıramamışlığının acısını şimdi Azam'ın başkaldırışına göz yummakla mı çıkarmaya çalıştığını ise hiç düşünmedi bile. İçindeki kördüğüm sanki açıldı, evin arkasındaki dağ, üstünden kalktı. Settarhan'ı Mirza Han'a bağlayan yollardan dışarı bir yol buldu, bu sülâleden sıyrıldı. Yapmayacaktı. Çünkü yapamazdı. Yaparsa kendisi de yaşayamazdı. Ona şimdi sadece adım atmak kalmıştı.

Kapıdan çıkarken, hizmetkârın tam o sırada içeri buyur etmekte olduğu Sehend'in kırık bakışlarıyla karşılaştı. Durmadı.

Attı adımını Settarhan. Muhabbeti, vicdanı, insaniyeti, iyiliği, adını koyamadığı o bir tek kendisine ait şahsiyeti, bütün sülâlesinden kopup da sadece kendisinden ibaret olan o yanı daha ağır gelmişti. Aramadı, peşlerine düşüp de bir köşede kıstırmadı o ikisini. Azam'ı saçlarından sürükleyerek ardı sıra çekmedi. En fazla nefret ettiği anda dahi onun inkâr edemediği güzelliğinin karşısında öfkesini şehvetle bilemedi. Kendisine de ait olan geçmişe ihanet etmedi.

Ama artık buralarda durulmazdı, şimdi ona bir hicret lâzımdı. Mâh-ı Muharrem'di. Her yan Kerbelâ. Varsın olsun, Hüseyn olmak Yezid olmaktan yeğdi.

Eve döndü. Mirza Han enderundaydı. Yanına uğramadı. Settarhan bu kadardı. Babası Mirza Han, bu kadarına razıysa, kervan yola devam edebilirdi. Değilse? Ne olacağını kim bilirdi?

Serbülend'in ve iki yedek atın hazırlanmasını emretti.

Hareme geçti. Annesinin ellerine sarıldı.

"Ben gidiyorum anne" dedi.

Settarhan'ı kapıya kadar yüzünde asılı o sapsarı kederle ve gözlerindeki her zamanki kırık tebessümle Sehend ağabeyi geçirdi. Fakat o kırık tebessümde, şimdiden birikmiş hasretten daha galip, derin mi derin bir memnuniyet var gibiydi.

Tebriz'de doğruca Kapalıçarşi'ya gitmişti Settarhan. Halılar, Rus ve İngiliz subayları arasında her zamanki hayatını yaşamaya çalışmıştı. Arkasına bakmadan çıkmıştı Taht-ı Süleyman'dan, Mirza Han'dan da bir haber çıkmamıştı. Ama her şey yerli yerinde duruyordu işte, belli ki bu iş yakasını kolayına bırakmayacaktı. İçinde iyileşmeyen bir sancıyla bir yanı öbür yanına bir türlü uymamış, aşkla uyuyup nefretle uyanmıştı günler boyunca, sonra nefretle uyuyup aşkla uyanmış, tek bir şey olamamanın kahrını çekmişti. Kimi gün bütünüyle af ve merhamet kimi gün tepeden tırnağa öfke ve nefretle dolmuştu. Tek bir şey olsaydı oysa, kendisine emredilen ya da içinden gelen bir sesin buyurduğu bir şey. Yeter ki biri olurken aklı diğerinde kalmasaydı, ona kendisini bütünüyle bıraksaydı. Aklını ikna ederken kalbinde kavrulmasaydı, kalbini ikna ederken aklından yakalanmasaydı. Ama her biri diğerine diş geçiren iki büyük heyulâ arasında paramparçaydı sadece.

Aradan hayli zaman geçti. Kış başı, Tebriz'de karın ağır ağır savrulduğu bir akşamüzeri, Kapalıçarşı'nın bütün kapıları kapandıktan sonra Settarhan ne yapacağını ne edeceğini bilmeden sokaklarda dolaşmaya başladı. Bir yerlere sığması mümkün değildi ve gidecek bir yer de yok gibi görünüyordu. Yüzünü kar pembesi göklere doğru çevirdi. Kar taneleri elmacık kemiklerinin, şakaklarının üzerinde erirken duyduğu sesle kendine geldi; Tebriz'in sonsuz sayıdaki âşık kahvelerinden birinin önündeydi.

Bu ses hazindi. Büyüsüne kapılmamak, kılavuzluğunu kabullenmemek sıradan insanlar için bile mümkün değilken kalbi yaralı, ruhu öfkeli Settarhan için bu, çağrı değil azimetti. Üstelik ses sanki kendi halinden tevatür etmedeydi. Kapıya yanaştı Settarhan. Buz tutmuş, servilenmiş camdan içeri baktı. Bir şey göremedi. Kapıyı araladı, halı bir perdeden ibaret olan ikinci kapının kenarından içeri süzüldü. Dumanlı hava yüzüne çarparken ses yakınlaştı. Peykeler doluydu. Fazla göze çarpmadan ateşe, ocağa yakın boş bir yere ilişti Settarhan. Bir semaver söyledi, bir de nargile. Dinlemeye başladı. Şu âşık tarzı, bambaşkaydı.

Âşık, iki kaşının arasında dünyanın bütün düğümleri önce bağlanmış sonra açılmış, görmüş geçirmiş, kavrulmuş yanmış, ancak ondan sonra ayakta kalmışlar gibi fütursuzca kendi âlemine dalmış vakur bir adamdı. Ayakta değil oturarak söylüyordu. Sırtını peykenin havları dökülmüş halı minderine iyice yaslamış, sağ dizini dikerek sazını kucak boşluğuna almıştı. Başı hafifçe kalbine doğru eğik, gözleri tümüyle kapalı, bedeniyle orada lâkin ruhuyla çok uzaktaydı. Nefes alır gibi tellerin üzerinde gezinmeye başladı. Zaif bedeni dumanların arkasında varla yok arası, dokunsan dağılacak gibi görünse de çalıp söyledikleri kurşun kadar ağırdı. Hançer gibi delici, kılıç gibi keskin, hazin bir "yanık hava"ydı bu.

İlk nağmeler İran'ın bitip tükenmek bilmez ovaları gibi geldi, yüce dağların göklere baş çeken zirveleri ardından sökün etti. Sonsuzca uzayan bir döşeme üzerinde bir nağme tam unutuldu denilen yerde, aynı dağın farklı zirvelerde kendini tekrarlaması gibi yepyeni bir yorumla tekrarlandı.

Bu, nağmeden başka bir şeydi. Öldürüyor, hiç değilse yaralıyor, sakat bırakıyordu. Onu bir kez dinleyenin kendisini bir daha aynı kişi olarak bulması mümkün değildi çünkü âşık, insanın ruhunu çekip çıkarıyordu. Ama ruhun kendisine ne olduğunu, neyle karşılaştığını anlaması mümkün olmuyor, geriye sadece bu dünyadan geçmiş yanık bir adamın resmi kalıyordu. Ve tıpkı Hafız'ın Farsçası gibi bu tavırda, bu nağmede de sadece İslâm'ın serin rüzgârı ve Azerbaycan'ın Türklüğü değil, Zerdüştîlerin ateşi, Persepolis'in Dara'sı da vardı.

Sırtında kirli, yakasız bir gömlek, ayağında bol bir pantolon, yüzü kemikli, gözleri kuytu, saçları yarı dökülmüş, yaşı olmayan bu adama ilgiyle baktı Settarhan. Bitip tükenmek bilmeyen bir nağmede yolu nasıl da açıyor, yeryüzü kelimeleriyle konuşsa da bu dünyadan olmayan bir sesle bu dünyadan olmayan bir hikâyeyi nasıl da anlatıyordu? Nağmeyi nağmeye ekleyerek yükseldiği dorukta atmosferi delip çıkıyor, bambaşka bir boyuta geçiyor, oradan sesleniyordu. Acıları artık bu evrenin hesaplarını aşmış, tümüyle öte dünyaya havale edilmişti ve bu yüzden bir daha yanması mümkün değildi. Dünya yansa o alev almazdı artık, o denli yanmış, bütünüyle kavrulmuştu çünkü. Ama bu dumanı da üzerinden atamazdı. Settarhan merak etti, nasıl dayanmış nasıl ayakta kalmıştı?

Çok geçmeden Kerem ile Aslı'nın hikâyesini anlatacak bir başka âşık geldi, yüksekçe bir yere oturdu, çalıp söylemeye başladı. Ayağını uzatan, öksüren, lâubalilik yapan bulunmazdı zaten bu meclislerde fakat bu defa nefes alınsa duyulacaktı sanki, herkes kulak kesilmişti. Geceler boyunca sürerdi Kerem ile Aslı'nın hikâyesi. Settarhan sözlere kulak verince, âşığın faslı geçtiğini, divanını, destanını söylediğini, döşemesini kurduğunu, asıl hikâyeye çoktan geldiğini anladı. Kaç gecede anlatılırdı Ermeni keşişin kızı Karasultan'ı seven Ahmet Mirza'nın hikâyesi? Adının değiştiğine, Kerem'leştiğine bakılırsa, aşk çoktan başlamış; Ahmet Mirza, kimliğinden geçmişti.

Kıvrak anlatıyordu âşık. Anlatırken kendinden geçiyor, kâh Kerem'e kâh Aslı'ya dönüşüyordu. Âşık, ilhamının baş kaynağı Urumiye Gölü ve Aras nehri ile uçsuz bucaksız ovalar ve yüce dağlar olsa da, hikâyesini her akşam dinleyenlerin tavrına göre yeniden biçimlendirirdi. Olaylar sabitti gerçi, Kerem ile Aslı daima ayrılırlar, Kerem kendi âh'ının alevinde tutuşurdu. Fakat bazen dinleyicilerin çoğu öyle ihtiyar, öyle kanları ve kalpleri donmuş, öyle kendinden geçmiş adamlar olurlardı ki Kerem ile Aslı'nın o geceki bölümünü bir ahlâk risalesine dönüştürerek anlatıverirdi, yoksa bu pirifânilerin umurlarında olmazdı aşk. Aynı hikâye gençlerin, gençliklerini unutmamışların, aşktan gayrini kîl ü kâl bellemiş yaşsızların çoğunlukta olduğu meclislerde ise ateşten gömleğe dönerdi.

Bu gece de hem söylüyor hem de nabza göre vereceği şerbetin kıvamını kestirmek için dinleyenlerini gözden geçiriyordu âşık. Çok geçmeden bir çift gözle göz göze geldi; ateşe yakın oturmuş, durgun su gibi kederli, yanardağ ağzı gibi tutuşmuş Settarhan'ın gözleriyle. Yaman bir sevdaya düşmüş bir adamla karşılaştığını anladı. Yoksa beyzade içini böyle çekmez, gözlerini dikip de ateşe öyle bakmazdı. Çok geçmeden âşık gözlerini kapadı, Kerem'in, derdini babasına açtığı mısraları söylemeye başladı:

O gece âşık söyledi Settarhan dinledi. Meclistekilerin payına da bu yakıcı ateşten saçılan alazlarla mest olmak düştü. Kerem'in akıbetini hikâyenin sona ereceği gece anlatacaktı âşık. Ama beyzade, kesik âh'larına bakılırsa, Kerem'in âh'ını çoktan tecrübe etmişti. O bir yandan açarken diğer yandan kapanmış olmalıydı Aslı'nın düğmeleri ve sevgilinin göğsü üstünde iki düğme arasında kaldığı muhakkaktı.

Urumiyeli âşık, beyzadenin halinden onun bir kararda durmayacağını, bir yerlere sığmayacağını, birazdan da buradan çıkıp gideceğini anladı. Sözü kesmeden, çaylara icaz vermeden önce, "Sözüm sana" der gibi Kerem'in yakınmasına geçiverdi:

Hey ağalar hangi derde yanayım
Yitirdim Aslımı gören olmadı
Pervaneler gibi yandım tutuştum
Yandım alevimi alan olmadı

Ve âşıklar arasında hiç âdet olmadığı halde bir Karabağ Şikestesi ile bitirdi.

Kış ortasında şaşılası bir bahar başını kaldırmış, göz açtırmış, geçici bir parıltıyla olsa da güneş açmıştı. Settarhan ne zaman han odasından çıkmıştı, çamurlu yolları ne zaman arşınlamış, ne zaman çarşıya varmıştı? İçindeki sesler kendisini boğmaya azmetmiş olmalıydı ki gündüz vakti yolunu kaybetmeye başlamıştı çoktan. Hele bugün bütün bütün kayıptı. Dün sabah annesinden bir mektup almıştı çünkü. Eğri büğrü yazıya bakılırsa Sehend ağabeyinin oğlu Ali Ekber'e yazdırılmıştı bu mektup. Böyle bir mektubun manası başka kime emanet edilip yazdırılabilirdi? Her biri besmeleyle söylenmiş olsa da ilk kelimesinden son kelimesine öfke ve nefret dolu bir mektuptu bu; baştan sona şikâyet, baştan sona beddua, baştan sona sitem dolu bir mektup.

"Baban kendisini eve kapadı, hiçbir yere çıkamaz oldu. A oğul, hiç babanı düşünmez misin sen? Bizim bile kadın halimizle başımız öne eğilmişken koca Mirza Han ne yapsın? İnsanlar arkamızdan gülüp konuşuyor. Üstelik o hayâsızları Taht-ı Süleyman gölünün başında görenler olmuş bir keresinde, sabahın çok erken bir vaktinde. Ne zillet! Hâlâ gitmediler mi? Bu nasıl iştir, ne cesaret ne edepsizliktir?"

Mektup böyle uzayıp gidiyordu. Bakırcıların tokmak seslerini duyunca Settarhan kazancılar çarşısına yaklaştığını anladı. Başını kaldırınca bir çayhane gördü. Çaycı, havanın zamansız güzelliğinden istifade, dışarı birkaç kerevet atmıştı. Yazlık havuz kapalıydı lâkin güneş şu birkaç saatlik saltanatında, değdiği yeri okşuyordu tatlı tatlı. Settarhan bir bardak su, bir fincan kahve içmek, bir sigara tüttürmek, başının ağrısını dindirmek istedi, çayhaneye doğru ilerledi. Üç beş adam nargile keyfindelerdi.

"Selamünaleyküm" dedi ortaya Settarhan. Selâmına, alçak mırıltılar halinde karşılık geldi. Bu mukabelede, bu farzda bir kayıtsızlık, bir eksiklik, bir lâubalilik sezen Settarhan üstünde durmadı ama kerevetlerin en uzaktakini seçti. Çizmelerini çıkarıp halının üzerine bağdaş kurdu. Papağını geri itmiş, sırtını yastığa henüz dayamıştı ki çırak yanında bitti.

"Kahve" dedi sigarasını sararken, "Acı olsun." Gözlerini kapadı, yüzünü kış güneşine çevirdi.

Aralarındaki mesafe o kadar az mıydı yoksa adamlar bilerek isteyerek mi seslerini o kadar yükseltmişlerdi? Biraz evvelki selâmın eksik yanı, soğuk dağı söze dökülüverdi, geldi, Settarhan'ın suratına çarptı; babasının o kadar şikâyet ettiği, kükrediği; annesininse o kadar sitem ettiği şey Settarhan'ın karşısına dikildi.

Birkaç mısra çalınmıştı kulağına Settarhan'ın, tebessüm edilesi iki mısra. Kim bilir hangi aşkın hangi yangınıyla Kerem'e benzer bir âşıkın ağzından fışkıran, herkesin bildiği buhar.

Bahçelerde mor meni
Verem ettin sen beni
Ya sen İslâm ol ay gız
Ya men olam Ermeni

Ama böyle dememişlerdi ki! İşte şurada oturan şu adamlar; bu mısraları ezmiş, çarpıtmış, öznesini de nesnesini de değiştirip ağızlarını yaya yaya, sırıta sırıta demişlerdi ki:

Ya sen Mecusî ol ay gız
Ya ben olam Müslüman.

İlk anda "Yanlış mı duydum acaba?" diye geçirdi içinden Settarhan. Bir iki saniye bekledi. Gerçeği kavramaya çalıştı. Ama yo, doğru duymuştu. Peki, bu haber Tebriz'e nasıl varmıştı? Ne önemi var? Demek Tebriz'e kadar varmıştı ve demek doğruydu Settarhan'ın bundan sonra başını yerden kaldıramayacağı.

Başını kaldırdı. Yastıklara dayanarak kaykılmış üç adam, oklarını atmış, menzile vardığı anda çıkaracağı gürültüyü bekleyerek Settarhan'a bakıyorlardı. Üçünün de ağzının kenarında aynı zalim gülüş, aynı salyalı keyif asılı kalmıştı. Hangisi? Ses hangisinin boğazından çıkmış, kelimeler hangisinin ağzından dökülmüştü? Hangi dudaklar telâffuz etmişti bu zehir zembereği? Hangi dil bu lâfzı döndürmüş, hangi diş hangi damak bu sesleri titreştirmişti? Düşünmeye gerek yoktu ki, üçü de aynı anda söylemişti. Üçü aynı anda söylemese bile biri söylemiş ikisi dinlemişti. Öyleyse üçü de ortaktı bu cümleye. İçinde, kendisini Mirza Han'a bağlayan o bastırılmış ırmak kabardı, önüne geleni seline kattı, Settarhan elini hançerine attı. Aklı başındaydı ama kan beynine sıçramıştı. Kerevetten atlamasıyla aradaki mesafeyi iki adımda alması, kendisine en yakın olan adamın boğazına sarılması bir oldu. Bir eliyle adamın boğazını sıkarken öbür eliyle hançerini kaldırdı.

Ne zaman gelmişti? Aniden mi belirmişti? Yoksa hep oradaydı da kimse onu fark mı etmemişti? Kimdi? Bunları düşünemedi bile Settarhan. Sadece mengene gibi bir elin kendisini sol bileğinden yakaladığını, yalnızca bileğini değil ruhunu da büktüğünü hissetti.

Bu mengene açılmaz, bu el bükülmez değildi belki ama bileğinden damarlarına doğru akan şey Settarhan'ın bütün vücuduna usulca yayılıverdi; bir ürperti sadece bedenini değil ruhunu da ele geçirdi.

Başını kaldırdı, bir çift gözle göz göze geldi; bir çift alev nazarla, rengi olmayan bir kartal bakışıyla. Göğsü fişekli cübbesinin içinde yaşı olmayan bir adam Settarhan'a fazla değil sadece bir an baktı, başının üzerinde heybetli bir kalpak vardı.

"Oğul" dedi, "Er kişiye başı açık, ayağı çıplak görünmek uygun düşmez."

Settarhan'ın eli düştü. Ayağının çıplak, başının açık olduğunu ancak o zaman fark edebildi. Bağdaş kurduğu yerden olduğu gibi fırlamış, geri yatırdığı papağı o arbedede başından yuvarlanmıştı. Elini adamın boğazından çekti, nefes nefeseydi.

Bir çift kartal gözü, korku içindeki üç adama döndü bu kez.

"Başkalarının ayıplarını araştıracak kadar temiz kim var içinizde, densizler?" dedi. Cevap beklemedi. Yoluna devam etmeden, önce yanındaki gençlerden birine baktı, sonra Settarhan'ın yerde tozlar içinde yatan papağına. Genç, papağı yerden aldı, tozunu silkeledi Settarhan'ın eline tutuşturuverdi. Gülümsemişti sessizce.

Onlar uzaklaşırken Settarhan da üç adam da aynı esintinin arkasından bakakalmışlardı.

Uzakta siyah bulutlar aralandı. Bir yıldırım dağın üzerine düştü. Kış güneşi bu kadardı. Çaycı çıraklarını azarladı.

"Haydi, kar geliyor, toplayın her şeyi, kerevetleri içeri alın. Bir şey kırmayın, ben de sizin kemiklerinizi kırarım."

Settarhan çizmelerini giydi; Tebriz'e geldiğinden bu yana sık sık yaptığı gibi Dağıstan Tekkesi'nin önünden geçerek Rus sokağına girdi, meyhaneci Aleksandr'ın kapısını itti.

Aleksandr'ın meyhanesine girdiğinde kirli önlük onu yine temennalar arasında karşıladı. Beyzade bugün gecikmişti yoksa izzet ikramda bir kusur mu etmişlerdi? Eğer öyleyse hemen telâfi edilebilirdi. Ne emrederlerdi?

"Canım sıkkın, sus!" dedi Settarhan. Kirli önlük sustu. İçinden "Ne zaman canın sıkkın değil ki senin?" diye geçirirken yer gösterdi, tepsi donatmakla iktifa etti. Acem çengi gösterisine devam ediyor, Sofya ve Vasili'nin masasında ise üç beş Acem bağıra çağıra pazarlık ediyorlardı.

Kadehlerin ilkini kafasına diktiği an Settarhan buraya da sığamadığını fark etti. İkinci ve üçüncü kadehi ayakta devirdi, dördüncüyü kapı ağzında. Beşinciyi beklemeden dışarı fırladı. Çaycı haklı çıkmış, kar başlamıştı. Settarhan arka sokağa geçti. Üç Rus subayı yaklaştı yanına, az ötede iki İngiliz devriyesi kimlik sordu. Öyle ya Tebriz'in, bütün İran'ın, onun hem ayrılmaz parçası hem gayrı yani cüz-i lâyenfekk'i Azerbaycan'ın güvenliği onlardan sorulurdu.

"İşte kimliğim. Ben Settarhan, Mirza Han'ın oğlu, beyzadeyim. Azam'ı Piruz'a bıraktım. Öcümü alamadım. Ailem gibi kendi başımı da öne eğdim. Hem elim kalkmadı onlara hem kaldıramadığım elin altında kaldım."

Devriyelerden biri güldü. Bunun keyfi tamamdı ve gidebilirdi. Ama bu havada sokaklarda fazla dolaşmasındı, öyle ya, gökler kızarmış, kar bastırmıştı. Tebriz halkı çoktan evlerine çekilmişti bile. Bu saatlerde dışarıda olmak için ya İngiliz ya Rus askeri olmak gerekirdi ya da Ermeni çetecisi veya Türk milisi. Settarhan hiçbiri değildi. O sadece ne yapacağını bilemeyen, ortadan ikiye bölünmüş, iki yarısı yekdiğerini yiyen iki Settarhan'dı. Bu da karlı bir gecede savaşın ortasındaki Tebriz sokaklarında dolaşmak için yeterli bir sebepti.

Biraz daha dolaştı. Soğuk hava meyhane esrikliğini üzerinden atmıştı. Kar iyice artmış, şu kadarcık zamanda yığılmıştı bile. Gökyüzü iyice kızıllaşmış, evler sokaklar başkalaşmıştı. Patır patır dökülen karın sesi, kokusu doldurmuştu Tebriz sokaklarını ve incecik bir tabaka bütün kirlerin üzerine bir sütre çekmişti. Sanki başka bir zaman başka bir mekândı. Hep böyle kalsaydı, hiç kendine gelmeseydi Settarhan. Hiç Taht-ı Süleyman olmasaydı. Azam olmasaydı. Piruz olmasaydı. Mirza Han hiç olmasaydı. Settarhan hiç mi hiç olmasaydı.

Dağıstan Tekkesi sokağının başına gelmişti Settarhan. Tebriz'in sokaklarından hiç eksilmeyen iki kocaman köpeğin tekkenin kapısındaki odun yığınlarının arasına sığınarak birbirlerine sokulduğunu gördü. O sırada kapı açıldı, iki derviş göründü. Biri, kalın bir çuvalla köpeklerin yattığı izbenin etrafını çevirdi, üzerini örttü. Diğeri de ıslanmış lavaş parçalarını bir kabın içinde köpeklerin önüne sürdü.

"Derviiiş" diye seslendi Settarhan sokağın başından. Yüzünde, önüne çıkan ilk yamaca taşmak isteyen zalim bir yanardağ gülüşü belirmişti. "Niye onlara yemek veriyorsun ki? Rezzaku'l-Âlem olan Allah onların da rızkını vermez mi?"

Derviş çuvalı bağlamaya devam etti, başını kaldırmadan.

"Allah veriyor onların rızkını zaten" dedi. "Ben sadece sebebim, vesileyim."

Settarhan iki adım attı kapıya doğru. Kendi sonucunun sebebini de çıkarsaydı ya Allah karşısına! "Bir işaret Allah'ım" diye geçirmişti içinden defalarca, "Bir işaret." Oysa göklerden bir işaret taşı inmemiş, kararsızlığına bir karar eklenmemişti.

Sert bir rüzgâr esti. Çok soğuktu. Dervişlerden diğeri Settarhan'a döndü eliyle kapıyı göstererek.

"Buyur" dedi, "Kapıda kalma."

Settarhan güldü. Allah'ın bildiğini kuldan saklamadı.

"Ben" dedi, "Meyhaneden geliyorum."

Derviş "Buyur" dedi bir daha, "Kapıda kalma."

Settarhan durdu. Bir daha güldü. "Ben" dedi "Nakşî değilim."

"Buyur" dedi derviş, "Kapıda kalma."

Settarhan tekkenin kapısını itti. İçeri girdi.

Müritler halka biçiminde oturmuşlardı. Ortada beyaz harmanisine bürünmüş heybetli bir şeyh, zaman'ın yaratılmış olduğundan, öyleyse onun da sadece bu dünyaya ait bir mahlûk olduğundan bahsediyordu. Settarhan bir süre halkanın dışında, ayakta dikildi. Başlar bir an için ona doğru çevrildi. Dağıstanlı Nakşî Şeyhi bakışlarını bu yeni gelenin üzerinde biraz gezdirdikten sonra hikmetinden sual etmeyen talebelerinin sükûnetli bekleyişi arasında kaldığı yerden devam etti. O zaman Settarhan daha bugün, çayhanede gözleri gözlerine dikilen, bileği bileğini büken bir çift kartal bakışını tanıdı. Dağıstanlı Nakşî Şeyhi. Demek oydu. Dizlerini kırdı, olduğu yere çöktü.

Onu herkes bilirdi. Kim bilir neden, Tebriz'e yerleşmişti. Bakışlarında şunun şurasında elli altmış yıl kadar önce Dağıstan halkının Rus işgaline karşı koymasını sağlayan disiplinin ve doğru seçilmiş gayeye duyulan ölümcül bağlılığın ateşi vardı. Helâl varlığına göz diken Rusya karşısında akıncılığı ve savaşçılığı farz edinen "Abrek" ruhu; imanı cihatla birleştirmiş, bu ruh bütün Kafkasya halklarını ortak bir ülkü etrafında birleştirerek Rusya'nın önüne iki deniz arasında uzanan bir dağ seti çekmişti. Bu yüzden Sibirya cehennemleriyse Kafkasya arafı olmuştu Rusların; cennet, kapılarını açmamıştı.

Şeyh, zaman meselesini açıklamaya devam ederken bir ara tekrar başını kaldırdı, bu kez semaverin başındaki müride nazar etti.

Mürit usulca yaklaştı Settarhan'a, yanına diz çöktü, kulağına eğildi.

"Dağıstanlı Şeyh Efendi bu gece semaveri senin kaynatmanı istiyor."

Settarhan şaşırmıştı. Tekkeyle, dergâhla hiç işi olmamıştı şimdiye kadar. Bundan sonra olacağa da pek benzemiyordu. Fakat emrin ulu dergâhtan geldiğinin farkında, "Neden?" diyebildi.

"Onu bilmem" diye gülümsedi mürit. "Bana sadece emri makamından alıp muhatabına iletmek düşer. Burada 'Neden?' diye sorulmaz."

Settarhan bugünkü arbedede papağını yerden kaldırıp tozunu silkeleyen gülümsemeyi tanıdı.

"Peki" dedi, "Ne yapacağım semaver başında?"

"Çay."

"Çay mı?

"Haydi" dedi mürit, "Semaver kaynadı."

Dağıstanlı Nakşî Şeyhi, bakışlarını bir kez daha kaldırdı. İnsanın kalbini, geçmişini, hani neredeyse geleceğini de gören gözlerle bakarak, "Settarhan" diye seslendi.

"Bu gece şifaları sen dağıt."

"Başım üzere" diyebildi Settarhan.

"Adımı nereden biliyor?" diye sormak aklından bile geçmedi. Ama işte, kırk yıllık aşinası gibi ona adıyla seslenmiş ve bağrı yanan semaveri işaret etmişti.

Yerinden usulca kalktı; usul erkân bilmezdi Settarhan ama bir edepsizlik etmekten korktu. Dervişin peşinde, ortada kaynamakta olan koca semaverin yanına gitti.

Derviş, "Semaverin bağrı ateş, çayı saki'nin kanıdır" diye başladı. Saki, Settarhan oluyordu demek ki çünkü çayları yani şifaları bu gece o dağıtacaktı ve demek ki kanı öyle uluorta akıyordu. Çay şifa, semaver şifa-sazdı bu mecliste. Lâkin semaverin göbeğindeki kor ateşe, köz kömüre bakılırsa o da Settarhan gibi için için yanmakta fakat göz göre göre kaynamaktaydı.

Usulca kulağına eğilerek, "Derviş" dedi Settarhan, "Ben çay demlemeyi bilmem. Dağıtılmasına da elimin kıvamı uymaz."

Derviş hiç duymamış gibi buzdan, taştan, tahtadan, sesi ve duyguları olmayan ne varsa onların hepsinden yapılmış bir heykel gibi, tane tane anlatmaya başladı:

"Semaverin suyuna dikkat et, iyi çay iyi sudan olur. Her çay aynı türlü demlenmez, cinsine göre tutar kararını. Ama her zaman geçerli bir usul istersen, çaydanlığa kuru çay koy önce. Üzerine kaynar su kat semaverin çeşmesinden, döndüre döndüre. Sonra semaverin üstüne koy demliği. Vakte riayet et. Suyu, kaynamadan önce demliğe alma. Ateşe doğrudan temas ettirme. Ateşle demliğin arasında buharlık bir mesafe kalsın. Semaver usul usul yanarken su kaynasın. Buhar çıksın ki çay demini alsın, kıvama gelsin. Porselen demliği önceden ısıt. Demliğin sapı ısınmadan demleme. Demin zamanını kaçırıp çayı acılaştırma. Çay geceye yaraşır, geceyi kaçırma. Bütün bu işlere abdestsiz besmelesiz başlama. Çay doldururken 'Allah' demeyi unutma. Semaverde susan ateşi harlamayı, eksilen suyu tamamlamayı unutma. Ama deme dokunma. Üstüne su alma. Demlikte kararınca tut çayını ki yarı yolda kalmayasın. Bittiğinde de yeni çay demle."

Nicedir kaynayan semaveri işaret etti, "Hadi başla" der gibi Settarhan'a baktı.

"Bir de" diye ekledi, en önemlisi bu zeyldeydi, "Hoca Ahmet Yesevi Hazretleri'nin çaya nazarı, duası vardır. Hazret, Allah kıyamete kadar buna revac versin, diyerek çay nimetini işaret etmiştir. Bu yüzden bizim meclislerimizde semaverin baş üstünde yeri vardır. O nazarı anmadan, o duayı mırıldanmadan demliği semaverin üzerine oturtma."

Bir dörtlük mırıldandı:

Kimselerin aklı ermez
Çay sohbeti hikmetine
Çünkü ezelde uğramış
Mürşidinin ülfetine.

Bütün bu bilgilerden sonra Settarhan, "Peki" dedi, "Demliğe ilâve ettiğim suyun miktarını nasıl ayarlayacağım?"

"İşte o…" dedi derviş. "O tamamen sana kalmış. Ona sen karar vereceksin. Ve çayın miktarına en uygun su miktarını kestirebildiğinde sen de çayda demlenmişsin demektir."

Demliğin üzerine su çekerken bir an tereddüt etti Settarhan. Derviş, gözlerini dikmiş gülümseyerek kendisine bakıyordu. Bunun bir miktarı, ayarı, nisbeti, ölçüsü var mıydı? Bu kadar çok kelimesi olan şeyi fikretmekten vazgeçti. Elini tamamen sezgilerine bıraktı. Dervişin dediği gibi. Suyu akıtmaya başladı. Bir süre sonra içinden bir ses "Dur" dedi.

Bardaklar tepsiye dizilmişti evvelden. Önce demi döktü Settarhan. Bir parmak sadece. Sonra her birini semaverin musluğuna tuttu, kaynar su ilâve etti. Tepsiyi önce Şeyh'e sonra sırasıyla müritlere, ehl-i sohbete gezdirdi. Bardaklarda kaşık yoktu. Bu mecliste sessizliği bozacak bir kaşık sesi duyulmamalıydı çünkü. Şekerler bile kadehlerden sessizce alındı.

Settarhan şifaları dağıtırken dervişler "Çay İlâhisi"ne başlamışlardı. Uzun, içli bir ilâhiydi bu. Settarhan ta geçen sene bu sokaktan geçerken duyduğu, meyhanede Sofya ile Vasili'ye söylemeye kalkıştığı mısraları tanıdı. Hâlâ ezberindeydi.

Yan semaver dön semaver
Sende bir hal var semaver

İkinci ilâhiye başladıklarında Settarhan da çay tepsisini ikinci kez dolaştırmaya başlamıştı. Az önce dervişin ilk dörtlüğünü mırıldandığı ilâhiydi bu, devamını dikkatle dinledi:

Lezzeti cennet şarabı
Şâd eder içen harâbı
Gönülde hikmet kitabı
Dolar bu çay sohbetine

Lezzetini içen bilir
Dü cihandan geçen bilir
Türlü mercan saçan bilir
Gelin bu çay sohbetine

Settarhan bu sohbetin, bu cezbenin, bu zikrin, bu meclisin, bu semanın ortasındaki semavere bakınca çaydan gelen neşvenin meyhane ehlinin neşvesinden geri kalmadığını, onların mey içerken hissettiğini bunların çay içerken hissettiğini düşündü. Teşbih hatalı kaçtı diye geçirdi içinden utanarak. Bu meclis teşbih edilemeyecek kadar tertemizdi.

O gece Settarhan ipini koparmış başıboş sandallar gibi uğradığı limandan demir atamadan ayrıldı. Her yere uğrayan ama hiçbir yerde kalmayan Settarhan burada da kalmadı. Karanlıkta sese yönelen körler gibi yönelmedi bu sese. Yolu bu yol değildi, bu kapıdan nasibi yoktu belli. Yangınına su serpilmemişti. Ama o gece Dağıstanlı Nakşî Şeyhi'nden insan denen varlığın aslında yurdunu özleyerek hasret çektiğini, asıl acısının hatırlamaktan ama tam çıkaramamaktan, tanımaktan ama kavuşamamaktan bazen ise karşılaşıp da tanıyamamaktan ileri geldiğini ve daha pek çok şeyi dinlemiş bir de çaya daha farklı bir nazarla, daha bir hürmetle bakmayı öğrenmişti. Himmetin envaı çok, başı gözü üstüneydi. Kapının dışında gümüş tabakasını çıkardı. Kalın çuvalın kuytusunda birbirine sokulmuş mışıl mışıl uyuyan köpeklere bakarken sırtını yıkık duvara vererek çömeldi, kocaman bir sigara sardı. Sonra kalktı. Tebriz'in taş evlerinden tüten bacalar gibi dumanını savura savura karanlığa karıştı.

Hana vardı, giysileriyle döşeğin üzerine attı kendisini. Uyku? Uzak şeydi. Tavanın kapkara merteklerini saymaktan vazgeçerek tekkedeki Çay İlâhîsi'ni ezberden okumaya başladı. Diğer dörtlükler hatırındaydı ama bir türlü ilk dörtlüğün mısralarını zihninde yakalayamadı. Hayret! Hepsi var da bir tek o uçup gitmişti aklından. Sanki bir el silgi geçirmişti üzerinden. Dikildi döşeğinin içinde. Ya Allah, Ya Hafiz! Aklında kala kala bir "ezel" bir de "ülfet" kelimeleri kalmıştı.

Çok geçmeden mısraları düşünmeyi bıraktı. Sabah çayhanede gırtlağına dayandığı adamın hayali bütün hayalleri, bu arada Nakşi Şeyhi'nin hayalini bile ezip geçerek karşısına dikildi, diğer ikisi de yanı başındaydı. Bu başbaşalıkta Settarhan'ın Mirza Han yarısı azgın selin dalgaları gibi açığa çıktı, bütün ruhunu kuşattı. Bir öfke, ama bu kez bambaşka bir öfke, Piruz ve Azam'a karşı sadece gittikleri ve giderken Settarhan'dan alıp götürdükleri için değil; geride bıraktıkları için de büyüyen bir öfkeydi bu. Gidişlerine katlanmaktan çok daha zor bir şeye duyulan öfke. Kaybettiğinden çok, kendisine kalana duyulan bir öfke. Gidişleri sadece kendileri ve Settarhan arasındaydı. Ama bıraktıkları öyle bir şeydi ki Settarhan ve cümle âlem arasında imzalanmış sessiz mukaveleyi bozmuş, yaşamak için uyulması gereken yazısız kurallarının önüne set çekmişlerdi. Ve kendileri bir köşeye çekilerek Settarhan'a "Biz gidiyoruz, haydi sen şimdi yaşa" demişlerdi. Bundan böyle Tebriz'de de Taht-ı Süleyman'da da başı yerden kalkmayacaktı Settarhan'ın. Ve bu, böyle olmayacaktı.

Sabah uyandığında ilk kez bir yanı öbür yanını ikna etmişti. Tek bir şey olduğunu, tek sesten ibaret kaldığını hissetti. Kalktı, bankaya gitti. Yıllardır biriktirdiği bütün parayı çekti. Tekrar odaya döndü, banknotları kemerinin içine dikti.

Sonra hancıya haber yolladı. "Atlarımı hazır etsin. Taht-ı Süleyman'a dönüyorum ben."

Hancıdan haber geldi: "Bu karda mı?"

"Evet, bu karda."

Sehend Dağı'nın ilk üç zirvesini aşması zor olmadı Settarhan'ın. Dördüncüde beli biraz büküldü. Beşincide omuzları düştü. Altıncıda hancının "Bu karda mı?" demesinin anlamını kavrar gibi olduysa da pabuç bırakmadı. İçindeki öfkenin ateşiyle Kaf Dağı olsa aşardı. Yedinciden sonra iklim değişti. Kar, Taht-ı Süleyman'a henüz uğramamıştı ve tatlı bir kış güneşi vardı.

Eve gitmedi Settarhan. Taht-ı Süleyman'ın ateş tapınağını gören bir han odasına yerleşti. Mademki "Taht-ı Süleyman'a gelmişler" diye yazmıştı annesi mektubunda, eğer buradalarsa mutlaka bir daha geleceklerdi. Settarhan'ın işi bundan sonra o kapıyı gözlemekti. Gerekirse yirmi dört saat gözünü hiç kırpmadan aynı yıkık kapıya bakacaktı. Eğer onlar gelmezse Settarhan Yezd'e gidecekti.

Geldiler. Yeşil gölün başındaki iki gölgeyi fark etti Settarhan, işte oradalardı. Handan çıktı, Taht-ı Süleyman'ın cümle kapısından geçti. Sessizce yaklaştı, rengi sapsarıydı. Kimsecikler yoktu etrafta, adımlarının sessizliğinden kendisi de utandı. Ama artık ok yaydan çıkmıştı. Yayından fırlamış ok nasıl geri dönemezse Settarhan da o kadar hesapsız kitapsızdı ve suyun başındaki iki gölgeye doğru hızla yaklaşıyordu.

Eğer sadece birer gölge olarak kalsalar Settarhan öz varlığına söz geçirebilir, kendisini emin bir ele emanet ederek farklı bir yandan yekpareleşebilirdi belki. Fakat yıkıntıların arasından ilerleyerek onlara biraz daha yakından bakınca gördüklerinin hiç de birer gölge olmadığını anladı. Azam, çarşafının üzerine keçe bir şal atmıştı ve peçesi ardına kadar açıktı. Piruz az ötede bir çınar fidanı gibi ayaktaydı ve gölün sularına bakıyordu. Bir ara Azam başını kaldırdı, Piruz'un yüzüne bakarak bir şeyler söyledi, elini uzattı. Ateş, kendisini söndürecek suya, onu kendi adımlarıyla dipsiz bir gölün yanına getiren şeye doğru sessizce ilerledi.

İçinde "Söyle" diye başlayan bir soru, üç beş kelâm gezindi Settarhan'ın. "Ezel meclisinde benim kavlim seninleyken sen başkasıyla mı kavilleştin? Ben elimi sana uzatırken sen elini başkasına mı verdin? Herkes kendi kalbinin içini bilir; ben aşkın hatırıyla geldim sana, sen hayâsızlıkla gittin. Öyleyse Azam hainsin."

Piruz'un eli Azam'a uzanırken bir kez daha gölün bulanık sularına baktı Settarhan. "Sen. Sen de aramızdaki beyaz mendil bağına, ellerinle bağladığın payvanda bir kılıç darbesi indirdin. Sen Piruz, sen de hainsin."

Dahası Settarhan'ın hayalinde ikisi birleşmiş, tek kişi olmuşlardı. Kimi kimden kıskandığının, hangisinden daha çok nefret ettiğinin farkına varamadı, bir adım daha attı. Ortada bir vurgun olduğu muhakkaktı da hangi yandan vurulduğunu düşünmedi.

Şimdi Piruz, Azam'ın hemen yanındaki taşın üzerine oturmuş suya bakıyordu ve ikisinin de sırtı hâlâ Settarhan'a dönüktü. Gölün her mevsim ılık olan yeşil suyunun üzerinden kıvrıla kıvrıla hafif bir buhar tülü yükseliyordu. Azam eğildi, elini suya soktu. Settarhan onun bileğine kadar suyun içinde gezinen elini, sonra avucuna aldığı suyu parmaklarının arasından akıtışını, başörtüsünün bir daha kaymasını, o, başörtüsünü düzeltirken ıslanan alnını; sonra Piruz'u, o ikisinin suya düşen yansımasını seyretti bir süre. Her defasında gittiği yerden geri dönmeyi başarmıştı Settarhan ama anladı ki şimdi artık geri dönüş yoktur. Şimdi üzerlerine atılsa, şu ateş kadehinin alev dilini, Piruz'u, altına alsa, kör bir hançerle doğrasa. Settarhan öfkenin böylesini hiç kimseye karşı hissetmemişti.

Şahsı adına hissettiği, nefsinde büyüttüğü öfke mi yoksa yedi mahalle dokuz sülâlenin şu omuzlarına yüklediği borç mu? Onu buraya getirenin hangisi olduğunu fikretmedi, ikisi birbirine karışmıştı çoktan. Neticede Settarhan aşkın kazasına uğramıştı lâkin kaza büyük olsa da Mecnun değildi, cinnete düşmemişti; Dağıstanlı Nakşî Şeyhi'nin dergâhında sükûnete erecek kıvamda da değildi Settarhan. Bir nefret kalmıştı ona bu kazadan geriye. O kadar büyüktü ki aşktan geri kalan boşluk orayı ancak nefretin cüssesi doldurabilirdi. Nefret, aşkla boy ölçüşebilecek yegâne duyguydu ve ne kadar güzeldi. Nefret etmese, Settarhan oracıkta ölecekti ve nefreti de ancak aşk yok edebilirdi.

Buradan geri dönüşü kalmamıştı artık. Onlar böyle var oldukça, böyle yaşadıkça, yaşamak Settarhan'a haramdı. Hiçbir şey çıkaramazdı onu düştüğü kuyudan. Ne Çiçek Hala'nın görülmemiş rüyaları ne Aleksandr'ın meyhanesi ne de Dağıstanlı Nakşî Şeyhi.

Tek hamle. Settarhan'ın bundan sonra çarşıda, pazarda, çayhanede, meyhanede, mahallede, mesirede, Muharrem'de, Aşura'da, Taziye'de, Mersiye'de, Mescid'de başı dik durması için yetecekti. Tek hamle, sadece Settarhan'a değil, gelmiş geçmiş yedi ceddine, gelip gelecek bütün sülâlesine yetişecek bir baş sağlığı için kâfi gelecekti.

Bir dokunsa. Ondan sonra hiçbir şey olmamış gibi gerisin geri eski hayatına dönecekti. Alnı açık, başı dik, bütün kayıplardan arınmış, yaşayıp gidecekti. Bir yıldız konduracaklardı alnının ortasına üstelik, başına bir Şah tacı takacaklardı. Çarşıda pazarda onu gösterecekti insanlar birbirine takdirle.

Bir adım daha attı Settarhan; o ikisi diz dize, göz gözelerdi ve aralarında fısıltılı bir nağme gidip geliyordu. İyice yaklaştı, omuz hizalarına gelmişti ki gölün bulanık yeşil suyuna gözü takıldı. Suyun üzerine kendi gölgesi düşmüştü ve iki gölgenin tam arasındaydı. Üç gölgeydiler şimdi. Azam'ın gölgesini bir kenara ayırdı Settarhan. Ona ilk kez görüyormuş gibi baktı.

Bu muydu? Bütün bir sülâlenin geçmişi gibi geleceğini de rehin alan, bir anda yok eden kuvvet bu ufak cüssede, şu çelimsiz bedende mi mevuttu? Ondan mı soruluyordu bin sülâlenin yüz bin erkeğin namusu? Ve o, başına geleceğin farkında olduğu için mi kocaman açılmış gözlerini kendi gölgesinden kaldırmış, Settarhan'la Piruz'un gölgeleri arasından çıkmış, omuzunun üzerinden yarı geri dönerek yemyeşil suyun derinliğine baktığı kadar fütursuz, bir kuyu kadar siyah gözleriyle Settarhan'ın gözlerine bakıyordu?

"Settarhan" dedi sadece Azam, "Kimse bana bir şey söylemedi, bir şey sormadı. Nişanlanacağımızı, seninle aramızda bir söz kesildiğini bile bilmiyordum." Bir an durdu, ekledi, "Bilsem de fark etmezdi. Başka türlüsü mümkün değildi."

Piruz'un gölgesini ayırdı bu defa Settarhan, onu çıkardı aralarından.

"Settarhan" dedi Piruz, ayağa kalkmıştı, "Ya benim kadar âşık değilsin, ya benim kadar cesur değilsin. Tek hamle, korkma. Sana 'Dur' diyecek değilim. Ben aşk için öleyim ki sen de aşka inanmış olarak ölesin."

Bir an, Settarhan'ın içinden Piruz'u elinin tersiyle bir tarafa itmek, bir taş parçası gibi fırlatıp atmak; ondan sonra da her şeye razı olarak, her şeyi göze alarak, her şeyi unutarak, ne yaptıysa affederek, ne yaptıysa af dilenerek, yani yeniden ve son defa serapa aşka dönüşerek Azam'ın önüne dikilmek ve ona "Gel benimle, İstanbul'a gidelim, her şeyi arkamızda bırakalım, gelir misin?" demek geçti. O sırada çarşafının üst kısmı başından bir daha kaydı Azam'ın. Aldığından fazlasını geri veren elmas bir an parladı, gül küpeler hâlâ o kulaklardaydı.

Settarhan'ı dilim dilim doğrasalar kanı akmazdı bile. Eylemine nicedir aradığı gerekçeyi bulmuşların haz dolu gücüyle, haksızlığa uğradığını bilenlerin mutlu alacaklılığıyla baktı gölün yeşil, bulanık sularına. Beyni kafatasını çatlatıp gözlerinden, kulaklarından, burnundan, ağzından boşalacak sandı. Kanının, beynine hücum ettiğini anladı.

Bir adım attı, yeşil su titredi gibi geldi Settarhan'a. Bir adım daha, Taht-ı Süleyman titredi. Bir adım daha atsa gökler titreyecekti.

Su ise "Aldığımı geri vermem ben" diyordu.

Serbülend'i mahmuzladı Settarhan. Bundan böyle buralarda, İran toprağında olamayacağını biliyor ama nereye gittiğini bilmiyordu. Kendisini Sehend Dağı'nın eteklerinde buldu. Bir kervan bekleyememiş, bir araba tutamamış, yanına yedek at bile almamıştı. Daracık yollardan, uçurumlu patikalardan tırmanmaya başlarken Taht-ı Süleyman'da bütün geçmişini bıraktığını anladı. Kurbanının gözlerine bir kez olsun bu kadar yakından bakan ruh, kendisini bu yakınlıktan yara almaksızın kurtaramazken o hem de iki çift göze defalarca bakmıştı. Yollar önünde uzadıkça uzadı.

Birkaç saattir öyle hissediyordu ki Settarhan sanki dünyayı terk etmiş ama öbür dünyaya geçmeyi de becerememişti. Arada kalmış ruhlar, yörüngesinden çıkmış seyyareler gibiydi. Sanki Demavend Dağı'nın zirvesinde gerilmiş bir yaydan ilâhi bir boşluğa fırlatılan temreni kırık bir ok, yükselmiş yükselmiş gök katlarının sonuncusunu da aşarak bu dünyaya ait olmayan bir boşluğa geçmiş, bir daha da yere düşmemiş, sonsuza değin böyle uçmaya mahkûm kalmış gibi. Ne menzili vardı artık ne de maksudu. Geçmişi de yoktu geleceği de. Şimdi şu uçurumun kenarında dursa, arkasında bıraktığı cennete de önünde uzanan cehenneme baktığı kadar uzun uzun baksa, yumruğunu göklere doğru sıksa, içindeki nefesi ciğerlerini patlatarak boşaltsa, haykırsa; Kabil olacaktı o zaman. Ama onun birkaç saattir yazgısı bile yoktu. Bedeninden çıkmış bu ruha birisi dokunsun da yeniden kaderine dönsün istedi. Hiçbir şey değişmedi. Yeniden kaderine eklenmesi için çok büyük bir şey olması lâzımdı ama Settarhan'ın lügatinde henüz öyle bir kelime yoktu.

Derbentleri geçe geçe Sehend Dağı'nın yedi zirvesinden en zorlu olanına, testere dişi gibi patlamış, başkaldırmış olanına geldiği zaman akşam yaklaşmıştı. Serbülend, onca yolu durmaksızın tepmişti ve biraz daha mahmuzlansa ağzından köpükler saça saça çatlayacaktı. Taht-ı Süleyman'dan bu yana ilk kez durdu Settarhan, rüzgâr uğuldayarak yüzünü kamçı gibi kesiyordu ve çok soğuktu. Buraya kadar üşümemişti öfkenin ateşiyle, şimdiyse donuyordu. Çok geçmeden yüzünde karın ilk tanelerini hissetti. Bu, üstelik "Ardımda daha büyüğü var, geliyor" diyen türdendi.

Geceye kalmıştı Settarhan. Uğrusu, uğursuzu çoktu bu dağların, daha fazla ileri gidemeyeceğini, burada konaklaması gerektiğini anladı. İyi de nasıl? Heybesinden çinko ibriğini, çayını, şekerini çıkardı. İki taş arasında büyük bir ateş yakacak, çay kaynatacak, bir parça ısınacaktı. Ama? Heybesinin dibini yokladı, titreyen elleriyle ters çevirdi, silkeledi. Damarlarının içinden itibaren ürperdi. Yanında ateş yoktu. Rüzgâr buz gibi eserken kar taneleri irileşti, tipi çok yakınlardaydı. Böyle giderse bu yolun sonuna varamayacağından, bu gecenin sabahına çıkamayacağından korkan Settarhan uçuruma baktı. Çok üşüyordu. Rüzgâra siper duran bir kayanın önünde Serbülend'in yanına, kuytuya sindi. Dizlerini karnına, başını omuzlarının arasına çekti. Çeneleri birbirine vuruyor, ellerine hâkim olamıyordu. Tırnakları morarmaya başlamıştı şimdiden. Elleri, ayakları, ağzı, yanakları, gözkapakları, vücudunun her zerresi ağırlaşmış, yere doğru çekilirken bütün kanının da omuzlarından aşağı doğru boşaldığını, birazdan canının parmak uçlarından salkım salkım çıkacağını zannetti. Bir parçacık sıcaktan başka hiçbir isteği kalmamıştı. Bir parçacık sıcak olsun; şu elleri, ayakları, yüzü, sırtı, göğsü ısınsın, damarlarında kan böyle buz gibi değil ılık ılık aksın; nefesi ciğerlerine bumbuz dolmasın. Sıcak, bir daha kavuşamayacağı bir hayal gibi göründü gözüne. "Benim sonum da böyle olacakmış demek" diye içinden geçirdiği o anda can Settarhan'a tatlı geldi.

Can o kadar tatlıydı ve Settarhan'ın atladığı eşiğin arkasında hesaplar o kadar farklıydı ki şayet şu geceden kurtulabilir, sabaha varabilirse, güneşi görebilirse tekrar, ruhunun da bedeninin de "taşıyamam" zannettiği her şeyi taşıyabileceğini anladı. Hiç utanmadı. Önünde yeni bir yazgının uzanabileceği düşüncesi bir ümit olarak karşısına dikildiğinde, insanın özünde bir koridor açılmışsa eğer, ruhun da bedenin de kendisini ne kadar çabuk onarabildiğine hayret etti sadece. Bu, hiç ummadığı bir duyguydu. Haklı mıydı Piruz "Benim kadar âşık değilsin" derken? Yeşil gölün başında olanları bir daha düşünmemek üzere zihninin en gerisine itmek istedi. Böyle de yaşanabilirdi. Tebrizli âşıkların hikâyelerindeydi yazgının sert bir dönemecinden sonra çöle düşmek, âh olup tutuşmak, küle dönmek, elin eylediğini, dilin söylediğini unutamamak, bir hayatı bütünüyle feda etmek. Oysa hayat çok kabadayıydı ve insan bunun bir adım sonrasının cinnet ya da ölmek olduğunu fark ettiği anda "Dur" diyordu kendisine, "Dur ve her şeyi unut. Sana yapılanı da senin yaptığını da unut." Yaşama dönmek için ölümün kıyısına gelmesi gerekmişti.

Artık düşünmeye takati kalmamıştı Settarhan'ın. Gözleri kapanıyordu. Bırakmaması lâzımdı oysa kendisini çünkü bırakırsa bir daha geri dönemezdi, bir bunu biliyordu. Ama mecali kalmamıştı, kendisini bıraktı. Gözlerini kapadı.

Serbülend'in hafifçe kişnemesi, huzursuzca toynak vurması üzerine gözlerini araladı güçlükle, yarı doğrularak etrafına bakındı. Kar hafiflemişti. Çok geçmedi, az ilerideki bir kayanın arkasında çoğalan ateş aydınlığını fark etti. "Doğru mu görüyorum?" diye şüphe etti bakışı bulanmış gözlerinden. Biraz bekledi. Doğru, gökyüzü karardıkça ateşin ışığı artıyordu. Son bir gayret, Serbülend'in boynuna tutunarak ayağa kalktı. "Sus, sakın ses çıkarma" diyecekti Serbülend'e ama dişine, diline, dudağına, birbirine vuran çenelerine hâkim olamadı. Titreye titreye kayaya yaklaştı.

Küçük, kavî bir çadırın önünde, yedi sekiz kişi kocaman bir ateşin başına toplanmışlardı. Ateşe özlemle baktı Settarhan; şimdi, şu saniye kendisini o ateşin içine atsalar hiç yanmaz, hiç şikâyet etmezdi ihtimal. Simsiyah giyinmişlerdi. Sırtlarındaki tüfeklerin, bellerindeki dizi dizi ve göğüslerindeki çapraz fişekliklerin parıltısına bakılırsa, dağların gündüz sakini olan tacirlerin, kervancıların hiç bilmediği geceye ait adamlardı bunlar. Çeteciler; Settarhan'ın şimdiye değin dâhil olduğunun tamamen dışındaki bir dünyanın sakinleri. Genç olanlar da, yaşlı ama dinç olanlar da vardı aralarında fakat yüzlerinde hiçbir mana yoktu. Hepsi, bakışlarında aynı ifadesizlikle ateşe bakıyordu sadece. Haklarında anlatılan onca hikâyeyi, hikâye gibi dinlemişti şimdiye değin Settarhan. Sanki hiç yoklardı, gerçek olmayan masalların kahramanlarıydı. Ama işte karşılaşma zamanı gelmişti demek ki ve donmak üzereyken bile Settarhan en önemli sorunun gelip karşısına dikildiğini hissetti: Bunlar hangi çetecilerdi? Kimlerdi?

Haritaların da tarihin de kayıtlara geçemeyecek bir hızda değiştiği zamanlarda yaşıyorlardı. Doğunun bu parçası kıyama kalkmış, tümüyle ayaklanmıştı ve onun insanları göğüslerinde çapraz fişeklikleri, tüfekleri, kılıçları ve mızraklarıyla, birer cephanelik gibi öle öldüre yürüyordu nicedir. Sınırdan sızarak İran'a geçen Van Ermenileri de, Rusya'dan Van'a geçenler de, yolların kesişim noktası olan Azerbaycan'da karşılaşıyor, çeteler Hoy'da, Urumiye'de, Tebriz'de çoğalıyordu. Diğer yandan bu dağlar Azerbaycan ve Kafkasya mukavemet birlikleriyle, karşı çetecilerle, dağa çıkan Türklerle de kaynıyordu. Kılıklarından kim olduklarını çıkarmak mümkün değildi. Çünkü Türk'ü de Ermeni'si de aynı siyah giysileri giyiyordu daima, coğrafyanın ve şartların dayattığı giysiyi. Kulak kabarttı Settarhan, rüzgârın uğultusunda boğulan kelimeleri anlamaya çalıştıysa da olmadı. Kayalıkları siper edinerek biraz daha yaklaşmaya gayret etti, bir daha kulak kabarttı. Bu defa kelimeleri tanıdı, bir sevinç indi kalbine, aynı anadili konuşuyorlardı. Ama onların kelimeleri sanki daha ince, sesleri daha kısaydı. Aynı dilin bambaşka bir coğrafyasında bükülmüştü bu sesler. Bu, Anadolu'nun Türkçesiydi ve bunlar da İran tarafına geçen Ermeni çetelerini takip etmek üzere Sehend Dağı'na kadar çıkan Türk çeteciler olmalıydı.

Çayhanelerde onlara ilişkin anlatılan yarı gerçek yarı masal, göz yaşartıcı, ürkütücü hikâyeleri hatırladı Settarhan. Açlıktan, susuzluktan, yorgunluktan, soğuktan bitkin, sabaha çıkamamaktan korkulu, her türlü ihtimali hesaba katarak bir iki adım attı, gizlemedi artık kendisini. Tanışlık verecek, geceyi aralarında geçirmeyi dileyecekti. Ki. Birden ensesine dayanmış bumbuz namluyu o soğukta bile hissetti. Donmak üzere olan bedenini bir yanardağ ateşi bastı, ellerini gayriihtiyarî iki yana açtı. Yavaş yavaş geri dönmesini emreden sese itaat etti. Bıçak yese kanı damlamaz solgunlukta bir yüzün üzerinde ölüm kadar soğuk bir çift gözle göz göze geldi, adamın sağ yanağındaki derin yanık izini görebildi. Dizlerinin bağının korkudan mı, yorgunluktan mı, soğuktan mı çözüldüğünü bilemeden "Etmeyin ağalar, ben de Türk'üm" diyebildi. Olduğu yere yığıldığını ise, ancak uyandığında hatırladı.

Sehend Dağı'nın tepesinde ancak ertesi sabah kendine gelebildiğinde Settarhan, kocaman bir ateşin yanında bir battaniyenin üzerinde yatıyordu. İçlerinden biri bir tas çorbayı ona doğru uzatıyor ve gülümsemese bile iyi niyetle bakıyordu. Kendisini çok yabancı, çok farklı bir dünyanın eşiğinde fakat yine de emniyette hissetti Settarhan. İyiydi. Ölmekten korkmuştu. Öyleyse hâlâ bir yazgısı vardı, yoksa korkmazdı. Kaderi, kadersiz kaldığını zannettiği anda Settarhan'a kavî bir merhaba sunmuştu. Uyandığı anda bu merhabaya mukabele ettiği gibi, Azerbaycan topraklarında sadece kendisinin yaşamadığını, hayattaki en önemli hadisenin de Taht-ı Süleyman gölünün başında yaşananlar olmadığını anladı. Gülümsedi. Gözünün ucundan bir damla yaş içini silip süpürerek süzülürken etrafındaki adamlara baktı.

Hepsinin bir yarası vardı ve her biri ayrı yerden kanamıştı. Kimi gözünün önünde çocuğunun ipe çekildiğini görmüştü; kimi karısının, kız kardeşinin, kızının başına gelen daha fazlasını; kimi anasının babasının diz çöktürülüp yalvartıldığını. Görmekti hepsinin ortak anısı ve kan hepsine o ortak yürek acısından pompalanıyordu. Katlanılmaz acıları vardı bir, bir de kendileri. Böyle bir acıyı ancak daha güçlü bir acı susturabilirdi, onun da yolu ancak dağlardan geçerdi. Soğuk da, açlık da, yorgunluk da kurşun gibi onlara işlemez değildi ama şu yürek ve şu gözlerin gördükleri, şu kulakların işittikleri var ya, bir parça unutmak uğruna daha fazla acıtacak her belâya dünden razılardı. Ancak kan temizlerdi böylesi hatıraları, bu ateş ancak yaktığı yerden söndürülebilirdi. Kanın ancak kanla yıkandığı bir dünyanın nizamında, gözünün önünde ciğerinin parçası doğrananlar için "Önce kim başlattı?" anlamı kalmayan bir soruydu artık. Ateşin düştüğü yeri yaktığı malûm mesel olduğundan, hiçbirinin olayların evvelini, sonrasını, sebebini, sonucunu düşünecek hali yoktu; hiç kimse kendisini bir başkasının yerine koymuyordu bu yüzden ve hiçbiri kendilerini bu dağa çıkaranlarla aynı dağda durduklarını fark etmiyordu. Bunlar, tartısı dünya terazisine sığmaz yaralar, halli mahşer gününe kalmış hesaplardı.

Kendi yarasının üzerinden bir bulut geçirdi Settarhan. Nereye gideceğini, ne yapacağını soran Fazıl Reis'e, onun sağ yanağındaki derin yanık izine, ölüm kadar soğuk gözlerine bakarak "Batum'a" dedi.

Kendi sergüzeştini anlatmamıştı, kimse de ona bir şey sormamıştı zaten. Ama Fazıl Reis; tuzu kuru bir beyzadeyi bu mevsimde, hem de tek atla Sehend Dağı'nın yedi zirvesinden en yükseğine fırlatıp atan acıyı tahmin edebilirdi. Ayrılırlarken, "Settarhan" dedi.

"Bu dağlar senin dağların ama günler o günler değil dikkat et. Yolunu kaybetmeyesin."

Settarhan güldü, "Aldırma. Yollarda işaret ağaçlarım var benim."

"Ağaçlara fazla güvenme" dedi Fazıl Reis. "Ağaç ağaca benzer, devrilir, eğrilir. Sen yine de dikkatini taşa kayaya bağla."

Sınırdan geçerken pasaportunu kontrol eden yarı sarhoş Rus subayların yüzüne endişeyle baktı Settarhan. Zannetti ki hepsi isim isim kendisini arıyorlardı. Oysa birkaç damga, ezberlenmiş birkaç soru, hepsi bu. Bir adım attı, Rusya'daydı. Her şey arkada kalmıştı. Tebriz'i, Taht-ı Süleyman'ı, Azerbaycan'ı, bütün İran'ı bir daha görür mü görmez mi, bunu kendisi de bilmiyordu. Bir yazgısı vardı yeniden ama bu başka türlü bir yazgıydı. Artık ne Mirza Han'ın varisiydi ne de beyzadeliği burada geçer akçeydi. Ellerini ceplerine soktu, Taht-ı Süleyman'ın sularına fırlattığı Sasanî akçesinin ikincisi sağ cebindeydi. Parayı iki parmağının arasında evirdi çevirdi, arka yüzdeki ateşgâhın alevlerine baktı. Onu da yolun kenarına fırlattı. Sırtını bir hendeğin sırtına yaslayarak oturdu, ayaklarını uzattı, bir çubuk yaktı. Daha iyisi İran Şahı'ndaydı. Çok geçmeden yerinden kalktı.

"Haydi kızım" diye fısıldadı Serbülend'in kulağına. "Batum'a."

Sehend Dağı'nın yedi zirvesini aşıp da Batum'a ayak bastığında yedi vadiyi aşıp Kaf Dağı'nın zirvesine ulaşan Simurg kadar tamamlanmıştı. Kalbine dolan nefret de, o aşkın kendisi de, cürüm de indirildikleri gibi kalbinin üzerinden kaldırılmıştı sanki. İzi kalırdı elbet hepsinin ama neticede sadece birer izdiler. Nefret de gitmiş, yerine sadece sükûnet gelmişti. Ancak küçük aşkların sığdığı kalplere inen türden bir sükûnet. Hayret! Ölümün hafif bir esintisiyle yerle bir olan küçücük bir aşk mıymış onunki? Boşverdi, Batum'a baktı. Yol boyunca perdesi kalkık pencerelerden insanların yüzünü seçebildi, Büyük Katedral'den yükselen ilâhileri, çanların boşlukta yayılan titreşimli seslerini işitti.

Bir hana indi önce, en ucuzundan. Odasına çıktı. Rüyasız ve deliksiz bir uykuyu ölü gibi uyudu. Ertesi sabah Opera sokağında

Sofya'nın kitapçı dükkânının yolunu tuttu. İki küçük çınar fidanının arasından geçerek kapıyı itti. Sofya orada her zamanki gibi, tezgâhın başında bir kitabın üzerine eğilmiş, okuyordu.

"Ben geldim" dedi Settarhan. "Bir daha da İran'a dönmeyeceğim."

Sofya, "Tamam" dedi başını okuduğu sayfadan kaldırarak, Settarhan ona sanki "Bugün hava yağmurlu" demişti. "Benim de zaten bir yardımcıya ihtiyacım var."

"Vasili yok mu?" diye sordu Settarhan.

"Vasili orduda. Çar'ın ordusunda bir Bolşevik o. Batum'da ama buraya artık eskisi gibi sık uğramıyor. Yine de ara sıra görüyorum yüzünü."

"Hani, ölürüm de Çar'ın ordusunda savaşmam, diyordu?"

Sofya güldü. "Söylemiştim, bu ordu Çar'ın ordusu olarak kalmayacak Settarhan."

Settarhan'ın durumundan konuştular sakin sakin, yine yağmurdan, havadan, sudan bahseder gibi. "Yatacak yer gösteremem" dedi Sofya, "İki sokak ötede İranlı bir adamın pansiyonu var. Orada kalırsın. Fazla günlük de veremem. Ama kısa zamanda kendini toparlarsın."

"Sofya" dedi Settarhan, "Paraya ihtiyacım yok benim." Belindeki kemeri çıkardı, içine dikilmiş bir servet değerindeki banknotları göstererek tezgâhın üzerine attı.

"Şunları Rus parasına çevirelim hele. Benim sadece..." Durdu, cümlenin sonunu Sofya tamamladı:

"Bana ihtiyacın var."

Yalan değildi Settarhan'ın Sofya'ya ihtiyacı olduğu ve galiba şu kısa saçlı Bolşevik kız uzun süre de tek dayanağı olarak kalacaktı. Settarhan'ın en iyi anladığı şey halıydı fakat uzun süre halı da halıcı da görmek istemiyordu.

Kendime geldiğimde Yezd'deki otelde, çayhane fotoğrafının önünde ayaktaydım hâlâ. Dilimde damağında şimdi, şu an yudumladığım çayın tadı vardı ve kulpundan kavradığım Yezd porseleni lâcivert beyaz fincan hâlâ elimi yakacak kadar sıcaktı. Çok yorgundum. Hemen uyumuşum.

İstanbul'a dönüyoruz. Otelde son gecemiz. Hazırlık zamanı. Hepi topu üç beş parça eşyamı çantaya dolduruyorum. Teneke hazine sandığımı sırt çantama atmadan evvel açıp içindekilere bir kez daha bakıyorum. Şu, İsmail'in gönderdiği kartpostal. Üzerinde Hamidiye Etfal Hastanesi'nde bir Hilâl-i Ahmer hemşiresinin fotoğrafı vardı hani. Şair Nigâr Hanım'ın öldüğü hastane de burasıydı, hatırlamaz mıyım?

Kartpostalın arkasını çevirip İsmail'in artık ezberlediğim cümlelerini okuyorum tekrar. İyiymiş, doktor biraz istirahat tavsiye etmiş. Başkaca da bir şeyciği yokmuş. Kimse merak etmesinmiş.

O kadar.

Âh İsmail. Neredesin? Hayatın da mematın da meçhul ama sen neredesin? Herkesin ırmağı gürül gürül akıyor da bir senin ırmağın mı kurudu annem?

Kartın önünü çeviriyorum. Uzun uzun bakıyorum resme. İçimde o kamaşma, o kaynama; birazdan zaman yarılacak, hissediyorum. Fakat bir şey daha hissediyorum. Sanki bu karta sadece ben değil başka biri de bakıyor. Daha doğrusu aynı anda bakıyoruz.

Evet, Zehra ve ben kartın yüzünde aynı hastanenin ismini okuyoruz; Hamidiyc Etfal.

VIII. KİTAP

KIRIK KAFİYE

Zehra elindeki kartpostalın üzerindeki Hilâl-i Ahmer hemşiresine en az yarım saattir bakıyordu. Alttaki yazıyı okudu bir kez daha: Hamidiye Etfal Hastanesi. Büyükhanım'ın dizlerinin dibine sokuldu. Başını kaldırdı, önce Mediha'nın sonra Büyükhanım'ın yüzüne baktı.

"Hastaneye gidelim" dedi. "İsmail'in hastanesine, İsmail'i soralım."

Samsun'dan kalkan Reşadiye vapuru, yolcularını, burnunu kanatmadan getirip İstanbul limanına bırakmış, Büyükhanım ve kafilesi Erenköyü'ne geleli on beş gün olmuştu. Vapurda geçen günler boyunca Büyükhanım her şeyi arkada bıraktıklarını zannetmişti ama İstanbul'un hali de muhacirlik yolundan farklı değildi. Yeğeni Saffet gelip almıştı onları; ilk kez görüyordu payitahtı Büyükhanım ama İstanbul bu muydu, böyle miydi? Rıhtıma ayak bastıkları daha ilk anda, savaşın bütün yollarının başladığı ve bittiği İstanbul'da mahşerî bir muhacir, asker, zabit, at, katır, sivil kalabalığı, bitmeyen bir uğultu, dayanılmaz bir koku karşılamıştı bu kafileyi. Bütün yolların kendisine açıldığı ve kendisinde son bulduğu İstanbul savaş yüzü görmemişti ama düşen her şehirle o da düşmüş, vurulan her neferle bir kez daha vurulmuştu. Bütün gözlerin kendisinde olduğu bu tayyib belde nazara uğramıştı.

Erenköyü'ne giden zar zor bulunmuş bir arabanın içinde Büyükhanım facialı bir tiyatro sahnesini seyreder gibi dışarıda olup biteni seyretmişti. Etraftaki sefalet gözüne takılmasa, bir bir sıyrılan siluetlerinden Topkapı Sarayı'nı, Dolmabahçe'yi tanıyabilir, Sultanahmet ve Ayasofya camilerini yerli yerine koyabilirdi belki. Ama bu sefalet sahnelerinin arasında harikulâde, göze çarpmayan bir şeydi. Cihan Harbi'nin tokat vurduğu her şehirden fırlattığı kalabalıklar İstanbul'a yığılmış, Aşâir ve Muhacirin Müdüriyeti muhacirliğin başladığı şehirlerde bile inzibatı bütünüyle sağlayamamışken İstanbul'da işler tümüyle çığırından çıkmıştı.

Her tarafta çığlık, inilti, sitem, küfür, cinnet, köpük, kan, cerahat birbirine karışırken Büyükhanım, "Rabbim" diyebildi; hiç sebebi yokken bu vebali bu insanların boyunlarına kim, niye sarmıştı? Bunca acıyı yaşayan bu insanların hepsi mi günahkârdı? Düşündüklerinden utandı. Zehra'ya göz attı yine de, Anuş'a, Hasan'a. Masumdular tümüyle. Düşünmeden edemedi: Masumlar niye acı çekerdi?

Büyükhanım kendisini bıraksa muhacirlik yolunda düştüğü kuyulardan daha beterine düşecekti bu defa. Ama hayatta kalmak arzusu hiçbir şey dinlemiyordu, hem de kendisi için değil kafilesi için hayatta kalmak. Şuurunda bile olmadan şuurunda olduğu tek şey, içinde işleyen tek saat vardı. Zehra'yı sağ salim Trabzon'a geri götürmek, Hacıbey'e öyle demişti. Sonra Anuş, sonra Hasan hepsi için bir makama verilmiş sözleri vardı. Hatta Yıldırım bile Büyükhanım'dan sorulacaktı sanki. Gözlerini kapamıştı Büyükhanım, başını arabanın yıpranmış arkalığına bırakıp uykuya dalmıştı. Uyandığında, iki adımlık yolu ancak alabildiklerini söylemişti Saffet. Neredeyse bütün günü yollarda geçirdikten sonra nihayet Erenköyü'ne varabilmişlerdi.

Saffet'in karısı, bu yorgun yolcuları kapıda karşıladı. Güler yüzlü, saygılı, gencecik kadının kucağında bir, yanında iki çocuk vardı. 93 Harbi göçmeni Arnavut bir ailenin kızı olan Mediha, Büyükhanım'a saygıda kusur etmediği gibi elinin değdiği her şeyi güzelleştiriyor, hele de bu kıtlıkta adeta mucize sofralar kuruyordu. Saffet, karısına muhabbetle bakarken "Mediha'nın yemeklerini kıtlıktan önce görecektiniz siz" diyordu.

Ev küçük, tek katlı, hepi topu iki oda bir sofadan ibaret bir şeydi. Yıldırım'ın eski mutfakta kalmasına karar verildi. Karı koca üç çocuklarıyla bir odaya çekildi. Büyükhanım, Anuş ve Hasan'la diğer odaya yerleşti. Zehra da sofada, döşeğini akşam serdi sabah kaldırdı, tıpkı Trabzon'daki gibi. Masal ise bahçedeydi ve her şeye rağmen keyfi yerindeydi.

Gelişlerinin ertesi sabahı Büyükhanım belindeki keseden çıkardığı elmas yüzüğü Saffet'e verdi, bozdurması için. Temiz yürekli genç adam itiraz ettiyse de Büyükhanım diretti. Burada kaldıkları süre içinde kendi masraflarını çıkaracakları gibi aileye de yük olmayacaklardı.

Lâkin yüzük o kadar ucuza gitti ki Hacıbey'in köstekli saatinin de satılması gerekti.

Her gün İstanbul'a inen Saffet dönüşte haberler getiriyor, zaman zaman Hacıbey'e telgraf çekerek buradakilerin afiyetinden haber verdiği gibi onun da sağlık haberlerini alıyordu. Bu arada en önemlisi, Rusya'da bir ihtilâlin yaklaşmakta olduğu söylentileri İstanbul'a kadar yayılmıştı. Rusya'daki hükümet "Savaş" diyordu oysa Rus halkı gibi Bolşevikler de savaş istemiyordu. Bu demekti ki eğer Bolşevikler bir ihtilâl yaparlarsa ve iktidara gelirlerse, Cihan Savaşı'nın hiç olmazsa Trabzon kanadı bitecekti.

Büyükhanım adını bile duymadığı Bolşeviklerin bir an evvel iktidara gelmesi için dualar etti, adaklar adadı. He, acaba bir gün Trabzon'a dönmek, Hacıbey'i yeniden görmek, evinin kapısından içeri girmek, Siranuş Hanım'la sundurmada bir kahve içmek nasip olacak mıydı? Keyfiye'yi ve Seher'i bile o kadar göreceği gelmişti ki.

"Hastaneye gidelim nine. İsmail'i soralım."

Büyükhanım, Zehra'nın sesi üzerine düşüncelerinden sıyrıldı. Bu soru dokunulmaması gereken bir yerine dokunulmuş gibi bir mengene acısıyla burkmuştu ruhunu ve ümidin olmadığı yerde ümit kapılarının açık kalması ne kadar acıydı. İsmail'in hastanesine gitmek? Yıllardır kendisinden haber gelmeyen, hakkında "Hayatı da mematı da meçhul" kâğıdı verilen İsmail'in bir zamanlar yürüdüğü yolu, yattığı yatağı, baktığı duvarları, saydığı tavan tahtalarını, kör kandilin ziyasını görebilir, onu görmüş bir çift göze rastlayabilirler miydi? Belki! "Gitmek mi kalmak mı daha zor?" diye geçirdi içinden Büyükhanım. Gitse bir türlü gitmese bir türlü. İstanbul'a ayak bastığı günden beri içinde susturduğu istek şimdi Zehra'nın ağzından dökülüyorsa, belki! Bu belki'ye tutundu Büyükhanım. Gece Saffet'le konuşuldu, onayı alındı, ertesi gün üç kadın çarşaflandı, çocuklar Yıldırım'a bırakıldı, zar zor bir arabacı bulundu. Adres tutuşturuldu eline:

Hamidiye Etfal Hastanesi.

Mübarek cuma gününün hengâmesinde, güzel yollar ve köprüler gibi derin çukurlar, kocaman taşlar, çalılıklar ve dikenler ile kaplı arazilerden de geçe geçe, güç belâ hastanenin yakınına vardılar ama kapısına dayanamadılar. Kapının önü o kadar kalabalıktı çünkü. Ve evden sabah çıkmışlardı fakat yollarda o kadar çok vakit harcamışlardı ki ikindi neredeyse okunmak üzereydi.

Arabacı "Burası" dedi iki kulesi ilk anda dikkat çeken büyük bir binayı işaret ederek. Kapının önüne gelebildiklerinde "Oku kızım şu yazıyı" dedi Büyükhanım Zehra'ya yüksek kitabeyi göstererek. Böyle çetrefil yazıları Büyükhanım okuyamazdı. Zehra, Mediha'yla birlikte okumaya çalıştı:

"Firdevs-i âşiyân merhume Hatice Sultan Hazretleri nânıma."

Sultan Abdülhamid'in kızıydı "Merhume" Hatice Sultan ve bu hastane onun anısına inşa edilmişti. Doğru yere gelmişlerdi, burasıydı Hamidiye Etfal Hastanesi. Şurada kestane ağaçlarının gölgesindeki hafif kıvrımlı yol, şurada sağlı sollu bahçeler, şurada çimenlerin üzerine atılmış banklar. Göz görünce hepsinin içinde aynı zemberek işlemeye başladı: Demek İsmail bu yoldan geçmiş, bu kapıdan girmiş, bu banklarda oturmuş, dinlenmişti.

Bahçedeki hemşireler ciddi, neredeyse asık yüzlü, acele acele bir yerlere koşturup duran kadınlardı. Etrafta o kadar çok hasta ve yaralı asker vardı ki Büyükhanım hemşirelerin bu telâşesine hak verdi. Ne yapsın bîçareler? Yine de hepsinin yüzünde İsmail'den bir haber aradı. Çekinerek içlerinden birine yaklaştı, dedi ki:

"Kızım evlâdım, biz birini arıyoruz. Adı İsmail. Memleketi Trabzon. Yaşı on sekizdi o zamanlar şimdi tam yirmi ikisinde olacaktı. Balkan Harbi'nde Trabzon'dan gönüllü çıkan tabura kayıtlıydı. En son buradan, bu hastaneden yazdığı bir kartpostal geçmişti elimize. Sonra da hiçbir haber çıkmadıydı."

Hemşire dinliyordu ama gözlerindeki bakış ilgisizdi. Fark etmedi Büyükhanım, devam etti. Sanki ne kadar ayrıntılı anlatırsa İsmail o kadar sahici aranacaktı.

"Geri dönmedi ama şehit listesinde adı ilân edilmedi. Harbiye Dairesi'nden de hükümetten de defalarca sorduk soruşturduk. Telgraf ile arattırdıklarını söylediler. Hayatta olduğuna dair bir emare de yokmuş. Elimize bir kâğıt tutuşturdular hepi topu. Üzerinde 'Hayatı da mematı da meçhul' diye yazıyordu. Aman kızım evlâdım. Bir bakıversen. Bir kaydı kuydu var mıdır? Hiç olmazsa yattığı yatağı, girip çıktığı kapıları bir görsek."

"Ben bilemem" dedi hemşire, "Onu hastanenin idaresinden soracaksınız." Şu yataklarda kaç İsmail yattığını düşünerek, hızlı adımlarla uzaklaştı.

Bu kez başka bir hemşirenin yolunu kestiler. Büyükhanım aynı cümleleri sonuna kadar tekrar edecekti ki hemşire sözünü kesti:

"Ben burada bir buçuk yıldır çalışıyorum. O kadar eskiyi nereden bileyim? Hem öyle olsa bile hatırlayamam ki nine, her gün yüzlerce asker geliyor bu hastaneye."

Büyükhanım içerledi, bu kız suratsızın, nursuzun tekiydi.

Bir diğer hemşire üç yıllıkmış, tabiatıyla o da İsmail'i hatırlayamazmış! Fakat bu, işte şimdi konuştukları, güzelce yüzlü, tahammüllü biriydi. Bu hastanede diğerlerinden çok daha yeniydi fakat takati tükenmemiş olmalı ki, "Soralım" dedi güler yüzle. Önlerine geçip onları idare odasına, Hekim Binbaşı'nın yanına çıkardı.

Hekim Binbaşı, güngörmüş, acıyı tatmış, bıçak kemiğe dayanmış, batabileceği yere kadar batmış, gelip başladığı yere dayanmış, ama aslı gibi kalmış, zıddına inkılâb etmemiş bir adamdı. Beş yıldır da bu hastanedeydi. Şu yataklardan kaç sahipsiz askerin gelip geçtiğini, kaçının fidan gibi devrildiğini, kandil gibi sönüverdiğini görmüştü. Kaçının gözlerini kendi elleriyle kapatmış, battaniyelerini yüzlerine çekmiş; kaçının kangren olmuş kolunu, sarkmış ya da çürümüş bacağını bir yaşamak uğruna gövdesinden kesip atmıştı. Kaçının vücudunu, daha onlar ölmeden kemirmeye başlayan kurtlardan temizlemeye kalkışmış da kimini başarmış kimine ilâç, takat yetirememişti. Kalbinde kaç çehre, kaç hatıra, kaç mersiye gömülüydü ve bu askercikleri kurbanlık koyunlar gibi böyle cepheden cepheye sürükleyip de kendi kafasızlıklarına söz söyletmeyen, burnundan kıl bile aldırmayan İttihatçılara karşı tepeden tırnağa öfke, bir hayli de küfür doluydu.

Kapı hafifçe tıklayıp da şu çocuk hemşirenin başı içeri uzanarak ardından biri yaşlıca ikisi gencecik üç kadın ürkekçe odaya girdiğinde kimin geldiğini hemencecik anladı hekim efendi. Az değildi kapısına düşüp de oğlunu, kardeşini, babasını, kocasını arayan kadınların sayısı. Arayanlar, kadınlar olurdu genellikle çünkü yitenler hep erkeklerdi.

Ne istiyorlardı? Hemşire anlattı. Dört yıl önce bu hastanede yatmış, Trabzonlu, Balkan Harbi'ne gönüllü yazılmış, sonra akıbetinden haber çıkmamış İsmail'i arıyorlardı. Keder, acıma, öfke ve çaresizlik kalbinden aynı anda geçti Binbaşı'nın. Hepsi farklı makamlara farklı muhataplara yönelmişti bu duyguların. Keder ve acıma kadınlara, öfke malûm devlet erkânınaydı; çaresizlikse kendisi için. Kendisini bıraksa altından kalkamayacağı bunca acıya mukabil, kalanlara birazcık faydalı olmak adına bir mukavemet duygusu geliştirmeyi öğreneli çok olmuş, gözleri ele verse de merhametini kalbindeki kabukların altında saklamayı öğrenmişti Hekim Binbaşı. Lâkin nasır değildi kalbindeki, perde üstüne perdeydi sadece. O perdelerden birini kaldırdı. Gaz lâmbasının borusuna, neredeyse o boruya yakın kalınlıkta sarılmış sigarasını yaklaştırdı, tütün ateş aldı. Derin bir nefes çekti. Göz göze gelmemek için kadınların başının üzerindeki boşluğa baktı. Nefesini de aynı boşluğa savurdu.

"Hekim Efendi" diye başladı Büyükhanım. Bu ses. Bir perde daha kalktı Hekim Binbaşı'nın kalbinden. Zehra hiçbir şey söylemedi sadece bakıyordu, ama öyle bakıyordu ki perdelerden biri daha uçuverdi. Düzgün bir Türkçeyi kırık bir Trabzon ağzıyla konuşan yaşlıca bir kadının dört yıllık hikâyeyi üç beş cümleye sığdırdığını görünce direnmeyi bıraktı Hekim Binbaşı, masanın üzerindeki nabızölçerin yanındaki çıngırağı salladı, "Hüseyin Efendi!" diye bağırdı. Ses çıkmayınca epeyce söylendi, şu yarım akıllı hademe neredeydi? Neden sonra, önünü ilikleyerek kapıdan içeri başını uzatan iki büklüm hademeyi azarlamakla vakit geçirmedi. Ama "Git bana" -Zehra'ya döndü, "Kartpostalın tarihi neydi kızım?"- "Hah işte o tarihli kütüğü getir" diye kükredi. O kadar kükredi ki hademenin böyle bir işi tamamlaması için sair zamanlarda geçmesi gereken sürenin henüz yarısı bile dolmamıştı ki kapı tekrar çalındı, çalınmaktan çok sanki omuzlandı, tartaklandı. Hekim Binbaşı, elleri dolu hademenin kapıyı tıklatacak eli kolu kalmadığını anlayarak "Gir oğlum, gir" diye bağırdı. "Oğlum" dese de Hüseyin Efendi de en az Binbaşı'nın yaşındaydı.

Siyah bez ciltli, kocaman iki defter geldi; her ikisinin de cildi alttan ve üstten koptu kopacak, yaprakları çevirme uçlarından kabarmış, kalınlaşmıştı. Sırtta beyaz çini mürekkebiyle yazılmış tarihleri Zehra okuyabildi, evet, İsmail'in tarihleri. Büyükhanım'ın kanı önce bütün yüzüne hücum etti sonra iki katı hacimde ve on kat hızlı geri çekildi. Kalbinin üzerine de bir kaya yuvarlandı. Bu defterde miydi? Şu kapak birazdan açılacak, her şey ortaya saçılacaktı. Bir gün geleceğini, gelmese bile bir yerlerde nefes aldığını, yaşadığını, hatta esir düştüğünü, niye olmasın evlenip barklandığını, çoluk çocuğa karıştığını, oralarda kaldığını -İsmail böyle yapmazdı ama ah keşke yapmış olsaydı- ümit etmek, daha iyi değil miydi? Bilmemek, bilmekten evlâ değil miydi? Buraya niye gelmişlerdi? Büyükhanım şu aksi Hekim Binbaşı'dan korkmasa Zehra'yı kolundan çekecek, "Kalk kızım, gidelim" diyecekti, arkasına bile bakmadan çıkacaktı şu kapıdan. "Medet, medet, medet" diye mırıldanabildi sadece. Mediha sandalyesine mıhlanmış, Zehra ise taş kesilmişti.

Hekim Binbaşı, fesini yan yatırırken defterlerin sırtına baktı, üsttekini kenara itti. Alttakinin kapağını açtı, sayfaların arasında biraz arandı, bir sayfada durdu. Elini satırların, sütunların üzerinde gezdirdi. İsmi. Lâkabı. Doğum yeri. Doğum tarihi. Alayı. Taburu. Vesairesi. Parmağını sürüklerken, siyah, kırık bir kalemle yazılmış isimleri gözden geçirdi. Ne kadar çok İsmail vardı bu defterde, bu devlet İbrahim miydi? İşin içinden çıkamadı. Bu kez ismi hanesi ile memleketi hanesini birleştirerek aramaya başladı. İsmi İsmail, memleketi Trabzon. İşte! Ama doğum tarihi uymadı; bu, öldüğünde yirmi sekiz yaşındaydı, bizim İsmail'se o kartpostalı yazdığında yirmisini bulmamıştı daha. Böyle "Memleketi: Trabzon"la uyuşan üç İsmail daha geçti doktorun tırnağının ucundan. İkisinin doğum tarihi uymadı, birinin baba adı.

Büyükhanım rahat bir nefes aldı, kalbinin üzerindeki kaya handiyse kalktı. "Haydi kızım, yok işte, gidelim" diyecekti ki Zehra'ya, diyemedi. Hekim Binbaşı'ya göre bu işte bir iş olmalıydı, zili bir daha salladı, Hüseyin Efendi'ye "Kayıt Dışı" defterini getirmesini emretti. Büyükhanım'ın içi sıkıldı. Yoktu işte. Daha niye arıyordu? Aramasındı. Bulmasındı, öylece bıraksındı. Hekim işte! Buluncaya kadar aramak onların âdetindendi. Diğerlerinden az daha küçük, az daha ince bir defter masanın üzerine bırakıldığında ve Hüseyin Efendi bir köşede dikildiğinde, demin kalkan kaya Büyükhanım'ın böğrüne yeniden tıkandı. Ne varsa bu defterde var olduğunu anladı.

O defterdeydi İsmail'in kaydı. Yani "Kayıtsızlar"ın, bu hastaneye her gün yüzlercesi giren yaralılardan bir künyesi olmayan, ilk anda kaydı kuydu tutulmayanların arasında. Hekim Binbaşı, kâtiplere kükremiş, buncağızları sonradan kendilerine geldikleri, iki kelâm edebildikleri, kim olduklarını hatırlayabildikleri zamanlarda bu yanık deftere kaydettirmişti. Cepheye sürdüğü askerini o yaralandığında, kolu bacağı kopup gözü aktığında, beyni parçalandığında takip edemeyen, "Kayıt Dışı" hanesine kaydeden bu devlete de bu hükümete de aklına gelen bütün küfürleri bu kez de esirgemedi, üç hanımın huzurunda olduğuna aldırmadan arkası arkasına ekledi. Osmanlı çöküyordu. Orduyu da devleti de bu hale koyanlara, hızını alamadı, bir hayli daha sövdü saydı. Ne Büyükhanım'ın ne de Zehra'nın Osmanlı ordusunu bu hale kimin koyduğuna dair açık bir fikirleri vardı. Ağzı pis kalbi temiz bir adam olduğundan Hekim Binbaşı'nın küfürbazlığı da fazla dokunmayabilirdi lâkin ne Büyükhanım da Zehra da bir şey işitecek, işittiğini anlayabilecek halde değillerdi.

Hekim Binbaşı sayfaları birer birer çevirdi. Memleket ismiyle baba ismini birleştirdi, hepsine doğum tarihini ekledi. Karelere bölünmüş geniş satırlardan Trabzon gönüllüsü İsmail Efendi'nin 20 Kasım 1912 tarihi itibariyle hastaneye yatırıldığını eliyle koymuş gibi buldu, çıkardı. Akıbet hanesinde ise sağ elinin şehadet parmağı durdu. Onu buradan sağ çıkaramamışlardı.

Büyükhanım neden sonra, "Yarası neresindendi Hekim Efendi?" diye sorabildi.

"Yarası yoktu" dedi Hekim Efendi, "İsmail tifüsten öldü." Bir de tarih mırıldandı: "13 Ocak 1913."

Sonra başını hayretle salladı. "Uzun süre dayanmış. Bünyesi sağlam olmalı."

Kadınlar öylece yığılmış otururlarken, deminkinden daha kalın bir sigara sardı Doktor Binbaşı Reşad; hemşire gelip kapıyı vurmasa, ameliyathanenin hazır olduğunu haber vermese yerinden kalkmayacaktı.

O sırada bir köşede dikilip duran Hüseyin Efendi, Binbaşı'ya döndü. "Kumandanım" dedi, "Müsaade ederseniz bir diyeceğim var."

Acelesi olan Hekim Binbaşı "Söyle bakalım" dedi, "Neymiş diyeceğin?"

Bu hastanenin çaycısı olan Hüseyin Efendi izdihamlı zamanlarda koğuşlara da bakar ne emredilirse onu yapardı. Yani uzun yıllardır daha az çaycı daha çok hastabakıcıydı.

"Ben de Trabzonluyum" diye Büyükhanım'ın yüzüne bakarak başladı. "On yıldır buradayım. İsmail'i hatırlarım, hemşehrim olduğu için kanım daha bir ısınmıştı ona. Ara sıra yanına giderdim, lâflardık hali olursa."

"Uzun etme Hüseyin Efendi" dedi Hekim Binbaşı, "Söyle ne söyleyeceksen."

Hüseyin Efendi devam etti: "İsmail kitap okur, şiirler söyler, mektuplar, defterler yazardı; kâğıtlara kalemlere aşina, kelimelerle hoş hal idi." Yutkundu, "Ölümünden sonra yatağını ben topladım. Yastığının altından bir defter çıktıydı. İsmail'in terekesi. Başka da bir şeyi yoktu fukaranın. Bir gün sahibi gelir arar diye sakladıydım. Emreder misiniz, gidip getireyim mi?"

Hekim Efendi "Getir oğlum, getir" dedi, sonra Büyükhanım'a döndü.

"Hanımefendi şimdi, siz İsmail'in mezarını bulmak istersiniz. Aramayın çünkü yoktur. Askerinin hayatına sahip çıkamayan bu hükümet onun ölüsüne bir mezar yeri verebilir mi?"

Çıktı, gitti.

Hüseyin Efendi çok geçmeden geri döndü; meşin kapaklı, küçük boy bir defteri masanın üzerine bıraktı.

Zehra, o gece Gülcemal vapuru düdüklerini öttürürken İsmail'in eline tutuşturduğu defteri tanıdı. Kapağı kaldırdı. Sabit kalemle "Kırık Kafiye" diye bir başlık atılmıştı ilk sayfaya. Elleri yandı. Hemencecik kapadı.

Ama böyle bir defterin kapanması olmazdı. O gece herkes uyuduktan sonra bir fiske şamdanının ışığında açtı defteri Zehra. Sayfaların arasında, "Eşhedü" cümlesinin yarısıyla açılmamış bir zarf vardı. Zarfın üzerinde Celil Hikmet'in yazısını tanıdı. Yarısından fazlası boş kalan deftere başlamadan önce alev ateş yanan, sonra buz kuyularında titreyen bu harflere baktı. Celil Hikmet'in mektubu yarım sayfaydı.

16 Kasım 1912, Gece

Hitap: Ruhumun Ruhu, Nurumun Nuru Zehra Hanım'a.

Hayallerimde bile sana söyleyemediğim şeyleri yazacağım şimdi, Siz yerine Sen demek gibi.

Oysa bu kadar dökülüp saçılmak, bu kadar açılmak için ancak ölüme yakın olmak lâzımdır. Bu kadar cesur olmak için de kavuşma ümidinin kalmaması. Ben işte bu haldeyim. Çatalca'dayız ve yol yorgunu baskına uğrayan Alâiye Redif Taburu'nun yerine, İleri Tabya savunmasına girmek için emir aldık.

Ama ben sana sadece senden bahsedebilirim. Sen güzelliğinin her şeyi fethettiği zamanlardasın ve ben hangi yanıma değsen o yandan ağrıyorum. Güzellikten doğan aşka yaslanarak her şeyi unutmak, senden gayrini geride bırakmak isterdim. Fakat ne mümkün! Ne zaman unutur gibi olsam olmuyor. Unutmak istediğim şeyin tam ortasındayım.

Bir acıya tahammül edebilmek ancak ondan daha büyük bir acıyla yüz yüze gelmekle mümkün olabilirmiş, anladım. Şimdi, bir dağın diline emanet ettiğimde bile ölü harfler, yanık kelimeler doğuran bu seyrüseferi, altında ezildiğim her şeyi, bu acıyı unutabilmek için bir diğer acımı diriltmeye uğraşıyorum. Seni unutmak için yaşadıklarımı, yaşadığım şeyi unutmak için de seni hatırlıyorum. Ama mümkün değil, hiçbirini unutamıyorum.

Ruhun kaldırabildiği acıyı bazen beden reddeder, çünkü kaldıramaz. O zaman bedeni daha derin bir acıyla susturmak gerekir. Aşkın acısından kaçarak sığınılacak en uygun yer ancak bir savaş olabilir. Ruhumun acısını ancak bedenimin acısı dindirebilir. Aşkımı acıya döndürebilirsem ancak dayanabilirim.

Yaşadığıyla yaşamadığını artık ayrıt edemeyen zihnim tümüyle gerçeğin ortasında. Oysa...

"Oysa"nın üzeri çizilmişti, arkada hiç okunamayan üç kelime daha vardı. Zehra birbiriyle ilgisiz, sayıklamaya benzeyen bu kopuk kopuk cümlelerden başını kaldırdı. İsmail'den boşalan yer o kadar derin olmasa Celil Hikmet'in kopardığı feryat Zehra'da da bir figana dönüşecekti ama bir ölümün hükmü, diğer bir ölümü hükümsüzleştirmesi. Bu hükümsüzlükte Celil Hikmet'in mektubunu bir kenara bıraktı usulca. Orada bir kâğıt burada bir defter vardı. Defteri eline aldı. İsmail'in, her zamanki güzelim hattına, canım istiflerine benzemeyen eğri büğrü, nizamı iyice bozulmuş, yer yer okunaksız bir yazıyla yazılmış "Kırık Kafiye"sini okumaya başladı.

10 Kasım 1912

Benim Zehra'm, sana yazdığım son mektubu Çatalca cümleleriyle bitirmiştim. Çatalca varsa İstanbul vardı ve İstanbul varsa Osmanlı vardı. Neyi korursak İstanbul'u koruyorduk aslında çünkü hangi yola girsek sonu İstanbul'a çıkıyordu. Biz de emaneti korumaya gelmiş, kıyamete gözümüz kapalı girmiştik. Fakat anladım ki benim kıyamet sandığım yalnızca bir kamet, bir küçük kıyametmiş. Asıl mahşer arkada kaynıyormuş. Bunu anlamam için iki gün yetti. Şimdi soğuk bir çadırda, Gülcemal'e binerken elime tutuşturduğun bu deftere başlıyorum. Çünkü yaşadıklarımı mektup kâğıtlarına aktarıp da sana, size yollayamam artık. Bir vadi ağzında ciğerlerimi sökerek haykırdığımda hissettiğim ne ise onu ancak bu deftere yazabilirim.

Dedemin kendisinden izin istediğim ilk anda "Oğul, sen savaşı ne zannediyorsun?" dediğini hatırlıyor musun? Haklıymış. Zannettiğim gibi değildi. Düğün şenlik olmayacağını, bizi türlü sıkıntının karşılayacağını biliyordum; neticede verecek bir canımız vardı ve zaten bunun için geliyordum. Ama öyle şeyler görüyoruz ki beni en çok da bu kahrediyor. Osmanlı ordusunu düşman kurşunu değil, soğuk, açlık ve hastalık kırıyor. Hepsinden önce de zabitlerin fırka çatışmaları; alaylısı mekteplisi, nizamîsi redifi, kurmayı zadegânı ile birbirine düşmeleri. Yine dedemin dediği gibi...

Bu deftere yazdığım satırları sana elbette gönderemem. Sair zaman olsa okumak dahi istemeyeceğim bu satırları nasıl yazdığıma ben bile hayret ediyorum. Ama yazmak iyi geliyor. Yazdıkça içimdeki zehri akıtacağım sanıyorum. Yazarsam, bütün bu dehşetin kelimeler dünyasında bir karşılığını bulursam bir parça hafifleyeceğim zannediyorum. Kelimeye dökülen acım bir taraftan hafifliyor. Yazdıkça kendime ve bütün bu olanlara uzaktan bakabiliyorum çünkü. Uzaktan baktığımda ise başka bir zamanın, başka bir hayatın varlığına olan inancım pekişiyor. Kendi bedenini gören bir ruhum ben şimdi.

Çatalca'ya gidecektik fakat sürekli değişen emirler aldık, hayalet bir gemi gibi limandan limana savrulduk. Oysa savaşın cephelerden evvel planlar ve talimatlar üzerinde kazanılacağı kesindi. Sonunda Çatalca açıklarına vardık. Fakat demir attıktan sonrası da tam bir çetrefildi. Çatalca bir türlü ulaşılamayan bir belde olarak önümüzde uzaklaştıkça uzaklaştı.

Neden sonra şirket gemilerine alınarak karaya çıkarıldık. Yağmur yağıyordu. Fırtınadan bitap düşen biz, kıyıda geminin boşalmasını bekliyorduk. Oysa gemide, boşaltılması en az yirmi saat sürecek hayvan, erzak ve mühimmat vardı. Alay komutanı "Madem öyle, askerleri en son çıkaralım, kıyıda beklemek yerine yataklarında dinlensinler" dedi. Sevk Komisyonu Başkanı ise ellerini iki yana açarak üzerinde "Aceledir" ibaresi bulunan telgrafı gösterdi. Emir böyleymiş! Bizler de nizamîsi, gönüllüsü bütün askerler geceyi boş yataklarımızın az uzağında, ağır bir yağmurun altında geçirdik. Yiyecek lokma, içecek su yoktu yanımızda. Soğuktu. Kapkaranlıktı gökler. Bir mum, bir kandil yoktu. Hepsi Gülcemal'de, taşınmayı bekliyordu. Nihayet yola çıktık. Varacağımız çiftlik Aya Mama, üççeyrek saatlik mesafedeydi söylenene bakılırsa. Fakat çamurlara bata çıka bir yol arayarak beş altı saatte ancak varabildik çiftliğe. Dağılan alayın kimi bölükleri ise çamur tarlalarında sabaha kadar dolaşmış.

Sabah olup da güneş açtığında bize ne olduğunu birbirimizin yüzünden okuduk. Bir fırtına, bir yağmur ve bir karanlık gece yetmişti. Her bölükten beşer onar kişi ateşler içinde yerlere serilmiş, Gönüllü Trabzon Taburu bile bir gecede erimişti. Celil Hikmet'le karşılaştık bir ara. Onun da solgun yüzünde hayat emaresi şimdiden tükenmişe benziyordu. Böyle başladı ve bu başlangıç bütün bir Balkan sath-ı harbinin temsiliydi.

12 Kasım 1912

Bu kez Aya Mama'dan Hadımköy'e doğru yola çıktık. Biz ortada yürüyorduk. Hadımköy civarında koleranın var olduğu askerlerin arasında şimdiden meşum bir ölüm fısıltısı gibi dolaşsa da İstanbul'dan bu yana ilk kez kendimizde bir güç hissettik. Geçtiğimiz köylerde, cepheye sürülen bu taze kan, ümit ve hayat saçıyordu. Fakat öyle şeyler gördük ki bu güç fazla sürmedi.

Kavak istikametinde yürürken kenarda yaşlı bir ağacın gövdesine yaslanmış, ayaklarını yola doğru uzatmış bir askere rastladık. Herhalde geri dönen Osmanlı ordusunun yorgun neferlerinden biriydi. Beş on adım kala kayıtsızlığı bizi şaşırttı. Hatta subaylarımızın öfkelendiğini bile fark ettik çünkü yol verilmeye, selâmlanmaya alışkındılar. Öyleyse düzenli bir şekilde geçmek isteyenlerin ayaklarına, yıkılmış bir mezar taşı gibi dolanan bu askere ne oluyordu? Yanına yaklaşınca bunun bir ölü olduğunu anladık. Fakat ölüm ona hiç yakışmamıştı. Elbisesi çamurlu ama yeniydi. Yanında ve üzerinde ölümü hatırlatacak hiçbir şey yoktu. Sanki bir ağaca yaslanmış da yoldan geçenleri seyrediyordu. Dudakları yarı açık, hafif gülümser gibiydi. Fakat dikkatlice bakınca yüzündeki soğukluk ve ölüm beyazlığı ürpertici bir etki uyandırıyordu. Güzel, genç ve sarışın bir yüzü, ince bıyıkları vardı. Neden ölmüş olabileceğini düşündüm. Görünürde bir yarası yoktu. Kalp krizi, tifüs, kolera, açlık. Bunların hepsi veya birkaçı veya biri. Bu askeri neden kimsenin gömmediğini düşünerek kederlendik. Birkaç mangaya emir verildi ve askercik oracığa elbiseleriyle gömüldü. Yolumuza ondan sonra devam ettik.

Üzerinde yürüdüğümüz hat boyunca savaşın bütün sahneleri ve insan tipleri ile karşılaştık. Binlerce kişi geçti yanımızdan. Bunların bir kısmı geri çekilme emri alan ya da çamura saplanmış toplarını terk ederek kaçarcasına geri dönen askerler. Bir kısmı da Rumeli'den göçen halk. Osmanlı'nın nasıl çöktüğünü Çatalca'ya akın akın yığılan bu Rumeli göçmenlerinde ve bozguna uğrayan orduda gördük.

Biz o tarafa giderken Rumeli de bu tarafa göçüyordu. Öyle bir geliyorlar ki bizim gitmemiz mümkün değil. Öyle bir dönüyorlar ki bizim ilerlememiz imkânsız. Sonu gelmiyor bu kafilelerin. Bitti zannediyorsun daha kalabalık, daha acılı yeniden başlıyor. Şehirleri, köyleri, kasabaları yakılıp yıkılan bu insanların bırakıp kaçmaktan başka çaresi yok. Yüzen bir ıztırab adası gibi dağ, ova, ufuk demeden geliyorlar. Geldiklerini hemen anlıyorsun. Önce ufukta bir duman beliriyor, yangın arkadan görünüyor. Bir değil, üç değil, beş değil; binlerce, yüz binlerce geliyorlar. Yağmurun, çamurun içinde, ayazın, alev ateş sağanağının altında, kadın, çocuk, ihtiyar, hasta, sakat, deli, meczup, akıllı ama hepsi de aç bîilâç bir insan kalabalığı. İnsanlıktan çıkmış, başı açık, ayağı çıplak, paçavralar içinde, bata çıka, düşe kalka inleye inleye, ağır ağır ilerliyorlar. Ağır ağır, ama hepsi de arkalarından gelen ve onları kovalayan bir şeyden kaçıyorlar. Güçleri olsa koşacaklar ama yok. Yürümek bile değil bu, bir çamur deryasında çarnaçar yüzüyor, sürünüyorlar.

Hele çocuklar. Esasen gürbüz olması gereken bu köylü çocukları bir deri bir kemik kalmışlar. Çoğunun annesi babası yollarda düşmüş, onlarsa bir sürü halinde ilerlemeye çalışıyorlar. Ama çok geçmeden içlerinden biri olduğu yere yığılıyor. Ayakta kalanlar onları bırakıp yola devam ediyor. Ve hastalar, sakatlar. Normal zamanlarda bile normalüstü bir ilgiye muhtaç olan hasar almışlar, bu yarım yamalaklar, bu normalüstü zamanda nasıl adım atıyorlar? Savaşın gailesi olağanüstülükleri olağanlaştırması galiba, herkesi kendinden ibaret bırakması.

Bu hayalet kafilesi Rumeli muhacirleri, nesini yanına alabildiyse onu bir deri bir kemik kalmış, hangi hayvan olduğunu anlamak neredeyse imkânsız zavallı bir iskelete yüklemiş, yürüyor. Bütün bu yükü, sahiplerinden daha yorgun, daha aç, daha sefil, hilâl biçimli boynuzlarıyla öküzlerin koşulduğu kırık dökük arabalar çekiyor. Yorgan döşek, çanak çömlek, su ekmek, şilte, yastık; üzerlerine kaba bir örtü atılmış; onun da üzerine birkaç çocuk oturtulmuş. İhtiyarların oturma hakkı yok, onlar öküzleri çekelemekle meşgul. Kadınlar arkadan itiyor. Öküzlerinse mecali yok, kimi olduğu yere devriliyor, kimi acılı gözlerle sahibine bakıyor. Dolap çevirmeye, çift sürmeye, vakti gelince dinlenmeye, okşanmaya, tatlı sözler işitmeye alışık bu zavallı hayvancıklar acıyan gözlerle sahibine bakıyor ve soruyor. "Ne işimiz var bizim bu yolda?" Sahibi de bilmiyor. Sadece yürümek ve uzaklaşmak istiyor. Ama attığı her adım bir sonraki adımı yavaşlatmaktan başka bir sonuç vermiyor. Hepsi bitkin, perişan. Düşmeleri yakın. Düşen düşüyor, kalan yürüyor. Hazin bir veda sızıyor içime. Rumeli-yi Şahane boşalıyor. Muazzam bir coğrafya yer değiştiriyor. Tıpkı 93 Harbi'ndeki gibi. Yanmayan yok bu alevde. Ve hiçbir şey bu yollar boyunca gıcırdayan kağnı tekerlekleri kadar hazin olamaz.

Şimdi söyle bana Zehra, bunları sana nasıl yazayım? Hacıbey'e, Büyükhanım'a nasıl anlatayım. İki zavallı öküzün önünde bir ailenin sorumluluğunu üzerine alarak bir arabayı çekeleyen sakal göğüste ihtiyarcıkların omuzları çökük sürüklenmesine, o yürüyüşe dayanamıyorum. Çocukların, kadınların, hastaların hele sakatların yürümesine, yürümek değil bu sürüklenmesine dayanamıyorum. Ama dayanıyorum işte.

Fakat askerlere ne demeli? En çok da asker olanların uzun konvoylar halinde dönüşüne içerliyoruz. Şark ordusu aç, dağınık, perişan bir cemaatten ibaret ve kaçarcasına geri dönüyor. Subay askerini, er komutanını tanımıyor. Bir bozgunun üzerine geldik biz, bir hezimetin, bir hacaletin; çözülen, geri çekilen, dağılan, bir kısmı düpedüz kaçan Osmanlı ordusunun. Onların hali muhacirlerden de acı. Çünkü muhacirlerin ümidi de bunlara bağlanmıştı.

Osmanlı ordusu çöküyor. Buna onu çökerten güç de inanamıyor ama Osmanlı ordusu bir buzdağı gibi çatırdayarak parçalanıyor. Üç hafta. Yetti. Bu koca çınar ilk fırtınada devriliyor. Bütün dünya hayretler içinde. Fırtınanın kendisi bile bunun böyle olacağını ummazdı.

13 *Kasım* 1912

Hadımköy'e kadar yürüyeceğimiz, hepi topu iki adımlık yoldu aslında. Fakat Rumeli'den dönen asker kafileleriyle karşılaştıkça adını o kadar işittiğimiz kolera ile de yüz yüze geldik. Soğuk terler dökerek uzak durmaya çalışsak da bazen aralarından geçiyoruz, daha doğrusu kendimizi ortalarında buluyoruz. Diğerleri tarafından dışlanmış koleralılar, sadece kendileri gibi olanlar tarafından kabul edileceklerini bilerek birbirlerine sokulmuş, bir hastaneye varabilmek umuduyla cüzamlı efsane mağdurları gibi sürükleniyorlar. Derileri simsiyah, ciğerleri sökülürcesine kusan, içi dışına dökülen askerler. Buğday gibi biçiliyor, tütün sapı gibi kırılıyorlar. Artık tek tek değil gruplar halinde, oldukları yere yığılıyorlar. Çoğu olduğu yere gözümüzün önünde düşüp kalıyor; bir iki adım atmak isteyerek sürükleniyor ama üçüncü adımda gücünün bittiğini fark ederek vazgeçiyor. Bakışlarını göklere, altına serildiği ağacın yapraklarına çevirerek son nefesini veriyor. Bu halde bile birbirlerini sürüklemeye, omuzlamaya, kaldırmaya çalışıyorlar. Kahramanlık ve vefakârlık dağılmayla iç içe. Şark ordusunun tamamında da bu böyle. Kaçarcasına dönüyorlar geri. Açlar, hastalar, yorgunlar, uykusuz ve bozgundalar. Fakat kimseye bir fenalıkları dokunmuyor yine de.

Burada koleralıların nasıl gömüldüğünü de gördük. Yol boyunca cenaze katarları ağır ağır gidiyor. Ölü dolu arabalar toplu mezarlara bağlanan yollarda sıra sıra bekleşiyor. Mezar kazıcılar ilk zamanlar ölüleri bu derin çukurlara sıra ile diziyor, hiç olmazsa yüzlerinin kıble yönüne bakmasına dikkat ediyorlardı. Fakat artık arabaları olduğu gibi ters çevirip dönüyorlar. Üzerlerine örtülen topraktan kilitlenmiş bir kolun ya da bacağın fırladığı oluyor. Bazen bir yüz, açık gözleriyle gökyüzüne bakmak isteyen bir maske gibi toprağın üzerinde kalıyor.

Bizse durmadan yürüyoruz. Biz; cepheye yeni sürülenler, Rumeli'den dönen binlerce askere göre iyi sayılırız. Fakat onlar yürüyen daha doğrusu sürüklenen, kadidi çıkmış birer heyulâ ordusu gibi. Koleralı değillerse bile açlıktan, soğuktan, yorgunluktan, uykusuzluktan, sefalet ve bakımsızlıktan, ölüme bunca yakın durmaktan hepsi aynı yüze sahip olmuş sonunda. Gözleri çukura kaçmış, avurtları çökmüş, elmacık kemikleri fırlamış, irileşmiş bir yüz bu. Omuzları çökmüş, kamburu çıkmış, beli bükülmüş, bacakları kolları incecik kalmış ortak bir beden de bu ortak yüzü taşıyor, tabii taşıyabilirse. Çünkü bunların da hepsi birer birer düşüyor. Her biri dizlerinin bağı çözülerek olduğu yere çöküyor. Kimi yüz üstü, kimi diz üstü başını göğsüne eğerek, kimi kendi boynunu kendi ağırlığının altında ezerek düşüyor. Kimi sırt üstü, bir fidan gibi devriliyor. Ay gibi, güneş gibi batıp gidiyor. Eğer ölmemişse bile yorgunluktan yere yığılıyor, gözleri baka baka ölüyor. Kiminin dilinden kadere dair bir öfke sayhası, şedit bir küfür çıkıyor. Kimi cinnete düşmüş çoktan. Kimi de yüzünde garip bir tebessüm, bizim görmediğimiz bir yere bakıyor, eğer gücü varsa iki adımlık mesafeyi sürünüyor, sırtını bir ağaca yaslıyor. Bir tarafı çoktan sarkmış, diğer koluyla tüfeğine sarılıyor. Tevekkeltü teallallah, daha fazla direnmiyor.

Açlıktan yere yığılmış askerlerin de bazen, koleradan ölmüş zannedilerek, üzerine kireç kaymağı atılıyor. Ölmemişse de orada kavrulup gidiyor. Göz çukurları yanıyor. Sonra beyaz önlüklü askerler bir daha derin toplu mezarlar kazıyor. Hiçbirinden geriye bir isim bile kalmıyor. Meçhul asker!

Dokuz yüz kişiyle başlayan taburlar yüz kişiye düşmüş, nasıl olup da erimiş bitmişler? Mevcudu üç yüz kişi olan bölükten geriye elli kişi kalmış. Onlar da en dayanıklı en kuvvetli olanlar. Savaş en başta en zavallıları en nazlıları götürüyor. Bunların her biri kendilerine nice ümit bağlanmış ana evlâdı. Bunları bu hale kim koydu? Kim bunun sorumlusu? Kimin üzerine kesilecek bu hesap?

Zehra unutsam. Gördüklerimi, bu dehşeti, bu mahşeri, cezalıları melekler olan bu cehennemi unutsam.

14 Kasım 1912

Çamur, her yer çamur. Çamur, onun vıcık vıcık ve sıvaşık denizi üzerine düşen insanların ve hayvanların varlığıyla fokur fokur kaynıyor. Uzaktan kaya zannettiğin bir şey yanına yaklaşınca ağır ağır kıpırdayan ya da öylece duran bir hayvan ya da insan bedenine dönüşüyor. Yollar geçit vermiyor. Yere sağlam basmalarıyla meşhur atların bile yer, ayaklarının altından çekiliyor. Her yerde yaralı atlar, yürek paralayan iniltilerle yatıyor. Kalkmaya çalışıyorlar, bunu başaran anında düşüyor sonra vazgeçiyor. Tıpkı erler gibi. Üzengiden sarkmış yaralı subaylar, dalların çatalı arasına sıkışmış, bir deri bir kemik kalmış ama hâlâ sahibine sadık atlar görüyorum ve gördüklerime artık takat yetiremiyorum.

Böyle mi olacaktı? Biz yeniyiz, tazeyiz, gücümüz henüz yerinde. İçimizdeki hayat ışığı sönmüş değil ama bu gördüklerim yok mu, bunun ağırlığı hiçbir şeye benzemiyor. Hatırlarsın Zehra, son gece akşam soframızda beni vazgeçiremeyeceğini anlamış olan Hacıbey, artık yüreklendirmeye dönmüştü ve "Korkma, gideni dönerken görmüşler" demişti. Korkmuyordum ki, gönüllüydüm ben. Oysa şimdi geri dönemeyeceğimden korkuyorum. Yo hayır, hâlâ gönüllüyüm. Ne için geldiğimi hâlâ biliyorum ve onun için hâlâ ölebilirim. Ama tek kurşun atamadan, düşmanla yüz yüze gelmeden, ölümüm bir işe yaramadan, bir ağaca yaslanarak ölmekten korkuyorum. Sekte-i kalpten, açlıktan, tifüsten, koleradan, bit pire içinde ölmekten korkuyorum. Ben bunlar için gönüllü değildim. Ölümüm bir işe yarasın istiyorum. Ama etrafıma bakınca toptan, tüfekten, kasaturadan daha fazla sahra hastaneleri, seyyar etüvler ve tecridhaneler görüyorum.

15 Kasım 1912

Bu gece size bir kartpostal yazdım. Yarın posta gelirse veririm. Gelmezse bir köşede kalır. İki satır yazabildim: "İyiyim. Merak etmeyin." Yalandı. Ben iyi değilim. Sonra bu defteri elime aldım. Gerçeği ancak bu defter çeker. Ama çoğu kez bu dehşetin kelimesini bulup da bir yerden çıkaramıyorum. Yazıya düşen hiçbir şey ateşini olduğu gibi yansıtmıyor, her şey yazıya dönüşürken munisleşiyor. Hiçbir alfabede "Z"den sonra harf yok çünkü. Bu rezaletin kelimeler karargâhında bir karşılığı yok. Böyle bir şey sadece yaşanabilir. Yaşayanlar da tez elden unutma telâşında. Tarih kitaplarına girecek üç soğuk cümlenin ardında ne mahşer var oysa.

16 Kasım 1912

Çatalca'ya vardık sonunda. Savaş her an başlayabilirmiş. Osmanlı ordusu, bütün o çözülen, kaçarcasına geri dönen Doğu ordusu burada biraz daha toparlanmış durumda. Bu ordunun Bulgarları durduracağından umudum var. Durduramazsa zaten bundan sonra İstanbul da yok demektir. Bizim Gönüllü Taburu da her an ateşe atılmaya hazır, bekliyor. Fakat ben, kendimde bir başkalık hissediyorum. Dizlerimin bağı çözülüyor. Gözlerim kararıyor. İçimde bir yanardağ, derimin bütün gözeneklerini patlatarak lav püskürtüyor sanki. Kuru bir öksürük beni boğuyor. Böyle giderse ben de tek kurşun atamadan olduğu yere çöküp, bir daha kalkamayanlardan olacağım. Uykum var ama uyuyamıyorum. Oysa birazcık uyuyabilsem. Başka hiçbir isteğim yok. Sanıyorum ki yarım saatçik olsun bir yağmur uykusuna düşebilsem üzerime sihirli bir el değmiş gibi bütün yaralarım sağalmış olarak uyanacağım. Oysa bin yıldır uykusuz gibiyim ve böyle giderse bir bin yıl daha kirpik kirpik üstüne indiremeyeceğim.

17 Kasım 1912

Çatalca hattında ölüm kalım savaşı başlamış, top sesleri kulağıma kadar geliyor. Fakat ben orada yokum. Beni İstanbul'daki bir hastaneye sevk ettiler, trenle İstanbul'a gidiyoruz. Sıhhiye çadırındaki tabur hekimine beni Halis Efendi götürdü. Yere çökmüş sıramı beklerken muayene masasının üzerinde karşılaştığım manzara için "Hiç unutmayacağım" desem de o kadar çoklar ki hangi birini unutmayacağım? Bunca "unutmayış"a hafızanın bile sınırları kapalı. Rumeli'den ricat eden ordunun askerlerinden biriydi. Giysileri çıkarılmıştı. Kemik üzerine gerilmiş bir deri tabakası düşün Zehra. İşte öyle! Ayak ve el parmakları uzamış. Gözler mosmor bir çukura kaçmış. Burun ve çene sivrilmiş. Aralık gözlerinde ürpertici bir parıltı fark ediliyor ve çekilmiş dudaklarının arasından sapsarı dişleri görünüyor. Doktor ölüm raporunu yazıyordu. Halis ne yazdığını sordu. Böyle bir ölüme nasıl bir sebep gösterilebilir, adı ne koyulabilirdi bu illetin?

"Zafiyet-i umumî neticesi tevakkuf-ı kalpten vefat" dedi Hekim Efendi, umumî zayıflık neticesinden kalp durmasıymış ölümünün sebebi! Yani açlık! Böyle bir ölüm sebebini bu doktor günde kaç kez yazıyor?

O zavallı mevtayı kaldırdıkları kanlı, kirli sedyenin üzerine iki koluma girerek bu kez beni yatırdılar. Tabur doktoru benim için Halis Efendi'ye "Çok genç olmasaydı bu ateş ortasında sevk etmezdim" derken duydum. "Alın götürün, yazık olmasın" diyordu. Halis Efendi yarı ölüme batmış yarı dışarıda kalmışların, ölümü tecrübe etmiş fakat yaşamda kalmışların, bu iki taraflıların arasından geçirerek beni istasyona kadar getirip geri döndü.

Bu vagonda herkes benim gibi hasta ya da yaralı. Çatalca-İstanbul arasını trenle herhalde üç günde alacağız. Çünkü tren, gitmekten çok bekliyor. Hatlar, asker ve muhacir trenleriyle dolu.

18 Kasım 1912

Bu yolda istasyonlar boyunca gördüklerimi de keşke unutsam. Muhacirler İstanbul'a gitmek için yığılmış, günlerce tren bekliyor. Askerlerin durumu anlatılır gibi değil. En hafifi bir kolu dağlanmış yaralılar, Balkanlar'ın meşhur soğuğunda buz gibi yağmurun altında aç, hiç pansumansız, sürünerek en yakın istasyona kadar geliyor. Orada kendilerini İstanbul'a götürecek treni günlerce bekliyor. Çoğu bu bekleyiş esnasında son nefesini veriyor. Trenden inen, cepheye yeni gelen askerler de trenden iner inmez bu sahneyle karşılaşıyor. Kendilerini bekleyen akıbeti görüyor. O da soğuk geceyi yağmur altında aç bîilâç geçirdikten sonra zihninde ölümünün resmi, gün ışırken cepheye sevk ediliyor. İnsan açlıktan nasıl ölür? Sessizce, tükene tükene mi? Yoksa bağıra bağıra, sürüne sürüne, görüne görüne mi? Bilmezdim. Ama defalarca gördüm. O kadar gördüm ki artık görmez oldum. Zehra bir bilsem, unutmak bu lisanda kaç hecedir?

20 Kasım 1912

Nihayet tren durdu. Soğuk terler ve yakıcı bir ateş arasında "Sirkeci" yazısını okuyabildim. Sirkeci garı ana baba günüydü. Yok, mahşer kıyamet. Burada da inmek için sıra bekliyoruz, bitip tükenmeyen sırasız bir sıra. Ne kadar zaman geçtiğini bilmiyordum ki vagonun kapısında tekerlekli bir servis masasıyla çaycı neferler göründü. Hepimize çay dağıtıyorlardı. Koca bir kazan kaynar suya atılmış bir tutam çay. Şekeri de içinde üstelik. Bizim oradaki Çerkez Arslanbey'in Asmalıkahve'sindeki çaya hiç benzemiyordu ama yeşil camı aşınmış büyük bardaklarda ikram edilen bu çayı ömrümün en büyük nimeti saydım.

Başımı ayakta tutamıyordum, kompartımanın camına dayandım. Camın üzerinde yüzümdeki lekeleri fark ettim. Yüzümün aynasını delip geçen bakışlarla, karşı perondaki trenden hastane malzemeleri indiriliyordu, onlara bakmaya başladım. Sandıkların üzerinde içlerinde ne olduğu yazılıydı. Battaniye, çarşaf, şilte, fanilâ, takye, hasta entarisi, muşamba, serum, sargı bezi, kinin, doktor gömleği, maşrapa, çinko kova, hasta nakline mahsus teskere, gaz sobası, Kızılay bayrağı. Aklına gelebilecek her şey bu sandıkların içindeydi. Bir başka sandığın üzerinde Almanya damgasını tanıdım. "Sunî aza: Kol", "Sunî aza: Bacak"; bunlar kolunu bacağını Çatalca'da bırakacaklar için hazırdı. Çatalca'da ne olup bittiğini bilmiyorum oysa. Kimse cepheden bir haber getirmiyor. Bir ara gözlerim kapanmış, kendimden geçmişim. Uzun zamandır ilk kez daldım. Bir yağmur uykusuna düştüm sonunda. Kısa sürmüş olmalı. Gözlerim açıldığı ilk anda gördüklerime ise inanamadım. Dört hamalın, dört ucundan tutarak trenden indirdiği içi çinko kaplı boş bir tabutu tam penceremin önüne bıraktıklarını gördüm. İki hamal da kapağını tabutun üzerine bıraktı. Birincisi kalkarken yerine ikincisi geldi. Böyle tam kırk boş tabut saydım. Kırktan sonra saymayı bıraktım.

Nihayet yalıların ve köşklerin arasından geçerek hastaneye naklediliyoruz. İstanbul'da bütün camiler, dergâhlar, hanlar, mescidler, medreseler göçmenlerle dolu. Yetmiyor. Binlerce insan günlerce bekleşip duruyor. Kimden ne bekliyorlar? Ailesinden sağlıkla dolu olarak teslim aldığı askerinin refakatine içi boş çinko tabut veren, ordusunu besleyemeyen, sevk edemeyen, bir cephe gösteremeyen hükümetin yardım elini mi?

4 Aralık 1912

Beni buraya nasıl getirdiklerini bilmiyorum. Hatırladığım son şey Sirkeci garından çıkıp Balkan muhacirlerinin arasından geçtiğimiz.

Hamidiye Etfal Hastanesi'nin koğuşlarından birindeymişim. Gaz kokan tahta döşeme. Her yatağın başucunda askılar. Yatağımın başında küçük bir komodin. Üzerinde ufak tefek, bardak sürahi. Ayakucunda türlü levazımata göre hazırlanmış bir masa. Ortada bir soba. Yataklar. Her yatağın içinde aynı hasta. Hepsinin sırtında aynı fanilâ. Gözümü açar açmaz üzerime eğilmiş hemşireye Çatalca'yı sordum. Koluna kırmızı hilâl işlenmiş beyaz giysisi içinde gülümsedi. "Zafer kazandık" dedi. Ya Rabbi şükürler olsun. İstanbul kurtuldu. Ama mütareke olmuş. Hemşire hanım Bulgarlarla imzalanan bu mütarekeden pek iç açıcı cümlelerle söz etmedi. Biraz daha konuşturmak istedim. "Haydi, sen şimdi bunları düşünme, azıcık uyu" dedi. Beni neden tecrid etmediklerini sordum bu kez. "Hepiniz aynı hastalıktan muztaripsiniz, ondan" dedi.

Bir koğuş. Hep aynıyız.

7 Aralık 1912

Uyuyamadığım onca günün acısını çıkartırcasına yerli yersiz, zamanlı zamansız uykuya dalıyorum. Doktorlar muayene için beni yatağımın içinde oturttuklarında bile koğuşun tavanı, pencereler, duvarlar dönüyor gözümün önünde. Sonra derin bir kuyuya düşüyorum. Keşke hiç uyanmasam. Ama çok geçmeden keskin bir sancıyla ve ter içinde uyanıyorum. Soğuk terler bunlar, ecel teri böyle olmalı. Başım çok ağrıyor. Yatağıma dönüp ağrı bir parça dinince tekrar uyuyorum. Ne kadar uyuduğumu bilmiyorum. Belki bir dakika, belki üç saat, belki bütün gün. Uyandığımda ilk anda hiçbir şey hatırlamıyorum. Ama çok geçmeden ruhum, terk ettiği bedenine büyük bir gürültüyle geri dönüyor. Bu gürültüyü gerçekten duyuyorum. Gerçeği hatırlıyorum. O aradaki zaman var ya! İşte orası çok güzel. Çünkü gaflet. Yeniden dört bir cihet gerçek oluyor. Sonra yeniden uyuyorum.

10 Aralık 1912

Bu sabah garip bir hal ile uyandım. Sırt üstü uzanmıştım. Sağ elim göğsümün üzerindeydi. Fakat elimin ağırlığını bir türlü hissetmiyordum. Sanki yoktu. O kadar mı zayıfladığımı, Fuzulî'nin gazelindeki gibi bir kuru âh'tan mı ibaret kaldığımı düşünmeden edemedim. Hafif yelin beni neredeyse uçurmasını beklerken iyi kalpli, melek yüzlü hemşire geldi. Koğuşa döndü, bakışlarını bütün yatakların, o paslı karyolalarda yatan bir yanı eksik, canı boğazına dayanmış zavallıların üzerinde gezdirdi. Hepimize hitaben:

"Size bir haberim var" dedi. "Güzel bir haber. Ziyaretçileriniz var bugün, hem de pek meşhur pek önemli ziyaretçiler."

Meraklanmıştım. Meşhur ve önemli ziyaretçilerin buraya neden geleceklerini kestirmeye çalıştım. Hemşire koğuşa döndü yine. "Hilâl-i Ahmer Cemiyeti'nden azalarla birlikte şair ve yazar hanımlar gelecek. Bu koğuşu da şair Nigâr Hanım ziyaret edecek."

Bütün yastıkların üzerine bir kitap bırakırken özellikle bana bakarak, "Bu da onun meşhur Efsûs'u. Okuyun, seversiniz" dedi.

Bu koğuşta kaç askerin okuma yazma bildiğini bilemem. Ama benim yüreğim ter içinde üşürken bile hopladı. Şair ve yazar takımından hanımefendilerin cephedeki askerler kadar oradaki ateşin geri püskürttükleri için de canla başla çalıştıklarını, yatak yorgan, sargı bezi dikmekle uğraştıklarını, kapı kapı dolaşarak yardım topladıklarını, yardım sandığına en evvel kendi mücevherlerini bıraktıklarını işitmiştim. Ama Şair Nigâr Hanımefendi. Halil Safa'dan o kadar dinlediğim, bazı gazellerini benim de okuduğum Efsus şairesinin bizleri ziyaret edebileceğini aklımdan bile geçirmezdim.

Öğleden sonra kapı açıldı. Hilâl-i Ahmer Başkanı ile birkaç kişi daha ve üç hanımefendi bizim koğuşa girdi. O olduğunu nasıl anladım bilmem ama onun o olduğunu anlamamak da mümkün değildi.

Siyah bir çarşaf giymişti. Elli yaşlarında olmalı ama çok daha genç görünüyordu ve hâlâ çok güzel, çok asildi. Diğer kadınlar gibi onun da peçesi açıktı. Bu halleriyle bize sadece anne ya da hemşire olduklarını ima ediyorlardı herhalde. Onun yüzünde tedirgin bir tebessüm vardı. Ne kadar üzgün olduğu, onun da ayaklarının suya erdiği yorgun bakışlarından okunuyordu. O vakte kadar kibar yaşamış bu kadının zerrelerine ayrılıp dağılacak kadar yara aldığını ama diğer yanıyla dağılan zerrelerinden yeniden doğacak kadar da güçlü olduğunu anladım. Dağılıp gitmeye hakkı olmayanlara özgü bir güçle güçlüydü. Ve bütün şiirini aşka, sevdaya, kendi gönlünün feryatlarına adayan bu kadının şimdi baştanbaşa vatan kestiğini, kendine bambaşka bir kimlik biçtiğini, onun da yolun sonuna geldiğini anladım. Çok etkileyici bir sesi, su akar gibi bir konuşması vardı ve bugün bizim koğuşta hastalığımızdan çekinmeden, yüzüne maske takması için uyaran hemşireyi bile dinlemeden, ömrü boyunca yapmadığını zannettiğim işleri yaptı. Neferlerin yataklarının yanına oturarak hallerini hatırlarını sordu önce, gönüllerini aldı. İlâçlarını verdi. Yemek vakti hemşirenin getirdiği tepsileri taşıdı, askerlere kendi elleriyle çorba içirdi. Bana yaklaştığında yatağımda doğrulmaya, gülümsemeye çalıştım. Başaramadım. Pamuklu mintanımdan, fanilâmdan biraz utandım. Çizgili battaniyemin ayakucuna ilişti.

Hemşire beni göstererek "Bu, İsmail Efendi" diye bilgi verdi.

"Kaç yaşında?" diye sordu Nigâr Hanımefendi, yüzünden bir hayret tebessümü geçerken.

Hemşire, sınıfımı söylemekle yetindi. "Sultanî'yi yeni bitirdi. Felsefe şubesinde okumak istiyor." Ve ekledi: "Bir şiir kitabı yazacak, şimdilik kafiye biriktiriyor."

Bu kez Nigâr Hanım, nereli olduğumu sordu.

"Trabzonluyum" dedim gururla. Sesimin kuyulardan yankılandığını ben bile işittim.

Benim de başımda diğerlerinin başında kaldığı kadar kaldı. Ancak ayrılırken döndü, bana bir daha baktı.

12 Aralık 1912

Bugün sizlere bir kartpostal yazdım. Kartın üzerinde bu hastanenin ve bir Hilâl-i Ahmer hemşiresinin resmi var. Resmin dünyasında ne cerahatin kokusu ne yaralının iniltisi ya da feryadı var oysa. İki satır karaladım. Cümlelerimi saydım. Yedi cümle yazabilmişim. Her zamanki gibi yalandı.

Kartpostalın üzerine tarih atmak için duvardaki takvime baktım. Ne kadar uzun zaman olmuş ben buraya geleli. Garip! Ben hâlâ hayattayım. Oysa kaç yataktan kaç cenazenin kaldırıldığını gördüm. Koğuşlarımızda takvim var ama ayna yok. Bize ne olduğunu görmeyelim diyedir herhalde. Fakat suyu çekilmiş dallar gibi kurumuş ve kararmış ellerimin üzerindeki lekelere ya da az ötedeki yatağın hastasına baktığım zaman bana ne olduğunu ima eden resmin bütününü görüyorum.

Hüseyin Efendi diye bir hadememiz var. Hastabakıcı, ölü kaldırıcı, çaycı, odacı; her şeyi yapıyor. O da Trabzonlu. Hemşehrisi olduğumu bildiğinden sık sık yanıma geliyor.

"Efendi, ne yazarsın sen böyle ha bire?" diye soruyor.

"Hiç!" diyorum.

15 Aralık 1912

Yan tarafımdaki karyolada Mehmet Emin Efendi yatıyor. O da Trabzonlu. Besim Efendi diye birinin oğluymuş. Ara sıra lâflıyoruz. Misafir sayılır. Hastanede boş yatak bulunmadığından bizim koğuşa almışlar. Başının sol tarafında bir şarapnel parçası gömülü, beyne çok yakınmış. Doktorlar ameliyata almaya korkuyorlarmış ama böyle yaşaması da mümkün değilmiş. Öğleden sonra ameliyatı var. Mehmet Emin Efendi İstanbul'da Polis Okulu öğrencisiymiş. Bizim Gönüllü Taburu'nun hazırlıklarını haber alınca o da kendi mektebinin idaresine başvurarak izin istemiş. Bana kendi yazdığı dilekçenin suretini ve mektebin verdiği izinnameyi gösterdi. Şöyle yazılıydı izinnamesinde:

"Savaştan sonra mektebe dönmek kayd ü şartıyla izin verilmesine."

Mehmet Emin Efendi bugün ameliyata girdi. Mektebine, derslerine hiç dönemeyecek.

22 Aralık 1912

Bize burada her gün çay veriyorlar. Gerçi trendeki gibi, kocaman kazanlarda şekeriyle birlikte kaynatılmış bir tutam çaydan ibaret bu da. Ama yine de çok iyi geliyor. Aşçılardan biri kazana bir kepçe daldırıyor. Çinko maşrapalara dökülüyor çayımız. Arada birkaç cam su bardağına rastlamak da mümkün. Ama bana hiç denk düşmedi.

Yan tarafımda boşalan yatağa Mülâzım-ı Evvel Samet Bey'i yatırdılar. Avrupa görmüş, oralarda okumuş birisi. İngilizlerin çay içişlerini, fincanlarını, demliklerini öyle bir özlemle anlatışı var ki ben de ona bizim Çerkez Arslanbey'in ve İranlı çaycıların çaylarını anlatıyorum. İnanası gelmiyor.

Ben Balkan kıyametinden daha büyüğü olmaz zannederken Mülâzım-ı Evvel Samet Bey bunun daha büyük bir kıyametin mukaddimesi olmasından, fazla değil birkaç yıl içinde çok daha büyük, bütün dünyayı kavuracak bir savaşın çıkmasından korkuyor. Onu dinledikçe merak ediyorum: Yirminci asrın bu ilk savaşı hangi hicretlerin habercisi? Neyin provası? Hangi hataların sonucu ve hangi oğulun hangi babadan aldığı intikam bu? Ve hangi kıyametin kameti?

Mülâzım-ı Evvel'in dilinden düşmeyen cümle:

"Çöküyor, koca Osmanlı çöküyor."

31 Aralık 1912

Bugün hiç ummadığım bir ziyaretçim oldu, hiç aklıma gelmezdi; Halis Efendi. Mütarekeden istifade ile İstanbul'a gelmiş, beni aramış. Çatalca savaşına katılmış. Halinde ağır bir keder vardı. Uzun uzun anlattırdım. Ateşler, bulantılar, sırtımdan boşalan terler, damarlarımda dolaşan buzullar arasında, öksürük nöbetlerinden fırsat buldukça defalarca tekrarlattım. Çatalca'da kader yeniden yazılmış. Geri dönüşün, dağılmanın telâfisi Çatalca'da çıkartılmış. İstanbul'a giden yollar burada bağlanmış. Hayata son bir hamleyle tutunanların yaktığı o acı fakat parlak ışık tutuşurken ben yoktum. Yine de tek kurşun atamasam da gelişimin bir işe yaradığı hissi uyandı içimde. Sedd-i İskender misali bedenini siper eden Osmanlı neferlerinin Bulgarlara orada dur dediğini dinlerken mutluluktan ağladım. Ama bedeli ağır olmuştu. Bizim Gönüllü Taburu'nun neredeyse tamamı Kanlı Tabya vuruşmasında neferinden komutanına kadar birer gülfidanı gibi toprağa düşmüş. Halis Efendi hayatta kalan bir iki kişiden biri. Taburumuzun reisi Arap Hafız, Binbaşı Mehmet Ali Bey hepsi hepsi şehit olmuş. Hatta koskoca Kolordu Komutanı Mahmut Muhtar Paşa bile Kanlı Tabya vuruşmasında yaralanmış. Eyüp adlı bir asker Muhtar Paşa'yı yaralı halde bulunca, kendisi de yaralı olduğu halde uzun süre sırtında taşımış, İstanbul'a, hastaneye kadar da trenle onunla gelmiş. Kendimi tutamadım bu kez hıçkıra hıçkıra ağladım. Bu ordu kahramandır, bu asker özverili. Ama sevk ve idare olunursa. İşte Çatalca bunun ispatı. Bu orduyu bu hale koyanlar var ya! Bazılarının hesabı rûz-ı mahşerde ne kadar ağır görülecek Zehra.

Halis Efendi'ye sormak istediğim asıl soruyu ise hep içime atıyordum. Epey bir süre karşılıklı sustuktan sonra "Celil Hikmet?" dedim korka korka. Halis Efendi bana bir zarf uzattı, geliş sebebi aslında buymuş. Topların sustuğu bir sırada nasılsa Celil Hikmet'le yan yana düşmüşler. Celil Hikmet, kaderini okumuşlara özgü bir metanetle Halis Efendi'ye bir zarf vermiş ve bana ulaştırmasını istemiş. Zarfı açtım, içinden bir zarf daha çıktı, üzerinde senin adın yazılıydı. De bana şimdi Zehra, ben bunu sana nasıl göndereyim?

7 *Ocak* 1913

Rüyalarım rüya değil, birer kâbus. Bu gece gördüm ki bizim evin mutfağındayız. Her yer kara taş; rutubetli, isli bir kasvet her yere çökmüş. Yerde dört küçük kedi yavrusu var. Karınları aç, miyavlayıp duruyorlar. O sırada kurşun rengi kocaman bir erkek kedi geliyor, oysa ölüymüş meğer. Yavru kediler onu yemeye kalkışıyorlar. Çok geçmeden ölü erkek kedinin ensesinin arkasında bir kesik izi görüyorum fakat olduğu yerde bir iki parmak kadar süründüğünü, ölmediğini de fark ediyorum. Sonra kararmış taş teknenin üzerinde kokuşmuş bir et topağı oluyor. Küçük kediler o etten didiklerken ben bunun büyük erkek kedinin eti olduğunu anlıyorum. Oysa büyük kedi hâlâ yerde ve sürünmeye çalışıyor. Sıkıntıyla uyandım. Yataktan kalkmak istedim. Sancılardan iki büklüm, olduğum yere yığıldım.

13 *Ocak* 1913

Bugün defterimin ilk sayfasına bir isim yazdım Zehra, bütün bu yazdıklarımın bir ismi olmalı. "Kırık Kafiye." Ateşler içinde yanıyorum, bütün bedenim gibi yastığım da terden sırılsıklam. Üzerime eğilen hemşireleri de doktoru da hayal meyal görüyorum. Bunlar her zaman böyle sık gelmezlerdi, kendi aralarında fısıldaşıyorlar bana bakarak, ne oluyor? Benimse gözlerim kapanıyor, gözümün önüne bir resim geliyor:

Bir Kalandar gecesi bu. Gülcemal bizi götürmeden önceki son Kalandar'ımız. Sen, ben, Büyükhanım ve Keyfiye var bu resimde. Alt kattaki sofadayız. Karadeniz'in uğultusu bize kadar geliyor. Dedem camide. Birazdan gelecek ve birazdan biz çini sobanın başında toplanacağız. Meyveleri şerbetler, şerbetleri çay, onu da kestane kebap takip edecek. Allah ne verdiyse biri gelip biri gidecek tepsilerin. Kalandar her zaman soğuğuyla gelir ve yeni bir yıl başlarken Büyükhanım'ın hamsili pilavı da kabak tatlısı kadar âdettendir.

Sofranın başında hamsili pilavı açarken, "Kalandar" diye söyleniyor Büyükhanım.

Ben, uyak almış bir halk ozanı gibi, sana göz kırpıyorum. Soruyorsun: "Sonra ne gelecek?"

"Çaylak fırtınası" diyorum ben.

Büyükhanım heyecanla düzeltiyor:

"Yok, oğlum, o Mart'ta. Sırada Ayandon fırtınası var."

"Peki" diyorum ben, "Bahar ne zaman gelecek? Senin takviminde fırtınalar fırtınaları kovalıyor Büyükhanım."

Biraz düşünüyor, keyifleniyor. "Önce kışın orduları zayıflayacak."

Sen araya giriyorsun. "Bahar, yağız delikanlılardan, menekşe kalkanlardan, zambak mızraklardan, sümbül kılıçlardan ordusunu hazırlayacak."

Ben yerimden kalkıyorum. Hacıbey camide nasılsa, şımarıklık etmemize mani yok. Elimde muhayyel bir mızrakla sana doğru hamle ediyorum. "Al sana hain kış!" Ekliyorum: "Sonra baharın ordularıyla kışın orduları kıyasıya çarpışacak."

Sen tamamlıyorsun: "Vee, kış yenilecek." Elin böğründe, yara almış gibi yere yığılıyorsun. Bir tiyatroyu tekmil ediyoruz sanki.

Büyükhanım mutlu. Bu öksüz yetimler ne zaman gülse Büyükhanım'ın da ömrüne ömür katılır çünkü.

"Ama durun" diye düzeltiyor, "O kadar çabuk değil. Arada kurt, bahar geldi zannedecek, postunu çıkarıp kuruması için güneşe serecek. Vay sen misin bahar geldi sanan! Bir fırtına, bir dolu, oracıkta taş kesip kalacak. Haa, sadece kurt değil, kocakarı da öyle. O da yaz geldi sanıp teknesini, koyunlarını, köpeğini alıp yayla yoluna koyulacak. Ama tam yarı yolda..."

Sen sözü ağzından alıyorsun Büyükhanım'ın, "...Vay sen misin bahar geldi sanan? Bir fırtına, bir dolu, o da oracıkta taş kesip kalacak."

Kafiye tutmuş, kahkahalarla gülüyoruz. Keyfiye'yi bile hiç böylesi gülerken görmemişim.

Büyükhanım kabak tatlısını açarken "Ne gülüyorsunuz, inanmazsanız gidip bakın" diye azarlıyor bizi. "Karadağ'da, yayla yolunda kocakarı taş kesmiş, orada öylece duruyor. Koyunları, köpeği, teknesi de yanında. Ben kurdu görmedim ama onu gördüm."

Uzayıp gidecek bu mevzu, taşlıktan gelen ses duyulmasa. Büyükhanım kulak kabartıyor, Hacıbey'in yürümesini nerede duysa tanır. Yerinden fırlıyor. Hacıbey camı buğulanmış feneri Keyfiye'ye uzatıp paltosunun omuzlarındaki karı silkelerken,

"Hey mübarek hava! Kalandar soğuğu yapıyor" diyor neşeyle; hemen ardından neşesinden utanmışçasına ekliyor: "Allah açıkta kalanlara güç kuvvet versin."

Kapının açılmasıyla içeri dolan bumbuz rüzgâr Büyükhanım'ın gaz lâmbasının alevini, fanusun üzerindeki su içen geyikleri ürpertiyor. Başını kapıdan dışarı uzatan Büyükhanım gecenin içinde pembemsi kar aydınlığını seçebiliyor. Karadeniz'in dalgaları biraz daha yükselse evi alıp götürecek.

Büyükhanım karı da rüzgârı da dışarıda bırakarak kapıyı sımsıkı kapadığında Zehra'm benim, hatırlıyor musun, o anda bana dönmüş, bir şey hatırlamış gibi bakmıştın. Neşe içindeydin. Başına siyah bir örtü sardın. Görünen tek gözünü açabildiğin kadar açtın:

"İsmail" dedin, "Heybende ne var?"

Hiç ağabey dememiştin ki. Aramızdaki üç yaş farka rağmen ben hep İsmail'dim. Ben de istememiştim bunu, senin İsmail'in olarak kalmayı yeğlemiştim.

"İsmail" diye tekrarladın, "Heybende ne var?"

Nereden aklına gelmişti bu şimdi? Gülümsedim. Karakıştı ya, "Karakoncolos" gelecekti demek bu gecelerden birinde, kapıları bir bir çalacak, çocuklara sorular soracaktı. Onun bütün sorularına "Ka" ile başlayan cevaplar vermek şarttı. Aksi takdirde Karakoncolos'un onları alıp çok uzaklara götürmesi işten bile değildi. Gerçi bizim evde artık çocuk namına kimse kalmamıştı ama Zehra ile İsmail, Karakoncolos'un defterinde soru sorulacaklar hanesinden düşmemiş olabilirlerdi belki de.

O zaman çocukluğumuzu hatırladım. Senin korkudan burnunu camdan dışarı çıkaramadığın karakış gecelerinde, bir mumun alevinde büyüyen gölgelerimizden ürkerek, ben sana muhtemel sorularla birlikte cevapları da belletirdim:

"Nereden geliyorsun?" diye sorarsa eğer, "Karadağ'dan" dersin.

Fısıltıyla sorardın: "Peki, nereye gidiyorsun derse?"

"Karadeniz'e."

"Bineğin ne?"

"Katır."

"Havada ne var?"

"Kar."

"Başka?"

"Karga. Kasırga."

"Heybende ne var peki?"

"Heybende ne var"a sıra gelince, "Kartal" olabilirdi meselâ, aklıma bir şey gelmezdi de öyle öğretirdim. Sen gülerdin bu kez korkuyu unutarak.

"Heybede kartal? İsmail, heybede kartal olur mu hiç? Başka bir şey bulamadın mı?"

Son Kalandar gecemizde işte sen bana aynı soruyu soruyordun:

"İsmail, heybende ne var?"

Bu kez heybemdeki gerçek variyeti dökmüştüm ortaya. Şairdim ya!

"Heybemde kalem var, kâğıt var."

Şimdi ben söylüyorum sana. Bu gece Hamidiye Etfal Hastanesi'nde Kalandar.

"Ben; İstanbul'da felsefe okumaya niyet etmiş, Sultanî mezunu, Balkan Gönüllüsü İsmail Efendi; bir şiir kitabı yazmaya niyet etmiştim, eşikten öteye geçemedim. Heybemde sadece kırık kafiyeler var."

Kendime geldiğimde "Kırık Kafiye" saçlarımı tutuşturacak sandım. Ah İsmail, Nigâr Hanım'ın da beş yıl sonra ve seninle aynı hastalıktan gözlerini yumacağı bu hastanede, onun dizlerine kapanarak ağlamayı unutsam da, senin karyolanın kenarına ilişerek elimi alev ateş yanan alnına bıraktığımı hissetmedin mi?

Yezd'deki oteldeyim oysa ben. Kartpostalın üzerinde Hamidiye Etfal Hastanesi'nin hemşiresi hâlâ yaralı askerin üzerine eğilmiş. Ağzımda bir asit tadı, yastığa başımı bıraktım. Sağa döndüm, sola döndüm. Uyuyamadım. Doğruldum.

Artık bir hikâyeden diğerine geçmek beni yoruyor. Zehra'nın hikâyesine geçtiğimde aklım Settarhan'da kalıyor, Settarhan'ınkine geçtiğimde Zehra'da. "Artık bu ırmaklar birleşse Allah'ım" diyorum. Daha ne kadar yol ne kadar fotoğraf gerekecek bana ki bu iki ırmağı birleştirebileyim.

Yaslandığım yerde sızmışım.

Bugün Yasemen Bakü'ye, ben İstanbul'a dönüyoruz. Bir yıl sonra yine bu mevsimde bu kez Tiflis'te görüşmek üzere ayrılıyoruz. Programı Yasemen yapacak. Ben bağlantıları kuracağım. Bir yıl. Çabuk geçecek. Ve ki ben Settarhan'ı Sofya'nın kitapçı dükkânında bırakmıştım. Öyleyse aynı yol üzerindeyiz, güzergâhı daha en baştan doğru çizmişim.

Havalimanına doğru yola koyuluyoruz. Suskunuz. Araba sessizce yol alıyor. Gözüm de gönlüm de Yezd'de kalıyor benim. Sessizlik Kuleleri. Son kez geçiyoruz önlerinden. Rüzgâr uğulduyor. Kartal yuvası, sessizliği dinliyor. Sonra dağlar giriyor araya. Uzaklaşıyoruz. Bir ateşgâh bahçesinde havuza görüntümü bırakmışım. Bir ateş bahçesinde benden de bir avuç kül kalsın, ne olur. Bundan böyle nerede bir Sessizlik Kulesi görsem tanırım.

Yasemen'in uçağı benimkinden evvel. Son kez ona dönüyorum, "Yasemen" diyorum.

"Efendim hocam?"

İçimde akan ırmaklar kadar dışında aktığım ırmak da beni sarıp sarmalıyor. Anlatmak ihtiyacını hissediyorum. Fakat zamanı henüz gelmemiş olmalı ki dilim tutuluyor.

"Hiç" diyorum. "Hiç" olmadığını pekâlâ biliyor, Yasemen bu. Her şeyi seziyor.

Uçak havalanıyor. İranlı kadınların bir kısmı anında başını açıyor. Ben. Başörtüm hâlâ başımda. Garip bir hüzün kaplıyor içimi. İstanbul'da on gün kaldıktan sonra Trabzon'a dönüyorum.

Eve dönünce yirmi günde kırk yıl yaşamış gibi yorgun bakışlarla sırt çantamdan dökülen terekeye bakıyorum: Şunlar İran'da giydiğim siyah tuniklerim, şunlar başörtülerim, şu Yasemen'in hediye ettiği neftî ipek örtü, hani Hafız'ın kabrinde başımda olan, Sessizlik Kulesi'nde kayıp giden, bir yanımı kırık bırakan. Şunlar aldığım bir yığın CD, DVD, kitap, harita. Trabzon'dan Ankara'ya otobüsle gitmeyi göze alamayan ben çizdiğim rotaya bakınca hayretler içinde kalıyorum. Trabzon'dan Yezd'e karayoluyla gitmişim. Handiyse kervan bulsam onunla gidecekmişim.

Bir ay evvel çıktığım sınır kapısını hatırlıyorum sonra. Dağın bu tarafındayım yeniden ama Ağrı Dağı'nın Türkiye gölgesinde son çayımı içerken kendileriyle yüz yüze gelmesem de haberinden haberdar, hissesinden hissedar olduğum Ermeni çifti anımsıyorum. Ben bulacağımı buldum acaba onlar da bulmuşlar mıdır? Bulmuşlarsa benim bulduğuma yakın mıdır?

İznim bitti. Yarın sabah Fakülte'ye geçeceğim. Bir yıl. Nasıl geçecek?

IX. KİTAP

SOFYA'NIN KİTAPÇI DÜKKÂNI

Bir yıl. Çok çabuk geçti. Yine Temmuz sonu. Dünya hayatının görünürdeki bütün kalabalığına rağmen Yezd'deki son gece, daha dün gibi hatırımda. Yarın Batum'a doğru yola çıkıyorum. İlk gün otele yalnız geçeceğim, ertesi gün Fakülte'den yüksek lisans öğrencim olan Gürcü bir kız, Anna ile görüşeceğim. Yasemen ile daha sonraki gün Tiflis'te buluşacağız. Settarhan'ın gördüğü her yeri görmek, geçtiği her yerden geçmek istiyorum. Biliyorum ki bunu yapmazsam bu hikâye tamamlanmayacak, bu iki ırmak birleşip de tek ırmak olarak akamayacak. Ben yarım kalacağım.

Batum'dayım. Batum Karadeniz kıyısı, Trabzon'a komşu kadar yakın. Sarp Kapısı'nın bu tarafında her şey tanıdık, nazik ve kibar. Bir kapı atlıyoruz, her şey yabancı oluyor o zaman. Ne dilim geçer bundan böyle ne de cebimdeki akçeler. Üstelik Batum'a geçince dil, din, insan ve akçe gibi tarih de değişiyor ve Rusya İmparatorluğu'nun buradaki varlığı anında hissediliyor.

Otelim Batum'un biraz dışında. Şehrin içinden geçerken Sovyet dönemi binaları hemen fark ediliyor. Fakat o köprülerin altından çok sular akmış. Zamanındaki silik, kasvetli, kül rengi bu bloklar şimdi rengârenklik yarışında. Hepsi boyanmış çiçek açmış.

Otelin balkonundan Temmuz sonu olmasına rağmen korkunç uğultularla kumsalı döven Karadeniz'e, kurşun gibi çöken havaya, Batı tarafında Türkiye'nin gri bulutlarına ve dağlarına bakıyorum. Hangi fırtınaya rastlamışım? Bu deniz benim denizim; Trabzon'da kendisinden uzakta oturamadığım ve çalışamadığım, bütün evlerimin kıyısında kurulduğu deniz. Sabah akşam evden de Fakülte'den de seyrettiğim, her anını adım adım izlediğim deniz. Bu yüzden tatlı bir duyguyla kendimi güvende hissediyorum. Aslında durumum komik bile sayılabilir; her gün evimin balkonundan seyrettiğim manzarayı seyretmek için üzerine haylice para vererek yabancı bir ülkeye gelmişim. Derken çok iri damlalı bir yağmur, yaza ancak iğreti bir gramerle bağlanan Batum'u kendi asliyetine çekiyor. Halim bir daha komik. Yine Karadeniz kıyısında yine yağmurlardayım, Temmuz sonu hırka kazaklardayım.

Bir ara deniz üstü güneşin batmaya hazırlandığı tarafta kurşunî bulutlar bıçakla kesilmiş gibi incecik bir çizgiyle ikiye ayrılıyor. Bu, inanılmaz bir manzara. Yağmur bardaktan boşanırcasına yağarken o kurşunî buzlu camın arasından bambaşka bir ışık sızıyor, denizin üzerinde çözülüyor.

Balkondaki masaya oturuyorum. Bir çay içerken bilgisayarı açıyorum. Batum'un eski fotoğraflarıyla yeni fotoğraflarını yan yana getiriyorum, ne kalmış ne gitmiş hesap çıkarıyorum. Kalanları yeni fotoğraflarda tanımak güzel bir duygu, zamana tanıklık etmek çünkü bu. Fakat bende daha fazlası var. Ben Batum'un eski halini de görmedim mi Settarhan'ın bir adım arkasında sürüklenirken? Şehrin her yanından görünen soğan kubbeli Rus Katedrali, Bulvar üzerindeki yerinde yok örneğin. Hani Sofya'nın Settarhan'a ihtilâlci fikirlerinden ilk kez bahsettiği, "Yıkılsın bu katedraller, içim sızlamaz" dediği yer. Stalin döneminde o da yıkılmış. Sofya! Bir Paskalya sabahında herkesi aynı duyguda bir kılan ikon önünde yaşadığı anı unutmasa da katedrallerin yıkılmasını candan gönülden arzulayan Sofya! Acaba Stalin zamanını ve bu katedralin de pek çok benzeri gibi yerle bir olduğunu görmüş müdür? O kadar yaşamış mıdır? Neden olmasın?

Settarhan ve Sofya, deyince içimi yakıcı bir hasret kavurmaya başlıyor. Settarhan'ı en son Sofya'nın kitapçı dükkânında bırakmıştım. İçeri geçip teneke hazine sandığımdan bu bir yıl boyunca kim bilir kaç kez baktığım fakat hiçbirinin bana yeniden açılmadığı fotoğrafları çıkarıyorum, balkona geçiyorum tekrar. İçlerinden birini elime alıyorum. Hani, Nizam'ın albümünden kopyasını aldığım fotoğrafın baskısı, Settarhan ve Sofya.

Fakat Sofya'nın kıyafetindeki garipliği ilk gördüğüm an gibi hâlâ çözebilmiş değilim. Bu Sofya, meyhane gecesinde de sonradan Batum'da da gördüğüm gibi giyinmemiş. Koyu renk -siyah olmalı- kadifemsi bir balo elbisesi var sırtında, tüllü, dantelli, kabarık etekli bir elbise.

Boynunda da bir sıra inci. Fakat böyle bir saray elbisesinin modası onun zamanında bile en az elli altmış yıl evvelinde kalmış olmalı. Sofya gibi ihtilâlci bir kız böyle bir kıyafeti neden giymiş olabilir? Üstelik eski moda stüdyo fotoğraflarının popüler pozlarından birini vererek bir elini oymalı sehpanın üzerine atmış, sehpanın üzerinde karpuzlu bir petrol lâmbası var; diğer elini, zarif ciltli bir kitabı yarı açık tutarak sağ dizinin üzerine bırakmış. Yüzünde, büründüğü kıyafetin dünyasıyla bağdaşmayacak kadar sokaklara ait bir muziplik ve asilikle Sofya, şeklinin şemailinin dışına taşıyor, o dahi kendi kıyafetinin içinde iğreti duruyor. Ama yine de işte o kıyafet sırtında. Anlayamıyorum ya neyse! Hemen arkasında sağlam bir fidan gibi ayakta duruyor Settarhan. Onunsa ne başındaki papağı, ne sırtındaki tuniği, ne de içteki boğaza kadar ilikli gömleğini garipsiyorum. Her zamanki kıyafeti bu. Alnını kaldırmış, elini, her an harekete hazır, beline, kabzası gümüş işlemeli hançerine atmış.

Fotoğrafı usulca masanın üzerine bırakıyorum, geriye yaslanıyorum. Yağmur hâlâ yağıyor. Batmakta olan güneşin bulut aralığından sızan bıçak ağzı ışık masanın üzerine bıraktığım fotoğrafın üzerine düşüyor ve birden her şey sisleniyor. Kendimi bir cadde üzerinde, bir vitrinin önünde buluyorum. Tanıyorum burayı ben, daha önce de gelmiştim. İşte çınar fidanları, Sofya'nın kitapçı dükkânının önündeyim. Kapıya yaklaşıyorum. Usulca süzülüyorum içeri. Şu Settarhan, şu da Sofya. Derin bir özlemle bir yıl üzerine ancak içine girebildiğim hikâyeye katılıyorum yeniden. İçimi yakıcı bir hasretin giderildiği an duyulan o eşsiz doygunluk duygusu kaplıyor ve şimdiden onlardan bütünüyle ayrılacağım zamanın korkusunu duyuyorum.

Yanlarına giderek "Bakın, ben geldim" demek istiyorum. "Beni tanımadınız mı, hâlâ farkımda değil misiniz?"

Gözlerimi yumuyorum. Uyanmayayım. Ne balkon, ne çözülen ışık, ne Karadeniz'in uğultusu, ne de yağmurun iri damlaları kalıyor geriye. Sofya'nın sesini duyuyorum önce, derin kuyulardan gelir gibi yankılı, baygınlıklardan uyanma anında duyulan sesler kadar puslu.

"Yarın" dedi Sofya, "Sabah treniyle Petersburg'a gidiyorum."

Görünürdeki bahane masum bir aile ziyaretiydi ama Settarhan bu yolculuğun arkasında bambaşka sebeplerin varlığını elbette sezdi. Sofya'nın kitapçı dükkânının kapısına düştüğü günden bu yana beş aya yakın zaman geçmiş, Mayıs bütün yaşam ışığıyla geri gelmişti. Bu süre içinde Settarhan halılardan uzak durmuş, yanında çalıştığı Sofya'yı ve onun arkadaşlarını yakinen tanımıştı. Petersburg'daki Şubat devrimini, Çar'ın tahtından feragat ettiğini, Menşevik Kerenski hükümetinin işbaşına geçtiğini, ama o da Çar kadar "Savaş" dediği için Rusların Umumî Harp'ten çekilemediğini, Bolşeviklerle Menşevikler arasındaki uçurumun açıldıkça açıldığını hep bu kitapçı dükkânında günbegün öğrenmişti. Şimdi Sofya, Menşeviklerin çoğunlukta olduğu Batum'dan Bolşevizm'in merkezi Petersburg'a gidiyordu. Ne için? Settarhan üstelemedi, sebepten çok sonuca itibar etti. Çünkü Sofya "Sen de benimle gel" diyordu. Settarhan onun "Benimle gel" davetini, icabet edemese de öptü başına koydu.

Ertesi sabah Sofya'nın Batum'da olmayacağı duygusuyla uyandı ve çok geçmeden kendisini hareket etmek üzere olan Petersburg treninin ağzına kadar dolu üçüncü mevki vagonlarından birinde, paltosunu çıkarıp kucağında katlamış ve burnunu cama dayayarak dışarıyı seyretmeye koyulmuş Sofya'nın yanında buldu. Üç beş dakikası vardı Sofya'ya iyi yolculuklar dilemek için. Bir de. Bu güzel yüzü bir kez daha görmek için. Hıncahınç dolu vagondaki köylü, asker, kaçak, işçi kalabalığının şamatası, tavuk, keçi, kaz gürültüsü arasında Sofya'nın dizlerinin dibine çömeldi.

Geçen aylar, Sehend Dağı'nın zorlu zirvesinde ölümle burun buruna geldiğinde eğer yaşarsa kabuğunu kaldırmamaya karar verdiği yaraların üzerine bir tül çekmiş, Batum'da, hele de Sofya'nın yanında yeni bir hayatı yoklamıştı Settarhan. Başını kaldırdı, gözlerini kendisine dikmiş olan Sofya'ya baktı. İçinden tatlı bir duygu geçti. Aşk değildi ona karşı hissettiği ama dostluk da değildi. Hayır, hem aşk hem dostluk sınıfına da dâhil değildi bu duygu. Onun hissettiği, ikisinin arasında, ne aşk ne de dostluk olan bir şey, adı olmayan üçüncü bir duyguydu. Aşk kadar yıpratıcı, bencil, kaprisli ve kıskanç olmayan ama dostluk kadar da sakin akmayan, gerilimli bir ilgi. Herkes kendi hayatında ama yekdiğerinin hayatına da dâhil. Görünmez bir anlaşma imzalanmıştı aralarında. Kimse kimseyi mülk edinmeden, Sofya'nın sevdiği kelimeyle "özgür", ama birbirine de ait; en uzak oldukları zamanda ve mekânda bile böyle. Henüz hiçbir şey konuşulmamış, hiçbir adım atılmamış, hiçbir şeye hiçbir isim de konmamıştı ama böylesi bir mukavelenin özelliği de zaten böyle olmasıydı. Sadece bir bilgi, ikisinin de bildiği, üstelik her birinin yekdiğerinin bildiğini de bildiği ama birbirlerine söylemedikleri bir bilgi. Settarhan bu bilgiye tutunmasa herhalde Sofya'nın kitapçı dükkânında yıkılır giderdi.

Dışarıdan aralıklarla çalan üç kampananın sesi geldi. Settarhan, solmuş siyah paltoyu üzerine örterken Sofya'nın yüzüne baktı şefkatle. Birazdan çiçeklenmiş elma ağaçlarıyla dolu vadiler, Mayıs ağaçları, düğün çiçekleriyle bezeli yemyeşil çayırlar, çayırlara yayılmış mutlu inekler, rüzgârda eğilip kalkan buğday tarlaları, yalçın kayalar, çiçekli kırlar, uçsuz bucaksız bozkırlar, sayısız ırmaklar, uzaklarda fark edilen köyler, yeşil çimen sınırına dayanmış bembeyaz daçalar arasından ağır ağır geçecek olan bu trenden kendini son anda dışarı attığında, zamanın hiç umulmayanı getirdiğine dair inancı pekişti. Yaşamaktan memnun, Sofya'nın iki hafta sonra Petersburg'dan dönecek olmasından çok memnundu.

Yirmi gün sonra döndü Sofya. Bu süre zarfında kaderin garip cilvesi, Bolşevik gençlere raf altından kitap çıkarmak da, birinin bıraktığı mesajı az sonra gelene ulaştırmak da Azerbaycanlı bir Müslümanın bahtına düştü. O kadar ki kim hangi kitabı ister, hangi kitap hangi raftadır, hangileri gizli saklıdır, Settarhan hepsini ezber etti. Dahası bir sabah Sofya'nın masadaki fotoğrafını önce uzun uzun seyredip sonra da çerçevesinden çıkarıp heybesine attıktan sonra başını kaldırdığında karşıdaki opera binasının afişinde gelecek programın ismini seçti:

Evgeni Onegin, Pyotr İlyiç Çaykovski. Eser: Aleksandr Sergeyeviç Puşkin.

"Ş" harfiyle bir alıp veremediği kalmamıştı artık Settarhan'ın, gülümsedi, dükkânın açık kapısı önüne Müslüman usulü, bir sandalye attı, gidip opera için iki bilet aldı.

Petersburg yorgunu Sofya, kitapçı dükkânının kapısından girdiği anda "Operaya gidiyoruz bu akşam" dedi Settarhan, "Hazırlan."

Bir sandalyeye çöktü Sofya, sigarasını yakarken sorularını ardı ardına sıraladı: Settarhan Çaykovski'nin adını duymuş muydu? Operada sıkılmayacak mıydı? Nereden aklına gelmişti?

Settarhan evet, Çaykovski'nin adını duymuştu. Bakü'ye halı götürdüğü zamanlardan birinde Üzeyir Hacıbeyli'nin "Leylî ve Mecnun" operasını seyretmişti. O zaman hiç sıkılmamıştı da şimdi mi sıkılacaktı?

Sofya güldü. "Peki" dedi, "Şimdi ben gidiyorum. Ayakta duracak halim yok. Tren bir felâketti. Saat tam yediyi vurduğunda tiyatro binasının önünde olacağım. Güzel giyin, operaya gidiyoruz, malûm, soyluların pazarına."

Saat yediye doğru Settarhan, dükkânı kapatıp da Petersburg'un sayısız saraylarından herhangi birine benzeyen Batum opera binasının önüne çıktığında çok geçmeden Sofya göründü. Settarhan kendisini tutmasa kahkaha atacaktı. Settarhan'a güzel giyinmesini öğütleyen Sofya, saçları her zamanki kadar düz ve kısa, her zamanki soluk siyah mantosunun içinde, düz pabuçlarıyla geniş adımlar atarak gelmişti. Fakat evet, Batum'un Petersburg özlemi içindeki sosyetesi operanın kapısına parıltılı mücevherleri içinde birikmişti. Kalabalığın içeri girmesini beklerken kolunu Settarhan'ın koluna geçiren Sofya, "Ne dersin Settarhan?" dedi, "Bu panayırın yerle bir olması sence de yakın değil mi?"

"Yakın mı?" diye sordu Settarhan.

"Yakın" dedi Sofya. "Petersburg'dan geliyorum ben." Bir kez daha "Çok yakın" diye mırıldandı, Rusya'nın başka bir yüzü daha vardı çünkü. Bu yüz ateşte o kadar yanıyordu ki nicedir, porselen çoktan çatlamıştı ve binbir parçaya ayrılıp ortalığa saçılması çok yakındı.

Sofya "Çok yakın" derken "çok"u o kadar ısrarla vurgulamıştı ki, Settarhan, Bolşeviklerin hemen şimdi bütün kapıları kırarak, duvarları devirerek opera binasına doluşacaklarını; tülden, dantelden, kürkten, mücevherden, ışıktan ve güzellikten başka bir şey olmayan bu kadınların; hazdan, arsız gençlik ya da geçkince bir gururdan başka bir şey taşımayan erkeklerin arasına dalacaklarını sandı.

Salonda, her şeyden, cephelerde, fabrikalarda, meydanlarda olup bitenlerden habersiz gibi görünen kalabalığın arasında yerlerine oturduklarında savaş da, Bolşevikler de, Menşevikler de dışarıda kalmıştı. Uğultu aniden kesildi, müzik bir tül esintisi gibi yayıldı. Perde ağır ağır kalkıp da sahnedeki buz rengi resimler üzerinde Tanya o meşhur mektubunu yazmaya başladığında Settarhan başını çevirdi, Sofya sıcacık kendisine bakıyordu. Sofya'nın aklı bal rengi bir bakışta kaldı, Settarhan'ınki ise lavanta tarlasına benzer bir yerdeydi.

Dışarı çıktıklarında yağmurunu henüz kurutmuş tatlı bir Haziran havası yüzlerine çarptı. Sofya "Settarhan gel" dedi. "Mademki operaya geldik, seninle bir fotoğraf da çektirelim. Hem benim fotoğrafımı da almışsın masamdan, gözümden kaçtığını sanma."

Güldü Settarhan. "Fotoğraf mı?" Niye olmasın ki!

Faytona bindiler. Sofya gidecekleri yeri söyledi; Nikolay Aleksandroviç Olenin'in fotoğrafhanesi. Tarif etmesine gerek yoktu, Batum'da arabacılık yapan herkes burayı ezbere bilirdi. Vakit hayli geçmişti ama operanın dağılma saatlerinde Olenin daima açık olurdu. Çünkü tıpkı Petersburg gibi Batum'un da mutluları arasında, yüzlerinden seyrettikleri hayalhanenin izleri henüz silinmemişken, böyle süslenip püslenmişken fotoğraf çektirmek âdettendi.

"Şöyle buyurun" diye genç çifti içeri buyur etti Nikolay Aleksandroviç Olenin.

Gözlerinin önünden o kadar çok yüz geçmişti ki insanları bir bakışta tanıyabilir, kimliğini çıkarabilirdi Olenin. Üstelik hüviyetleriyle kalmaz ruhlarına da sirayet ederdi. İşte Müslüman bir Azerbaycanlı ve güzeller güzeli ama güzelliğini önemsemez küçük bir hanımefendi. Yine de Nikolay Aleksandroviç Olenin keyiflendi. Petersburg'da çalıştığı yıllar boyunca geçkin konteslerin, şişman düşeslerin, gudubet prenseslerin, kendilerini yirmi yaşında zanneden ahı gidip vahı kalmışların fotoğrafta güzel çıkma sevdalarından, sonuçtan hiç memnun kalmamalarından, yüce İsa, biteviye şu garip Olenin'i suçlamalarından canı epeyce yanmış, bıkmış usanmıştı. Ama işte bu güzel çift; Olenin'e sadece sanatını konuşturmak kalmıştı.

Çırak, fotoğrafhanenin hazır olduğunu haber verdi o sırada. Olenin, Sofya'yı bir koltuğa oturttu, Settarhan şurada ayakta duracaktı. Fotoğrafçıya, söyleyecek bir şey, düzeltecek duruş, ekleyecek bir baş eğişi, bir tebessüm önerisi kalmamıştı, o kadar güzellerdi. Ama meslek âdâbındandır diye yine de sağlarını sollarını düzeltti. Sofya'nin çenesini kaldırdı hafifçe, olmadı eski haline getirdi. Kandillerini yaktı söndürdü, boy şamdanlarının yerlerini değiştirdi. Settarhan'ın kalpağını düzeltti, vazgeçti, yine hafifçe geri yatırdı. Kusursuzlardı. Dokunmamak lâzımdı. Yanlarındaki sehpanın üzerine çiçek dolu bir vazo koydu önce, olmadı, birkaç şamdan denedi, yine olmadı, yeniden çiçeklerde karar kıldı. Bu tamamdı. Makinenin başına geçti. Alt tablanın rayları üzerinde ileri geri yaptı. Görüntünün netliğini buzlu camın üzerinde izledi, sonunda sabitledi. Şu tepetaklak görüntüde bile emsalsizlerdi.

"Çekiyorum, şimdi hiç kıpırdamayın ve buraya bakın."

Üçayaklı sehpanın üzerindeki siyah körüğün içinde başı omuzlarına kadar kayboldu. Bir eliyle sehpayı idare ederken sağ eliyle tepedeki kapağı kaldırdı. Bir an. Tamamdı.

Şu fotoğraf makinesinin karanlık kutusuna bir görüntü bırakarak yok olup gidenleri, bir daha yüzünü bile görmediklerini düşündü Petersburg'un meşhur fotoğrafçısı. Geliyor, uzun süre hazırlanıyor, en güzel bakışlarını takınıyor, az bir süre poz veriyor, bir suret bırakarak bir daha görünmemek üzere gidiyorlardı. Onlar yok olmuşlardı gerçi ama hepsinden birer suret burada kalmıştı. Kutular, çekmeceler, sandıklar, dolaplar, raflar onların suretleriyle doluydu. Kendileri bile unutmuşlardı belki burada fotoğraf çektirdiklerini ama bu işe başlayalı elli yıl olmasına rağmen Olenin hepsini tek tek hatırlıyordu. Petersburg'un bütün sosyetesi, bütün kibar muhitleri, opera dönüşlerinde, isim günlerinde, Noel'de, Paskalya tatillerinde, düğün, nişan, madalya törenlerinde; balo kıyafetleriyle, üniformalarıyla, en güzel elbiseleriyle geçmişlerdi şu objektifin, gördüğünü yalansız yansıtan, hiçbir şeyi unutmayan gözünün önünden. Hepsinin anısı Olenin'de saklıydı.

Petersburg'da, 1861'den sonra topraklarını kaybetmiş, unvanları yerinde, kanı damarında, soyağacı tamam ama sıfırı tüketmiş nice mülk sahibi düşmüştü objektifinin önüne; yorgun argın, ziyadesiyle şaşkınlardı. 1905 devrimine katılmış da sonrasını kazasız belâsız atlatmışları, burnu kanamadan, Sibirya'yı boylamadan kurtulanları da görmüştü bu makine. Kont Tolstoy'un fotoğraflarından birini de Nikolay Aleksandroviç Olenin çekmişti. Dekabrist isyancılarından olduğu için tam otuz yıl Sibirya'da ömür geçiren Köylü Prens Volkonski de düşmüştü merceğinin önüne, güzeller güzeli şaire Anna Ahmetova da. Ama hepsinden önemlisi Çar II. Nikolay'ın da bir fotoğrafını çekmişti Aleksandroviç Olenin. Daha düne kadar şu fotoğrafhanenin tam kapı karşı duvarında, üç karış eninde altın yaldız oymalı ağır bir çerçevenin içinde asılı dururdu o fotoğraf ama Şubat'tan bu yana yerinde yeller esiyordu. Bu gidişatı hiç de hayra yormuyordu Olenin, Petersburg kaynıyordu. Başını esefle salladı, Batum'un da geri kalır yanı yoktu.

Olenin'e kalsa kaynayan meydanların şimdiden resmini çekmeye başlardı, ama ah, şu koca cüsseli makineyi sırtlanıp taşımak bu kadar zahmetli olmasaydı. O hiç gidememişti hep ona gelmişlerdi, sınırlı kalmıştı şu körükten açılan merceğin gördükleri. Yine de şimdilik yeterdi. Neticede bir poz resim için modelinden sekiz saatlik bir hareketsizlik talep eden makinelere kıyasla şu önünde duran, bir devrim demekti. Çünkü bir an. Tık! Yetiyordu. Ama gelişmenin sonu yoktu. Kendi makinesinin de eskiyeceğinden, çok daha kolay ve hafif olanlarının az bir zaman sonra imal edileceğinden adı gibi emindi Olenin. Dagerotipler, Talbotipler daha dün gibi değiller miydi?

Nikolay Aleksandroviç Olenin'e göre dünyanın bundan sonraki bütün encamı şu merceğin önünden geçecek, şu kutunun karanlığı içinde tepetaklak görünüverecekti. Emindi, dünyanın tarihi fotoğraf kâğıtlarına bakılarak yazılacaktı bir zaman sonra, öyle bir zaman gelecekti. Ama adı "objektif" olsa da, bu tarih de neticede fotoğrafçının görmek istediği, onun seçtiği bir tarih olacaktı ve onun gördüklerinden daha önemlisi, görmedikleri ne olacaktı?

Fotoğraf çekimi bitmişti. Olenin son bir kez Sofya'ya merceğin arkasından baktı, Settarhan'ı da görmezden gelmedi. Ne güzel kız, ne yaman delikanlı! Bu mercek, bunlar gibisini görmemişti.

O sırada askılardaki birçok kıyafet Settarhan'ın dikkatini çekmişti. Papaklar, çizmeler, geniş kemerler, hançerler ve göğsü fişeklikli tuniklerle hepsi birbirine benzeyen Kafkas kıyafetleri; general kılıçları, üniformalar, kabarık etekli, bol dantelli, kurdeleli balo tuvaletleri hatta kaba kalın dokumadan buğday rengi mahkûm ve sürgün giysileri ve duvara asılmış bir çift pranga.

"Bunlar da nedir Olenin Usta?" dedi Settarhan.

Adam gülümsedi. "Ah" dedi, "Petersburg'dan getirdim onları. Petersburg'da meraklısı çoktu. Burada da var gerçi ama Petersburg kadar olamaz." Sonra ekledi:

"Bizim müşterilerimiz iki türlüdür. Ya oldukları gibi görünmek, tarihe öyle kalmak isteyenler ya da hiç olamayacakları kişiliklere bürünmeye heves edip bu gardıroptan kendilerine hüviyet seçenler."

"Peki, bunu giymek isteyen var mıydı?" diye sordu Settarhan, Sibirya elbiselerini göstererek.

"Tahmin edemeyeceğin kadar çok."

"Ya bunlar?" dedi Settarhan bu kez kabarık etekli balo elbiselerini göstererek.

"Ah" dedi Olenin, gözleri, çocukluğunda bir iki kez götürüldüğü balo salonlarının hayaliyle hülyalanırken, "Bunlardan da giyen kalmadı. Kadınlar artık süsten, dantelden, kurdeleden hoşlanmıyorlar. Ağır eteklerle adım atamıyorlar. Ama meselâ şu matmazeli bu kıyafet içinde düşünsene. Ne kadar yakışırdı kim bilir."

Settarhan dikkatle Sofya'ya baktı.

"Olmaz!" dedi Sofya anında, onun içinden geçenleri gözlerinden okuyarak, "Dünyada olmaz."

"Neden olmasın? Madem buraya kadar geldik, madem operadan çıktık ve fotoğraf çektiriyoruz, haydi giy şunlardan birini."

Bu kez Sofya gülmeye başladı. Evet, neden olmasındı? Ama bir şartı vardı, elbisesini kendi seçecekti.

Birazdan göründü Sofya. Lâcivert, kadife bir balo elbisesi giymişti lâkin kabarık etekleri, tülleri, dantelleriyle on dokuzuncu yüzyıl romanlarının dünyasına ait gibi dursa da boyası aşınmış kaba botları adım attıkça etek ucundan görünüyordu. Ama ayaklarına bakan kim? Güzelliğin zamanı yoktu ve Sofya'nın boynundaki bir sıra inci kandillerin ışığı altında ağır ağır parlıyordu.

"Sen kıyafet değiştirmek istemez misin Settarhan?" dedi Sofya tülünü dantelini çekiştirirken.

"Gerek yok" dedi Settarhan. "Bizim kıyafetlerimiz sizinkiler kadar hızlı değişmiyor. Elli yıl önce de böyle giyiniyorduk. Bizde zaman yavaş geçer."

Olenin bordo bir perdenin kıvrımlarını düzeltti özenle, Sofya'yı öndeki koltuğa oturttu. Bu kez sehpanın üzerine karpuzlu bir lâmba koydu; lâmbanın abajuru dantelliydi ve üzerindeki geyikler su içmek için ırmağa eğilmişlerdi. Sofya'nın kucağına ortasından açılmış küçük, zarif bir kitap bıraktı, elini de kitabın üzerine yerleştirdi dikkatle. Son olarak arkada duran Settarhan'ın sağ elini Sofya'nın sol omuzuna, lâcivert kadifenin üzerine hafifçe götürdü.

Settarhan'ın ise, eli Sofya'nın omuzuna bırakıldığında içinden geçenler fotoğraf kâğıdının üzerindeki suretinden okunacak diye ödü koptu. İçine çekidüzen vermek için başını gururla geri attı. Bir eli nazikçe Sofya'nın omuzunda, diğer eli Çerkez hançerinin kabzasındaydı.

Işıkla yazmak değil miydi fotoğrafın manası? Nikolay Aleksandroviç Olenin, müşterilerinin üzerine elli yıl öncesine en uygun ışığı saldı. Yarı gölgeli yarı karanlık kalsınlardı. Yarı görünsün yarı saklansınlardı. Yarı konuşsun yarı sussunlardı. Böylesiydi münasip olan. Çünkü evet, fotoğrafın aleti edevatı hatta fiziği kimyası vardı ama Olenin'i en çok ilgilendiren yanı onun estetiğiydi. Kendisini sanatkâr sayardı bu yüzden, çektiği fotoğraflar kimseninkine benzemezdi. Tarihçesi kapalı bir kutu olsa da fotoğraf nimeti, iyi ki vardı. Yoksa bu güzellik -Sofya'ya baktığı kadar Settarhan'a da baktı yine- yitip gidecektiyse, yüz yıl sonra onu kimseler göremeyecek idiyse, neye yarardı? Dahası niye vardı? Sanatının felsefesini kuranlara mahsus bir gururla bir kez daha kayboldu siyah körüğün içinde Olenin, bir kez daha elini kaldırdı.

Üvez rengi tuniği içinde Settarhan'ın, lâcivert kadife tuvaleti içinde Sofya'nın zaman içindeki suretleri buzlu camın üzerinde bir ana dönüşerek dondu. Her şey bir resme döndü, ebedîleşti ve uzaklaştı. Üvez rengi griye dönerken lâcivert, siyahta karar kıldı. Settarhan'ın içinden geçenler fotoğrafta çıkmamıştı.

Dışarı çıktıklarında yıldızlar Karadeniz üzerinde alçalmış, Haziran gecesi iyice tatlılaşmıştı. Araba çevirmeden yürümeye başladılar. Sokaklar sessizleşmiş, herkes evine çekilmişti. Devriyeler görünüyordu köşe başlarında tek tük. Bulvar'a kadar geldiler, parka girdiler. Petersburg'daki meşhur Bronz Atlı heykelinin bir kopyasının önüne gelmişlerdi ve heykel, kopya olsa da aslı kadar heybetliydi. Sofya başını heykele doğru kaldırdı. "Heyy!" diye bağırdı kendi sesinin yansımasına kulak kabartarak.

"Pyotr Alekseyeviç. Beni duyuyor musun?"

Settarhan, Petro'nun taşa sinmiş yüz çizgilerine baktı. Hayır, Sofya'yı duymuyordu.

Heykelin kaidesine oturan Sofya sigarasını yakarken, "Bir bu yıkılacak" dedi, "Bütün kopyalarıyla birlikte. Bir de kapı."

"Hangi kapı?"

O zaman Sofya, Petersburg'daki Kışlık Saray'ın kapısına bakarcasına gözleri boşluğa takılı, anlatmaya başladı. Ona göre bütün gözelerinden su fışkıran Petro'nun şehrinde, yine en iyi su üzerinde seyredilebileceği için Neva'nın kıyısında kurulmuştu monarşinin kalbi. Kendi görüntüsünü su üzerinde seyrederek mest olan su yeşili bu saray, yansımasına bakarak kendisine duyduğu aşkı sürekli yenilese de gafilce bağlanmış bir göz bağıydı sadece ve bu bencil kalp bütün damarlardaki kanı emip sadece kendisi için attıkça Rusya nefes alamayacaktı.

"Ne dersin Settarhan?" diye sordu, duman kaçan tek gözünü kısarak ve yaldızlar içindeki ağır oymalı görüntüsüyle bile insanı ezen devasa kapıyı işaret edercesine. "Gün gelir bu kapı yıkılır mı? Saf kristal avizeler zincirlerinden koparak nadide halıların üzerine düşer mi?"

Aslında sormuyor, söylüyordu. Elini yumruk biçiminde alnının hizasına kaldırdı sonra ipi kopmuş bir avize gibi aniden boşluğa bıraktı. Kendi sorusunu kendisi cevapladı.

"Yıkılır. Yıkılmalı çünkü. Bu kapının iki kanadı ardına kadar açılmadıkça işçilerin, köylülerin, askerlerin ve denizcilerin savaşı kazanılmış olmayacak. Bu sel o kapıdan içeri akmadıkça, olmayacak. Ne olacaksa orada olacak. Kıyamet bu kapının önünde kopacak."

"Öyle kavî bir kapı nasıl açılır?" diye sordu Settarhan.

"Açılmayacak kapı yoktur Settarhan. Yeter ki ona yüklenecek kuvvet önünde biriksin."

Ayağını, dünyanın merkezini işaret eder gibi yere vurdu, bir ökçe darbesi sadece. Ama Settarhan'a öyle geldi ki Çar gibi Kerenski de bu darbenin altında göçüp gidecekti. Günler çok şeye gebeydi ve eğer Sofya'nın bahsettiği gibi bu kapının önünde bir ihtilâl patlayacaksa, bu infilâk sadece Rusya İmparatorluğu'nun değil bütün dünyanın da kaderini değiştirecekti. En önemlisi de şuydu ki İran'ın da Osmanlı'nın da kaderi Rusya'nın alnında yazıyordu ve onların ayağa kalkması da şu kapının devrilmesine bağlı, kristal bir avizenin ucunda sallanıp duruyordu.

Büyük katedralden Ortodoks çanlarına özgü titreşimler boşlukta birbiri ardınca yayılırken, gözleri, devrilen kapının hülyasıyla bulutlanan Sofya, "Settar" diye fısıldadı, "Settar, seninle Petersburg'a, Moskova'ya gidelim."

"Gidelim" dedi Settarhan onunla nereye isterse oraya gidebileceğini hissederek, "Nereye istersen gidelim."

Sonra içinden lâvlar taşacak gibi duran bu küçük kıza baktı. Kısa kesilmiş saçları, bir erkek gibi bakan gözleri doğasını inkâr etmeye kalkışsa da gözlerinin lâvanta mavisine ve pembeleşmiş yanaklarına bakılırsa biraz evvel giydiği tuvaletin resmi hâlâ üzerindeydi. Ve içi lâvlarla dolu bu güzellik, kendisine "Settar" demiş, ismi üzerinde tasarruf etmişti. Kısaltmış, yenileştirmiş, benim'leştirmişti bu ismi. Ona yeni bir isim verirken kendine de o ismin sahibinin hayatında yer vermiş, bu yerin sahibini bu hakla efendileştirmişti. Babası, adını şikeste nestalik bir Kur'ân'ın en arka sayfasına, kapak içine kaydederken Settar'la Han'ı bitişik yazmış, kaynaştırmıştı ama yine de ona "Settar" diye hitap eden sadece koca Mirza Han olmuştu. "Mirza Han" deyince kanamadığını fark etti Settarhan. İşte şimdi de Sofya, ismini aslî parçasından ayırmış, tek hece darbesiyle hanlığını elinden almış; saltanatını ilga, hükümranlığını yerle bir etmişti. Kalbi derin bir heyecanla doldu Settarhan'ın. Olenin'in fotoğrafhanesinde hissettiği ürperti içinden yine geçti. Sofya'nın dilindeki Settar'lığından, bu eksilmeden memnuniyeti nihayetsizdi.

Tebessüm, Settarhan'ın dudağının kaytanında uzun süre gezindi. Hayatının yelkeni rüzgârla dopdoluydu ve hissettiği şey, harikulâdeydi. Hayatına bundan sonra ne dolacaksa bunun hayatının evvelinde karşılığı olmayan bir şey olması gerektiğini hissetti, unutulmuş her şeyi bir daha unutmak için. "Sofya" derken kalbinde ne aşk ne dostluk olan o duygunun eşiğini geçtiğini ve daha önemlisi Sofya için korktuğunu hissetti. Birisi için korkmak, onu korkutacak her şeyin önüne set olup uzanmak, çoktandır unuttuğu bu duygu ne kadar da güzeldi.

"Sofya" dedi bir kez daha yüzünü ona doğru çevirerek. "Senin için korkuyorum. Eğer kanlı günler dediğin kadar yakınsa ne yapacaksın? Batum'da olamazsın. Petersburg'da da olamazsın."

Bir an durdu, düşündü: "Bırak her şeyi. Bütün bunları arkanda bırak. Birlikte İstanbul'a gidelim. Ben zaten her şeyi arkamda bıraktım." Niyetini açıkça söyledi: "Evlenelim. İstanbul'da evlenmemize ve orada yaşamamıza bir mani yok."

Sofya, Settarhan'ın yüzüne baktı hafifçe gülümseyerek; Bronz Atlı'nın önünde yüz yüze, göz gözeydiler. Sağ elini şefkatle kaldırdı, elinin sırtıyla Settarhan'ın yanağını okşadı.

"Çocuk", dedi, "Benim hiç evlenmeyeceğimi anlamıyor musun? Ben evliliğe inanmam sadece aşka inanırım. Benim inandığım aşk da senin anladığın aşk değildir. Seni seviyorum, bunu biliyor olmalısın ama senin anlayabileceğin bir aşk değil bu."

"Peki" dedi Settarhan, "Ne olacak böyle?"

"Bir şey olmayacak. Çünkü sen beni sevmiyorsun. Sevene kadar beklerim. Yeter ki beni boşluklarına doldurmaya kalkma ve bir başkasının yerine koyma."

İstimbot düdükleri duyuldu o sırada, perde perde. Settarhan o geceden sonra Sofya'yı ne zaman düşünse bu istimbot düdüklerini hatırlayacaktı.

Yürümeye başladılar yeniden. Biraz önceki konuşma aralarında sanki hiç geçmemişti. Her ikisi de kendilerine dair hesabı içine atmış, hayata kaldıkları yerden katılmışlardı.

Bronz Atlı'nın önündeki o gece üzerinden koca bir yaz geçmiş, sonbahar neredeyse yarılanmış, Kasım ayı keskin bir soğuk, şedit bir yağmur, kuvvetli bir fırtınayla başlamıştı. Settarhan akşam henüz inerken pansiyondaki odasında yatağına uzanmış, gözleri kirli tavanda, camları döven yağmuru dinliyordu ki kapı açıldı. Sofya'nın bir çocuk bedenine benzeyen incecik silueti süzüldü içeri, sırılsıklamdı. Çıplak tahta döşemenin üzerinde iki adım attı. Hiçbir şey söylemeden Settarhan'ın gözlerinin içine baktı.

"Settar" diye fısıldadı.

Bronz Atlı'nın önünde ilk kez "Settar" dediği geceden bu yana Sofya ona sık sık Settar demişti ve ilk fırtınada bütün âşıklarla benzer zafiyete düşeceğini aklına hiç getirmemişti. Ama o fırtına gelmişti işte, kasırganın kopması ise an meselesiydi.

Settarhan'sa "Buraya nasıl geldin sen?" diye bağırdı telâşla yerinden doğrulurken. "Seni kimse görmedi mi?" İranlı oda sahibinin Sofya'yı görmesinden, daha doğrusu Settarhan'ın odasına bir kadının girdiğini görmesinden çok korkmuştu. İçi çok sıkıldı. Eğer adam böyle bir şey görmüşse Settarhan hakkında ne der, neler düşünürdü kim bilir?

Sofya soruyu duymamıştı bile, Settarhan'a doğru iki adım daha attı. Çok üşümüştü, titriyordu. Yüzü bir olunun yüzü kadar sarıydı ve dudakları morarmıştı.

"Settar" diye devam etti. "Petrograd kaynıyor. Artık için için bile değil göz göre göre kaynıyor. Telgraf geldi bugün. Aurora zırhlısı toplarını Kışlık Saray'a çevirmiş. Kapının yıkılması an meselesi."

Boşluğa bakarak devam etti, ezberden konuşuyor gibiydi: "Burada çok kötü şeyler olacak Settar. İhtilâl Petrograd'da başlayacak ama yangının alevi anında buraya sıçrayacak. Gürcistan, Menşevikleri destekliyor. Menşevikler, Bolşeviklerin Batum'da yönetimi ele geçirmesine izin vermeyeceklerdir. Çok geçmez burada da birbirlerini boğazlamaya başlarlar."

Settarhan Batum'da, Gürcülerin asalet tutkusuna cevap verdikleri için Menşeviklerin daha güçlü olduğunu hatırladı. Yani? Yani Batum kara katran kazanında kaynayacak, kan gövdeyi götürecekti, öyle mi? Sofya tehlikedeydi, hem de ne tehlike. Ama düşüncenin öncelik katmanları vardı ve Settarhan'ın aklı şu an için daha çok İranlı pansiyoncunun Sofya'nın bu odaya girdiğini görüp görmediğine bir kancanın ucunda takılıp kalmıştı.

"Her şey değişecek" diye devam etti Sofya. "Çok kötü şeyler olacak. Ben korkmuyorum. Ama sen yine de beni bu kan ve ateş deryasının ortasında yalnız bırakma. Bir başıma koma. Bu kadar korkak davranma."

"İşte buradayım" diye fısıldadı ellerini uzatarak. "Sana gelecek kadar hürriyetim var benim ama sadece bir gecem var."

Bir an durdu. "Artık beni kimin yerine koyduğun bile umurumda değil, beni sevmeni de beklemiyorum. Senden hiçbir şey de istemiyorum. Çünkü geleceğim yok sadece şimdim var. Sadece bu gece. Geri gönderme, kabul et beni. Ama olduğum gibi kabul et. Benden bir şey istemeden kabul et. Kendine de hiçbir sorumluluk yüklemeden kabul et."

Settarhan'ın yüzü sarardı. "Git buradan" diyebildi sadece. "Allah aşkına git buradan."

"Settar" dedi Sofya, Settarhan'ın tam karşısında dikilmişti ama her an düşecek gibi yalpalıyordu.

"Bana her şeyi anlatmadın. Anlatmadığını da ben sormadım. Ben sadece anladığımı anladım. Ama Taht-ı Süleyman'ı da İran'ı da neden terk ettiğini tahmin etmek zor değil. Olsun! Hiçbir şey umurumda değil. Değil mi ki evren sensin. Sen kendini affedebiliyor musun, bana onu söyle. Başkaları seni affetmiş affetmemiş, ama şuranda", kalbini gösteriyordu, "Bir cehennem kaynıyorsa, çok anlamsız bir şey bu. Kaç cinayetin, onu işleyen elin sahibinden daha büyük katillerinin olduğunu görmezden gelme. Yürek sabit duruyorsa ahlâkın ilkeleri çarpıtılmalı. Yasak çizgisi; yüreği sabit duramayanlara göre bu. Bana göre değil. Sana göre de olmasın."

Settarhan sadece susuyordu, Sofya'nın söyledikleri değilse de şu her an düşecek gibi duruşu, şu yüzünün solgunluğu, şu ferini kaybetmiş gözler içini delmişti ama "Git buradan" diye yineleyebildi sadece, "Git buradan."

"Settar" dedi Sofya, "Settar, aşk dediysem hesabım yoktu benim. Ancak o kadar aşktım. Sense sürekli hesap yaptın. Bu kadar hesap yapma. Günah deyip duruyorsun. Etin kaç dirhem senin? Bedenin günahını ruhun günahından daha üste koyma."

Kendi eksiltilmiş ismini duymaktan yorulmuştu Settar-han. Şimdi onun yüzü de Sofya'nın yüzü kadar soluktu ve her an kapı açılıp İranlı pansiyoncu içeri girecek diye korkuyordu.

Sofya bir kez daha "Settar" derken dizkapaklarından kırılmış oyuncak bir bebek gibi öne doğru düşüyordu ki Settarhan onu kolundan yakaladı. Yatağın kenarına doğru itti hafifçe, oturttu. Önünde diz çöküverdi sonra. Siyah eski mantosunun düğmelerini açtı bir bir. Hayret! Birini açarken diğeri kapanmamıştı, Settarhan sonunda bir âh ederek yanıp kül olmamıştı. Keşke yanıp kül olsaydı şuracıkta, bunu istemeye cesaret etti ama başını Sofya'nın kucağına bırakmak, kollarını dizlerinin arkasından geçirerek sarılmak, sonra yüzüne bakmak, işte buna cesaret edemedi. Önce sağ. Sonra sol. Siyah, iyice eskimiş botlarının bağcıklarını çözmeye başladı. Kaba battaniyesini açtı, incitmemeye çalışarak Sofya'nın başını yastığın üzerine yasladı, battaniyeyi üzerine çekti sonra usulca geri çekildi.

Sofya'nın zayıf, titrek sesi duyuldu.

"Settar gitme, gideceksin biliyorum ama sen yine de gitme. Gidersen boynuna bir vebal yüklemem. Ama gitme. Çünkü gidersen böyle bir yıkımı bana ancak daha büyük bir yıkım unutturabilir."

"Git" demişti Settarhan, Sofya ise "Gitme."

Settarhan, bu tek kelimelik cümleyi içinden tekrarlayıp duruyordu. Sofya ona "Gitme" derken gitme ihtimalinin mümkün olduğunu öğretmişti. "Gitme" diyordu demek ki Settarhan gidebilirdi. Gitmesi ihtimal dâhilinde olmasa Sofya "Gitme" demez, böyle bir mümkünü onun ihtimalleri arasına yerleştirmezdi. Demek ki gidebilirdi. Demek ki gitmek, iradesi dâhilindeydi. Öyleyse gitmeliydi.

Kapıya yöneldi.

Sofya'nın sesi duyuldu bir kez daha. Eskisinden daha cılız, daha kırık bir sesti bu. "Settarhan."

Settarhan onun bu kez kendisine "Settarhan" diye hitap ettiğini fark etti. Bu aşkı kendisine bir isim vererek aşikâr etmişti Sofya. Bir heceyi isminden kesip atmış; erk alanını eksiltmiş, onu sınır kayıt altına almış, kendi hükümdarlığını ilân etmişti böylece. Şimdi o eksik heceyi geri vermiş, öyleyse saltanatından vazgeçmiş, kölelik hakkını Settarhan'dan geri almış, her şeyi başladığı yere geri çekmişti.

Fakat her sureti aslî siretine döndüren, cürufu özden taktîr eden ayrılık anına zehirli bir kehanet akıtmaktan da geri kalmadı:

"Settarhan, sen ne kaybettin geçmişinde, bunu bilmiyorum. Ama unutma. Onu hiç bulamayacaksın."

Araya kırık Türkçesiyle kelimeler, cümleler sokuyordu. "Hiç bulamamaktan daha acısı var biliyor musun Settarhan? Her kapıyı çalacaksın. Her defasında buldum sanacaksın ama hiç bulamayacaksın."

Gözleri birer alev parçası, yanakları alev olmasa onun taş kestiğini düşünebilirdi Settarhan. Daha fazla odada duramadı. Kapıyı çekip dışarı çıktı ve pansiyoncuyla burun buruna geldi. Yaşlı İranlı suçlar gibi bakıyordu yüzüne. Acaba ne zamandır buradaydı?

Settarhan izahat vermek ihtiyacını hissetti.

"Hastaymış. Gidecek başka kimsesi de yokmuş. İlâç verdim. Sabaha gelir alırım. Kendi evine götürürüm."

Adamın ters bakışları arasında bozuk düzen taş merdivenleri ikişer ikişer atladı, Serbülend'i almadan kendisini yaya, dışarı attı.

Akşam inmiş, ortalık iyice kararmıştı. Yağmur da fırtına da aynı hızda devam ediyor, Karadeniz'in uğultulu dalgaları şehri basacakmış gibi yükselerek ardı ardınca geliyordu. Nereye gideceğini bilmeden sokaklarda dolaşmaya başladı Settarhan. Bütün istediği şu odadan uzak durmaktı çünkü geri dönmekten korkuyordu. Adımlarını hızlandırdı. Ne kadar uzağa yürürse, ne kadar yorulursa geri dönmesi o kadar imkânsızlaşacaktı sanki. Önce Bulvar'dan geçti, kimsecikler yoktu. İnsanlar fırtınadan çok Petersburg tarafından kopacak tufandan korktukları için evlerine kapanmışlardı çoktan. Köşe başlarında asker takımının dışında tufanın haberini bekleyen aşırı heyecanlı Bolşeviklerle onlara pabuç bırakmayacak olan Menşevikler kalmıştı ve aralarına düşecek yıldırımın yalımı şimdiden fark ediliyordu. Sokak aralarında Ermeni çeteciler de görünmeye başlamıştı. Neden sonra kendisini Sofya'yla birlikte gül küpeleri satın aldıkları Kuyumcu Sarafim'in dükkânının önünde buldu Settarhan.

Buraya nasıl geldiğini de geçtiği yollar gibi hatırlamıyordu. Fakat camekânının paramparça olduğunu fark ettiğinde kendine geldi. Ne oluyordu? Bomboş yolda bir sokak kavgasına rastladığını zannetti önce. İçi belâyı çağıracak kadar karışık, uzaklaşmak yerine yaklaştı.

Bu kavgaya rastlamasa gerisin geri o odaya Sofya'nın yanına döner miydi Settarhan? İranlı pansiyoncunun, üzerine dikilmiş bir çift gözünü görmezden gelir, Sofya'nın istediği uçuruma düşer miydi? Ya da onu İstanbul'a gelmeye, kendisiyle evlenmeye razı edebilir miydi? Bunların cevabını hiç veremedi.

Kader bütün kazalarını toplamıştı, geldi. Bu kez tesadüf suretindeydi.

Dört kişiydiler. Biri yerde, üçü atlarının üzerinde. İki kişiyi aynı anda tanıdı Settarhan. Yerdekinin tanınır hali kalmamıştı gerçi ama Ermeni kuyumcuydu bu, Sarafim. Diğeri ise Topal Andon, kuyumcunun çırağı. Sarafim'in yüzü gözü kan içindeydi. İki dizi üzerinde çökertildiğine, ellerini kavuşturup gözyaşları içinde yalvardığına; at üzerindeki Topal Andon'unsa çapraz fişeklikleri göğsünde, havalı tüfeği sırtında, beylik tabancası elinde bir cephanelik gibi kuyumcunun etrafında dönüp durduğuna bakılırsa durum gayet açıktı. Andon'un ne zaman komitacılara katıldığını bilemedi Settarhan -belli ki hep öyleydi- ama Sarafim'in durumu vahimden de vahimdi.

Ermeni kuyumcu son bir gayretle ayağa kalkmaya çalıştığı anda bir dipçik darbesiyle yere serildi, Andon'sa idam hükmünü ezberden okumaya başladı:

"Ben" dedi, "Ermeni kurtuluş ordusunun bir generaliyim."

"Hayret!" diye geçirdi içinden Settarhan, Andon ne zaman general olmuştu?

General devam etti: "Sense kuyumcu Sarafim'sin. Şimdi sana hakkında verilen hükmü okuyorum." Hüküm ne zaman hangi mahkemede verilmişti? Deliller ne zaman toplanmış, sıralanmış, tartışılmıştı? Yine de okudu Andon, suç gayet açıktı:

"Sen milletimizin şanlı ihtilâline katılmadın. Katılmadığın gibi yüce ordumuzun seni yükümlü kıldığı aidatları ödemeyi de aksattın."

"Ama verdim" diye iki kelimeyi bir araya getirebildi kuyumcu Sarafim.

"Çoğu kez geciktirdin" diye yineledi Andon, "Dahası, yüreklilikle vermeyi reddettin." Kurtla kuzunun hikâyesini hatırladı Settarhan. Andon bahane aramıyor düpedüz bahane yaratıyordu; o bahanenin arkasına sığındı, namluyu Sarafim'e doğrulttu, horozu kaldırdı. Eli tetiğin üzerindeydi ve yüzündeki malûm renge bakılırsa şakası yoktu.

Settarhan bambaşka birinin kaderine bağlandığını o anda anladı. O düşünmeden biri düşünmüş ve karar vermişti sanki kendi yerine çünkü insan sadece kendisinin değil başkalarının da kaderinden sorumluydu. Hatta bazen insanın kaderi başkalarının kaderi üzerinden yazılıyordu. Şu anda Settarhan'ın kaderi, sadece Sarafim'in kaderi için ve ancak o kadar vardı. Sanki bugüne kadar bütün yaşadıkları, bütün kazaları belâları, atlattığı bütün badireler, düştüğü bütün kuyular şu an içindi. İran'ı bu yüzden terk etmiş, Sofya biraz evvel odasına bu yüzden gelmiş, Settarhan onu bu yüzden reddetmiş, bu yüzden kaçarcasına çıkmıştı o odadan. Bütün yaşadıkları bir yıl evvel sadece iki kez görüştüğü, yüzü gözü kan içindeki şu adam içindi. Kulaklarında Çiçek Hala'nın cümlesi yankılandı:

"Birilerinin mucizesi olmak lâzım Settarhan."

Etrafına bakındı. Bir tetik inmesine yetecek an genişlemişti ve evet, biri hâlâ onun yerine karar veriyordu. Şurada, evlerin neredeyse birbirine dokunarak yükseldiği daracık bir arayı gözüne kestirdi Settarhan, sokak denemeyecek, atla geçilemeyecek kadar dar bir geçitti bu ve alt sokağa açılıyordu. Onlar atlarla dünyada geçemezlerdi bu aradan, inip peşlerine düşmeden kendilerini oraya bir atabilseler! Gerisini düşünmedi bile Settarhan, Andon'un eli tetikte, ha çekti ha çekecekti.

"Dur!" diye haykırırken bir göz kırpımı an içinde kendini tam ortalarında buldu. Korkudan ölmek üzere olan Sarafim'i giysisinin sırtından yakaladığı gibi çekti.

"Koş, haydi!"

Başarmışlardı.

Küf kokulu geçidin diğer ucuna koşarlarken Settarhan neredeyse uçtuklarını sandı. Lâkin kanatları kırılmış olmalıydı ki çok geçmeden geçidin öbür başını kesmiş diğer çetecilerin ortasına Sarafim'le birlikte yuvarlandı. O arbede arasında Sarafim kaçmayı başardı ama bunlar? Nereden çıkmışlardı?

Kendi aralarında Türkçe konuştuklarını az bir kulak kabartmayla anlayabildi Settarhan. Fakat bu Tebriz ya da Urumiye ağzı değil daha farklı bir Türkçeydi. Sehend Dağı'nın yedi zirvesinin en zorlusunda ölümden kurtulduğu o gece Fazıl Reis'in ağzından çıkan Türkçe gibi bir Türkçe. Şimdi canına kasteden bu adamların Anadolu Ermenileri olduğunu, hayret, onların Türkçe konuşmalarından anlayabilmişti. Türkçe sövüp sayıyorlardı. Ama Settarhan'ın Ermenice küfürleri ezberlemesi de zaman almadı; bunlar Türkiyeli olmayanlardı. Aralarındaki Rus askerlerini ise ancak çehrelerinden tanıdı. Çünkü Ermenilerin ikisi de Rus üniforması giymişti.

İçlerinden iri yarı, kırçıl sakallı, çok esmer ve yaşlıca olanın tüfeğini kaldırıp süngüyü Settarhan'a saplamak üzere hamle yaptığı anda sarışın, çok genç bir Rus subayının "Dur" diyerek Ermeni'ye mani olduğu görüldü. Gerçekten öldürecek miydi bu yaşlı Ermeni kendisini, yoksa sadece korkutmak mı istemişti? Bunu düşünemedi Settarhan. Çünkü genç Rus subayının lâcivert gözlerine baktığı anda bir yıldan beri Sofya'nın dükkânında görünmeyen Vasili'yi tanıdı; Tebriz'deki meyhane gecesinde "Ölürüm de Çar'ın ordusunda savaşmam" dese de bu ordunun Çar'a kalmayacağı günlerin yakın olduğu hesaplanarak orduda kalması gerekli görülen Vasili'yi. O anda Settarhan'ın içinden bir sigara yakmak ve duvara yaslanarak tüttürmek geçti. Bu hengâmeden burnu kanamadan kurtulacağına dair ilk ümit uyandı içinde. Vasili Ermeni'yi durdurmuş, Settarhan'ı ise hiç tanımamış gibi davranmıştı. Öyleyse evet, ümit vardı.

Onu götürüp bıraktıkları barakaya iki zembil, bir hasır atılmıştı ve boş bir gaz tenekesi üzerinde yanan mum yarılanmıştı. Tenekenin üzerindeki deve resmine baktı Settarhan, eliyle bu tanıdık şekli okşadı. Hasırın üzerine oturdu. Çok geçmeden içeri giren çetecilerin, çizmelerini çekip almalarına mani olmaya kalkışmadı; yerine eski, delik bir asker postalı bırakmışlardı. Hançeri de gitmişti ve en kötüsü, belini yoklamış, parmağındaki yüzüğü fark etmişlerdi. Yüzüğü sıyırdıkları anda taşın rengi o kadar solmuştu ki bu renge artık mavi bile denemezdi. Şimdiye kadar dışarıdan seyrettiği ya da sadece kıyısından geçtiği şeyin tam içindeydi Settarhan. Heyulâ, işte karşısındaydı. Mum tükendi. Fırtına durmuş, Karadeniz'in sesi dinmişti ama Batum'un rutubetli soğuğunda böyle bir gece nasıl geçecekti?

Bumbuz hava gibi konuşmalar da tahtaların arasından içeri kadar sızıyordu, Settarhan gözünü aralıklardan birine uydurdu. Kocaman bir ateşin çevresinde toplanmışlardı. Ermeni çetecilerden biri onun buraya kadar nasıl olup da sağ salim getirildiğine öfkeleniyor, iki sözün arasına "İçeri girip öldürelim şunu" cümlesini sokuyor, diğeri ise onu durduruyordu.

Ertesi sabah daha güneş doğmadan barakaya dört kişi girdi. Biri dünkü öfkeli, yaşlı Ermeni'ydi. Yanında Topal Andon'la birlikte gençten yana biri vardı. Yaşlı olanın bile gösterdiği saygıya bakılırsa bu genç, reisleri olmalıydı, "Dikran" diye hitap ediyorlardı ona. Dördüncü kişi ise Settarhan'dan yana bakmayan Vasili'ydi.

Reis Dikran, bir kâğıttan Settarhan'ı idama mahkûm ettiklerine dair kararı okudu. İki gün sonra güneş doğarken idam edilecekti.

"Kim?" dedi Settarhan, "Beni idama mahkûm etmiş bakalım?"

Sorusu gibi, ıslak toprağın üzerinde dirseklerini dizlerine dayayarak sigara sarışındaki kayıtsızlık da ancak arkasında yangın bırakmış birinin taşıyabileceği türdendi.

"Biz" dedi Dikran.

"Siz de kimsiniz?"

"Biz" dedi, "Ermeni devletinin ordusu. Aynı zamanda Rus ordusunun askerleri." Sesinde cevap vermekten çok bildirmek vardı.

"Haa!" dedi Settarhan. "Ermeni çeteleri ve Rus ordusunun şu meşhur gönüllü birlikleri. Şimdi Rus ordusundan artan yerlere siz doluyorsunuz."

Oturduğu yerde bir dizini uzatıp diğerini kırması, sırtını duvara yaslaması, sigarasını umursamazlıkla tüttürmeye başlaması ve gözlerindeki bakış Dikran'ın dikkatini çekmişti.

"Bak Türk" dedi düzgün bir Türkçeyle. "Anadolu'nun ölüme yürüyen kafilelerinde bir anamı, bir babamı, yedi de kardaşımı bıraktım ben. En ufağı kundaktaydı. Bilmediğin bir adımız daha var bizim. İntikam Tugaylarıyız biz. Fedaileriz."

Bir sigara da kendisi sardı. "Türk" dedi tekrar, "Türk" derken tepeden tırnağa kadar öfke, kirpiklerinin ucuna kadar nefretti.

"Sen hiç Anadolu'yu gördün mü?"

"Görmedim."

"Sen henüz görmediğin Anadolu'nun safında kendince bir savaş tutturmuşsun. Senin henüz görmediğin toprakların adamlarıyız biz.

Anadolu'yu da senden daha iyi tanırız. Van Gölü'nün kıyısında doğdum ben. Ya sen nerede doğdun?"

"Taht-ı Süleyman'da" dedi Settarhan. "Herhangi bir savaş tutturmuş da değilim" diyecekti, vazgeçti. "Keşke tuttursaydım hem" diye geçirdi içinden. Ne garip, kader şimdiye değin ondan esirgediği savaş kılıcını bir Ermeni'yi bir başka Ermeni'den kurtarması için tutuşturmuştu eline.

Sordu: "Peki, benim suçum neymiş?"

"Sen ölüme mahkûm ettiğimiz birini kaçırdın. Hükmün icrasına mani oldun. Onun kadar suçlusun."

"Kuyumcuya yaptığınıza razı gelsem bu gözler kör olurdu. Hepsi bu. Başımın üzerinde boş bir ip ayağımın altında tahta bir tabure var. Şimdi canınız ne isterse onu yapın. Kanım akmaz."

Henüz on altı yaşındayken, yüzünü bir kez gördüğü adaşının ağzından duyduğu ilk cümle, ezberi kuvvetli Settarhan'ın cümleleri arasına o hiç fark etmeden yerleşmişti.

Dikran ses çıkarmadı ama Settarhan yaşlı Ermeni'nin kendisine doğru yaklaştığını gördü. Daha fazlasını da göremedi zaten. Omuzuyla boynunun ortasına yediği bir dipçik darbesi yere yığılmasına yetti. İki gün sonra idam edileceği, düşündüğünü hatırladığı son şeydi.

İki gün sonrasına kalmadı. Ertesi sabah güneş henüz doğmadan "Kaç Gospodin, kaç" diyen bir sesle silkindi Settarhan. Barakanın kapısı aniden açılmış, Vasili rüzgâr gibi girmişti içeri. Türkçe, Rusça karışık kelimelerle, ellerini kollarını sallaya sallaya Settarhan'ı olduğu yerde sızdığı uykudan uyandırıyordu.

"Kaç Gospodin, Petrograd'da ihtilâl oldu. Kapı yıkıldı."

Settarhan yerinden fırladı. Bu çocuk gözlere, bu ateşli sevince beklediği ümitle baktı. İçi ezildi bir yandan. Hâlâ meyhane gecesindeki o çocuk, Sofya'nın ses çıkarmaz tutkunuydu Vasili, o zaman ne kadar berrak ve temiz bakıyor idiyse şimdi de aynı mavi gözlere sahipti. Ama böyle bir bakışın sahibi, önünde kaybedecek koca bir yaşam varsa da onu çoktan gözden çıkarmış olmalıydı. Korkunun ve endişenin hüküm sürdüğü sınırların çok ötesine geçmişti Vasili. Bundan sonra su boğmaz ateş yakmazdı onu, kurşun dokunmaz, dokunsa bile korkutmazdı ve demek o da Settarhan'ın mucizesi olmaya kalkışmıştı.

"Kaç Settarhan" diye seslendi Vasili bir kez daha. "Dönüp arkana bile bakma. Bolşeviklerle Menşevikler birbirini öldürmeye başladı bile. Batum yangın yerine döner birazdan. Kan gövdeyi götürecek."

Settarhan'ın çizmelerini ve hançerini geri getirmişti, firuze yüzük ve içine rubleler dikili kemeri de eksiksiz önüne attı. O zaman Settarhan bunun tek fırsat olduğunu, eğer bu fırsattan istifade edebilirse kaçıp kurtulabileceğini anladı. Bu defa olmazsa bir daha asla olmazdı. Elini Vasili'nin omuzuna koydu. Nefes nefese, "Nöbetçiler?" diye sordu.

"Kaç" dedi Vasili bir kez daha. "Nöbetçilerden eser yok. Sağa sola kaçışmışlardır onlar da. Çünkü Menşeviklerin, Bolşeviklere yardım eden Ermenileri boğazlamasından korkuyorlar. Herkes kendi derdine düştü."

"Peki Sofya?" diyebildi Settarhan.

Vasili "Acele et" dedi. "Sofya'yı düşünme artık. Menşevik de olsa Bolşevik de olsa Ermeniler seni asla unutmaz. Neticede Rus ordusunun neferleri onlar ve ortada hakkındaki karar var. Ya kalır, ortalık duruldduğu anda yakalanır ve idam edilirsin, Sofya'ya bir faydan olmaz."

"Ya kaçar kurtulurum" diye zorlukla yutkundu Settarhan, "Sofya'ya yine bir faydam olmaz." Sesi, kurumuş ırmakların yataklarına dolmuştu.

"Settarhan görmüyor musun?" diye bağırdı Vasili. "Senin bundan böyle Sofya'ya hiçbir faydan dokunmaz. Bunun zamanı çoktan geçti. Acele et. Sadece acele et."

Settarhan'a öyle geldi ki yine başka biri onun yerine karar vermişti ve kendi iradesinin hiçbir payı yokmuştu bu kararda. Zaten ne zaman olmuştu ki?

"Kapıda Rus bir er var" dedi Vasili. "Korkma güvenilirdir. O da bu savaştan bezmiştir anlayacağın. Bütün isteği köyüne dönüp anacığını görebilmek. Sınırlar kapandı, Tebriz'e dönemezsin. O yüzden seni birazdan Trabzon'a doğru yola çıkacak bir motorun sahibine götürecek. Pasaportun yok, önemli değil, kaptan seni gizlice götürecek ama kemerine sahip çık çünkü epeyce pahalıya mal olacak bu kaçış."

"Tamam."

Vasili "İyi" anlamında başını salladı. "Gerisi kendiliğinden gelir. Rus ordusu savaşmayacaktır çünkü Rusya İmparatorluğu diye bir şey de yok artık. Geri çekilecekleri zamana kadar Trabzon'da rahat edersin. Kimse sana dokunmaz."

"Sağ ol" diye fısıldadı Settarhan, "Hüdâhafız." Bir an geri döndü. "Vasili" dedi, "Sofya. Onu yalnız bırakma."

"Sofya'yı unut" diye fısıldadı Vasili, "Hepimizi unut. Ama sen bunları düşünme artık. Arkana bile bakmadan kaç. Yoksa hiç kaçamayacaksın."

Settarhan bir daha geri döndü.

"Vasili" diye seslendi, "Serbülend. Kaldığım pansiyonun ahırında. Serbülend'i o kırmızı sakallı İranlı pansiyoncuya bırakma. Sen al. Unutma, mutlaka sen al." Pansiyonu tarif etti.

"Bir de" dedi, "Odamda heybem var. Pasaportum da içindedir. Bir yolu düşen olursa onunla Taht-ı Süleyman'a gönderirsin. Kime sorsa gösterirler, Mirza Han'ın'ın evi diye."

Pasaportu gibi opera çıkışı Sofya'yla çektirdikleri fotoğraf da heybede kalmıştı. Bir de çerçevesinden söküp çıkardığı Sofya'nın tek fotoğrafı. Hakikat şu ki Settarhan'ın aklı pasaportta filan değil o fotoğraflardaydı.

Vasili elini kaldırdı tamam anlamında. "Haydi" dedi, "Haydi durma."

Settarhan dışarı fırladı, kendisini bekleyen erin peşine takıldı. Ruslar bütün kontrol noktalarını terk etmiş, Ermeniler ve Türkler sağa sola dağılmışlardı. Kimin kime açtığı belli olmayan bir yaylım ateşi altında, yer yer sokak çatışmaları ve alev almış, yağmalanmaya başlanmış dükkânlar arasında Batum'un mahşerine karıştılar. Herkes koştuğu için koşmaları kimsenin dikkatini çekmedi. Denize açılan sokaklardan birinin başına geldiklerinde er eliyle kumsaldaki kayık damlarını işaret etti.

"Buradan" dedi, "Dümdüz kıyıya in. Orada barakaları göreceksin. Trabzon'a kalkacak motoru sor. Gösterirler. Gerisini o biliyor."

Settarhan koşarak kumsala indi. Siyah, serin kumların üzerine oturdu önce, nefeslendi. Suları henüz aydınlanmamış Karadeniz'e baktı. Arkasında bir idam fermanı, önünde tek çıkış yolu olarak Karadeniz kalmıştı. Trabzon'a gidebilir, oradan İstanbul'a geçebilirdi. İstanbul. Bir ömür boyu hasretini çektiği şehir. Demek böyle gerçekleşecekti.

Aradığı adamı çok geçmeden buldu. Heyecanla, "Haydi" dedi, "Hemen gidelim buradan. Merak etme, sana hakkın olandan daha fazla para veririm."

Batum-Trabzon arasında işleyen ticaret motorlarından birinin kaptanı, dünya yanarken bile dönüp geriye bakmayanlara mahsus sarışın bir sükûnetle baktı Settarhan'a.

"Uşağum" dedi, "Göster bakayum, bağa hangi parayi verecesun?"

Settarhan belindeki kemerin ucunu söktü. Motorcunun, ne kadar çok parası olduğunu görmesi onu korkutmadı bile, isterse tamamını vermeye razıydı. Üzerinde Çar'ın resmi bulunan rublelerin bir destesini, saymadan kayıkçıya uzattı. Motorcu hayli keyifliydi, bu keyfi uzatmak istercesine işi ağırdan aldı.

"Cıkk!" dedi başını iki yana sallayarak.

Settarhan ikinci, üçüncü desteyi ekledikçe motorcunun gülmesi gevrek bir kahkahaya dönüştü. Çok eğlendiği belliydi. Eksik dişli ağzı, kemerli burnu, boncuk gibi masmavi gözleriyle neredeyse sevimliydi. Fazla uzatmadı.

"Uşağum" dedi, "Ha o paralarun artuk hükmi yoktur. Çünkü bu gün alduğuni yarın alacak gücü yoktur olarun. O paralar artuk kâğuttur. Tök olari yaliya."

Bu garip Türkçeyi sökmekte ilk anda zorlansa da Settarhan sonunda onun ne demek istediğini anladı. Allah şahit, idamını beklediği barakada telâşa kapılmamıştı ama şimdi bütün şu kara kumsalın ayağının altından çekildiğini zannetti. Gözleri karardı. "Niye?" diyebildi.

"İhtilâl oldi ya! Zaten pul idi çarluk parasu. Şimdi artık hepten kâğıda döndi. Puldur da, hükmi yoktur olarun."

Kaptan, kıyıda hazır bekleyen motora atladı. Eline tutuşturulmuş rubleleri arka arkaya Karadeniz'in karanlık dalgalarına bıraktı.

Üstün gelmiş, keyfini çıkarmıştı. Sigarasından bir nefes çekti. Şimdi ciddileşmişti. Kıyıda, donup kalmış olan Settarhan'a ters ters baktı.

"Haydisana!" diye bağırdı, "Ne pekleyisun? Paran pul oldi diye seni ha burda pirakacağumu mu sandın?"

Motoru çalıştırdı. "Atla."

Eğer "Trabzonlu" denecek bir tip varsa -ki vardı-, onun, burnu kopup yere düşse gururundan eğilip almayan ama kendisine emanet edilen bir avuç samanı korumak uğruna kendi samanlığının yanmasını da göze alan insanlarının en saf temsilcisini Settarhan ilk defa bu kaptanla tanıdı. İçten içe "Her şeyi en iyi ben bilirim" deseler de gerçek bilgiyle karşılaştığına kanaat getirdiğinde tereddütsüzce itaat eden bu insanların katıksız bir örneğini Settarhan'ın karşısına kader çıkarmıştı.

Motora atladı, kemeri hâlâ belindeydi.

"Tikkat et" dedi kayıkçı, "Patarsak ağurluk yapmayasun."

Settarhan kaptana baktı, kaptan da ona. Settarhan önce yavaştan aldı ama vazgeçti çok geçmeden, tutamadı kendini bıraktı, katıla katıla gülmeye başladı. Neden sonra başı önüne düştü. Gözlerinden yaşlar akmaya, hıçkıra hıçkıra ağlamaya başladı. Döndü. Geriye baktı. Opera binasına, Sofya'nın kitapçı dükkânına, kıyıdaki otellere, köşklere, büyük katedrale, camiye, İranlı'nın pansiyonuna. Batum alevler içinde yanıyordu. "Sofya" diye geçirdi içinden. Acaba o yangının ortasında mıydı? Bunu hiç öğrenemeyeceğini hissetti. "Serbülend" dedi, ilk defa Serbülend'in tırnağını mıh ayırdıysa da Settarhan katran kaynatamadı. Aklı o mıhta, o toynakta kaldı. Başını Karadeniz'in kıyısız yanına, engin karanlığına çevirdi. Motor, peşinden ölüm koşan bir varlığın can havliyle, dönüp arkasına bakmadan, ölüm yakasından yaşam tarafına geçti.

Kalbimde Sofya'nın, Vasili'nin, Serbülend'in sızısıyla başımı çevirip Batum'a bakmak istedim ben de, Karadeniz'in simsiyah sularında tan daha atmamışken. Ama sular aydınlandı birden ve kendimi Batum'daki otelde, aynı Karadeniz'in sularına bakan balkonda buldum. Nasıl çektirildiğini artık iyi bildiğim fotoğraf, çözülmüş muammasıyla masanın üzerindeydi ve kurşunî mavi bulutların bıçak sırtı aralığından üzerine düşen güneşin ışığı hâlâ aynı yerdeydi.

Denize baktım bir an, otelden çıkmayacaktım yarına kadar ama bu geceyi geçiremeyeceğimi anladım. İçeri geçtim, resepsiyonu aradım. "Bana bir taksi çağırır mısınız?" dedim, "Bir yere gideceğim." Aşağı indim.

Gürcü şoförle bir türlü anlaşamadık. İngilizce, Türkçe "Opera sokağı" dedim, anlamadı. "Batum'da opera binası var mı?" diye sordum, yine anlamadı. Gürcüce tek kelime bilmiyordum, bu kez Anna'yı aradım.

"Anna" dedim, "Şoföre tarif eder misin lütfen, Opera sokağına gitmek istiyorum."

Anna, sesimi kendi memleketinde duymaktan hayli memnun, "Hocam" dedi, "Opera sokağı diye bir sokak yoktur Batum'da."

"Nasıl yok? Biraz önce oradaydım" diye bağırmamak için kendimi güç tuttum. "Bir opera var ama değil mi Anna?"

"Var hocam" dedi. "Tamam" dedim, "Söyle de oraya götürsün beni şoför. Ve beklesin. Geri döneceğim birazdan çünkü."

Anna ile şoför telefonda biraz konuştular. Adamın başını sallamasından işlerin yoluna girdiğini anladım. Arabayı çalıştırırken şoför telefonu bana uzattı. Anna, "Hocam, geleyim ben de yanınıza" diyordu.

"Yarın buluşuruz Anna" dedim, "Kahvaltıyı birlikte yaparız. Tiflis'e gideceğim. Beni yolcu edersin, kararlaştırdığımız gibi."

Çok geçmedi ki şoför arabayı yol kenarına park etti. Eliyle "Ben buradayım, bekliyorum" anlamında bir işaret yaptı. Başımı salladım.

Geniş bir cadde. Akşam iniyor, Temmuz sonu. Etraf tenhaydı. Yağmur kesilmiş, gurup rengindeki hafif bir ışık vurduğu yaprakların üzerinde tatlı tatlı parlamaya başlamıştı. Caddenin üzerinde durdum. Opera binası kiremit rengi kesme taşlarıyla karşımda yükseliyordu. Karşısında olacaktı. Arkamı döndüm, Sofya'nın kitapçı dükkânını tanıdım.

Hayli değişmişti. Fakat parsel aynı parsel, cadde aynı caddeydi. Kapının önündeki küçük çınarlar, heybetli birer ağaç olmuş, gölgelerini caddeye yaymışlardı. Hafif bir rüzgâr esti aniden. Fısıltıyla konuşur gibi çınar yapraklarının arasından, bütün bedenimin üzerinden geçti. Birkaç yaprağın dalından koparak ağır ağır düşmeye başladığını fark ettim.

Gözlerim karardı. Varlığım çıktı aradan.

Bir ay geçmişti Settarhan'ın Trabzonlu kaptanın motoruyla Batum'dan ayrılışı üzerinden ama bütün bunları size anlatan gölge ben, hâlâ Sofya'nın kitapçı dükkânının önündeydim. Bilmem gereken bir şey varmış gibi çınar fidanlarının arasından geçerek kapıyı ittim. Menteşelerden biri yerinden çıkmıştı. Kapı sarsılarak yalpaladı, kilidi de camları da kırılmıştı. İçeri süzüldüm. Kimse yoktu fakat hem bir öfke hem bir yağma geçmişti bu dükkânın üzerinden belli ki. Kitaplar dağılmış, raflar devrilmiş, her şey bir tarafa saçılmıştı. Çekmeceler açılmış, içleri dışarı dökülmüş, dişe değecek bir şey var mı, aranmıştı.

Yerlerde sürünen cilt cilt Herzen'lerin, Puşkin'lerin, Çernişevski'lerin, Nekrasov'ların, bu arada mercan rengi kapağıyla bir *Anna Karenina* cildinin üzerinden atladım. Masaya yaklaştım. Sofya'nın opera çıkışı çektirdiği tek pozun -bunu oraya herhalde Settarhan takmış olmalıydı- çerçevesi parçalanmış, camı kırılmıştı ve masanın üzerinde, olduğu gibi bırakılmış bir defter vardı. Sayfalar rüzgârda ağır ağır açılıp kapanıyordu. Bu yolculuğun daha başında, geçen sene Doğubayazıt'tan Gürbulak sınır kapısına doğru giderken karşılaştığım şeyi hatırladım. Asfalta yapışmış ölü kuşun bedenine bir yerden bağlı kalan mavi kanat, rüzgârda işte şu defterin yaprakları gibi açılıp kapanıyordu. Sofya'nın devrilmiş sandalyesini kaldırdım, yayı fırlamış minderin uzak köşeciğine iliştim, sayfalara eğildim. İhtilâlci Sofya'nın günlüğünde aşk, açık kalan son sayfaydı ve diyordu ki:

Artık olamayacağını biliyorum. Aşk benim kalbimi yakıyor, seninkini yalayıp geçiyor. Ben tam merkezine koyuyorum aşkı hayatımda, sen başka bir şeyin yerine koyuyorsun.

Bana evlenme teklif ettin, reddettim. O gece sana geldim, bu defa sen reddettin. Aşkı ve ahlâkı tartıp durdun aylar boyunca. Gerekçelerini, savunularını, ithamlarını, infazlarını sıraladın; sanığı da savcısı da yargıcı da sen olan bir mahkemede yargılayıp durdun kendini defalarca. Hangi yanın haklı çıksa, bu davanın öbür yanından yara aldın. Çünkü ne yeteri kadar âşık ne de yeteri kadar ahlâklıydın.

Oysa aşkın yeterince'si olmaz benim hiç olmamış sevgilim. O ya vardır ya yoktur. Hududu, temkini, itidali, tazmini olursa zaten aşk olmaz. Var olduğu müddetçe vardır o. Ve var olduğu müddetçe de tek biçimde tek hacimdedir. Seninle İstanbul'a gelebilir her şeyi terk edebilirdim, beni ben olarak sevdiğini bilseydim.

Ben babamın, annemin, Vasili'nin, cümle âlemin, bütün Batum halkının, isterlerse bütün Rusya'nın, İran'ın, Azerbaycan'ın nezdinde suçlu olmaya razıydım. Öyle, her şeye razı gelmiştim. Ama sen, bir parça unutmak uğruna benim kapımı çaldın, korkarım bütün kapıları da çalacaksın. O kimse, ondan başkasıyla dolmayan ve ona dolamayan yanınla dikildin karşıma. Açılan yaralarının acısını yeni bir yara açarak kapamaya çalıştın. Ben senin için sadece "kadın"dım. Biricik değildim bu yüzden. Sana benden önce yaşadığın her ne ise onu unutman için kendi hayalimi seve seve armağan ettim. Ama gelseydin. Bana aşkını verseydin. Onun da geleceği olmasındı, bugünü bana yeterdi.

Bir yaranın acısını unutmak için gönlünde başka bir yaranın açılmasına razı geldin. Üstelik kendini bu yaraya da koşulsuz devredemedin, sürekli hesaplar yaptın. Aşk değildi bu. Aşk olsa hesap yapacak mecali kendinde bulamazdın.

Bu kadar hesap yapmaya ne gerek vardı? Hepi topu aşk işte. Gelir, yaşanır ve günü gelince biterdi.

Başımı sayfadan, bu birbirinden kopuk, hezeyanlı cümlelerden, bu ateş sayıklamalarından kaldırdım. Belli ki ne aklı ne kalbi Sofya'yı yarı yolda bırakmıştı şimdiye değin, hangi sefere çıksa fatihti o. Bu defa da öyle; onu yarı yolda bırakan kendisi değildi. Ama garip; ne Sofya Settarhan'ın kendisine neden evlenme teklif ettiğini ve o gece o odadan neden çıkıp gittiğini anlayabilmişti; ne de Settarhan Sofya'nın kendisini "ne tür" bir aşkla sevdiğini. Sofya'nın aklı, Settarhan üzerine dikilmiş bir çift gözü almamıştı, Settarhan da Sofya'nın hesapsızlığını anlamamıştı. Birini "hancının gözleri" öbürünü "vakti dolunca biter" duygusu sakat bırakmıştı. Azam içinden çıkılmaz bir kuyu gibi kesmişti yolunu Settarhan'ın, Sofya aşılmaz bir dağdı. Azam çok fazla kendisiydi, Sofya ise hiç kendinden değildi. Bu yüzden aşkın kendisini öldüreceğini sandığı anlarda bile Settarhan aşkın ustası değildi. Aşkı, yorumların, akletmenin öldürdüğünü kestiremeyecek kadar da cahildi üstelik. Bunu bu gölge ben gördü de kendileri görmemişti; her aşkın körlüğü gibi.

Yerimden kalktım. Geri çekildim. Daha fazlasını ne okumak ne de bilmek istiyordum. Her şeyin üstesinden gelen Sofya'nın, bu çetrefilin üstesinden gelemediğini, Settarhan'ın gittiğini, bir daha geri dönmeyeceğini çok iyi biliyordum çünkü. Ben bensem eğer, varsam, doğmuşsam bu hikâye burada bitmişti. Sofya, dedemin Rus sevgilisi. Sevgili bile olamamışlardı aslında. İçim ezildi. Fikirleri ve inancı gibi neşesinde de aşkında da terkinde de abartılı, her şeyinde saf ve duru, her şeyinde samimiydi Sofya. Eğildim, fotoğrafı yerden aldım. Kısa saçları, duru teni, çekincesiz bakışlarıyla gözlerimin içine bakıyordu. Onu bir daha göremeyeceğimi bilerek fotoğrafı günlüğün arasına koydum. Kırık kanadı üzerine kapadım. Dışarı çıktım.

Kendime geldiğimde rüzgâr, esmeye başladığı yerden devam ediyordu; ve az evvel dallarından kopan çınar yaprakları yere henüz düşmemişti bile. Şoför az ötede arabanın içinden, "Gidelim mi?" anlamında yüzüme baktı. "Gidelim."

Ertesi sabah Anna geliyor, Türkiye'de fark etmediğim sıcacık bir muhabbetle kucaklıyor beni. İşin ilginci ben de mukabil bir muhabbet hissediyorum. Gurbette iki hemşehri gibiyiz. Uğuldayan Karadeniz'e karşı, kurşunî bulutların altında kahvaltı ediyoruz. Ben iyice dalgınım, Anna biraz endişeli. "Hocam" diyor, "Hani dinlenecektiniz? Dün akşamüzeri aniden nereye gittiniz öyle?"

Gülümsüyorum, "Sofya'nın kitapçı dükkânına" diyorum.

"Sofya'nın kitapçı dükkânı?" diye soru vurgusunda tekrarlıyor. Türkçeyi sonradan öğrenenlerin ihmal etmediği -dır -dir eklerini yerli yerine perçinleyerek "Öyle bir kitapçı yoktur Batum'da" diye ekliyor.

"Vardır vardır" diyorum. Üstelemiyor.

Bense yorgunu olduğum hikâyelerin artık son fasıla girdiğini içim kanayarak hissediyorum.

O gün öğleye doğru, rivayete bakılırsa Kafkasya'nın en hızlı ulaşım vasıtası olan kırık dökük minibüslerden biriyle Batum'dan Tiflis'e geçiyorum. Anna, beni orada karşılayacaklarını şoföre uzun uzun anlatıyor, vedalaşıyoruz, ve işte yoldayım. Deniz geride kalmış. Bulutlar dağılıyor. Her cihet yemyeşil. Fakat bu nasıl bir yeşil? Kadife bir örtünün üzerinden güneşli bir zümrüt fışkırıyor. Gürcistan'ın Rusya İmparatorluğu döneminden kalma tek katlı, şirin sayfiye evleri olan daça'lar dizi dizi yolun iki yanında. Oysa bizi Tiflis'in bunaltıcı sıcağı bekliyor. Unutmadım ki!

Neden sonra evler bitiyor, dağların hükümranlığı başlıyor. Kafkas Dağları. O sırada Yasemen arıyor. Tiflis'e yeni varmış, rehber ve şoförle buluşmuş.

"Hocam" diyor, "Sizi bekliyoruz. Telefonu şoföre verebilir misiniz lütfen, yerimizi tarif edelim? Sizi orada bıraksın."

Telefonu şoföre uzatıyorum. Bir süre gürültülü gürültülü konuşuyor, "Tamam" anlamında başını sallayarak telefonu bana uzatıyor.

İşte oradalar. Üç kişi. Biri Yasemen. Yol arkadaşım, Doğu'nun kapısı. "Hikâyen bitmedi mi daha?" der gibi bakıyor yüzüme.

"Az kaldı" diyorum içimden, "Hepsini sana anlatacağım ve ilk kez sana anlatacağım."

Dilsiz ağızsız anlaşıyoruz.

Arabaya binip yol alıyoruz bir süre. Sonra bir kenarda durup Kura ırmağının bu kıyısından karşı kıyısına, bugününden dününe bakıyoruz. Tiflis'in de bir Eskişehir'i var ve ben bu şehre daha evvel gelmiştim Settarhan'la. Hiçbir şehre "ilk kez" girmiyorum artık. Yine de kendi zamanımın gözüyle Eski Tiflis'i akşam inerken, güneşin altın yaldızıyla tüllenmiş bir buğu arkasından, simya tozuna bulanmış bir ırmak vadisinde esrarlı parıltılar içinde yüzerken görüyorum ilk kez. Bir rüya olmalı bu. Bu şehir bundan daha iyi bir zamanda ilk kez görülemezdi. Kura vadisinin yamacında basamak basamak yükselen Eskişehir, köprüleri, meydanları, daracık merdivenli sokakları, konik kubbeli Gürcü kiliseleri, dantel gibi oyulmuş ahşap balkonlarla süslü konakları, köşkleri ve hepsinin arasında yükselen Azerbaycan camiinin biricik minaresi ve daha her şeyiyle karşımda uzanıyor. Hamamın görkemli mavi çini kapısını seçebiliyorum. Settarhan'ın hikâyesine dâhil olduğum zamanda gördüğüm her şey karşı kıyıda hiç bozulmamış, olduğu gibi duruyor. Köprünün meydana açıldığı yerde halı mağazasının yerini bile kestirebiliyorum. Tacir yükünü orada indirmiş, şu dükkâna girmiş, Rus müşterinin basiretsiz halı seçimine burada müdahale etmişti. Zaman diye bir şey yok artık. Bir kez daha Tebriz'den kalkan tacirin izinde, Taht-ı Süleyman'ın örtüsünde saçak ucundayım. Şu yollarda yürüdüğünü, şu köprünün korkuluklarına dayanarak suya baktığını, ırmağın sesini dinlediğini, sülfür kokulu cehennemî kaplıca hamamında 3 numaralı otağı merak ettiğini, hepsini biliyorum. Bir tek şeyi bilmiyorum ama. Bütün ömrümce bilinmesi en fazla gereken şeyleri bilmediğim gibi: Bunca bilgiyi, bunca duyguyu ne yapacağımı.

Ertesi sabah erkenden uyanıyoruz. Rehberimiz ve şoförümüz geliyor birazdan. Şoförümüz Nagzari, Gürcü. Rehberimiz de zarif, incecik, oya gibi Gürcü bir kız, adı Nora. Grupta ben hariç herkes Rusça biliyor; Yasemen hariç kimse Türkçe bilmiyor. Bu durumda Yasemen bana çeviri yapıyor. Fakat yeri gelince hiç konuşmadan anlaşabilmemiz kadar İngilizce, Türkçe, Rusça, Gürcüce kelimelerin havada uçuşmasına da şaşıyorum. Babil Kulesi yeni yıkılmış sanki ve bütün diller koptukları o ilk yere, Âdem'in kelimelerine ha bağlandı ha bağlanacak.

Yorucu Tiflis gününün akşamüzeri Yasemen'le baş başa kalıyoruz. Otelimiz Hamamlar mevkiine çok yakın. Keskin bir sülfür kokusu genzime dolarken "Yasemen" diyorum, "Şu Azerbaycanlıların hamamını bir görsek."

Bir saray kapısına benzeyen mavi çinili, görkemli kapıya doğru yaklaşıyoruz. Gülümsüyorum. Hiç değişmemiş, Rusça kitabe bile yerli yerinde. Yaklaşıp Puşkin'in satırlarını hatırlamaya çalışıyorum.

"Ömrüm oldukça..."

Mırıldanmış olmalıyım ki, Yasemen yanıma yaklaşıyor.

"Hocam" diyor, "Rusça biliyor muydunuz siz?"

"Yo!" diyorum. Üstelemiyor.

İçeri giriyoruz. Şişman, yorgun, boyalı saçlarının dibinden beyazları çıkmış bir kadın, ne istediğimizi soruyor.

"Settarhan'ın yıkandığı odayı görmek istiyorum" desem. Diyemem.

"Puşkin'in yıkandığı odayı görmek istiyoruz" diyorum.

Altın dişlerini göstererek gülüyor kadın. "3 numaralı otag." "Gelin", dercesine işaret ediyor. Peşine takılıyoruz. Çinili koridorlardan geçiyor, aşınmış mermer basamaklardan iniyoruz. Keskin bir güneş ışığı buzlu camlarda hafifleyerek içeri süzülüyor. Rutubet kokan uzun bir koridorun sonunda bir kapıyı açıyor kadın.

Gülümsüyorum yine. "Hayır, böyle değildi. Yenilenmiş." Ama cehennemî sıcaklıkta, acı kokulu, kurşunî bir su o zaman olduğu gibi şimdi de yerin altından kaynayarak çıkıyor. Bir de yerdeki karolar olduğu gibi duruyor.

Kadın karoları işaret ederek, "Orijinal" diyor. "Biliyorum evet, orijinal." Sıcak ve koku başımı döndürüyor. Dışarı çıkıyoruz. Yokuş üzerindeki çayevine kendimizi atıyoruz.

Ahşap bir masa. Lâtif bir esinti. Porselen çaydanlık, hoş kokulu bir çay, incecik limon kabukları, kesme şeker, ince belli bardaklar, ayva murabbası. Karşımızda Nari Kala. Eski Tiflis'in rüya günlüğünde Settarhan'ın hayal hanesi.

Ertesi sabah Nora, otomobile bindiğimizde, Nagzari'nin bir sürprizi olduğunu söylüyor. Bizi bir yere götürecekmiş ama sonuca güvenenlere mahsus bir ketumlukla neresi olduğunu söylemiyor yaşlı adam. Şehrin meşum sıcağından yavaş yavaş uzaklaşıyor, dağları tırmanmaya başlıyoruz. Çok geçmeden trafiğin uğultusu diniyor, klimayı kapatıp camları açıyoruz. Dağ çiçeklerinin baharlı kokusu, yumuşacık, kuru bir rüzgâr içeri doluyor. Bulutlar top top, dağlar koyu mavi gölgeli. Hava rutubetsiz. Yaşamak tene değiyor. "İyi ki gidiyoruz" diye düşünüyorum, başım dağ havasından esrimiş.

Bir dönemeci dönünce çok eski bir kilisenin eteğine varıyoruz. Sürpriz bu mu? Değil. Hayli basamağı tırmanarak çıktığımız taraçadan karşıya bakınca donakalıyorum. Böyle bir şeye daha evvel tanık olmamıştım, bundan sonra da olamam herhalde. O an için hepimize tanrısal bir bakış bahşedilmiş olmalı.

İki muazzam ırmak; mağrur, asaletli, durgun, sessiz ve çok derin iki ayrı ırmak, şimdiye değin ne yaşamışlarsa nerelerden doğup nerelerden akmışlarsa hepsini arkalarında bırakarak tam karşımızda birleşiyor ve tek bir ırmak halinde akmaya devam ediyorlar. Aldıkları yeni isme bakılırsa en fazla da isimlerini arkada bırakmışlar. Biri Ardahan'dan çıkıp doğduğu toprakları hemencecik terk eden, pasaportsuz, sorgusuz sualsiz Gürcistan topraklarından geçen Kura, diğeri Aragvi. Kura yemyeşil, Aragvi boz bulanık bir mavi. İkisi bir ırmak olduktan sonra bu kez üçüncü bir ırmağa dönüşerek Hazar Denizi'ne dökülmek üzere Azerbaycan'a doğru yol alıyorlar. Bir ırmağın denize dökülme anından daha muhteşem bir şey varsa o da iki ırmağın birleşme anı ve iki büyük ırmak her coğrafyada aynı ihtişamla birleşiyor olmalı. Bu ana tanığım işte.

Kaldığımız otel Eskişehir'de tarihî bir Rus konağı. Ne kadar çok otel odasına girip çıktım bütün bu yolculuklar boyunca dünyanın bana lâzım olan kısmını arşınlarken. Ne kadar çok duvara başımın gölgesini ne kadar çok aynaya suretimi bıraktım. Balkona çıkıyorum. Dantel saçaklar döşemenin tahtaları üzerine yumuşacık hülyalı gölgeler serpiyor. Serin bir rüzgâr içimi titretirken manasını anlamadığım bir şarkının melodisi kulağıma kadar geliyor. Eski Tiflis'in rüyası devam ediyor. Birazdan kapım vuruluyor. Çay söylemiştim. Pirinç bir semaver değil ama mavi çinko bir demlik bana gülümsüyor. Balkona taşıyorum tepsiyi. Mavi gül desenli porselen fincana çay döküyorum, incecik kesilmiş bir limon dilimini de içine atıyorum. Renk, koku, tat. Defterimi, kalemimi, teneke hazine sandığımı masanın üzerine çıkarıyorum.

Balkonun hemen önünde dizi dizi kayın ağaçları var. Batmaya duran güneş binlerce yaprağın üzerinde sonsuz aynalar parlatıyor. Kura ırmağı yemyeşil. Bir Doğu ırmağının kıyısında tarifsiz bir sonsuzluk duygusuna kapılarak ben de sona doğru akıyorum. Settarhan'ın ve Zehra'nın ırmaklarının birleşmesinin de yakın olduğunu hissederken içim şimdiden acıyor ve bunu son günlerde daha sık hissediyorum. Bu birleşme, benim onlardan ayrılmam anlamına gelecek. Buna nasıl tahammül edeceğim? Nasıl ayrılacağım onlardan? Ben, bu hikâyeden sessiz sedasız nasıl çıkıp gideceğim?

Teneke hazine sandığıma uzanıp kapağı açarken kayın ağaçlarının parılcaklı yaprakları üzerinden geçen rüzgârın fısıltısını duyuyorum. Kayın. Ne söylediğini işitiyor ama anlayamıyorum; hatırlıyor ama tam olarak çıkaramıyorum. Bakmadığım bir fotoğraf, içine girmediğim bir zaman kaldı. Ağaçlardan biri bir an içinde rüzgârın önünde yarı beline kadar eğilirken Trabzon'daki Taşhan'ın fotoğrafını elime alıyorum. Demek ki Settarhan bu kapıdan içeri girecek. Oysa ben onu Trabzon'a doğru Karadeniz'e açılmış bir motorun içinde bırakmıştım.

X. KİTAP

KAHVE OCAĞI

Aradaki limanlara uğraya uğraya, fırtınalarla boğuşa boğuşa yol alan motor Trabzon sularına ancak üç gün sonra öğleye doğru vardı, munis dalgalar üzerinden kaya kaya limanın yanındaki kumsala yanaşmaya başladı. Bir kenti en fazla ele veren şeyle, onun deniz tarafından görüntüsüyle karşılaşırken Settarhan'ın ilk fark ettiği, denizin içinden yükselen sarp kayalıklar üzerindeki kartal yuvasına benzeyen kaleydi. Hiç ara vermeden taraçalar halinde sahile kadar inip kıyıya dayanan, suyla arasına mesafe koymayan bu şehir ne Tebriz'e ne Tiflis'e ne de Bakü'ye benziyordu ama Batum'a benzediği gün gibi ortadaydı. Aynı denizin kıyısındaki bu iki şehirde de bulutlar tam bulut, yeşiller tam yeşil, maviler tam maviydi.

Gerçekten bu kadar güzel miydi? Yoksa ölümü ensesinde taşımış, yazgısız kalmış bir adam olduğu için mi Settarhan'a böyle güzel gelmişti? Fakat bu güzelliğe rağmen ilk anda bile Settarhan, Batum kadar bahtsız bir şehre ayak basacağını anladı. Batum'un alevleri üzerindeydi gerçi ama Trabzon da dumanlar içindeydi.

Kara kumsala ayak bastıklarında Kaptan, "E uşağum" dedi, "Ha şimdi sen Trabzon'da ne yapacasun? Kimin kimsen var midur?"

Settarhan "Yok kaptan" dedi. "Trabzon'a daha evvel hiç gelmedim ki kimim kimsem olsun. Ama fazla kalmayacağım zaten İstanbul'a geçeceğim." Aklına kemerindeki pul olmuş rubleler geldi, "Ama bir süre kalmam gerekecek herhalde."

Kaptan güldü. "Öyle ya" dedi, "Senin paran puldur ha şimdi." Biraz düşündü. "Asmalıkahve'nin Çerkez Arslanbey'ine git. Ortahisar'dadur. O fukara babasidur. Yardım eder sağa, iş bulur. Muhacirliğe de çikmamiştur."

Settarhan "Muhacirlik mi?" dedi. "O da ne?"

Kaptan gevrek gevrek güldü. "E uşağum senin dünyadan haberun yoktur, he mi?" Muhacirliğin ne olduğunu anlatırken bir yandan da cebinden buruş buruş olmuş bir deste Osmanlı parası çıkarmıştı. "Ha buni da al. Yatacak yer arayisun ya. Oteller de vardur ama pahalidur olar. Taşhan'da kalursun."

Ayrılırlarken Settarhan "Kaptan" dedi "Senin ismin ne?" Bu vakte kadar sormak aklına gelmemişti.

"Çemil'dur da benım adum."

Settarhan buruş buruş Osmanlı banknotlarını kemerine sokarken firuze taşlı yüzüğü parmağından çıkardı.

"Çemil Kaptan" dedi.

Kaptan onun sözünü kesti. "Çemil deyıl ula, Çemil. Çemil'dur benım adım."

Settarhan bu düzeltmeye akıl sır erdiremediyse de devam etti.

"Çemil Kaptan, sana iki türlü borçlu kaldım şimdi. Şu yüzüğü al, hiç olmazsa bana verdiğin paraya sayarsın."

Cemil Kaptan parlamıştı aniden. "Uşağum" diye sesini yükseltti, "Pizum kitabumuzda darda kalanın barmağundan yüzuğuni çikarup almak yoktur da! Tak oni barmağına. Pi daha da çıkarma. Ha, darda kalursan da bağa uğra. Ha buralardayum."

Firuzesinin rengi solmuş yüzüğü parmağına geçirirken "Çemil Kaptan. Ortahisar. Çerkez Arslanbey. Fukara babası" diye mırıldandı Settarhan. Fukara, öyle mi? Beyzade Settarhan şimdi fukara mı olmuştu? Feleğin çemberi yuvarlak, nereye döneceği belli değildi.

Cemil Kaptan'sa bu genç adamın arkasından baktı bir müddet. Başını iki yana salladı. "Heyy!" dedi "Hikmetindan sual olmayan Rabbim, ne hayatlar yaratiyisun." Kayık damına doğru yürümeye başladı.

Taşhan'ın demir kapısını itti Settarhan, avluyu geçti. Hancıya halini anlattıktan sonra, buruşuk Osmanlı paralarından birini uzattı.

"Kaç gece kalacaksın?" diye sordu hancı.

"Fazla kalmayacağım" dedi Settarhan, "İstanbul'a geçeceğim."

"Ben her günün parasını peşin alırım. Sonrasına bakarız."

Hancı şu tek banknottan bile o kadar çok para üstü verdi ki Settarhan, Cemil Kaptan'ın son Batum seferinde kazandığı bütün parayı Karadeniz'in kıyısında, sadece dalgaların ve Allah'ın şahitliğinde çıkarıp kendisine verdiğini hiç bilmese de onun kendisine haylice bir para verdiğini kestirebildi. Kalbi minnetle doldu. Hancı suratsız, açgözlü adamın biriydi ama bu şehir demek ki Cemil Kaptan gibilerin de şehriydi.

"Emanete bırakacak eşyan yok mu Acemoğlu?" dedi hancı.

"Yok" dedi Settarhan, "Hancı" diye de ekledi, "Ben Acem değilim."

Sol taraftaki merdivenden yukarı çıkarak Taşhan'ın otuz altı odasından nasibine düşenin kapısını açtı. Hiçbir şey yapmadan kendini olduğu gibi döşeğin üzerine attı. Ya Rabbi! Bütün bunları yaşamış mıydı? Hiçbir şey hissetmiyordu, sanki bütün bunları başkası yaşamıştı da Settarhan sadece seyretmişti. Sızdı kaldı çok geçmeden. Bütün öğleden sonra ve gece boyunca uyudu.

Ertesi sabah deniz tarafından gelen ışıkla açtı gözlerini. Denizi görmeden kokusunu duydu. Kulağına bir sıcaklık şöhreti çarpmamıştı bu şehrin ama sonbahar ortasında çekilmez, yapış yapış, rutubetli bir Pastırma Yazı karşılamıştı Settarhan'ı. Pencereden bakınca hemen önde koyu, kara bir kumsalın uzandığını, denizin bir cıva havuzu kadar durgun parladığını gördü. Rengi, kokusu, kumu, çakılı; bu deniz Batum'daki denizdi ama Settarhan, bir daha açılmayacak kapıların gürültüyle kapanışına kulak kabartırken de hayatının arkasında kalan defterin bütünüyle kapandığını hissederken de gülümsedi. Önündeki yepyeni kitaba korkmadan "Merhaba" diyecek kadar gençti şunun şurasında ve zaten burada da kalmayacak, İstanbul'a gidecekti.

Çay ve ekmekten ibaret bir sabah yemeğinin ardından kendisini dışarı attı. Kumsaldan kademe kademe yükselen şehri, onun portakal ve zeytin ağaçlarıyla gölgelenmiş bahçelerini, evlerini, camilerini ve kiliselerini seyretti. Kale etrafından dolanıp limana indi. Uzaktan bir resim gibi görünen liman, yaklaştıkça hareketlenmeye başladı. Gemilere yolcu taşıyan peremeler, arkasında dumanını ve sesini bırakan tek direkli yük motorları, yelkenliler her yandaydı. Liman yatağı kum dolu olduğundan büyük gemiler açıkta demirlemişlerdi. Sandallarla tahliye edilen yolcular yarı bellerine kadar suya giren hamalların sırtında kıyıya çıkarılıyordu ancak. Ama her şeyin evvelinde; bilindik dünyanın en büyük ordusu, bağlı olduğu bir devleti kalmamış, sahipsiz, görevsiz; Trabzon'da en az Settarhan kadar ne yapacağını bilmeden dolaşıp duruyor, Rus askerleri gibi, Rus üniforması içinde tekinsiz işlere bulaşan Ermeni ve Rum çetecileri de gelip kendilerini Rusya'ya götürecek gemileri bekliyordu. Sivil Rumlar ve Ermeniler gibi Çerkezler, İranlılar, Ruslar, Gürcüler de limana yayılmışlardı; Türkler ise azınlıktaydı. Settarhan o zaman "Muhacirlik"in ne olduğunu daha iyi anladı. Kafkas Dağları'nın Karadeniz kapısı, sakinlerini nicedir kaybetmişti.

Settarhan limanda epeyce oyalandı. Bir şehrin nabzı limanda atar, damarlarının tümü orada üst üste gelirdi. Orada vururdu hayat, limanın devinimi bir durursa şehir de sönüp gidecek zannedilirdi. Hastalık da sağlık da şehre limandan girer, şehrin nüfusu oradan artar, eksilirse oradan eksilirdi. Settarhan bu şehrin kaderinde bir değişiklik yapacak değildi gerçi ama kendi kaderinin orada durduğu kesindi.

Kendisi için yeni olan bunca şey arasında tanıdık bir şeye rastlamakta gecikmedi. Sabahleyin günlük güneşlik olan bunaltıcı hava, durup dururken ve vallahi aniden karardı. Bulutlar perde perde, yere sarkacak kadar yaklaştı ve yağmur başladı. Tıpkı Batum'daki gibi.

Acıkmıştı Settarhan. Çamurlu yollar, kırık düzen taşlar, ikide bir insanı tuzağa düşüren çukurlar, moloz dağları, kokular, haşereler, kedi kadar büyük fareler, farelerden korkan cılız kediler arasında yürüye yürüye ne kadar dolaşsa da sadece iki bakkalı açık bulabildi. Rus rublelerini kime uzatsa aynı bıyık altı gülümsemeyle karşılaştı. Haklıydı demek Cemil Kaptan, kimse ona bu paranın karşılığında bir şey vermeye yanaşmıyordu. Bu kez Osmanlı parasıyla ekmek satın alıp Şark Meydanı denilen yerde bir köşeye oturduğunda, soğukkanlılığını korumaya gayret ettiyse de durumunun vahameti içini karattı. Yabancı ellerde bir başına kalmıştı ve hazıra dağ dayanmazdı. Şimdi ne olacaktı?

"Çerkez Arslanbey'in Asmalıkahvesi'ne git" demişti Cemil Kaptan, "Fukara babasıdır."

Taşhan'a döndü. "Hancı" dedi, "Asmalıkahve nerededir?"

"Hangi Asmalıkahve?" diye sordu adam. "Burada yığınla Asmalıkahve var."

"Çerkez Arslanbey'in kahvesi."

"Gel otur hele."

Ertesi sabah güneşle uyandı Settarhan. Dünkü yağmur sanki hiç yağmamış, Pastırma Yazı, bıraktığı yerden devama koyulmuştu. Sağı soluna uymaz, bir kararda durmaz bir şehir! Asmalıkahve'nin yolunu tuttu, sora sora Ortahisar mevkiindeki kahvehaneyi buldu. Ne garip! İran'da tartışmasız çayhaneydi bu mekânların ismi. Oysa burada çay, nicedir saltanatını kahveye kaptırmış olmalı ki çayhaneler kahvehane diye anılıyordu.

Settarhan asma altındaki içi kuru yaprak dolu kuru havuzu geçerek içeri girdiğinde Çerkez Arslanbey Tebriz işi, çividî bir nargileyi fokurdatıyordu. İsmi ile müsemma, arslanlar gibi bir adamdı. Yetmiş yaşlarında ama sırtı hâlâ dik, göğsü hâlâ geniş, kalbi hâlâ yanardağ alevi gibiydi ve Allah bilir, öyle de ölüp gidecekti; hiç düşmeden, çözülmeden, ezilmeden, yitip gitmeden.

İkisi birbirini karşılıklı süzdüler kısa bir süre, selâmlaştılar sonra. Çerkez Arslanbey; giyimi kuşamı, Türkçesi, iklimi, coğrafyası, dünyası farklı bu genç adama ancak bir erkeğin başka bir erkeği anlayabileceği nazarla baktı, suretten öte manasını kestirebildi. Settarhan'ın sol elinin serçe parmağındaki yüzük, sırtındaki rengi griye dönmüş olsa bile kıymetini saklamayan Isfahan bezi gömlek, belindeki deri kemer ve gümüş işlemeli hançer, ayağındaki bir zamanlar ne olduğunu inkâr etmeyen çizmeler ve bütün bunların üstünde bu bakışlar ve bu duruş, Çerkez Arslanbey'in sıradan olmayan bir delikanlıyla karşı karşıya olduğunu anlamasına yetti. Acem taraflarından olduğu belliydi ama her taş da kendi yerinde ağırdı nihayetinde. Şimdiye değin Çerkez Arslanbey'in Trabzon'da karşılaştığı Acemler, ya tacir ve kervancılar ya da bayram yerinde semaver kaynatan çaycılar olmuştu. Tatlı dilli ama geveze ve mübalâğacıydılar ve bağıra çağıra pazarlık etmekten, sinirlenince papaklarını yere atıp başlarını dövmekten ve küfretmekten başka bir şey yapmazlardı.

Karşısındaki sıradan değildi ama Çerkez Arslanbey'de de sıradan olmayanı fark edecek göz vardı. Bu kahvede büyümüş, gençliğini burada yaşamış, burada yaşlanmıştı. Kahvehane dünyanın mihveriydi ona göre. Gözünün önünden dünyanın neredeyse bütün insan numuneleri gelip geçmişti ve o artık bir bakışta tanımayı öğrenmişti. Yanılmazdı. İşte karşısında bir beyzade vardı ve feleğin hangi rüzgârının onu bu kapılara attığını sadece Allah bilirdi.

Settarhan'sa onun, yaşını başını almış, görünürde durmuş durulmuş olsa da kalbinde daima bir fırtına taşıyanlardan olduğunu anladı. Çerkez Arslanbey'in bakışlarından geçmişi okumak değilse de tortusunu çıkarmak mümkündü ve o tortu da duvardaki birkaç çerçevede ayan beyan asılıydı. Duvarda, Sohumkale fenerinin bir halk ressamı tarafından boyanmış resmi vardı, hemen yanında, camı hayli tozlu, yer yer güvelenmiş ahşap bir çerçevede Mustafa Reis'in yine bir halk ressamı tarafından acemice çizilmiş hayalî bir resmi. Altta da yine çerçevelenmiş bir destan parçası. Settarhan, göz gezdirdiği mısraları anında tanıdı.

Asmalıkahve'yi ve Çerkez Arslanbey'i sorduğunda geveze hancı akşam Settarhan'ı bir köşeye çekmiş, araya destan parçalarını soka soka bu hikâyeyi anlatmıştı:

Vakt ü zamanında Trabzon'da Mustafa Reis diye bir adam varmış. İşte bu Mustafa Reis bir suç işleyerek hapse düşmüş, sonra kaçıp Batum taraflarında bir tür eşkıyalığa başlamış, Trabzon valisinin bütün gayretlerine rağmen bir türlü yakalanamamıştı. Rusya, valiyi telgraflarla tazyik etmiş, diplomatik dille azarlamıştı. Diğer yandan Mustafa Reis, valiye haber göndermişti, "Şayet Sohumkale fenerini çalıp Trabzon'a getirirsem beni affeder mi?" diye. Sohumkale, Karadeniz kıyısında, Batum'un kuzeyinde, fenerinin güzelliğiyle meşhur, Rus egemenliğinde bir şehirdi o zamanlar. "Evet" demişti vali. Sohumkale fenerinin efsanevi güzelliğine, dillere destan şöhretine tamahen mi yoksa bunun zaten imkânsız olduğunu düşündüğünden mi, bunu valinin kendisi de bilmemişti. Fakat Mustafa Reis denizden güpegündüz düzenlediği bir baskınla, Sohum fenerinin kristal, petekli gözünü çalmış, teknesinin sert, ağır brandası altına saklamıştı. Bir deniz fenerinin ışığından mahrum Trabzon'a doğru dalgalarla boğuşurken Rus saltatlarından korkmamış ama Karadeniz'in fırtınasına karşı yüreği ağzında, nihayet sağ salim karaya çıkmış, feneri getirip Güzelhisar'a dikmişti.

Mustafa Reis'i affetmek hiç de zor olmamıştı vali için. O ki, halkın kalbinde zaten çoktan ak paktı. Hani, çoğu İstanbullu, bol rütbeli şu askerî erkândan çekinmese vali, halkın nabzındaki şerbete güvenip Mustafa Reis'i iki gözünden de öpecekti. Çünkü Sohum feneri göz göre göre makamından çalınıp Güzelhisar'daki yerine dikileli beri valinin üzerindeki Rus baskısı bıçak gibi kesilmişti. Bunun üzerine işin keyfini çıkarmak valiye kalmış, "Yaz oğlum" demişti telgrafhanede, ağzı kulaklarına varan yılışık telgraf erini bile azarlamayarak, "Yaz!"

"Hakkından gelemediğimiz için bize sitem ettiğiniz Mustafa Ağa işte güpegündüz Sohumkale fenerini çalan Mustafa Ağa'dır." Sonra, "Düzelt oğlum" demişti, "Araya bir kelime ekle. 'Sizin Sohum feneriniz' diye yaz. 'Sizin'i büyük yaz, iyi okunsun."

Vali, nargilesine kahve, kahvesine bahane eklerken geçkince karısı gözüne huriler gibi görünmüş, kendisini de Taht-ı Süleyman'da saltanatta zannetmişti o gece. Aff-ı şahaneye mazhar olan Mustafa Reis'e haber, kırmızı balmumu ile mühürlü bir kâğıt üzerinde verilmiş, erdemli eşkıyalar zümresinin bu son temsilcisi geçmişinden gerçi tövbekâr olmuş, rücu etmişti ama o geçmişi hiç inkâr etmemiş, hiç reddetmemişti.

Vali, çoğu zaman yazılı yasalarla vicdanın yasaları arasında geniş bir mesafe olduğunu bilirdi. Hele de o vicdan, halkın tek ve büyük bir yürekte atan vicdanına tercüman olduğunda işte o zaman yazılı yasaları kesip atmak gerekti. Ama iş bu raddeye varınca Mustafa Reis de sözünü tutmuş, en iyi bildiği iki şeyin birinden ebedîyen el çekmiş diğerine sarılmış, kendisine bir kahvehane açarak yaşayıp gitmişti; ta ki bir lokantada yemek yerken beylik bir tabancayla arkasından vurulduğu ana değin. Geçmiş insanın peşini bırakmaz doğru, ama o da arkasında bir efsane, minnetle yâd edilen bir isim, bir de destan bırakarak gitmişti.

İşte şu Çerkez Arslanbey, Mustafa Reis'in kahvehanesindeki "tövbekâr" çıraklardan birinin oğluydu ve o da babası kadar düşkündü Mustafa Reis'e. Onun resmini de destanından bir parçayı da kahvenin idaresi kendisine kaldığında duvarından indirmemiş, tam tersine yerine iyice perçinlemişti.

Duvardaki destanın mısralarını mırıldanan Settarhan'a karşısında yer gösterdi Çerkez Arslanbey, alçak hasır iskemleyi ona doğru iterek. Çırağına döndü, yaldızlı Polonya fincanlarına koymasını bakışlarıyla ikaz ederek iki fincan kahve söyledi.

"Gel otur oğul" dedi. "Geleceğini biliyordum. Bir acı kahvemizi iç. Soluklan."

"Geleceğimi nasıl biliyordunuz?" anlamında baktı Settarhan.

"Cemil Reis söyledi. Nasıl düştü yolun buralara?"

Settarhan başından geçenlerin anlatılır türden olan kısmını kısaca anlattı, kalanını içine attı.

"Peki" dedi Arslanbey, "Anlaşılan o ki bir daha geri dönmeyeceksin. O zaman söyle bakalım, elinden ne gelir? Ne iş yapar neye yararsın sen?"

"Ben" dedi Settarhan, "Halıdan anlarım. Halı tüccarıyım."

"Halı mı?" diye dudak büktü Arslanbey. "Buralarda halı işinden anlayan da dokuyan da yoktur. Yani senin tüccarlığın burada geçmez. Başka ne bilirsin, elinden başka ne gelir?"

"Kitaplardan da anlarım az çok. Bir kitapçının yanında çalıştım bir süre."

"Yok" dedi Çerkez Arslanbey başını iki yana sallayarak. "Şehrin en iyi kitapçısı Kitabî Hamdi, o da muhacirlikte. Başka ne bilirsin?"

"Hiç."

Akçeleri burada geçmemiş Settarhan müsaade isteyecekti ki gözü sıra sıra, dizi dizi çay bardaklarına, kazanlara, birkaç semavere, nargilelere ilişince bildiği bir şeyi daha hatırladı. O gece Dağıstanlı Nakşî Şeyhi'nin tekkesinde çaya dair o kadar şey öğretilmişti kendisine. Olur muydu acaba? Geçmez akçelerini geçere döndürebilecek kadar altın bilezik edinebilmiş miydi? Fazla düşünmedi.

"Ben" dedi, "Ben, iyi çay demlemeyi de öğrendim. Bunu da bilirim."

Çerkez Arslanbey bir an düşündü. İranlıların millî bir karakter gibi çay işinden iyi anladıkları herkesçe malûmdu. Bu da onlardan biri, öyleyse neden olmasındı?

Olurdu ama bir sözü vardı; sözü evirip çevirmedi Çerkez Arslanbey.

"Yiğidim" dedi, "Belli ki ne senden bana çırak olur ne benden sana efendi. Her taş kendi yerinde ağır, hallerimiz buna mani. Ama istersen misafirim ol. Yatacak yerin yoktur, paran da pul olmuştur şimdi senin. Sanat kavra, iş öğren. İyi iştir kahvecilik. Bütün dünya orada çevrilir. Sonra da kendine istediğin işi kurarsın."

Settarhan Batı tarafına, Yoroz dağının arkasından batan güneşe kararlılıkla baktı, değil mi ki kendisini Doğu'nun deniz kapısına muvakkaten bırakacaktı. İçinden "İstanbul" diye geçirdi. Gözü payitahttaydı, Trabzon yetmezdi, ona İstanbul lâzımdı.

Çerkez Arslanbey'e döndü, "Kalıcı değilim zaten usta" dedi. "İstanbul'a geçeceğim ben. Param da, doğru tahmin ettin, pul olmuştur. Fakat şu süre içinde elimden tutarsan, yol paramı denkleştirebilirsem sana minnettar kalırım. İyiliğinin de altında kalmam. Çalışırım."

Yaldızlı fincanı tabağa bırakırken etraftaki müşterilere göz gezdirdi Settarhan. Birkaç ihtiyar sadece, kiminin bacağı takma, kiminin öksürüğü tutmuş, kimi tümden yitip gitmiş. Gerisi muhacirlikte, Settarhan bunu artık iyi öğrenmişti. Sonra duvarları, döşemeyi inceledi. Badanası yer yer kalkmış gayrimuntazam duvarda; Mustafa Reis'in, Sohumkale fenerinin ve destan parçasının yanı sıra Venedik işi puslanmış kocaman bir aynaya sıkıştırılmış atını denize süren Fatih, palabıyıklı Yavuz Sultan, Hayber Kalesi, Nuh'un gemisinden başlayarak nam salmış pek çok gemi ve Gülcemal'in resimleri vardı. Halk ressamlarının elinden çıkma imzasız, oransız resimlerdi bunlar. Hepsinin kenarları kıvrılmış, kâğıtları buhardan ve sigara dumanından sararmıştı. Çerkez Arslanbey itibarlı biriydi belli, ama bu kahvehane nereden tutsan elinde kalacak gibi duruyordu. Şu çırak hiç mi eline süpürge almıyordu?

Çerkez Arslanbey'in sesiyle kendine geldi Settarhan. "Haydi" diyordu, "Git eşyalarını getir. Burada kalırsın artık. Arka tarafta benim çırak Süavi'nin yattığı bir göz oda var. Oraya bir döşek daha attık mı tamamdır."

Ertesi sabah Settarhan peşin ödediği ücreti geri almak için hayli uğraştıysa da sonunda başardı, hancıyla hesabı kapadı, yokuşu tırmanarak güneş daha doğmadan Asmalıkahve'ye damladı. Hiç kimse görünmüyordu ortalıkta. Arka taraftan dolandı, uyumakta olan Süavi'yi, çerçevesine teneke çatılmış kirli camı tıklatarak uyandırdı. Kenarda kıvrılmış duran ikinci döşeğin bundan sonra yatıp kalkacağı döşek olduğunu anladı. Çırak kapıyı açıp da yeniden uyumak için döşeğine yöneldiğinde Settarhan arkasında seğirtti, "Yok" dedi, "Uyku vakti bitti." Ön tarafa geçti.

"Bana bir önlük getir" diye seslendi uykulu çırağa. Nereden başlayacağını kestirdi. "Sen" dedi, "Kazanın altını yak, yerleri bir süpür hele. Toz sinsin, ben de ince temizliğe başlayayım."

Asmalıkahve, Asmalıkahve olalı böyle temizlik görmemişti.

Bütün dolapları indirdi, rafları tekmil boşalttı beyzade Settarhan. Açık kapalı, sürgülü sürgüsüz kahve askılarını; ayaklı, minik, pirinç şekerlikleri; semaverleri, bakır tepsileri, küllükleri tek tek ovdu, parlattı, tezgâhın bir yanına dizdi. Ardından porselenlere, camlara geçti. Bardakları, fincanları, sürahileri sabunlu sıcak sularda haşladı, nargilelerin camlarını sildi, marpuçlarını temizledi. Lâmbaların isli şişelerini parlattı. Şimdi yerleştirmeye sıra gelmişti.

Porselen şekerlikleri, üzerindeki türlü resimleri -gül buketi, papatya demeti, karanfil bahçesi- ön tarafa çevirerek bir araya yerleştirdi. Kırmızı beyaz şeritli çay tabaklarını -kırmızı demi daha iyi gösterirdi-, kulplu kulpsuz, tabaklı tabaksız, metal zarfların içinde ya da zarfsız porselen fincanları; mavi beyaz, geniş ağızlı Mekke fincanlarını bir bir dizdi raflara. Ihlamur rengi limonata bardaklarını, gül rengi şerbetlikleri, uzun boyunlu geniş karınlı, yaldız işlemeli, resimli ya da kesme veya sade cam sürahileri daha yüksek raflara kaldırdı; onlar yaz gelince alt raflara alınacaktı. Çay ve kahve kavanozlarını, yeri geldiğinde semaverdeki suya ya da doğrudan çaydanlığa ilâve edilen karanfil, tarçın, gül, yasemen, vanilya, kuru portakal ve limon kabuğu kavanozlarını -çoğu boştu- ocağın arkasına sıraladı. Bakır cezveleri, pirinç kahve değirmenini, olur ya kıtlama içecek İranlılar, Azerbaycanlılar için kelle şekerden parça koparan kerpetenleri ahşap dolabın yan tarafına çaktığı çivilere astı. Maşaları da yanına sıraladı.

Başını kaldırdı, etrafına baktı. Uykusu hiç bitmeyen çırak ortalığı eh işte, süpürüp silmişti ama camlara, duvarlardaki çerçevelere, koca aynaya bile el değmemişti. Çerçeveleri yerinden indirdi bir bir Settarhan. Tam ortadaki Venedik işi billûr aynaya sıra gelince, "Ya Allah!" Alt köşelerinden tuttu, yüklendi. I-ıhh! Yerinden oynayacak gibi değildi. Bir daha. Olmadı. Battal bir şeydi. Şimdilik vazgeçti. Önce şu indirdiği çerçeveleri temizleyip parlatsındı, Venedik işi aynanın zamanı da nasılsa gelirdi.

"Süavi" diye seslendi, "Eski gazeteler var mıdır?"

Çırak "Orada Settarhan Ağa" diye seslendi, "Tezgâhın altında."

Birbiri üzerine yığılmış, zamanı geçmiş gazetelere uzandı Settarhan. Biriyle duvardaki büyük aynayı parlattı, diğeriyle camları. Derken harfler değişti, Rus alfabesiyle yazılmış *Voenniy Listok* adını okuyabildi. Bakü'den dönerken ara istasyonlardan birinde karşılaştığı matbaa işçilerini hatırladı Settarhan. Demek bizim matbaa işçilerinin eli bu nüshaya değmişti. Gazete tomarını karıştırdı, üç nüsha daha. Acaba tastamam kaç sayı çıkarmışlardı? Çok uzakta kalmıştı o günler, sanki hiç yaşanmamıştı. Ama Sofya'yı düşününce Settarhan'ın içinde bir acının ucu büküldü. Ah Sofya! Acaba ne haldeydi? Konuşmaya başlamışlardı ama alfabeyi bir türlü geçememişlerdi.

Öğleye doğru iş bitmişti. Birkaç ihtiyar, kimi içeride, kimi çardağın altında, örselenmiş bir sorgun ağacının üzerine eğildiği kuru havuza karşı masalara kurulmuştu çoktan. Kasım ayının cğik güncşi temizlik kokan irili ufaklı, parıltılı eşyayı ışıltıya boğarken Settarhan ilk çayını demledi. Çayın kokusu kıvrımlı bir bulut halinde kahvehaneyi dolaştı, kapıdan çıktı, asmanın altına kadar yayıldı; omuzları, kulak kıvrımlarını okşadı, burunlardan içeri genizlere sızdı, damaklara sindi. O esnada Çerkez Arslanbey kapıdan girdi, bundan daha iyi bir vakitte gelemezdi. Şaşkınlıkla bakındı etrafına. Başarıdan pay kapmaya kalkışan çırağın ensesine hafiften bir şamar indirdi. Çardağın altında çividî nargilesinin başına oturdu.

Settarhan, askıya beş çay koyup da çardak altına doğru yürümeye başladığında derin bir Besmele çekti. Üç bardak çayı tabağından kavrayarak ilk masaya bıraktığında, "Afiyet olsun ağalar" diye mırıldandı. Ağalar, onun kırık şivesi gibi giyimini de yadırgamadılar, Trabzon bu ahaliye alışıktı ama bunun duruşunda, bakışında bir başkalık vardı. Manalı bir bakış gönderdiler birbirlerine. Kaderin fırlattığı taş havada bambaşka taşlarla çarpışırken kendi âlemlerine daldılar, Umumî Harb'in "gitti de dönmeyiverdi" yiğitlerine, Trabzon'un ahvaline dair kederli bir sohbete başladılar. Settarhan masanın başında bir an dikildi, kulak kabarttı. "Ruslar gider yakında, adı batası Rum ve Ermeni çeteciler de. Muhacirlerin dönmesi yakındır. Ama acaba gidenlerin kaçı geri dönebilecek?" diyorlardı.

Tam o sırada Çerkez Arslanbey'in sesini işitildi.

"İki çay, Settarhan" diyordu, "Biri sana biri bana. Hele sen de gel şöyle yamacıma."

Çaylarını içmeye başladıklarında Çerkez Arslanbey "Settarhan" dedi, "Sana birkaç nasihatim var. Sakın üstüne alma, yanlış anlama, sözüm ortayadır. Ben bugün var yarın yokum. Öğütlerime kulak asarsan rahat edersin."

"O nasıl söz ustam?" dedi Settarhan, ağız dolusu "ustam" demişti. "Allah geçinden versin. Senden gelecek her nasihat bana hazine değerindedir. Söyle."

"Settarhan, kahvehane mahallenin kalbidir. Kahve çalıştırmak da o kalbe kan devretmektir. Herkes kahveci olamaz çünkü sadece çay demleyip askı çevirmekle kahveci olunmaz. Bu işin edebi âdâbı, usulü erkânı vardır. Bu meslek yiğitlik, gözüpeklik, namuskârlık, himayekârlık ister. Yeri gelir fukara babası, yeri gelir mahallenin kabadayısı olmak ister."

"Başım gözüm üzere."

Çerkez Arslanbey devam etti:

"Bak Settarhan, çayı iyi bildiğin, kahvenin dilinden anladığın muhakkak. Masa kurmayı, sandalye dizmeyi, nargile dağıtmayı da biliyorsun besbelli. Tömbekilerin arasında dolaşıp kor beslerken gözünün biri demlediğin çayda öbürü nizamda intizamda olacak, bu da şimdiden belli. Ama unutma, arasında gezdiğin, üzerine eğildiğin masalarda dilsiz, ağızsız ve de kulaksız olacaksın. Kimsenin konuştuğunu ne duyacak ne de duyduğunu anlatacaksın. İyi çay demlemek, kallâvi kahve köpürtmek kadar kahveciliğin bir şartı da budur."

Settarhan utandı. İşte bunları Nakşî dergâhında kendisine öğretmemişlerdi. O kadar düzgündü ki tekkenin odunları, eğri odunun uyarısı bile o kapının arkasında yapılmamıştı.

Birkaç gün sonra "Ağam" dedi Settarhan, "Kazanın musluğu kaynak yerinden aşınmış, tamir edilmeli. Semaverlerinse çoğu iş görmez halde." Daha fazlasını saymasına fırsat bırakmayan Çerkez Arslanbey cebinden birkaç para çıkardı.

"Acemoğlu" dedi, "Bizim dükkânlarımız nicedir kapalı, farkındasındır. Ama yarın sabah çarşıya in. Açık yer bulabilirsen ve tabii o dükkânlarda dişe değer bir mal kalmışsa bir şeyler al bakalım. Kazanı da götür, tamir ettir."

"Baş üstüne ustam" dedi Settarhan. Bir an durdu, ekledi, "Ama ustam, ben Acem değilim."

Değildi. İran Azerbaycanı'ndaki bütün Türkler gibiydi. Oysa işte burada herkes onu coğrafyasıyla tanıyor, öyle çağırıyordu. Ne garip, İran'da Türk'tü burada Acem!

Çerkez Arslanbey güldü Settarhan'ın sırtını sıvazlarken.

"Burada" dedi, "Oğul" diye ekledi, gönlünü kırmaktan korkmuştu Settarhan'ın. "Oğul, biz burada İran toprağından gelen her şeye Acem deriz. Türk de olsa Fars da olsa Kürt de olsa." Güldü. "Orada pişirilen pilav da orada dokunan halı da Acem'dir bu yüzden. Sen bana aldırma."

Gönlünü almıştı ya iki dakika sonra binbir türlü meselenin döndüğü zihninden bu gönül almanın hatırası uçup gitti, Çerkez Arslanbey, Settarhan'a yine ağız dolusu "Acemoğlu" dedi.

"Açık yer bulabilirsen!" Çerkez Arslanbey'in ne demek istediğini biliyordu bilmesine de kazanı yüklenip çarşıya inince iyice anladı Settarhan. Mumhane kapısından başlayarak kademe kademe yükselen, eğimli, merdivenli bir çarşıydı Trabzon çarşısı. Yokuş aşağı yokuş yukarı indi çıktı. Fakat evet, dükkânların çoğu kapalıydı. Bir kısmının kilitleri kırılmış, içinde ne var ne yok yağmalanmıştı. İran'ın kıymetli halılarından, Isfahan'ın nadide kumaşlarından, Halep'in sabunlarından; Diyarbakır'ın, Bursa'nın paha biçilmez taşlarından; antika silâhlar, değerli paralar, değişik hayvanlar, papağanlar, tilkiler, maymunlar, kuşlardan eser yoktu; metalar gibi bezirgânlar ve müşteriler de yok olmuştu. Nalıncılar, nalbantlar, kuyumcular, terziler, şekerciler, lokmacılar, kavurmacılar, çizmeciler, bakırcılar sırra kadem basmıştı sanki. Aynı anda hem dayanıklı hem güzel oldukları için İstanbul'da bile servet eden kama, saldırma, karakulak gibi Sürmene bıçakları bile nicedir görünmüyordu. Sadece kahvehaneler her yerdeydi ve kendilerine bir fenalık yapılmayan köpekler hiçbir şeye aldırmadan yarı aç yarı tok yolun ortasına boylu boyunca serilmişlerdi, her zamanki gibi.

Settarhan tek tük tokmak seslerinden bakırcılar çarşısına yaklaştığını anladı, o zaman adımlarını yavaşlattı. Kalayın acı kokusuna aldırmadan, açık bulduğu dükkândan içeri girdi, ağır kazanı tezgâhın üzerine bıraktı.

Tamiratın bitmesini beklerken hoşbeş ettiler biraz; kalaycı, iki dakikada ifadesini almıştı. Settarhan tepsi, maşa, askı sordu.

Kalaycı "Kahvehane malzemesi" diye dudak büktü, "Bu yoklukta nerdeee? Ama bak, iki sokak ötede Acem bir kahveci vardır, tezgâhını dağıtacaktı duyduğum kadarıyla. Memleketine dönecekmiş. Ona bir uğra bakalım. Belki aradığın eşyaları sana satmayı kabul eder."

Settarhan, bakır kazan sırtında, iki sokak ötede Acem'in Kahvesi'ne gitmek üzere dükkândan çıktığında bakırcı arkasından bağırıyordu:

"Haydi bakalım Acemoğlu, kısmetin bol, çayın demli, kahven okkalı olsun. Bahtın, yolun, kalbin açık olsun."

Bu güzel dua Settarhan'a bu gurbette, bu gariplikte öyle iyi geldi ki. Ölümü ensesinde taşımış bir adamı bağrına basan bu şehrin kalbi tertemizdi. Yine de "Bak kalaycı, ben Acemoğlu değilim" demek ihtiyacını hissetti.

Acem'in Kahvesi iki sokak ötedeydi ve daha içeri girmeden bile Settarhan buranın İran'daki çayhanelerle aynı kumaştan dokunduğunu fark etti. Kazanı sırtından indirdi, kapıdaki peykelerden birine oturdu. Sırtını tanıdık Tebriz halılarından birine yasladı, elini yer yer dökülmüş düğümlerin üzerinde gezdirdi. Gevrek, pürüzlü bir sesin, bir Hafız gazelinin Farsça sözlerini mırıldandığını işittiğinde ise gözlerini kapadı.

Neden sonra içeri girdiğinde posbıyıklı Nasreddin Şah'ın duvara yapıştırılmış malûm portresiyle karşılaştı. Koca Settarhan, İran'da iken hatırasını hiç de minnetle yâd etmediği Nasreddin Şah'ın resminin önünde utanmasa hüngür hüngür ağlayacaktı.

Sırtında vezneli çuhası ile Acem kahveciyi görünce, "Gerçekten İranlı mı acaba?" diye düşündü, "Yoksa İran toprağının hepsi de birbirine benzeyen yetmiş iki milletinin birinden mi?"

Ne fark ederdi? Bir zamanlar onunla aynı göklerin altında aynı toprağın üzerinde nefes almıştı bu adam, Zayende Irmağı'nı görmüş, Sehend Dağı'nı tırmanmış, İran'ın kavurucu yazlarını, dondurucu soğuklarını yaşamış, Hafız'ı ezberlemiş, *Şehname*'yi dinlemişti. Taziyede, mersiyede, Muharrem'de o da içini parçalamıştı.

Acem kahveci az evvel cam bir bardağın yarısını sıcak suyla doldurmuş, şekerini karıştırmış, dinlenmeye bırakmış, şimdi üzerine ağır ağır demi ilâve ediyordu; iki renkli bir bardak, yarısı su rengi yarısı çay rengi. Başını kaldırdı. Bütün yüzüne yayılan geniş bir gülümsemeyle ve gevrek bir sesle heceleri uzata uzata önce "Hoş amedîîî hoş amedîîî!" dedi, ardından Türkçe "Hoş gelmişsen. Buyur, gel içeri."

Sonra da Farsça bir mısra mırıldandı:

Hafız, kederlenme. Ulu Tanrı bir kapıyı açmadıkça bir kapıyı kapamaz.

Settarhan daha fazla dayanamadı. Acem kahvecinin ellerine, boynuna sarıldı.

Settarhan o gün oradan Acem kahvecinin neredeyse yarı eşyasını yüklenerek ayrıldı. Çerkez Arslanbey'in verdiği paranın üzerine kendi parasından da eklemişti ve Acem kahveci askıyı, şeker kerpetenini, bakır semaveri, Erzincan işi nakışlı tepsileri ve daha nice ufak tefeği ucuza vermişti. Ama en önemlisi Settarhan'a akıl vermiş, İran konsolosuyla görüşmesini öğütlemişti. Eğer buraya yerleşecekse ona bir hüviyet, vatandaşlık gerekti. "Allah koysa ben haftaya Tahran'a dönüyorum" demişti ayrılırlarken, "Seninse gecen günün hayra kalsın."

Settarhan hiç vakit kaybetmedi, hemen o gün İran Konsolosluğu'nun yolunu tuttu. Lütfullah Bey'le karşılaştığında onun gözlerinin içine baktı kalbi titreyerek. Gören gözlerin hatırına sevdi o gözleri. Mademki bu gözlerde de tıpkı Acem kahvecinin gözleri gibi vatanının göklerine dair bir görmüş görülmüşlük vardı, mademki aynı göklere bakmış aynı topraklara basmışlardı. Sehend Dağı'nı, Demavend Tepesi'ni, Tebriz'i görmüştü ya bu gözler, başka hiçbir şey görmeseler bile öpülmeye değerlerdi. Lütfullah Bey ise "Çözgel dağlar" diyen bu bakışları iyi tanırdı; konsolosluğun kapısını çalan hemşehrilerinin çoğu böyle bakardı. Hüviyet çıkarmak isteyen bu genç adama yol gösterdiyse de Trabzon işgal altındaydı hâlâ, üstelik Settarhan'ın pasaportu bile yoktu; yani uzundu iş, sonuç ancak aylar sonra alınabilirdi. Fakat Lütfullah Bey, haftada bir gün hiç aksatmadan kendisine uğrayan Settarhan'ı o kadar sevip sahiplendi ki bu ziyaretler kalemleri, büroları aşıp ev kısmına, yemek sofrasına kadar uzandı.

Şehre kervan konmuştu, birkaç gün kalıp yoluna devam edecekti şunun şurasında. O süre içinde Settarhan her gün Şark Meydanı'na gitmeyi alışkanlık edindi ama onun asıl görmek istediği sorguçlu rahvan develer değil mağrur kervancılardı. Bir köşeye çekiliyor, kervanı bir süre uzaktan seyrediyor, Acem ya da Azerbaycanlı kimi gözüne kestirirse yanına yaklaşıyordu. Kimi hoşsohbet çıkıyordu bunların, Tebriz'den ufak tefek haberler veriyordu; kimi de ağzını bıçak açmaz suratsız adamlar oluyordu. Yine de Settarhan, gözlerine hasretle bakıyordu kervancıların, her İranlıya baktığı gibi. Hayret! İran toprağını bu kadar özleyeceğini tahmin etmemişti hiç. Taşhan'a indiği gün, arkasındaki kapıların gürültüyle kapandığını işittiğinde önünde açılan yola güvenmiş, kendisinde o yolu yürüyecek gücü hissetmişti. Değişen bir şey yoktu haddizatında, Settarhan yine o Settarhan'dı ama şu hasret burnunun direğini böyle sızlatmasaydı. Dönmek? Hayır, mümkün değil. Sadece İstanbul'a geçmek hayali. Bir tek ona tutunuyor, ona güveniyordu. İstanbul'a gidebilse sanki Tebriz'i de özlemeyecekti Taht-ı Süleyman'ı da.

Böyle bir günde sadece konuşabilmek emeliyle kervancılardan birine yaklaştı. Lâf olsun diye, yükleri arasında çayhane malzemesi olup olmadığını sordu. Kervancı ilk anda tersledi Settarhan'ı.

"Biz toptancıyız. Siparişlerimizin adresi bellidir. Kervan yükü perakende açılır mı hiç? Bir de İranlı olacaksın, hiç mi dünya görmedin?"

Settarhan acı acı gülümsedi, kervan yükünün yol ortasında açılmayacağını bilmez miydi hiç? Ama şu kervancı, işte o Settarhan'ın derdini bilmiyordu. Adam devam etti:

"Çayhane malzemesi istiyorsan aha bak, şuna git." Eliyle iki deve ötedeki adamı gösteriyordu. "O, İstanbul'dan sana istediğin malzemeleri alır, dönüşte de teslim eder."

Settarhan biliyordu ki bir kervanın yolu eğer İstanbul'a uğramazsa o yolculuk tamamlanmış sayılmazdı ve bir çayhanenin ihtiyaç duyabileceği her şey de İstanbul'da Vefa Hanı'yla Vezir Hanı'ndaydı. Siparişlerini Acem devecinin kulağına sıraladı. "İstanbul'a gittiğin zaman" dedi "Vefa Hanı'na, Vezir Hanı'na uğra. Malzemenin bedelini döndüğünde öderim ama senin zahmetinin karşılığı peşin." Acem'in avucuna birkaç kuruş bıraktı.

"Dönüş ne zaman?" sorusuna verilen cevapsa ne kadar uzaktı.

Çesud! Ne çare! Beklenecekti.

O gün Şark Meydanı'ndan Asmalıkahve'ye dönerken Settarhan yolunu uzattı, Zağanos köprüsüne çıktı. Daha evvel de geçmişti bu köprünün üzerinden fakat etrafını hiç mi görmemişti? Çünkü köprünün çıkışındaki büyükçe binanın kapısı üzerindeki tabelâyı işte ilk kez şu an fark etmişti. Okudu gördüğünü:

"Bakü Müslüman Cemiyet-i Hayriyesi Trabzon Şubesi"

Hiç düşünmedi. Kapının önünde bile hummalı bir faaliyetin ortasında koşuşturup duran adamlara doğru ilerledi. İçlerinden birinin yüzüne heyecanla baktı. Hafızası Settarhan kadar kuvvetli değildi Mehdi'nin ama Settarhan, yol arkadaşını anında hatırladı.

Haklıydı Hafız; Allah kapadığı kapılar sayısınca yenilerini açıyor olmalı ki Settarhan bir türlü içine giremediği Cemiyet-i Hayriye kapısına doğru ilk adımını attı. Mehdi'nin gözlerinde İran toprağına dair bir görmüş görülmüşlük olmasa da Hayır Cemiyeti'nin eline elini kattı. Settarhan'ın enderunu Asmalıkahve kadar Cemiyet-i Hayriye kapısına da açılacak kadar genişti en nihayetinde.

Settarhan'ın gelişiyle Asmalıkahve'nin çayının kalitesi değişmiş, kazan çayının yerini semaver çayı almıştı. Arka arkaya üç bardak içilip de rengi ve kokusu hâlâ değişmeyen, bulanmayan, bozulmayan bir çay! Semaverin kazanına birkaç karanfil tanesi ya da üç beş kekik yaprağı atarak kaynattığı su, demliğin bakır değil ille de porselen olması, bir büyücü gibi ciddiyetle çay harmanlaması, semaver kullanmıyorsa bile ille de demliği ateşten uzak tutması, çayı haşlamaması... Bunları yapan başka kahveciler de vardı ama Settarhan'ın çayında başka bir şey vardı ve Trabzon şehrinde bir eşi menendi daha yoktu bunun.

Asmalıkahve'nin döşemesi de Settarhan'ın Trabzon'a ayak uydurmasına denk olarak değişti. Onun parça parça bulup topladığı, ölesiye pazarlık ettiği çivit mavisi (Nişabur'un çividi), lâl kırmızısı (Isfahan'ın gülleri), çöl sarısı (Tebriz'in güneşi) nargileler dizi dizi kahvehanenin bir köşesine sıralandı. Sipahi pazarından güç belâ üç beş halı topladı. Hasır iskemleler, alçak masalar artık yetmez olmuştu, Settarhan İran işi üç peyke çattı, çardağın altına attı. Çardak altındaki kör havuzun içini döşeyip taşıma suyla doldurduğunda, nicedir "Haftalığını sakla Settarhan, harcama" diye söylenen Çerkez Arslanbey bile onu takdir etti. Yaz gelince şu havuz, şu berrak su cana can katacaktı besbelli.

Doğrusu Acemoğlu kaşla göz arasında bir Acem bahçesi kuruvermişti. Settarhan'a gelince, gözlerini kapasa kendisini Tebriz'de sanacaktı.

Neticede Settarhan'ın şöhreti kısa sürede arttı, kırk yıllık Asmalıkahve'nin adı günden güne "Acemoğlu'nun Kahvesi"ne çıktı. Her defasında "O Acem değil" diye düzeltmek Çerkez Arslanbey'in üstüne vazife olduysa da baş başa kaldıklarında o da ağzından sık sık aynı lâfı kaçırdı: "Acemoğlu."

Settarhan da artık düzeltmekten, surat etmekten yoruldu.

Nice zaman sonra bir gün Settarhan akkor haline getirdiği kömürü semaverin haznesine koymaya hazırlanıyordu ki o kadar aşina olduğu çıngırak seslerini işitti önce; sokak taşları üzerinde develerin yeknesak ayak sesleri, öfkeli homurtuları, kervancıların bağırış çağırışları ardından geldi.

"Geldiler" diye geçirdi içinden. Suyun kaynamasını sabırsızlıkla bekledi, porselen demliğe çay koydu, semaverin musluğu altında gezdire gezdire üzerini doldurdu. İçindeki ses "Dur" dedi, durdu. Önlüğünü çıkardı, tezgâhın üzerine bıraktı. Ellerini bir peşkire sildi. "Çayı, çökmeden açma sakın." Süavi'yi tembihleyerek Şark Meydanı'na doğru yollandı.

Kolunda büyükçe bir bohça ile geri döndüğünde güneş yolu yarılamıştı çoktan. Yükünü tezgâhın altına, basma perdenin arkasına itti. Ocağın başına geçti, akşamı zor etti. El ayak çekildikten sonra yerleri süpürmeye başlayan Süavi'yi "Süpürgeyi ıslat" diye azarlasa da üzerinde fazla durmadı, bohçasını çözmeye başladı.

Önce büyük resmi duvarın orta yerine kara zamkla yapıştırdı. Süpürgeyi bırakarak yanına yaklaşan çırak, ağzı bir karış açık, "Settarhan Ağa" dedi. "Bu kim? Bıyıkları ne kadar da büyük."

"O, Nasreddin Şah" derken acı acı güldü Settarhan. Sıla derdine düşmeden önce, Nasreddin Şah'ın resmini bir gün duvarına iliştireceğini tahmin bile edemezdi. Ama bu Nasreddin Şah da o Nasreddin Şah değil, şahlarla sultanların cirit oynadığı masallar âleminden kalma bir hatıraydı sadece. Çay geleneğinde kendisi olmaktan çıkmış, bütün şahları temsil eden bir surete dönüşmüştü.

"Sizin şah da İstanbul'daki bizim padişah gibi mi?" diye soran Süavi, cevabı beklemeden ikinci resme gözlerini dikmişti. Bir cengâver bir canavarla boğuşuyordu. O sormadan Settarhan cevapladı:

"Bu" dedi, "Sührap. Boğuştuğu da yedi başlı ejder."

"Behram'ın ejderhayı kovalaması", "İsfendiyar ile ejder", Kerem'in Aslı'yla, Şah İsmail'in Gülizar'la buluştuğu bahçe köşeleri bir bir yerlerine yapıştırıldı. "Rüstem'in atı" Venedik işi aynaya iliştirildi.

Süavi "Vay!" dedi "Ne güzel at bu. Adı nedir?"

"Serbülend" diye mırıldandı Settarhan.

"Serbülend mi? Hiç öyle at ismi olur mu?"

"Olur."

Süavi; Nasreddin Şahlı, ejderhalı bir rüya uykusuna geçtiğinde Acem baskısı diye şöhret bulmuş bu levhalara uzaktan bakan Settarhan'ın yüzünde geniş, aydınlık bir gülümseme belirmişti. "Acem işi işte", her şeyi birbirine karıştırmış, Settarhan'ı avutmuşlardı bir yandan ama diğer yandan kanatmışlardı. En son taşbaskısı bir İstanbul manzarasını en görünür yere astı Settarhan. Bir halk ressamının elinden çıkma acemi bir resimdi bu da. Ama olsun, camileri, sarayları, tepeler üzerindeki fıstık çamları ve Boğaz'ı ile İstanbul hatırasıydı.

Ertesi sabah Settarhan, semaveri, kazanı yaktıktan sonra Farsça bir beyti de eliyle bir kâğıda yazıp Venedik aynasının kenarına iliştirdi:

Çây-ı mâ hoşgüvâr-ı şîrînest
Çün ki leb-i lâl-i yâr rengînest

O sırada Çerkez Arslanbey geldi.

"Söyle bakalım Acemoğlu, ne diyor burada?"

"Çayımız lezzetli ve güzeldir çünkü yârin lâl renkli dudağıyla aynı renktendir."

Çerkez Arslanbey, Trabzon'un yakında Ruslardan temizleneceğinden umutlu, çayhanesinin Acem işi olsa da yeni çehresinden, şöhretinden mutlu, bağdaş kurup peykeye oturdu. Bir arslanın pençesine benzeyen elini kaldırdı.

"Süavi" diye seslendi. "Settarhan Ağa'na söyle, iki çay alıp gelsin." Ciddi şeyler düşündüğü yüzünden belliydi.

Settarhan gelince, "Otur" dedi. "Hele karşıma otur şöyle." Ağır, düşünceli bir sesle:

"Settarhan" dedi, "Seni göstermelik aldıydım bu işe, ne yalan söylemeli. Darda kalmışın elinden tutmak lâzım gelir diye. Zaman içinde eğitilirsin, elinin hamlığı kırılır zannettimdi. Öğretirim diye düşündümdü. Ama gördüm ki sen bu işi öğrenmeye değil bize öğretmeye gelmişsin. Sen bu işin ehlisin. Sen geleli kahvehanemin çehresi de değişti, müşterisi de arttı. Temizlendi, paklandı."

Settarhan "Aman ustam" demek istediyse de Çerkez Arslanbey elinin işaretiyle susturdu onu.

"Şimdi diyeceğim o ki, gel, İstanbul'a gitme. Burada, benim yanımda kal. Temiz adamsın besbelli, kalbin gani, gönlün fazilet denizi. Düşenin halinden ancak düşenler anlar. Gerçi benim düşmüşlüğüm yok, evvelim de ahirim de bu kahvehanedir benim ama halden anlayan adamım. Çıraklıkta, yamaklıkta ziyan olma, İstanbullarda kaybolma."

İnsanların insanlara güvenmek için senet sepet istemedikleri zamanlardı, niyetini açıkladı:

"Gel, benim ortağım ol. Sermaye de istemem senden. Bildiğini koy ortaya, yeter. Benim artık her an bu tezgâhın başında duracak halim de vaktim de yok."

Çayından bir yudum daha aldı, "Beyzadem" dedi ağız dolusu. Karşısındakine, tanığı olmasa da varlığından emin olduğu değeri bir yerlerden bulup vermişti. Şu delikanlı belli ki kaderin rüzgârında savrulup buralara düşüvermiş biriydi. Her taş kendi yerinde ağır olsa da denklerdi bundan böyle.

"Beyzadem" diye bir kez daha üsteledi. "Bırak şu gitmek işini."

Settarhan "Ustam bağışla" dedi onun ellerine sarılırken, "İstanbul'a gideceğim ben."

Çerkez Arslanbey, Settarhan'ın düzgün yüz çizgilerine, geniş alnına, gözlerindeki kararlı bakışa, biçimli ellerine ve sol elindeki yüzüğe baktı. Firuzenin rengi soluktu ve Settarhan her an gidecek gibi duruyordu.

Tiflis'teki otelin balkonunda kendime geldiğimde rüzgârın önünde secdeye varmış kayın ağacı belini doğrultmamıştı daha ve güneş, yapraklar üzerindeki binlerce aynasını ışıldatmaya devam ediyordu.

Havalimanındayız. Bu gece ben İstanbul'a, Yasemen Bakü'ye dönüyoruz. Benim uçağım üçte, Yasemen'inki ise birde. Bu kez "Gelecek yaza" demeden ayrılıyoruz. İçim eziliyor. Bu şefkatli gözleri, bu Azerbaycan lâlesini bir daha görecek miyim?

Yasemen'i yolcu ettikten sonra bir kafeteryada uzak bir masaya çekiliyorum, kendime bir kahve söylüyorum. İki saat. Uzun zaman. Teneke hazine sandığımı çıkarıyorum. Bütün fotoğraflara bir bir bakıyorum yeniden. Şunlar "Eski Ev", "Balkan Seferberliği Günü Meydan", "Gülcemal Vapuru", "Hamidiye Etfal Hastanesi", "Taşhan". Şunlar Nizam'dan aldıklarım "Sofya", "Sofya ve Settarhan". Şu Yezd'deki otelin duvarında rastladığım; "Semaver Önündeki Settarhan".

Geriye, zamanına girmediğim bir fotoğraf kalmamış. Ama ırmaklar henüz birleşmedi, Settarhan Trabzon'a ayak bastıysa da Zehra muhacirlikten henüz dönmedi. Ve dahi isimlerini henüz aynı bölüm içinde zikretmedim ben onların. Bir fotoğraf eksiğim var demek ki. Ya da bir fotoğrafa bir daha bakmalıyım. "Eski Ev" fotoğrafını elime alıyorum, bu eve dönecekler öyleyse. Büyükhanım şu bahçe duvarının üzerine bir daha oturacak olmalı. Yoksa bu hikâye eksik kalır.

Garson kız kahvemi getirmiş. Gülümseyerek eğiliyor masamın üzerine fincanı bırakırken.

Bense kendimi eski zamanda buluyorum.

XI. KİTAP

GÖLGE SABAHI

Şubat'ın yirmisinden sonra Erenköyü'ndeki evde üç gece üst üste hepsi de feraha dair rüyalar gördü Büyükhanım. İlkinde bembeyaz bir elbise giyiyordu, telli pullu; ikincide berrak mı berrak bir suda kulaç atıyordu. Suyun dibindeki kumlar altın tozu gibi parıldarken bütün kirlerini akıtıyordu üzerinden Büyükhanım ama su berraklığından bir şey kaybetmiyor, damla bulanmıyordu. Üçüncüsünde bir duvar aynasına bakıyordu. Kaşlarının arası tüylerle kaplanmış, kıllar gözlerinin üzerine kadar inmişti. Cımbızla hepsini tek tek alıyor ve hiç acı duymuyordu. "Tövbe estağfirullah!" diyerek uyanmıştı. Elhamdülillah, ömrühayatında, kocalığı gibi genç kızlığında da eline cımbız almamıştı. Ama aynada gördüğü aydınlık ve temiz yüz aklında kalmıştı. Rüya ile amel edilmeyeceği muhakkak lâkin bu rüyaları hayra yormaktan başkası da mümkün değildi. O kadar açıktı ki rüyaları, onları başka türlü tabir elinden gelmedi.

Sonbahardan beri ümit içinde değiller miydi zaten? Saffet, ismi gibi aydınlık haberlerle dönüyordu eve, ağzından cennet müjdeleri dökülüyordu biteviye. Rusya'nın tam ortasında kopan ihtilâl Bolşevikleri iktidara getirince, bütün birliklere geri dönmeleri emredilmişti. Bu, Rusya'nın savaştan çekileceği ve Trabzon'un kurtulacağı anlamına gelmiyor muydu? Bu ümitlerle Şubat'ı bulmuşlardı. Allah şahit, dönüş çok yakındı.

İki gün sonra Saffet akşam eve geldiğinde daha bahçe kapısından sesi duyuldu:

"Büyükhanım, Zehra, Mediha, Yıldırım koşun! Trabzon kurtulmuş!"

Kadınlar neredeyse ayakları çıplak koştular bahçeye, Yıldırım eski mutfaktan fırladı. Çocuklar hatta Masal bile peşlerine takılmıştı. Saffet kapının önünde, elindeki gazeteyi sallayarak soluksuz anlatıyordu. Rus ordusu geri çekilirken, onlardan kalan boşluğa Rum ve Ermeni çeteleri dolmuş, Rusların yapmadığı zulmü onlar yapmıştı. Türk ordusu Rusların aldığı şehri Rum ve Ermeni çetelerinden geri almıştı bir bakıma. Osmanlı ordusu yorgundu, yetişemiyor ama canını dişine takıyordu. Ve sonunda olmuştu işte, Trabzon kurtulmuştu.

Kısa bir süre sonra muhacirlerin geri dönmesi için karar çıktı. Bir başka akşam Saffet elinde vapur biletleriyle döndü eve.

"Bir hafta sonraki vapura yer buldum. Hem de Reşadiye vapuru. Geldiğiniz vapur. Hacıbey'e telgraf çektim. Cevap da aldım, afiyetteymiş. Ama geleceğiniz günü bildirmedim. Eniştem rıhtımlarda, limanlarda beklemeye kalkışıp da perişan olmasın diye. Vapurların saati belli olmuyor ki. Bilmem doğru yaptım mı hala?"

"Doğru yapmışsın evlâdım. Çok doğru yapmışsın."

Bir hafta sonra Erenköyü'nden ayrılırlarken Büyükhanım iç geçirdi. İki yıl önce, hiç unutmamıştı, 15 Mart günü çıkmışlardı Trabzon'dan. Tastamam iki yıl olmasına bir hafta vardı. Başını arabanın pervazına dayadı, Masal'ı gemiye nasıl bindireceklerini düşünmeye başladı.

Çok zor olmadı. Büyükhanım malûm nutkunu tekrarlamaya niyet etmişti ki Reşadiye vapurunun biletçisi ile Masal birbirlerini tanıdılar. Bu kafileyi Samsun limanından hatırladı canından bezmiş delikanlı. Böylesi nasıl unutulabilirdi ki! Muhacirliğe çıkmış bir köpek, hükümet gibi bir kadın, avucuna sıkıştırılan yüklü bir bahşiş ve güzel kızın yaşlı gözleri. Bahşiş bu kez biraz azalmıştı ama kız daha da güzelleşmişti, mendebur köpek ise aynıydı. Yok yok, sanki biraz semirmişti. Büyükhanım ise bitmez nutkuna başlamak için ağzını açmıştı çoktan.

"Ne haliniz varsa görün" der gibi Masal'a yol verdi biletçi. Reşadiye vapuru güneşli bir günde Karaköy'den demir aldı. Hıncahınç güvertede, yine halat yığınları üzerinde, zincirlere yakın bir yerde oturdular.

Büyükhanım kalabalığı yardı, kenara yaklaştı, kıyıya dönmekte olan Mediha ile Saffet'in sandalda gittikçe küçülen suretlerine baktı. Müvezzilerin "Yazıyor!" nidalarını, tramvayların çanlarını dinleye dinleye İstanbul'dan uzaklaştı.

Günler sonra Reşadiye vapuru, Trabzon limanının açığına demir attığında rıhtıma varmak için bir kayığa atladılar, kolay olmadı bu iş. Büyükhanım'ı iki koluna girip sandalcılar çekiverdi çünkü ayağını ne zaman uzatsa bir dalga gelip sandalı vapurdan uzaklaştırıyordu. Zehra, tek kolunu bir sandalcı tutmuş olduğu halde atlayabildi. Hasan ve Anuş'u iki sandalcı ve Yıldırım elden ele karpuz gibi aktardı. Masal, Zehra'nın arkasından kendisi atlamıştı. İki kulaçlık mesafe gibi görünse de sandalla rıhtım arası hiç bitmeyecek gibi geldi Büyükhanım'a. Rüzgârı içine çekerken Boztepe'yi, Güzelhisar'ı, maşatlığı ilk kez görüyormuş gibi uzun uzun seyretti. Ah gözünü sevdiğimin denizi! İstanbul'da deniz bile yoktu, Boğaz dedikleri incecik, ufuksuz bir su! Sonunda dönmüşlerdi işte. Fakat rıhtıma ayak bastıklarında Büyükhanım anladı ki bu şehir bıraktıkları o şehir değildir.

"Oy Rabbim!" diye dizlerini dövdü, "Burası Trabzon mu?"

Kocaman, hantal bir dev gibi Rusya, kalbinden itibaren kan değişimine başlamış fakat kırk cepheye dağılmış birliklerini geri çekmesi bile uzun zaman almıştı. İhtilâl bu koca orduyu tedavülden kalkmış bir para gibi bir anda geçersiz kılınca bir zamanlar onları buraya getiren gemilerin benzerleri bıraktıklarını gelip toplamıştı. Fakat rıhtım üzerinde bütün nizamı, intizamı, inzibatı, rütbeyi, sırayı, saygıyı kaybederek kayıklara doluşurken, götüremedikleri her şeyi geride bırakmışlardı. Dönenlerin rıhtıma ayak basmalarını güçleştiren eşya kalabalığı biraz da bu hummalı gidişin bakiyesiydi.

Sonra şu mahşer kalabalığı. Kir rengi paçavralara sarınmış binlerce kadın ve çocuk Hilâl-i Ahmer'in yardım çuvallarından dökülen bir avuç bulgur tanesi için birbirlerini eziyordu. Bu kılıksız, bu biçare, kavruk insanlar, bu sefiller güruhu; sahi kimlerdi bunlar? Gelenler kadar gidenler, kayıklardan inenler kadar binenler de yabancıydı birbirine ve adım atmaya yer yoktu.

"Biraz bekleyelim" dedi Büyükhanım, "Bakalım bir araba bulabilir miyiz?"

Mümkün değil. Ne yapacaklarını düşünürken yanlarına genç bir adam yanaştı; harıl harıl çalışmaları, rıhtıma ayak bastıkları andan beri Büyükhanım'ın dikkatini çekmiş olan erkeklerden biri. Yağız delikanlılar, güçlü kuvvetli erkeklerdi bunlar, aralarında orta yaşlılar gibi bıyığı bitmemiş çocuklar da vardı ve etraflarına dağıttıkları yardım gibi içlerinden taşan iyilik de görülmeyecek gibi değildi. Muhacirleri karşılıyor, kayıklardan inenlere yardım ediyor, yaşlıların elinden tutuyor, yük taşıyorlardı. Kimi ceket pantolonluydu Avrupaî, kimi de yüksek bir papak takmış, uzun etekli bir tunik giymişti. İşte bu da onların en güler yüzlü, en güneş yanığı olanıydı; sıcacık bir sesle ve değişik bir şiveyle konuşmaya başladı. Yüklerini taşımak, gidecekleri kadar götürmek, bir tas çorba ikram etmek istiyordu, hiç olmazsa sıcak bir çay.

"Oğlum" dedi Büyükhanım, "Sizler, kimlersiniz?"

"Biz" dedi genç adam, "Azerbaycan Türklerinden, Bakü Cemiyet-i Hayriyesi'ndeniz."

Böyle bir cemiyetin adını Büyükhanım hiç duymamıştı fakat o anlatınca anladı. Bu felâket zamanlarında her biri yerini yurdunu, ailesini ocağını terk ederek Müslüman kardeşlerinin yardımına koşmuş, "Kardaş Kömeği" kavliyle onlar yokken buraya gelmiş, insanüstü bir gayret sarf ederek muhacirliğe çıkamayan yaşlı, hasta ve sakatlara yardım etmiş, halkı Rum ve Ermeni çetelerinin saldırılarından korumuşlardı. Aras'ın kuzeyindeki Azerbaycan, Rusya sayıldığı için Rus tebaası sayılan bu aydınlık insanlar Rus makamları nezdindeki işleri de takip etmişlerdi. Biraz da onların desteğiyle ayakta kalabilmişti Trabzon. Neticede "kardaş", "kardeş" demekti.

Büyükhanım'ın içine insanın insanı yediği bir cehennemde insanlığa dair bir şefkat resmi çizildi, bir inşirah indi. Demek dünyada hâlâ rahmete, merhamete dair emek vardı. Bir göz aydınlığı gibi karşıladı onları Bakü Hayır Cemiyeti, bu anı, bu ismi hiç unutmayacaktı.

"Siz hep burada mıydınız oğlum?"

"Evet" dedi genç adam. "Hep buradaydık. İki yıldır. Arkadaşlarımdan gelenler dönenler oldu ama çoğumuz hep buradaydık, ben de öyle. Sadece bir ara Bakü'ye gidip hemen geri döndüm."

"Sadece Trabzon'a mı geldiniz?"

"Yok nine. Tiflis'te, Erivan'da, Erzurum'da, Kars'ta ve başka yerlerde de çalıştık. Esir Türk askerlerini taşıyan katarları karşıladık, ölüleri defnettik. Anlayacağın, siz nerede biz oradaydık."

O böyle uzun uzun anlatırken bir soru da Zehra'nın dilinin ucundan koptu:

"Pazarkapı Mahallesi'nde Trabzon Sultanîsi'nin emekli müderrislerinden Hacıbey'i gördünüz mü hiç? Benim dedemdir kendisi. Onu tanır mısınız?"

Genç adam yüzünden eksik olmayan o geniş, ferah gülümsemeyle, "Tanımam mı?" dedi. "Kendisi sizin geleceğinizi fakat tam vaktini bilmediği için karşılamaya gelemediğini bana söylemişti."

Yıldırım'a döndü, "Senin hanımın ve kızın da döndü."

Her şeyden haberleri vardı ve sanki muhacirlik yıllarında Trabzon'un hesabı onlardan sorulmuştu. Lâkin Keyfiye ve Seher'in sağ salim döndüğünü söylese de bu genç adam, o aileden, o kafileden kaç kişinin yollarda kaldığını söylememiş, içine atmıştı.

"Oğlum" dedi Büyükhanım, "Senin adın ne?"

"Benim adım Mehdi" dedi genç adam, arkadaşlarından birine seslenmeden önce.

"Settarhan, bak hele! Ben Hacıbey'in ailesini eve kadar götürüp geleyim."

Cevap geldi: "Erken dön ağam. Burada çok iş var. Ben kahvehaneye döneceğim."

Ne Settarhan Zehra'yı gördü o esnada ne de Zehra Settarhan'ı. Hatırlamak ve tanımak kadar görmek de zaman işiydi besbelli. Onun da düğümü kaderde kilitliydi.

Kalabalığın arasından sıyrılmaya çalışırlarken "Bir araba bulsaydık" diye mırıldandı Büyükhanım.

"Yoktur" dedi Mehdi. "Olanlar da ateş pahası. Yürüyeceğiz."

"Yürüyelim oğlum." O kadar yolu yürümüşlerdi de şimdi bunu mu yürüyemeyeceklerdi?

Zehra, Anuş, Hasan, Yıldırım ve Masal'dan ibaret kafilesini bir kez daha önüne kattı Büyükhanım. Mehdi'nin kılavuzluğunda evine doğru yürümeye başladı.

Birkaç adım atmışlardı ki koşturan Masal'a bakarak sordu Mehdi: "Bu da sizin mi?"

"Öyle oğul" dedi Büyükhanım gülerek, "Zahir o da muhacirliğe çıktı."

Mehdi konuşmayı seven bütün ırkdaşları gibi adım başı bilgiler veriyor, anlattıkça anlatıyordu. Büyükhanım daha Hacıbey'le karşılaşmadan Trabzon'un iki yıllık mazisini ondan öğrendi. Bu iki yıla ne kadar çok şey sığmış ama ne kadar çok şey de eksilmişti.

Hiç yüz yüze gelmediklerini düşündü Büyükhanım yol boyunca, şu gözler bir tek Rus askeri bile görmüş değildi. Onlar geldiklerinde bunlar gitmişti, bunlar döndüğünde de onlar. Fakat şehzadeler taşrası Trabzon, yirmi iki ay kadar ağırladığı bu zoraki misafirinin anılarını yıllarca içinde tutacaktı. Sanki biraz daha kalsalar Trabzon'un çehresi bütün bütün değişecekti.

Şark Meydanı'nda yepyeni, yüksek taş binalar yapılmış, Boztepe'ye tırmanmak üzere raylar döşenmişti ve Meydan'dan şehrin içine doğru kocaman, geniş bir cadde açılmıştı. Büyük caddenin şehri boydan boya yarması için dükkânlar, evler, küçük sokaklar, sokak aralarındaki küçük cami, mescid ve mektepler yerle bir edilmiş, şehrin Müslüman yüzü tarumar edilmişti.

Sokaklar dingili kırık, ters dönmüş, yan yatmış arabalar; at ölüleri, tüfekler, kaması kırık toplar, konserve kutuları, zamanı geçmiş bozuk yiyeceklerle doluydu. Rus kalpakları, Rus tüfekleri, Rus çizmeleri, Rus vesaireleri tepecikler halinde her yerdeydi. Mahalle ve sokak isimleri bile değişmişti. İçi bulandı Büyükhanım'ın, elinden gelse Rus kelimesini lügatlerden silip atacaktı. Ama izleri kolay geçecek gibi değildi ve ki yangının külü hâlâ tütüyordu.

Arşivler de bu yangından nasibini almıştı. Kitaplar, el yazmaları, belgeler, gazete ve dergi külliyatları, tapu kayıtları, nüfus kayıt defterleri tümüyle elden geçirilmiş, işe yarayanlar sandık sandık Rusya'yı boylamıştı. Mahkeme kayıtları, valilik evrakı, polis tutanakları, mescid-vakıf, gümrükhane, liman, banka bilgileri belgeleri ise Temmuz 1917 yağmasında Rumlar tarafından tahrip edilmişti. Hafızası yaralıydı bundan böyle bu şehrin. "Kehkeşanı haraç mezat" edilmişti çünkü. Unutkan değildi Trabzon ama gelecek kuşaklara hafıza-ı mazisinden fazla bir kayıt bırakamayacak olması, ol sebeptendi.

Üstelik kendisini ahşap üzerine kurmaya alışkın Türk mahallelerinin fethi gören, Fatih, Kanuni, Yavuz tarafından görünen nesi varsa yanmış, bitmiş, kül olmuştu. Bu işgalde ahşap, en fazla yok edilen meta olmuştu çünkü. Evler eğer yanmamışsa, kapıları kırılmış, içlerindeki eşya yağmalanmıştı. Çatıların tahtalarına, camilerin minberlerine, kapı kanatlarına, pencere pervazlarına, dış cephe kaplamalarına, şehnişinlere, cumbalara kadar bütün ahşap aksamı sökülen ve yakılan bir şehir, geleceğe bırakacağı çehreyi kaç zamanda toparlayabilecek, bu enkazı ne zaman bir şehre çevirebilecekti? Kaç yıl, kaç zihniyet, kaç uyanık kuşağın dikkati gerekecekti bunun için? Kolay olmayacaktı Trabzon'un ayağa kalkması ama hiç olmazsa gönüllerdeki dağ kalkmıştı. Yine de o dağ kalpleri yoklamakta gecikmedi. Büyük camiler yerindeyse de mihrapları yıkıktı, cami değildiler artık. Zeminleri birer karış mezbeleyle örtülmüştü ve duvarlarındaki resimler içler acısıydı.

Zağanos köprüsüne çıktılarında Mehdi bir binayı gösterdi. "Burası işte bizim yerimiz."

Binanın önünde yere oturmuş, yola taşmış muhacirlerin kimi bir tas sıcak çorba içiyor, kimi çayını yudumluyordu ve kapı üzerindeki tabelâ, bir iyilik feneri gibi ışığını saçıyordu:

"Bakü Müslüman Cemiyet-i Hayriyesi."

Mehdi Büyükhanım'a döndü. "Annem" dedi, "Aş ve çay dağıtıyoruz muhacirlere." Yüzü gölgelendi, "Şimdi sizin evde bir şey yoktur. Hele bir uğrayalım, bir çorbamızı, bir çayımızı için. Eve öyle gideriz."

"Olur oğlum."

Onlar da diğerleri gibi yere oturdular. Birazdan sıcak çorbalar geldi, arkasından çay bardakları ellerine tutuşturuldu. Hepsinde dönüşün sevinci kadar unutulmayacak gidişin ağır hatırası da vardı ve hepsinin aklı evde, Hacıbey'deydi.

Tekrar yola koyulduklarında Zehra, "Nine, Gülbahar Sultan'a uğrayalım" dedi, "İki adımlık yol, önünden selâmsız geçmeyelim."

Kabristan tarafında kırılmış taşların, eşelenmiş mezarların arasından geçtiler. Az ötede alçak basamakların üzerine boylu boyunca uzanmış yaşlı bir adamın cesedi kim bilir ne kadar zamandır oradaydı? Türbenin açık kapısından içeri girdiler, puşidenin sağ ayakucundan öpeceklerdi her zamanki gibi ama o güzelim örtü yerinde yoktu. Sandukanın kapağı kaldırılmış, bir tarafa fırlatılmış, Gülbahar Hatun'un kabri bile alt üst edilmişti. Kandillerin, avizelerin yerinde bütünüyle yeller esiyordu.

Zehra ellerini açtı, gözlerini sandukanın boşluğuna dikti. Üç İhlas bir Fatiha okumaya başladı. Tam "Malikiyevmiddin"e, "Din gününün sahibi"ne gelince durdu. O eller şu sandukanın örtüsüne daha dokundukları anda niye Ebu Leheb'in elleri gibi kurumamıştı? Şehrin sahibi, hanımefendisi ne diye hepsini kahretmemişti? Büyükhanım ise hikmetten sual etmedi ama her şeyi de hikmete yüklemedi. Gün gelir hesaplar kesilirdi elbet, bu dünyada değilse de bunun öteki tarafı vardı. O, değil mi ki "Malikiyevmiddin"di.

Yokuş aşağı indiler. Denizin tuzlu kokusu, sesi, uğultusu yaklaştı. Nihayet eğri büğrü taşlarından bile yabanî otlar fışkırmış loş sokağın ucunda, köşe başında ev göründü. Kapısına koştu Büyükhanım, kapı yerinde yoktu. Nar ağacı, dallarını bahçe duvarından sarkıtmamıştı. Etrafına bakındı. Bütün şehir gibi bu ev de bıraktığı ev değildi. Hepsine razı, hepsini sineye çekebilir, bütün gözyaşlarını tümüyle serbest bırakabilir ya da içine akıtabilir, bütün yaşananları unutmasa bile -hayır bu mümkün değil-, geri atabilir, üzerinden bir silgi geçirebilirdi. Bu yangını söndürmese de ömür boyu küllendirebilir, gelecek günlere direnebilirdi. Sadece taşlığın üzerinde Hacıbey'in aksak adımlarının sesini işitebilseydi. Ya Rabbi, sadece onun takma bacağının sesini.

İşitti.

Hacıbey yine sundurmanın üzerinde, kırık bir hasır iskemleye oturmuş, bekliyordu. Onları görünce yerinden kalktı, merdivenleri inmeye çalıştı. Bu ihtiyar, bu eksik beden iyice kurumuş, kavrulmuş, küçülmüş, kısalmış, bir daha eksik kalmıştı sanki. Olsun! Vardı ya. Şu hacim onun, şu şekil oydu ya. Bundan büyük Tanrı armağanı olamazdı. Büyükhanım elindeki kirli bohçayı bir tarafa fırlattı. Kırık basamakların üzerinde Hacıbey'in önce ellerine sarıldı sonra ayaklarının üzerine, takma bacağının dibine yığıldı.

Yığıldığı basamakta bir parça kendine gelip sakinleştiğinde yüksek duvar üzerinde açılmış tek göz pencereye, komşucuğunun evine ocağına baktı. Pencerede kirli çamaşırlar asılıydı.

"Dönmediler mi?"

"Dönmediler" dedi Hacıbey başını öteye çevirirken. "Rum bir aile yerleşti oraya. Şeytan görsün yüzlerini."

Büyükhanım "Komşum" diye mırıldanırken, yerinden sökülmüş kapıdan yana baktı.

Bahçenin en uzak köşesine vakt ü zamanında İsmail'in elceğiziyle diktiği nar ağacı yarı belinden baltalanmıştı.

Başını Hacıbey'in yüzüne çevirdi yeniden Büyükhanım. Halil Safa ile Halide'yi sordu, dönmüşlerdi; Keyfiye ve Seher ise köydelerdi. Ara sıra uğruyorlardı hatta. Neredeliği, nasıllığı merak edilecek, öldü mü kaldı mı araştırılacak o kadar çok komşu ve akraba vardı ki. Ama şimdi, evinin direği, canının yongası Hacıbey. Var ya! Sağ ya! Nefes alıp veriyor ya! Allah'ım, bana bu günleri gösterdin ya!

Neden sonra odasına geçti Büyükhanım, döşeğin kenarına ilişti. Gelinlik aynası kırılmış, dağılmıştı. Bu iki yıl boyunca olup bitenlerin kaydedildiği beden defterini, kendilerine ne olduğunu birbirlerinin yüzünden izlemişlerdi gerçi. Elini kazara başına atsa bir avuç saç döküldüğünü, tırnaklarının yarıldığını, ön dişinin bir gecede çürüyüp ikinci gece düştüğünü de görmüştü Büyükhanım. Umurunda da olmamıştı, hayatta kalmanın tek gaye olduğu yerde dökülen saçın, düşen dişin hesabını sormak kimsenin aklından geçmezdi. Ama şimdi o ayna kırıklarından birini eline alsa, kendisine baksa, bu cinnet yoluna, seferberlik yürüyüşüne dair haritanın yüzüne nasıl işlendiğini, fark ettiklerinden çok daha fazlasının bir daha dönmemek üzere gittiğini ve gitmemek üzere neyin eklendiğini görecekti.

Ertesi sabah, evinde ilk kez uyumuş da uyanmış gibi, üzerine camdan bir yorgan atılmış da artık hiçbir gizli saklısı kalmamış gibi seher vakti uyandı Büyükhanım. Namazın ardından kimsecikleri uyandırmadan bahçeye çıktı. Nar ağacı gibi turunç ağacının, mandalinanın yerinde de baltalanmış birer gövde buldu sadece; sahibinden izinsiz meyvesi alınan limon ağacı küsmüş ve kurumuştu.

Bahçe taşının üzerine oturdu. Dirseğini dizine, çenesini avucuna dayadı. Bir o uyanıktı bir de Masal. Amma velâkin bütün yaralı ağaçlar gibi kesik gövdeler de esintinin fısıltısıyla konuşuyordu.

Dönüp geriye baktı. Kendisine emanet edilenleri, yolda bahtına takılıp kalanları, Zehra'yı, Anuş'u, Hasan'ı, Yıldırım'ı hatta Masal'ı, kazalı belâlı olsa da sağ salim geri getirmeyi başarmıştı. Buna kendisi de inanamadı.

Döndü, Masal'a baktı; başını, iki kulağının arasını okşadı. Nar ağacının kesik gövdesindeki acıya baktı. Derin bir balta izi kalmıştı geriye ve nar ağacı, kesilirken ağlamıştı. Lâkin ağacın kökünden fışkıran incecik dallar cüsselerine bakmadan yapraklanmış, çiçek açmıştı. Yabanî otlar bürümüş olsa da bahçeye papatyalar yayılmıştı. Bahardı.

Döndü şu yarı virane eve baktı Büyükhanım.

Uzaktan bir bakıştı bu. Sırtındaki mavi hırkanın yenini, yakasını çekiştirirken bir daha baktı. Evini, bahçesini, baltalanmış nar ağacını, onun kökünden fışkırmış incecik dalları, o dallarda açmış narçiçeklerini, hayata o tutunuşu, ağacın altında bir taşın üzerine oturmuş, elini şakağına, dirseğini dizine dayamış kadını gördü. Kendisini tanıdı ve hiç hayret etmedi.

Biraz daha uzaktan baktı. "Trabzon'dan çıktım başım selâmet", o zamanlardı. Muhacir kafilesinin, o çilenin içinde fark edememişti ama böyle uzaktan bakınca ayrıntılar kayboldu, bütün, bir fotoğraf kartonu gibi ortaya çıktı.

Daha uzaktan, iyice uzaktan baktı. Dünya küçülmüş, bir top haline gelmiş, mekânlar gibi zamanlar da bir araya toplanmıştı. Her şey aynı anda ve aynı yerde olup bitiyordu. Yalnız değillerdi bu aynı zaman oluşlarında, kendi kafileleri gibi pek çok kafileyi fark etti. Ayrıntılar yok olmuş, tek tek bireyler kaybolmuş, geriye sadece kafileler kalmıştı.

İşte şurada Trabzon'dan çıkan başı selâmetlikler, cinnet içinde Harşit çayına doğru koşuyor, çay; Rus ordusunu kıyılarında durduruyor, geçit vermiyor, kahraman oluyordu. Ama bu kahramanlığın bedelini pek ağır ödetiyordu.

Şurada 93 Harbi'nin Rumeli muhacirleri, yürüyen bir coğrafyadan taşan sel gibi İstanbul'a boşanıyordu. Hacıbey'in sağ bacağı kasığından kesiliyordu Erzurum'da. Hemen yanlarında 1912 Balkan muhacirleri oluyordu. Şurada 1915 Osmanlı Ermenileri. Trabzon'un başı selâmetlikleri yalnız değillerdi hâsılı. Büyükhanım'ın tanıyamadığı farklı milletlerden, coğrafyalardan, zamanlardan milyonlarca insan hepsi de acı içinde oradan oraya sürükleniyordu. Bir tek veya milyon, fark etmezdi. Çünkü birinin ölümü her birinin ölümü gibiydi. Çünkü her insan bir evrendi ve her ölüm evrenin sönüşü demekti. Bu yüzden bir tek masumun dahi öldüğü yerde hiçbir haklı gerekçeden söz edilemezdi. Savaş insanı canavarlaştırıyordu ve insanın insana ettiğini kimse kimseye etmiyordu.

Niye ki bunca acı? Dünya imtihan yeriydi belli, bu da bir sınav, amenna. Bu kadar sert sınanmak için ortada çok büyük bir aşkın olması gerekti; Allah'ın kuluna aşkı. Ne kadar çok sevildiğini mi bilmek istiyordu? Ve ki bunca sert bir sınavı da ancak kulun Allah'a duyduğu aşk katlanılır kılabilirdi. Dünya cennet değildi evet; olsaydı, cennetin ne anlamı kalırdı?

Niye'leri, çünkü'leri fikretmekten vazgeçti Büyükhanım. Her şeyi bu kadar uzaktan görünce canının eskisi kadar acımadığını fark etti. Ve artık hayret etmedi. Yo, hayır, yaşananlar yaşanmıştı ve yaşanmışı inkâr kimsenin harcı değildi. Her şeyi unutsa bile Harşit kıyısında ve cesetlerin yatağında geçirdiği o iki geceyi, duyduğu o sesleri unutamazdı Büyükhanım. Onlar yerli yerindeydi.

Ama bakışı başkalaşmış, bu bakışa bir şey eklenmişti.

Şimdi buradan her şeyi önü ve arkasıyla bir arada görerek geriye doğru bakınca, zannetti ki bütün yaşadıkları, bütün hatırladıkları sadece onun belleğinde var olmuş gölgelerdi. Sadece ona gösterilen bir oyundu bütün bunlar; sadece onun atacağı adım, onun ne düşüneceği, neye gayret neye niyet edeceği görülsün diye. Sadece o sınansın diye. Gözlerini kapasa Büyükhanım, şu rüzgârın buğusunu içine çekse, denizin tuzunu koklasa; muhacirlik sabahı dolabının kapısındaki gül damarına sanki şu an, şu saniye bakmış da bütün bu yaşananlar hiç yaşanmamış zannedecekti. Sanki biri büyük bir oyun oynamıştı onlara. Sanki kilerin kapısını bir saniye evvel açmış, naneleri şimdi koparmış, limonları heybesine şu an doldurmuştu. Atlı araba kapıda sanki hâlâ bekliyordu. Ve fakat sonra kapıdan gerisin geri dönülmüş, "Oyundu bütün bunlar" denmişti ona, "Hepsi birer gölgeydi". Olanlar olmamıştı sanki.

İranlı Hafize Hanım'ı hatırladı:

"Bak" demişti İsmail gittikten sonraki ilk *Mesnevî* dersinde; "Farz edelim ki şu anda sen cehennem gibi bir hayatın içindesin. Ama cennetteki yanın, bir perde üzerinde seyreder gibi şu an seni seyrediyordur. Bu da sen. O da sen. Sen ondan habersiz ama o senden haberdar. Bu kadar, hepsi budur."

O zaman Büyükhanım safça sormuştu:

"Acı çekmiyor mudur?"

"Çekmiyordur. Bilen acı çekmez çünkü."

"Büyük bedel" demişti Büyükhanım. "Cennetteki yanım bütün bunların geçici birer gölge olduğunu biliyor ama bu dünyadaki yanım bilmiyor."

Cennette değildi Büyükhanım ama işte arkasında kalan kendisine bir fotoğrafın yüzüne bakar gibi bakıyordu. O ben'in bu ben'den haberi yoktu ama bu ben o ben'den haberdardı. Öyleyse bir yerlerde de bu ben'i seyreden başka bir ben vardı.

Gülümsedi. Şu dünya âlem dedikleri gölgelikte, gerçek gerçek içinde; gölge gölge üstüneydi. Her şeyin, gelip geçici bir gölge olduğuna iman etti. Haklıydı Hazret-i Mevlâna, dünya bir ırmaktı, biz bu ırmaktan dışarıdaydık aslında ve ırmağa düşen sadece gölgemizdi. Bir ırmağın üstüne düşmüş gölgeleri bir bir seçti.

Dönüp geriye baktığında, çıkıp indiği bu kadar acı dağından önce, "Ben böyle değildim", bunu görebildi. Gördüğü doğru ama görmediği bir şey var, böyle olacağı bidayetten belliydi.

Bunca acı. Ebu Cehil bir dağ olsa, Büyükhanım'ın tırmanıp indiği ancak öyle bir dağ olabilirdi. Dudaklarında buruk bir tebessüm belirdi. Haberi yoktu kendisine neler olduğundan, nereden yola çıkıp nerelere vardığından. Lâkin bu çile olmasa Büyükhanım, ismi çoktan unutulmuş ancak sıfatıyla hatırlanan Sabire Hanım, eksik kalırdı.

Bu acı olmasa perdeler bu kadar kalkmaz, gölgelerin yakîni bu kadar aşikâr olmazdı. Bir gün acıya şükredeceği; acının, hükümsüz kaldığı anda çiçek açacağı aklına gelmezdi. Dilinin ucunda durdu cümle. Bir an tereddüt etti sonra bırakıverdi. Acıyı yaratan Allah'a hamd etti.

Geniş, gepgeniş, geçmişteki ve gelecekteki bütün darlıkları ihlâl eden, hiç ummadığı kadar geniş bir nefes aldı. "Allah'ım" dedi, "Hiçbir şeyim olmasa bile sana şu nefes için hamdolsun."

Yerinden kalktı. Mutfağa girdi. Ateş yaktı. İsten kararmış, muhacir çinko çaydanlığın içinde su kaynattı. Ekmek koyacaktı sofraya. Şeker yoktu, katık yoktu, çay yoktu. Ama ekmek kadar aziz, ayva çayı kadar bereketli bir Halil İbrahim sofrası kuracaktı.

Nisan ayının yarısı geçmiş, güneş ısıtmaya, çiçekler beyazdan mora, mordan kırmızıya dönmeye başlamıştı çoktan. Baharla gelen taze nefesin yanı sıra, hayalet şehre benzeyen Trabzon'da hayat da günden güne canlanmıştı.

O sabah Lütfullah Bey Asmalıkahve'ye uğramış, Settarhan'ı aramış, bulamayınca Çerkez Arslanbey'e tembih etmişti.

"Validem Settarhan'ı bu akşam yemeğe bekliyor, söyleyin gelsin."

Çerkez Arslanbey, İran konsolosunu bir çay ikram etmeden dünyada bırakmamış, güzelim Nisan havasında çardağın altında karşısına almıştı keyifle. Mesele dönüp dolaşıp Settarhan'a gelmişti. Lütfullah Bey kökenine has geniş bir kelime kadrosuyla uzun uzun anlatmıştı: Settarhan, herhalde Çerkez Arslanbey'in de gözünden kaçmamış olmalı, fukaranın biri değil bir beyzadeydi. Kaderin insana neler ettiği herkesçe malûm, vatanından toprağından ayrı düşmüş, buralara kadar savrulmuştu. Her taş kendi yerinde ağırdı şunun şurasında ve her horoz kendi çöplüğünde öterdi. Bu cümleleri Hafız'dan beyitler, Hayyam'dan rubailer izledi. Bir çay içimi zaman bir saati aştı. Aslında Çerkez Arslanbey'e kalsa Lütfullah Bey'in dilinin altında bir bakla vardı ama işte ah şu Acem milleti! Her şeyi *Şehname* kadar uzatabilirlerdi.

"Tamam, konsolosum" demişti Çerkez Arslanbey, "Bu akşam hemen gönderirim."

İçi kıpır kıpır ayrılmıştı kahvehaneden Lütfullah Bey. Hatta arabacısını göndermiş, Ortahisar'dan ta İskele Caddesi'ne kadar yürümeye karar vermişti. Güzel haberleri vardı ve güzel haberler vermek, Settarhan'ın izin gününü beklemeye gelmezdi.

Lütfullah Bey evrakını toparlamış, günün resmî kısmını henüz kapatmıştı ki Settarhan geldi. Birlikte geçtiler eve. Sofra kurulmuştu.

Çok geçmeden Lütfullah Bey'in annesi göründü. Elini muhabbetle uzattı Settarhan'a. Oğlunun epey zamandır evine alıp sofrasını açmakta beis görmediği bu genç adamı o da sevmiş, sevmekten öte tanımıştı daha ilk günden. Oturup kalkmanın, el öpmenin, iki kelâm etmenin edebi erkânı vardı Cemile Hanımefendi'ye göre, insanın değeri bunlardan okunurdu. Karşısındaki kişinin kaç kırat ettiğini daha ilk bakışta ölçebilir, insaniyetine emniyet ettiklerinin üzerine elini bir yardım eli gibi bırakıverir, bir daha da geri çekmezdi. Ümitsiz vakaları ise elinin tersiyle bir kenara itiverir, kaderine terk ederdi. Settarhan kırışıklar ve yüzükler içindeki bu eli saygıyla öptü.

Mükellef bir sofra kurulmuştu, hani neredeyse bir semeni eksikti. Yemek boyunca Lütfullah Bey, neşeyle uzun uzun konuştu. Settarhan'ın ise üzerine sessizlik çökmüştü, bir sonsöz mührü gibi ortaya gelen pilava bakarken iç geçirdi. Bir zamanlar başına oturduğu sıcak sofraların özlemi bir yana, ruhunda gurbet duygusunun alazladığı bambaşka bir alev içten içe tutuşuyordu galiba. Öyle olmasa, bir kahvehanenin arka odasında iğreti bir yük gibi serilip kaldırılan döşeği ilk kez iğne gibi kalbine batmazdı ve Settarhan sızılarına eklenmiş bu yeni sızıyı bir kez duyunca onun arkasının bir daha kesilmeyeceğini bilecek kadar da yaşamıştı.

Üstelik böyle bir sızının varlığını henüz o fark etmeden bile Cemile Hanımefendi fark etmişti.

"Gurbet ellerde garip düşmüş genç bir adam" demişti Lütfullah Bey'e daha geçen hafta ve devam etmişti: "Hiç olur mu öyle şey? Acilen evlenmesi gerek."

Lütfullah Bey, annesinin olur olmaza işgüzarlık eden, yitik gençliklerinin acısını genç çiftlerin harında tazelemeye kalkışan ihtiyar kadınlardan olmadığını bilirdi. Eğer onun böyle bir dikkati varsa ciddiye alınması gerekti. Ama yine de aklı bu işe pek ermemişti.

"Olur mu?" demişti o gece baş başa kaldıklarında Puran Hanım'a.

"Elbette olur" demişti Puran Hanım, gülümseyerek "Neden olmasın ki?" Neticede her işte bir hayır vardı ve hayrın yolunu tıkamamak gerekti.

Bu defa mesele Lütfullah Bey'e de mantıklı gelmişti. Bu genç adamın yaban ellerde çoluk çocuğa karışması hasretini, sızılarını, en önemlisi garipliğini azaltabilirdi. Neticede, hayatında "Vatanım" diyebileceği biri olursa vatan hasreti bile o kadar acıtmazdı insanı. Puran Hanım'ın hareli yeşil gözlerine, dudak üzerindeki mühür ben'ine, bu eksilmeyen güzelliğe bakmıştı sevgiyle Lütfullah Bey. Sevilen bir kadın, bir erkeğin bütün acılarını dindirebilirdi.

Ertesi sabah Lütfullah Bey, yine de annesini uyarmak ihtiyacını hissetmişti. "Settarhan Tebriz'in tanınmış ailelerinden birinin oğludur. Onun macerasını bilmiyorsun sen. Gurbet ellerde garip düştüğüne bakma, öyle olur olmaz bir kızla evlendirmeye kalkışma."

Yaşlı kadın, yüzünde görmüş geçirmiş bir tebessümle bakmıştı konsolos da olsa, İran şahı da olsa kendisi için hâlâ minicik bir bebekten farkı olmayan oğluna. Pürüzlü, kalın sesiyle, "Hiç merak etme sen" demişti.

"Ben ona lâyık kızın nasıl biri olacağını biliyorum. Kızı buldum bile."

Cemile Hanımefendi bir hafta önce, İranlı Hafize Hanım'la birlikte, muhacirlikten dönen Büyükhanım'ın evine geçmiş olsun ziyaretine gitmişti.

Sonsöz mührü pilavdan sonra, çay faslında Tebriz'in kuruyemişlerinin biri gelip biri giderken, "Settarhan" dedi Lütfullah Bey, gözlerinin içinde büyük ve güzel bir şeyin gerçekleşmesine vesile olmanın her insanın gözlerine sindirdiği o parıltılı mutluluk ile.

"Senin de gönlün olursa benim validem seni evlendirmek istiyor. Sana göre bir kız bulmuş bile. Ne dersin?"

Hiçbir diyeceği yoktu Settarhan'ın. Iki kere yaralı bir gönüle kim, nasıl dolabilirdi? Ama şu gurbet ellerdeki gariplik yok mu! İşte o çekilir gibi değildi.

"Hem" dedi Lütfullah Bey, siyah deri kapaklı küçük bir cüzdanı Settarhan'a uzatırken.

"Bir kimliğin de var artık, yeni bir hayatın var. Öyleyse bir ailen de olmalı. Bu işler geciktirmeye gelmez."

Settarhan, Lütfullah Bey'in verdiği hüviyeti eline aldı. Siyah kapağa uzun uzun baktı. Açsa, yeni bir hayatın da kapısı açılmış olacaktı. Açtı.

Adı: Settarhan

Baba adı: Mirza Han

Doğum yeri: Taht-ı Süleyman

Uyruğu: Osmanlı

Kendisini hiç terk etmeyecek bilgiler kaydedilmişti bu hüviyete. Adı. Babası. Doğum tarihi. Doğum yeri. Ama gerisi bütünüyle yeniydi. Settarhan kendisini bir dağın tepesinde, ayaklarının altına serilmiş mavi ışıklı bir sis denizinin ortasında buldu. Her şey bir adım atmaya bakıyordu. Sakınmadı ayağını, adımını attı.

Ertesi gün Cemile Hanımefendi hizmetkârlarından biriyle Büyükhanım'a, "Perşembe günü ziyaretinize gelmek istiyoruz" diye haber göndermişti. Geçmiş olsun ziyaretine daha yeni gelmişlerdi ama Büyükhanım yine de bir şeyden şüphelenmedi, "Buyursunlar evlâdım" dedi.

Perşembe günü Cemile Hanımefendi, Puran Hanım'la birlikte İranlı Hafize Hanım'ı da yanına alarak Büyükhanım'ın kapısını çaldı. Mesele önce Büyükhanım'a açıldı. Büyükhanım için Zehra'nın bir yuva kurmasından daha sevindirici bir şey olamazdı. Mademki bahsedilen aday iyi biriydi, mademki elinin hüneri de vardı, olabilirdi elbet. Gerçi hayli uzak yerliydi bu aday ama olmayacak iş değildi. Lâkin şimdiki gençler eskisi gibi değil, Zehra görmediği birine "Evet" der miydi ki?

"Elbette" dedi Cemile Hanımefendi, "Birbirlerini görmeleri, konuşmaları gerek. Biz de öyle düşünmüştük. Hem sadece bir kez görmek yetmez, iki kez görüşmeleri lâzım, araya bir gecenin rüyası girmeli."

"İyi de! Nerede ve nasıl görüşecekler?" Gençler eskisi gibi olmasa da işte bu, hâlâ müşkil meseleydi.

"Orasını bana bırakın" dedi Cemile Hanımefendi.

"Orasını bana bırakın" dedi demesine ya, Büyükhanım onun teklif ettiği görüşme şekillerinden hiçbirine "Evet" demedi. Bir gören bir işiten olsa Zehra'nın dile düşmesinden korkardı. Böyle şeyler kız kısmının alnına damga olup yapışır kalırdı alimallah. Ama çare tükenmez, aklına bir şey geldi sonunda. Belki Halide'nin evinde daha doğrusu bahçedeki kameriyede ikisini bir araya getirmek mümkün olabilirdi. Ama oraya da elin adamını nasıl alacak, konu komşuya kim diye takdim edeceklerdi?

"İşte şimdi orasını bana bırakın" diye yineledi Cemile Hanımefendi. "Haftaya cuma günü Halide Hanım'ın evine arabayla geliriz biz. Halide Hanım herhalde arabacımın bahçede beklemesine itiraz etmez, komşular da bu durumu garipsemez."

Büyükhanım al yürek ver yürek, "Garipsemez garipsemez" diye mırıldandı. Cemile Hanımefendi'yi uğurladıktan sonra önce Hacıbey'e açtı meseleyi. Gerçi Büyükhanım "Görsünler birbirlerini" demişti demesine ya, Hacıbey'in rızası olmazsa hemen geri alabilirdi cümlesini. Hacıbey, ismini duyduğu anda Settarhan'ı Cemiyet-i Hayriyelilerin arasındaki koşuşturmalarından hatırladı. Geniş bir gülümseme yayıldı yüzüne, Zehra eğer "Evet" derse, onun da rızası vardı.

Büyükhanım bu kez üst sofaya çıktı. Dürülmüş döşeğinin üzerinde dalgın dalgın denize bakan Zehra'nın yanı başına oturdu, "Kızım" diye başladı.

Zehra onun nereli olduğunu sordu önce. "Tebrizli" olduğunu işittiği daha ilk anda o cehennem dönüşü rıhtımda karşılaştığı Bakü Cemiyet-i Hayriyesi'nin fedakâr şahısları, hele de Mehdi geldi aklına. Onca yangından sonra, insanlara duyduğu bütün inancı kaybedip de şehrine ayak bastığında, insaniyetin ilk örneğiyle karşılaştığı anda kalbinde uyanan minnet duygusunu hatırladı. İnsanlara duyduğu bütün ikrahın üzerine bir rahmet ve merhamet eli gibi inmişlerdi. Yerini yurdunu, çoluk çocuğunu bırakarak böyle bir fedakârlığı göze alan bireyleri yetiştiren bir millet büyük bir millet demekti ve onun bir ferdiyle evlenilebilir, ona sonsuza değin güvenilebilirdi. Üzerine yıkılmazdı böyle bir dağ insanın hiçbir zaman çünkü onun mayası temizdi ve Zehra'nın bundan sonra beklediği tek şey de gölgesinde dinlenebileceği bir dağdan ibaretti.

Büyükhanım'ın yüzüne baktı, sağ elinin dört parmağını pervazın güvelenmiş tahtası üzerinde tıkırdatırken, "Gelsin" dedi. "Görüşelim."

Mesele Çerkez Arslanbey'e de açılmıştı. Lütfullah Bey uğramış, Arslanbey'i bir köşeye çekmiş, yine Hafız'dan beyitler, Mevlâna'dan rubailer ile süslediği uzun bir konuşmanın ardından konuya girebilmişti nihayet.

"Tamam" demişti Arslan Bey, "Beni Settarhan'ın babası sayın. Sahipsiz değildir."

Lütfullah Bey, bu babayiğit adamın Settarhan'a sahip çıkmasından memnun olsa da cevabının kısalığına hayret etmişti. Bu Türk milleti cümlelerini hiç mi süslemez, hiç mi tüllendirmezdi?

O sabah Çerkez Arslanbey, Settarhan'a bakarken bıyık altından gülümsüyordu. Nasıl gülmesin ki? Şu kahvehaneye adım attığı ilk günden bu yana Settarhan, demliğe aldığı suyun miktarında hiç yanılmamış, her zaman kıvamını tutturmuştu çayın. Kahve cezvesinde de hiç karar bozmamıştı. Fakat bu sabah elinin şirazesi kaymıştı. Çay haşlak, rengi bulanıktı. Kahvelerse Hak getire! Erkenci müşterilerden biri çaydan, diğeri kahveden şikâyet etti.

"Bizim Acemoğlu görücüye çıkıyor" diye mırıldandı Çerkez Arslanbey keyifli keyifli.

"Hiç öyle şey olur mu?" dedi içlerinden biri. "Erkek adam görücüye çıkar mı?"

"Çıkar çıkar" dedi Çerkez Arslanbey. "El memleketinde garip düşerse er kişi de görücüye çıkar."

Settarhan'a baktı yan gözle. Yakasız gri gömleği, geniş kemeri, hafif yan yatırdığı kalpağıyla öyle yakışıklıydı ki içinden "Bu surete 'Hayır' diyecek kız da olmaz ya" diye geçirdi; ahlâkına ise zaten kefildi.

Bütün bunları size anlatan gölge ben Tiflis havalimanındaki bir kafeteryada İstanbul uçağını beklerken bir ara kendime gelir gibi oluyorum. Etrafımı bir sis perdesinin ardından görmeye başlamışken bütünüyle bugüne dönmekten korkuyorum. Henüz bitmedi. Biraz daha, ne olur biraz daha.

Ve evet, Halide'nin evine giden yola giriyoruz sonunda. Tatlı bir sıcağın beni bunaltmadan kuşattığına ve ağaçlarda çiçeklerin henüz solmadığına bakılırsa Mayıs başında olmalıyız. İmaret Mezarlığı'nın önünden geçiyoruz. Önde çarşaflarının içinde Büyükhanım ve Zehra, arkada ben, Tekfurçayır'ın rampasını tırmanıyoruz. Bahçeler güllerle dolu, duvarların arkasından mor salkımlar, eflatun beyaz leylâklar, hanımellcri taşmış. Aralık birkaç kapıdan duvar diplerindeki filbahri fidanlarını fark edebiliyorum.

Evin merdivenlerini tırmanıyoruz. Halide'nin yüzünde muzip bir tebessüm var. Bir çocuğu elinde, diğeri kucağında.

"Hala" diyor Büyükhanım'a, bahçeden birkaç basamak yukarıdaki kapıyı işaret ederek. "Sen yukarı buyur. Ben Zehra'yla kameriyede oturayım biraz, olur mu?"

Herkes her şeyi, bugün buraya neden gelindiğini biliyor, ama edep, bilmezmiş gibi davranmayı dayatıyor.

"Olur kızım, olur" diyor Büyükhanım heyecan içinde, telâşlı hatta korkulu. "Cemile Hanım'la Puran Hanım henüz gelmediler mi?"

"Geldiler" diyor Halide, Zehra'ya göz kırparak, "Arabacıları da işte şurada."

Kameriyeyi gösteriyor. Settarhan. Kameriyede oturuyor.

Büyükhanım kameriyeye bir göz atıyor. Gördüğü şey hoşuna gidiyor. Yağız bir delikanlı, asil ve vakur. O sırada Cemile Hanımefendi, Büyükhanım'ı almak üzere evin merdivenlerinden iniyor.

"Çıkalım mı efendim biz?" diyor. Merdivene yöneliyorlar.

Kameriyeye ben de göz atıyorum. Ah Settarhan! Benim saf, dünyadan bîhaber, kanayaklı ama kendisini dünyanın bütün gailesinin ortasında buluveren dedem. Azam'ın kazazedesi, Sofya'nın kafası karışık âşıkı, Tebriz-Tiflis-Batum-Bakü hattında tacir; yanık, kavruk, yaralı ama bir o kadar da hayat dolu, alnını rüzgâra vermiş öylece oturuyor.

"Demek burada gördüler birbirlerini" diye geçiriyorum içimden gülümseyerek.

İçim içime sığmıyor. Kolay değil, dedemle anneannemin ilk görüşmelerine tanık oluyorum.

Merdivenleri tırmanan Büyükhanım'ın arkasından bakıyorum. Yo, ben elbette ki burada kalacağım. Saçakları oymalı kameriyeye doğru yanaşıyor, ahşap korkulukların üzerine ilişiyorum. Çocuk gibi, ayaklarımı içeri doğru sarkıtıp, iki elimle kameriyenin kolonlarından birine sarılıyorum, başımı da aynı yere yaslıyorum. O anda Halide ve Zehra kameriyeye giriyorlar. Settarhan yerinden kalkıyor, Zehra'nın yüzüne bakıyor.

Zehra ise onun giysisine bakıyor önce, yüzüne bakamadığından. Muhacirlikten döndükleri gün, rıhtımda onları karşılayan Mehdi'yi hatırlıyor. İçine, o gün duyduğu güven doluyor. Sonra o da Settarhan'ın yüzüne bakıyor kısacık bir an, kızarıyor, gözlerini hemen yere indiriyor.

Ben, "Kaderin akıl almaz haritasında her şey sanki bu an için tanzim edilmiş" diye düşünüyorum. Balkan Harbi sanki bu iki çift gözün karşılaşması için çıkmış, İsmail gibi Celil Hikmet de "gitti de dönmedi" oluvermiş; Ruslar Trabzon'u sanki bu yüzden işgal etmiş, muhacirliğe bu yüzden çıkılmış, Settarhan Azam'ı ve Piruz'u gölün kıyısında bu yüzden yakalamış, Tebriz'den ardına bile bakmadan bu yüzden ayrılmış, kaybettiği yazgısını Sehend Dağı'nın en zorlu tepesinde bulmuş, Batum'da Sofya'nın kitapçı dükkânının kapısını bu yüzden çalmış bu yüzden kapatmış. Bolşevik İhtilâli bile sanki bu yüzden patlak vermiş, Settarhan arkasında bir idam hükmü bırakarak bir motorla Trabzon'a kaçsın diye. Zehra bu yüzden Harşit kıyısında çakılıp kalmamış ya da o ceset yatağında yitip gitmemiş, geri dönmüş. Bütün mümkünler arka arkaya dizile dizile, iki çift gözün karşılaşmasına gelip dayanmış. Bir tek an. Milyonlarca ihtimal arasındaki tek mümkünün gerçekleşmesi için yaşanmış bütün bunlar. Tek mümkün, "O benim işte".

"Hoş gelmişsiniz" dedi Settarhan, Zehra'ya oturması için yer gösterirken. "Nasılsınız?"

Muhacirlik dönüşü rıhtım gününde birbirlerinin yanından geçip gitmiş olan bu iki kişiden ikisi de yekdiğerini tanımadı. Ama Settarhan'ın içinde bambaşka bir hatırlama uyandı:

Bu mu? Evet, bu. Ta kendisi.

"Hoş bulduk" dedi Zehra, "İyiyim." Ama onun da içinden bambaşka bir cümle geçti.

Çok yorgunum.

Kameriyenin hemen önünde erik fidanı incecik dallarından birini içeri doğru uzatmıştı.

"Ne güzel" dedi Settarhan beyaz çiçekli dalı göstererek, "Havalar da iyice güzelleşti."

Çok ince giymişsin. Üşümez misin?

"Yaa!" dedi Zehra "Öyle."

Nicedir üşüyorum.

"Bizim memlekette de vardır" dedi Settarhan can havliyle erik dalına tutunurken. Gözleri daldı, "vardı" diye düzeltti. Yerinden yurdundan ayrı düşmüş kartallar gibiydi.

Çok mu özledin oraları? O zaman niye buradasın?

Kim bilir Hüdâ'nın kimi hangi ruzgârın önüne niye düşüreceğini?

Erik dalı üzerlerine eğildi. Bir kuş geldi hatta, dalın ucuna kondu.

O vakit aralarında dilsiz ağızsız bir sohbet başladı. Settarhan sustu Zehra dinledi, Zehra sustu Settarhan söyledi. Söyledikleri ile sustukları birbirine uymaz bir sohbet aralarında uzadıkça uzarken içteki cümleler çoğaldı dıştaki cümleler tümüyle aradan kalktı. Sustukları zannedilebilirdi ilk bakışta ama bu suskunluk onları boğmak yerine ışıltılı ırmağında yıkadı. Suyu böylesine tanımak için demek böyle yanmak lâzımdı.

Pencerenin kuytusundan kameriyeye göz atan Halide, "Hiç konuşmuyorlar" dedi, tedirgindi. "Ben çay götüreyim bari."

Zehra işaret parmağını uzattı, şeker kâsesinin kenarındaki kırığı okşadı. Settarhan'ın gözü bu kınalı parmağın ucuna takıldı. Zehra utanmıştı, görünen parmağının ucunu geri çekti aceleyle. Kucağına, diğer elinin üzerine bıraktı, yok, olmadı, altına sakladı. Omuzları bir araya toplanmıştı. Settarhan'ın gözü şekerliğin kırığında kaldı. O şaşkınlıkla hal hatırı baştan aldı:

"Nasılsınız? İnşallah keyfiniz yerindedir."

Parmağın kesilir diye korktum. Senin için korktum.

"İyiyim hamdolsun. Ya siz nasılsınız?"

Dedim ya, yorgunum. Çok yorgunum. Çok uzak yollardan yürüyerek geldim ben. Peki ya sen? Sen de benim kadar yorgun musun?

"Hamdolsun. Ben de iyiyim."

Ben de yorgunum. Ben de çok uzak yollardan yürüyerek geldim. Ama benim bütün geçmişim sen bir nazar edersen aklanır, çünkü senin gözlerinde bir cennet bakışı var.

Bunca yolu yürürken yaşımın üstünde büyüdüm ben. Mahşerlerin içinden geçtim. Sandım ki öldüm de cehennemdeyim ama ne zaman öldüğümü bilemedim.

Böyle bir yorgunluğu ancak benzer yolları yürümüş olan anlar. Senin yorgunluğunu benim yorgunluğum, senin gördüklerini ancak benim gördüklerim siler. Gerisin geri birlikte yürürsek eğer o yollar haritadan silinip gider. Bütün işaret taşlarını iptal edebilir, bütün güzergâhları ihlâl edebiliriz. Bütün o sesleri, tatları, kokuları yok edebiliriz. İnkâr etme kalbin mucizesini, yeter ki el ver.

Bir tarafımız hep kırık kalacak belki ama ihtimal bir kafiye tutturabiliriz. Bütün yorgunluklarımızı yekdiğerinde dinlendirebilir, birbirimize sığınabilir, iki ayrı ırmağın delicesinde değil bir ırmağın derininde akabiliriz. Yeniden diyebiliriz.

Zehra'nın gözü Settarhan'ın sol elinin serçe parmağındaki yüzüğe takıldı. Firuzenin rengi capcanlıydı.

Bu sessiz sohbet iki onay cümlesiyle nihayetlendi:

Sen öyle çağırmasan ben böyle gelmezdim.

Ben böyle çağırmasam sen öyle gelmezdin.

"Zehra Hatun" dedi Settarhan bu kez dünya kelimeleriyle. Bir şey söyleyecekti. Eğer söyleyecekse şimdi söylemeliydi ve şimdi söylemeliydi.

"Zehra Hatun, İstanbul'a gidelim mi? Oraya yerleşip orada yaşayalım mı? Ben halı tüccarıyım, burada kahveci çırağı olduğuma bakma. İstanbul'da kendi tezgâhımı kurar, ticaret yollarımı bağlarım yeniden."

Sonra söylediğine kendi de hayret etti. "Ben İstanbul'a gideceğim, oraya yerleşeceğim, bu, ömrümün en büyük hayali" demiyor; "Ben gidiyorum sen de gelir misin?" diye sormuyordu. "Gidelim mi?" diyordu. "Biz" kılmıştı kendilerini çoktan. Demek bundan sonrasına dair bütün ihtimallerinde Zehra Hatun vardı.

"Hayır" dedi Zehra hafif ama kararlı bir sesle. "Gelemem. Büyükhanım'ı da Hacıbey'i de bırakamam, Anuş'u ve Hasan'ı da."

Soğuk bir rüzgâr ikisinin de yüzünden geçti. Şu cevap bu güzelim ümide nasıl da kıymıştı.

"Peki" dedi Settarhan, üstelemedi. Kırılmadı, kızmadı. Demek bundan sonrasına dair bütün ihtimallerinde Zehra vardı. Ama, "ama"sı vardı. Settarhan'ın bundan sonraki bütün ihtimallerinde bir de İstanbul vardı. İstanbul'a gitmeden de yaşanabilir, İstanbul'suz da ölünebilir miydi? Buna bir türlü "Evet" diyemedi.

O sıkıntıyla döndü Asmalıkahve'ye Settarhan. Öyle hızlı yürüyordu ki ben, bu gölge beden, ona yetişmekte zorlandım. Yol boyunca düşündü; bir kez daha bir kadın onunla İstanbul'a gelmeyi reddetmişti. Az önceki cennet rüyasının, içinden havalanan kuşların, kendi dışındaki bir varlıkla bütün olmanın sonra onunla birlikte bütün evrene katılmanın rüzgârına kendisini keşke bıraksa. Bir yanında Zehra Hatun, diğer yanında İstanbul vardı oysa. Bunaldı. Fakat her hal ile de olsa bu duygu o kadar güzeldi ki kalbindeki mucizeye kendisini bırakıvermesi an meselesiydi. Bundan önce Zehra Hatun'u tanımadan, onun var olduğunu bilmeden meselâ, onun boşlukta kapladığı hacmi görmeden nasıl yaşadığını aklı almayabilirdi. Fakat bütün ömrünce İstanbul'u özlemiş durmuştu ve bu kez de gidemezse bir daha asla gidemeyeceğini adı gibi biliyordu. Yine mi ikiye bölünmüştü?

"Ya Rabbim, bana bir yol göster" dedi Asmalıkahve'ye girerken. "Bana bir işaret gönder. Ya Medet."

Yüzünden bir anlam çıkarmaya çalışan Çerkez Arslanbey'e hafif bir selâm vermekle yetindi, aynı merakla bakan diğer müdavimi görmedi bile, hemencecik içeri geçti. Ben de onunla birlikte içeri süzüldüm. Önlüğünü kuşandı. Sağına soluna bakındı, gün ortasında bile esneyen çırağı hışımla çağırdı. İçindeki ateşi boşaltmasa Settarhan alev alıp yanacaktı.

"Su getir" dedi, "Sabun getir, sirke getir, kova getir, kül getir."

Bir köşeye sinmiş, olup biteni izliyordum. Hani neredeyse korkmuştum. Bu işin encamını biliyor da yolunu çizemiyordum.

Çerkez Arslanbey'in kahvehanesi Settarhan'ın ilk gününde bile böyle didik didik edilmemiş, böyle kazınırcasına temizlenmemişti. Settarhan bütün cam eşyayı, ufak tefeği teker teker kaynar sularda haşladı, masaların hepsini dışarı attı, peykelerdeki halıları yıkadı, hasırları silkeledi, Çırak Süavi, onun elinden her zaman "İllallah" derdi ya, o gün başka türlü "İllallah" çekti.

Böylesi alev ateş bir çehreye sokulmamak gerektiğini kestiren Çerkez Arslanbey ise dışarıda, yeni açmış bir peygambergülünün yanında bir yandan nargilesini fokurdatıyor, bir yandan tespihini çeviriyor, bir yandan da göz hapsine aldığı Settarhan'a bakarak "Hayrola!" diye düşünüyordu.

Hızını alamayan Settarhan bu kez duvarlardaki bütün çerçeveleri, resimleri, levhaları yerinden indirdi. Süavi'nin eline bir bez tutuşturdu, "Sil" dedi, "Pırıl pırıl parlasınlar. Tek leke kalmasın."

En son kendisi bir sandalye çekti. Duvardaki Venedik işi büyük aynayı alt köşelerinden kavradı, hani ilk günün temizliğinde yerinden bile oynatamamıştı. Çerçeve hâlâ o kadar ağırdı ve yine duvara adeta yapışmıştı. Fakat içindeki yangının olanca gücüyle öyle bir yüklendi ki Settarhan, çengeli paslı çivide oynattı önce, sonra duvardan ayırdı. O anda aynayla duvarın arasından tozlanmış karton bir levha "Pıt!" diye yere düşüverdi. Herhalde zamanında aynanın çerçevesiyle duvar arasına iliştirilmiş, zamanla kayarak araya sıkışmıştı.

Önce aynayı duvara yasladı Settarhan dikkatle, sonra eğildi, levhayı yerden aldı, tozunu silkeledi. Gül rengi, ebrulu bir kâğıdın üzerine talik hatla yazılmış bir kıtaydı bu. Okumaya başladı; üçüncü mısrada "ezel" dördüncü mısrada "ülfet" kelimelerini tanıdı. Tebriz'in Nakşî dergâhında, kendisine çay terbiyesi, semaver bilgisi verilen o gecede dinlediği Çay İlâhisi'nin anında unuttuğu dörtlüğünü anında hatırladı:

Kimselerin aklı ermez
Çay sohbeti hikmetine
Çünkü ezelde uğramış
Mürşidinin ülfetine.

Duvara yaslandı. Olmadı, dışarı çıktı. Masalardan birine oturdu. İçeri girdi yeniden. Bir daha baktı, bir daha okudu, evet oydu.

Şimdi mi karşısına çıkmıştı bu levha, şimdi mi görünmüştü gözüne?

Taht-ı Süleyman gölünün başında da Sehend Dağı'nın yolunda da "İşaret Ya Rab, bir işaret!" diye yalvarıp durmuştu günlerce.

İşaret!

Yâ İlâhi!

Bunca zaman, bunca olay sonra mı gelmişti?

Gülümsedi. Ve artık üstelemedi. Bıraktı direnmeyi. Önlüğünü çıkardı, bakır kazanı okşadı. Dışarı çıktı. Çerkez Arslanbey'in masasına oturdu.

"Arslanbey" dedi, "Hani sen bana ortaklık teklif etmiştin. Ben de sana 'Ustam, ben kalıcı değil geçiciyim, İstanbul'a gideceğim' demiştim ya."

Arslanbey yüzüne baktı Settarhan'ın, bu yüzde gidişten emare yoktu.

"Söylemiştin."

"Ortaklık teklifin hâlâ geçerli mi?"

"Geçerli, her zaman geçerli."

"Öyleyse kalıyorum."

"Âlâ" dedi Çerkez Arslanbey. İçinden, "Ah mine'l aşk" diye geçirdi.

Cemile Hanımefendi'nin dediği gibi araya bir gecenin rüyası girmiş, ikinci görüşme vakti gelmişti. Ertesi gün Zehra ve Settarhan aynı kameriyede, aynı erik dalının altındalardı. Ben bu kez kameriyenin dışında durdum, dirseklerimi korkuluklara dayadım, çenemi iki avucumun arasına alarak onlara bakmaya başladım. Böyle güzel esen bir rüzgârı ömrühayatımda hatırlamıyorum.

Settarhan, "Zehra Hatun" diye başladı. İçten içe değil açıkça konuşacaklardı şimdi ve Settarhan'ın soracak bir şeyi, bir tek şeyi vardı. İçinden bunca cümle geçerken, dilinden, ustasından öğrendiği tek soru cümlesi dökülecekti. O da kameriyenin kafesleri arasından uçup gidecek, Tebriz ağzı, ezberlenmiş bir cümleydi.

Çerkez Arslanbey bu sabah iyice belletmişti:

"Bak oğlum, 'Zehra Hanım' diye başlarsın. Kibar ol, tane tane konuş. 'Dest-i izdivacınıza talibim' de."

Tekrarlatmıştı bir de. "Söyle bakayım sen de: Dest-i izdivacınıza talibim."

"Dest-i izdivacınıza talibem."

"Talibem değil oğlum. Talibim, diyeceksin. Hay Acemoğlu, arılar soksun dilini."

"Zehra Hatun" diye başladı Settarhan.

"Ben. Dest-i izdivacınıza talibem."

Hem ben; Hemi aşkem hemi sûzem hemi derdem hemi dâğem.

Zehra kaldırdı başını. Onun yüzüne baktı.

Bu kırık şiveyi, hançereyi zorlayan bu ha'ları, kaf'ları; yalçın dağlar, kızgın çöller, keskin akşamlar, sapsarı ve kavruk otlar kadar sıcak bu pürüzlü sesi. Bu, kendisine güven sunan koca dağın cazibesini. Onun kendisini sevmesini. Çok sevdi.

Başını önüne eğdi. Omuzları yine bir araya toplanmıştı ve dün şekerliğin kırığını okşayan parmakları bu kez lâcivert kareli çarşafın eteğini çekiştirmeye başlamıştı.

Bense orada, kameriyenin dışında, korkuluklara dirseklerimi dayamış, safiyetle bakıyordum onlara. Yerimden doğruldum bu kez. İçeri girdim usulca. Zehra'ya baktım.

"Evet de, ne olur" diye fısıldadım. "Peki, de."

"Sen evet, de ki ben olayım, ben doğayım" demek aklımın ucundan bile geçmedi. "Evet de ki benim de mutlu bir roman kahramanım, mutlu biten bir romanım olsun" diye fısıldadım.

Zehra "Peki" dedi, "Peki."

Bu yolculuğa başladığım, görünmeden gördüğüm, duyulmadan işittiğim, su ışığı zamanı yararak geri döndüğüm, mekânı aştığım ilk günden itibaren en çok da şu "görünmezlik" hali hoşuma gitmişti benim. Ne yanılgı oysa! İnsan bu kadar çok gördükten sonra görülmek, bilinmek de istiyor.

İyice yanaştım yanlarına. Önce, çocukluğumda başımı kaç kez okşamış olan, parmağındaki firuze taşlı yüzüğü abdest alırken çevirmesini kaç kez merakla seyrettiğim o yaşlı, buruş buruş, çileli elleri hatırlayarak Settarhan'ın gencecik ellerine uzandım. Sonra yüzünü hiç görmediğim anneannemin genç suretinin dizinin dibine çöktüm. Başımı yüzlerine doğru kaldırdım.

"Gör beni ne olur" diye yalvardım ikisine de ayrı ayrı. Sonra hitabı çoğullaştırdım. "Görün beni ne olur, bir kerecik olsun görün beni."

"Ne olur, bir kez olsun görün beni. Ne senin anneannem olacak olman umurumda artık ne de senin dedem. Ama bir kerecik görün beni. Dilimi tutabilirim. Elmas olup kesmesine aldırmam, sırrımı içimde saklayabilirim. Açıklamam kimliğimi. Anlatsam da inanmayacağınız hiçbir şeyi söylemem. Susarım, otururum dizinizin dibinde, kaldırır başımı sadece yüzünüze bakarım. Başımı dizlerinize bırakır ağlarım belki. Ama ne olur görün beni, bir kez olsun. Çünkü ben sizinle onca yolu yürüdüm. Sizin kadar yorgunum. Her anınıza, her yaşantınıza bu kadar ortak olup da bilinmemek ağrıma gidiyor. Görün beni."

Settarhan'a baktım ümitle. Sonra Zehra'ya çevirdim yüzümü. Nefesi nefesime çarpıyordu.

"Gör beni."

İkisi de beni görmedi.

Artık yerimde duramadım. Bedensiz varlığımın her zerresinden ateş fışkıracak sandım. Sessiz kelimesiz, eylemsiz hareketsiz olamazdım daha fazla. Merdivenleri nasıl indiğimi bilmiyorum. Yola fırladım. Kendimi, çocukluğumda annemle kaç kez inip çıktığımız Tekfurçayır'ın yokuşundan aşağı bıraktım, olanca gücümle koşmaya başladım.

Gittikçe hızlanarak, neredeyse ayağım yerden kesilerek, başım bulutlara değerek, bütün bunların yaşandığı yeri de zamanı da kuşbakışı görerek, sonra yeniden yere inerek veya göklerdeyim de kendimi yerde zannederek. Önce ben koşuyordum kendi isteğimle. Fakat öyle bir an geldi ki artık istesem de duramayacağımı fark ettim. Bacaklarıma söz geçiremiyordum, yavaşlamaya çalıştıkça hızlanıyordum sadece. O hızla kendimi İmaret Mezarlığı'nda buldum. Camiden çıkan erkeklerin, geveze kadınların, huysuzlanan çocukların, öfkelenen babaların, daha bir sürü suretten ibaret kalabalığın arasına yıldırım gibi daldım.

Ve o hızla bir şeye çarptım.

Daha doğrusu bir şey bana çarptı. Daha da doğrusu biz birbirimize çarptık. Nedenini, nasılını düşünmeye fırsat kalmadan kendimi yerde buldum. Sağ elimin işaret parmağı irice bir taşa denk gelmiş ve tırnağım yarılmıştı. Kanı gördüm, etimle tırnağım arasından sızan. Acıyı iliğimde kemiğimde hissettim. Galiba üzerimdeki bütün ağırlığı bir yaranın bahanesine havale ederek hıçkıra hıçkıra ağlamaya başladım. O sırada güneşle benim arama bir şey girdi, üzerime bir gölge düştü ve şefkat dolu bir ses duydum.

"Yo, yo! E kuzi ağlama! Sana bir şey olmadi" diyordu.

Doğruldum, dizlerimi diktim, kollarımı dizlerimin önünde kavuşturdum, başımı da dizlerimin üzerine bıraktım önce, sonra kaldırdım. Soluk teni üzerinde bütün ışığı kendi içine çekip sonra geri salan gözleri, kıralmış ve tel tel ayrılmış saçları, alnında siyah çatması, sırtında yamalı cübbesi ve elindeki kuru dal âsâsıyla onu gördüm. Elindeki âsâ kadar zayıftı. Rüzgâr vursa alıp götürecekti sanki.

Hırçın, korku ve hayret dolu bir sesle sordum:

"Ne yani, şimdi sen beni görüyor musun?"

"Hee!" dedi dişsiz ağzına yayılan çok sevimli bir gülümsemeyle. "Ne diye görmeyecekmişim ki?"

Öyle ya, ne diye görmeyecekti ki!

Gülümsedim. Gözyaşlarımı kuruladım. Akan burnumu sildim elimin tersiyle. Daha fazlasını sormaya ne ihtiyacım ne de cesaretim vardı. Gülümseyerek, nasırlarla dolu yanık elini uzattı, elimi uzattım ben de. Yerimden doğrulmama yardım etti. Kalktım. İmaret Mezarlığı'nın gölgeleri ve servileri arasında yürümeye başladık. Bazen o önde ben arkada. Bazen yan yana. Bazen ben önde o arkada.

"Kimsin sen?" dedim ona, bir mezar taşına sırtımı dayayarak otururken.

"Yûsuf'um ben" dedi.

O zaman anneannemden anneme, annemden bana geçen Yûsuf'un hikâyesini hatırladım. Anlatılanlara göre, dağ köylerinin birinden şehre düşen bu adam böyle mi doğmuştu, yoksa sonradan mı bu hale gelmişti, kimse bilmezdi. Ama önüne dikildiği kimseyi incittiği görülmemişti. Yûsuf'tu sadece o. Sabah akşam dolaşır, nerede bir dam altı bulsa orada yatar, iki lokma verirlerse yer vermezlerse aramazdı. Yûsuf şehrin delisiydi, "Deli Yûsuf"tu sadece. "Delilerin hepsi birbirine benzer ve birini tanımış olmak dünyanın her tarafında hepsini tanımaya yeter" derdi annem, "Meczuplara gelince, hepsinin hikâyesi farklıdır."

Yani bu durumda Yûsuf'un bir hikâyesi yoktu. Bir gün hiç durmayacak gibi koşmamış, yüksekçe bir yere çıkmamış, orada durmamış ve önce böğrünü yumruklayarak ellerini göklere kaldırmamış, sonunda hiç susmayacakmış gibi haykırmamıştı meselâ.

Etrafında meczup menkıbeleri birikmemişti Yûsuf'un. İndiği derin de çıktığı yüce de tehlikeli değildi ve Yûsuf'un cüssesi üzerine kaldıramayacağı bir yük yüklenmiş değildi. "Bu beden bu ağırlığı taşıyamamış, bu yüzücü bu derinden vurgun yemeden çıkamamış, bu ciğerler bu yüksekliğe patlamadan dayanamamış, bu beyin bu oksijen fazlasını kaldıramamış" dememişti kimse. Bir yanını o derinlerde bıraktığından, ciğerlerinin yarısını patlattığından, vurgun yediğinden, bedeni gibi ruhunun da hep eksik kaldığından bahsedilmemişti. "Almamış aklı bütün bu olup bitenleri, kalbine de sığdıramamış, aklı çatlamış, iki kişi bundan böyle Yûsuf, yarısı kendi sırrının ortağı yarısı o sırrın kurbanı" şeklinde upuzun cümleler de kurulmamıştı. Öyle mi?

Peki, kim söylememiş bütün bunları?

Güldüm de geçtim.

Duydum da inanmadım.

Başımı kaldırdım, Yûsuf'a bakacaktım. Hikâyesini soracaktım. Ona ne olmuştu? Dahası kendimi soracaktım. Ne zamandır benimleydi?

Yoktu Yûsuf, yok olmuştu.

O zaman bu hikâyenin başından sonuna kadar bazen bulutların arkasından, bazen kuru dalların arasından beni gözetleyen bir çift gözün varlığı hissini; bazen kuru dal bir âsânın kulağıma kadar gelen sesini anlamlandırdım. Ben Gülcemal'in fırtınalarıyla boğuşurken de, muhacirliğin dehşetli yollarında bata çıka yürürken de, Sehend Dağı'nın zorlu zirvesinde donarken de, Hamidiye Etfal Hastanesi'nin soğuk bir koğuşunda bir Kalandar gecesi ölürken de bir kılavuzum olduğunu anladım. O yüzden mi korkmamış, kaybolmamıştım?

Başımı gökyüzüne kaldırdım. Kalın bir fırçayla resmedilmiş ışık dolu, top top bulutlar vardı. İçlerindeki ışığı sızdırıyor, taşırıyorlardı ve sanki bir resim öğretmeni, fırçasının sivri sapını çevirerek üzerlerinden birer çizik geçirmiş, cennet bulutları kılmıştı onları. Öyle güzellerdi. Gözlerim kamaştı.

Yerimden kalktım. Yürümeye başladım.

Garson kızın kahvemi masaya bırakmasıyla kendime geliyorum. Tiflis'te, havalimanındaymışım. Teşekkür ediyorum yarım yamalak.

Etrafıma bakıyorum, Yûsuf buralarda mı?

Yok!

Sağ yanımdaki geniş pencerelerden dışarı bakıyorum bu defa. Gökyüzü bir yanında yağmur dolu, bir yanında ışıklı. Kalın bir fırçayla, ışık dolu, top top bulutlar resmedilmiş sanki üzerine. Sonra fırçanın sapıyla üzerlerinden yatay doğrultuda birer çizik geçirilmiş. Acıyla tebessüm ederken daha farklı bir acıyı sağ elimin işaret parmağının üzerinde hissediyorum. Yarılan tırnağımdan hafifçe kan sızıyor.

Şimdi kalbim de kanıyor benim. Settarhan'la Zehra'nın hikâyesini artık bitirdiğimi biliyorum. Geride hâlâ öğrenmek istediğim tek bir şey kalmış olsa da bir daha havalimanlarında, otel odalarında, çalışma masamın başında fotoğraflardan içeri girmeyeceğim. Zaman yarılmayacak, ışık parçalanmayacak. Ömrümün en büyük hayali bir daha gerçekleşmeyecek. Kâhin Prenses Kassandra olmaya razı olarak kendimi görünmez bir bedenle geçmiş zamanın insanları ve olayları arasında bulmayacağım. Ve "Görün beni" diyerek oyunu bozmaya kalkışmayacağım bir daha.

Kapağıyla mürekkebinin rengi bir türlü uyuşmayan kalemimle defterimi çıkarıyorum çantamdan. Sonra bir kenara itiyorum ikisini de. Gözlerimi kapatıp arkama yaslanıyorum. Bana kalsa bu hikâyenin en güzel cümlesini tekrarlıyorum kendi kendime:

"Yo, yo! E kuzi ağlama! Sana bir şey olmadi."

Hayatla "Kim daha deli?" oynadığım, kendimi namluya tetiksiz sürdüğüm, içteki hikâyeleri size ne kadar anlatsam da içimdekileri sustuğum zamanlardı oysa. Gülümsüyorum. Çok şey oldu bana ey

Meczup Yûsuf. Ama senin bildiğin benimkinden çok daha fazla. Sen öyle diyorsan öyledir. Başım gözüm üstüne. Amenna ve saddakna.

Birazdan beni İstanbul'a götürecek uçağa binmek üzere sırt çantamı yüklenip kapıya doğru yürüyorum.

SON-RA

İstanbul'da on gün kaldıktan sonra döndüm Trabzon'a. Aradan bir ay geçti. Şimdi Ekim başı. Rüzgâr sertleşti. Yapraklar sararmaya başladı çoktan. Yağmurlar sökün etti. Yılın en güzel mevsimi.

Bu bir ayı binlerce fotoğrafa bakarak geçirdim. Bunların büyük bir kısmına bir hazineye rastlar gibi büyük müze ya da galerilerin "online" kataloglarında binlercesi bir arada ulaştım, kimine adı sanı duyulmamış "bloglarda" tek tük rastladım. Bu koleksiyonların hepsi, ırmaklarımın üzerinde aktığı onca şehrin dününü "gerçek" suretleriyle gösterdiler bana. Bu binlerce fotoğrafa alıcı gözüyle baktım ben, manzaradan çok hayata, harekete, insana dikkat kesilerek. Büyüteçlerle büyüttüğüm, her ayrıntısını defalarca gözden geçirdiğim, olmadı bilgisayara aktarıp "zoom" komutunu sonuna kadar zorladığım, dağılan pikselleri dön geri topladığım binlerce fotoğraf. Ekrana bakarken günlerce gözlerim yandı. Kör olacağım sandım.

İmparatorlardan şahlara, dilencilerden grandüklere, idealist politik mahkûmlardan adi dolandırıcılara, siyasî sürgünlerden zina suçlularına, şah katillerinden vatan hainlerine kadar binlerce yüz gördüm. Kimdir haftalardır fotoğraflarına baktığım bütün bu insanlar? Bu suretler nedir? Hepsi sonsuzlukta birer gölge. Ve ben, ne aradım yüzlerinde?

Hiçbiri yaşamıyor bugün bunların. Onca hareket, hayat, maceradan eser yok şimdi. Göz göze geldiğim bunca insandan hiçbiri sağ değil. Hepsi kendi hikâyelerini yaşadılar. Dünya âlem perdesi üzerine az ya da çok gölge salarak kendilerine biçilen rol ve zaman içinde bir göründü bir yok oldular. Zaman perdesinin üzerine dünya şemaillerini düşürüp sonra da çekip gittiler günü gelince. Hepsi kendi ölümlerini yaşadı. Kiminin sureti perdeyi titretti, kiminin gelip geçtiği belli bile değildi.

Fakat fotoğraf kartonunun üzerindeki binlerce yüz objektife böyle baktıkça anladım ki bir kez olan her şey, donmuş bir anın içinde sanki şu an oluyormuş gibi, daha doğrusu "şu an da" oluyormuş gibi sonsuza değin oluyor. Öyleyse ben bu satırları yazarken de siz bu satırları okurken de bunlar hep oluyor, hâlâ oluyor. Bütün zamanlar, hayatlar, üst üste yığılı, biteviye yaşanıp duruyor.

Tıpkı bir panorama müzesinin 360 derecelik dairevî ve yekpare perdesinde kapıldığım "her şey her an oluyor" duygusu gibi. Tıpkı bir yeraltı mağarasının durgun gölündeki yansımayı gerçek zannettiğim anda kapıldığım duygu gibi. Ya da ırmak üzerinde ağır ağır seyreden bir geminin güvertesinde geriye doğru koşarak az evvel önünden geçtiğim işaret ağacının önünden yeniden geçişim gibi. Ya da demir atmış gemiden, akan ırmağa bakarken iki kıyıdaki her şey sabit durduğu halde kapıldığım "gidiyormuşum" duygusu gibi.

Bu yüzden ırmaklarımı akıtırken her yere fotoğraflar üzerinden gittim ben. Zamanın üzerinde akmak için değil anın içinde durmak için. Anlıyorum ki zamanı ve mekânı bir anın derinliğinde dondurup genişleten, dürüp çeviren Taht-ı Süleyman'ım, "kaybolmuş bir dünyanın canlı resimleri"ni gösteren fotoğrafmış benim. Fotoğrafa bakınca zaman aşırıyım ben. Be'nin noktasındayım. Taht-ı Süleyman'ın saçak ucunda bir inci tanesiyim. Kalbin, aşkın ve şiirin zamanı olan cennet zamanındayım. Yani zamansızlıktayım.

Çok yorgunum. Seyahatnameli bir romana benzeyen bu sergüzeştin sonuna iyice yaklaştım artık. Şimdi sıra benim de bütün bu seyahatler boyunca çektiğim ve çektirdiğim fotoğraflara bakmaya geldi. Belki son kez.

Akşam iniyor. Irac için bir tuşa bastım. Vakit yeniden akşamüzeri, dağ, çöl ve rüzgâr. Yeniden durgun bulutlar ve ışıklar içindeyim.

Önce haritaları masamın üzerine yaydım. Elime bir kalem aldım, uğradığımız ya da kıyısından geçtiğimiz yerleri bir bir işaretledim. Trabzon, Bakü, Tebriz, Taht-ı Süleyman, Isfahan, Şiraz, Yezd, Batum, Tiflis, İstanbul. Hayret! Sanki hiç geri dönmeyecekmiştim.

Yüzlerce fotoğrafı klasörlere, dosyalara ayırdım, başlangıç noktasından itibaren geldili gittili güzergâha göre sıraladım. Onlara da tek tek baktım. Bir sürü tekrar resim, bulanık resim, gayriestetik resim; sanatkâr fotoğrafçının tabiriyle "çöp resim."

Hiçbirini silmeye kıyamadım. Çünkü hepsinin tanık olduğu ân'ın içindeyim. Hepsini yeniden dikkatle inceledim. Gördüklerimi, bildiklerimi hatırladım. Yeniden yaşadım.

Bu kez ne Zehra'nın, ne Settarhan'ın, ne de Sofya'nın izini sürdüm. Yol üzerinde yorgun argın uzanan gölgeme baktım sadece. Taht-ı Süleyman'ın gölünü arkama aldım, gri bulutlu şemsiyemi açtım başıma, yeşil sulara sırtımın gölgesini bıraktım. Bir inci kolye taktım boynuma. Siyah tül peçeyi yüzüme indirdim.

Yüz yıl sonra bu fotoğrafın gözlerine bakacak olan kim ise, onun gözlerine siyah tül peçenin ardından baktım. Bir kedi vardı kucağımda. Defterimdeki her sayfanın son üç satırını boş bırakarak "Be-nam-ı Hüdâ, Bismillah" kendimi fotoğraflardan bir fotoğraf olarak albüme kattım.

Ekim ortası. Yapraklar iyice kurudu, sarardı. İlk rüzgârda sarsılarak düşecekler. Telefon çalıyor. Yasemen. Sesinde yine Hazar'ın bütün rüzgârları esiyor.

"Hocam" diyor şenlikname düzeninde, "Hani buraya geldiğiniz sempozyum vardı ya, hatırladınız mı?"

"Hiç unutmadım ki."

"Onun ikincisi yapılıyor. Kasım ortalarında. Biraz aceleye geldi ama adınızı bilim heyetine yazdık. Gelir misiniz?"

Gülümsüyorum.

"Gelirim" diyorum, "Sen Hazar'a bakan bir otelde bir oda tut şimdiden. Sana upuzun bir hikâye okuyacağım. Ama önce bir yere uğramam gerek."

Uğrayacağım bir yer kaldı geriye.

Aslında Tebriz'in ırmağı Karadeniz'e kavuştu çoktan. Bu akışa kimsenin benim bildiklerimden daha fazlasını ekleyebileceğini de zannetmiyorum. Fakat hâlâ merak ettiğim bir şey, soracağım bir soru var. Karanlık bir nokta, bir ukde: O zaman Settarhan, Azam ve Piruz'a yaklaştığında, Taht-ı Süleyman gölünün suları bulanıp benim de bakışım karardığında ne olmuştu? Bir de onun gençliğini gören gözleri gören biriyle karşılaşmak arzusu. Dedemi değil ama roman kahramanımı görmüştü Sehend; Behzat Amca'nın babası.

Kasım'ın ilk haftası Nizam'a bir mail yazıyorum. Tanıştığımız, görüştüğümüz günden bu yana maillerimin çoğuna cevap gelmiyor, bir kısmı ulaşmıyor bile belki. Bunu Nizam'dan nadiren aldığım cevaplardan anlıyorum. İran dünyanın en yavaş ve aksamalı internet hizmetine daha doğrusu hizmetsizliğine sahip ikinci ülke. Veya başka sebepler. Ailenin bu damarıyla bağlantıyı otuz yıl üzerine yine kuramıyorum.

Ama Nizam'dan bir mail geliyor sonunda. Güç belâ haberleşiyoruz. "Behzat Amca" diyor, "Yezd'de ve seni bekliyor. Mektup yazdım."

Tarih belirliyorum. İran'dan bu yana kullanmadığım sırt çantamı çıkarıyorum kaldırdığım yerden. İran'ın yasemenleri burnumda tütüyor ama yo, bu defa ne Sessizlik Kulesi'ne ne Ateşgâh'a gideceğim ne de Eskişehir'in sokaklarına süzüleceğim. Sadece tek gece. Behzat Amca'yı ziyaret edip ertesi gün Bakü'ye geçeceğim. Ne rehbere ihtiyacım var ne de şoföre. Sadece ben'im.

Uçak Yezd havaalanına indiği anda taksicilere bakıyorum. Azerbaycanlı birini kolayca buluveriyorum. Adresi veriyorum eline. Neden sonra bir kapının önünde duruyoruz. Evi tanıyorum ilk gelişimizden. Tokmağa uzanıyorum. Ben taksiciye yarın sabah için saat verip beni havalimanına götürmesini tembihlerken kapı açılıyor.

Gelin hanım, Masume. "Gel" diyor kırk yıllık sevinçle boynuma sarılırken, "İçeride, seni bekliyor."

Beni bekliyor. İçeri adımımı atıyorum. Orada. Yatıyor.

Bana kendi ailesinden birine bakar gibi baktı. Bordo zemini binbir çiçek, bahar bahçe bir Tebriz halısıyla, sonra bir başka halıyla, sonra başka başka halılarla döşenmiş genişçe bir odada halı kaplı bir duvara dayanmış, bir kerevetin üzerindeki döşeğe uzanmış, sırtını halı bir yastığa dayamış, bir kolunu başının altına almıştı. Saltanatı, Şark halısı.

Yanına, yere diz çöktüm. Ellerine sarılmak için uzandığımda bana uzanan ellerinin titrediğini gördüm. Yüzü buğday rengi, gözleri elâ, hâlâ dökülmemiş saçları hafif kınalıydı. Yüzünün çizgilerinde bizi ortak bir çehreye bağlayan birkaç iz bulmaya gayret ettim. Galiba vardı. Yitiğimi bulduğumu anladım.

Doksanına merdiven dayamış bu ihtiyar, kalkıp torunuyla Meşhed yollarına düştüğü gibi hem geçmişi hem bugünü gayet iyi hatırlıyordu. Bu dünyaya sağlam gelip sağlam gideceklerden, düşmeyecek sürünmeyecek, günü gelince bir çınar gibi devrileceklerdendi o da. Gözümün önüne Taht-ı Süleyman'a ilk vardığımızda Settarhan'ı karşılayan Sehend'in yaralı gülüşü, kırık sureti geldi. "Baba oğul ne kadar az benziyorlar" diye geçirdim içimden. Behzat Amca babasını unutmuştur bile belki. Ama onlar için unutulacak kadar eski olan bu zamanlar benim için anın içinde, sadece bir bakış mesafesindeydi.

"Ey aziz can" diye başladı, "Nereden gelip nereye gidersen? Sağ mısan selâmet misen? Nasılsan iyi misen?"

Hal hatır, tanışlık görüşlükten sonra sadede geldim. "Behzat Amca" dedim, "Bana Settarhan'ı anlat."

Yanılmamışım, bildikleri benim bildiklerimden fazla değildi. Yine de ağır ağır anlattıklarını ilk kez duyuyormuş gibi dinledim. Anlattıkları tarih kadar kesin, hatıralar kadar bulanık, bir roman kadar güzeldi. Hâlâ soracak binlerce sorum vardı fakat hiçbirini sormadım.

Sadece ve sadece "Behzat Amca" dedim, "Azam'a ne oldu?"

"Sen Azam'ı da biliyorsun?" dedi gülerek.

"Biliyorum" dedim kalbim göğsümün üzerinde çarparken.

Nereden bildiğimi sormak aklına gelmedi.

"Sene sağlık, vay odur ki öldü" dedi. Bir de tarih söyledi, İranî tarihlerden biri. Yaklaşık karşılığını çıkardım zihnimden. İnanamadım. Bir daha hesapladım. Yine inanamadım.

"Nasıl olur?" dedim. "O vakte kadar yaşadı mı yani?"

Yersiz ve anlamsız bir soruyla karşılaşanların hepsinde görülen o bakışla baktı yüzüme. "Yaşadı tabii" dedi. "Neden yaşamasın ki? Torununun çocuğunu bile gördü. Torununun torununu görse cennetlik olacaktı."

Bu kez dilimin ucuna gelen şeyi yutkunmadan açıkça söyledim. "Dedem yani Settarhan onları Taht-ı Süleyman gölüne itmedi mi? Suda boğmadı mı o ikisini?"

"Kimi?"

"Azam'la Piruz'u. Ya da en azından sadece Azam'ı?"

"Size öyle mi söylemişti?" dedi.

Ne diyebilirdim? "Hayır, bize bir şey söylemedi, hepsini ben gördüm. Daha doğrusu tam görecekken sular bulandı" dese miydim? Yaklaşık dört yıldır onunla birlikte yaşadığımı, gördüğü her şeyi onun omuzunun üzerinden seyrettiğimi, onu adım adım izlediğimi anlatsam da inanmazdı. Sustum sadece, yüzüne bakmaya devam ederek.

"Evet" dedim, soruyu tekrarladım. "Dedem Azam'ı ve Piruz'u ya da sadece Azam'ı ya da sadece Piruz'u Taht-ı Suleyman gölüne atmadı mı?"

Behzat Amca hayretle kaldırdı başını. Yüzünden çok ama çok sevimli bir gülümseme geçti. O an ellerine sarılmak istedim yeniden.

"Yok" dedi, "Onda bir kediyi bile boğacak yürek yoktur. Yumuşaktır kalbi. Tavuk bile kesebilemez." Settarhan'ı tanımış gibi konuşuyordu oysa o Taht-ı Süleyman'dan ayrıldıktan çok sonra doğmuş olmalıydı.

"Peki" dedim, "O zaman? Yani Azam nasıl oldu da?"

"Ne nasıl oldu da?"

"Hani" dedim, "Settarhan'la sözlü olduğu halde başkasına hem de bir Zerdüştî'ye âşık olduğu için. Ona kaçtığı için."

"Eee?" dedi Behzat Amca.

“Hani Mirza Han çok öfkelenmiş de Settarhan'dan onları öldürmesini istemişti.”

“Haa, bak!” dedi, “Burası doğrudur.” Babam Sehend anlatır idi, Allah'ın rahmeti onun üzerine olsun. Aynen şöyle demişti bugün gibi aklımda, dinle sen de: ‘Başını yere eğdi ailemizin. Ama hiçbir şey Azam'dan kıymetli değildi ve Azam bizim gururumuzdan daha kıymetliydi. Bir süre hor hakir bakışlar altında dolaşmak mecburiyetinde kaldık. Ama evlendirdik kendi elimizle. Herkesin de sesi kesildi. Ha bir de tabii Piruz Müslüman olmayı kabul etti.’ Babam burada hep gülerdi ve eklerdi: Davullu zurnalı gelin ettik Azam'ı.”

“Peki” dedim, “Ben neden ben böyle bir tevatüre itibar ettim? Bu tevatür nereden doğdu?”

“Settarhan amcam” dedi, “Taht-ı Süleyman'ı da, Tebriz'i de, İran'ı da o can acısıyla terk etmiş. Yani boğmuş geçmişini. Üzerine bir göl suyu devirmiş. Ha! Bir de bak babam anlatırdı, Settarhan amcam Taht-ı Süleyman gölünün başında Azam'a her şeyi unutmasını ve kendisiyle İstanbul'a gelerek orada evlenmelerini teklif etmiş. Tabii kız ‘Ölürüm de Piruz'dan başkasına varmam’ demiş.”

“Peki” dedim, daha önce düşünmediğim, o an aklıma takılan bir soruyu saklamayarak. “Taht-ı Süleyman'da nasıl barındılar? Birlikte kaçmayı nasıl başardılar? Bu çok mantıksız geliyor bana? O kadar küçük bir yerde, mümkün değilmiş gibi.”

Güldü Behzat Amca.

“Mümkün aziz can, mümkün. Sehend ile Çiçek Hala bir olunca Piruz'la Azam'ı Taht-ı Süleyman'da saklamak da, barışmaya kadar giden yolların taşlarını döşemek de mümkün.”

Sabah şoför geldiğinde vakit çok erken olmasına rağmen herkes beni yolcu etmek için uyanmıştı. Behzat Amca'nın yatağına yaklaştım. Yere diz çöktüm yine. Ellerine uzandım. İki sene önce Taht-ı Süleyman'a giderken heybemi doldurup da “Nasibi olan yoluma çıksın” dediğimde sahibini bulamadığım sarı kehribar tespihi, seyahat çantamdan çıkardım, nihayet sahibinin avuçlarının arasına bıraktım. Boynuna sarıldım. Hıçkıra hıçkıra ağlamaya başladım. O anda aklıma geldi, tercüme ettiremediğim Hafız beyti aynı çantanın iç gözünde unutulup kalmıştı. Küçük, zarif *Divan*'ı elime aldım. O gün Hafız'ın kabri başında açtığım sayfa, kenarındaki işaret kıvrığıyla duruyordu.

"Behzat Amca" dedim, "Şunu benim için tercüme eder misiniz?" Beyti işaret ettim, *Divan*'ı eline tutuşturdum.

Gözlüklerini istedi Masume'den. Sırtını yastıklara iyice dayadı. Sağ dizini dikti. Beyti bir kol mesafesi kadar uzakta tutarak içinden okudu önce, dudakları kıpırdadı.

Sonra Farsça olarak yüksek sesle tekrarladı:

Be ser-i türbet-i mâ çün güzer-i himmet-hâh
Ki ziyâret-geh-i rindân-ı cihan hâhed bûd

Yüzü aydınlandı. "Sen roman yazıyordun değil mi?" diye gülümsedi. Gülümsedim ben de yapabildiğim en iyi şeyi yaparak.

Divan'ı yan tarafa bıraktı. Türkçesini ağır ağır mırıldandı:

Yolun bizim kabrimize uğrarsa himmet dile çünkü bizim kabrimiz cihanın rindlerinin ziyaretgâhı olacaktır.

Hafız'ın kabri üzerinden bir güvercin kalktı. Kanadının esintisi. Geldi. Yüzüme çarptı.

Şoför, "Hanım haydi" diyordu.

Bakü'ye indiğimde henüz öğle olmamıştı bile. Havalimanından çıkmadan Yasemen'e telefon açtım.

"Ben geldim Yasemen" dedim, "Otele doğru gidiyorum şimdi."

"Hocam" dedi, "Neden haber vermediniz geleceğinizi? Karşılardım sizi."

"Geldim işte" dedim, "Otelde görüşürüz."

Bir taksiye atladım, adresi verdim. Hazar kıyısında bir süre yol aldıktan sonra durduk. Sonbaharın tatlı ışığı altında döne döne ağacının dibine düşen altın rengi yapraklara basarak otelin girişine doğru yürümeye başladım. Ama birden, bahçenin derinliğine doğru değiştirdim yönümü. Şu koruda yürümeliyim biraz, sırtımı bir ağaca yaslayarak gözlerimi kapamalıyım, sonra, derin çok derin bir nefes almalıyım.

Biraz yürüdükten sonra bir ağaca yaslandım. Bir kayın ağacı. Gözlerimi kapadım. Rüzgârın sesini dinlemeye başladım. Birden kuru yaprakları ezerek hızla koşan bir şeyin sesini duydum, gözlerimi açtım. Karşıdan bir şeyin son hızla bana doğru geldiğini fark ettim. Yan tarafa çekilmeye çalıştım. Geç kalmıştım. O hızla bana çarptı. Ben ayakta kaldım ama o düşmüştü.

Derin bir acıyla, âh etti düştüğü yerden.

On yedi on sekiz yaşlarında bir delikanlıydı. Avuçlarının içi sıyrılmıştı.

Elimi uzattım. Kalkmasına yardım ederken, "Korkma" dedim, "Sana bir şey olmadı."

Başını kaldırdı.

"Ne yani, şimdi sen beni görüyor musun?" diye sordu hayretle.

Önce sersemledim. Sonra gülümsedim.

Bir şey demedim. Yüzüne baktım içime acı dolarken. Sonra yere çevirdim bakışlarımı.

Türkiye'yi de dünyayı da nelerin beklediğini, bir III. Cihan Harbi'nin çıkıp çıkmadığını, Amerika'nın, İran'ın ve daha nelerin akıbetini bilen bu Kâhin Kassandra'ya sorsam, neler "olacağını" bana söyleyebilirdi. Gelecek zamanlı bir cümle kuruyordum ben. Ama o -dili geçmiş zamanlı bir cümle kuruyordu şu anda, hepimiz için:

"Bunların hepsi öldü!"

Kaldırdım gözlerimi, gözlerine baktım. Bana bir cümle söyleyecekmiş de içine atmış gibiydi.

Otele girdim. Odaya çıktım.

"Son-ra" diye bir bölüm yazdım, yayıncımın pek de hoşuna gitmeyecek türden, bitmiş romanın üzerine, olmasa da olur bir kısım. Eğer siz şu an şu satırları okuyorsanız, yayıncım beni değil ben onu ikna etmişim demektir. Ve bu ısrarım, bir romandan ayrılmanın acısına dayanamadığımdandır.

Yasemen geldi.

"Oda servisine büyük bir demlik çay söyle Yasemen" dedim.

Balkona çıktık. Hazar'a döndük yüzümüzü. Kasım. Bakü'nün, ilk gelişimde rastlamadığım meşhur rüzgârı nihayet koptu. Cânım deniz, geliyor. Rüzgârlarını, yağmurlarını, fırtınalarını, renklerini, kokularını, dalgalarını, ufuklarını, sonbaharlarını toplamış geliyor.

Bir yorgunluk çayı ikram edilmişçesine ilk yudumları aldık. Yasemen yüzüme baktı, "Bekliyorum hocam" dedi.

Çantamdan kalın tomarı çıkardım. Okumaya başladım:

Elimdeki zarfın arka yüzündeki adrese baktım. Otuz yıl önce postaya verildiği yerin harflerini okudum teker teker:

Te-hı-te; Taht.

Sin-lâm-ye-mim-elif-nûn; Süleyman.

Bir tire koydum araya. Farsça tamlamayı kurdum. Taht-ı Süleyman.

Hangi hikâye başladığı yerde bitmemiş ki?

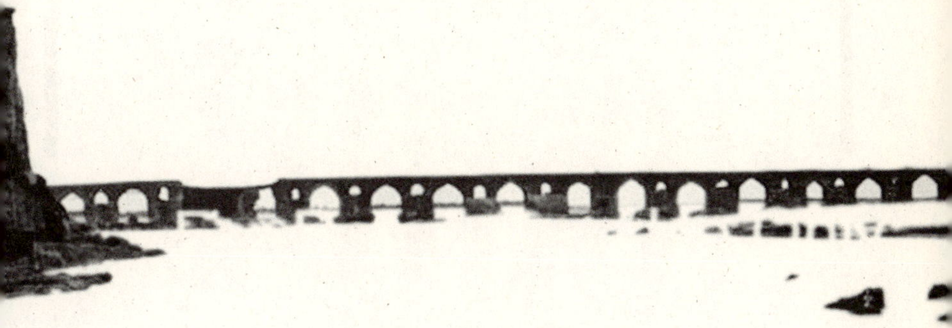

TEŞEKKÜR

Gülcemal seferi ve İsmail'in Balkan Harbi
günlerindeki tarihî zemin için:
Balkan Harbinde 87. Alay ve Trabzon Gönüllüleri,
Neşreden: Meşveretçi Naci,
Hazırlayan: Veysel Usta,
Serander Yay.,
Trabzon 2009.

Hafız beyitleri (s. 143, 265) için:
Hafız'dan Gazeller,
Türkçesi: Kenan Sarıalioğlu,
İyi Şeyler Yay.,
İstanbul 2000.

Anlatıcının seferberlik günü rastladığı
mescit dersleri ve "E kuzi!" hikâyesi için:
Ali Kemal Saran, *Omuzumda Hemençe*,
Kurtuba Yay.,
[y.y.] 2009.

Yeni kitap önerimiz için karekodu telefon kameranıza okutunuz.
Aynı karekod ile her hafta başka bir kitap